Johann Wolfgang von Goethe

Goethes Briefe

Johann Wolfgang von Goethe

Goethes Briefe

ISBN/EAN: 9783741167492

Hergestellt in Europa, USA, Kanada, Australien, Japan

Cover: Foto ©Andreas Hilbeck / pixelio.de

Manufactured and distributed by brebook publishing software
(www.brebook.com)

Johann Wolfgang von Goethe

Goethes Briefe

Goethes Briefe

22. Band

Januar 1811 — April 1812.

Weimar
Hermann Böhlaus Nachfolger
1901.

Inhalt.

(Ein * vor der Nummer zeigt an, daß der Brief hier zum ersten Mal
oder in bedeutend vervollständigter Gestalt veröffentlicht wird.)

		Seite
6087.	An den Herzog Carl August 1. Januar 1811	1
*6088.	An J. H. Meyer 2. Januar 1811	1
*6089.	An J. H. Meyer 4. Januar 1811	2
6090.	An die Hoftheater-Commission 5. Januar 1811	3
*[6091]=6248a.	An Leon de Jaroljeff 24. Januar 1812	4
6092.	An C. G. v. Voigt 10. Januar 1811	5
*6093.	An Christiane v. Goethe 10. Januar 1811	7
6094.	An Kirms 10. Januar 1811	8
6095.	An Eichstädt 10. Januar 1811	9
*6096.	An J. H. Meyer 11. Januar 1811	10
*6097.	An Christiane v. Goethe 11. Januar 1811	12
6098.	An Bettina Brentano 11. Januar 1811	13
*6099.	An Christiane v. Goethe 15. Januar 1811	14
*6100.	An J. H. Meyer 18. Januar 1811	17
*6101.	An Christiane v. Goethe 18. Januar 1811	17
6102.	An Caroline Gräfin v. Egloffstein 18. Januar 1811	18
*6103.	An Christiane v. Goethe 19. Januar 1811	19
6104.	An C. F. v. Reinhard 22. Januar 1811	20
*6105.	An Fürst Lichnowsky 23. Januar 1811	21
*6105a=[6007].	An Michael Graf v. Wielhorsky 23. Januar 1811	Band XXI. S. 429
6106.	An J. F. H. Schlosser 24. Januar 1811	26
*6107.	An Sartorius 4. Februar 1811	27
6108.	An Kirms 12. Februar 1811	30
*6109.	An Kirms 15. Februar 1811	31
6110.	An Sara v. Grotthuß 15. Februar 1811	31

Seite

6111. An J. F. H. Schlosser 15. Februar 1811 33
*6112. An v. Trebra 16. Februar 1811 35
*6113. An Fürst Lichnowsky 19. Februar 1811 36
*6114. An Dorothea Herzogin von Curland, geb. Reiche-
      grâfin v. Medem 21. Februar 1811 38
6115. An C. v. Knebel 27. Februar 1811 39
6116. An Kirms 27. Februar 1811 42
*6117. An Sergej Semenowitsch Graf v. Uwarow 27. Feb-
      ruar 1811 43
6118. An Zelter 28. Februar 1811 40
*6119. An Friedrich v. Gentz 28. Februar 1811 . . . 52
*6120. An die Hoftheater-Commission 1. März 1811 . . 55
*6121. An den Prinzen Friedrich von Gotha 15. März 1811 56
*6122. An Joachim Dietrich Brandis etwa 9. März 1811 58
6123. An Zelter 14. März 1811 61
*6124. An die Erbprinzessin Caroline Louise von Mecklen-
      burg-Schwerin 15. März 1811 62
6125. An David Friedländer 18. März 1811 63
6126. An Zelter 18. März 1811 66
*6127. An den Prinzen Friedrich von Gotha 25. März 1811 69
6128. An Charlotte v. Schiller 28. März 1811 . . . 70
6129. An Zelter 29. März 1811 71
*6130. An das Herzogl. S.-Weimarische Polizeicollegium,
      März 1811 71
*6131. An J. H. Meyer 1. April 1811 73
6132. An C. v. Knebel 3. April 1811 74
6133. An Sara v. Grotthuß 4. April 1811 74
6134. An Sara v. Grotthuß 17. April 1811 75
6135. An Rochlitz 22. April 1811 77
6136. An Charlotte v. Stein 30. April 1811 78
6137. An Zelter 2. Mai 1811 78
6138. An Windischmann 2. Mai 1811 79
*6139. An Jacob Friedrich v. Leonhardi 3. Mai 1811 . . 81
6140. An Joseph Anton Siegmund v. Beroldingen 3. Mai
      1811 81
6141. An C. F. v. Reinhard 8. Mai 1811 83
6142. An v. Leonhard 8. Mai 1811 86
6143. An Peter Cornelius 8. Mai 1811 86
*6144. An Rauwerd 8. Mai 1811 89

Seite

6145. An Adolf Heinrich Friedrich v. Schlichtegroll 8. Mai
1811 90
6146. An Karl Werlich 8. Mai 1811 92
*6147. An Frau v. Trebra 9. Mai 1811 93
*6148. An die Directoren der Badeanstalt in Halle 9. Mai
1811 94
*6149. An J. H. Meyer 10. Mai 1811 95
*6150. An Cotta 11. Mai 1811 96
6151. An Pauline Gotter 12. Mai 1811 97
*6152. An J. J. Willemer 12. Mai 1811 97
*6153. An F. v. Gentz 23. Mai 1811 98
6154. An C. F. v. Reinhard 8. Juni 1811 101
*6155. An Giuseppe Gautieri 8. Juni 1811 104
6156. An den Kreishauptmann J. v. Weyhrother 22. Juni
1811 110
6157. An Graf Moritz v. Dietrichstein 20. Juni 1811 . . 113
*6158. An N. N. in Prag 23. Juni 1811 114
6159. An Ludwig von Beethoven 25. Juni 1811 . . . 115
6160. An Zelter 26. Juni 1811 117
6161. An S. Boisserée 26. Juni 1811 120
6162. An den Herzog Carl August 27. Juni 1811 . . . 121
*6163. An J. G. Lenz 27. Juni 1811 123
*6164. An Chevalier O'Hara 30. Juni 1811 124
6165. An den Herzog Carl August 6. Juli 1811 . . . 125
6166. An Eichstädt 7. Juli 1811 127
6167. An J. F. H. Schlosser 10. Juli 1811 128
6168. An Eichstädt 17. Juli 1811 131
6169. An Anton Genast 22. Juli 1811 132
*6170. An P. A. Wolff 22. Juli 1811 134
*6171. An J. G. Lenz 3. August 1811 135
6172. An C. G. Körner 4. August 1811 136
6173. An Eichstädt 4. August 1811 137
*6174. An v. Puff 5. August 1811 139
6175. An Sara v. Grotthuß 6. August 1811 140
6176. An Carl Bertuch 6. August 1811 141
6177. An S. Boisserée 8. August 1811 142
*6178. An die Erbprinzessin Caroline Louise von Mecklen-
burg-Schwerin 14. August 1811 144
*6179. An Rauwerck 14. August 1811 146

Seite

6180. An v. Uwarow 17. August 1811 147
6181. An Wilhelm Grimm 18. August 1811 147
6182. An Woltmann 18. August 1811 149
6183. An Riemer 19. August 1811 151
*6184. An Cotta 22. August 1811 152
6185. An C. v. Knebel 24. August 1811 155
6186. An C. W. v. Fritsch 27. August 1811 157
6187. An Charlotte v. Stein 30. August 1811 159
6188. An C. F. v. Reinhard 31. August 1811 159
*6189. An Johann Jakob Domivilus 11. September 1811 160
6190. An v. d. Hagen 11. September 1811 161
6191. An Rochlitz 11. September 1811 162
*6192. An J. H. Meyer 20. September 1811 164
6193. An Behrendt 21. September 1811 165
6194. An Charlotte v. Schiller 21. September 1811 . . 166
6195. An Louise Seidler 25. September 1811 167
*6196. An Cotta 28. September 1811 169
6197. An Charlotte v. Stein 28. September 1811 . . . 170
6198. An F. A. Wolf 28. September 1811 171
*6199. An die Directoren der Badeanstalt in Halle 28. Sep-
        tember 1811 174
6200. An Charlotte v. Stein Anfang October 1811 . . 175
6201. An Charlotte v. Stein Anfang October 1811 . . 175
*6202. An Cotta 14. October 1811 175
*6203. An S. Boisserée 20. October 1811 177
*6204. An Bernhard August v. Lindenau 20. October 1811 179
6205. An Paßow 20. October 1811 181
6206. An G. H. L. Nicolovius 20. October 1811 . . . 183
6207. An C. F. v. Reinhard 26. October 1811 185
6208. An J. F. H. Schlosser 28. October 1811 186
6209. An C. G. v. Voigt 5. November 1811 188
6210. An Elisabeth Charlotte Constantia von der Recke,
        geb. Reichsgräfin v. Medem 8. November 1811 . 190
6211. An Christine de Ligne 10. November 1811 . . . 192
6212. An Zelter 11. November 1811 194
*6213. An Cotta 16. November 1811 196
6214. An Carl Perthes 25. November 1811 201
*6215. An Silvie v. Ziegesar etwa 25. November 1811 . 201
6216. An C. G. v. Voigt 26. November 1811 202

	Seite
6217. An Brizzi 27. November 1811	202
*6218. An Carl Bertuch 1. December 1811	203
*6219. An Carl Bertuch 3. December 1811	204
*6220. An Carl Bertuch 5. December 1811	204
*6221. An die Hoftheater-Commission 6. December 1811	204
6222. An Klinger 8. December 1811	205
6223. An Carl August Varnhagen v. Ense 10. December 1811	207
*6224. An Johann August Barth 10. December 1811	209
6225. An Caroline v. Wolzogen 10. December 1811	211
6226. An Eichstädt 12. December 1811	213
*6227. An den Herzog Carl August 15. December 1811	214
6228. An Barthold Georg Niebuhr 27. November—17. December 1811	214
*6229. An Friederike Bethmann 17. December 1811	217
*6230. An Boisserée 17. December 1811	219
*6231. An Johann Daniel Runge 17. December 1811	221
6232. An C. G. v. Voigt 21. December 1811	222
*6233. An v. Trebra 27. December 1811	223
*6234. An Gerhard Fleischer 27. December 1811	225
6235. An Louise Seidler 28. December 1811	226
6236. An C. v. Knebel 28. December 1811	228
*6237. An den Herzog Carl August 30. December 1811	230
6238. An Friederike Caroline Sophie Prinzessin von Solms-Braunfels 3. Januar 1812	232
*6239. An Kirms 4. Januar 1812	235
6240. An die Hoftheater-Commission 5. Januar 1812	235
*6241. An Caroline von Heygendorf, geb. Jagemann 7. Januar 1812	239
6242. An Sara v. Grotthuß 8. Januar 1812	239
6243. An F. v. Müller 10. Januar 1812	243
6244. An Friedrich Majer 25. Januar 1812	244
*6245. An Caroline v. Wolzogen 28. Januar 1812	244
*6246. An Friederike v. Lützerode 28. Januar 1812	248
*6247. An J. H. Meyer 28. Januar 1812	249
6248. An F. v. Müller 28. Januar 1812	250
*6248a. An Leon de Jacovleff 28. Januar 1812	4
6249. An Rochlitz 30. Januar 1812	250
6250. An Schlichtegroll 31. Januar 1812	255
6251. An J. F. H. Schlosser 1. Februar 1812	257

Seite

6252. An Amalie Wolff 3. Februar 1812 259
*6253. An v. Lindenau 9. Februar 1812 260
*6254. An die Hoftheater-Commission 10. Februar 1812 . 262
*6255. An die Königl. Sächsische Stift-Merseburgische
    Regierung 26. Januar 1812 263
6256. An C. F. v. Reinhard 13. Februar 1812 266
*6257. An Blumenbach 15. Februar 1812 272
6258. An die Herzogin von Montebello etwa 15. Februar
    1812 274
*6259. An C. G. v. Voigt 16. Februar 1812 276
6260. An Döbereiner 17. Februar 1812 278
6261. An den Herzog Carl August 18. Februar 1812 . . 279
6262. An Döbereiner 19. Februar 1812 283
*6263. An Cotta 21. Februar 1812 284
6264. An Kirms 22. Februar 1812 287
6265. An Zelter 27. Februar 1812 288
6266. An R. Meyer 28. Februar 1812 288
*6267. An Johann Gottfried Schütz 28. Februar 1812 . . 290
6268. An R. Meyer 28. Februar 1812 290
6269. An Kirms 29. Februar 1812 291
*6270. An Caroline Ulrich 29. Februar 1812 291
6271. An Kirms 7. März 1812 292
6272. An Döbereiner 7. März 1812 292
6273. An Döbereiner 12. März 1812 293
*6274. An Oberbergrath v. Einsiedel 12. März 1812 . . 294
6275. An F. v. Müller 14. März 1812 295
6276. An Charlotte v. Stein 16. März 1812 296
*6277. An den Fürsten Paul Anton v. Esterhazy 16. März
    1812 296
6278. An den Grafen Clemens Wenzel Nepomuk Lothar
    v. Metternich 16. März 1812 297
*6279. An Cotta 17. März 1812 299
6280. An C. v. Knebel 25. März 1812 300
6281. An Charlotte v. Stein 27. März 1812 303
*6282. An Vincenz Grüner 28. März 1812 303
*6283. An Johann Carl Wilhelm Voigt 28. März 1812 . 305
*6284. An Riemer? 30. März 1812 306
*6285. An Friedrich Carl Ferdinand v. Müffling 31. März
    1812 306

Seite

6286. An J. F. H. Schlosser 31. März 1812 308
*6287. An Eleonora Flies, geb. v. Göchhausen 31. März 1812 311
6288. An Caroline Pichler 31. März 1812 313
*6289. An v. Trebra 7. April 1812 315
6290. An Rochlitz 7. April 1812 317
6291. An Caroline v. Humboldt 7. April 1812 319
6292. An C. v. Knebel 8. April 1812 321
*6293. An C. G. v. Voigt 8. April 1812 324
6294. An Zelter 8. April 1812 324
6295. An Friedrich Schlegel 8. April 1812 326
*6296. An die Königl. Sächsische Stift-Merseburgische Regierung 9. April 1812 329
*6297. An J. H. Meyer 14. April 1812 332
6298. An C. G. v. Voigt 16. April 1812 333
6299. An Zelter 17. April 1812 333
*6300. An J. F. H. Schlosser 17. April 1812 334
6301. An F. v. Müller 17. April 1812 335
*6302. An W. v. Humboldt 19. April 1812 336
*6303. An Perthes 19. April 1812 337
6304. An den Prinzen Friedrich von Gotha 20. April 1812 338
*6305. An C. v. Knebel 21. April 1812 339
*6306. An Kirms 21. April 1812 340
6307. An C. G. v. Voigt 21. April 1812 341
6308. An C. G. Körner 23. April 1812 345
*6309. An J. H. Meyer 23. April 1812 349
*6310. An Christiane v. Goethe 23. April 1812 351
6311. An Louise Seidler 23. April 1812 352
*6312. An J. H. Meyer 24. April 1812 353
*6313. An Kirms 24. April 1812 354
*6314. An J. H. Meyer 25. April 1912 355
*6315. An Kirms 25. April 1812 356
6316. An Anton Genast 28. April 1812 357
*6317. An Carl Dietrich v. Münchow 28. April 1812 . . 358
6318. An F. v. Müller 28. April 1812 359
6319. An Friedrich Carl Ludwig Sickler 28. April 1812 359
6320. An J. H. Meyer 29. April 1812 360
6321. An C. G. v. Voigt 29. April 1812 370
*6322. An Friedrich Albrecht Gotthelf v. Ende 29. April
1812 372

Seite

*6323. An August v. Goethe 29. April 1812 374
6324. An C. G. v. Voigt 29. April 1812 376
*6325. An J. H. Meyer 29. April 1812 377
*6326. An Thomas Johann Seebeck 29. April 1812 . . . 377

Nachtrag.

*6090ᵃ. An N. Brizzi 5. Januar 1811 381
*6091ᵃ. An J. H. Meyer 8. oder 9. Januar 1811 . . . 382
*6106ᵃ. An C. G. v. Voigt 30. Januar 1811 383
*6119ᵃ. An Kirms 28. Februar 1811 385
*6120ᵃ. An Kirms 6. März 1811 386
*6129ᵃ. An Cotta 31. März 1811 388
*6133ᵃ. An Kirms Anfang April 1811 389
*6140ᵃ. An Cotta 4. Mai 1811 389
*6140ᵇ. An C. G. v. Voigt 4. Mai 1811 390
*6140ᶜ. An C. A. Vulpius etwa 6. Mai 1811 391
*6158ᵃ. An N. Brizzi 25. Juni 1811 391
*6215ᵃ. An N. Brizzi 26. November 1811 392
6217ᵃ. An Charlotte v. Stein Ende 1810 oder Anfang 1811 393
*6237ᵇ. An C. A. Vulpius (?) November 1811 (?) . . . 393
*6237ᶜ. An den Herzog Carl August December 1811 . . . 394
*6250ᵃ. An N. Brizzi Januar 1812 397
*6259ᵃ. An N. Brizzi 17. Februar 1812 398

Lesarten 399
*An F. G. v. Kügelgen 8. Mai 1811 430
*An Frl. v. Seebald 26. Juni 1811 439
*An den Kanzler v. Gutschmidt 26. October 1811 . 458
*An die Hoftheater-Commission Ende December 1811 472
*An Caroline v. Wolzogen 14. Februar 1812 . . . 482
*An J. F. H. Schlosser 8. März 1812 491
*An J. F. H. Schlosser 20. März 1812 494
Postsendungen 519
Tagebuchnotizen 521

6087.

An den Herzog Carl August.

Die vergangene Nacht, gnädigster Herr, entschuldige
mich, wenn ich nicht persönlich aufwarte, und nur mit
wenigen Worten meine Empfindungen andeute.

Im verflossenen Jahre verdancke ich Ew. Durchl.
auſſer manchem andern bedeutenden Guten auch die
Erfüllung meines höchsten Wunsches. Möge der Jüngling, der sich nun unter die Ihrigen zählen darf,
durch eine lange Reihe von Jahren Zeuge seyn des
Glücks, das Sie Sich und andern in einer bedenck-
lichen Zeit zu verschaffen wiſſen. Seine Gesinnungen
gleichen den meinigen, es kann ihm nichts mehr am
Herzen liegen, als Ew. Durchlaucht Wohl und Zufriedenheit.

W. d. 1. Jan. 1811.

Goethe.

6088.

An J. H. Meyer.

Es thut mir sehr leid, mein lieber Freund, daß
Sie das neue Jahr mit so schmerzlichen Operationen

anfangen. Pflegen Sie sich ja und gehen nicht zu
zeitig aus. Wenn es Ihnen nicht zuwider ist, so
komm ich unter der Comödie: denn ich habe verschiedenes nothwendiges mit Ihnen zu sprechen. Möge
ich Sie von den schlimmsten Leiden befreyt finden.

Weimar den 2. Januar 1811.　　　　　　G.

6089.

An J. H. Meyer.

Über Folgendes erbitte ich mir Ihre Gedanken.

Ich habe den Tischer hier gehabt wegen des
Dresdner Bildes. Er thut den Vorschlag, alles zu
lassen wie es ist; nur hinten zwey Latten aufzu-
schrauben, oben und unten, theils um den geborstnen
Blendrahmen wieder anzubrücken, theils das weitre
Bersten zu verhüllen.

Das wäre nun schön und gut. Nun aber tritt
der Fall ein, daß das Bild noch nicht gefirnißt ist,
und soviel ich einsehe, müßte es beym firnissen aus
der goldnen Rahme genommen werden. Was denken
Sie hiezu? Nimmt man den Blendrahmen aus der
goldnen, so fürchte ich er bricht zusammen; was ist
aber sonst zu thun? Die Latten laß ich fertigen und
die Schrauben auch, gehe aber nicht weiter bis Sie
das Bild gesehen und Ihren guten Rath ertheilt
haben. Recht wohl zu leben wünschend

Weimar den 4. Januar 1811.　　　　　　G.

6090.

An die Hoftheater-Commission.

Als ich gestern beu Erlaß an Herrn Weber nach
Tonndorf aufsetzen wollte, regten sich abermals
mancherley Bedenklichkeiten, wovon ich einen Theil
in der Session eröffnete, und die ich gegenwärtig
nicht umständlich herzählen will; weil die Mutter
sich bey mir meldete, welches eine recht hübsche und
anständige Frau ist. Sie acceptirt mit Dank, daß
Herzogl. Commission 150 Thaler für dieses Jahr an
ihre Tochter wenden, und ihr nach Verdienst und
Gelegenheit sonst noch einige Kleinigkeiten reichen
wolle. Sie erbietet sich selbst hereinzuziehen und in
einem kleinen Quartier mit ihrer Tochter zu hausen,
für ihr ökonomisches zu sorgen, so wie auch, daß sie
in Kleidung und allem andern anständig sey.

Man würde der Mutter diesen Wunsch nicht versagen können, selbst wenn uns nicht so viel daran
gelegen seyn müßte, daß ein Mädchen, dessen Beruf
es ist, bey Proben und Vorstellungen bis spät in die
Nacht außer dem Hause zu bleiben, unmittelbarer
beobachtet werde, als es von Personen geschehen kann,
denen sie nicht angehört, und die kein Verhältniß
zum Theater haben. Mancher andern Dinge und
Vorfallenheiten, welche in solchen Fällen zu schlichten
sind, nicht zu gedenken.

Ich habe daher, der Kürze willen, einen Aufsatz
entworfen, der wenn er Beyfall erhält mundirt und
der Mutter eingehändigt werden kann. Sie mag selbst
den Schelhornischen für ihren bezeigten guten Willen,
ihre Danksagung abstatten, und Herr Rath Kruse
wird die Gefälligkeit haben, es von unsrer Seite zu
thun. Das Weitere nächstens.

Weimar d. 5. Januar 1811.   G.

6091.

An Antonio Brizzi.

[Concept.]   [5. Januar.]

Monsieur

Le nouvel an n'auroit pu me saluer plus agréablement, que par Votre envoi précieux. Votre souvenir
amical, que je chéris comme je le dois, et ce beau
travail de l'art moderne, qui me flatte personelle-
ment, m'honorent également.

J'aurais souhaité, que Vous eussiez été témoin
du plaisir, que j'ai exprimé à mes amis, en leur
faisant voir le bijou que je tiens de Votre bonté.
Je cherche d'autant moins à m'étendre sur cette satisfaction, que Vous n'auriez pu, Monsieur, me donner
une telle marque de Votre bienveillance, si Vous
n'étiez intimement convaincu que j'en suis digne par
un attachement inviolable, et par la haute considéra-
tion avec laquelle j'ai l'honneur.

6092.

An C. G. v. Voigt.

Jena den 10. Januar 1811.

Durch die Anstellung des Professor Jagemann bey dem Zeichnen-Institut, durch die Einrichtung eines Ateliers für denselben und durch die bey dieser Gelegenheit getroffenen Einrichtungen gewinnt jene Anstalt sehr viel, und es sind die besten Erfolge nunmehr zu erwarten. Nur indem unser sogenanntes Museum, die Sammlung von Zeichnungen nämlich, welche auf dem linken Flügel bisher beysammen und verschlossen waren, getrennt und Einem Beschlusse entzogen werden, finde ich mich einigermaßen für die Folge beunruhigt und eröffne daher meine Gedanken, wie ich denn Vorschläge zu künftiger Ordnung und Verwahrung hinzufüge.

Es ist ein allgemein angenommener, und durch die Erfahrung bewährter Satz, daß Verwahren und Benutzen zweyerley Dinge sind. Ein thätiger Gelehrter ist kein guter Bibliothekar, und ein fleißiger Maler kein guter Gallerieinspector. Auch ist die Conservation der Kunstschätze und die Direction der Kunstschulen selten in Eine Hand gegeben. Was in unserer besonderen Lage mir in gegenwärtigem Falle räthlich scheint, eröffne ich in Folgendem: Als nach dem Ableben der Herzogin Frau Mutter die schönen Zeichnungen und Gemälde aufgestellt und verwahrt werden

sollten, wiesen Se. Durchlaucht der Herzog solche an
die Bibliothek. Dort waren sie gut aufgehoben, da
Bibliothekare und Subalternen aufs Erhalten an-
gewiesen und verpflichtet sind. Als jedoch der Platz
im Bibliotheksgebäude zu eng war, und einige Zimmer
im linken Flügel des Fürstenhauses zu gedachtem Gebrauch eingeräumt wurden, glaubte man bey der bisherigen Einrichtung bleiben zu können, und übergab
den Bibliothekaren und Bibliotheks-Subalternen, als
welche gewöhnt sind, Fremde herumzuführen und ihnen
das Merkwürdige vorzuzeigen, die Schlüssel des neuen
Locals, um so mehr, als Hofrath Meyer die Aufsicht
ausdrücklich abgelehnt hatte.

Gegenwärtig, da eine bedeutende Veränderung vor-
geht, und Se. Durchlaucht der Herzog die Kunstschätze
durch die Acquisition der Gore'schen Bilder vermehrt
haben, finde ich Anlaß genug, die Sache nochmals
durchzudenken, und das Resultat scheint mir Folgendes: Alle Gemälde und alle Zeichnungen, insofern sie
unter Glas und Rahmen sind, oder auf sonst eine
Weise an den Wänden aufgehangen werden, sollen
als zum fürstlichen Mobiliar gehörig angesehen und
dem Hofmarschall-Amt übergeben werden. Ein voll-
ständiges Inventarium aller solcher Kunstwerke, sie
mögen im fürstlichen Schlosse, im Fürstenhause, auf
Lustschlössern und Landhäusern befindlich seyn, würde
eben so viel Interesse als Sicherheit gewähren. Man
sähe alles Vorhandene deutlich vor sich; veränderte

ein Bild seinen Platz, so würde es bemerkt; denn die
Erfahrung zeigt leider nur zu sehr, daß die Orts-
veränderungen, Umstellungen, Specialverwahrungen
der Bilder manches Verderbniß, ja manchen Verlust
nach sich ziehen.

Hofrath Meyer, welcher auch bey dieser Gelegenheit wieder die Übernahme der Kunstwerke verbeten
hat, behielte das Inventarium der Zeichnen-Schule,
welches blos aus Dingen besteht, die zu eigentlicher
Belehrung genutzt werden. Alles, was darüber ist,
wird nur den Lehrern eine Last, und den Schülern
eine Zerstreuung. Auf diese Weise bliebe das Zeichnen-
Institut in seinen alten Grenzen, und der Director
desselben hätte keine andere Verantwortlichkeit, als
die, welche aus der Natur seines Geschäfts herfließt.

6093.

An Christiane v. Goethe.

Der Ziegenhainer Botanikus geht nach Weimar
und überbringt dieses Päctchen früher als es durch
die Boten gekommen wäre. Thut ihm etwas zu gute,
erwärmt und erquickt ihn. Wir sind glücklich hier
angekommen, haben nur wenig gefroren, und bey
Herrn von Hendrich eine gute Mahlzeit gefunden.
Die Zimmer sind auch nun ziemlich durchgeheizt und
wir werden uns bald eingerichtet haben, obgleich die
ersten Tage immer mancherley Unbequemlichkeiten

gefühlt werden. Der Herr Obrist und August haben
zusammen einen Rathlauf von einem Fäßchen Pricken
gemacht, welches zwey Schock enthält, die jeder zur
Hälfte verzehren will. Ich dachte eine Mandel für
dich zu erhalten; sie sind aber nicht geneigt, sie abzugeben. So viel für dießmal.

Jena den 10. Januar 1811.   G.

6094.

An Kirms.

Die Aufführung des Don Juan in italiänischer
Sprache, sehe ich, wie schon öfters erwähnt, nicht als
eine Commissions Sache an, und möchte daher nicht
gern die auszutheilenden Rollen unterschreiben. Es
würde daher sehr gut seyn, wenn Ew. Wohlgebornen
diejenigen Personen, die noch nicht davon unterrichtet
sind oder einige ombrage schöpfen könnten, mündlich
begrüßten und belehrten. Ich glaube nicht, daß irgend
Jemand sich bey dieser Gelegenheit unfreundlich be-
zeigt. Was Sie mir von Unzelmann schreiben, ist
wohl nur vorübergehend. Geben Sie dem jungen
Manne zu bedenken, was er uns, und Durchlaucht
dem Herzog persönlich schuldig geworden; wie unendlich oft er unser bey Gelegenheiten bedurft, wo er
sehr übel daran gewesen wäre, wenn wir uns auf
den Contract berufen hätten. Es ist hier von einer
Artigkeit die Rede, die er dem Hof und besonders dem

Fürsten erzeigt, und er sollte Gott danken, daß ihm
eine Gelegenheit wird, seine Dankbarkeit an den Tag
zu legen.

Ew. Wohlgebornen werden das schon machen.
Sollte jedoch meine Intervention noch nöthig seyn;
so haben Sie die Güte mir es anzuzeigen, und ich
will das Erforderliche wohl schriftlich zu vernehmen
geben.

Jena den 10. Januar 1811.   G.

Herr Obrist von Hendrich wird sich wegen der
Meubeln nächstens vernehmen lassen.

6095.
An Eichstädt.

Ew. Wohlgeboren

erhalten hierbey das Programm. Sollte wegen des
Raums, den es einnimmt, etwas zu bedenken seyn,
daß es nämlich etwas zu viel wäre, so wünschte ich
mich mit Ew. Wohlgeboren darüber zu besprechen;
denn alsdann ließe man besser aus der Mitte, als
am Ende etwas weg.

Mich bestens empfehlend
Jena den 10. Januar 1811.

Goethe.

6096.

An J. H. Meyer.

Das Programm habe sogleich nach meiner Ankunft an Hofrath Eichstädt zugestellt, denselben aber noch nicht gesprochen. Ich werde bald hören, ob vielleicht etwas auszulassen ist.

—   —

Indem dieses geschrieben ist, tritt Hofrath Eichstädt mit einer wahren Jammergestalt zu mir ins Zimmer, aussehend ohngefähr wie der alte Moor in Schillers Räubern, da er aus dem Hungerthurm hervorgezogen wird, fängt mit einer Vorklage an von bösen Zeiten, betaillirt die literarisch-merkantilische Noth durch alle Rubriken und bittet den Druck des Programms aufzuschieben, weil sie an allen Ecken und Enden sparen müßten. Ich gebe ihm darauf ziemlich trockne Resolution und erbitte mir das Manuscript zurück, welches er mir auch einhändigt, mit wiederholter Bitte, davon bis auf bessere Zeiten keinen andern Gebrauch zu machen. Ich gestehe aber aufrichtig, daß ich nicht der Gesinnung bin. Den Aufsatz über die Münzen müssen wir freylich zurücklegen. Ich will die neue Platte bezahlen und die vorjährige zu acquiriren suchen. Das giebt immer ein Fundament zu einem Werklein, das wir nach und nach ausarbeiten, und das zuletzt Cotta der Allverleger auch einmal verlegt. Die Nachrichten über Kunstsachen schickte ich, wenn es Ihnen recht ist, an Cotta gleich ins Morgenblatt, und wir könnten überhaupt dorthin noch manches andre wenden, weil, wie Sie selbst schon früher klagten, Eichstädt manche Recension über Kunstsachen liegen ließe. So verdienen z. B. die Ornamente von Bußler ehrenvolle wiederholte Erwähnung und Anregung. Denken Sie der Sache nach, ich will auch umhersinnen. Laßet die Todten ihre Todten begraben, wir wollen uns zu den Lebendigen halten.

Zweytens muß ich vermelden, daß wir ein Rescript bey der Bibliothek erhalten haben, die Kunstsachen im Fürstenhause Ihnen zu übergeben. Ich habe dagegen in einem weitläufigen Promemoria ausgeführt, daß man alle Gemälde und alle Zeichnungen in Glas und Rahmen, auch wie sie sonst an der Wand aufgemacht seyn möchten, dem Hofmarschallamte, nach einem allgemein anzufertigenden Inventarium, übergeben möchte. Alles was im Schlosse, im Fürstenhause, Lustschlössern und Landhäusern sich befände würde verzeichnet, und die Special Inventarien für jeden Castellan, Schloßvogt oder augenblicklichen Aufseher und Bewohner, gefertigt. So könnte denn auch Jagemann alles was sich an seiner Seite befindet, in Aufsicht behalten; was oben auf Ihrer Seite aufgehängt ist, wäre Sache des Schloßvogts, weil ja ohnehin die Zimmer von Fremden gelegentlich bewohnt werden sollen. Soviel zur Nachricht

für heute, damit Sie wissen, was vorgegangen ist.
Leben Sie recht wohl, gedenken Sie mein, und lassen
etwas von sich hören.

Jena d. 11. Jan. 1811.   G.

6097.

An Christiane v. Goethe.

Jena den 11. Januar 1811.

Durch den Botanikus von Ziegenhain werdet ihr
heute ein Packet erhalten und die Inlagen wohl besorgt haben. Hierbey folgt nur ein Brief an Hofrath Meyer, den ich gleich zu bestellen bitte.

Ferner wünschte ich das Zeichenbret herüber zu
haben, das in deinen Zimmern in irgend einer Ecke
stehen muß. Die alte Ruine von Graupen in Böhmen
ist darauf gezogen. Man kann ein andres Papier
mit einigen Stecknadeln drüber stecken und den Boten-
frauen anempfehlen, daß es nicht gerieben wird.

Briefe und Packete wünsche ich hieher zu erhalten,
auch sonstige Nachricht, ob etwas vorgefallen ist.
Weiter weiß ich nichts zu sagen, als daß ich wohl
zu leben wünsche. Das Wetter wird bey euch so schön
seyn, wie hier. Freylich ist es der Schlittenfahrt
nicht günstig.

                                          G.

6098.

An Bettina Brentano.

Du erscheinst von Zeit zu Zeit, liebe Betline, als ein wohlthätiger Genius, bald persönlich, bald in allerley guten Gaben. Auch biesmal hast du viel Freude angerichtet, wofür dir der schönste Danck von uns allen abgetragen wird. Möge dir es recht wohl ergehen und alles was du gelobest und dir gelobt wird Glück und Segen bringen.

Daß du mit Zeltern dich näher gefunden hast macht mir viel Freude. Du bist vielseitig genug aber auch manchmal ein recht beschränckter Eigensinn, und besonders was die Music betrifft hast du wunderliche Grillen in deinem Köpschen erstarren lassen, die mir insofern lieb sind weil sie dein gehören, deswegen ich dich auch keineswegs deshalb meistern noch quälen will.

Von denen guten Sachen die ich dir verdancke ist schon gar manches einstubirt und wird oft wiederhohlt. Überhaupt geht unsre kleine musicalische Anstalt diesen Winter recht ruhig und ordenlich fort.

Eine sehr schöne und öfter wiederhohlte Vorstellung des Achille von Pär haben wir auch gehabt. Brizzi von München war vier Wochen hier und jederman war zufrieden.

Von mir kann ich dir wenig sagen als daß ich mich wohl befinde, welches denn auch sehr gut ist.

Für lauter Äusserlichkeiten hat sich von innen nichts entwickeln können. Ich denke das Frühjahr und einige Einsamkeit wird das Beste thun. Ich danke dir zum schönsten für das Evangelium iuventutis, wovon du mir einige Pericopen gesendet hast, fahre fort von Zeit zu Zeit wie es dir der Geist eingiebt.

Und nun lebe wohl und habe nochmals Danck für die warme Glanzweste. Meine Frau grüßt und danckt zum schönsten. Riemer hat wohl schon selbst geschrieben.

Jena. Wo ich mich auf 14 Tage hinbegeben. d. 11. Jan. 1811.

G.

6099.

An Christiane v. Goethe.

Vor allen Dingen will ich zuerst mein nächstes Bedürfniß melden, und dieses ist um Wein von meiner Sorte, denn Herr von Hendrich hat leider keinen von dieser Art und ich habe mich die Zeit her theuer und unbequem behelfen müssen, weil ich vergaß früher darum zu schreiben.

Wenn ihr mir den zugerichteten Schweinskopf schickt, so vergeßt die Sauce nicht: denn hier ist dergleichen schwer zu haben; wie denn auch unser gewöhnliches Essen so wenig erfreulich ist als sonst. Die Freunde geben uns manchmal etwas zum besten.

Da ihr uns nicht wolltet der Pferde genießen lassen, so haben euch die Götter gestraft indem sie

nicht allein keinen neuen Schnee gesendet, sondern sogar den alten recht langsam, nach und nach, vor
euren Augen in Wasser und Schmutz verwandelt.

Der gute Rabe ist hier. Ich wünsche, daß ihm
mein Bild gelinge; die Stunden will ich ihm gern
gewähren. Wir thun zwar hier nicht viel Bedeutendes, aber doch immer viel mehr als zu Hause, und
ich werde manches Alte und Stockende los, wodurch
sich aufs Frühjahr ein neues Leben hoffen läßt.

Heute ist Carl Knebels Geburtstag. Er wird
15 Jahr alt, und ist als Studiosus inscribirt worden.
Dieses denkt er sich heute als eine besondre Lust, wird
aber schon in der nächsten Woche ihm und seinen
lieben Eltern zu mancher Verwicklung und Verwirrung gereichen. August zeigt sich bey dieser Gelegenheit recht brav, indem er diesem einheimischen
Fuchs eine Richtung giebt die ihm vortheilhaft seyn
kann.

Rabe hat uns manche Weimarische Geschichten erzählt, und wir sehen daraus, daß es weder auf Re-
douten noch Jagden sehr geziemend hergeht. Daß der
Teufels Müller kein recht feines Mehl liefern würde,
sah ich wohl voraus. Ich bin zufrieden, daß es nur
nothdürftig durchgegangen ist, und doch sagen immer
die Leute: „Warum giebt man dieß und das Stück
nicht? Es ist ja auf allen Theatern gespielt worden.“

Das beykommende Zeichenbüchlein erbitte ich mir
wieder zurück. Es solle euch nur die Silhouetten

überbringen, die der jetzt anwesende Silhouetteur aus-
gefertigt hat. Stoßt euch nicht an die weißen Läppchen und barbarischen Uniformen. Das kann nun
einmal nicht anders gemacht werden. Der Silhouetteur
hat hier viel zu thun, und wenn er nach Weimar
kommt, wird ihn Fr. v. Schopenhauer, hoffen wir,
auch beschützen. Laßt das Stammbuch einigen Personen sehen. Sagt dieser Freundinn zugleich, daß
sie den Aufsatz, wegen des Ausspielens des Bardua-
schen Gemäldes, nächstens erhalten soll.

Schreibe mir, was euch sonst begegnet, wie die
Theater Vorstellungen ablaufen. Meine Absicht ist,
heute über acht Tage, Dienstags den 22., zu Mittag
bey euch zu seyn. Auf alle Fälle könnt ihr in der
Zwischenzeit, auf mehr als einem Wege, das nähere
vernehmen.

Sende auch von dem andern Wein mit herüber:
denn der hiesige geht zu Ende, und da wir nicht
ohne Gäste sind, so erneut sich dieses Bedürfniß
immer wieder.

Von einem Balle habe ich nichts vernommen.
Freylich komme ich auch nicht leicht in Verhältniß
mit Balllustigen. Doch wollen wir auch dieses dem
Schicksal und seinen Dienern, den Studenten, überlassen. Lebet recht wohl.

Jena den 15. Januar 1811.   G.

6100.

An J. H. Meyer.

Hier schicke ich Ihnen, mein lieber Hofrath, den
Aufsatz Serenissimi unsre neue Einrichtung betreffend.
Ich kann Ihnen leider mein Votum, das diesem vor-
herging, nicht mitsenden, weil ich kein Concept davon
habe. Es ist aber auch weiter nicht nöthig, und ich
brauche Ihnen nicht zu sagen: denken Sie die Sache
durch, weil Sie immer denken und Sie alles schon
lange durch und durch gedacht haben. Richten Sie
sich aber ein, Dienstag Mittag mit mir zu essen:
denn ich komme gewiß zu Tische, insofern in dieser
Welt etwas gewiß ist. (Sonst sagte man: will's
Gott!) Mir scheint die Sache im Grunde einfach
und leicht abzuthun, welches sich mit ein paar mündlichen Worten geschwind zeigen wird.

Mir geht es übrigens nach meiner Art hier ganz
wohl. Raben, wenn er Sie besucht, sind Sie ohne
meine Empfehlung freundlich. Alles andre versteht
sich von selbst.

Jena den 18. Januar 1811.   G.

6101.

An Christiane v. Goethe.

Herr Rabe fährt nach Weimar und es wäre mir
angenehm durch den rückkehrenden Kutscher einige

Flaſchen Wein zu erhalten, weil wir alles das über-
ſchickte ſchon von der Erde weggetrunken haben. Künftighin muß ich mir einen größeren Keller hier anlegen.
Der vortreffliche Juvenil verſäumt auch nicht ſeinen
Theil von der hellen Sorte zu trinken, und ſo weiß
man gar nicht, wo dieſes Gewächs des Weinſtocks
alles hinkommt. Lebet recht wohl, nur laßt euch nicht
von einem Ball verführen, den man, wie ich höre,
vielleicht auf den Dienſtag anſetzen will. Es wäre
mir ſehr ſchrecklich euch im Mühlthal zu begegnen.
Auf fröhliches Wiederſehen.

Jena den 18. Januar 1811. G.

6102.

An Caroline Gräfin v. Egloffſtein.

Um wegen meiner Briefſchulden nicht ganz bankrut
zu werden, habe ich mich nach Jena zurückgezogen,
wo wie Sie ſehen, ſchöne Freundinn, die Feder nicht
recht ſchreiben, die Dinte nicht ordentlich fließen will.
Doch erſcheint mir das Bild der lieben Jägerin allzu-
lebhaft als daß ich länger zaudern ſollte für Ihren
freundlichen Brief recht herzlich zu bancken. Die holde
Geſtalt der Abweſenden wird gar oft vermißt, Sonntags beym Geſang, bey Hofe, auf der Reboute und
wo nicht ſonſt. Eben ſo fehlt auch ihre trauliche
Rede und was ſonſt noch alles mit ihr hinweg-
gezogen iſt.

Einer Ihrer ersten und treusten Verehrer findet sich hier an meiner Seite, mein August, mit dem ich sehr oft der guten und glänzenden Zeiten gedencke. Er empfiell sich zum allerschönsten.

Wie es diesen Herbst und Winter bey uns ausgesehen, davon haben Sie schon umständliche Nachricht. Sehr ungern vermissen wir Frau Gen. v. Wangenheim bey der ich mein Andencken zu erneuern bitte. Ihrer verehrten Frau Mutter dancken Sie recht lebhaft für das eigenhändige Zeichen dauerhafter Neigung und Freundschaft und bewegen die glückliche Zeichnerinn uns bald wieder etwas zu senden. Sie aber leben recht wohl und unsrer eingedenck.

Jena d. 18. Jan. 1811.

Goethe.

6103.

An Christiane v. Goethe.

Nach reiflicher Überlegung aller Umstände haben wir uns entschlossen, Montags früh bey guter Zeit von hier abzufahren und bey euch zu Tische zu seyn. Kämen wir auch nach Eins, so laßt euch nicht irren: denn ich weiß doch nicht, wann wir hier wegkommen.

Auf diese Weise findet ihr das Nest Dienstags rein, habt eure Bequemlichkeit und wir gewinnen unsre Stunden in Weimar und somit ist allen geholfen.

Die schönen Würste haben ein gar gutes Ansehen und so ist alles in der besten Ordnung. Gegen-

wärtiges sende ich durch den guten jungen Starke
dem du etwas freundliches erzeigen magst. Lebe recht
wohl bis auf frohes Wiedersehen.

Jena den 19. Januar 1811.   G.

6104.

An C. F. v. Reinhard.

Seit meiner Rückkunft von meinen Badereisen bin
ich in so mancherley Geschäfte und Verrichtungen ver-
wickelt worden, daß ich auf kurze Zeit nach Jena
gehen mußte, um nur einigermaßen meine Brief- und
Literaturschulden abzuthun. Hier benutze ich auch
eine einsame Stunde, um Ihnen, verehrter Freund,
für die freundlichen Schreiben zu danken, die ich von
Ihnen erhielt. Lassen Sie mich, in Erwiederung derselben, mancherley erzählen.

Das etwas schwierige Unternehmen auf unserm
Theater eine italiänische Oper zu geben, machte mir
viel Mühe und kostete mir viel Zeit. Endlich aber,
da es glücklich und zu Jedermanns Zufriedenheit ge-
lang, so fand ich mich auch getröstet und ging, wie
man es immer macht, wieder neue Schwierigkeiten
aufzusuchen. Ter übrige Lauf des Geschäfts- und
Hoflebens nimmt denn auch den größten Theil der
kurzen Tage weg, und die Nacht, wie der Winter, ist
keiner Thätigkeit Freund. Viel Communicables habe
ich nicht geleistet. An der Hackertschen Biographie

wirb gedruckt, und sie wird Ihnen einiges Vergnügen
machen. Wenigstens stellt sie ein thätiges, bedeutendes, glückliches, und im Unglück sich wiederherstellendes
Leben dar.

Daß meine Pandora in Ihnen den Wunsch erregt hat, sich wieder einmal mit mir zu unterhalten,
freut mich sehr. Ich erinnerte mich dabey eines
schmeichelnden Vorwurfs, den mir einst ein Jugendfreund machte, indem er sagte: Das was Du lebst
ist besser als was Du schreibst; und es sollte
mir lieb seyn, wenn es noch so wäre. Jenes Werkchen
ist freylich etwas laconisch zusammengearbeitet; aber
nicht des Buchhändlers sondern meine Schuld ist es,
daß Sie nur vier Bogen davon erhalten haben: denn
die übrigen sind noch nicht gedruckt, ja noch nicht
einmal geschrieben.

Da diese Wintertage sich mehr zur Reflexion als
zur Production schicken, so habe ich des Herrn Degerando
Histoire comparée des Systèmes de Philosophie gelesen und mich dabey meines Lebens und Denkens
von Jugend auf erinnern können. Denn die sämmtlichen möglichen Meinungen gehn uns doch nach und
nach, theils historisch, theils productiv durch den Kopf.
Bey Lesung dieses Werks begriff ich aufs Neue, was
der Verfasser auch sehr deutlich ausspricht: daß die
verschiedenen Denkweisen in der Verschiedenheit der
Menschen gegründet sind, und eben deßhalb eine
durchgehende gleichförmige Überzeugung unmöglich ist.

Wenn man nun weiß, auf welcher Seite man steht,
so hat man schon genug gethan; man ist alsdann
ruhig gegen sich und billig gegen andre. Übrigens
muß man doch gestehen, daß ein Franzose, wenn er
einmal vermitteln will, ein sehr bequemes Organ an
seiner Sprache findet. Ich habe mich doch an gewissen
Stellen gewundert, wie nahe er an uns Deutsche
herantritt, selbst da, wo ihm unsre Denkweise nicht
gemäß ist. Die Stelle, die dem Janus bifrons eine
so gewaltige Fratze zieht, habe ich auch gefunden und
kann ihm keineswegs verargen, daß er darüber em-
pfindlich ist.

Haben Sie das Werk des Heron de Villefosse:
De la Richesse minerale gesehen? wovon der erste
Theil Division économique herausgekommen. Hier
hat die französische Natur auf deutschem Grund und
Boden und größtentheils mit deutschen Materialien
ein Musterstück geliefert. Es ist werth, daß es jeder
Staats- und Weltmann, wo nicht durchstudire, doch
durchblättere. Es ist auf sehr bequeme Weise belehrend. Sollten Sie es noch nicht gesehen haben,
so empfehle ich es besonders, weil es vom Königreich
Westphalen ausgeht, an dem Sie doch gegenwärtig
in manchem Sinne Theil zu nehmen Ursache haben.

Den Brief des guten Boisserée beantworte ich
ehstens ausführlicher. Haben Sie indeß Gelegenheit
ihm zu sagen, daß nach unserer Meinung denn doch
vielleicht für diese perspectivischen Blätter die aqua

tinta das Beste seyn möchte. Sie giebt in Absicht
auf Haltung und Leichtigkeit der Arbeit gar viele
Vortheile, und wenn man 500 Exemplare eines
solchen Werks, als soweit wohl die guten Abdrücke
reichen, verkauft; so können Autor und Verleger
immer zufrieden seyn. Doch ist das nur eine Meinung,
und wir lassen gern eine andre Überzeugung gelten.
Jeder muß freylich sehen, wie er am Ende selbst sich
nothdürftig rathen kann. Auf alle Fälle würden die
werthen Cöllner zur guten Jahrszeit hier wohl aufgenommen seyn. Der Erbprinz, der sie in Heidelberg
sah, hat sie zum schönsten und vortheilhaftesten angemeldet.

In meiner Jenaischen Einsamkeit komme ich auch
dazu, manche Schriften zu überlesen oder zu über-
laufen, die lang vor mir vorbeygerannt sind. Da
habe ich denn auch Brandes Betrachtungen über
den Zeitgeist in Deutschland angesehen, und mir
die vergangenen Zustände daraus wieder vergegenwärtigt. So viel Gutes dieses Büchlein hat und so
nützlich man es verarbeiten könnte, so ist es doch
äußerst widerborstig gedacht und geschrieben, so daß
es einem auch nicht einmal in der Reflexion wohl
wird, wo sich denn doch zuletzt alles Verdrießliche
des Lebens und Daseyns freundlich auflösen müßte.
Hier, wie in so manchen andern Fällen, kommt einem
die Empirie, die sich mit der Empirie herumschlägt,
ganz lächerlich vor. Es ist immer als sähe man

indianische Götter, wo einer zehn Köpfe, der andre
hundert Arme, und der dritte tausend Füße hätte,
und diese här'ten sich nun mit einander herum, flickten
sich am Zeuge wo sie könnten und keiner würde der
andern Herr.

Soviel für heute. Der Raum verbietet mehr als
ein herzliches Lebewohl zu sagen.

Weimar den 22. Januar 1811.   G.

6105.
An Fürst Lichnowsky.

[Concept.]   [23. Januar.]

Ew. Durchlaucht
haben mich zu Ende des Jahrs, das mir das Glück
Ihres Wohlwollens verschaffte und in welchem ich so
manches Erfreuliche durch Ihre Vermittlung genoß,
mit einer Nachricht überrascht, die mich in Entzücken
setzen mußte. Sie kündigen mir ein huldvolles Merkzeichen an, woraus mir die Gewißheit werden soll,
daß unsere allergnädigste Kaiserinn sich eines zwar
entfernten aber gewiß, so sehr als die nahen, anhänglichen und bevoten Dieners erinnern will. Wenn Ew.
Durchlaucht bisher meiner gütig und gnädig gedacht,
so setzen Sie ja nunmehr noch diese wohlthätige Gesinnung fort und drucken gelegentlich, da Sie meine
Empfindungen und Gesinnungen kennen, auf eine gehörige Weise dasjenige aus, was so natürlich ist und
wozu ich doch keine Worte finde.

In diesen Tagen besuchte uns der Erbprinz von
Oldenburg, welcher gerade von Wien kommend und
unsere Ergebenheit und Anhänglichkeit für die vor-
trefliche Monarchinn theilend, mit sehr viel Eifer und
Lebhaftigkeit ein Gespräch fortsetzte, welches der Herzog
mein gnädigster Herr veranlaßt hatte, und woran
Theil zu nehmen, man mir die Ehre erzeigte.

Das gegenwärtige abzusenden habe ich einige
Wochen aufgeschoben, so wie auch das beyliegende
Schreiben an des Herrn Grafen von Althan Excellenz.
Ich gedachte zugleich die Ankunft des sehnlich er-
warteten kostbaren Geschenks zu melden; allein da es
bis jetzt noch nicht angelangt, so will ich meine dankbare Freude nicht länger zurückhalten, und Ew. Durchlaucht von meiner fortdauernden, immer gleichen, ja
durch diese neue Begünstigung noch mehr erhöhten
anhänglichen Gesinnung wenigstens mit Worten zu
überzeugen suchen, bis ich in Erwiederung etwas
Gefälliges und Erfreuliches leisten kann.

Zu dem neulichen Verzeichniß wären noch Hebels
Allemannische Gedichte zuzusetzen, welche auf alle Weise
verdienen, unter unsern deutschen Werken beachtet zu
werden. Was die Prosaisten betrifft, so ist freylich
die Aufgabe schon etwas weitläuftiger und schwieriger,
auch kommt man eher in Gefahr sich einer Aus-
lassungs- oder Parteylichkeitssünde schuldig zu machen;
doch hoffen wir uns auch dieses Auftrags schuldigst
zu entledigen.

6106.

An J. F. H. Schlosser.

Wohlgeborner,

Insonders hochgeehrtester Herr,

Das Packet mit den Büchern ist glücklich angekommen. Das zweyte, von Ew. Wohlgeboren beygelegte Exemplar, sowie die Dissertation, sind für
mich besonders von Bedeutung. Ich werde balb möglichst Gebrauch davon machen und alles wieder wohleingepackt zurückschicken, auch bey dieser Gelegenheit
Herrn Vogl, den ich unterdessen bestens zu grüßen
bitte, dankbarlich antworten.

Zugleich vermelde, daß ich endlich so glücklich bin,
in diesen Tagen mein so lange zaudernbes Bild durch
den Postwagen absenden zu können. Ich wünsche,
daß es glücklich ankommen und Beyfall finden möge.
Folgendes habe ich dabey zu bemerken:

Wenn der Kastendeckel ohne große Erschütterung
eröffnet ist, so findet sich außen an der obern Seite
des Kastens eine Schraube. Diese ist loszuschrauben,
sodann die zwischen dem Rahmen und dem Kasten
eingezwängten Keilchen von Papier und Pappe sorgfältig herauszuziehen, und das Bild mit dem Rahmen
sodann aus dem Kasten zu nehmen.

Noch eins ist alsbann zu bebenken. Leider hat der
Künstler den Blendrahmen, worauf das Bild gespannt
ist, zu schwach machen lassen. Da dieser nun durch

Keilchen angetrieben ward; so ist er auf dem Wege
von Dresden hieher geborsten, und man hat hier, um
nicht alles auseinander zu nehmen, für das beste gehalten, ein paar Querleisten hinten über den Haupt-
rahmen zu schrauben, welche denselben wohl auf ewige
Zeiten zusammenhalten werden. Man darf sie deshalb nicht als accessorisch ansehen und sie etwa los-
schrauben. Freylich entsteht dadurch beym Aufhängen
der Mißstand, daß das Bild etwas von der Wand
absteht; allein es läßt sich dieses durch eine kleine
Drapperie, wie sie ein geschickter Tapezierer um ein
solches Bild in Gestalt eines Vorhangs leicht an-
bringen wird, verbergen, und dabey noch eine angenehme Verzierung gewinnen.

Verzeihen Sie meine Weitläuftigkeit; aber es geht
leider nicht alles wie es gehen sollte und da muß man
zu rathen und zu helfen suchen, wie sichs thun läßt.
Beyliegenden Brief bitte ich auf die Post geben zu
lassen, und meiner im Guten zu gedenken.

Ew. Wohlgeb.

Weimar
den 24. Januar 1811.

ganz ergebenster Diener
J. W. v. Goethe.

6107.
An Sartorius.

[Concept.] [4. Februar.]

In diesem Augenblicke, mein theurer lieber Freund,
bin ich sehr verdrießlich auf mich, daß ich Ihnen nicht

vor 6 Wochen geschrieben und zwar durch Veranlassung
des vaterländischen Museums. Eine Abtheilung Ihres
Werks das Sie gegenwärtig die Güte haben, mir ganz
zu überschicken, fand ich darin zu meiner größten
Freude. Es ist irgendwo gesagt, daß die Weltgeschichte
von Zeit zu Zeit umgeschrieben werden müsse, und
wann war wohl eine Epoche, die dieß so nothwendig
machte, als die gegenwärtige. Sie haben ein treff-
liches Behspiel gegeben, wie das zu leisten ist. Der
Haß der Römer gegen den selbst milden Sieger, die
Einbildung auf abgestorbene Vorzüge, der Wunsch
eines andern Zustandes ohne einen bessern im Auge
zu haben, Hoffnungen ohne Grund, Unternehmungen
auf gerathewohl, Verbindungen von denen kein Heil
zu hoffen, und wie das unselige Gefolge solcher Zeiten
nur immer heißen mag, das alles haben Sie trefflich geschildert und belegen uns daß das alles wirklich
in jenen Zeiten so ergangen. Sogleich werde ich
nunmehr Ihr ganzes Werk lesen, sende aber diesen
Brief fort, noch ehe ich es anfangen konnte.

Ihr und der Ihrigen Wohlsehn freut mich herzlich
und was ich von dem günstigen Geschick Göttingens,
seiner Anstalten und Bewohner höre, freut mich un-
säglich, sowohl überhaupt als um Ihrentwillen.
Mögen die mannigfaltigen neuen Illuminationen der
geographischen Charten auf Sie keinen ungünstigen
Einfluß haben.

Vorigen Sommer habe ich mich in Carlsbad ziemlich,

in Teplitz trefflich befunden. Ein zwölftägiger Aufenthalt in Dresden hat mir die Würde und Herrlichkeit alter und neuer Kunst wieder recht vor die
Augen gebracht. Nach meiner Rückkehr haben wir eine
italiänische Oper, Achille von Paer, mit großem
Beyfall zu Stande gebracht. Brizzi von München
sang die Hauptrolle, und die unsrigen begleiteten ihn
musterhaft.

Doch haben wir in diesen Tagen noch einen größern
theatralischen Triumph erworben, indem wir den standhaften Prinzen von Calderon nach Schlegels Übersetzung mit allgemeiner Theilnahme aufgeführt. Jedermann macht uns das Compliment daß es über alle
Erwartung gerathen, und niemand verhehlt seinen
Unglauben, den er an dem Glück unsers Unternehmens gehegt hatte.

Beym Theater kommt freylich alles auf eine frische
unmittelbare Wirkung an. Man will nicht gern
reflectiren, denken, zugeben; sondern man will empfangen und genießen; daher ja auch oft geringere
Stücke eine günstigere Aufnahme erleben, als die
bessern; und zwar mit Recht. Diesmal aber haben
wir ein Stück, das vor nahe 200 Jahren, unter ganz
anderm Himmelsstriche für ein ganz anders gebildetes
Volk geschrieben ward, so frisch wiedergegeben, als
wenn es eben aus der Pfanne käme. Die Theilnahme
aller Classen war dieselbe, und ich freue mich darüber
gar höchlich, weil meine Mühe und Sorge, die ich

auf die Wiederbelebung eines Werks, das ich für höchst vortrefflich halte, seit ein paar Jahren gewendet habe, nunmehr reichlich belohnt sehe.

Von mir habe ich übrigens nicht viel zu sagen. Meine eigenen Sommerwanderungen haben die Wanderjahre Wilhelm Meisters verzögert; jetzt lasse ich an der Hackertschen Biographie drucken und mache mir den Spaß, an meiner eignen zu schreiben. Ich muß aber erst einen guten Theil vor mir sehen, bis ich beurtheilen kann, ob dieses Unternehmen zulässig ist.

Indem über meine Farbenlehre das altum Silentium im gelehrten Publicum fortdauert; so erhalte ich in Privatbriefen sehr angenehme Zeugnisse von stiller Wirkung, besonders von Anregungen durch einzelne Stellen veranlaßt. Wir wollen das alles abwarten. Mein Hauptzweck war, mir selbst möglichst klar, und zuletzt die Sache los zu werden. Beydes habe ich erreicht und das weitere wird nicht ausbleiben. — Nun leben Sie zum schönsten wohl, grüßen Sie mir die lieben Ihrigen und gedenken meiner.

6108.

An Kirms.

Durchlaucht der Herzog haben die Absicht eine Demoiselle Frank von Mannheim, zu Anfang März, und Madam Vohs zu Anfang May hier in einigen Gastrollen zu sehen, und gedenken selbige zu honoriren.

Das erste ist durch Frau von Heygendorf nach Mannheim gemeldet worden und ich werde von dem letztern
Madam Vohs benachrichtigen.

Weimar den 12. Februar 1811. G.

6109.

An Kirms.

5 Herr Capellmeister Müller zeigt an, daß der Cor-
repetitor Eilenstein sich vergangenen Montag dergestalt betrunken, daß er in der Esplanade in den
Koth gefallen, sich besudelt und im Gesicht beschädigt
habe; so sey er ins Orchester gekommen, wo er über
10 die Pauken gestolpert und Standal verursacht. Er,
der Capellmeister, habe ihm von seiner Seite eine
solche Aufführung bedrohlich verwiesen; er könne sie
jedoch auch Herzogl. Commission um so weniger verschweigen, als Serenissimus von dem Unfug Notiz
15 genommen und den Eilenstein sogleich seiner Stelle
zu entlassen gedroht.

Weimar den 15. Februar 1811. G.

6110.

An Sara v. Grotthuß.

Weimar, den 15. Februar 1811.

Es ist nichts billiger, als daß ich mit der Recension
20 der vortrefflichen Gaben anfange, die uns nach und

nach durch Ihre Güte geworden sind. Den koftbarften
Spickgänfen folgten die trefflichften Sauber, und biefen
nunmehr der befte Kaviar, welcher jemals gefifcht und
eingefalzen worden. Durch Ihre Nachricht von dem
Einweichen des getrockneten habe mich wirklich auf
einen hohen Grad der Geschmackkritik erhoben gefehen,
fo daß ich einen, ehe der Ihrige ankam, hier an Tafel
genoffenen wenigftens für mich im Stillen für auf-
gefrifcht erklären konnte. Haben Sie für biefe Gaben
ben beften Dank, und lieben uns nicht weniger, wenn
wir Ihnen etwas gourmand erfcheinen follten.

Für alle mir gegebenen Nachrichten foll gleichfalls meine aufrichtige Dankbarkeit hiermit ausge-
fprochen feyn. Auf die Tochter Jephtha's warten
wir mit Verlangen und hoffen fie gut zu geben.
Von unfern bisherigen Unternehmungen foll nachher
die Rede feyn.

Wegen bes Anliegens der Madame Crayen habe
ich foubirt. Aber Spanien ift jetzt ein fehr wunder
Fleck auf der Landcharte, und ich traute mir nicht
weiter zu gehen. Läßt fich etwas bewirken, fo erfahren Sie es gleich.

An die gute Schwefter habe ich fchon lange einen
luftigen Brief gefchrieben, und barin Ihre Gaben
detaillirt und gerühmt. Ich entbehre jedoch feit langer
Zeit ein Lebenszeichen von ihr: nun, ba ich höre,
daß fie krank gewefen, erkläre ich mir's eher, und
bin bestwegen nicht weniger in Sorgen. Sagen Sie

ihr das allerschönste und empfehlen mich ihr, auch
Herrn von Grotthus. Das Beste wünschend

Goethe.

6111.
An J. F. H. Schlosser.

Wohlgeborner,
Insonders Hochgeehrtester Herr,
Aus Ew. Wohlgeboren freundlichem Schreiben habe
ich mit Vergnügen ersehen, daß das Gemälde glücklich
und wohlbehalten in Frankfurt angelangt ist und daß
ich meinen Wunsch einigermaßen erreicht habe, Ihnen
für so viel Liebe Güte und Treue auch endlich einmal
etwas Erfreuliches zu erzeigen. Möge mein Andenken
immer unter Ihnen und den Ihrigen wohnen, wie
wir das Ihrige unter uns lieb und werth haben.

Die mir anvertrauten Bücher sende mit Dank
zurück. Besonders enthielt die Ausgabe in Quart zu
meiner Freude auch die kleineren Schriften des Telesius
und das Büchelchen de colorum generatione, worauf
es mir hauptsächlich ankam. Nicht weniger war mir
die Dissertation erwünscht, welche sehr gründlich und
gut geschrieben mich mit den Schicksalen dieses Mannes
und seinen Werken näher bekannt machte. Ich lege einen
Brief an Herrn Vogt bey, um für seine bey dieser Gelegenheit gehabte Bemühung mich dankbar zu erzeigen.

Der Kasten mit Scripturen ist auch schon längst
glücklich angekommen und das dabey befindliche Manu-

script erinnerte mich an vergangene heitre Tage. Es
ist von der Hand der Fräulein Göchhausen, welche
Hofdame bey der Herzoginn Mutter Durchlaucht war,
und mit meiner Mutter mehrere Jahre im Briefwechsel stand.

Wahrscheinlich komme ich bald in den Fall, Ew.
Wohlgeboren Gefälligkeit abermals anzurufen, indem
ich mir theils Nachrichten, welche das Leben von abgeschiedenen Frankfurtern betreffen, theils die Mittheilung von gewissen sogenannten Francofurtensien
erbitten wollte, da ich mir verschiedenes aus früherer
Zeit ins Gedächtniß zurückrufe und theils das Andenken mancher bedeutenden Individualitäten, theils
kleinere Begebenheiten, die nicht ohne Folge geblieben
sind, wo nicht der Welt, doch wenigstens den Meinigen
erhalten wünschte. Nächstens nehme ich mir die Freyheit, hierüber etwas bestimmtes zu äußern.

Anstatt jenes, oben erwähnten Briefes an Herrn
Vogt lege ich ein Packet an denselben bey, und bitte,
da ich wegen seines Titels ungewiß bin, die Adresse
gefällig darauf zu setzen, und es ihm sodann zu übersenden.

Mit vielen herzlichen Empfehlungen von den
Meinigen unterzeichne ich mich wie immer

Ew. Wohlgeb.

Weimar   verbundenster
ben 15. Februar 1811.   J. W. v. Goethe.

6112.

An v. Trebra.

[Concept.] [16. Februar.]

Die so unerwartet von den werthen Freunden
bey mir abgestattete Visite erwiedre ich hiermit zwar
keineswegs auf transparentem, doch wenigstens auf
ziemlich weißem Grunde. Wenn ich aufrichtig seyn
soll, so wäre ich lieber völlig schwarz auf weiß vor
den Freunden erschienen; aber wie es scheint soll ich
die Farben, die mir schon so viele Noth gemacht, nicht
los werden: denn der Silhouetteur wollte mich ohne
bunte Läppchen und Bändchen nicht entlassen. So
komm ich denn nun halb Schatten halb Wirklichkeit,
aber gewiß treu gesinnt und von Herzen dankbar.

Das schöne Glas, dergleichen ich mir wirklich eins
wünschte, hat mich, wie ich gern gestehe, in tiefes
Nachdenken versetzt: denn entweder der Besteller, oder
der Verfertiger haben der Farbenlehre, es sey nun
die meinige oder nicht, große Aufmerksamkeit gegönnt,
indem nicht nur Licht und Finsterniß, sondern auch
die Trübe, daneben auch der ganze Farbenverein, auf
eine sehr künstliche und bedeutende Weise vorgestellt
ist. Selbst an Mücken fehlt es nicht, und der ganz
schwarze Fliegengott im trüben Felde, umgeben vom
farbigen Ewigkeitssymbol, scheint hier auf das ein-
gekerkerte böse Princip zu deuten, worauf wir in so
viel ahndungsvollen Schriften der neuern Zeit hin-

gewiesen werden. Genug ich bin überzeugt, daß ein
Eingeweihter, wenn er, mit diesem Kelch in der Hand,
die Rednerbühne bestieg, die größten Geheimnisse der
Natur seinen Zuhörern daran anschaulich entwickeln
könnte. So viel sey hier nur gesagt, zum Beweis
daß ich das Andenken und Wohlwollen meiner Freunde
zu verdienen glaube. Möge gegenwärtiges willkommen
seyn und uns in diesem Jahre ein freudiges Wiedersehen nicht fehlen.

Glück auf!

6113.
An Fürst Lichnowsky.

[Concept.]

Nun ist gestern den 18. Februar die köstliche Gabe,
nach einigen kleinen Retardationen in Dresden, glücklich bey mir angekommen, und es soll dieser Tag
künftig immer festlich gefeyert werden. Ew. Durchlaucht können sich wohl denken, welche Freude diese
Erscheinung bey mir erregt hat. Jedes Wort, jedes
Zeichen, welches uns versicherte, daß eine so hohe
preiswürdige Dame sich unsrer erinnern wolle, würde
ja schon entzücken; nun aber ein so kostbares schönes
und mit allem was uns werth seyn muß, dem verehrten Namen in allen Buchstaben geschmücktes Geschenk, dieses ist mehr als die kühnste Erwartung sich
hätte dürfen träumen lassen. Nun preise mein Glück
des vorigen Jahres doppelt und dreyfach, und bin den

guten Carlsbadern aufs neue verbunden, die mich im
Jubel ihrer Anhänglichkeit an ihre große Monarchinn
zu einem Schritte vermochten, den ich selbst nicht
würde gewagt haben, und der sich für mich so folge-
reich erzeigte.

Ew. Durchlaucht sind nicht weniger gewiß, daß
ich dankbar zu erkennen weiß, was ich hiebey Ihrem
geneigten und thätigen Einfluß von den ersten Stunden
an schuldig bin; welches mir bey einem so schönen
Erfolg immer wieder aufs neue ins Gedächtniß gerufen wird.

Sollte es eine schickliche Gelegenheit geben, so
würden Ew. Durchlaucht mich unendlich verbinden,
wenn Sie mein Erstaunen und gewissermaßen meine
Beschämung, bey dem Empfang einer so großen Gabe,
nach Ihrer eigenen Weise recht aufrichtig und lebhaft
ausbrücken wollten; wie ich denn auch des Herrn
Oberhofmeister Grafen von Althann Excellenz meine
dankbaren Gesinnungen wieder betheuert wünschte.
Fügen Ew. Durchlaucht zu so vielem Guten auch
noch diese Gunst hinzu.

Durchlaucht der Herzog, der an meinem Glücke
einen sehr aufrichtigen Theil genommen, empfiehlt sich
Ew. Durchlaucht zum schönsten; und ich schließe mit
der Versicherung unwandelbarer Gesinnungen, mit
denen ich mich unterzeichne.

Weimar den 19. Febr. 1811.

6114.

**An Dorothea Herzogin von Curland,
geb. Reichsgräfin v. Medem.**

[Concept.]

Kaum werde ich in Zukunft wissen, wie ich diese
Jahrszeit genugsam feyern soll, so viel Gutes ist mir
dießmal darin begegnet. Vier Geburtstage unserer
gnädigsten Herrschaften wurden glücklich und fröhlich
begangen und kurz darauf erhielt ich von Ihro Majestät
der Kaiserinn von Östreich ein schönes und bedeutendes Zeichen, daß sie meiner in Gnaden gedenke; und
kaum hatte ich mich hierüber einige Tage gefreut, als
Ew. Durchlaucht gnädiges Schreiben nebst der gehalt-
vollen Schachtel mir überbracht wurde, bey deren Eröffnung ich eine höchst frohe Dankbarkeit empfand.
Ew. Durchlaucht überzeugen mich Ihrer fortdauernden
Gnade und Ihrer huldreichen Vorsorge für meine
kleinen Liebhabereyen, und Sie thun das in einem
Augenblicke wo Sie von der glänzendsten Welt umgeben, Ihre Aufmerksamkeit auf so manche andere
Gegenstände zu richten haben. Wie gern eilte ich,
nach Ew. Durchlaucht gnädiger Erlaubniß, einen
Abend in Ihre Loge zu treten, mehr um meine Dankbarkeit und Anhänglichkeit auszudrücken, als um einem
glänzenden Schauspiele beyzuwohnen.

Durch Ihre Gunst ist meine Medaillensammlung
nunmehr erst vollständig geworden. Es fehlt mir
keiner von den neuern französischen Künstlern und ich

finde mich im Stande sowohl über den gegenwärtig
herrschenden Geschmack, als über die verschiedenen
Talente zu urtheilen, mit welchen Jeder nach seiner
Art und Fähigkeit auf der gebahnten Straße hin-
wandelt.

Möge der gegenwärtige Aufenthalt in Paris Ew.
Durchlaucht in jeder Hinsicht erfreulich und genußreich werden; und da mir nicht gegönnt ist, an
jenem mannigfaltigen Feste theilzunehmen, so sey
mir, nach Ew. Durchlaucht Worten, die Hoffnung
erlaubt, Ihre Gegenwart bald hier in unserm kleinen
Weimar feyern zu können. Der ich mir es zum
Glück und zur Ehre rechne mich unterzeichnen zu
dürfen.

Weimar den 21. Februar 1811.

6115.

An C. v. Knebel.

Verzeihe, liebster Freund, wenn ich so lange in
deiner Schuld geblieben. Ich bin in eine wunderliche
Arbeit gerathen, und weil sie vom Fleck geht, so
habe ich sie nicht unterbrechen wollen: denn meistens
geräth so etwas ins Stocken und wird nicht so leicht
wieder aufgenommen.

Zuvörderst also recht vielen Dank für dein liebes
Frühlingsgedicht. Bald wirst du in deinem Garten
beneidenswerth seyn, und für deine Wintergeduld

genugsam belohnt werden. Seit dem standhaften
Prinzen pausirt unser Theater einigermaßen, wie es
nach solchen Anstrengungen immer zu gehen pflegt.
Die Rollen deines Saul werden ausgeschrieben, und
wegen des dritten Acts ist mit dem Capellmeister
Abrede genommen. Er wird die lyrischen Stellen,
indem sie Wolff recitirt, hinter der Coulisse mit dem
Pianoforte begleiten; dieß scheint uns in jedem Sinne
das Beste.

Die Kaazischen Zeichnungen sollen diese Woche
an unsre liebe Prinzeß abgehen. Du bist ja wohl
so freundlich, sie anzumelden.

Die musicalischen Unterhaltungen wachsen täglich
bey uns. Auf dem Theater haben wir die vier Jahrszeiten von Haybn als Oratorium gehört. Es sind
sehr schöne Details drin, wenn nur das Ganze des
Textes nicht so unendlich absurd wäre. Ich schicke
dir diesen Gräuel, damit du den Componisten be-
dauerst, der auf ein solches Segeltuch seine Stickerey
hat anwenden müssen.

Eine sehr angenehme Erscheinung ist mir von
Petersburg geworden. Ein junger Mann, Namens
Dudaroff, Kaiserlicher Cammerjunker, und Schwieger-
sohn des Grafen Rasumowsky, des Ministers der
Studien, hat mir ein an seinen Schwiegervater dedi-
cirtes Memoire übersendet, welches Vorschläge zu
einer asiatischen Societät enthält, welche Sprachen und
Literatur sämmtlicher alten und neuen orientalischen

Völker zu unsrer Kenntniß fördern soll. Es ist mit
sehr großer Sachkenntniß geschrieben und zeigt von
schönen Ansichten und Einsichten. Unser kleiner Klaproth, dessen du dich wohl noch erinnerst, kommt dabey wegen seiner chinesischen Kenntnisse zu Ehren.
Der Verfasser ist erst 25 Jahr alt und scheint bey
seinem lebhaften Streben und seinen günstigen äußern
Verhältnissen wohl erwarten zu können, daß man
ihn an die Spitze einer solchen Anstalt setze; und da
sich in Wien, ja überall in Deutschland eine gleiche
Neigung regt, so kann uns auf diesem Wege wohl
doppelt ersetzt werden, was wir von Seiten der Eng-
länder her entbehren müssen.

Daß die von Ihrer Maj. der Kaiserin von Östreich mir zugedachte Dose angekommen, darf ich nicht
vergessen dir zu melden. Sie ist so reich als hübsch
und macht mir viel Vergnügen. Habe ich schon des
Versuchs über die Regierung der Ostgothen von
Sartorius erwähnt? Er ist dir gewiß schon in die
Hände gekommen und verdient gelesen und studirt
zu werden. Die Ansichten sind groß und rein, so
wie die Behandlung und der Styl musterhaft. Die
Beweisstellen sind ans Ende des Buchs in Noten
zusammengebracht, wodurch denn das Ganze so gründlich wird, als die Schrift selbst lesbar ist. Nun will
ich aber schließen, weil die Boten mich drängen, und
in Hoffnung dich bald wieder zu sehen, das Beste
wünschen.

Schreibe mir doch wie es deinem Knaben ergeht.
Wegen dem Dictionnaire historique nächstens.

Weimar den 27. Februar 1811.   G.

6116.
An Kirms.

Ew. Wohlgeboren

haben mir ein Schreiben des Bassisten Hübsch an
Serenissimus gerichtet zugestellt, welches mich, ob ich
gleich die zudringliche Grobheit dieses Menschen lange
kenne, dennoch in Erstaunen gesetzt hat. Da, wie
Sie mir melden, Durchlaucht der Herzog einen Vortrag darüber befohlen, so kann ich kein ander Votum
darüber abgeben, als daß man Höchstdieselbe unter-
thänig bitte, diesen Burschen durch die Polizei sogleich
aus der Stadt schaffen zu lassen und uns dadurch
diejenige Satisfaction zu verschaffen, die wir wohl in
unserm schweren und leidigen Geschäftsgang verdienen.
Von einer Akademie im Schauspielhause kann gar die
Rede nicht sein; dazu ist der Rathhaussaal da. Ich
für meine Person gestehe, daß ich den Affront nicht
ertragen würde, wenn dieser Mensch nochmals unsere
Bühne beträte. Dieses habe ich kurz, deutlich und
eilig hiermit äußern wollen, um den Vorwurf eines
Zauderns und Verspätens abzulehnen.

Weimar, 27. Februar 1811.   G.

6117.

An Sergej Semenowitsch Graf v. Uwarow.

[Concept.] [27. Februar.]

Mit Bewunderung und Freude habe ich das mir
übersendete bedeutende Memoire gelesen, mit Bewunderung für des Verfassers Einsicht und Übersicht, mit
Freude über die Thätigkeit und den guten Muth, womit er seine Kenntnisse im Großen nützlich zu machen
denkt. Fürwahr, wir leben jetzt in der Zeit der Resultate
und Résumés; es ist so viel geschehen, es liegt so viel
vor uns, das wir nun sammlen, ergänzen, vervoll-
ständigen, weiterführen und gebrauchen können. Glücklich sind daher die zu preisen, welche in einem frischen
Alter die Talente, die Lust und die Gelegenheit zu
solchen Arbeiten besitzen und finden. Ich wünsche
nichts mehr, als daß Ew. Hochwohlgebornen bald an
die Spitze eines asiatischen Instituts gesetzt neues Licht
über die beyden Welttheile verbreiten, welchen das
Reich Ihres großen Monarchen angehört. Ein solches
Unternehmen auf eine wahrhaft kaiserliche Weise gefördert zu haben, wird den Glanz vermehren, womit
er seinen Thron zu umgeben weiß. Aus den beygefügten Tafeln mußte ich natürlicher Weise ersehen,
daß Ihre Absichten auf Gegenstände gerichtet sind,
denen ich schon längst vergebens meine Wünsche zu-
wende: denn ob ich gleich z. E. in das Gebiet der
indischen Literatur nur Streifzüge machen konnte; so

warb doch eine frühere Liebe zu den Vedas durch die
Beyträge eines Sonnerats, durch die eifrigen Bemühungen eines Jones, durch die Überſetzungen der
Sacontala und Gita-Govinda immer aufs neue ge-
nährt, und einige Legenden reizten mich, ſie zu bearbeiten; wie ich denn ſchon früher eine poetiſche
Behandlung der Vedas in Gedanken hegte, die, ob ſie
gleich von Seiten der Critik wenig Werth gehabt
hätte, wenigſtens dazu hätte dienen können, die An-
ſchauung dieſer bedeutenden und anmuthigen Überlieferungen bey mehreren zu beleben. Da nun aber
der neuen orientaliſchen Societät gegönnt ſeyn wird,
integros adire fontes, und die hundertfältigen Wege
zu verfolgen, welche Ew. H. andeuten; ſo muß denn
freylich eine ganz neue Welt entſpringen, wo wir in
größerer Fülle wandeln, und das Eigenthümliche
unſeres Geiſtes ſtärken und zu neuer Thätigkeit an-
friſchen können. Mich wird es z. B. ſehr glücklich
machen, wenn ich eine vollſtändige Überſetzung der
Gita-Govinda erleben ſollte.

So viel für dießmal zu Begleitung meines aufrichtigen Dankes für die Überſendung eines trefflichen
Aufſatzes, dem ich den beſten Erfolg wünſche, welcher
nach deſſen innern Werthe, und nach Ew. H. glücklichen äußern Verhältniſſen wohl nicht fehlen kann.
Ich erbitte mir von Zeit zu Zeit Nachricht von einem
fröhlichen Gelingen, und empfehle mich zu fernerem
günſtigen Andenken.

Der ich die Ehre habe, mit besonderer Hochachtung mich zu unterzeichnen.

———

Beyliegendes Werk über die Farbenlehre ersuche
Ew. H. wenn Sie es schicklich finden, des Herrn
Grafen von Rasoumowsky Excellenz zu überreichen.
Männer, die wie Er auf einen großen Wirkungskreis
Einfluß haben, sind am ersten in dem Falle, dasjenige was an einer solchen Arbeit wahr und nützlich
ist, auch für die Menge brauchbar zu machen. Der
Inhalt und die Absicht dieses Werks an welchem ich
viele Jahre gearbeitet, ist in dem beygefügten Quart-
hefte am Schluß desselben umständlich und ausführ-
lich dargelegt; deswegen ich darüber nichts weiter
hinzufüge. Nur die nächste Veranlassung muß ich
aussprechen, wodurch ich bewogen werde Ew. H. diese
Arbeit zu senden.

Es haben nämlich des Herrn Fürsten Repnin
Erlaucht einen geschickten Optikus und Mechanikus
Professor Reissig von Cassel nach Petersburg be-
fördert, der sich früher mit meinen Absichten und
den Mitteln sie zu erreichen bekannt gemacht, auch
schon für Freunde der Naturkunde, nach Anleitung
meines Werkes, verschiedene Gläser und Instrumente,
welche zu den Hauptversuchen nöthig sind, verfertigt
hat. Dieser würde, wenn man es interessant genug
fände, bey irgend einem Institut einen vollständigen
Apparat aufstellen zu lassen, am besten an Hand gehen

können, und vielleicht entspränge hieraus, auch für
den die Künste und Wissenschaften liebenden und be-
fördernden Fürsten, irgend etwas Angenehmes und
Unterhaltendes.

Wir haben vor einigen Tagen das Glück gehabt, das vortreffliche Repninsche Paar, welches Ew. H. so nahe verwandt ist, hier zu verehren, und wünschen, daß es seine Reise glücklich fortsetzen und vollenden möge. Gegenwärtiges gelangt zu Ew. H. durch die Gefälligkeit eines russischen Couriers, welcher unserer Erb Prinzeß Kaiserl. Hohheit Glückwünsche und Gaben von Seiten Ihrer höchsten Angehörigen zum Geburts-tag überbrachte. Vielleicht habe ich das Glück durch eine ähnliche Gelegenheit (die Couriere nach Paris gehen meist bey uns durch) auch von Ew. H. das weitere zu vernehmen.

6118.
An Zelter.

Von dem berühmten ersten Sekretär der Londoner Societät, Oldenburg, habe ich gelesen, daß er niemals einen Brief eröffnet, als bis er Feder, Tinte und Papier vor sich gestellt, alsdann aber auch, sogleich nach dem ersten Lesen, seine Antwort aufgesetzt. So habe er eine ungeheure Correspondenz mit Bequemlich-keit bestritten. Hätte ich diese Tugend nachahmen können, so würden sich nicht so viele Menschen über mein Stillschweigen zu beschweren haben. Dießmal aber erregt Ihr lieber angekommner Brief mir eine solche Lust zu antworten, indem er mir die ganze Fülle unsres Sommerlebens wieder vor die Gedanken bringt, daß wo nicht gleich beym ersten Lesen, doch wenigstens beym Erwachen des nächsten Morgens, diese Zeilen an Sie gerichtet werden.

Zuvörderst also bedaure ich Sie, daß Sie schreiben müssen, da wo Sie thun und wirken sollten. Die Geschäfte haben sich überall, besonders aber bey euch, seit langer Zeit ins Papier gezogen, und die Geschäftsleute bedenken nicht, daß Acten, vom lateinischen Acta hergeleitet, so viel heißt als Gethanes, und daß also darin keineswegs eingeheftet werden dürfe, was man thun werde oder wolle. Wenn es mir noch manchmal Spaß macht, ein Fascikel selbst zu heften, so ist es nur im Gange einer Sache, die zu ihrem Ende hineilt.

Daß die gute Pandora etwas zaubern würde, wenn sie wieder nach Hause käme, glaubte ich vorauszusehen. Das Leben in Teplitz war zu dieser Arbeit gar zu günstig, und Ihr Sinnen und Trachten darauf so anhaltend und aus dem Ganzen, daß eine Unterbrechung nothwendig auch eine Pause hervorbringen mußte. Doch lassen Sie es nur gut seyn; es ist schon so viel daran gethan, daß das Übrige, bey gelegener Zeit, wohl von selbst hervortreten wird.

Daß Sie ablehnen die Musik zum Faust zu componiren, kann ich Ihnen nicht verargen. Mein An

trag war etwas leichtsinnig, wie das Unternehmen
selbst. Das mag denn auch noch ein Jahr lang
ruhen: denn ich habe durch die Bemühung, welche
mir die Vorstellung des standhaften Prinzen gemacht,
ziemlich die Lust erschöpft, die man zu solchen Dingen
mitbringen muß. Genanntes Stück ist freylich über
alle Erwartung gut ausgefallen, und hat mir und
andern viel Vergnügen gemacht. Es will schon etwas
heißen, ein beynahe 200 Jahr altes, für einen ganz
andern Himmelsstrich, für ein Volk von ganz andern
Sitten, Religion und Cultur geschriebenes Werk wieder
so hervorzuzaubern, daß es wie frisch und neu einem
Zuschauer entgegen komme. Denn nirgends fühlt sich
geschwinder das Veraltete und nicht unmittelbar An-
sprechende als auf der Bühne.

Was meine Werke betrifft, sollen Sie vor allen
Dingen den 13. Band zweymal erhalten, Velin und
ordinär. Sie haben sehr wohl gethan, die Wurst an
die Speckseite zu wenden. Ein anderes Exemplar für
Sie wird sich schon finden.

Es ist sehr hübsch von Ihnen, daß Sie die Farbenlehre nicht außer Acht lassen; und daß Sie solche in
kleinen Dosen zu sich nehmen, wird sehr gute Wirkung
thun. Ich weiß recht gut, daß meine Art die Sache
zu behandeln, so natürlich sie ist, sehr weit von der
gewöhnlichen abweicht, und ich kann nicht verlangen,
daß Jedermann die Vortheile sogleich gewahr werden
und sich zueignen solle. Die Mathematiker sind närrische

Kerls, und sind so weit entfernt auch nur zu ahnden, worauf es ankommt, daß man ihnen ihren Dünkel nachsehen muß. Ich bin sehr neugierig auf den ersten, der die Sache einsieht und sich redlich dabey benimmt: denn sie haben doch nicht alle ein Brett vor dem Kopfe, und nicht alle haben bösen Willen. Übrigens wird mir denn doch bey dieser Gelegenheit immer deutlicher, was ich schon lange im Stillen weiß, daß diejenige Cultur, welche die Mathematik dem Geiste giebt, äußerst einseitig und beschränkt ist. Ja, Voltaire erkühnt sich irgendwo zu sagen: j'ai toujours remarqué que la Géometrie laisse l'esprit ou elle le trouve. — Auch hat schon Franklin eine besondre Aversion gegen die Mathematiker, in Absicht auf geselligen Umgang, klar und deutlich ausgedrückt, wo er ihren Kleinigkeits- und Widerspruchsgeist unerträglich findet.

Was die eigentlichen Newtonianer betrifft, so sind sie im Fall der alten Preußen im October 1806. Sie glaubten noch tactisch zu siegen, da sie strategisch lange überwunden waren. Wenn ihnen einmal die Augen aufgehen, werden sie erschrecken, daß ich schon in Naumburg und Leipzig bin, mittlerweile sie noch bey Weimar und Blankenhan herumtröpeln. Jene Schlacht war schon vorher verloren, und so ist es hier auch. Jene Lehre ist schon ausgelöscht, indem die Herren noch glauben, ihren Gegner verachten zu dürfen. Verzeihen Sie mir das Großthun, ich schäme

mich dessen so wenig als die Herren sich ihres Kleinthums.

Mit Kügelgen geht es mir recht wunderlich, wie
es mir mit mehrern ergangen ist. Ich dachte ihm
das Freundlichste zu sagen: denn wirklich war Bild
und Rahmen recht wünschenswerth ausgefallen, und
nun stößt sich der gute Mann an ein äußeres Höf-
lichkeitszeichen das man denn doch nicht versäumen
soll, indem man durch Vernachlässigung desselben
manche Personen verletzt. Man hat mir einen gewissen Leichtsinn in diesen Dingen oft übel genommen,
und jetzt betrübe ich gute Menschen durch die Förmlichkeit. Legen Sie ja, mein lieber Freund, keinen
alten Fehler ab. Sie fallen entweder in einen neuen,
oder man hält Ihre neue Tugend für einen Fehler;
und Sie mögen sich stellen, wie Sie wollen, so kommen
Sie weder mit sich noch mit andern ganz ins Gleiche.
Es ist mir indessen lieb, daß ich es weiß: denn ich
wünsche mit diesem braven Manne in einem guten
Verhältniß zu stehen.

Was den antiken Stier betrifft, so wäre mein
Vorschlag, man packte ihn sorgfältig in ein starkes
Kästchen und sendete ihn mir zur Ansicht. Dergleichen
Dinge sind im Alterthum oft wiederholt und die
Exemplare von sehr verschiedenem Werth. Herr Fried-
länder, den ich schönstens grüße, zeigte mir zu
gleicher Zeit an, was er etwa für Liebhabereyen hat,
und womit man ihm dagegen dienen könnte: denn

irgend eine gute Bronze in den Tausch zu geben,
würde schwer halten, da es unter diesen Dingen kaum
Dubletten giebt, und die etwanigen, wegen Ähnlich-
keit und Unähnlichkeit, doppelt interessant werden.
Was ich aber vorläufig anbieten könnte, wäre folgendes. Ich besitze eine sehr schöne Medaillensammlung
meist in Bronze, von der Hälfte des 15. Jahrhunderts
an bis auf unsere Zeit. Sie ist hauptsächlich gesammlet, um den Gang der Kunst im Plastischen,
dessen Wiederschein man immer in den Medaillen
sieht, dem Freund und Kenner vor Augen zu bringen.
Hier habe ich nun schöne, bedeutende Dubletten, so
daß ich wohl eine unterrichtende Reihe zusammenstellen und abgeben könnte. Ein Kunstliebhaber, der
auch noch nichts von dieser Art besitzt, erhielte dadurch schon einen schönen Grund und einen hin-
reichenden Anlaß weiter zu gehen. Auch giebt eine
solche Sammlung Gelegenheit zu sehr interessanten
Betrachtungen, so gut als die Suiten griechischer und
römischer Münzen, ja sie ergänzt den Begriff, den
uns jene geben, und läßt ihn bis auf die neueren
Zeiten verfolgen. Ich darf wohl sagen, jener Stier
müßte sehr vollkommen seyn, wenn ich nicht bey dem
hier vorläufig angebotenen Tausche noch im Credit
bleiben sollte. Lassen Sie mich das Nähere erfahren.

Da ich noch hübsches Papier vor mir sehe, so will
ich noch hinzufügen, daß mir dieser Tage etwas sehr
erfreuliches widerfahren, indem mir von Seiten der

Kaiserinn von Östreich Maj. eine schöne goldne Dose,
mit einem brillantenen Kranz und dem darin nach
allen Buchstaben ausgedruckten Namen Luise, zugestellt worden. Ich weiß, Sie nehmen auch Antheil
an diesem Ereigniß, da uns nicht leicht ein so un-
erwartetes und belebendes Gute begegnet. Nun leben
Sie recht wohl, liebe Sonne, und fahren Sie fort
zu erwärmen und zu erleuchten.

Weimar den 28. Februar 1811.　　　　　G.

6119.
An Friedrich v. Gentz.

[Concept.]　　　　　　　　　　　　[28. Februar.]

Ew. Hochwohlgeboren
Sendung hat mir ein ganz besondres Vergnügen verschafft. Es scheint gegenwärtig eine Zeit zu seyn, in
der manches Erfreuliche von Wien an mich gelangen
soll. Die Compositionen des Herrn Grafen von
Dietrichstein, welche mir zugleich Ehre und Freude
machen, kommen fast zu gleicher Zeit mit einem aller-
gnädigsten Geschenk bey mir an, wodurch Ihro Majestät die Kaiserinn mich Ihrer Huld zu versichern
geruht, und welches ich mit dankbarem obgleich be-
schämten Herzen aufgenommen.

Dem Herrn Grafen von Dietrichstein vermelde ich
selbst meinen Dank sobald ich die Lieder gehört, denn
ich wünschte daran meinen wahren und gefühlten

Antheil zu bezeigen. Gegenwärtiges erlasse ich früher,
theils um für die gegebnen Nachrichten bald genug
zu danken, theils auch noch einige Bitten hinzuzufügen. Fräulein von Kerpen und ihrem glücklichen
Bräutigam empfehlen Sie mich zum allerbesten und
schönsten. Jedes kleine Blättchen von ihrer geschickten
Hand würde mich sehr glücklich machen, und ich bin
Ew. Hochwohlgebornen sehr dankbar, daß Sie mir ein
solches negoziiren wollen. Freylich ist, wie Sie selbst
fühlen, der gegenwärtige Augenblick nicht der günstigste;
indessen beraubt sie sich vielleicht eines Blattes aus
ihrem Portefeuille oder Zeichenbuche, wofür ich nicht
genugsam zu danken wüßte. Aber auch ohne dieß
werde ich immer mit Vergnügen das Glück eines so
würdigen Frauenzimmers vernehmen.

Unsrer theuren Freundinn von Eybenberg empfehlen Sie mich ja auf das allerbeste. Ich hatte
durch Fr. von Grotthus leider schon ihr Übelbefinden
vernommen, und mir daraus ihr Stillschweigen ge-
deutet. Wie leid thut mir's, daß die Cur des vorigen
Sommers ihr nicht so wohl bekommen ist, als uns:
denn sowohl der Herzog als ich, genießen davon die
schönsten Früchte. Den lieben und holben Prinzessinnen
von Curland rufen Sie mich ins Andenken zurück.
Von ihrer Frau Mutter habe ich, in diesen Tagen,
Brief und Sendung aus Paris erhalten: es sind
Medaillen von den neuern französischen Künstlern.
Meine zur Geschichte der Kunst und der Künstler

eigentlich zusammengeschaffte Sammlung wird dadurch sehr completirt.

Sehen Sie Fräulein von Ligne, so sagen Sie ihr ja den besten Dank für den allerliebsten Eilboten, den sie mir zu senden so gefällig gewesen. Er soll mir vorreilen und die Pferde bestellen, sobald ich mich wieder auf den Weg mache, um nach Teplitz zu fahren, und ich hoffe nur, um desto geschwinder dort anzukommen.

Dem Fürstl. Clarhschen Paare so wie dem Dechanten aller Gutgelaunten bitte mich in's Angedenken zu rufen. Dem letztern bin ich besonders verpflichtet für das gute Zeugnis das er meinen problematischen Wahlverwandschaften ertheilen wollen.

Möchten Sie sodann wohl bey dem Fürsten Lobkowitz vernehmen, ob der Kasten mit der Musik der Oper Achille angekommen; sodann bey Fürst Lichnowsky, ob mein Brief vom 23. Januar mit einem an des Herrn Grafen von Althan Excellenz eingeschlossenen wirklich angelangt. Ich habe in diesen Tagen nochmals an den Fürsten geschrieben, um die erst jetzt erfolgte Ankunft der obengedachten Dose schuldigst zu melden.

Ew. Hochwohlgebornen sehen, wie sehr ich auf Ihre Güte vertraue, indem ich zugleich hoffe, Ihnen durch diese Aufträge nicht allzusehr beschwerlich zu seyn. Denn bey jenen vielfachen Conversationen, sowie bey jenen köstlichen Gastmälern werden Sie die

genannten Personen ja wohl mehrmals ansichtig. Wäre
mein Magen so gut als der des Capellmeisters Reichardt,
welcher versichert sich niemals eine Indigestion gegessen
zu haben; so müßte wirklich die Beschreibung der
Wiener Gastfreyheit für mich höchst reizend werden:
da ich mich aber vor einem guten Diner eher zu
fürchten, als darauf zu freuen habe; so sind dergleichen Aussichten für mich mehr abschreckend als
einladend. Doch ist so manches andere in Wien, was
mich wirklich recht ungeduldig macht, endlich einmal
dorthin zu gelangen, wo so viele Personen sich zusammen befinden, denen ich mich verbunden und verpflichtet fühle; und so viele Gegenstände, deren Kenntniß mir leider noch abgeht.

6120.
An die Hoftheater-Commission.

Es hat sich ein junger Mensch, Eduard Ulrich,
bey mir gemeldet. Ihm ist neulich die Erlaubniß
ertheilt worden, in den 4 Jahrszeiten, als Liebhaber
das Violoncell mitzuspielen. Er bittet um Vergünstigung, ein gleiches künftig im Orchester thun, und hoffen
zu dürfen, daß er einstens in die Herzogliche Capelle
möge aufgenommen werden. Er hat bisher bey Haas
Stunden genommen. Vor allen Dingen möchte wohl
Herr Capellmeister um ein Zeugniß zu ersuchen seyn,
und Herr Hofcammerrath, welcher sich seit so vielen
Jahren der Capellzöglinge annimmt, wird alsdann

die Gefälligkeit haben, seine Gedanken zu eröffnen,
in wiefern das Gesuch stattfinden könne.

Was mich betrifft, so pflege ich zwar keine Neben-
betrachtungen bey unserm Geschäft gelten zu lassen;
allein ich gestehe, daß ich diesem jungen Menschen,
der bey einem guten Äußern leider einen Schaden am
Fuße hat, geholfen wünschte, da er mit seiner Schwester
gerade in den Jahren, wo die Bildung am meisten
Vorschub verlangt, unter der traurigen Last einer
leidigen Vormundschaft seufzen muß.

Weimar den 1. März 1811.   G.

6121.

An den Prinzen Friedrich von Gotha.

[Concept.]   [6. März.]

Daß Ew. Durchlaucht ich nicht früher auf ein so
gnädiges Schreiben, auf eine so gehaltvolle Sendung
und auf das dankbarlichste geantwortet, will ich nicht
entschuldigen, da ich das gegenwärtige mit der sonderbaren Paradoxie anfangen muß, daß ich es ungern
absende. Denn mein fester Vorsatz war, in diesen
Tagen die versprochne Scene zu vollenden und sie
Ew. Durchlaucht zum Beweis meiner erkenntlichen
Verehrung einzureichen. Aber die Zerstreuung war
so groß, daß ich mich an das Ufer jener einsamen
Insel im Geiste nicht versetzen konnte: denn einsam
stell' ich mir sie vor. Armida hat vor Verdruß über

den Abtrünnigen schon Pallast und Garten zerstört,
ist auf und davon gegangen und hat den Reuigen
zwischen Felsen und Meer zurückgelassen. So wüste
nun auch die Gegend ist, so hält sie ihn doch noch
fest, und er hat Zeit sein vergangnes Glück zu recapituliren, indessen ihn seine Gefährten, deren ich ihm
einige mehr zutheile, um ein gutes Chor zu erhalten,
zur schnellen Abreise vergebens anmahnen.

Dieses wäre das Programm; es scheint mir günstig
für eine Scene, die nur von einer Solostimme, begleitet durch Chor, soll ausgeführt werden. Vom
Componisten hängt es ja ohnedem ab, inwiefern er
die Glieder des Chors auch einzeln oder zu zwey will
eintreten lassen, um Duett- und Terzettheile zu
bilden. Misfällt der Gegenstand Ew. Durchlaucht
nicht ganz, so hoffe ich ehstens damit aufzuwarten.

Dem braven Maestro bitte mich bestens zu empfehlen. Er hat mir durch die Mittheilung der
Bändchen großes Vergnügen gemacht. Ich wünsche
die Erlaubniß sie noch einige Zeit zu behalten: denn
verschiedenes muß nothwendig daraus abgeschrieben
werden. Die Gewürze werden jeden Tag theurer;
deswegen ist es ganz angenehm dergleichen Verslein
statt Pfeffers und Ingwers, ja vielleicht noch als
stärkere Ingredienzien unserer Genüsse zu gebrauchen.
Denken Ew. D. nicht darum übler von mir und erlauben mir die Hoffnung, Sie immer als meinen
gnädigen und nachsichtigen Herrn wieder zu finden.

6122.

An Joachim Dietrich Brandis.

[Concept.]　　　　　　　　　　　　[7. März.]

Ew. Hochwohlgebornen

haben mich durch Ihren werthen Brief auf das an-
genehmste überrascht. Wohl gedenk' ich noch jener
Zeiten, wo das Werk über die Lebenskraft verfaßt,
die Zoonomie übersetzt und die kleine Schrift über
die Metamorphose der Pflanzen geschrieben wurde.
Hätte sich jene Epoche aus sich selbst ausbilden können,
so wäre viel Erfreuliches zu hoffen gewesen: denn gar
manche Geister wirkten in Einem Sinne; aber es sollte
nicht seyn. Eine abstractere Behandlungsart griff
ein, der wir bis jetzt manches Gute schuldig sind, die
aber auch zu manchem Mißbrauch Gelegenheit gegeben
hat. Die Zeit muß lehren, ob auf diese Weise die
Naturwissenschaft zur Reife gedeihen kann.

Es freut mich gar sehr, daß Sie in dem, was ich
zur Farbenlehre beytragen können, die frühere Denkweise wieder finden; und obgleich Ihre Darstellung
meiner Intentionen nicht ganz mit diesen zusammenfällt, so hat dieses doch nichts zu sagen: denn eben
deswegen habe ich auf dem, wie ich hoffe, befreyten
und geebneten Raum die gewonnenen Materialien, die
nicht mir sondern der Natur und allen Jahrhunderten
angehören, so zu sondern und zu ordnen gesucht, daß
sich ein Jeder zu seinen Zwecken, besonders zu den

practischen, davon aussuchen kann, was ihm am gemäßesten scheint; und ich darf daher meine Freunde
wohl bitten, diesem und jenem Capitel gelegentlich
wieder einmal ihre Aufmerksamkeit zu schenken.

Sehr wichtig ist mir's, daß sich in einem so
denkenden und forschenden Manne ein Akyanoblepś
hervorthut. Schon aus dem Platz, wo ich dieses
Phänomens erwähne, zeigt sich, daß ich es zwischen
die physiologischen und pathologischen hinein stelle.
Ich habe diese so bedeutende Erscheinung, wie manche
andere, nur leise berührt und nur das Nothwendigste
angedeutet, mit der Intention es gelegentlich besonders
zu behandeln.

Ew. Hochwohlgebornen gehaltreiches Schreiben leitet
mich wieder dahin, und ich werde bey einiger Muße
dasjenige zusammenfassen, was Sie mir mittheilen,
was sich noch in meinen Papieren und Protocollen
findet: denn ich habe zwey dergleichen Personen genau
geprüft; und dann werde ich bitten, mich darüber aus
eigenem Sinn und Erfahrung weiter zu belehren.

Ich gestehe gern, daß ich diese abnorme Erscheinung
eher für physiologisch als für pathologisch ansprechen
möchte. Sie wiederholt sich so oft, findet sich durchaus bey gesunden Seh-Organen, gehört ganzen
Familien an, und es giebt kein Mittel, keine Curart
dagegen. Zwar finden sich auch wohl Krankheiten, die
mehr oder weniger diese Charactere an sich tragen;
allein ich bin demungeachtet geneigt, wie oben gesagt,

zu denken. Wir haben kein Recht, den Zustand des
Mohren für pathologisch anzusehen, so wenig als den
der weißen Hasen, Füchse und Bären, ob wir gleich
wissen, daß dort die menschliche Natur durch ein
heißes, und hier die thierische durch ein kaltes Clima
determinirt wird. Sind ja doch selbst die Kaninchen-
augen bey Cretinismus nicht immer als pathologisch
anzusehen.

Was mich besonders reizt das Phänomen von
dieser Seite zu betrachten, ist die Überzeugung, daß
hier eine Pforte befindlich ist, obgleich eine sehr enge,
um in das Allerheiligste der Farbenlehre zu bringen:
ein Nadelöhr wozu es freylich schwer seyn möchte den
passenden Faden zu finden. Denn weder das Schiff-
seil des gemeinen Verstandes, noch die transcendenten
Spinneweben sind geschickt hier eingefädelt zu werden.
Vielleicht gelingt es, mit Ew. H. Beyhülfe; weswegen
ich die Sache, die Ihnen so nahe liegt, mehr als jemals zu beachten Sie ersuche.

Zweyerley, was für die Chromatik interessant ist,
fand man sonst in Copenhagen: chinesische Maler-
farben, wovon mir noch ein sehr schönes Roth und
Gelb erinnerlich sind, ferner farbige kleine Seiden-
stränge, die nach wunderlichen Schattirungen und
Gegenstellungen in feinem Papier neben einander gelegt
waren. Dergleichen brachte ein Freund vor einigen
Jahren von Copenhagen mit. Möchten Sie die Gefälligkeit haben, mir gelegentlich einige Nachricht

zu geben, ob sich solche Dinge finden, und zu welchem
Preise.

In den Archives littéraires de l'Europe Nr. 38.
Februar 1807 steht eine Abhandlung von Prévost
5 welche wenig Erfreuliches hat, weil sie ohne irgend
etwas zu begründen, die mehrgedachte Erscheinung
zum Beweis des skeptischen Satzes gebraucht: daß
nicht alle Menschen die Farben überein sehen; wodurch uns denn wenig geholfen ist.
10 Mich zu geneigtem Andenken empfehlend.

6123.

An Zeller.

Weimar den 14. März 1811.

Der Stier ist ausgepackt und steht vor unsern
Augen da. Ich will nur sehen, ein paar Worte auf
die Post zu bringen um seine Ankunft zu melden:
15 sie interessirte mich um so mehr als ich einen ähnlichen besitze und zuletzt denn doch durch Vergleichung
unser Urtheil am besten geschärft wird. Von dem
angekommenen kann ich nur eilig so viel sagen, daß
es ein Tragelaph ist von altem und neuem. Schwer
20 würde es fallen, ohne ein entschiedenes Gegenstück wie
ich schon besitze, diese beyden Naturen zu sondern, wie
ich es nun im Augenblick thun kann. Zu einer umständlichen Recension sollen die W. K. F. zusammen-
berufen werden. Danken Sie Herrn Friedländer auf

das allerverbindlichste. Es freut mich sehr in seinem
Sohne einen Mann zu finden, der mit mir in einer
gewissen Liebhaberey, wenigstens von einer Seite zu-
sammentrifft. Ob er gleich so wohl versehen ist, so
müßte ich mich irren, wenn ich ihm nicht im Tausch
auf diesen Vierfuß einiges Erfreuliche anbieten könnte.
Leben Sie recht wohl! Nächstens mehr, mein Kunst-
und Leidensbruder! Das Rechte will die ganze Welt,
aber mit Pfuschen soll es erreicht werden.

G.

6124.
An die Erbprinzessin Caroline Louise
von Mecklenburg-Schwerin.

[Concept.]

Schon lange wünschte ich mir einen Anlaß mein
unverzeihliches Schweigen zu brechen: denn solche
Unterlassungsünden führen das Übel mit sich, daß
ihre Dauer sie hartnäckiger und incorrigibler macht.
Nun weiß ich unserm guten Kaaz im Grabe Dank,
daß er mir die Gelegenheit giebt, mich Ew. Durchlaucht schriftlich zu nähern, und Höchstdieselben von
meiner alten treuen Anhänglichkeit zu versichern.
Ew. Durchlaucht in Weimar nicht wieder zu finden,
war mir schmerzlich genug und ich habe durch allerley gesellige und theatralische Feste immer durch-
empfunden, daß uns allen durchaus etwas fehlte.
Wo ich Höchstdieselben am lebhaftesten zu uns gewünscht habe, war bey der Aufführung des stand-

haften Prinzen, welche wie Ew. Durchlaucht gewiß zu
Ohren gekommen, über Erwartung gelungen ist.

Nun habe ich die Freude Ew. Durchlaucht eine
Parthie Raazischer Zeichnungen zu übersenden, an
denen Ihr geübtes Auge, Ihr feines Gefühl und Ihr
durch eigne Thätigkeit geübter Sinn viel Vergnügen
finden wird. Denn das ist ja der Werth der Kunst,
daß sie uns das Wahre bedeutend, das Vergangene so
wie das entfernte Treffliche bequem, und das Vergäng-
liche und Wandelbare dauerhaft vor die Augen bringt.
Erhalten Ew. Durchlaucht mir ein gnädiges Andenken,
sowie das höchste Wohlwollen Ihres Durchlauchtigsten
Herrn Gemahls; wie ich auch angelegentlich bitte meiner
zu gedenken, wenn Sie mit Ihren Klosterfrauen und
Stiftsdamen, in dem schönen Thal von Subiaco wenigstens mit den Augen spazirend, sich unterhalten.

d. 15. März 1811.

6125.
An David Friedländer.

Der gefällig übersandte Stier ist glücklich angekommen, und ich finde mich dafür sehr verpflichtet. Indem
ich nun dafür meinen besten Dank abstatte, so vermelde
ich hiermit meine Gedanken über dieses Kunstwerk.

Gegen Ende des 16. Jahrhunderts mag einem geschickten Erzgießer das Fragment eines antiken Stiers
in die Hände gekommen seyn, und zwar die unver-
sehrte vordere Seite desselben; welches um so eher

möglich war, als dergleichen Figuren in zwey Theilen
gegossen, und in der Mitte zusammengelöthet waren.
Der Künstler mochte Werth und Würde dieses Bruch-
stücks einsehen; er sormte es daher und restaurirte
den hintern Theil nach seiner Art und Kunst. Über
dieses erneute Modell machte er alsdann die nöthige
Form, goß das Ganze, und überarbeitete es. Hieraus
entsteht nun das Zwiespältige bey dem Anblick dieses
Kunstgeschöpfes. Der vordere Theil hat das Im-
posante, Geschmack- und Sinnvolle des Alterthums;
der hintere Theil gewisse Tugenden der neueren Zeit,
z. B. etwas Natürliches und Ausgeführtes in den
Theilen; aber der eigentliche Sinn des Alterthums
ist nicht gefaßt, weder in Stellung noch Bewegung
der Glieder, und so entsteht ein zweydeutiges Werk,
das uns alsdann erst recht interessirt, wenn man
solches, wie von mir geschehen, in zwey Theile ab-
sondert. Indessen würde ich dieses nicht so bestimmt
behaupten können, wenn ich nicht schon einen Stier
gleicher Größe, welcher wirklich antik ist, besäße: wodurch denn die Vergleichung möglich wird. Auch
eben deßhalb ist mir dieses neue Exemplar so werth,
weil es ja bey dergleichen Dingen hauptsächlich auf
Einsicht und Urtheil, auf Kenntniß der Kunstepochen
und Unterscheidung der Zeiten ankommt.

Ich habe auch deßhalb sogleich meine besten Dubletten zusammengepackt und übersende solche mit
Gegenwärtigem wohl verwahrt, so daß ich hoffen

kann, das Käſtchen werde glücklich ankommen. Ich
füge kein Verzeichniß hinzu, da Ihr Herr Sohn als
Beſitzer einer ſo anſehnlichen Sammlung, als Kenner,
dem noch überdieß alle Hülfsmittel zu Gebote ſtehen,
die überſendeten Stücke leicht beurtheilen und ein-
rangiren wird. Eben ſo wenig bedarf es, von dem
Werthe dieſer Dinge etwas hinzuzuſetzen. Ich wünſche
nur, daß die Sendung wo nicht im Ganzen, doch
im Einzelnen angenehm ſeyn möge. Von Rom erhalte ich manchmal einen Beytrag zu meinem Kunſt-
beſitz. Findet ſich etwas Doppeltes darunter, ſo werde
ich es anzuzeigen nicht ermangeln.

Das vorjährige Programm der A. L. Z. iſt von
unſerm großen Kenner, dem Herrn Hofrath Meyer
geſchrieben. Die Fortſetzung ſollte dieſes Jahr erfolgen; ſie iſt aber bis jetzt noch nicht abgedruckt.
Indeſſen lege ich einen Probedruck der Platte bey,
welche die Fortſetzung begleiten ſollte. Ich beſitze die
darauf abgebildeten ſämmtlichen Medaillen und rechne
ſie unter meine Kleinode. Darf ich bitten mir mit
wenigen Worten die glückliche Ankunft des Käſtchens
zu vermelden, wobey ich zugleich deſſen gute Aufnahme zu vernehmen wünſche, und mir mit einer
gelegentlichen Fortſetzung des einmal angeknüpften
Verhältniſſes ſchmeichle. Der ich recht wohl zu leben
wünſche, und mich zu geneigtem Andenken empfehle.

Weimar d. 18. März 1811.

Goethe.

6126.

An Zelter.

Tausend Dank, mein lieber Freund, für die Anregung, die Sie gegeben haben, daß mir jener Stier zugesendet worden. Er hat bey mir und in meinem Kreise die Kunstbetrachtung in diesen Tagen belebt, und ich wünschte nur sie mit Ihnen recapituliren zu können. Wenn Herr Friedländer Ihnen mittheilt, was ich ihm schrieb, werden Sie sehen, daß mein erstes Gewahrwerden, indem ich dieses Kunstgeschöpf einen Tragelaphen des alten und neuen hieß, sich auch in der Folge bestätigt hat. Ich hätte noch viel weitläuftiger seyn müssen, wenn ich hätte wollen auf den Grund gehen, und alles sagen, was bey dieser Gelegenheit sich zur Betrachtung aufbringt. Ein Kästchen mit interessanten Broncemedaillen ist an Herrn Friedländer abgegangen, und da dessen Sohn Sammler und Kenner ist, so hoffe ich eine gute Aufnahme.

Daß Herr Weiß gegen meine Farbenlehre wüthet, thut mir sehr leid für ihn: ein ohnmächtiger Haß ist die schrecklichste Empfindung; denn eigentlich sollte man Niemand hassen, als den man vernichten könnte. Weil ich aber in allen Dingen die genetischen Betrachtungen liebe, so will ich Ihnen einen Aufschluß geben, woher dieses guten Mannes Unwille denn eigentlich entsprungen ist. Siehe Farbenlehre. I. Polem. § 122. Die Stelle wird der Bequemlichkeit wegen

sogleich hier eingerückt: „Wir anticipiren hier eine
Bemerkung, die eigentlich in die Geschichte der Farbenlehre gehört. Hauy, in seinem Handbuch der Physik,
wiederholt obige Behauptung mit Newtons entschiedenen Worten; allein der deutsche Übersetzer ist genöthigt in einer Note anzufügen: „ich werde unten
„Gelegenheit nehmen zu sagen, von welchen
„Lichtarten des Farbenspectrums, meinen
„eignen Versuchen zufolge, dieß eigentlich
„gilt und von welchen nicht." Dasjenige also,
von dessen absoluter Behauptung ganz allein die Halt-
barkeit der Newtonischen Lehre abhinge, gilt und gilt
nicht. Hauy spricht die Newtonische Lehre unbedingt
aus, und so wird sie im Lyceen-Unterricht jedem
jungen Franzosen unbedingt in den Kopf geprägt.
Der Deutsche muß mit Bedingungen hervortreten,
und doch ist jene durch Bedingungen sogleich zerstörte
Lehre noch immer die gültige; sie wird gedruckt, übersetzt und das Publicum muß diese Mährchen zum
tausendstenmal bezahlen." Dieser Übersetzer ist nun
freylich Herr Weiß selbst, den ich an jener Stelle
nicht gerade genannt habe, weil ich ihn als einen
Mann, der sich bemühte und gute Hoffnung gab, zu
schätzen, ja seine Arbeiten für mich zu benutzen wußte.
Es thut mir, wie gesagt, leid für ihn: denn wenn
Einer, der sich der Naturforschung ergiebt, und noch
nicht abgelebt ist, dasjenige nicht anerkennen will,
was ich in meiner Farbenlehre, mehr oder weniger,

geleiftet; fo wird es ihm noch oft zu Haus und Hof kommen, und er gewinnt moralifch nicht dabey; er fteht fich felbft im Lichte und muß doch zuletzt, was er von mir lernt, zu feinen Zwecken benutzen und die Quelle verläugnen, woher er es genommen hat. * Doch dergleichen Tergiverfationen und Malverfationen kommen in der Gefchichte der Wiffenfchaften fo oft vor, daß es einem Wunder gäbe, wenn fie fich nicht auch zu unfern Zeiten repetirten.

Möge Ihnen Ihr Thun und Schreiben auf jede [10] Weife gelingen! Wie es Ihnen bey der Singakademie ergeht, feh ich im Bilde. Erziehe man fich nur eine Anzahl Schüler, fo erzieht man fich faft ebenfoviel Widerfacher. Jeder ächte Künftler ift als einer anzufehen, der ein anerkanntes Heilige bewahren und [15] mit Ernft und Bedacht fortpflanzen will. Jedes Jahrhundert aber ftrebt nach feiner Art ins Seculum, und fucht das Heilige gemein, das Schwere leicht, und das Ernfte luftig zu machen; wogegen gar nichts zu fagen wäre, wenn nur nicht darüber Ernft und [20] Spaß zu Grunde gingen. Soviel für diefmal. Laffen Sie mich oft von fich hören, ob wir Sie gleich oft genug hören. Johanna Sebus wird bey unfern muficalifchen Sonntagsverfammlungen oft genug wiedergefordert und geht charmant; ich könnte hoffen, daß [25] Sie zufrieden feyn würden. Mit Inftrumenten haben wir es noch nicht aufgeführt. Eberwein hält fich recht brav; ich wünfchte ihm wohl wieder ein Halb-

jahr das Glück Ihres Umgangs und Unterrichts.
Unser Capellmeister Müller hält sein Orchester, sein
Chor, sowie die Solosänger recht gut zusammen, und
wir sind wirklich an musicalischen Genüssen diesen
Winter wohlhäbig gewesen. Und somit leben Sie
von Herzen wohl. Ich bin mit allerley Dingen beschäftigt und mache mich im Stillen so sachte los, daß
ich wieder meine Sommerreise bald antreten kann.

Weimar den 18. März 1811. G.

6127.
An Prinz Friedrich von Gotha.
[Concept.]

Ew. Durchlaucht huldvolles Schreiben hat bey mir
die Wirkung jenes diamantnen Schildes hervorgebracht,
indem mir der häßliche Zustand einer bequemen Un-
thätigkeit dadurch recht klar geworden. Ich nahm
mich auch sogleich zusammen, um die längst ent-
worfne Scene auszuführen. Möge sie Ew. Durchlaucht gefallen und den trefflichen Winter veranlassen,
etwas recht Erfreuliches hervorzubringen. Mein eifrig-
ster Wunsch ist, daß Ew. D. wenn gedachte Composition ankommt, sich recht wohl befinden mögen,
um den jungen Helden mit Lust und Behagen darzustellen. Mehr sage ich heute nicht, damit die Absendung nicht versäumt werde, und empfehle mich zu
fortdauernden Gnaden und Hulden.

Weimar den 25. März 1811.

6128.

An Charlotte v. Schiller.

Sie nehmen mir, theuerste Freundinn, wirklich einen Stein vom Herzen, indem Sie mir Gelegenheit verschaffen, einige Nachricht von mir an Herrn Windischmann gelangen zu lassen; ich sage nur kürzlich wie sich die Sache verhält. —

Schon seit geraumer Zeit ist zwischen der Direction der Jenaischen A. L. Z. und mir eine Art von stillschweigender Übereinkunft, daß ich ignorire, welchen Recensenten meine literarischen Arbeiten zugetheilt werden, und daß ich von den Recensionen nichts erfahre, bis sie abgedruckt sind. Herr Windischmann meldete mir im November vorigen Jahrs, daß eine Recension meiner Farbenlehre nach Jena abgegangen sey, und ich freute mich darauf, die Theilnahme zu sehn, die ein Mann, den ich so lange zu schätzen weiß, dieser Arbeit gönnen wollen. Allein ich habe den Abdruck bis jetzt vergebens erwartet, und auch wegen des oben bemerkten Verhältnisses nicht darnach fragen mögen. Hat Herr Windischmann ein Duplicat davon, so wird es mir angenehm seyn, wenn er mir solches zusenden will, um so mehr als ich aus dem Zaudern der Jenaischen Direction vermuthe, daß man sie zu publiciren daselbst einiges Bedenken findet. Ich muß gleichfalls Herrn Windischmann überlassen, ob er sich deshalb bey Herrn Eichstädt näher erkundigen

will. Empfehlen Sie mich Ihrer Frau Schwester
und bitten sie, gedachtem schätzbaren Manne das allerschönste und beste von mir zu sagen —

Weimar den 28. März 1811.

Der Ihrige
Goethe.

6129.
An Zelter.

Hierbey folgt, lieber Freund, nach Ihrem Verlangen, der dreyzehnte Band auf milchweißem Velin-
papier und also wirklich möglichst präsentabel.

Ich gratulire zu einer so wünschenswerthen Aussicht von Thätigkeit. Schreiben Sie mir doch ja bald
möglichst etwas näheres davon. Auszumisten mag
freylich genug seyn.

Von mir sage ich heute weiter nichts, als daß
wir Ihre Grüße aufs beste erwiedern.

Weimar den 29. März 1811.   G.

6130.
An das Herzogl. S.-Weimarische
Polizeicollegium.

[Concept.]   [März.]
Ganz gehorsamstes Promemoria.

Nach der älteren, erst vor kurzem unter dem
26. Februar erneuerten Polizeyverordnung, welche
den Herrschaften zur Pflicht macht, die Dienstboten
nicht blos mit allgemeinen und unbedeutenden At-

teſtaten zu entlaſſen, ſondern darin gewiſſenhaft ihr
Gutes und ihre Mängel auseinanderzuſetzen, habe ich
der Charlotte Hoyer, welche als Köchinn bey mir in
Tienſten geſtanden, als einer der boshafteſten und in-
corrigibelſten Perſonen, die mir je vorgekommen, ein,
wie die Beylage ausweiſt, freylich nicht ſehr empfehlen-
des Zeugniß bey ihrem Abſchiede eingehändigt.

Tieſelbe hat ſogleich ihre Tücke und Bosheit noch
dadurch im Übermaaß bewieſen, daß ſie das Blatt,
worauf auch ihrer erſten Herrſchaft Zeugniß geſtanden,
zerriſſen und die Fetzen davon im Hauſe herumgeſtreut;
welche zum unmittelbaren Beweis gleichfalls hier an-
gefügt ſind.

Ein ſolches gegen die Geſetze wie gegen die Herr-
ſchaften gleich reſpectwidriges Benehmen, wodurch die
Abſichten eines hohen Polizeycollegii ſowohl, als der
gute Wille der Einzelnen den vorhandenen Geſetzen
und Anordnungen nachzukommen, fruchtlos gemacht
werden, habe nicht verfehlen wollen, ſogleich hiermit
ſchuldigſt anzuzeigen und die Ahndung einer ſolchen
Verwegenheit einſichtsvollem Ermeſſen anheim zu
geben; wobey ich noch zu erwähnen für nöthig er-
achte, daß es die Abſicht gedachter Hoyer war, in die
Tienſte des hieſigen Hofſchauſpieler Wolff zu treten.

[Beilage.]

Charlotte Hoyer hat zwey Jahre in meinem Hauſe
gedient. Für eine Köchinn kann ſie gelten, und iſt

zu Zeiten folgsam, höflich, sogar einschmeichelnd. Allein
durch die Ungleichheit ihres Betragens hat sie sich zuletzt ganz unerträglich gemacht. Gewöhnlich beliebt
es ihr nur nach eignem Willen zu handeln und zu
lochen; sie zeigt sich widerspenstig, zudringlich, grob,
und sucht diejenigen die ihr zu befehlen haben, auf
alle Weise zu ermüden. Unruhig und tückisch verhetzt
sie ihre Mitdienenden und macht ihnen, wenn sie nicht
mit ihr halten, das Leben sauer. Außer andern verwandten Untugenden hat sie noch die, daß sie an den
Thüren horcht. Welches alles man, nach der erneuten
Polizeyverordnung, hiermit ohne Rückhalt bezeugen
wollen.

6131.
An J. H. Meyer.

[3. April]

Sie erhalten hierbey, theurer Freund, den Nachtrag
zu der Hackertischen Biographie. Möchten Sie wohl
die Gefälligkeit haben, solchen durchzulesen und mit
einem Bleystift einige Bemerkungen hinzufügen, besonders wenn Sie in Absicht auf Rechtschreibung der
Namen etwas zu erinnern hätten. Ich erbitte mir
dagegen den Fea und das Kästchen Hackertsche Schwefel.
Sagen Sie mir, ob Sie heute Abend unter der Comödie mich besuchen und mir zu dem vollbrachten
Werke Ihren mündlichen Segen ertheilen wollen.
Bringen Sie doch etwas von Ihren Heften mit.

G.

6132.

An C. v. Knebel.

Nur mit wenigen Worten vermelde, daß künftigen Sonnabend die Vorstellung von Saul seyn wird. Du bist mit den lieben Deinigen und sonstigen Freunden zu Mittag eingeladen. Kein Nachtquartier kann ich dir anbieten, da mein Haus voll ist.

Hierbey liegen Gerningiana. Dieser gute Freund bleibt sich doch immer gleich. Aus dem literarischen Pfuschen wird er wohl nie herauskommen. Lebe recht wohl. Ich hoffe dich froh und gesund zu sehen.

Weimar den 3. April 1811.   G.

6133.

An Sara v. Grotthuß.

Weimar den 4. April 1811.

Schon lange wäre es meine Schuldigkeit gewesen, Ihnen, liebe treffliche Freundinn, zu schreiben; ich wollte es aber nicht eher thun, als bis ich von unserm Jephtha etwas sagen könnte. Nun läßt sich wenigstens vermelden, daß in der nächsten Woche Leseprobe seyn wird, und das Übrige wird sich denn auch machen. Die Wünsche, welche der Verfasser geäußert hat, habe ich vor Augen.

Heute Abend geht ein Kästchen an Sie ab, welches Ihnen, wie ich wünsche, zur Freude gereichen möge.

Es find zwar meist alle Bekannte; aber auch diese
werden Sie nicht unfreundlich aufnehmen. Wie sehr
wir Ihnen für die Wintersendungen dankbar gewesen,
brauche ich Ihnen nicht zu sagen. Wenn ich nicht
wüßte, wie thätig Sie für Ihre Freunde im Großen
und Kleinen sind, so würde mich Ihre Gefälligkeit
beschämt haben. Sagen Sie mir auch einmal wieder
ein gutes Wort von sich und Ihrer lieben Schwester,
von der ich so lange nichts gehört habe; erzählen
Sie mir etwas von Berlin, vor allem andern aber
lassen Sie mich wissen, was Ihre Plane für den
Sommer sind. Leben Sie recht wohl und gedenken
Sie meiner.

Goethe.

6134.
An Sara v. Grotthuß.

Weimar den 17. April 1811.

Meine Sendung vom 4. April wird nunmehr
wohl, theure Freundinn, in Ihren Händen seyn.
Möchten Sie darin den Wunsch, mein Andenken bey
Ihnen zu erneuern, und wenigstens den Willen einer
Dankbarkeit für so manches Gute und Freundliche,
gewahr werden.

Das gegenwärtige hat die Absicht, Ihnen ein paar
Personen bekannt zu machen, die Ihre Aufmerksamkeit
verdienen. Es ist Herr und Madame Wolff, beydes
Mitglieder unseres Hoftheaters, welche nach Berlin
kommen, um Gastrollen zu geben. Ich wünsche, daß

fie auf einem fremden Schauplatz und ohne ihre ge-
wohnte Umgebung den Beyfall finden mögen, den fie
fo oft bey uns verdienen.

Herr Robert hat gewiß auch einige Gefälligkeit
gegen fie. Beyde haben Rollen in feinem neuen
Stücke. Die Leseprobe ift noch vor ihrer Abreife gehalten worden, damit die Vorftellung, gleich nach
ihrer Rückkunft, vor fich gehen könne. Unfer Capell-
meifter Müller componirt die Chöre.

Den guten Crayen, der Sie intereffirt, fcheint der
Herzog auf alle Weife zu begünftigen; wenigftens
fendet er ihn nach Teplitz voraus, damit er, wegen
feines verwundeten Arms, der Cur befto länger genießen könne.

Was für Abfichten haben Sie für diefes Jahr?
Die fchöne Frühlingsluft macht fchon einige Reifeluft
bey mir rege.

Zum Schluffe will ich nicht vergeffen, Sie auf
eine kleine Arbeit von mir, Pandora, aufmerkfam zu
machen. Es ift ein etwas abftrufes Werkchen, welches
durch münblichen Vortrag gehoben werden muß. Herr
Wolff und feine Frau werden fich ein Vergnügen
daraus machen, Sie einen Abend damit zu unterhalten.

Leben Sie recht wohl, und gedenken Sie mein.

Goethe.

6135.

An Rochlitz.

Durch Demoiselle Longhi von Neapel, eine schöne
und treffliche Harfenspielerinn, wünsche ich mein Andenken bey Ihnen, mein Werthester, wieder aufzu-
frischen, und ich hoffe, es soll mir gelingen. Ich bin
überzeugt, Sie werden diesem Frauenzimmer um ihrer
selbst- und meinetwillen freundlich seyn.

Eigentlich aber bewegt mich nicht sowohl das schöne
Talent, das sich wohl selbst empfiehlt, zu dem gegenwärtigen Schreiben: das gute Kind ist hier in den be-
denklichen Fall gerathen, daß ihre zwey kleinen Finger
auf eine rheumatische Weise geschwollen sind: das
Schlimmste wohl, was derjenigen begegnen kann, die
sich auf Harfe und Pianoforte bis Petersburg zu produciren gedenkt. Ist unser vortrefflicher Kapp, dem
ich selbst soviel schuldig geworden bin, in Leipzig; so
haben Sie ja die Gefälligkeit, ihn für diese hübsche
Italiänerinn zu interessiren, indem Sie zugleich von
mir laufend Empfehlungen ausrichten. Mehr sage ich
nicht und brauche es nicht, weil es hier nur einer kurzen
Einführung bedarf, und dieser Brief noch spät geschrieben wird. Möchten Sie durch gegenwärtiges veranlaßt, mir einmal wieder ein Wort von sich zu
vernehmen geben, so würden Sie mir sehr viel Freude
machen. Mit den besten Wünschen!

Weimar den 22. April 1811.

Goethe.

6136.

An Charlotte v. Stein.

Indem ich meine Ankunft melde, wünschte ich, verehrte Freundinn, zu erfahren: ob Durchl. die Herzoginn vielleicht heute Abend eine Vorlesung befehlen? Ich bin zur gewöhnlichen Stunde bereit.

b. 30. Apr. 1811.   G.

6137.

An Zelter.

Ehe ich nach Carlsbad abgehe, muß ich Ihnen, mein theurer Freund, noch ein paar Worte schreiben, und vor allen Dingen für das trefflich gerathene Seht hin, Seht hin! meinen besten Dank abstatten. Von mir kann ich Ihnen nur soviel sagen, daß ich mich an eine Arbeit gemacht habe, die auch Ihnen nächstkünftig Freude machen soll. Sie wird zwar gegenwärtig etwas unterbrochen, weil ich, um mich von Weimar loszulösen, mancherley kleine Geschäfte abzuthun habe, die mich indessen doch immer zerstreuen. Herrn Friedländer machen Sie gelegentlich mein bestes Compliment. Es war mir angenehm zu vernehmen, daß meine übersendeten Medaillen eine gute Aufnahme gefunden. Was den mir bey dieser Gelegenheit angebotenen kleinen Jupiterskopf von rothem Marmor betrifft, so werde ich um die Übersendung desselben bitten, sobald ich wieder nach Hause

komme, und mich einigermaßen im Stande sehe,
wieder etwas dagegen anzubieten: denn allzu lang
möchte ich nicht gern Schuldner bleiben.

Sie haben gegenwärtig ein schauspielendes Ehe-
paar von uns bey sich, Herrn und Madam Wolff.
Sie, lieber Freund, begegnen ihnen gewiß freundlich,
auch um meinetwillen. Ich bin sehr neugierig, wie
sie auf dem großen Theater reüffiren, da sie die
Zierden unseres kleinen sind.

Jetzt will ich weiter nichts hinzufügen als ein
herzliches Lebewohl. Wenn Sie mir etwas schreiben
und schicken mögen, so senden Sie mir es nur hieher:
denn es giebt zu Ende May und Anfang Juny einige
Gelegenheiten, dergleichen Dinge nach Böhmen zu
bringen. Meine Abreise wird wohl gleich nach der
Mitte dieses Monats vor sich gehen. Freylich thut
es mir leid genug, daß ich nicht hoffen darf, Sie
dieses Jahr wiederzusehen. Töplitz war doch ein
schöner und fruchtbarer Aufenthalt. Leben Sie recht
wohl, fahren Sie fort meiner zu gedenken und mich
zu lieben.

Weimar den 2. May 1811.   G.

6138.
An Windischmann.

[Concept.]   [2. Mai.]

Ew. Wohlgebornen bekenne mich für die mitgetheilte
Recension ganz besonders dankbar. Es gereicht mir zu

großem Vergnügen, den Antheil zu sehen, den Sie an meiner Arbeit genommen: denn es gehörte nicht wenig Aufmerksamkeit und guter Wille dazu, eine solche Darstellung eines so complicirten Werkes zu liefern. Besonders hat es mich erfreut, zu sehen, daß, ob Sie gleich im Ganzen mit mir einig zu seyn scheinen, Sie doch manche bedeutende Desiderata nicht verschwiegen, sondern vielmehr durch Andeutung derselben Ihre gute Einsicht in die Sache bewiesen. Was mich betrifft, so werde ich gern noch einige Jahre hingehen lassen und die Wirkung abwarten, welche meine Arbeit hervorbringt, und sobann mit meiner Revision und mit den nöthigen Supplementen hervortreten. Da Ew. W. schon so tief und gründlich in die Sache gegangen sind, so werden Sie gewiß fortfahren, diesen schönen Theil der Naturwissenschaft, sowohl durch Versuche, als durch Nachdenken, nicht weniger durch historische Bemerkungen auf alle Weise zu befördern. Wie ich denn auch nicht ermangelt habe, ein Gleiches zu thun und dadurch denjenigen, die dasselbe Interesse gewinnen, von meiner Seite immer entgegenkommend zu arbeiten.

Für alles übrige, was Sie mir mittheilen wollen, bin ich höchlich dankbar. Giebt es Gelegenheit, so haben Sie ja die Güte, mich des Herrn Großherzogs Königlicher Hoheit angelegentlichst zu Gnaden zu empfehlen, und für die mir gegönnte huldreiche Theilnahme ehrfurchtsvoll zu danken.

Der ich von Herzen wohl zu leben wünsche.

6139.
An v. Leonhardi.

[Concept.] [3. Mai.]

Hochwohlgeborner,
Insonders hochgeehrtester Herr.

Ew. H. mir und den Meinigen seit geraumer Zeit
gegönnten freundschaftlichen Gesinnungen lassen mich
wünschen, daß ich in dem vorliegenden Falle auch
etwas angenehmes zu erzeigen im Stande seyn möchte.
Es soll mir aber leider so gut nicht werden, indem
die durch Herrn von Riese bisher verwaltete Stelle
nicht wieder besetzt werden wird, da es mehr persönliche als Geschäfts-Verhältnisse waren, wodurch man
sich bewogen gefunden, ihm einen solchen Posten an-
zutrauen. Ich eile, obgleich ungern, diese Nachricht zu geben, wobey ich jedoch mit Vergnügen die
Gelegenheit ergreife, mich Ihrem fernern freundschaftlichen Andenken zu empfehlen, und ein Gleiches für
die Meinigen zu erbitten.

Der ich die Ehre habe, mich mit ganz besondrer
Hochachtung zu unterzeichnen.

6140.
An Joseph Anton Siegmund v. Beroldingen.

Ew. Hochwohlgebornen haben mir durch Ihr
freundschaftliches Schreiben ein ganz besonderes Vergnügen gemacht. Es hat mich an jene gute alte Zeit

erinnert, da ich das Glück Ihres Umgangs und Zu-
trauens genoß, an eine Zeit die mir stets unvergeßlich
bleiben wird.

Der löbliche und schöne Vorsatz, durch eine Preis-
aufgabe junge Künstler aufzumuntern, ist mir ein
neuer Beweis des Antheils, den Sie an Künsten und
Wissenschaften von jeher genommen haben. Nur thut
es mir herzlich leid, daß ich, in meiner gegenwärtigen
Lage, Ihre edlen Wünsche nicht secundiren kann.
Die Ausstellungen, welche wir hier jährlich zu ähnlichen Zwecken einleiteten, haben seit 1805 aufgehört.
Den Sommer über bin ich meist abwesend, und der
Winter ist von so mancherley Besorgungen und Geschäften überdrängt, daß ich nicht gern eine neue Obliegenheit auf mich nehmen möchte, besonders eine
solche, die mit Hin- und Wiedersendungen und also
auch mit Einpacken und Spediren begleitet seyn würde.
Auch eine Erweiterung meiner Correspondenz habe ich
alle Ursache zu vermeiden. Ew. Hochwohlgebornen verzeihen daher, wenn ich einen für mich und meine
nächsten Kunstfreunde so ehrenvollen Auftrag ablehne,
und lassen mir die Hoffnung, daß ich dabey von
Ihrer Gunst und Neigung nichts verliere.

Höchst angenehm war es mir, zu erfahren, daß
Ew. Hochwohlgebornen aus dem großen Schiffbruche
doch noch so manches gerettet, und so vieles um sich
haben, wodurch das Leben genußreich wird. Möchte
es Ihnen erhalten werden, und ich noch lange ver-

nehmen, daß Sie bey guter Gesundheit sich in einer
so stürmischen und unruhigen Zeit derjenigen Güter
erfreuen, die eigentlich nur Früchte des Friedens sind.

Durchlaucht der Herzog erwiedern Ihr freundliches
Andenken auf das allerbeste und schönste, und ich
empfehle mich angelegentlichst einem fortdauernden
Wohlwollen.

Weimar
ben 3. May 1811.

Ew. Hochwürden
ganz gehorsamster Diener
Goethe.

6141.

An C. F. v. Reinhard.

Weimar den 8. May 1811.

Die schöne und geschickte Harfenspielerinn hat auch
bey uns viel Sensation gemacht und ist von mir um
Ihres Briefs willen, mein verehrter Freund, wohl
aufgenommen und mit einem ähnlichen Empfehlungs-
schreiben nach Leipzig verabschiedet worden. Gegenwärtig ist ein interessanter junger Mann bey uns,
dessen Bekanntschaft ich Ihnen gleichfalls verdanke,
Sulpiz Boisserée, der mir sehr wohl gefällt und mit
dem ich auch ganz gut zurecht komme.

Denn ein bedeutendes Individuum weiß uns immer
für sich einzunehmen, und wenn wir seine Vorzüge
anerkennen, so lassen wir das, was wir an ihm problematisch finden, auf sich beruhen; ja was uns an

Gesinnungen und Meynungen desselben nicht ganz gemäß ist, ist uns wenigstens nicht zuwider: denn jeder Einzelne muß ja in seiner Eigenthümlichkeit betrachtet werden und man hat neben seinem Naturell auch noch seine frühern Umgebungen, seine Bildungsgelegenheiten und die Stufen auf denen er gegenwärtig steht, in Anschlag zu bringen. So geht es mir mit diesem, und ich denke, wir wollen in Frieden scheiden.

Überhaupt, wenn man mit der Welt nicht ganz fremd werden will, so muß man die jungen Leute gelten lassen für das was sie sind, und muß es wenigstens mit einigen halten, damit man erfahre was die übrigen treiben. Boisserée hat mir ein halb Dutzend Federzeichnungen von einem jungen Mann Namens Cornelius, der sonst in Düsseldorf lebte, und sich jetzt in Frankfurt aufhält, und mit dem ich früher durch unsere Ausstellungen bekannt geworden, mitgebracht, die wirklich verwundersam sind. Es sind Scenen nach meinem Faust gebildet. Nun hat sich dieser junge Mann ganz in die alte deutsche Art und Weise vertieft, die denn zu den Faustischen Zuständen ganz gut paßt, und hat sehr geistreiche gutgedachte, ja oft unübertrefflich glückliche Einfälle zu Tage gefördert, und es ist sehr wahrscheinlich, daß er es noch weiter bringen wird, wenn er nur erst die Stufen gewahr werden kann, die noch über ihm liegen.

Ich bin nun auf meiner Reise nach Carlsbad begriffen, so darf ich wohl sagen, ich werde in etwa

8 Tagen von hier abgehen. Dort habe ich mir vorgenommen allerley wunderliche Dinge zu arbeiten,
von denen ich zum voraus nichts erwähnen darf:
denn gewöhnlich, was ich ausspreche das thue ich
nicht, und was ich verspreche das halte ich nicht.

Auf alle Fälle denke ich aber dießmal früher
wieder zurück zu seyn, ob ich gleich auch einigen Aufenthalt in Töplitz machen werde. Die Confusion mit
den Bankzetteln und dem Gelde ist indessen gegenwärtig im Östreichischen so groß, daß ein Aufenthalt
in Böhmen dießmal unangenehm werden kann. Seitdem man einen niedern Preis der Papiere festgesetzt
hat; so glauben die Leute, diese stünden viel niedriger
als zu der Zeit, da sie ums Doppelte niedriger standen.
Dieß ist freylich kein Wunder, da im gemeinen Leben
diese Geldsache durchaus vom Vorurtheil abhängt.
Nur die Handelsleute, besonders die Banquiers wissen,
was sie wollen, und werden reich dadurch, wenn auch
gleich manche durch falsche Speculationen zu Grunde
gehen.

Daß der Stein des Herrn von Jakowleff sich
wiedergefunden hat ist mir sehr angenehm. Es war
ein Kleinod, welches Oeser lange besaß. Durch diesen
ist es an die Herzoginn Amalie gekommen, welche
aber immer zauderte, einen oder mehrere Cameen
daraus arbeiten zu lassen. Aus ihren Händen kam
er in die meinen; auch ich verwahrte ihn lange, bis
ich mich endlich entschloß ihn einem Liebhaber ab-

zugeben, dem es eine Freude macht, auf solche Dinge
ansehnliche Summen zu wenden.

Mehr will ich für dießmal nicht sagen und mich
nur noch angelegentlich in Ihr freundschaftliches Andenken empfehlen.

G.

6142.
An v. Leonhard.

Ew. Wohlgebornen

erinnern mich durch die Übersendung Ihres interessanten Taschenbuchs an meine Schuld, die ich jedoch
bisher abzutragen noch nicht Raum finden können.
So manche Dinge liegen vorbereitet, ohne daß ich zu
Bearbeitung derselben gelangen kann. Doch hoffe ich
bald eine interessante Notiz mitzutheilen, die einen
Körper betrifft, der auf der Gränzscheide zwischen dem
Mineral- und Vegetabilreiche steht und sich freylich
mehr zum letzten zu neigen scheint. Es ist die so-
genannte Pietra fungaja, die in Reisebeschreibungen
sowohl als in Wörterbüchern als ein Tuffstein angegeben wird auf welchem eßbare Schwämme wachsen.
Ich habe einen solchen aus Italien erhalten und ich
werde die damit angestellten Versuche, wie auch die
Resultate seiner chemischen Zerlegung, sobald nur alles
vollständig beysammen ist, zu übersenden nicht ermangeln. Der ich die Ehre habe mich mit vollkommner Hochachtung zu unterzeichnen.

Weimar den 8. May 1811.

Goethe.

6140.

An Peter Cornelius.

Die von Herrn Boisserée mir überbrachten Zeichnungen haben mir auf eine sehr angenehme Weise
dargethan, welche Fortschritte Sie, mein werther Herr
Cornelius, gemacht, seitdem ich nichts von Ihren
Arbeiten gesehen. Die Momente sind gut gewählt,
und die Darstellung derselben glücklich gedacht, und
die geistreiche Behandlung sowohl im Ganzen als
Einzelnen muß Bewunderung erregen.

Da Sie sich in eine Welt versetzt haben, die Sie
nie mit Augen gesehen, sondern mit der Sie nur durch
Nachbildungen aus früherer Zeit bekannt geworden,
so ist es sehr merkwürdig, wie Sie sich darin so einheimisch finden, nicht allein was das Costüm und
sonstige Äußerlichkeiten betrifft, sondern auch der
Denkweise nach; und es ist keine Frage, daß Sie, je
länger Sie auf diesem Wege fortfahren, sich in diesem
Elemente immer freyer bewegen werden.

Nur vor einem Nachtheile nehmen Sie sich in Acht:
die deutsche Kunstwelt des 16. Jahrhunderts, die Ihren
Arbeiten als eine zweyte Naturwelt zum Grunde liegt,
kann in sich nicht für vollkommen gehalten werden.
Sie ging ihrer Entwicklung entgegen, die sie aber
niemals, so wie es der transalpinischen glückte, völlig
erreicht hat. Indem Sie also Ihren Wahrheitssinn
immer gewähren lassen; so üben Sie zugleich an den

vollkommensten Dingen der alten und neuen Kunst
den Sinn für Großheit und Schönheit, für welchen
die trefflichsten Anlagen sich in Ihren gegenwärtigen
Zeichnungen schon deutlich zeigen. Zunächst würde ich
Ihnen rathen, die Ihnen gewiß schon bekannten
Steinabdrücke des in München befindlichen Erbauungs-
buches so fleißig als möglich zu studiren, weil, nach
meiner Überzeugung, Albrecht Dürer sich nirgends so
frey, so geistreich, groß und schön bewiesen, als in
diesen gleichsam extemporirten Blättern. Lassen Sie
ja die gleichzeitigen Italiäner, nach welchen Sie die
trefflichsten Kupferstiche in jeder einigermaßen bedeutenden Sammlung finden, sich empfohlen seyn;
und so werden sich Sinn und Gefühl immer glücklicher entwickeln, und Sie werden im Großen und
Schönen das Bedeutende und Natürliche mit Bequemlichkeit auflösen und darstellen.

Daß die Reinlichkeit und Leichtigkeit Ihrer Feder
und die große Gewandtheit im Technischen die Bewunderung aller derer erregt, welche Ihre Blätter
sehen, darf ich wohl kaum erwähnen. Fahren Sie
fort auf diesem Wege alle Liebhaber zu erfreuen,
mich aber besonders, der ich durch meine Dichtung
Sie angeregt, Ihre Einbildungskraft in diese Regionen
hinzuwenden und darin so musterhaft zu verharren.

Herrn Boisserées Neigung, die Gebäude jener würdigen Zeit herzustellen und uns vor Augen zu bringen,
trifft so schön mit Ihrer Sinnesart zusammen, daß

es mich höchlich freuen muß, die Bemühungen dieses
verdienten jungen Mannes zugleich mit den Ihrigen
in meinem Hause zu besitzen. Wie Ihnen Ihre Blätter
wieder zukommen sollen, werde ich mit Herrn Boisserée
abreden.

Leben Sie recht wohl und lassen, nach einer so
langen Pause, bälder wieder etwas von sich hören.

Weimar den 8. May 1811.

Goethe.

6144.
An Rauwerd.

[Concept.]

Die früher gesendete Erscheinung auf dem Winter-
berg hat mir viel Freude gemacht. Sie zeigen dadurch, was die Parodie eigentlich seyn sollte. Ein
edler Gegenstand wird ironisch behandelt, aber nicht
frahenhaft. Ich müßte sehr weitläuftig werden, wenn
ich alles was in diesem Sinne aus Ihrer Zeichnung
in Vergleich mit der Transfiguration herzuleiten wäre,
gehörig aussprechen wollte.

An Ihrem Dädalus habe ich gesehen, wie sehr Sie
bisher bemüht gewesen, edle und schöne Formen in
ihrer Bedeutsamkeit zu studiren. Das Ganze ist gut
gedacht, heiter und ernst zugleich. Hätte doch der
Himmel gewollt, daß Sie Ihr Talent von früher
Jugend an in Italien hätten ausbilden können. Doch
man weiß ja nicht, was man in der jetzigen Zeit

Jemand wünschen soll, da man selbst auf Flügeln
der Morgenröthe dem Unfrieden und der Zerstörung
nicht wohl entgehen könnte.

Ihren Auerbachs Keller habe ich mit Vergnügen
zu seinen Geschwistern versammelt. Sie finden durchaus vielen Beyfall und ich denke es wird sich doch
wohl auch ein Käufer finden. Wären die Zeiten nicht
für einen Jeden bedenklich, so würde ich mich schon
wegen derselben für Ihren Schuldner erklärt haben.

An Herrn von Kügelgen ist das Gemälde wohl-
gepackt abgegangen. Ich gehe dieser Tage nach Carlsbad um einen Theil des Sommers in Böhmen zuzubringen. Möge ich von Zeit zu Zeit vernehmen,
daß Sie sich in einem unberruckten Zustande wohl
befinden.

Weimar, den 8. May 1811.

6145.

An Adolf Heinrich Friedrich v. Schlichtegroll.

Wohlgeborner
Insonders hochgeehrtester Herr.

Ew. Wohlgebornen Schreiben und die demselben
beygefügte Sendung habe ich schon vor einiger Zeit
mit Vergnügen empfangen, und kann mich nicht von
Weimar, um nach Carlsbad zu gehen, entfernen, ohne
meinen bisher schuldig gebliebenen Dank aufrichtig
abzustatten.

Da ich die vorhergehenden Bände des Catalogs
der Gefälligkeit des Herrn von Mannlich verdanke, so
ist es mir um so angenehmer, daß ich durch Ihre
freundliche Vorsorge nunmehr auch diesen besitze. Er
reizt fürwahr so sehr als die vorigen, jene Kunstschätze mit Augen zu sehen, von denen er uns eine
kurze Nachricht ertheilt.

Ew. Wohlgebornen sind versichert, daß ich auch in
der Ferne den lebhaftesten Antheil genommen an allem,
was den Gliedern einer so edel bezweckten Akademie
und ihrem Vorsteher, den ich unter meine ältesten
und besten Freunde rechne, begegnen konnte. Ich höre
mit Zufriedenheit, daß sich nunmehr manches Un-
gemach verzogen und bessere Zustände einzutreten
scheinen. Bleiben Sie versichert, daß der Antheil,
den Sie an mir und meinen Productionen nehmen
wollen, mir höchst schätzbar ist, und daß ich dadurch
aufgemuntert werde, manches was bisher geruht hat
oder verzögert worden ist, ernstlicher vorzunehmen
und zu Stande zu bringen. Empfehlen Sie mich
unserm trefflichen Jacobi und lassen auch in Zukunft
mein Andenken unter Ihnen leben.

                                   Ew. Wohlgeb.
    Weimar
  b. 8. May 1811.   ergebenster Diener
                                      Goethe.

6146.

An Karl Werlich.

Die mir schon vor einiger Zeit zugesendete kleine Abhandlung erhalten Ew. Wohlgeboren hier mit vielem Dank zurück. An dem Phänomen selbst habe ich keinen Zweifel, ja ich erinnre mich, daß es mir vor geraumer Zeit durch den verstorbnen Batsch vor Augen gelegt und an vielen Gegenständen gewiesen worden. Er schrieb auch damals einen Aufsatz darüber, doch weiß ich nicht ob er je gedruckt worden.

Es ist sehr verdienstlich, daß Ew. Wohlgeboren die Sache wieder zur Sprache bringen. Denn wenn es auch schwer seyn möchte, eine solche Erscheinung zu erklären, so ist es doch wichtig genug, die Allgemeinheit derselben durch so viele besondere Fälle durchzusetzen; ja eben durch diese Allgemeinheit erhält das Phänomen rein ausgesprochen schon ein theoretisches Ansehen. Sollten Sie weiter, sowohl in solchen Erfahrungen als auch in dem Nachdenken darüber und im Verknüpfen mit andren Erscheinungen vorschreiten, so bitte ich, mich an dem Gefundenen Theil nehmen zu lassen.

Das Gemälde wovon Sie mir melden, ist mir schon früher bekannt geworden, und gehört mit unter die Gegenstände, um derentwillen ich mir schon längst eine Tour nach Rudolstadt vorgenommen hatte.

Sollten Sie einem Freunde von mir zu einem

größern oder kleinern Stück biegsamen Steins ver-
helfen können, so würden Sie mir zugleich eine besondre Gefälligkeit erzeigen. Da ich bald nach Carlsbad gehe, so wird Frau Hofräthin von Schiller das
weitere besorgen, wenn Sie deshalb an dieselbe zu
schreiben die Güte hätten.

Der ich mich mit besondrer Hochachtung unterzeichne

Weimar   Ew. Wohlgeb.
ben 8. May 1811.   ergebenster Diener
                                    J. W. v. Goethe.

6147.
An Frau v. Trebra.

[Concept.]   [9. Mai.]

Kurz vor meiner Abreise nach Carlsbad verfehle
ich nicht, Ew. Gnaden auf Dero freundlichen Brief
vom 10. April schuldigst zu antworten. Ich hätte
solches schon früher gethan, wenn ich nicht zugleich
eine erwünschte Nachricht zu überschreiben gehofft hätte:
denn ich habe zwar die mir anvertrauten Briefe sogleich übergeben und wie es sich geziemen wollen,
meine Empfehlung der Angelegenheit hinzugefügt;
allein bis jetzt bin ich noch nicht so glücklich gewesen,
eine Entschließung zu vernehmen; und da in solchen,
die Person der Fürstinn selbst berührenden Angelegen-
heiten eine wiederholte Anfrage bedenklich ist, so muß
ich um Verzeihung bitten, wenn mein gegenwärtiges

ben gehegten Erwartungen nicht entsprechen sollte. Vielleicht aber ist diese Besorgniß schon gehoben, und Ew. Gnaden haben vielleicht schon eine unmittelbare Antwort erhalten, die mir nur nicht bekannt geworden ist. Wie sehr wünsche ich dieß, so wie auch daß ich in der Folge im Stand seyn möge in dieser Angelegenheit etwas Föderliches und Erfreuliches zu leisten.

Ihrem theuren Herrn Gemahl haben Sie die Güte mich bestens zu empfehlen. Die überschickten interessanten Nachrichten von den spanischen Bergwerken habe ich meinem Sohne zugestellt, und erwarte, da er genugsam lebenslustig ist, ob er auch bergbaulustig werden möchte.

Bey meiner Rückkehr von Töplitz hoffe ich aufzuwarten, und die vergnüglichen Augenblicke des vorigen Jahres wieder zu erneuen.

Der ich mich Ew. Gnaden und den lieben Ihrigen auf das angelegentlichste empfehle.

6148.

An die Badedirectoren in Halle.

(Concept.)   [9. Mai.]

Wohlgeborne,
Insonders hochgeehrteste Herren.

Es war mir sehr angenehm durch den Rapport der Herren Genast und Haide zu vernehmen, daß auf

Bedingungen, welche beyden Theilen zuträglich scheinen, die Weimarische Hofschauspieler-Gesellschaft diesen Sommer in Halle eine Anzahl Vorstellungen geben kann. Dieser Versuch ist mir um so viel erwünschter, als wir den werthen Einwohnern gedachter Stadt für den bisherigen Antheil, den sie an den Vorstellungen in Lauchstädt genommen, unsere Dankbarkeit zu beweisen Gelegenheit finden; ingleichen weil ich einer Anstalt, wie die ist welcher Ew. Wohlgebornen vorstehen und für die sich ein so vortrefflicher Mann als unser Reil, höchlich interessirt, auch von meiner Seite etwas Förderliches erzeigen möchte. Der ich diesem Unternehmen einen solchen Ausgang wünsche, daß es künftiges Jahr zu beyderseitiger Zufriedenheit wiederholt werden könne, und die Ehre habe mich zu unterzeichnen.

6149.

An J. H. Meyer.

Sie erhalten hiebey, mein lieber Freund, einen Hackert und Ihre Manuscripte zurück. Leider sind wir nicht dazu gelangt die treffliche Kunstgeschichte durchzulesen; indessen will ich mich freuen, daß uns für die nächste Zeit unsrer Wiederzusammenkunft etwas übrig bleibt. Übermorgen früh gehe ich ab, und habe das Vergnügen Sie noch vorher zu sehen.

Weimar den 10. May 1811.   G.

6150.
An Colla.

[Concept.]

Durch Herrn Boisserée, welcher das Vergnügen haben wird Sie in Leipzig zu sehen, will ich einen freundlichen Gruß zu übersenden nicht ermangeln. Es hat mir die Bekanntschaft dieses jungen Mannes sehr viel Freude und Zufriedenheit gebracht. Die von ihm veranlaßten und gesammelten Zeichnungen erregen ein großes Intresse, besonders wenn er selbst sie auslegt und seine Ansichten und Absichten dabey deutlich macht. Ich gebe ihm gern das Zeugniß, daß ich ihn in seinem Fache sehr wohl fundirt gefunden habe, sowohl im artistischen als historischen Sinne. Seine Darstellungen und Darlegungen haben eine sehr gute Folge und ich bin überzeugt, daß wenn äußere Umstände dieß Unternehmen einigermaßen begünstigen; so muß es Fortgang haben. Ich verschweige diese Überzeugung nicht: sie ist das Resultat der in diesen Tagen öfters wiederhollten Beschauung, Unterhaltung und Untersuchung; und ich wünsche dadurch den Muth zu einem so bedeutenden Vorhaben bey den Unternehmern zu erhöhen.

Meinen Brief vom 4. werden Sie durch Frege erhalten haben. Was Sie mir darauf hieher erwiedern, wird mir nach Carlsbad gesandt. Ich wünsche recht wohl zu leben und empfehle mich Ihrem freundlichen Andenken.

Weimar den 11. May 1811.

6151.

An Pauline Gotter.

Jena d. 12. May 1811.

Wenn es mir in dem schmiegsamen Westchen recht
behaglich wird, gedencke ich der freundlichen Urheberinn,
und überlege wie ich Ihr gefällig seyn kann. Da ent-
5 sinne ich mich daß Ihre Kleider nicht so aus Einem
Gusse sind als diejenigen die Sie Ihren Freunden
bereitet, und da hab ich nichts angelegner als von
der spitzen Waare etwas zu senden welche so gute
Dienste leistet. Das liebe Kind gedencke mein.
10   G.

6152.

An J. J. Willemer.

[Concept.]

Schon längst hätte ich Ihnen, mein theurer und
erprobter Freund, gern wieder ein freundliches und
für so manche Gefälligkeiten dankbares Wort zugehen
lassen. Nun reist ein junger geschickter Künstler, den
15 ich auf mehr denn eine Weise zu schätzen Ursache habe,
nach Frankfurt, und ich möchte ihn mit einer kurzen
Empfehlung an Sie ausstatten. Ein Miniaturmaler,
so geschickt wie dieser, der schon die Zeugnisse mit-
bringt von dem was er geleistet hat, ist gewiß überall
20 wohl aufgenommen. Er hat einige Zeit in meinem
Hause gewohnt, und hier, so klein der Ort ist, doch

manches zu thun gefunden. An einem größern gelingt es ihm vielleicht noch besser, wenn er nur erst
einmal eingeführt ist. Mögen Sie, mein Werthester,
dieses thun; so machen Sie sich um die Kunst, um
ihn und mich verdient. Der ich wohl zu leben wünsche,
und mich der Fortdauer Ihres freundschaftlichen Andenkens empfehle.

Weimar den 12. May 1811.

6153.
An F. v. Gentz.

[Concept.]

Ew. Hochwohlgebornen
meine Ankunft in Carlsbad zu melden, halte um
so mehr für Schuldigkeit, als ich noch meinen aufrichtigen und lebhaften Dank für die köstliche Sendung
abzustatten habe. Schon vor einiger Zeil erhielt ich
das gefällige Ankündigungs-Schreiben, wenige Tage
vor meiner Abreise die sehnlich erwartete Rolle, für
welche ich höchlich verpflichtet bin: denn ich gestehe gern,
daß ich zwar in allem was ich von Fräulein von
Kerpen gesehen, eine entschieden angeborne Gabe bemerkt, sowie eine durch anhaltenden Fleiß erworbene
Leichtigkeit der Ausführung; daß aber dieß vortreffliche Frauenzimmer dieses natürliche Talent so weit
ausgebildet, um ganz eigentlich künstlerische Werke
verfertigen zu können, dieses war mir nicht anschaulich geworden. Das gegenwärtig mir gegönnte zeugt

nicht allein von einer sehr geübten Hand, sondern
auch von einem sehr zarten Sinne, und ist von mancher
Seite, besonders auch dadurch bewundernswürdig, daß
man die Eigenschaften und Verdienste des Originalbildes darin gar wohl erkennen, und sich vom Geiste
wie von der Behandlung desselben einen deutlichen
Begriff machen kann. Nur durch die Schätzung des
Geleisteten kann ich mich einer solchen Gabe werth
fühlen, und möchte, ohne daß ich meinen Dank in
vielen Worten ausdrückte, Ew. H. ersuchen, sowie Sie
durch Ihren gütigen Einfluß mir dieses Kunstwerk
verschafft, so auch Ihre glückliche Gabe sich auszudrücken zu einer recht gehörigen und bedeutenden
Danksagung bey der lieben Geberinn zu verwenden,
wozu ich noch die aufrichtigsten Glückwünsche wegen
der bevorstehenden Verbindung beyzufügen bitte. Ich
sage nicht zu viel, wenn ich versichre, daß jenes schöne
Werk unter die vorzüglichsten Gegenstände gehört, auf
deren Anblick ich mich bey meiner Nachhausekunft zu
freuen habe.

Wie ich es diesen Sommer halten werde, weiß
ich noch nicht ganz genau. Durchlaucht der Herzog
werden in diesen Tagen in Teplitz eintreffen. Vielleicht statte ich dort, wie im vorigen Jahre, einen
Besuch ab. Zwar ist es etwas apprehensiv sich gegenwärtig in Böhmen zu bewegen, indem man bey der
großen Erschütterung, welche das Patent hervorgebracht,
nicht weiß wie und worauf man seine Rechnung

machen soll. Mögen Ew. H. mir etwas von Ihren
Vorsätzen für diesen Sommer vertrauen, so findet mich
ein Brief noch 14 Tage bis 3 Wochen gewiß in
Carlsbad. Einige vertrauliche Nachricht von dem
Befinden der Frau v. Eybenberg würde mir zu großer
Beruhigung gereichen. Für die höchst gefällige Aus-
richtung meiner frühern zudringlichen Aufträge bleibe
ich ein verbundener Schuldner und wünsche Ew. H.
auch dieses Jahr zu begegnen und mich persönlich
Ihrer fernern Gewogenheit zu empfehlen.

Von diesem seit langer Zeit mir so lieben Ort
kann ich nur so viel vermelden, daß das herrlichste
Wetter daselbst herrscht, doch läßt sich vermuthen, daß
diese Reinheit der Atmosphäre weit ausgebreitet sey
und entfernte Freunde eines gleich angenehmen Früh-
lings genießen. Die Zahl der Badegäste ist sehr
gering. Man hat noch nicht einmal ein Blatt der
gewöhnlichen Liste ausgeben können. Nach Quartieren
ist Nachfrage gewesen. Manche Gäste haben wieder
abgeschrieben, weil die Carlsbader in diesem Artikel
eine allzuschnelle Steigerung beliebt haben. Das
übrige zum Leben erforderliche ist leiblichen Preises.
So viel hiervon.

Carlsbad den 23. May 1811.

6154.

An C. F. v. Reinhard.

Ihr lieber Brief, mein verehrter Freund, ward mir nach Carlsbad gebracht. Den an Herrn Boisserée habe ich sogleich wieder zurück an Bertuch geschickt, welcher ihn wohl zu besorgen nicht ermangeln wird.

Mit Herrn Sulpice selbst habe ich mich sehr wohl vertragen. Mit tüchtigen Menschen fährt man immer besser gegenwärtig als abwesend; denn sie kehren entfernt meistentheils die Seite hervor die uns entgegensteht; in der Nähe jedoch findet sich bald, inwiefern man sich vereinigen kann. Ich habe ihn in allen Dingen, die ihn interessiren, sehr gut begründet gefunden, und ich glaube ihn, was die Geschichte der Architectur und Malerey betrifft, auf dem rechten Wege; und sowie man Niemanden der für seine Stadt oder sein Vaterland wirken will, einen ausschließenden Patriotismus für diese verargen darf, so wenig konnte es mir zuwider seyn, einen jungen thätigen Mann vor allen andern Dingen sich mit der vaterländischen Kunst beschäftigen zu sehen. Ich gestehe gern, daß in seinem Umgang sich eine für mich schon verblichne Seite der Vergangenheit wieder aufgefrischt, daß ich manches durch ihn erfahren, und daß ich seine Behandlungsart gar wohl zu billigen Ursach habe. Überhaupt hat er auch bey uns, sowohl bey Hofe als in der Stadt, durch seine Zeichnungen und durch seine Persönlichkeit sehr guten Eindruck gemacht. Daß er mir als ein natürlicher, gebildeter und einsichtiger Mensch sehr wohl gethan, brauch' ich kaum zu sagen; aber das will ich noch hinzufügen, daß er als Catholik mir sehr wohl gefallen hat; ja ich hätte gewünscht noch genauer einzusehen, wie gewisse Dinge bey ihm zusammenhangen. Haben Sie also Dank, daß Sie mir einen so hübschen Mann zugewiesen. Ich kann vermuthen, daß er Ihnen auch seinerseits von dem Aufenthalte in Weimar sprechen wird, und Sie werden alsdann gar leicht übersehen, inwiefern die beyden Hälften an einander passen.

Was den andern Freund betrifft, so glaube ich nicht, daß er in jenem Falle den Sie zu befürchten scheinen, bey uns gut aufgehoben seyn möchte. Jene Zeitungsartikel sind nicht bis zu mir gekommen; ich glaube aber die Lage ziemlich zu begreifen. Was uns betrifft, so erkennen wir mit Bescheidenheit, daß man uns in manchen Stücken durch die Finger sieht und unsere kleine Localität für eine Art von Asylchen gelten läßt. Doch hüten wir uns eben deswegen, daß nichts zur Sprache komme. Wir haben neulich einen jungen Mann, der sich hier mit einer verwegnen Schrift, die ihn schon von Göttingen vertrieb, producirte, erst sachte nach Jena mit gutem Rath und Ermahnung, und als er daselbst nicht wanken und weichen wollte, zuletzt ungern polizeylich weiter gewiesen.

Ein freylich weit besseres, mit jenem nicht vergleich-

barrs, doch aber auch bedenkliches Subject, auch nur
für einige Zeit zu beherbergen, würde aus mancherley
Gründen nicht räthlich seyn. In diesem Falle würde
ich lieber die Kaiserlichen Erblande vorschlagen, wo
die Größe und die Menge der Fremden ein Individuum
leicht verbirgt und verschlingt. Im Sommer sind
die Bäder ein höchst erwünschter Aufenthalt. Von
Westen her sind sie nicht besucht, meist nur von Osten
und Norden. Darnach läßt sich auf die Gesellschaft
schließen, welche man antrifft. Und für den Winter
ist auch Rath zu schaffen; sowie denn auch die Wohlfeilheit, wenn man die Verhältnisse kennt, selbst in
der jetzigen Zeit, nach dem famosen Patent, bey dem
hohen Silberwerth noch immer zum Vortheil derer
gereicht, die dieses Metall mitbringen, obgleich die
Preise sich, dem Namen nach, durchaus verdoppelt
und verdreyfacht haben. Dafür steht denn auch das
Silber wie 100 zu 1000, und drüber. Ich bin überzeugt, daß ich in Pyrmont das Doppelte brauchen
würde von dem was ich hier ausgebe.

So viel von dem was sich mittheilen läßt. Mögen
und können Sie mir etwas Näheres eröffnen, so stehe
ich dagegen mit Theilnahme und gutem Willen zu
Diensten. Für dießmal leben Sie recht wohl! Ein
Brief nach Carlsbad bey den drey Mohren findet
mich oder folgt mir, wohin ich auch gehen möge.

Wohl zu leben wünscht

Carlsbad d. 8. Juni 1811. G.

6155.

An Giuseppe Gautieri.

[Concept.]   [Carlsbad 8. Juni.]

Ew. Wohlgebornen

verehrliches Schreiben vom 9. May ist mir in diesen
Tagen nach Carlsbad überbracht worden, und ich verfehle nicht, dasselbe sogleich schuldig zu erwiedern.

Die mir gefällig übersendete Pietra fungaja fand
ich im vergangnen Herbste bey meiner Nachhausekunft.
Ich stand in der Meynung Herr Bergrath Lenz habe
vorläufig die Ankunft derselben dankbar gemeldet, und
versparte meinen Dank bis ich etwas Gründliches von
denen damit angestellten Versuchen zugleich mit übersenden könnte. Zwar ist bisher verschiedenes mit jenem
merkwürdigen Naturproduct vorgenommen worden;
allein noch haben sich die Resultate nicht zusammenstellen lassen: doch will ich dasjenige was mir einigermaßen zuverlässig scheint, Ew. Wohlgebornen vorläufig
mittheilen.

Jenes Naturproduct scheint nicht dem Mineral-
sondern dem Pflanzenreiche anzugehören, und möchte
sich wohl an die Trüffeln, Lykoperden und andre dergleichen Gewächse zunächst anschließen. Sein Wachsthum unter der Erde, wahrscheinlich in leichtem Boden,
scheint mir alles fremdartige, insofern es nicht allzusehr widersteht, zu verdrängen, wodurch denn wirklich
ein eigner selbständiger Körper gebildet wird. Gegenstände aber, wie Wurzeln und Steine, werden davon

umschlossen und mit in den Körper aufgenommen, wie an dem übersendeten Exemplar sichtbar genug ist: ein Fall, den wir auch bey manchen Schwämmen gewahr werden, die solche Körper, die sie nicht abweisen können, als Zweige, Strohhalme, Fichtennadeln mit in ihren vegetabilischen Bau einschließen.

Eine Hauptfrage weiß ich nun aber nicht zu beantworten: es ist nämlich die: ob dieses Gewächs gleich Anfangs in dem concentrirten Zustande wie ich dasselbe erhalten habe entsteht und zunimmt, oder ob die Sache sich anders befinde. Denn freylich in dem Zustande von Concentration und Erhärtung wie es in meine Hände gekommen, hat es eine ziemliche specifische Schwere, und kann nicht mit Unrecht für einen Stein gehalten werden. Bringt man es aber in feuchte Erde, so schwillt es außerordentlich auf, ja Theile davon, die man ins Wasser gelegt, haben ihr Volum sechsfach vermehrt, ohne in dieser Proportion an Gewicht zuzunehmen. Es ließe sich also denken, daß dieses Gewächs in seinem ersten Zustande ausgedehnt, weich, weniger schwer und in der Art sich erzeigte, wie wir es finden, wenn wir es der Feuchtigkeit aussetzen, und daß es sich alsdann, bey sehr trocknem Sommer und großer Hitze, in jenen steinähnlichen Zustand zusammenzöge. So wahrscheinlich dieses ist, so lassen sich doch dagegen einige Zweifel erheben, die ich hier der Kürze wegen nicht anführen will.

Die mit diesem Product angestellten chemischen Versuche sind mir noch nicht umständlich bekannt geworden: es soll aber zum größten Theil aus Eyweißstoff bestehen und einen geringen Antheil von Thon mit sich führen. Dieses alles vorausgesetzt wende ich mich nun zu der diesem sogenannten Steine zugeschriebenen Vegetations- oder Reproductions-Kraft.

In denen Wörterbüchern worin der Pietra sungaja gedacht wird, erklärt man dieselbe durch einen Tuffstein auf welchem Schwämme wachsen, und so finde ich derselben auch in Reisebeschreibungen und sonst erwähnt. Allein nach meiner Überzeugung ist das Ganze ein kryptogamisches Wesen, welches, wie schon oben bemerkt, den Trüffeln und einer gewissen bey uns beobachteten Art von Lyloperden ähnlich, welche auch unter der Erde wachsen und zu ziemlicher Größe sich ausbreiten, Wurzeln die sie nicht verdrängen können, in sich aufnehmen, und in ihrem ersten unreifen Zustande inwendig mit einer Art von derbem Fleisch ausgefüllt sind, welches jedoch sich nach und nach in ein zerfliebendes Pulver verwandelt. Die Pietra sungaja wäre nun hievon gerade das Gegentheil, indem ihr Inneres, welches unter einer sehr zarten bräunlichen Rinde verborgen liegt, dergestalt solidescirt, daß es nicht mit Unrecht für einen Stein gehalten werden kann.

Dieser solide obschon leicht zu schabende Körper hat eine große Neigung zum Wasser, behnt sich wie

gesagt sehr darin aus, und es wäre die Frage, ob
dieses Ausdehnen nicht selbst als ein neues Wachsthum anzusehen sey und unter den erforderlichen Umständen ein wahres Increment veranlassen könne.
Allein hiedurch würde dieses Naturproduct nicht zu
seinem Ruf gelangt seyn: es soll ja wirklich eßbare
Schwämme, welche von dem Grundkörper abgetrennt
und gleichsam geärndtet werden können, hervorbringen.
Bis jetzo hat sich bey uns, ob er gleich nach der Vor-
schrift im Keller in feuchter Erde gehalten worden,
dergleichen nicht hervorgethan; wohl aber, was bey
seiner durchaus vegetabilischen Natur zu erwarten
steht, hat er mancherley Schimmel- und Byssosarten
erzeugt; und oben auf der ihn einige Zoll hoch be-
deckenden Erde ließen sich, kurz vor meiner Abreise,
eben solche von mir nicht bestimmbare lichen-artig sich
verbreitende Aftergewächse sehen, deren Substanz durch
die Erdschicht durch, bis auf die angeschwollne Pietra
fungaja selbst hinunterreichte.

Eine solche secundäre Erzeugung ließ sich, wie
gesagt, wohl erwarten; allein die Frage entsteht nun,
ob sich wirklich eßbare Schwämme aus und auf dieser
Base entwickeln werden. Bis jetzt ist davon noch
keine Spur, obgleich schon mehrere Monate dieser so-
genannte Stein der Erde anvertraut worden. Sobald
ich wieder nach Hause komme, werde ich sowohl diesen
Gegenstand abermals genauer betrachten, als auch
dasjenige näher zusammenstellen, was unsre Bota-

niker und Chemiker uns zur Erläuterung mittheilen
werden.

Ew. W. sind diesem wichtigen Gegenstande um
so viel näher, haben selbst davon schon hinreichende
Kenntniß, und sind in dem Fall durch Ihre Bekanntschaft und Einfluß wohl solche Aufklärungen zu erhalten, wodurch das Zweifelhafte in Gewißheit verwandelt und die Auflösung des Räthsels herbeygeführt
wird.

Schließlich will nicht versäumen zu bemerken, daß
mir über diesen Gegenstand eine lateinische Dissertation vom Anfang des XVII. Jahrhunderts in die
Hände gekommen, der ich um so mehr erwähne als
sie mir Gelegenheit giebt, das Zweydeutige der bisherigen Nachrichten besser ins Licht zu stellen. Gedachte Abhandlung gleicht mehrern aus dieser Zeit:
man lernt manches daraus, ohne deßhalb, wie man
wünschte, belehrt zu werden. Der Verf. geht jedoch,
wie ich auch zu thun genöthigt bin, von den Trüffeln
aus, verliert sich aber zuletzt, durch unmerkliche Übergänge, zu dem Kalklufsteine, auf welchem wirkliche
Schwämme wachsen: wie ja auch noch zu unsrer
Zeit die blutstillenden Schwämme auf einem Felsen
im Meer nahe an der Insel Gozzo sich erzeugen,
deren Ärndte und Vertheilung sich der Großmeister
ausschließlich vorbehalten hat, und die als ein wür-
diges Geschenk an Könige und Fürsten betrachtet
wurden. Diese Naturproducte stehen jedoch mit unsrer

Pietra sungaja, nach meiner Überzeugung in keinem
Verhältniß. Worauf es also zunächst hauptsächlich
ankommt, wäre, die schon genugsam constatirte Vege-
tabilität unserer Pietra sungaja noch genauer zu
untersuchen, um über die Art ihres eigenen Wachs-
thums sowohl als über die Production und Re-
production verwandter Geschöpfe entschiedner belehrt
zu werden.

Nehmen Ew. W. vorstehendes als eine dankbare
Erwiederung gegen die für mich gewiß unschätzbare
Gabe vorläufig an, und verzeihen, daß dieser Aufsatz
nicht mit der Genauigkeit abgefaßt ist, die man bey
solchen Gegenständen wohl fordern kann. Er ist entfernt von dem Körper selbst und von allen andern
Hülfsmitteln in der für ernste Arbeiten so wenig
günstigen Curzeit verfaßt. Erhalten Sie mir ein geneigtes Andenken, und bleiben versichert, daß wir uns
der Zeit, welche Sie unter uns zugebracht haben,
mit dem größten Vergnügen erinnern, an allem
was Ihnen gutes begegnet aufrichtigen Theil nehmen
und die thätige Geneigtheit, welche Sie uns erhalten
wollen, auf das dankbarste zu schätzen wissen. Ich
schließe dieses vielleicht schon zu lange Schreiben mit
der Bitte, mich mit Nachrichten, welche über diesen
Gegenstand zu Ihnen gelangen sollten, gelegentlich zu
erfreuen, und mit der Versicherung der vollkommensten
Hochachtung, womit ich die Ehre habe mich zu unterzeichnen.

6156.

An den Kreishauptmann J. v. Weyrother.

[Concept.]   [Carlsbad 22. Juni.]

Ganz gehorsamstes Promemoria.

Gestern, als am 21. dieses, fuhr ich mit den Meinigen nach Schlackenwalde. Es waren unser vier, wir kehrten zum rothen Ochsen ein, und genossen, nachdem wir die Werke besehen, ein Mittagessen, mit dessen Detail ich weder beschwerlich seyn, noch dessen Werth allzusehr herabsetzen will. Genug, man that ihm sehr viel Ehre an, wenn man den Preis desselben dem der Picknicks auf dem Posthofe gleichstellen und die Person auf 9 bis 10 Gulden anschlagen mochte. Der Wirth jedoch verlangte 66 Gulden und für den Kutscher 10 Gulden, zusammen also 76 Gulden. Ich verweigerte die Zahlung und äußerte, daß ich diesen Vorfall des Herrn Kreishauptmanns Hochwohlgebornen anzeigen würde; welches hierdurch, mit Beylage der 76 Gulden, gehorsamst bewirkt wird. Es ist hiebey zu bemerken, daß nichts als das bloße Mittagsessen und weder Frühstück, noch Wein, noch Caffee genossen worden. Der Kutscher erhielt für sich geringe Kost und hatte seinen Hafer bey sich.

Unterzeichneter bittet um Vergebung, wenn er mit dieser anscheinenden Kleinigkeit beschwerlich fällt. Aber es ist in diesen Tagen schon öfters zur Sprache gekommen, daß Gesellschaften, welche durch die schönen

Wege, die herrlichen Naturgegenstände und das gute
Wetter auswärts gelockt worden, mit Verdruß über
ganz unerwartete Zechen nach Hause gekehrt, und ihre
gehoffte und genossene Freude vergällt worden.

Eine hohe Behörde wird auch ohne mein Mitwirken einem solchen immer mehr um sich greifenden
Übel abzuhelfen wissen. Doch füge ich einen mir
ausführbar scheinenden Vorschlag hier bey, in keiner
andern Absicht, als um zu zeigen, wie sehr ich wünsche,
daß Carlsbad, dem ich so viel schuldig bin, bey seinem
bisherigen guten Ruf von billiger Behandlung erhalten werde.

[Beilage.]

Unmaßgeblicher Vorschlag.

Das bisher in Deutschland übliche Zutrauen, daß
man in einen Gasthof einkehrt, Bewirthung verlangt
und dem Wirth überläßt zuletzt die Rechnung zu
machen, kann bey der gegenwärtigen Crise, bey dem
Schwanken des Silber- und Papiergelds in hiesigen
Gegenden wohl kaum mehr statt finden. Vom Wirthe
ist nicht zu verlangen, daß er die alten Preise halte,
und nicht von den Gästen, daß sie sich exorbitante
neue sollen gefallen lassen.

In Italien, wo die Menschen einander zu trauen
weniger geneigt sind, ist es durchaus hergebracht, daß
man nichts in einem Gasthofe genießt, bis man seine
Bedingungen gemacht hat, und es hängt von dem

Reisenden ab, wohlfeiler oder theurer zu leben, und
man macht sich jeden Tag seine Zeche selbst.

Ist es ja doch auch in Carlsbad herkömmlich, daß
man sein Quartier accordirt, ehe man es bezieht. Der
Speisewirth schickt seine Zettel mit den Preisen, und
bey Picknicks bestimmt man gleichfalls wie viel die
Person zu zahlen habe, und die Gesellschaft wird
darnach bewirthet. Bey allem Kauf und Verkauf
findet Bieten und Wiederbieten statt. Warum sollte
man sich nicht in gleichen Fall mit den Wirthen auf
dem Lande und in kleinen Städten setzen können.

Mein unmaßgeblicher Vorschlag wäre daher dieser:
Eine hohe Behörde legte solchen Gastgebern in der
Nachbarschaft die Verpflichtung auf, mit Personen,
welche entweder vorher Bestellung machen, oder welche
geradezu anfahren, einen bestimmten Accord zu treffen
über den Preis dessen, was man von ihnen verlange,
es sey nun an Frühstück, Mittagessen, Wein, Caffee
und dergleichen. Oder auch, wenn Gäste, wie hier
öfters zu geschehen pflegt, etwas mitbringen, für das
Absteige-Zimmer, allenfalls den Gebrauch der Küche und
sonstiges. Den Gästen würde dieses bekannt gemacht,
und jeder würde sich gern darnach richten, weil die
Sache sehr einfach ist. Eine hohe Behörde hätte hiedurch
auch keine weitre Beschwerde, weil das Verhältniß auf
einem Vertrag beruht, wo denn jedermann sich selbst
vorsehen mag. Taxen haben überhaupt etwas miß-
liches, und sind in dem gegenwärtigen Augenblicke kaum

denkbar. Auch wäre die Sache nicht neu und unerhört,
sondern es erstreckte sich nur, was schon in Carlsbad
gebräuchlich ist, auch über die Gegend.

6157.
An Graf Moritz v. Dietrichstein.

Hochgeborner

Hochzuverehrender Herr Graf.

Ew. Hochgeboren haben mir durch die übersendeten
Lieder sehr viel Freude gemacht, und ich hoffe, daß
Herr von Genz meinen vorläufigen Dank wird gefälligst abgetragen haben. Seit fünf Wochen befinde
ich mich in Carlsbad, nicht ohne Hoffnung mich
Ew. Hochgeboren persönlicher Bekanntschaft bey einem
längern Aufenthalt in Böhmen vielleicht irgendwo
zu erfreuen.

Da ich aber gegen Erwarten dießmal gleich wieder
nach Hauß zurückkehre, so verfehle ich nicht, vorher
meine Erkenntlichkeit selbst auszusprechen.

Ohne daß ich im Stande bin ein Kunsturtheil
über jene Compositionen zu fällen, darf ich doch soviel
sagen, daß mir sowohl ihre Anmut als eine gewisse
Eigenheit des Charakters sehr viel Vergnügen gemacht
hat. Es gibt zu interessanten Betrachtungen Anlaß,
wenn man sieht, wie der Componist, indem er sich
ein Lied zueignet und es auf seine Weise belebt, der
Poesie eine gewisse Vielseitigkeit ertheilt, die sie an

und für sich nicht haben kann; woraus denn erhellt,
daß etwas Einfaches und beschränkt scheinendes, wenn
es nur wirksam ist, zu den manigfaltigsten Productionen Anlaß geben kann. Sehr angenehm würde
es mir seyn, diese Lieder von dem Componisten selbst
oder in seiner Gegenwart vorgetragen zu hören, weil
sie dadurch gewiß nur gewinnen können.

Indessen haben unsere Sänger und Musiker sie
mit viel Liebe und Aufmerksamkeit behandelt und
mir dadurch manche vergnügte Stunde gemacht. Der
ich in der angenehmen Hoffnung Hochdenenselben
irgendwo einmal zu begegnen, mich mit der vollkommensten Hochachtung zu unterzeichnen die Ehre habe.

Carlsbad
den 23. Juny
1811.

Ew. Excellenz
ganz gehorsamster Diener
J. W. v. Goethe.

6158.
An R. R. in Prag.

[Concept.]

Vor meiner Abreise von Weimar erhielt ich einen
anonymen Brief aus Prag, datirt vom 10. April,
worin mir ein junger Mann seinen Wunsch zu erkennen giebt, bey dem Weimarischen Hoftheater angestellt zu werden, und zugleich mir die Hoffnung
macht, daß ich ihn vielleicht in Teplitz würde persönlich kennen lernen. Seit fünf Wochen befinde ich
mich in Carlsbad; da ich aber dieß Jahr nicht nach

Töplitz sondern gerade zurück nach Weimar gehe, so will ich durch Gegenwärtiges die bisher unterlassene Antwort ertheilen, welche jedoch leider nicht jenen Wünschen gemäß erfolgen kann. Die Lage des Weimarischen Theaters ist anjetzt von der Art, daß eine Vermehrung des Personals nicht räthlich scheint. Gerade in den Fächern, in welchen sich der Ungenannte etwas zutraut, sind schon mehrere Competenten angestellt, welche sich öfters die Rollen streitig machen. Es thut mir daher leid, dieses zu melden, und würde ich bey persönlicher Bekanntschaft sowohl hierüber, als über die dramatische Kunst selbst sehr gern weitläufiger gesprochen haben.

Gegenwärtig aber bleibt mir nichts übrig als zu wünschen, daß jenes Bestreben auf einem andern Wege möge von Glück begünstigt werden.

Carlsbad den 23. Juny 1811.

6159.

An Ludwig van Beethoven.

[Concept.]   [Carlsbad 25. Juni.]

Ihr freundliches Schreiben, mein werthgeschätztester Herr, habe ich durch Herrn von Oliva zu meinem großen Vergnügen erhalten. Für die darin ausgedrückten Gesinnungen bin ich von Herzen dankbar und kann versichern, daß ich sie aufrichtig erwiedre: denn ich habe niemals etwas von Ihren Arbeiten

durch geschickte Künstler und Liebhaber vortragen
hören, ohne daß ich gewünscht hätte Sie selbst einmal am Clavier zu bewundern und mich an Ihrem
außerordentlichen Talent zu ergeßen. Die gute Bettine
Brentano verdient wohl die Theilnahme, welche Sie
ihr bewiesen haben. Sie spricht mit Entzücken und
der lebhaftesten Neigung von Ihnen, und rechnet die
Stunden die sie mit Ihnen zugebracht, unter die
glücklichsten ihres Lebens.

Die mir zugedachte Musik zu Egmont werde ich
wohl finden, wenn ich nach Hause komme, und bin
schon im Voraus dankbar: denn ich habe derselben
bereits von mehrern rühmlich erwähnen hören; und
gedenke sie auf unserm Theater zu Begleitung des
gedachten Stückes diesen Winter geben zu können, wodurch ich sowohl mir selbst, als Ihren zahlreichen
Verehrern in unserer Gegend einen großen Genuß zu
bereiten hoffe. Am meisten aber wünsche ich Herrn
von Oliva recht verstanden zu haben, der uns Hoffnung machte, daß Sie auf einer vorhabenden Reise
Weimar wohl besuchen könnten. Möchte es doch zu
einer Zeit geschehen, wo sowohl der Hof als das
sämmtliche musikliebende Publicum versammelt ist.
Gewiß würden Sie eine Ihrer Verdienste und Gesinnungen würdige Aufnahme finden. Niemand aber
kann dabey mehr interessirt seyn als ich, der ich mit
dem Wunsche recht wohl zu leben, mich Ihrem geneigten Andenken empfehle und für so vieles Gute,

was mir durch Sie schon geworden, den aufrichtigsten
Dank abstatte.

6160.

An Zelter.

Ehe ich von Carlsbad abreise, welches dießmal
früher als gewöhnlich geschieht, um meinen Weg
wieder sogleich nach Hause zu nehmen, will ich Ihnen,
mein theurer Freund, für Ihren unterm 25. May an
mich abgesendeten Brief zum allerschönsten Dank gesagt haben. Ich habe wenig oder nichts von unsern
guten Wolffs gehört; desto angenehmer war mir die
Nachricht, daß es diesem talentvollen Ehpaar auch in
Berlin gut gehe. Bis auf einen gewissen Grad ließ
es sich wohl voraussehen; doch hängt es auf der
Bühne nicht immer von dem Talent ab, sondern von
gar viel andern Zufälligkeiten, und überhaupt muß
man doch immer einen Schauspieler erst gewohnt seyn
bis man seine Vorstellungen recht genießen und billig
beurtheilen kann. Haben Sie vielen Dank, daß Sie
sich dieser mir so werthen Personen treulich und
freundlich angenommen.

So möge Ihnen denn auch auf irgend eine Weise
belohnt werden, was Sie an der Pandora thun.
Wenn ich den Antheil hätte voraus sehen können,
den Sie an dieser Arbeit nehmen; so hätte ich den
Gegenstand anders behandelt und ihm das Refractaire,
was er jetzt für die Musik und für die Vorstellung

hat, zu benehmen gesucht. Nun ist es aber nicht
anders. Fahren Sie fort, wie es Ihnen gemüthlich
ist, und ich will sehen, ob ich an die Ausführung
des zweyten Theils kommen kann. Ausgedacht und
schematisirt ist alles. Allein die Gestalten selbst sind
mir etwas in die Ferne getreten und ich verwundre
mich wohl gar über die Titanischen Gestalten, wenn
ich in den Fall komme, wie mir gestern geschah, etwas
daraus vorzulesen.

Mögen Sie auf Ihrem Wege nach Schlesien alle
harmonischen Geister begleiten und Ihr thätiges Aus-
harren durch geziemende Wirkungen belohnt werden:
denn wahrhaftig, wenn man bedenkt, wie wenig die
Welt Ihrem schönen und edlen Thun geantwortet
hat, so darf man es wohl unziemlich nennen. Auf
Ihrem gehofften Rückweg durch Böhmen finden Sie
mich frohlich nicht. Die vier letzten Monate, ja die
fünf des Jahrs versprechen für Weimar sehr lebhaft
und, wills Gott, glücklich zu seyn. Im August erwarten wir die Niederkunft der Hoheit; im September
Iffland's, und im October Brizzi's Wiederkunst.
Leider komme ich mir in allen diesen Fällen wie
eine Doppelherme vor, von welcher die eine Maske
dem Prometheus, die andre dem Epimetheus ähnlicht,
und von welchen keiner, wegen des ewigen Vor und
Nach, im Augenblick zum Lächeln kommen kann.

Carlsbad ist jetzt belebt genug. Für dießmal hat
es für mich eine eigene Physiognomie gehabt. Weil

meine Frau hieherkam und die Equipage bey sich
halte, dadurch bin ich ins Freyere und Weitre gelangt,
mehr als die letztern Jahre, und habe mich auch an
der Gegend und an ihrem Inhalt wieder frisch er-
5 getzt, weil ich sie mit frischen Personen, die über gar
manches in ein billiges Erstaunen geriethen und sich
sehr wohl gefielen, durchwandern konnte.

Himmel ist seit einigen Tagen hier und obgleich
leidend, doch immer der alte; lustig, mittheilend, und
10 durch sein Spiel auch die rohsten Instrumente ver-
bessernd. Ich habe ihn immer zu wenig gehört und
gesehen, und komme wegen seiner lustigen Lebensart
nicht viel mit ihm zusammen; aber doch ist mir diese
Tage eingefallen, ob ich nicht die Maxime, Über-
15 zeugungen, Triebe oder wie Sie es nennen wollen,
wonach er sich bey seinen Compositionen lyrischer Gedichte richtet, oder von denen er geleitet wird, heraus-
bringen könnte. Es scheint mir nicht unmöglich und
ich glaube ziemlich auf dem Wege zu seyn; aber es
20 geht mir doch zu viel ab, als daß ich damit so leicht
fertig werden könnte. Mögen Sie mich gelegentlich
darüber aufklären, so erzeigen Sie mir eine Liebe.
Nun leben Sie recht wohl, und wenn Sie mir vor
Ihrer Abreise von Berlin noch ein Wort sagen mögen,
25 so geschähe es direct nach Weimar.

Carlsbad den 26. Juny 1811.   G.

6161.

An Boisserée.

In diesen letzten Tagen meines Hierseyns habe ich immer auf Ihre Ankunft gehofft, welche mir ein Brief aus Dresden versprach. Leider muß ich abreisen, ohne Sie länger erwarten zu können.

Durch Gegenwärtiges melde ich nur soviel, daß der Brief des Herrn Gesandten von Reinhard erst hier bey mir angelangt. Ich habe ihn nach Weimar an Herrn Legationsrath Bertuch zurückgeschickt, in der Überzeugung daß derselbe den Ort Ihres Aufenthalts am sichersten wissen werde. Ich habe auch hiervon dem Herrn Gesandten Nachricht gegeben. Ich hoffe der Brief wird nunmehr in Ihren Händen seyn.

Daß Sie einen tüchtigen Kupferstecher für die bedeutende Platte gefunden, ist mir sehr angenehm. Ich wünsche, daß soviel Menschen als möglich die Freude und das Interesse theilen, die uns Ihre Bemühungen versprechen. Möge Ihre Beharrlichkeit alle die Hindernisse überwinden, welche der Augenblick solchen Unternehmungen entgegensetzt.

An einer öffentlichen Empfehlung von meiner Seite soll es nicht ermangeln; nur bitte ich um einige Zeit, damit sie am rechten Fleck stehen könne. Mit Tages-, Wochen- und Monats-Blättern bin ich außer aller Verbindung, und diese haben die böse Art, daß sie sehr oft die höchsten Worte, mit denen nur das

Beste bezeichnet werden sollte, als Phrasen anwenden,
um das Mittelmäßige oder wohl gar Geringe zu
maskiren. In solcher Gesellschaft thut ein bestimmtes
vernünftiges Wort nicht seine rechte Wirkung. Doch
soll, wie gesagt, was ich Ihnen schuldig zu seyn
glaube, nicht ausbleiben.

Wie dem guten Cornelius zu helfen sey, sehe ich
nicht so deutlich. Wie hoch schlägt er seine Zeichnungen an? und wenn sich kein Verleger dazu findet,
um welchen Preis würde er sie an Liebhaber verlassen?

Lassen Sie mich von Zeit zu Zeit wissen, wie es
mit Ihnen und Ihren Unternehmungen vorwärts
geht. Leben Sie recht wohl und bleiben Sie meines
aufrichtigen Antheils versichert.

Carlsbad den 26. Juny 1811.

Goethe.

6162.
An den Herzog Carl August.

Carlsbad, den 27. Juny 1811.
Ew. Durchlaucht
gnädiges Schreiben hat mein Bedauern über den
unserer geliebten und verehrten Herzogin begegneten
Unfall erneuert und vermehrt; ich hatte von den hier
angelangten Weimaranern das allgemeine vernommen.
Möge die Hoffnung, die man uns giebt, in ihrem
ganzen Umfange bald realisirt werden! — Dergleichen

Unfälle führen Einen immer auf die Betrachtung, daß es so viel zufälliges Unglück, so wenig zufälliges Glück gebe, und daß wir deshalb wohl Ursache haben, an den unvergänglichen Gütern der Liebe, Neigung und Freundschaft festzuhalten.

Ew. Durchlaucht sind nun ohne Zweifel von guter und unterhaltender Gesellschaft umgeben. Carlsbad hat sich sehr angefüllt; indeß die erste Generation sich schon wieder zum Scheiden vorbereitet, werden immer neue Gäste angemeldet und antrompetet. In den Sälen giebt es allerley Picknicks; gestern hab' ich einem sächsischen beygewohnt.

Eine Partie nach Schlackenwalde hat mir viel Vergnügen gemacht. Es war mir interessant, einen so wichtigen und seltnen Naturpunkt auch nur oberflächlich zu betrachten. Das Vorkommen des Zinns wird wohl immer den Geologen wo nicht ein Räthsel, doch gewiß ein Zankapfel bleiben.

Wenn Friedrich Schlegel's Vorlesungen über die neuere Geschichte Ew. Durchlaucht noch nicht zu Händen gekommen sind, so will ich sie empfohlen haben. Man könnte das Buch für eine Parteyschrift halten; aber es ist trefflich gedacht und geschrieben, mit so schöner Kenntniß als Umsicht. Es treffen bey ihm so manche Eigenschaften und Umstände zusammen, die ein solches Werk möglich machten.

Einige merkwürdige Bekanntschaften habe ich gemacht, zwar nur vorübergehende, aber genugsam be-

lehrende. Wichtig genug ist es, was man von solchen
Männern erfährt, wenn es nur einigermaßen erfreulicher wäre.

Morgen früh denke ich, hier abzugehen und den
July in Jena zu verweilen. Hoffentlich finden Ew.
Durchlaucht bey Ihrer Rückkehr die bisher zerstreuten
und leider nur zu oft umgestellten Sachen an einem
bequemen und geräumigen Ort beysammen. Auch wird
ja wohl die Wohnung fertig und bereit seyn, Sie
aufzunehmen.

Mögen Sie gestärkt und von so manchen Übeln
befreyt, zu uns zurückkehren. Freylich muß man sich
immer nach einer solchen Brunnen- und Bade-Kur
gestehen, daß man nicht von der fontaine de jouvence
zurückkommt.

Mit den aufrichtigsten und lebhaftesten Wünschen
für Ihr Wohl empfehle ich mich zu fortdauernden
Hulden und Gnaden.

6163.
An J. G. Lenz.

Wenn Ew. Wohlgebornen gegenwärtiges erhalten,
werde ich Sie schon in Jena begrüßt haben. Ich
bemerke also nur hier kürzlich, daß ich das Kästchen
Carlsbader Mineralien am 27. Juny an Herrn Joseph
Becher dahier übergeben habe.

Das Beste wünschend

Carlsbad den 27. Juny 1811.

Goethe.

6164.
An Chevalier D'Hara.

[Concept.] [Schleiz 30. Juni.]

Voila, mon très cher et très digne ami, un mot
de Schleiz comme le voyageur l'a promis. Je ne
dis rien de tout ce qui s'entend de soi même; mais
je ne manque pas de Vous avertir de ce que con-
cerne la route d'ici à Jena.

Quand on arrive ici avec la poste, il faut partir
avec elle, et c'est alors qu'on fait le chemin détestable
d'ici à Neustadt, et de Neustadt à Jena. Pour
trouver un chemin meilleur par Podelwitz, on prend
des chevaux de louage, parceque le maître de poste
n'ose pas dépasser la station de Neustadt. Mais
alors on ne pourroit pas partir d'ici avant les
24 heures sans son consentiment.

Pour moi j'ai su me le procurer; mais il m'a
été impossible d'obtenir la même permission pour
un cas futur. Je ne pourrois donc conseiller à Madame la Comtesse à la quelle vous aurez la bonté
de payer mes respects, que d'aller tout droit à Schleiz
à l'auberge du soleil d'or. L'aubergiste lui même
est l'homme qui aime à gagner quelque argent par
les chevaux qu'il nourrit toute l'année. C'est pour
cela qu'il fera tout son possible à faire partir Madame, comme elle le souhaite. Mais toujours il
faudroit que quelqu'un de la part de Madame allât
conjointement avec l'aubergiste pour persuader le

maître de poste. La chose paroit un peu incom-
mode, mais il vaut toujours mieux de faire quelques
demarches, que de passer par Neustadt, ou de rester
24 heures à Schleiz. Toujours si le maître de poste
étoit inflexible, c'est ce que je ne crois pas, je con-
seillerois de se reposer à Schleiz et de passer son
tems le mieux possible plustôt, que de s'aventurer
sur les chemins les plus mauvais de l'Allemagne.

Pardonnez, mon cher ami, la prolixité de mon
mémoire. Ce n'est que pour remplir mon devoir
vis à vis de Vous et d'une Dame vénérable, que
je compte d'avoir l'honneur de revoir à Weimar.
Vous aurez la bonté de remettre l'incluse à ma
petite femme, qui en partant de Carlsbade n'aura
d'autre regret que de s'être toujours trouvée dans la
nécessité de Vous parler par interprète.

6165.
An den Herzog Carl August.

Ew. Durchl.

von meiner Ankunft in Jena schuldige Nachricht zu
geben, versäume ich um so weniger als sich mir eine
Gelegenheit darbietet das Gegenwärtige durch Jenaische
Curgäste in Ihre Hände zu bringen.

Gute Nachrichten von Wilhelmsthal habe ich hier
gefunden und bin dadurch von einer sehr beschwer-
lichen letzten Tagreise wieder glücklich hergestellt
worden. Die sonst leiblichen Wege über Pöseneck

waren von Gewitterfluthen äusserst zerrissen und
stellenweise grundlos geworden, so daß ich mich gegenwärtig auf ebenem und festem Boden sehr glücklich
fühle.

Eben als ich ankam war die militärische Verlosung geschehen. Die Jenenser sind ein lustig Völk-
chen, sie haben die Sache ziemlich leicht genommen
und sich ausgebeten Abends den Vorgesetzten ein
Ständchen zu bringen, welches denn auch mit krieg-
rischer Music geschehen. Da es nun dabey mit den
Studenten Händel gab welche den ci devant Knoten
eine solche Ehre nicht gönnen wollten; so haben diese
sich so knotig erwiesen und zugleich wirklich gesetzt
und verständig, daß sie aus dieser ersten Affaire mit
allen Ehren hervorgegangen sind.

Über der Reitbahn sieht es noch etwas wild aus,
doch hoffe ich in kurzer Zeit in Ordnung zu kommen.
Doebereiners Laboratorium und Hörsälchen sieht desto
artiger und reinlicher aus.

Die Vegetation in der Gegend ist ganz herrlich
und das Saalthal will mir gar viel lustiger vorkommen, als der düstre Ellenbogener Kreis, ob wir
gleich diesem seine Verdienste nicht schmälern wollen.

Für das Grummet ist seit einigen Tagen der
Regen sehr willkommen, wie überhaupt die Pflanzen-
welt nicht leicht der Feuchtigkeit genug hat. Mit dem
botanischen Garten hoffe ich werden Ew. Durchl. zufrieden seyn.

Nun hoffe ich bald zu vernehmen daß das Töplizer
Bad seine vollkommen wohlthätige Wirckung äussert,
ob man gleich erst hinterdrein sich davon überzeugen
kann. Diese Curen mit der sie begleitenden Lebensart bringen doch immer eine Art von Fieber hervor
von dem man sich erst zu erhohlen hat um zu fühlen
daß man wircklich besser geworden.

Der Herr v. Schömberg-Roth Schömberg ein kleiner muntrer Mann den Ew. Durchl. kennen wird in
Töpliz aufwarten. Er hat Scizzen und Zeichnungen
nach der Natur die ein gewisser Wehle von Bauzen
auf einer Reise nach Persien gefertigt, die höchst interessant sind, und wird sie vorlegen. Auf dem noch
übrigen kleinen Raume die größte Anhänglichkeit.
Ergebenheit und Verehrung betheurend
Jena d. 6. Juli 1811.

Goethe.

6106.
An Eichstädt.

Auf der 145. Seite des zweyten Bandes von
Thibauts Pandekten in der Note u) steht eine
Dissertation angeführt:

J. C. Goethii Electa de aditione hereditatis.
Giessen, 1803.

Ist dieses letzte nicht ein Druckfehler? Es scheint
mir die Dissertation meines Vaters zu seyn, welche
in das zweyte Viertel des vorigen Jahrhunderts fällt.
Jena den 7. Juli 1811.

Goethe.

6167.

An J. F. H. Schlosser.

Wohlgeborner,

Insonders hochgeehrtester Herr,

Ew. Wohlgebornen sorgfältigen Brief vom Anfange dieses Monats erhalte ich in Jena, da ich
soeben von Carlsbad zurückkomme, und eile um so
mehr denselben zu beantworten, als ich noch auf
einen im April eingegangenen eine Erwiederung schuldig bin.

Vor allen Dingen übersende ich die ausgefüllte
und unterzeichnete Declaration, damit der schuldige
Abtrag sogleich geschehen könne.

Sodann danke ich gar sehr für die übersendete
Rechnung und bitte dasjenige, was mir theils nach
derselben, theils noch bis Michael zu Gute kommt,
in Ducaten umzusetzen; nur muß ich wünschen, daß
sie vollkommen vollwichtig seyen. Mit der Übersendung derselben hat es keine Eile, und wir können
das Weitre darüber verabreden.

Die Bescheinigung wegen der Documente, die Ew.
Wohlgebornen noch in Händen haben, liegt gleichfalls bey. Was diesen Punct betrifft, so habe ich
Ihnen abermals für Sorgfalt, Ordnung und Aufmerksamkeit gar sehr zu danken. Was Sie wegen
des Ochsischen Capitals verfügt, hat meinen völligen
Beyfall.

Die Subscriptions-Anzeige der Herren Riepenhausen will ich zu befördern suchen. Ich habe schon
seit mehrern Jahren aufrichtigen Antheil an den
Talenten und dem Lebensgange dieser geschickten
Künstler genommen. Ihr Herr Bruder scheint freylich ungern von Rom wegzugehen und ich kann es
ihm nicht verdenken. In ein solches Leben kehrt man
nicht wieder zurück.

Das Gesuch des Herrn von Leonhardi hat leider
keine Gewährung gefunden. Nach dem Tode des Herrn
von Riese hielt man für räthlicher die Stelle un-
besetzt zu lassen, da sie vorher nicht bestanden hatte,
und in der gegenwärtigen Lage der Dinge eine solche
Mittelsperson nicht gerade nöthig schien.

Ob Herr Lohmeyer aus München während meiner
Abwesenheit durch Weimar gereist, habe ich nicht erfahren. Sollte er dahin kommen, wenn ich gegenwärtig bin, so werde ich ihn gewiß freundlich aufnehmen.

Die nähere Bekanntschaft mit Herrn Boisserée,
seinen Arbeiten und Bemühungen ist mir sehr angenehm und nützlich gewesen. Er machte mir Hoffnung, daß ich ihn in Carlsbad wieder sehen würde,
wohin er von Dresden aus zu gehen sich vorgesetzt
hatte; allein ich mußte leider abreisen, ohne ihn erwarten zu können. Grüßen Sie ihn vielmals wenn
er bey Ihnen durchgeht und sagen ihm viel Schönes
von mir.

Herrn Cornelius danken Sie für seinen Brief und sagen ihm, daß mir jedes Zeichen seiner Neigung und seines Andenkens willkommen seyn wird. Ich hätte gewünscht, er wäre persönlich dabey gewesen, um zu erfahren wie gut seine Zeichnungen aufgenommen worden. Ich habe mich in dem Briefe an ihn nur mäßig ausgedruckt, wie man im Schreiben billig thun soll; ich wünschte aber, wie gesagt, daß er sich in der Gegenwart des Enthusiasmus hätte erfreuen können, den seine Arbeiten erregt haben.

Des Herrn Professor Textor in Tübingen werde ich nicht ermangeln gehörigen Orts zu gedenken.

Für die übersendeten Notizen danke ich gleichfalls zum allerschönsten. Frau Melber und den übrigen Mittheilenden bitte mich dankbar zu empfehlen. Über die Hauptsache d. h. über den Zweck, wozu ich sie gewünscht habe, werde ich mich nächstens umständlicher äußern können. Würden Sie mir wohl das Notizenbuch Ihres Herrn Vaters auf kurze Zeit communiciren? Es ist mir mehr um einen chronologischen Anhalt, als um andre Nachrichten zu thun; doch bitte ich ja, wenn Sie irgend ein Bedenken tragen, diesen Wunsch als nicht geäußert zu betrachten.

Da bey dieser Gelegenheit manche Frankfurter Alterthümlichkeiten zur Sprache kommen, und Personen, die sich dafür interessiren, Eins und das Andre mit Augen schauen möchten; so frage ich an, ob Sie mir nicht einen ehmaligen Frankfurter Raths-Calender,

wie man ihn an die Wand hing, mit den Wappen der
sämmtlichen Rathsglieder verschaffen könnten.   Nicht
weniger wünschte ich einen hölzernen Becher und
Stäbchen, wie sie dem Schultheiß beym Pfeifergericht
von den Abgeordneten der Städte überreicht wurden,
zu erhalten. Vielleicht finden sich auch noch ein paar
Handschuhe von dieser Ceremonie. Wie steht es überhaupt mit derselben, wird sie noch beobachtet, oder
ist sie mit so manchem andern verschollen?

Soviel für dießmal. Der ich mich zu freund-
schaftlichem Andenken bestens empfehle

Jena d. 10. Jul.
1811.

J. W. v. Goethe.

6168.

An Eichstädt.

Ew. Wohlgeboren

sende die anvertraute Recension mit vielem Danke
zurück; es war mir immer angenehm zu sehen, mit
wie viel Aufmerksamkeit der Verfasser meinen Bemühungen gefolgt ist.

Mögen Sie die beyliegende Ankündigung publiciren, so werden Sie ein paar braven Künstlern und
meinen Freunden eine Gefälligkeit erzeigen.

Mich bestens empfehlend

Jena den 17. Juli 1811.

Goethe.

6169.

An Anton Genast.

Zuvörderst danke ich Ihnen, mein lieber Herr
Genast, für die Nachrichten, die Sie mir gegeben, wie
es mit unserer guten Gesellschaft bisher gestanden.
Ich habe alles, was sich auf sie bezieht, immer im
Sinne, und überzeuge mich deshalb nur an wenigen
Worten, wie es mit unserer Sache steht.

Was Lauchstädt betrifft, so werden Sie daselbst
thun, was nothwendig und schicklich ist. Es ist zu
hoffen, daß Halle auch uns zum Vortheil gereichen
wird, weil wir zu dem Vortheil der dortigen beytragen, und solche Verhältnisse, wo beyde gewinnen,
immer die besten sind. Ich schicke auch deswegen einen
Prolog, den ich mir in meinen gegenwärtigen Zeiten
und Umständen gleichsam abgespart habe. Ich hoffe,
daß er seine gute Wirkung thun soll. Neben dem
Gedicht selbst und im Context desselben sind mit
rother Tinte Bemerkungen gemacht, welche die Schau-
spielerinn im eigenen Nachdenken über den Vortrag
bestärken können. Denn freylich läßt sich sehr wenig
schreiben über das was lebt oder belebt werden muß.
— Soviel ich übersehen kann, sind alle Verhältnisse
in dieser kleinen Rede berücksichtigt; aber ich ersuche
Sie, das Manuscript geheim zu halten, und Niemand,
unter welcher Bedingung es auch sey, eine Abschrift zu
gestatten. Da jedoch nicht leicht Jemand beym ersten

Mal Hören das Einzelne faßt und man nachher Abschriften verlangen und machen wird, diese aber immer
sehr incorrect und unschicklich ausfallen: so habe ich
mich entschlossen, den Prolog hier abdrucken zu lassen,
und Ihnen eine genugsame Anzahl Exemplare zuzusenden, die hoffentlich noch vor Ihrem förmlichen
Einzug nach Halle eintreffen sollen.

Haben Sie Dank für die gute Art, womit Sie
bisher dieses dornige Geschäft fortgeführt; ich hoffe,
daß wenn wir im September wieder zusammenkommen,
alles zur allgemeinen Zufriedenheit sich werde gefügt
haben. Ich wünsche, daß Sie mit den Ihrigen sich
recht wohl befinden mögen. Sagen Sie der sämmtlichen Gesellschaft meine besten Grüße. Ich wünsche
nichts mehr, als sie alle gesund und in ununter-
brochener Thätigkeit wieder in Weimar zu sehen.

Jena den 22. July 1811.

Goethe.

N.S. Schreiben Sie mir durch den rückkehrenden
Boten, wie es Ihnen bisher gegangen ist, und was
Sie für Aussichten haben. Auch melden Sie mir
den Tag, wann Sie in Halle den Prolog geben werden
und was für ein Stück dazu.

Der Bote erhält einen Laubthaler, wie schon auf
dem Couvert steht. Was Sie ihm sonst zu Gute
thun wollen, hängt von Ihnen ab.

Inliegendes geben Sie Herrn Wolff mit einem
Gruße.

6170.

An P. A. Wolff.

[Concept.]

Vor allen Dingen, mein lieber Wolff, muß ich
Ihnen für die Nachrichten danken, die Sie mir von
Berlin gegeben; sodann für die Mittheilung des Briefs
den Ihnen Robert zugesendet. Mündlich wünsche ich
gar sehr das Einzelne zu hören, und mag überhaupt
gerne hoffen, daß zwar auswärts alles zu Ihrer Zufriedenheit abgelaufen sey; daß Sie aber auch wieder
eben so gern zu uns in Ihre früheren Zustände
zurückkehren.

Wegen des Prologs, den Ihre liebe Frau, die ich
schönstens grüße, in Halle nach ihrer Art und Kunst
glücklich recitiren wird, und welcher mit dem gegenwärtigen an Herrn Genast abgeht, habe ich nichts
mehr zu sagen, indem er theils schon selbst klar genug
ist, theils aber auch durch gewisse Bemerkungen sowohl in Worten als Zeichen, einige Nachhülfe mit
sich führt. Ich brauche nicht zu sagen, daß unsere
gute Wolff, wenn sie diesen Monolog von einiger
Breite für sich durchstudirt, alle Gelegenheit finden
wird, die durch die Natur ihr gegebenen und durch
die Übung erworbenen Mittel auch hier anzuwenden
und zu gebrauchen. Ich wünsche nichts, als daß sie
große Gelassenheit und Ruhe haben möge, alles gehörig zu entwickeln: denn leider spricht sich so etwas

nur einmal, und um desto richtiger und stärker soll
man es ausprägen.

Indem dieses geschrieben ist, so kommt mir denn
doch die Lust noch einige Bemerkungen aufzusetzen.
Ich wünschte sie läse solche erst wenn sie sich selbst
schon den Prolog durchgedacht und auf ihre eigene
Weise vergegenwärtigt hat. Mit Worten aus der
Ferne läßt sich in solchen Dingen selten das Rechte
wirken.

Leben Sie recht wohl, und lassen Sie mich hoffen,
Sie gesund und vergnügt in Weimar wiederzusehen.
Von rechtswegen sollten wir diesen Winter wieder
etwas Unerhörtes unternehmen; doch das muß man
sich gerade nicht vornehmen. Leben Sie recht wohl.

Jena den 22. July 1811.

6171.

An J. G. Lenz.

Ew. Wohlgebornen
ersuche, mir das Werk des russischen Berghauptmanns
Herrmann zu übersenden. Ihro Kaiserliche Hoheit
die Erbprinzeß tragen Verlangen, es zu sehen. Ich
wünsche zu vernehmen, daß Sie sich recht wohl befinden. Wenn indessen etwas Neues angekommen, so
haben Sie die Gefälligkeit es mir anzuzeigen.

Weimar den 3. August 1811.

Goethe.

6172.

An C. G. Körner.

Von Carlsbad bin ich dießmal mit schwerem Herzen abgereist, da mir, werthester Freund, Ihre nahe Ankunft gemeldet war; allein der peremptorische Termin, der mich aus meinem Quartiere trieb, war erschienen, und ich mußte wohl Platz machen.

Dagegen hat mich Frau Hofrath Schiller mit dem biographischen Aufsatz desto mehr erfreut. Mir scheint diese schwere Aufgabe sehr gut gelöst. Die ganze Lebensreihe unsres verewigten Freundes entfaltet sich leicht und angenehm vor dem Gemüthe, und es ist sehr glücklich, daß Sie ihn meistens konnten selbst reden lassen. Das heitre Bewußtseyn, wie er mit freyen Zügen seine jedesmaligen Zustände schildert, ist wirklich erquickend und aufregend, und es wäre dem nächsten Freunde und genausten Beobachter nicht möglich, ihn so angemessen darzustellen, als er es hier selbst thut. Ich wüßte nichts hinzu zu setzen noch davon zu thun: es ist alles so hübsch aus Einem Gusse, fließt gemächlich vor sich hin und nimmt uns zur Theilnahme mit sich fort. Haben Sie von meiner Seite recht vielen Dank. Komme ich je an die Schilderung meines Verhältnisses zu ihm, so finde ich in diesem Ihren Aufsatze den schönsten Anlaß zu einer weitern Ausführung von manchem das hier nur mit leichten aber doch so sichren Umrissen angegeben ist.

Auch bey der Ordnung, die Sie gewählt haben,

um die Werke unsres trefflichen Freundes darnach
herauszugeben, wüßte ich nichts zu erinnern. Da die
Arbeiten besselben so in einander greifen, indem er
meist nur durch innern Anlaß dazu angetrieben wurde;
so läßt sich eine solche chronologische Ordnung gar
wohl denken, und es wird gewiß durch Ihre Bemühung
dieser Zusammenhang recht deutlich hervorgehen.

Wie leid thut es mir, daß ich nicht mündlich über
das Einzelne noch manches von Ihnen erfahren können.

Meine Frau rechnet es unter die vorzüglich glücklichen Ereignisse dieses Sommers, Sie und die lieben
Ihrigen in Carlsbad kennen gelernt zu haben. Wir
empfehlen uns beyde zum schönsten und hoffen nichts
so sehr, als einmal in dem schönen Dresden einen
Besuch abzustatten, oder Sie hier bey irgend einem
günstigen Anlaß in Weimar zu sehen. Leben Sie
recht wohl und erhalten mir ein freundschaftliches
Andenken.

Weimar den 4. August 1811.

Goethe.

6173.
An Eichstädt.

Ew. Wohlgeboren

letzter Verabredung gemäß haben wir die Windisch-
mannische Recension nochmals in Betrachtung gezogen und wohl überlegt, ob man etwa, wie Sie
wünschen, durch eine Anfuge der Sache eine gewisse
Wendung geben könnte. Leider aber hat es sich nicht

machen wollen. Denn sollte man sich zu einem Aufsatze entschließen, bey welchem der Verfasser des Werks
seinen Einfluß allenfalls eingestehen dürfte; so würde
man darin nothwendig zu berühren haben, wie sich
Freunde sowohl als Widersacher bisher benommen,
und hiezu, wie ich gern gestehe, scheint es mir noch
nicht Zeit. Man muß wohl abwarten, inwiefern
diese Arbeit sich selbst Raum macht, und inwiefern
sich Männer finden welche dem Gegenstand durch einige
Jahre, sowohl experimentirend als theoretisirend, die
gehörige Aufmerksamkeit widmen, und das Ganze in
seinem Zusammenhange betrachten wollen. Alsdann
wird man mit Bequemlichkeit und Nutzen die Stimmen
sammlen können; es wird sich beurtheilen lassen, wo
die hauptsächlichsten Hindernisse liegen, und ob wirklich gewisse Menschen das Einfachste einzusehen nicht
im Stande sind, oder inwiefern böser Wille und Vorurtheil sie umnebeln. Sehr ungern sende ich daher
das mir mitgetheilte Manuscript zurück und führe
zu meiner Entschuldigung noch zum Schlusse dieses
an, daß ich auch hier wohlzuthun glaube, wenn ich
auf meine alte Weise verfahre und den Wirkungen
der Zeit nicht vorgreife.

Ich empfehle mich bestens und wünsche immer zu
vernehmen, daß Sie sich wohl befinden.

Mit vorzüglicher Hochachtung

Weimar den 4. August 1811.

Goethe.

6174.
An v. Puß.

[Concept.]   [Weimar, 5. ? Auguſt.]

Hochwohlgeborner,

Inſonders hochgeehrteſter Herr,

Ew. Hochwohlgeboren haben bey meinem Auf-
enthall in Carlsbad ſo manche Gefälligkeit gehabt,
daß ich mir ſchmeichle Sie werden mir ſolche auch
in einer Angelegenheil erweiſen, die für mich von
einiger Bedeutung iſt. Ich habe nämlich unterm
5. Juny einen Brief an Herrn Sulpice Boiſſerée nach
Weimar mit der Bemerkung: bey Herrn Legationsrath Bertuch abzugeben, in Carlsbad auf die Poſt
geben laſſen. Es iſt derſelbe aber, wie ich bey meiner
Ankunft vernehme, hier nicht angekommen.

Wollten Ew. H. deswegen die Güte haben in Ihren
Verzeichniſſen nachſehen zu laſſen, auf welchem Wege
dieſer Brief von dort abgegangen, und ſowohl durch
einen Laufzettel demſelben nachzuſpüren, als auch mir
davon einige gefällige Nachricht zu geben.

Unter dem 6. ſind auch einige Briefe von mir
auf die Poſt gekommen, einer nach Mailand, ein
anderer nach Caſſel. Jener aber iſt bey mir wie ge-
ſagt unter dem 5. nolirt. Ich bitte wiederholt um
die mir zu erzeigende Gefälligkeit, und wünſche zugleich zu erfahren, daß Sie ſich recht wohl befinden.

Der ich die Ehre habe mich mit beſonderer Hochachtung zu unterzeichnen.

6175.
An Sara v. Grollhuß.

Weimar den 6. August 1811.

Nur mit wenigem beantworte ich, wertheste Freundinn, Ihren lieben Brief von Töpliß. Er beruhigt mich
zwar nicht über den Zustand Ihrer trefflichen Schwester;
aber doch war mir ein Lebenszeichen von Ihnen höchst
erwünscht. Mein Sommer ist mir froh und glücklich
genug vergangen; hätte ich nur von Freunden, denen
ich so innig verbunden bin, bessere Nachrichten vernehmen können; ja damit das Schlimmere zum
Schlimmen komme, waren auch die trüben Berichte
nur unbestimmt, wodurch sich das Zweifelhafte meines
Zustandes nur vermehrte.

Die Haupturfache warum ich nicht nach Teplitz
ging, war die, daß mir das Baden in Carlsbad dieses
Jahr außerordentlich wohlgethan, und ich eine Reise,
die mich weiter von Hause führte, für unräthlich
finden mußte. Daß ich Sie in Teplitz zu sehen hoffte
und mir mancherley Lust und Gutes davon versprach,
davon ist ein kleiner Stier von Erz Zeuge, den ich
schon hatte hinschaffen lassen, in der Absicht, durch
Ihre Vermittlung dasjenige dieß Jahr in Tur tausch-
weise zu erlangen, was voriges Jahr sich durch
Schenkung nicht wollte erhalten lassen. Wie viel
anderes wäre noch wünschenswerth gewesen, theils
in der Wirklichkeit, theils in der Erinnerung zu
wiederholen.

Wir empfehlen uns Ihrem freundschaftlichen Andenken aufs angelegentlichste, lassen Sie bald etwas
von sich und Ihrer theuern Schwester vernehmen und
bleiben meiner aufrichtigen Anhänglichkeit versichert.

G.

Ich lege das Neuste vom Jahr bey, einen Prolog,
der heute in Halle bey dem Antritt unserer Schauspielergesellschaft daselbst gehalten wird. Möge es
Ihnen in Töpliß nicht an guter geselliger Würze
fehlen. Sie führen sie zwar immer bey sich, aber es
ist doch auch wünschenswerth, daß uns einiges erwiedert werde.

Ihrem Herrn Gemahl meine besten Empfehlungen.

6176.

An Carl Bertuch.

Weimar den 8. August 1811.

Ew. Wohlgebornen
übersende hierbey eine Anzahl Kupfer von Tesla, welche
bisher bey mir gelegen, aber in die Fernowsche Ver-
lassenschaft gehören. Auch ist mir beym Aufräumen
noch ein ander Portefeuille wieder in die Hände gekommen, welches ich gleichfalls gern abgeben möchte.
Es hat nämlich Herr Tauchniß in Leipzig mir vor geraumer Zeit die Sammlung Zinkischer Kupferstiche, wie
sie in seinem Verlage herausgekommen, zugeschickt, in
der Absicht, daß sie etwa bey unsern gnädigsten Herr-

schaften angebracht werden möchten.   Dieses Portefeuille hat den 14. October 1806 bey mir überstanden
und ist nachher bey Seite geschoben worden. Vielleicht
stehen Ew. Wohlgebornen mit Herrn Tauchniß in Con-
nexion und fragen deswegen bey ihm an. Ich würde
es gern sodann zustellen. Mich bestens empfehlend

Goethe.

6177.
An Boisserée.

Wenn ich nur irgend eine Möglichkeit sähe, in
diesem Spätjahr Weimar zu verlassen und Sie in
Ihrer herrlichen Gegend zu besuchen, so würde ich
mit meiner Antwort zaudern und die Hindernisse zu
beseitigen suchen; aber da ich mir keine Illusion
machen kann, und für dießmal an meinen Wohnort
gefesselt bin, so will ich lieber gleich schreiben, wie
Sie es wünschen, weil Sie Ihre Einrichtung darnach
zu machen haben.

Daß es mir sehr leid gethan, Sie in Carlsbad
nicht mehr erwarten zu können, davon werden Sie
überzeugt seyn. Denn da ich nicht immer jungen
Männern, welche einiges Vertrauen zu mir hegen,
ihre gute Meynung erwiedern kann, weil sie auf
Wegen wandeln, die zu weit von dem meinigen ab-
führen; so war es mir um desto angenehmer Sie zu
finden, dessen allgemeine Richtung mir ganz gemäß
ist, und dessen besonderes Studium unter diejenigen

gehört, welche ich liebe und in denen ich mich sehr
gerne durch andere unterrichten mag, da ich sie selbst
zu behandeln durch Zeit und Umstände abgehalten
worden. Lassen Sie uns daher immer in Verbindung bleiben, und sagen Sie mir von Zeit zu Zeit,
wie es Ihnen geht. Vor allen Dingen wünschte ich,
daß Sie bey einiger Muße sich die Mühe nähmen,
mir die Hauptsumme Ihrer bisherigen Arbeiten, sowie Ihrer nächsten zu recapituliren. Ich habe zwar
so ziemlich dasjenige gefaßt, was Sie in Ihrem Kreise
theils als Erfahrung theils als Resultat gewonnen
haben; allein unser Zusammenseyn war doch zu kurz,
als daß ich damit völlig im Reinen seyn könnte.
Wollen Sie daher, wie gesagt, mir die Hauptpuncte
in Erinnerung bringen, und die Verknüpfung sowohl
des Geleisteten als Ihrer Vorsätze mir im Zusammenhange darlegen; so wird es auch zu meinem Vorhaben
dienlich seyn, wenn ich eine Gelegenheit ergreife, von
Ihren Bemühungen öffentlich zu reden, welches ich
doch gern gründlich und in Ihrem eigenen Sinne
thun möchte.

Ich brauche nicht zu versichern, daß ich zu Ende
Septembers wenigstens in Gedanken Sie unter Ihren
Traubengeländern besuchen werde. Sollte Herr von
Reinhard in Ihre Gegend kommen, so beneide ich Sie
doppelt und dreyfach, um die schöne Welt, den schönen
Himmel, und die Unterhaltung mit diesem trefflichen
Manne.

Mehr sage ich nicht, damit dieser Brief seinen Weg antrete. Ich wünsche recht wohl zu leben, und hoffe recht bald wieder von Ihnen zu hören. Meine Frau grüßt zum allerschönsten. Sie war zur Reise gleich bereit, ja sie hatte schon davon präludirt; allein leider bin ich nicht mehr so beweglich als sie, und lasse Betrachtungen bey mir vorwallen, die ihr nicht so bedeutend als mir erscheinen können. Ich schließe mit nochmaligem Lebewohl.

Weimar den 8. August 1811.

Goethe.

6178.

**An die Erbprinzessin Caroline Louise
von Mecklenburg-Schwerin.**

[Concept.]   [Weimar, 14. August.]

Ew. Durchlaucht hat unser Knebel Nachricht gegeben von einigen durch meinen Faust veranlaßten Zeichnungen. Sie sind wirklich geistreich und lobenswerth, und mir ist es sehr angenehm zu hören, daß Ew. Durchlaucht sie zu besitzen wünschen. Sie werden Ihnen gewiß Vergnügen machen und auch der Gesellschaft eine angenehme Unterhaltung geben. Doppelt angenehm wird es mir seyn sie in Ew. Durchlaucht Händen zu wissen, da der Zeichner das Glück hat sich zu den Ihrigen rechnen zu dürfen. Es ist der Kammer-Secretär Nauwerck in Ratzeburg, derselbe welcher in Fernow's Leben als ein Jugendfreund vorkommt, der

bey einem angebornen Talent für Malerey nicht so
glücklich war Italien jemals zu betreten, sich aber auf
eine unablässige und fleißige Weise weiter ausgebildet
hat, als man von einem Liebhaber erwarten sollte.

Es sind sieben Stück:

1.) Der Prolog auf dem Theater.
2.) Das Vorspiel im Himmel.
3.) Faust und der Erdgeist.
4.) Der Spaziergang am Ostertage.
5.) Die Hexenküche.
6.) Auerbachs Keller.
7.) Der Blocksberg.

Er hat eine jede dieser Zeichnungen zu 25 Thaler
Sächsisch angeschlagen und sie sind es im Durchschnitt
wohl werth, da einige von außerordentlichem Detail
und der zartesten Ausführung sind.

Wollten also Ew. Durchlaucht die 175 Thaler gedachtem Manne übermachen lassen, so wird er sehr
glücklich seyn zu erfahren, daß sein Fleiß und Talent
von seiner Fürstinn anerkannt und gebilligt worden.

Möge ich doch immer wie bisher vernehmen, daß
Ew. Durchlaucht sich wohl und vergnügt befinden und
auch meiner gedenken.

Von Carlsbad bin ich dießmal in kürzerer Zeit
mit meiner Cur sehr zufrieden zurückgekommen.

Ich empfehle mich angelegentlichst zu Gnaden.

6179.
An Nauwerck.

[Concept.] [Weimar, 14. August.]

Die Scene in Auerbachs Keller ist bey mir glücklich angekommen und ich habe sie zu den übrigen
Zeichnungen hinzugefügt, an die sie sich sowohl in
Erfindung als Ausführung recht gut anschließt. Die
Erbprinzeß von Mecklenburg Schwerin geborne Prinzeß
von Weimar hat durch hiesige Freunde davon gehört,
und als man ihr zugleich meldete, daß diese Blätter
verkäuflich seyen, sie zu besitzen verlangt. Ich habe
daher alle 7 zusammengepackt und abgesendet. Das
Stück habe ich zu 25 Thaler Sächsisch angeschlagen,
welches wenn ich mich recht erinnere, mit Ihrer Forde-
rung übereintrifft: denn Ihre Briefe habe ich gerade
nicht bey der Hand. Es wird Ihnen gewiß angenehm
seyn, diese Blätter in den Händen Ihrer Fürstinn zu
wissen. Sie verschaffen Ihnen wohl Gelegenheit dieser
vortrefflichen Dame einmal aufzuwarten. Ich wünsche
recht wohl zu leben und ersuche Sie, mir gelegentlich
von sich einige Nachricht zu ertheilen.

Weimar
den 10. August
1811.

6180.

An v. Uwarow.

Hochwohlgeborner
Insonders hochgeehrtester Herr!

Ew. Hochwohlgeboren einigermaßen zu beweisen, daß auch wir uns hier immerfort mit demjenigen beschäftigen, was für Sie so viel Interesse hat, lege ich einen kleinen Aufsatz bey, welcher durch Ihr schönes und ausführliches Memoire veranlaßt worden. Er ist von Herrn Rath Friedrich Majer, welcher sich schon seit geraumer Zeit bey uns aufhält und sich um die asiatische Literatur manches Verdienst erworben hat.

Mögen diese Blätter Ew. Hochwohlgeboren nicht mißfällig und unbrauchbar seyn. Ich sage nicht mehr, um nicht eine Gelegenheit zu versäumen, wodurch Gegenwärtiges bald in Ihre Hände gelangen kann. Ich empfehle mich aufs angelegentlichste und habe die Ehre mich mit ganz vorzüglicher Hochachtung zu unterzeichnen.

Weimar   Ew. Hochwohlgeboren
den 17. August   ganz gehorsamster Diener
1811.   J. W. v. Goethe.

6181.

An Wilhelm Grimm.

Für die mir zugesendete Übersetzung der Dänischen Lieder bin ich Ihnen sehr dankbar. Ich schätze seit

langer Zeit dergleichen Überreste der nordischen Poesie
sehr hoch und habe mich an manchem einzelnen Stück
derselben schon früher ergetzt. Hier aber haben Sie
uns nunmehr sehr viel bisher Unbekanntes gegeben,
und durch eine glückliche Behandlungsweise aus vielem
Einzelnen einen ganzen Körper gebildet. Solche Dinge
thun viel bessere Wirkung, wenn man sie beysammen
findet: denn eins stimmt uns zu dem Antheil den
wir an dem andern zu nehmen haben, und diese fernen
Stimmen werden uns vernehmlicher, wenn sie in
Masse klingen. Sehr angenehm ist es auch, zu sehen,
wie gewisse Gegenstände sich bey mehrern Völkern
eine Neigung erworben, und von einem jeden nach
seiner Art roher oder ausgebildeter behandelt worden.

Zu der Abschrift des zweyten Theils der Edda-
Sämundar, wovon ich das Arendtsche Manuscript
gesehen, wünsche ich Glück, und verlange sehr nach
Ihrer Übersetzung. Sie melden mir zwar, daß Sie
das erste Lied beygelegt, aber leider finde ich es nicht.
Wahrscheinlich ist es beym Auspacken in den Papieren
des Umschlags geblieben, welches mir sehr leid thut,
da ich Ihre Sendung in Jena erhalten und so leicht
nicht nachkommen kann. Die zwey Bilder aber haben
sich gefunden. Ich freue mich, daraus zu sehen, welche
Fortschritte der junge Künstler macht. Grüßen Sie
ihn von mir zum allerschönsten. Bleiben Sie überzeugt daß ich an Ihren Arbeiten einen lebhaften
Antheil nehme, und daß ich unter diejenigen gehöre,

die sich immer des Gewinns, den Sie sich und uns
auf diesem Felde verschaffen, aufrichtig erfreuen.

Ich wünsche recht wohl zu leben und bitte mich
Ihrem Herrn Bruder aufs beste zu empfehlen.

Weimar den 18. August 1811.

Goethe.

6182.

An Woltmann.

Weimar, den 18. August 1811.

Ew. Wohlgebornen

Übersetzung des Tacitus und zwar deren zwey erste
Bände habe ich wohl erhalten, und mich bey dieser
Gelegenheit gern wieder zu den wichtigen Denkmälern
der ältern Geschichte gewendet. Ich werde nicht verfehlen, Freunde und Bekannte auf dieses Werk aufmerksam zu machen, und ich wünsche daß ich etwas
zu dessen Verbreitung dadurch beytragen möge.

Über die Grundsätze, welche Sie bey Ihrer Übersetzung in Absicht auf Sprache und Styl befolgen,
erlaube ich mir kein Urtheil, indem ich wohl weiß,
daß manches Befremdliche versucht werden muß, bis
Zeit und Gewohnheit das erst neu und gewagt scheinende
aufnehmen und bestätigen. Auch ist das was Sie
ausgeübt nicht ohne Vorgänger. Aber das darf ich
wohl sagen, daß gerade in dem Fall, in welchem Sie,
wie Sie mir schreiben, sich befinden, die Sache vielleicht etwas leichter und für den Leser bequemer zu

nehmen gewesen wäre. Sie widmen Ihre Arbeit dem
gegenwärtigen Augenblicke, Sie wünschen die Theilnahme des Publicums; aber sollte dieses nicht eben
durch einen Styl abgeschreckt werden, der den jetzt
Lebenden fremd erscheinen muß, wenn seine Verdienste
auch wohl in der Zukunft anerkannt werden.

Verzeihen Sie diese Bemerkung; sie fließt aus
dem Wunsche, daß Ihr Werk, bey so manchen äußern
Hindernissen, nicht auch noch durch ein inneres möge
gehemmt werden.

Was meine Farbenlehre betrifft deren Sie mit
Gunst erwähnen, so ist sie eigentlich der Zukunft gewidmet. Es freut mich aber zu hören, daß die Zeitgenossen daran auf mancherley Weise Antheil nehmen,
es sey nun durch Widerspruch, oder durch ernstliches
Aufmerken auf die Phänomene die ich besonders in
Anregung gebracht, oder sonst auf eine andere Weise.
Dieses alles aber kann für den Moment nur Verwirrung hervorbringen, und ich darf nicht verlangen,
daß Andre dasjenige, was ich seit so viel Jahren
in mir aufgebaut, auch gleichmäßig bey sich in kurzer
Zeit zusammenstellen sollen. Indessen soll es mich
freuen, wenn, wie Sie mir gefällig melden, die Behandlungsart Beyfall findet.

Da ich Ihre Sendung in Jena erhielt, gab sie
mir Anlaß jener guten Zeiten zu gedenken, die wir
daselbst in gemeinsamen Bestrebungen und Hoffnungen
zubrachten. Lassen Sie uns, nach allem was die

Jahre geraubt haben, des frühern guten Verhältnisses immer eingedenk bleiben.

Ich empfehle mich Ihnen bestens, und bitte Herrn
Lefebre, welcher von der Casseler Gesandtschaft ab,
und vor Kurzem von hier nach Berlin ging, etwas
Freundliches von mir zu sagen. Es war mir sehr
interessant, seine Bekanntschaft gemacht zu haben.

Goethe.

6183.

An Kirms.

Nach dem Briefe scheint die Herkunft des Swoboda
eine ausgemachte Sache. Wenn es aber einigermaßen
möglich wäre ihn für dies Mal abzuhalten, so würde
es höchst wünschenswerth seyn. Wir sind zwar in
einigen Opern einstudirt, in welchen er sich probu-
ciren könnte, als der Thyroler Wastel, die unruhige
Nachbarschaft und dergleichen; soll er aber als ein
doch sehr fremdartiges Wesen bey uns einigen Effect
thun, so müßten wir bey dem besten Willen uns in
ihn zu schicken zu suchen, einige noch ungesehene Stücke
einstudiren, um eben auch einmal zu werden wie jene
an der Moldau und Donau. Kann er nun aber nur
mit dem letzten September seine Reise nach Weimar
antreten, so ist leicht zu berechnen, daß wir die erste
Hälfte des October brauchen, um uns nur mit ihm
in einigen Rapport zu setzen, welche Zeit wir aber
unumgänglich nöthig haben, um uns auf Brizzis

Ankunft vorzubereiten. Diese Verhältnisse sind von
der Art, daß sie gewiß nichts Anderes als Störung
und Hindernisse, Last und Mühe von unserer, Un-
zufriedenheit von Seiten des Kommenden, und von
Seiten des Hofes und Publicums wenig Freude versprechen müssen. Kann also dieser Kelch vorüber-
gehen, so ist es sehr glücklich. Ich wünsche, daß man
über die Möglichkeit den Capellmeister befrage, der
noch gar nicht weiß, was uns bevorsteht.

Noch eine Betrachtung füge ich hinzu, daß man
den gleichfalls eingeladenen Iffland aus ganz guten
Gründen abgelehnt hat; für diesen müßte es höchst
auffallend seyn, wenn man zu eben der Zeit einen
andern aufnähme. Es findet sich ja wohl eine Auskunft, den Böhmen sowohl als den Berliner mit
einer Einladung auf die nächstfolgende Zeit zu be-
schwichtigen.

Weimar, 19. August 1811.   G.

6184.

An Cotta.

Bis diese Tage hoffte ich noch immer, nach meiner
gethanen Zusage, Ihnen etwas zu dem Frauenzimmer-
Almanach zu senden. Allein ich habe vergebens von
einer Zeit zur andern auf einige Ruhe gewartet, um
das was ich im Sinne hatte auszuarbeiten. Aber
es drängt sich soviel übereinander, daß es mir nicht

möglich geworden ist, und ich würde mit mehr Verlegenheit dieses anzeigen, wenn nicht die Versprechen
der Autoren, sowie die Schwüre der Liebhaber von
den Göttern selbst mit einiger Leichtigkeit behandelt
würden.

Desto besser gehen unsere biographischen Blätter
vorwärts. Wir sind am 18. Bogen und werden also
zur rechten Zeit fertig. Freylich giebt die schließliche
Redaction des Manuscripts, sowie die Revision des
Drucks gar manches zu bedenken und zu thun, so
daß die Zeit nach unserer Zurückkunft vorzüglich darauf verwendet werden mußte. Dagegen läßt sich aber
hoffen, daß dieses wunderliche Werklein gute Aufnahme finden und manches Gemüth erheitern wird.

Was Sie mir in Ihren letzten Briefen gemeldet,
erkenne ich sämmtlich dankbar; wobey ich mich freue zu
hören, daß wenigstens eins der Boisseréeschen Blätter
in Kupfer erscheinen wird. Ich habe diesen jungen
Mann näher kennen lernen und ihn sehr wohl begründet und unterrichtet gefunden. Seine Arbeiten
werden zur Aufklärung eines Theils der Kunstgeschichte gewiß viel beytragen.

Auch verfehle ich nicht, für die Müllerischen Werke,
das Hebelsche Schatzkästchen und was Sie mir sonst
an neuen Druckschriften haben verehren wollen, auf
das schönste zu danken.

In diesen Tagen ist mir der Körnersche Aufsatz
communicirt worden, in welchem Schiller meist mit

feinen eigenen Worten dargeſtellt iſt. Es hat mir
dieſe Behandlungsart ſehr wohl gefallen. Sie macht
einen guten, heitern, ja man kann ſagen, großen Eindruck. Außerdem konnte mir dieſe kleine Schrift ſehr
angenehm ſeyn, weil ſie mir den ſchönſten Anlaß ver-
ſchafft, dereinſt, wenn ich zu der Schilderung unſeres
Verhältniſſes kommen ſollte, das hier nur umriß-
weiſe gegebene ins Einzelne auszumalen. Mehr ſage
ich für dießmal nicht, damit der ſchon zu lange zurück-
gehaltene Brief noch heute abgehe. Entſchuldigen Sie
meine Verſäumniß und erhalten mir ein geneigtes
Andenken.

Schließlich darf ich jedoch nicht vergeſſen anzuzeigen, daß ich den Nachdruck meiner Werke von Wien
erhalten habe. Sie ſcheinen durch die unſchicklichſte
Verwirrung und Umſtellung der Theile, eine gewiſſe
Originalität inventirt zu haben, oder was ſie ſonſt
zu einem ſolchen Arrangement bewogen haben mag.
Wenn man ſich über eine ſolche Sache gegen die Öſt-
reicher etwas unwillig äußert, ſo entſchuldigen ſie
dieſen Raub, wie ſo vieles andere, mit dem ſchlechten
Cours und verſichern, daß ſie ſonſt keine in fremden
Landen gedruckte Bücher würden leſen können. Übrigens iſt es die alte grobe unedle Maxime, die ſich
noch von Kaiſer Joſeph herſchreibt, der zwar ein ſehr
braver Herr, aber mitunter ſehr platt war.

Ich wünſche von Herzen wohl zu leben.
Weimar den 22. Auguſt 1811.

Goethe.

6185.

An C. v. Knebel.

Du sollst, mein lieber Freund, auch wieder einmal etwas von mir vernehmen, ob ich gleich dießmal nicht viel zu sagen habe. Wir sind in Erwartung der Dinge, die da kommen sollen. Unsere Hoheit läßt sich nicht mehr öffentlich sehen, war aber das letztemal als ich sie sprach, ganz heiter und so ist sie es auch noch, wie ich höre.

An die Prinzeß sind die Zeichnungen zum Faust abgegangen. Ich wünsche daß sie Beyfall erhalten mögen.

Daß die Schlegelschen Vorlesungen dir nicht behagt, thut mir leid. In unsern Zeiten sollte man immer dieses oder jenes nachsehen. Alles Partheyliche fällt mir wenig auf. Hat man es einmal zugegeben, und ist das Werk sonst gut geschrieben, so kann man wohl Vergnügen und Nutzen daraus ziehen.

Mir ist ein wunderbares Heft in die Hände gekommen, was du vielleicht auch schon gesehen hast. Es sind Briefe, die Prinz Eugen an gleichzeitige Kriegs- und Staatsmänner geschrieben haben soll. Der Herausgeber, von Sartori, Bibliothekar zu Wien, will die Originale besitzen, die französisch seyn sollen. Allein diese Briefe scheinen mir problematisch. Sie sind mit Geist, Freyheit und Einsicht geschrieben; aber hie und da klingen sie doch etwas zu modern. Die Thätigkeit und Ungerechtigkeit der Franzosen wird

gar zu stark mit der Wohlbekendheit und Langsam-
keit des Wiener Hofs in Gegensatz gebracht, so daß
es aussieht, man habe sich dieser Maske bedienen
wollen, um etwas öffentlich zu sagen, wozu sich kein
Gleichzeitiger leicht bekennen dürfte. Unsre Herren
Kritiker werden das bald ausmachen.

Ein recht interessantes Buch ist mir auch zugekommen: Johannes Spix von München, Geschichte
und Beurtheilung aller Systeme in der Zoologie. Es
ist mit viel Kenntniß sehr gut und klar geschrieben.
Diese Dinge berühren dich zwar nicht eigentlich; aber
wenn dir das Büchlein begegnet, so siehst du wohl
die Einleitung an und die ersten griechischen und
römischen Zeiten.

Unser Vogelschießen ist sehr lebhaft, und man kann
dort die sämmtlichen Stände von Weimar in einem
mäßigen Bezirk, Tags und Abends, beysammen finden.
Ich habe mich einige Male, obwohl nur auf kurze
Zeit, draußen umgesehen.

Was mich jetzt vorzüglich beschäftigt, ist, mit
Meyern die Hefte seiner Kunstgeschichte durchzugehen,
welche schon jetzt vortrefflich genannt werden können.
Betrachtet man sie aber als Grundlage eines ausführ-
lichen Werkes, so geben sie die größten Hoffnungen.

Meine biographischen Späße gehen auch ihren
Gang und werden gegen Michael auswarten.

Von einem merkwürdigen Manne lege ich einige
unerfreuliche Hefte bey. Es giebt doch recht wunder-

liche Menschen! Lebe recht wohl und grüße die Deinigen zum allerschönsten.

Weimar den 24. August 1811.

Goethe.

6186.
An C. W. v. Fritsch.

Ew. Hochwohlgeboren
haben mich vor einem Jahr von der großen Unbequemlichkeit gefälligst befreyt, welche mir die Kegel-
bahnen in der Nachbarschaft gegeben, und ich habe
meinen aufrichtigsten Dank nicht besser ausdrücken
können, als daß ich dieses Jahr früher zurückgekommen
bin, um sub umbra alarum tuarum mich meines stillen
und heimlichen Gartens zu erfreuen. Aber unglücklicherweise habe ich schon wieder eine Kegeley zu benunciren, welche an derselben Stelle errichtet worden.
Es scheint zwar nur ein Schub zu seyn, wie man
solche auf Tischen veranstaltet, aber der Lärm ist,
wo nicht so stark, doch eben so widrig, und dann hat
diese Art noch das Übel, daß, wenn keine Gäste da
sind, sich wahrscheinlich die Kinder und Knaben aus
der Nachbarschaft damit ergetzen; denn es ist den
ganzen Tag über wenig Ruhe.

Ich bin ohnehin hier außen in der Vorstadt
zwischen manche Handwerker eingeklemmt, zwischen
Grob- und Nagelschmiede, Tischer und Zimmerleute,
und sobann ist mir ein Leinweber der unangenehmste

Wandnachbar. Doch macht man sich über solche
nothwendige Dinge noch Raison, indem man zugeben muß, daß ein Gewerbe nicht geräuschlos seyn
könne. Wenn aber an Feyerabenden und an Sonn-
und Festtagen der Müßiggang mehr Getöse macht,
als die sämmtlichen thätigen Leute zusammen in
ihren Arbeitsstunden, so wird man um so unge-
buldiger, als den Liebhabern solcher nutzlosen Übungen
außer der Stadt die herrlichsten Bahnen reichlich
eröffnet sind.

Doch dieses alles darf ich nicht erst erwähnen;
denn es sind ja eben dieselben Betrachtungen, welche
Ew. Hochwohlgeboren veranlaßten jene frühern für
den Ruheliebenden so erwünschten Verfügungen zu
treffen.

Mit Sehnsucht habe ich auf Ew. Hochwohlgeboren Rückkehr gewartet, weil ich gern dasjenige,
was ich Ihnen schon einmal schuldig geworden, auch
dießmal verdanken möchte. Ich wollte nicht in
den ersten Tagen zudringlich seyn; nun aber lege
ich zuversichtlich diese kleine, mir jedoch wichtige
Angelegenheit in Ihre Oberrichter- und Freundes-
hände.

Weimar,			Ew. Hochwohlgeboren
ben 27. August			ganz gehorsamster Diener
1811.				J. W. v. Goethe.

6187.

An Charlotte v. Stein.

[Weimar, 30. August.]

Hier, verehrte Freundinn, die durch Riemer verlangten Günderodischen Poesien. Dürfte ich mir dagegen den Roman Manon Lescaut ausbitten. Mit
vielen Danck für den gestrigen Besuch.

G.

6188.

An C. F. v. Reinhard.

Nur ein Wort des Dancks für die Bekanntschaft
von Herrn le Jebre. Es war mir sehr angenehm
einen Mann zu sprechen, der so lange in Ihrer Nähe
gelebt und so viel durch Sie gewonnen hat.

Cammerherr von Spiegel geht nach Cassel, er will
ein freundliches Wort an Sie bringen und da mag
denn auch der alte Hackert mitgehen der früher hätte
anlangen sollen.

Zu Michael sehen Sie etwas wunderliches von
mir, das ich Ihrer Liebe und Ihrem Schutz empfehle.

Mit immer gleicher Verehrung und Anhänglichkeit

W. d. 31. Aug. 1811. G.

6189.

An Johann Jakob Dominikus.

[Concept.]

Hochwürdiger,
Hochgeehrtester Herr

Die hochansehnliche Akademie der nützlichen Wissenschaften zu Erfurt erzeigt mir eine besondre Ehre, indem sie meiner an einem so großen Feste gedenken
und mich unter ihre Glieder gefällig aufnehmen
wollen. Ich wünsche, daß dasjenige was ich auf
meinem Lebensgange gewollt und vermocht, auch
einigen Nutzen möge gestiftet haben, damit ich mit
einigem Zutrauen unter so viel würdigen, auf das
Beste ihrer Mitmenschen bedachten Männern einen
Platz nehmen könne. Haben Sie die Güte meinen
Dank für diese Auszeichnung der Gesellschaft auf das
verbindlichste auszudrücken, und glauben Sie der Versicherung, daß dieses Geschenk mir nicht angenehmer
hätte zukommen können, als durch die Hände eines
Mannes, den ich so lange höchlich zu schätzen Ursache
habe. Und so ist es keine leere Formel, wenn ich
mich mit besonderm Zutrauen und vorzüglicher Hochachtung unterzeichne.

Weimar d. 11. Sept.
1811.

6190.

An v. d. Hagen.

Hochwohlgeborner,

Insonders hochgeehrtester Herr,

Ew. Hochwohlgebornen laſſen mir Gerechtigkeit
wiederfahren, wenn Sie überzeugt ſind, daß ich nicht
aufhöre Theil an den Arbeiten zu nehmen, denen Sie
ſich mit ſo viel Einſicht und Fleiß gewidmet haben;
und ich finde mich beſonders geehrt durch die öffent-
liche Verſicherung dieſer Ihrer Überzeugung, ſo wie
ich die mir geſchenkte Neigung dankbar erwiedre.

Ich gehöre gewiß zu denjenigen, welche das Verdienſt Ihrer Bemühungen erkennen. Denn dieſe ſchätzbaren Reſte des Alterthums hätten viel früher auf
mancherley Weiſe einen günſtigen Einfluß auf mich
ausgeübt, hätten ſie mich nicht durch ihre rauhe Schale
abgeſchreckt, welche zu durchbrechen weder mein Naturell
noch meine Lebensweiſe geeignet war. Es muß mir
daher höchſt erwünſcht ſeyn, jene bedeutenden Werke
ſowohl in einer Reihe als ihrem innern Verdienſt
nach kennen zu lernen, da ſie mir früher nur einzeln
und zerſtreut und gewiſſermaßen blos nach ihrem allgemeinen Inhalt bekannt waren. Daher ich denn,
was mich betrifft, der Behandlungsweiſe, wodurch
Sie uns dieſe Gedichte näher bringen, meinen völligen Beyfall gebe, um ſo mehr, als das Rohe und
Ungeſchlachte, was ſich an ihnen findet, zwar dem

Character iener Zeit angemessen, auch bey der historischen Würdigung wohl nothwendig zu beachten, keines-
weges aber zur wahren Schätzung nöthig und dem
Genuß durchaus hinderlich ist.

Ich wünsche daher nichts mehr, als zu vernehmen,
daß Ew. Hochwohlgebornen und diejenigen, welche sich
diesen und ähnlichen Studien ergeben haben, sowohl
aus eigener Neigung, als aufgemuntert durch die
Theilnahme des Publicums, fröhlich darin fortfahren.
Der ich die Ehre habe mit besonderer Hochachtung mich
zu unterzeichnen

   Weimar   Ew. Hochwohlgeb.
den 11. September   ganz gehorsamster Diener
    1811.   J. W. v. Goethe.

6191.

An Rochlitz.

   Ew. Wohlgebornen

sind versichert, daß es mir sehr leid gethan hat, Sie
bey Ihrer Durchreise nicht begrüßen zu können. Sich
einmal wieder anzutreffen und über manches aus-
zureden, giebt auf mehrere Jahre ein wo nicht besseres
doch gewiß entschiedeneres und klareres Verhältniß.
Indessen will ich mich durch die Sicherheit Ihrer
Neigung und Ihres Wohlwollens trösten.

Wenn Sie wünschen, daß ich dem braven Frey-
herrn von Truchseß meine Bearbeitung des Götz für

das Theater mittheilen möge; so will ich deshalb
mein Bedenken eröffnen. Er hat an dem Stücke, wie
es zuerst herausgegeben worden, so vielen und warmen
Antheil genommen, ja sich gewissermaßen selbst in
bie Person des alten biedern Helden versetzt, daß es
ihm gewiß nicht angenehm seyn würde, nunmehr
manches ausgelassen, umgestellt, verändert, ja in einem
ganz andern Sinne behandelt zu sehen.

Eigentlich kann diese Umarbeitung nur durch den
theatralischen Zweck entschuldigt werden, und kann
auch nur insofern gelten, als durch die sinnliche
Gegenwart der Bühne und des Schauspiels dasjenige ersetzt wird, was dem Stücke von einer andern
Seite entzogen werden mußte. Da ich also überzeugt
bin, daß beym Lesen Niemand leicht die neue Arbeit
billigen werde, weil nicht zu verlangen ist, daß der
Lesende die mangelnde Darstellung sich vollkommen
supplire; so habe ich bisher gezaudert diese Bearbeitung
brucken zu lassen, ja selbst meine nächsten hiesigen
Freunde, die das Manuscript zu sehen verlangt, an
die Vorstellung gewiesen, von der sie denn nicht ganz
unzufrieden zurückkehrten.

Ich bin überzeugt, daß Ew. Wohlgebornen sowohl
als der würdige Truchseß-Götz, es nicht mißbilligen,
wenn ich diesen meinen Gründen soviel Gewicht gebe,
um die gewünschte Mittheilung abzulehnen. Verzeihen Sie daher, und erhalten mir ein freundliches
Andenken.

Ein etwas wunderliches biographisches Bändchen
erhalten Sie zu Michael. Wilhelm Meisters
Wanderjahre durchzuführen haben mich meine eigenen
Wanderungen abgehalten. Bey jenem Büchelchen aber
bitte ich Sie sich zu überzeugen, daß Sie unter diejenigen gehören, für die ich es schreibe. Mit entfernten Freunden und Geistesverwandten mich zu
unterhalten ist dabey meine einzige Absicht: denn
diese sind es ja eigentlich nur, die man zu Zeugen
seines vergangenen Lebens und Treibens, und zur
Theilnahme am gegenwärtigen aufrufen kann.

Weimar   Ew. Wohlgeb.
den 11. September   wahrhaft zugethaner
1811.   Goethe.

6192.

An J. H. Meyer.

Weimar den 20. Septbr. 1811.

Mit Bedauern und aufrichtigem Beyleid über das
so wunderliche und gewissermaßen selbst verschuldete
Absterben Ihres guten Schwiegervaters, thue ich
folgende Anfrage.

Es ist mir ein kleiner Pomeranzen Kürbis zugekommen, welcher monstros ist und wohl verdient
gezeichnet und mit den natürlichen Farben illuminirt
zu werden. Das Interessante daran ist freylich sehr
zart, und müßte sehr genau nachgeahmt werden.
Welchen von Ihren jungen Leuten schlügen Sie mir

daju vor? und wann finde ich Sie zu Hause, daß
wir darüber sprechen können? Ich wünschte, daß
Sie es bey sich vornehmen ließen.

G.

6193.
An Behrendt.

[Weimar, 21. September.]

Wohlgebohrner
      Insonders hochgeehrtester Herr Hofrath.
   Auf Ew. Wohlgeb. gefälliges Schreiben vom 7ten
huj. verfehle nicht in Antwort zu erwiedern: daß die
Hackertische Biographie der Cottaischen Buchhandlung
für 400 rh. Sächsisch überlassen worden: da denn
200 rh. als die den T. Herren Erben zugehörige Hälfte
bey mir zu Erhebung bereit liegt. Ew. Wohlgebohren
überlasse irgend jemanden zu dem Empfang derselben
zu autorisieren oder mir anzuzeigen, auf welche Weise
ich sie Ihnen übermachen soll.
   Der Lotterie Plan ist von mir empfohlen worden
und obgleich die Meynungen darüber getheilt sind;
so hoffe ich doch, daß einige Loose werden genommen
werden, wovon ich zu seiner Zeit Nachricht ertheilen
werde. Die zurückbehaltnen Antiken Steine haben
zwar wahrhaften Kunstwerth; aber die Preise, nach
dem mir bekannten Verzeichniß, sind in früherer Zeit
angesetzt, jetzt aber, da so viele Kunstwercke verkäuflich
sind, möchten sie schwerlich zu erhalten seyn. Wollen

Ew. Wohlgeb. sich deßhalb mit Alterthums Kennern
berathen und mir von etwa verminderten Preisen
Nachricht geben; so würde ich vermögenden Liebhabern
gern aufs Neue diese unschätzbaren Wercke anbieten.
Die mir anvertrauten Papiere sowie die wenigen wohl-
gerathnen Abgüsse der Gemmen sende gelegentlich zurück. Empfehle mich Ihrem geneigten Andenken, mit
der Versicherung, daß ich gern etwas Angenehmes und
Dienstliches zu erzeigen jederzeit geneigt bin. Der
ich die Ehre habe, mich mit besonderer Hochachtung
zu unterzeichnen

Ew. Wohlgebohren
ergebenster Diener
J. W. v. Goethe.

6194.
An Charlotte v. Schiller.

Mit einigem Widerstreben vermelde ich Ihnen,
verehrte Freundinn, daß ich diesen Winter in meiner
kleinen Loge den Einsiedler spielen muß. Ich würde
dieses jedoch nicht ausführen können, wenn ich Ihnen
nicht einen besseren Platz als den bisherigen anzubieten wüßte. Es ist der Sessel an der Säule der
herrschaftlichen Loge, wo ich so manchen vergnügten
Abend in Ihrer Nähe zubrachte. Sie haben auf
diesem Platz den Vortheil, gut zu sehen, nicht gesehen
zu werden und die lieben Ihrigen bey Sich versammeln
zu können.

Da jedoch, bey der sich immer vermehrenden Anzahl der Abonnenten der Zudrang nach Plätzen in
den Logen sehr stark ist; so wünschte ich daß Sie
schon heute von diesem Sessel Besitz nehmen möchten.
Die nöthigen Ordres sind gegeben und ich wünsche
nur daß die Einrichtung zu Ihrer Zufriedenheit gereichen möge. Mich Ihrer freundschaftlichen Gesinnung bestens empfehlend

    b. 21. Sept. 1811.   G.

6195.
An Louise Seibler.

Schon lange zaudre ich, Ihnen, liebe sanfte
Freundinn, für Ihre liebliche Sendung Danck zu
sagen, denn mit der Feder läßt sich das nicht so thun;
ich hoffe Sie bald wieder zu sehen und Sie recht lebhaft zu versichern, daß Sie mir durch Brief und Bild
recht viele Freude gemacht haben. Das Bildniß hat
unsres einsichtigen Meyers Lob und sodann auf der
Ausstellung vielen Beyfall erhalten. Unsrer verehrten
Herzoginn war der tiefe Blick und die treue Künstler-
melancholie merckwürdig, die über das ganze Gesicht
verbreitet ist. Der Charackter und die natürliche bräun-
lich-blasse Farbe ist Ihnen sehr glücklich gelungen.
Soviel für diesmal, da ich hoffen kann, Sie bald
wieder zu sehen. Hatte ich nicht das Vergnügen,
Sie in Dresden zu besuchen, so sollen Sie mir desto

mehr erzählen von Sich, von den Freunden und von
dem guten Minchen, von der ich so lange nichts gehört und deren bevorstehende Wiedererscheinung mich
angenehm überrascht. Sind Ihnen alle Arbeiten so
wohl gelungen als das Mengsische Portrait, so bringen
Sie Sich und Ihren Freunden wahre Schätze mit.
Daß Sie uns auch Ihre guten Gesinnungen wieder
zurückbringen, daran wollen wir nicht zweifeln und
Ihnen zum Voraus zu einer glücklichen Rückreise
Glück wünschen. Dresden muß auch diesmal einen
herrlichen Herbst dargeboten haben. Ich will nicht
umwenden, und noch auf diesem Blat Gruß und
Dank auf's beste wiederhohlen.

Weimar, d. 25. Septbr. 1811.

Goethe.

6196.
An Cotta.

Ew. Wohlgeb.

freundliches Schreiben besucht mich zu einer ganz
behaglichen Epoche. Wenn Titel und Vorwort an
den Drucker abgeliefert sind; so fühlt man sich
einen Augenblick frey und ledig und eine solche gute
Stunde wird nicht besser als zu einer traulichen
Erwiederung verwendet.

Möge jenes Werckchen aufgenommen werden wie
es gegeben wird! Seit einiger Zeit klingen mir so
viele theilnehmende Stimmen aus dem Publicum daß
ich auch wohl für diesen Band das Beste hoffen

barf. Der zweyte kann Oſtern erſcheinen; er wird
unſre Winterbeſchäftigung ſeyn.

Der Erbprinzeß von Mecklenburg Durchl. meine
Verehrung und Anhänglichkeit öffentlich zu bezeigen
muß mir denn doch zuletzt gelingen und alsdann iſt
kein ſchicklicherer Weeg als durch den Damenkalender,
ich bencke daher daß Sie die Zueignung zu jenem
Zwecke offen gelaſſen haben.

Was den Abbruck meiner Wercke in kleinem For-
mate betrifft; ſo wünſchte ich daß Ew. Wohlgeb. die
Ankünbigung ſo lange zurückhielten, bis Sie mir
nähere Auskunft deshalb gegeben. Daß ein ſolcher
Abbruck mit, oder bald nach jener Octav Ausgabe
erſchiene dazu konnte ich wohl meine Einwilligung
geben, daß ſie aber ſo ſpät hervortreten ſoll ſcheint
mir in mancher Rückſicht bedencklich.

Sollte es nicht beſſer, wirckſamer und vortheil-
hafter ſeyn, gleich jetzt zu einer correcklen, und com-
pleten Auflage zu ſchreiten, die um ſo vollſtändiger
ſeyn könnte, als meine Confeſſionen den Weg bahnen,
manches was für ſich nicht beſtünde als einen Theil
des Ganzen aufzuſtellen.

Die Sache iſt ſchon früher überdacht und vor-
gearbeitet und ich bitte mir Ihr einſichtiges Urteil
darüber aus; da ſie mir bedeutend vorkommt; ſo
ſende ich gegenwärtiges durch Eſtafette; eine gefällige Antwort könnte mir wohl die reitende Poſt
bringen.

Eine Assignation auf 400 rh. habe ich in diesen Tagen (d. 21. September) auf Herrn Frege ausgestellt; nun aber wünschte ich vor allen Dingen meine Schuld zu tilgen, die ich ungern aufwachsen sehen, um sodann mit mehrerer Geistesfreyheit, in vorkommenden Fällen, mich des mir so zutraulich gegönnten Credits fernerhin bedienen zu dürfen.

Für die fortgesetzte Sendung des Morgenblats, wie der allgemeinen Zeitung, nicht weniger für die schönen Verlagsartickel, die ich erst nach meiner Rückkunft recht genossen und genützt dancke zum verbindlichsten.

Der ich recht wohl zu leben wünsche und mich zu geneigtem Andencken bestens empfehle

W. d. 28. Sept. 1811.

Goethe.

6197.

An Charlotte v. Stein.

[Weimar, 28. September.]

Wenn ich, verehrte Freundin, gegen das zierliche Opferthierchen und die schmackhafte Frucht mich selbst anbiete; so werde ich ja wohl, wegen jenes Brieschens einigen Aufschub erhalten bis ich mit freyem und frohem Muthe der Abwesenden wieder gedencken kann. Das Beykommende bitte geheim zu halten.

G.

6198.

An F. A. Wolf.

Da man eine Gelegenheit die sich darbietet, ein
langes Schweigen zu unterbrechen, ja nicht aus der
Hand lassen soll, so will ich einem jungen Manne
der nach Berlin geht, ein Empfehlungs Schreiben an
Sie, verehrter Freund, nicht versagen. Sein Name
ist Schopenhauer, seine Mutter die Frau Hofrath
Schopenhauer, welche sich schon mehrere Jahre bey
uns aufhält. Er hat eine Zeit lang in Göttingen
studirt, und soviel ich mehr durch andere als durch
mich selbst weiß, hat er sichs Ernst seyn lassen. In
seinen Studien und Beschäftigungen scheint er einige
Mal variirt zu haben. In welchem Fach und wie
weit er es gebracht, werden Sie sehr leicht beurtheilen, wenn Sie ihm, aus Freundschaft zu mir,
einen Augenblick schenken, und ihm, sofern er es verdient, die Erlaubniß ertheilen wollen, Sie wieder
zu sehen.

Ich würde das Nähere von ihm schreiben können,
wenn er von Göttingen aus über Weimar nach Berlin
ginge, wie ich anfangs glaubte, und mich hauptsächlich dadurch bewegen ließ, Madam Schopenhauer
diesen Brief zuzusagen: denn ich wollte Ihnen wenigstens einen Theil der Bücher zusenden, die Ihnen gehören und deren ich mich in Carlsbad bemächtigt
habe. Die kleinen Schriften des Plutarch waren

gerade recht am Ort: sie unterhielten uns mehrere
Wochen fast ganz allein, und ich habe mich so darein
verliebt, daß Sie diese Übersetzung wohl schwerlich
wiedersehen werden. Denn was sollte sie Ihnen auch,
da das mir zugeschlossene Original Ihnen frey und
offen steht. Ein paar Bändchen von dem Nachdruck
der Werke Ihres Freundes und ein paar andere, die
mit Recht nicht einer Biene, sondern einer Hummel
zugeschrieben würden, sollen Ihnen auf irgend eine
Weise zukommen.

Was ich treibe, ist immer ein offenbares Geheimniß. Es freut mich, daß meine Farbenlehre als
Zankapfel die gute Wirkung thut. Meine Gegner
schmatzen daran herum, wie Karpfen an einem großen
Apfel den man ihnen in den Teich wirft. Diese
Herren mögen sich gebärden, wie sie wollen, so
bringen sie wenigstens dieses Buch nicht aus der Geschichte der Physik heraus. Mehr verlang' ich nicht;
es mag übrigens, jetzt oder künftig, wirken was es
kann.

Zu Michaelis werden Sie mich auf einem wunderlichen Unternehmen ertappen. Ich sage davon weiter
nichts, als daß ich's der Zeit ganz gemäß halte, das
Faß in dem man gewohnt, auf und abzurollen, damit man nicht müßig zu seyn scheine.

Aber warum ziehen Ihre Wolken nicht über uns
her? Sind sie auch so hartnäckig, wie die Wolken
des physischen Himmels, die uns ihre erquickliche

Gegenwart so lange entzogen? Wir hoffen darauf
von einem Tage zum andern: lassen Sie uns nicht
länger schmachten.

Überhaupt wäre es recht schön und freundlich,
wenn Sie die gegenwärtige Anregung nicht verklingen
ließen, und mir einige Nachricht gäben, wie Sie sich
befunden, und was Sie auf Reisen und zu Hause
merkwürdiges erlebt, auch was Ihre Universität für
Hoffnungen giebt. Gar oft wünsche ich nur einige
Tage vertraulichen Umgangs, um mich sowohl im
Leben als im Wissen, wie sonst, wieder einmal gefördert zu sehen. Möge ich doch immer das Beste
von Ihnen vernehmen. Was mich betrifft, so kann
ich wohl sagen, daß meine körperlichen Zustände mich
nicht hindern nach meiner Art thätig zu seyn und den
mäßigen Forderungen Genüge zu leisten, die ich und
andre an mich machen.

Unser guter Wieland hat einen großen Unfall erlebt, wie Sie werden vernommen haben. Durch den
Sturz eines Wagens ist er, und noch mehr seine
jüngere Tochter, beschädigt worden. Beyde befinden
sich jedoch leidlich, und er, bey seinen Jahren, über
alle Erwartung. Der Fall an sich und die ihn begleitenden Umstände haben uns alle höchlich geschmerzt.

Nun, zum Ersatz, lassen Sie mich nicht lange
ohne Nachricht, daß Sie sich vortrefflich befinden.

Weimar den 28. September 1811.   G.

6199.

An die Directoren der Badeanstalt in Halle.

[Concept.]

Wohlgeborne,

Insonders hochgeehrteste Herren,

Ew. Wohlgebornen gefälliges Schreiben mußte sowohl Herzogl. Hoftheater Commißion als auch mir persönlich besonders angenehm seyn, da wir durch die gegebene Nachricht unsern Wunsch, daß die hiesige Gesellschaft den Erwartungen des Hallischen Publicums entsprechen möchte, vollkommen erfüllt sahen, und daß das Unternehmen zu allseitiger Zufriedenheit ausgeschlagen sey.

Wie wir nun für die übernommene Bemühung und für die günstige Behandlung und die in allen Stücken geleistete Beyhülfe den verbindlichsten Dank sagen, so bekennen wir vorläufig, daß es uns ein angenehmes Geschäft seyn werde, Durchlaucht dem Herzog unserm gnädigsten Herrn, von dem Bisherigen unterthänigen Vortrag zu thun, und uns eine beyfällige Entschließung wegen der Zukunft zu erbitten. Wir werden nicht verfehlen, zu seiner Zeit von dem Erfolg umständliche Nachricht zu geben, und empfehlen sowohl uns als das Geschäft zu fortgesetztem Wohlwollen und Begünstigung.

Darf ich die Bitte hinzufügen, sowohl mich als die Sache denen dortigen verehrlichen Ober-Behörden,

welche soviel zum glücklichen Erfolg mitgewirkt, dankbar zu empfehlen. Der ich die Ehre habe mit vollkommner Hochachtung mich zu unterzeichnen.
[Weimar] d. 28. Sept. 1811.

6200.
An Charlotte v. Stein.

[Weimar, Anfang October]

Hier Titel und Vorwort, die beyden letzten
Bücher werden auch bald aufwarten.

G.

6201.
An Charlotte v. Stein.

[Weimar, Anfang October]

Darf ich um die ersten Bücher meines Lebens-
mährchens bitten? Ich werde sie nun bald com-
pletiren können.

G.

6202.
An Cotta.

Ew. Wohlgeb.
freundliches Schreiben wünschte am liebsten mündlich
zu beantworten, weil dasjenige was mich beunruhigt
alsdann wohl in kurzem abgethan seyn würde. Ich
versuche jedoch meine Ansicht zu concentriren und
empfehle sie einer günstigen Beherzigung.

Als Ew. Wohlgeb. im Jahre 1805 Sich, ausser
der Hauptausgabe, noch einen Abdruck in Taschen-
format vorbehielten, trug ich um so weniger Bedencken
einzuwilligen, als ich mir denselben von jener verschieden dachte, wie ohngefähr der kleine Faust einen
Maasstab zu geben schien, wobey ich voraussetzte daß
beyde Abdrücke wo nicht gleichzeitig hervortreten, doch
kurz auf einander folgen würden. Wenn sich nun
die Sache verzögerte und vor anderthalb Jahren eine
Ankündigung des zweyten Abdrucks erschien; so
glaubte ich um so weniger etwas dabey erinnern zu
können, als noch genugsame Zeit vorhanden und ich
Ew. Wohlgeb. so manches schuldig geworden, was
mich zu einer lebhaften Danckbarkeit aufrief.

Sollte aber jetzt, kurz vor Ablauf des contract-
lichen Termins, eine neue, der ersten fast gleiche
Auflage, für geringen Preis ins Publicum gespendet
werden; so sehe ich eine vorbereitete, korrecte und
vollständige Ausgabe meiner Wercke, welche doch auch
noch erleben möchte, ins Unbestimmte hinausgerückt,
besonders wenn ich den vorhandenen Nachdruck und
die Unbilden der Zeit bedencke.

Diese meine Verlegenheit wird noch dadurch vermehrt, daß die Meinigen, denen ich, in Betracht der
Vergänglichkeit eines menschlichen Individuums, von
meinen oeconomischen Verhältnissen Notiz zu geben
gewohnt bin, dieses Ereigniß mit einer besondern
Umbrage betrachten, welche zu mildern ich mich nicht

im Stande sehe. Vielleicht entspringen diese Besorgnisse aus einer Unkenntniß des Handelsganges und
würden bey mündlicher wechselseitiger Erklärung wohl
gehoben werden können.

Ich habe geglaubt unserm schönen vertraulichen
Verhältnisse schuldig zu seyn Ew. Wohlgeb. diesen
Anstoß zu eröffnen und ich will nicht läugnen daß
ich jene vorgeschlagne vorzurückende neue Ausgabe,
als ein Ausgleichungsmittel dachte, wobey die Ihnen
noch zustehenden zwey Jahre auf irgend eine be-
liebige, billige Weise in Betracht kommen müßten.

Überzeugen Sich Ew. Wohlgeb. daß mir in diesem
Augenblicke alles vor der Seele schwebt was ich Ihnen
seit so viel Jahren angenehmes, gutes und vortheil-
haftes verdanke und eben deswegen mit unbegränztem
Vertrauen die Zweifel eröffne die mich beunruhigen.
Ich empfehle die Angelegenheit und mich Ihren
freundschaftlichen Gesinnungen.

W. d. 14. Octbr. 1811.

Goethe.

6203.

An Boisserée.

Ihren Brief, mein lieber Herr Boisserée, will ich
nicht lange unbeantwortet lassen und über Ihren
Vorsatz uns zu besuchen, sogleich einige Bemerkungen
machen.

Es kann für mich und für uns Weimaraner überhaupt nur Gewinn seyn, wenn Sie uns wieder besuchen, und sogar die schönen Gemälde, wovon wir
so viel Gutes gehört, zu uns bringen wollen. Allein
ob Sie von dieser Expedition eben soviel Zufriedenheit haben werden, scheint mir eine andere Frage.

Ich muß Ihnen auf eine sehr naive Weise bekennen, daß Weimar sich auf eine ganz andre Art
gegen Gäste als gegen Bewohner beträgt, und ich
habe in der langen Zeit, daß ich mich hier befinde,
gar manchen gesehen, der durch den ersten Empfang
zum zweyten Kommen und längern Verweilen an-
gereizt, sich zuletzt bitterlich über Gleichgültigkeit und
Untheilnahme beklagen zu dürfen glaubte. Jedoch
dieses bey Seite gesetzt, so bleibt es doch immer ein
kostspieliges Unternehmen mit so viel Gemälden sich
hieher zu bewegen. Ein Saal, wie Sie ihn zu verlangen scheinen, findet sich kaum. Ist indessen vielleicht Ihre Absicht, auf Ostern sich mit Ihren Bildern
nach Leipzig zu begeben, um für sich und Ihre Unternehmung mehr Interesse zu erregen; so erhielte die
Sache dadurch freylich ein anderes Ansehen.

Auf alle Fälle, wenn Sie bey Ihrem Entschluß
beharren, so würde ich rathen, daß Herr Bertram,
wenn er die Bilder eingepackt und sie in Heidelberg
einem Spediteur übergeben, zuerst hieher käme, sich
sein Local selbst aussuchte und alsdann die Bilder
nachkommen ließe: denn es wird bey Bestellung von

Quartieren wohl selten die Absicht des Fremden getroffen; nicht gerechnet, daß die Miethe von dem Tage
an welchem die Abrede geschieht, gezahlt werden muß.

Mögen Sie mir hierauf etwas erwiedern, oder
Herrn Bertram gleich hiehersenden, so werden Sie
mich immer sowohl für Ihre Person als für Ihre
Sache theilnehmend und thätig finden, der ich freylich
bedaure so schöne Jahrszeit nicht auch in einem schönen
Lande zuzubringen, recht wohl zu leben wünsche und
mich Ihrem geneigten Andenken empfehle.

Weimar den 20. October 1811.

Goethe.

6204.
An Bernhard August v. Lindenau.

[Concept.] [Weimar, 20. October.]

Hochwohlgeborner,
Insonders hochzuehrender Herr,

Ew. Hochwohlgebornen hätten mich auf keine an-
genehmere Weise an die interessanten Gespräche erinnern können, welche ich bey Ihrem Hierseyn mit
Ihnen zu führen das Glück hatte, als durch das
übersendete reichhaltige Heft, welches ich gelesen und
wieder gelesen habe. Besonders muß man die ersten
Blätter sehr anziehend finden, in welchen Sie die
höchsten Gegenstände, die der Sinn zu fassen, die
Einbildungskraft zu ergreifen und der Verstand zu
durchdringen strebt, mit Einsicht und Klarheit, mit

Ordnung und Kraft so darstellen, daß zugleich der Geist unterrichtet und aufgeklärt, und das Herz bewegt und erhoben wird. Fürwahr Sie haben damit auf eine sehr würdige Weise das bedeutende Gestirn das jetzt alle unsere Aufmerksamkeit fordert, auf seiner Bahn begrüßt.

Was die wissenschaftliche Sprache betrifft, so gestehe ich gern, daß ich Niemanden, am wenigsten dem Mathematiker verarge, wenn er sich wie seine Vorfahren und Kunstgenossen ausdrückt. Derjenige dessen Lebensgeschäft es ist den geheimnißvollsten Kräften nachzuspüren, ihre Wirkungen im Besondern und Einzelnen auf das genauste zu beobachten, zu messen, zu berechnen und auf eine wunderwürdige Weise vorherzusagen, muß ja wohl das Recht haben, diesen Kräften solche Namen zu geben, die ihm am schicklichsten däuchten, und sich dieselben vorzustellen, wie es seiner Denkart am gemäßesten ist; ja vielleicht hat man im Gegentheil uns andere nicht ganz mit Unrecht im Verdacht, daß wir nur einiger Bequemlichkeit willen, gewisse Formeln lieben, die uns, weil wir einmal damit zu operiren gewohnt sind, bey unsern allgemeinern Forschungen zum Leitfaden dienen können.

Dem sey jedoch wie ihm wolle, so bleibt die Ehrfurcht unverrückt, welche jeder für die großen und folgereichen Arbeiten, die von diesem kleinen Erdenrunde dem Weltall gleichsam gebieten, empfinden muß. Bleiben Ew. H. überzeugt, daß ich nichts mehr wünsche

als in Ihrer Nähe von jenen erhabenen Gegenständen,
insofern es mir gegönnt seyn möchte, genauere Kenntniß zu erlangen, und mich mit Ihnen über manches
zu unterhalten, wodurch ich nicht geringe Förderung
mir versprechen könnte. Der ich die Ehre habe mich
mit vollkommner Hochachtung zu unterzeichnen.

6205.
An Passow.

Ew. Wohlgeboren

hätte schon früher für den übersendeten Longos auf
das Verbindlichste danken sollen.. Ich habe von je
her für dieses Gedicht eine ganz besondere Vorliebe
gefühlt und dem reichen Gehalt, dem vortrefflichen
Plan, der glücklichen Bearbeitung desselben gar manche
Betrachtung zugewendet. Diesmal aber ist es mir
noch werther geworden, theils weil ich es in der anmuthigen Übersetzung mit größerer Bequemlichkeit genießen konnte, theils weil ich zum erstenmal das bisher fehlende bedeutende Stück kennen lernte. Es
überraschte mich dasselbe, als ich im Laufe des Lesens
unvermuthet darauf stieß, und ich mit Verwunderung
anerkennen mußte, daß erst durch dieses bisher unbekannte Glied das höchst schätzbare Werk zu einem
wahren Kunstganzen hergestellt worden. Nehmen Sie
also meinen besten Dank für dieses mir verschaffte
Vergnügen, das ich sonst vielleicht noch lange entbehrt
oder wenigstens nicht so lebhaft genossen hätte!

Über den neuen, mir mitgetheilten Plan wünschte ich mich mit Ihnen und Ihrem werthen Herrn Collegen, dem ich mich bestens empfehle, mündlich unterhalten zu können, weil es schwer ist, schriftlich, kurz und klar über solche Gegenstände sich auszu-drücken, um so mehr als meine Gesinnung mit der Denkweise der Zeit gerade in Opposition steht. Ich habe es immer für ein Übel, ja für ein Unglück gehalten, welches in der zweyten Hälfte des vorigen Jahrhunderts mehr und mehr überhand nahm, daß man zwischen Exoterischem und Esoterischem keinen Unterschied mehr machte, daß man die Grundsätze und Maximen, nach welchen man lehrt und handelt, früher als die Lehre und das Handeln selbst öffentlich werden läßt, da doch sowohl das Beyspiel der ältern Weisen als die Erfahrungen an dem neuern Thun und Treiben uns hätten aufmerksam machen sollen, daß man seinen Zweck vernichtet, indem man ihn voraussagt, daß eine Handlung, wenn sie glückt, nicht contestirt wird, wohl aber nichts mehr Widerspruch erleidet als eine vor, ja sogar nach der That ausgesprochene Maxime. Möchte ich doch mit Pallas (Allgemeine Zeitung Nro 285) ausrufen: „Die Wahrheit hätte nur unter uns Akademikern bleiben sollen!“

Ferner hat mich die Erfahrung gelehrt, daß man, besonders in Deutschland, vergebens Mehrere zu Einer Absicht zusammenruft. So viel Köpfe, so viel Sinne, ist eigentlich die Devise unserer Nation. Betrachte

ich noch dabey die gegenwärtige Zeit und den abgelegenen, obgleich in mancher Rücksicht günstigen
Wohnort, betrachte ich die babylonische Verwirrung,
welche durch den Pestalozzischen Erziehungsgang Deutschland ergriffen, ob ich gleich von seinem vorgehabten
Thurmbau das Beste denken will: so glaube ich Ihrem
Unternehmen wenig Glück weissagen zu können. Weil
jedoch Niemand die Möglichkeiten übersieht, so will
ich wünschen und hoffen, daß Alles zum Vortheilhaftesten gedeihen möge, welches um so eher denkbar
ist, als Sie in Ihrem Kreise ungestört nach Ihrer
Überzeugung das Gute wirken können, wenn es auch
von außen weder gefördert noch anerkannt werden
sollte. Gehen tüchtig gebildete junge Leute von Ihnen
aus, woran ich nach genauer Betrachtung Ihres ersten
Programms nicht zweifle, so ist das Beste gethan und
der schönste Zweck erreicht. Lassen Sie mich von Zeit
zu Zeit hören, wie Ihr Unternehmen vorwärts schreitet,
und es wird mir angenehm seyn, wenn meine vielleicht hypochondrische Ansicht der Sache durch einen
glücklichen Erfolg ausgeheilert werden sollte.

Der ich recht wohl zu leben wünsche,
Weimar, den 20. October 1811.

Goethe.

6206.

An G. H. L. Nicolovius.

Es ist eine der ernsten und ahndungsvollen Erwartungen, welche denjenigen die ein höheres Alter

erreichen, vor Augen schwebt, daß oft Jüngere die ein
größeres Recht hätten länger hier zu verweilen, un-
aufhaltsam früher dahin gerissen werden. Der Verlust Ihrer theuren Gattinn ist auch mir sehr empfind-
lich. Ich halte seit langer Zeit viel Liebes und Gutes
von ihr gehört, ja wer von ihr sprach, zeigte einen
Enthusiasmus der mich in der Ferne ein eignes vorzügliches Wesen ahnden ließ. Wenn sie bey so viel
liebenswürdigen und edlen Eigenschaften mit der Welt
nicht einig werden konnte, so erinnert sie mich an
ihre Mutter, deren tiefe und zarte Natur, deren über
ihr Geschlecht erhobener Geist sie nicht vor einem
gewissen Unmuth mit ihrer jedesmaligen Umgebung
schützen konnte. Obgleich in der letzten Zeit fern von
ihr, und nur durch einen seltnen Briefwechsel gleichsam lose mit ihr verbunden, fühlte ich doch diesen
ihren, der Welt kaum angehörigen, Zustand sehr lebhaft, und ich schöpfte daraus bey ihrem Scheiden zunächst einige Beruhigung.

Meine liebe Nichte habe ich niemals gesehen, aber
doch immer an derselben, so wie an Ihnen und den
lieben Ihrigen aufrichtigen Antheil genommen. Möge
es Ihnen gelingen in der Erziehung und Bildung
der Zurückgelassenen einen thätigen Trost zu finden,
und sich an den Ebenbildern der Mutter noch lange
zu ergötzen.

Möge mir doch auch einmal das Vergnügen werden
Sie in dieser spätern Zeit kennen zu lernen, wo man

immer mehr nöthig hat sich an diejenigen anzu-
schließen, von deren redlichen Gesinnungen und un-
unterbrochenem Bestreben man genugsam überzeugt ist.

Leben Sie recht wohl und gedenken meiner unter
den Ihrigen.

Weimar den 20. October 1811.

Goethe.

6207.

An C. F. v. Reinhard.

Ich habe gezaudert, verehrter Freund, Ihnen auf
den lieben und interessanten Brief den ich durch Herrn
von Spiegel erhielt, zu antworten, weil ich das beykommende Büchlein zugleich überschicken und Ihrer
freundlichen Theilnahme empfehlen wollte.

Was Herrn Le Febre betrifft, so hat sich derselbe
in seiner Relation wahrhaft diplomatisch bewiesen.
Ich bin Ihnen für die Bemühung sehr dankbar, welche
Sie beym Abschreiben einer langen Stelle seines Briefs
übernehmen wollen. Es war mir sehr angenehm zu
sehen, daß er den Sinn, den Inhalt und die Ausbrücke
unsres Gesprächs so gut aufgefaßt; und es geschieht
wohl selten, daß unsre Absichten von einem Fremden,
mit dem wir uns zum erstenmal unterhalten, so gut
aufgenommen werden. Bis auf ein einziges Wort
(statt judicieux lies circonspect) kann ich die ganze
Relation, insofern sie das was ich gesagt und gewollt
betrifft, unterschreiben. Dasjenige was er günstig

von mir urtheilt, erkenne ich mit dankbarer Bescheidenheit. Doch bin ich überzeugt, daß er weder so viel
Theil an mir genommen, noch so vortheilhaft von
mir geurtheilt hätte, wenn er nicht so lange an Ihrer
Seite gelebt und durch Ihre freundschaftlichen Gesinnungen zu einem günstigen Vorurtheil für mich geleitet worden.

Das Französische soll nach Ihrer Aufmunterung
lebhafter betrieben werden. Meine Jugendgeschichte
zeugt freylich gegen mich, und ich gestehe gern, daß
ich es in dieser Sprache hätte weiter bringen sollen.

Mehr nicht für dießmal, damit das Bändchen
nicht liegen bleibe. Sie werden in demselben gar
manche unmittelbar an Sie gerichtete Stelle finden.
Leben Sie wohl und gedenken meiner, so bey dieser
wie bey andern Gelegenheiten.

Weimar den 26. October 1811.

Goethe.

6208.

An J. F. H. Schlosser.

Wohlgeborner,

Insonders hochgeehrtester Herr,

Ew. Wohlgebornen anzuzeigen, daß die übersendete
Kiste gestern glücklich angekommen, will ich nicht aufschieben, um so weniger als ich noch zu berichten habe,
daß die früher mir durch Herrn Staats-Rath Uhden
zugesendeten Stücke mir auch wohl überliefert worden.

Nehmen Sie meinen aufrichtigen Dank für die vielfachen Besorgungen, und haben Sie die Güte dem
Herrn Doctor Textor für die Handschuhe, die mir
sehr große Freude gemacht haben, und Herrn von
Gerning für das Stäbchen, das als das Tüppchen auf
dem J anzusehen ist, meine besondere Danksagung
abzustatten.

Aus dem beyliegenden Bändchen werden Sie ersehen, wie diese Alterthümer bey mir wieder ins Gedächtniß gekommen, und werden es natürlich finden,
daß die Personen, welche mich hier umgeben, auch
einen anschaulichen Begriff davon zu haben wünschen.
Was das Büchelchen selbst betrifft, so empfehle ich es
Ihrem Herzen. Ich sage nichts über die Behandlung
dieser Gegenstände: Sapienti sat!

Das große Buch Ihres Herrn Vaters hat mich
in Verwunderung gesetzt: es zeugt von seiner Thätigkeit und Ordnungsliebe. Ich werde es durchgehen
und mir daraus manche Epochen notiren, sodann aber
solches gleich zurücksenden.

Von Ihrem Herrn Bruder habe ich einen sehr
liebenswürdigen Brief aus Rom erhalten. Eine Antwort, die nächstens erfolgen soll, bin ich so frey Ihnen
zu weiterer Beförderung zuzusenden. Er ist freylich
dort jetzt in einer sonderbaren Lage, da er die alte
Herrlichkeit immer mehr verschwinden sieht, und doch
begreif ich wohl, wie man sich von diesem scheidenden
Meteor nicht wegwenden mag.

Der Verlust, den der gute Nicolovius erlitten, hat mich sehr geschmerzt. Ich habe das liebe Wesen nie kennen lernen, aber soviel Gutes von ihr gehört, daß ich ihr Scheiden doppelt bedauern muß. Möge ich von Ihnen und den lieben Ihrigen, denen ich mich bestens empfehle, immer nur Gutes und Gedeihliches vernehmen.

Weimar den 28. October 1811.

Goethe.

6209.

An C. G. v. Voigt.

Indem ich Ew. Excellenz für die neuliche Eröff- nung und die übersendeten Acten meinen verbindlichsten Danck abstatte, übersende zugleich ein ostensibles Blat um solches allenfalls Serenissimo vorlegen zu können. Ich habe geglaubt die zugedachte Gnade pure accep- tiren zu müssen, obgleich mancherley Bedencklichkeiten bey der Sache obwalten. Finden Ew. Excellenz irgend einen Grund jenes Blat bis zu meiner Wiederkunft zurückzuhalten, so sey es Ihnen ganz überlassen.

Freytag bin ich auf alle Fälle wieder in Weimar. Die hiesigen Museen nehmen sich sehr artig aus; ich werde nicht verfehlen eine umständliche Relation ab- zustatten und was nun zunächst nothwendig wäre, vorzulegen.

Herr v. Hendrich entschuldigt sich mit Serenissimi Aufträgen und der Nothwendigkeit die Zimmer end-

lich wohnbar zu machen. Leider verschafft man sich
in solchen Fällen nicht erst eine Übersicht und ist die
Sache begonnen; so weis man nicht wohin die Sache
hinausläuft. Ich theile die Besorgnisse Ew. Excellenz
und dies Unbehagen.

Die Frau Accessistinn ist eine artige Erscheinung.

Darf ich bitten diese Spätlinge des Vogelsangs
mit Erinnerung meiner froh zu verzehren.

b. 5. Nov. 1811. G.

[Beilage.]

[Concept.] [Jena, 5. November.]

Die von Ew. Exzell. mir bekannt gemachten gnädigsten Gesinnungen Serenissimi gegen meinen Sohn
fordern mich jemehr ich sie bedencke immer zu größerer
Bewunderung und Erkenntlichkeit. Die Stelle eines
Landraths, wie die letzte Instruction sie näher bestimmt und begränzt, ist ohne Zweifel die wünschens-
wertheste für einen jungen Mann. Er findet sich im
Falle seine Fähigkeiten auszubilden und zugleich seine
Thätigkeit frey zu zeigen und dadurch von seinen Vorgesetzten wie von seinem Fürsten beurtheilt und gekannt zu werden. Ich eile daher die mir und meinem Sohn zugedachte Gnade auf das danckbarste
unterthänigst anzuerkennen, die weiter Leitung und
Vollführung höchster Anordnung und Ew. Exzell.
freundschaftlicher Mitwirckung vertrauensvoll anheimgebend.

Dürfte ich noch eine Bitte hinzufügen; so wäre
es: daß meinem Sohn erlaubt sey ben Character als
Cammerassessor dabey fortzuführen und daß jene Stelle
zu der ihm durch das vorjährige gnädigste Decret
wenigstens einige Hofnung gemacht worden, solange
offen behalten werde bis er zeigen kann in welchem
Grade er bey solchen Geschäfften sich gewandt und
brauchbar erweise.

Alles jedoch höherem Ermessen, mit wiederhohltem
Danke für alles Bisherige, lediglich überlassend.

6210.

An Elisabeth Charlotte Constantia von der Recke,
geb. Reichsgräfin v. Medem.

Hochgebohrne Gräfinn,
gnädige Frau,

Sie haben mir, verehrte Freundinn, seit meinen
Jünglingsjahren, so viel Gunst und Freundschaft erwiesen, daß ich wohl hoffen darf, Sie werden auch
diesmal den Knaben gütig aufnehmen. Beschauen Sie
die in diesem Bändchen aufgeführte Bilderreihe mit
nachsichtiger Aufmercksamkeit, und sagen mir ein
treues Wort, wie sie Ihnen erscheint und was Sie
von der Folge erwarten und hoffen.

Seit manchen Jahren bin ich Zeuge der schönen
Wirckungen, die Ihnen das Vaterland zu verdancken
hat, und ich muß mir im Voraus die Erlaubniß er-

bitten, davon zu seiner Zeit nach meiner Überzeugung sprechen zu dürfen.

Bey soviel unerläßlichen Widerwärtigkeiten, die der Mensch zu erdulden hat, bey unvermeidlicher Spannung und Widerstreit, macht er sich oft ganz willkührlich ein Geschäft sich von andern abzusondern, andre von andern zu trennen. Diesem Übel zu begegnen haben die vorsehenden Gottheiten solche Wesen geschaffen, welche durch eine glückliche Vermittlung dasjenige was sich ihnen nähert zu vereinigen, Misverständnisse aufzuheben, und einen frieblichen Zustand in der Gesellschaft herzustellen wissen. Sagte ich nun: Sie, verehrte Freundinn, gehören zu diesen; so würde ich viel zu wenig sagen. Denn auf meinem Lebenswege ist mir niemand begegnet, dem jene Gabe mehr wäre verliehen worden als Ihnen, oder der einen so anhaltenden, so schönen Gebrauch von derselben gemacht hätte.

Auch ich und die Meinigen haben davon vergangnen Sommer die wünschenswerthesten Wirckungen erfahren. Meine Frau, die sich Ihnen angelegentlichst empfiehlt, ist noch immer durchdrungen und bewegt von Ihrer Güte, und in unserm kleinen Familienkreise wird Ihr Andencken als eines wohlthätigen Genius verehrt. Möge uns das Glück beschert seyn, Ihnen, Verehrte, wieder an der heilsamen Quelle zu begegnen, und uns von Ihrem Wohlbefinden gegenwärtig zu überzeugen.

Möchten Sie uns gelegentlich Ihrer unvergleichlichen fürstlichen Schwester, Ihren liebenswürdigen
Nichten, namentlich der Fürstinn von Hohenzollern,
auf das bringendste empfehlen, nicht weniger uns in
das Andenken des Herrn Tiedge zurückrufen; so würden Sie uns auf's Neue und wiederhohlt verpflichten.
Erlauben Sie daß ich nun schließe und mich ver-
ehrend unterzeichne

Weimar d. 8. Nov. 1811.

Goethe.

6211.
An Christine de Ligne.

Concept.]

Läugnen darf ich nicht, meine schöne Gnädige,
daß, schon vor geraumer Zeit, ein allerliebster Curier
bey mir angekommen, an dessen Depeschen, so wie an
seinem anmuthigen Gruß, ich mich auf's innigste er-
gößt habe. Ich behielt ihn bey mir und behandelte
ihn aufs beste, indem ich hoffte er sollte mir bey
meiner Ankunft in Töpliz, wenn ich ihn zur Anmel-
dung vorausschickte, eine günstige Aufnahme bereiten.

Unglücklicher Weise ward ich von Carlsbad gerade
wieder nach Hause geführt und ich wußte nun nicht
wie ich meine doppelte Verzögerung auf irgend eine
Art entschuldigen sollte.

Nun aber kommt vor einiger Zeit glücklicher Weise
der Dechant aller Prinzen, und das Muster aller
Großväter (und wovon nicht alles noch Muster) unser

kleines Weimar durch seine Gegenwart zu beglücken
und mich besonders, indem er mir keinen Zweifel läßt
daß er mir seine unschätzbare Huld beständig erhalten
wollen und daß ich in dem verehrten Kreise des
Schlosses von Töpliz noch in günstigem Andencken
stehe.

Die Tage des Hierseyns dieses erfahrnen, geist-
reichen, einzigen Fürsten flohen schnell vorüber, wie
denn die Zeit in seiner Gegenwart gar nicht verweilen
kann, und beym Abschiede waren wir alle verwundert,
ja betäubt, daß er uns unsern Fürsten entführte; ob
wir dieses gleich ganz natürlich fanden; denn wer
mag sich gern von ihm trennen. Herr von Spiegel
übernahm gefällig mich in Töpliz aufs dringendste
zu empfehlen.

Nun, bey unsers theuren Fürsten Zurückkunft,
höre ich von bevorstehenden Festen, bey welchen man
sich freilich glückwünschend einfinden muß. Zugleich
vernehme ich daß Sie schöne Freundinn einigen Werth
auf ein Blat legen wollen auf welchem ich der lieben
Natur mit ungeübter Hand etwas abzugewinnen versucht, ja daß Sie es sogar in das Büchlein der Erinnerung aufzunehmen gedencken. Beschämt von dieser
Güte sende ich mehrere zu beliebiger Auswahl und
völliger Disposition.

Damit aber doch mein Andencken auf eine etwas
anständigere Weise bey Ihnen verweile; so lege ich
ein Paar Blätter bey welche der geschickte Hammer

in Dresden nach meinen Scizzen ausgeführt, die eine
Übersicht von Bilin, und den Platz vor dem Thore
dieses anmuthigen Städtchens vorstellen.

Möchten Sie diese Bilder unter Rahmen und Glas
in dem Cabinete aufhängen, in welchem Sie in Gesellschaft Ihres fürtrefflichen Gemahls und dereinst
umgeben von liebenswürdiger Familie die glücklichsten
Stunden zubringen, und dabey desjenigen gedencken dem
Ihre Vorzüge welche Sie der Natur und Bildung verdancken immer gegenwärtig sind.

In dem hohen Claryschen Hause bitte mir eine
gnädige Aufnahme bey meiner Rückkehr nach Töplitz
gütig zu bereiten und mein Andencken in dem
Herzen des grosväterlichen Fürsten nicht ersterben zu
lassen.

[Weimar] 10. Nov. 1811.

6212.

An Zelter.

Die Rübchen sind glücklich angekommen, wofür
Sie bey jedesmaligem Genusse derselben den schönsten
Danck haben sollen. Die Comödienzettel auf dem
Grunde sind gleich zum Buchbinder gegangen. Wenn
sie in schön geordnetem Volumen zurückkehren, werde
ich die theatralische Bahn des vorigen Jahrs aufmerksam verfolgen und mich von mancherley dadurch
belehren.

Auch Ihr lieber Brief vom 25. October hat mich
sehr erfreut. Daß Ihr Geschäft glücklich abgelaufen,
dazu gratulir' ich. Länder, Menschen und Anstalten
haben Sie manche gesehen, und ich danke für die
wenigen aber bedeutenden Bemerkungen, die Sie mir
mittheilen.

Hiebey folgt das verlangte und Ihnen längst zugedachte Büchlein. Hier tritt der Widerstreit zwischen
Erziehung und Neigung und Leben viel verwickelter
hervor als bey dem was Sie uns von Ihren frühern
Jahren vorlasen. Was bey Ihnen nur Zwiespalt ist,
ist hier hundertspältig. Nehmen Sie das alles mit
freundlichem Wohlwollen auf.

Brizzi ist wieder hier, und wir hören heute Abend
Ginevra, Königinn von Schottland. Ich wünschte,
daß Sie bey uns wären, theils um dieses Fest mit-
zugenießen, theils mir Aufschlüsse über die Composition zu geben, damit mein Genuß zugleich sinnig
und verständig wäre.

Fragen Sie doch gelegentlich meine Berliner Gegner, ob sie Ihnen nicht die Versuche worauf es eigentlich ankomme, zeigen könnten. Thun Sie aber ja,
als wenn die Frage aus Ihnen selbst käme, und suchen
Sie dadurch zu erfahren, ob sie denn auch wirklich sich einen Apparat angeschafft haben, um alles
darzustellen wovon eigentlich die Rede ist.

Wenn von Composition einer meiner Arbeiten die
Rede gewesen wäre, so hätte ich nicht leicht auf die

Geheimnisse gerathen. Sie machen mich durch diese
Nachricht sehr neugierig. Für dießmal nicht mehr als
noch ein herzliches Lebewohl.

Weimar den 11. November 1811.   G.

6213.
An Cotta.

Das Verhältniß zwischen Autor und Verleger die
Goethischen Wercke betreffend ist nur aus Briefen ersichtlich, weil niemals darüber ein eigentliches Instrument aufgesetzt und vollzogen worden. Zu leichterer Übersicht lege ich daher, das hierauf bezügliche
wie es sich in meinen Papieren findet, in bequemer 10
Gegeneinanderstellnng bey und bitte um gefällige
Prüfung.

A.) In dem Goethischen ersten Promemoria, wird
in der sub A. angeführten Stelle das Recht dieser
Auflage auf 5 bis 6 Jahre zugestanden. 15

B.) Der Herr Verleger wünscht diese 6 Jahre von
der Herausgabe der letzten Lieferung an zu rechnen
und da diese Ostern 1808 intentionirt war; so spricht
er den Terminum ad quem Ostern 1814 aus.

C.) In der Antwort sub C. giebt der Verfasser 20
in so weit nach daß er acht Jahre von der ersten
Lieferung an zugesteht; es bleibt aber unverrückt bey
dem Schlußtermin 1814.

D.) In dem Briefe, ausgezogen sub D., zeigt sich
die Besorgniß des Herrn Verlegers daß er vielleicht 25

durch Saumseligkeit des Verfassers zu Schaden kommen
könne, und er bedingt sich daher: wenn der Verfasser
mit der letzten Sendung zaubern werde auch seine
letzte Zahlung zurück zu halten. Von Verrückung
des Verlags-Rechts in solchem Falle war nicht die
Rede. Jene Besorgniß aber ward dadurch gehoben
daß der Autor mit Ablieferung des Manuscripts
nicht säumte, wogegen auch der Verleger die Zahlung
in Termino leistete. Der Schluß Termin des Verlag-
Rechts 1814 blieb in voller Kraft.

E) Daß nun in der Folge, auf Antrag des Herrn
Verlegers, die Wahlverwandtschaften als 13. Band
abgedruckt wurden kann keine Änderung machen. Der
Verfasser willigte unter dem Zusatz ein: daß es damit
wie mit dem Übrigen gehalten werde. Welche Worte
wohl keine andre Auslegung erleiden, als daß das
Verlags-Recht auch dieses Bandes sich bis Ostern
1814 erstrecken solle.

Soviel habe ich mir bey öfters wiederhohlter Prüfung der Sache deutlich machen können, und bitte um
gleichfalls gefällige Beherzigung.

Weimar d. 16. Nov. 1811.

Goethe.

Vorstehendes habe noch einige Tage bey mir liegen
lassen um die Sache von allen Seiten zu betrachten.
Nun ist wohl einzusehen wie solche Umstände, besonders in diesem Falle, eher dem Verleger, der hundert

dergleichen Verhältniſſe hat, als dem Autor der nur
in dieſem einzigen ſteht, aus dem Gedächtniß ſchwin-
den können. Ich ſage nicht mehr um die Sendung
nicht länger zurück zu halten. Die übrigen Puncte
beantworte nächſtens. Mich beſtens empfehlend

Goethe.

[Beilage.]

A.

In dem Göthiſchen Promemoria vom 14. Juni
1805 heißt es:

Das Recht für dieſe Auflage würde etwa auf 5
bis 6 Jahre zugeſtehn.

Auszug contractlicher Brieſe von 1805.

B.

Ich übernehme den Verlag Ihrer Werke für
10 000 rh. in den feſtgeſetzten Terminen, da das
Ganze aber ein bedeutendes Capital beträgt ſo ſetze
ich voraus, daß das Recht für dieſen Verlag ſich auf
6 Jahre von der Herausgabe der letzten Lieferung an
gerechnet erſtrecken werde, alſo z. B. 1808 Oſtern erſcheint die letzte Lieferung, ſo habe ich bis 1814
Oſtern das Recht des Verlags.

2.) Ich bin nicht blos an die feſtgeſetzte ſaubre
und geſchmackvolle Handausgabe mit deutſchen Lettern
gebunden ſondern darf auch andre Formen wählen,
wenn ich es z. B. räthlich fände die Idee einer Taſchen-
ausgabe auszuführen.

3.) Ich habe nach Verfluß der 6 Jahre das Vor-
recht vor jedem andern Verleger bey Eintretung in
gleiche Verbindlichkeit.

4.) Sie vertreten mich bey den bisherigen Ver-
legern, Göschen, Unger pp.

5.) Bis zum Absatz der ersten Auflage findet keine
neue statt; falls diese auch länger als 6 Jahre er-
forderte.

pp

Tübingen d. 6. Jul.
                                    Cotta.
    1805.

C.

ad 1.) Da bey einer Übereinkunft, für beyde Theile
das Gewisse wünschenswerth ist; so möchte wohl der
Termin von der Herausgabe der ersten Lieferung zu
rechnen seyn. Wogegen ich zufrieden bin daß er auf
8 Jahre erstreckt werde. Also z. B. von Ostern 1806
bis Ostern 1814.

ad 2.) bin es zufrieden.

ad 3.) bin es gleichfalls zufrieden (würde nun
heißen nach Verlauf der 8 Jahre).

ad 4.) (Wurde dieser Punckt bejaht.)

ad 5.) (Wurde dieser Punckt abgelehnt.)

    Lauchstedt
    b. 12. Aug.   Goethe.
        1805.

D.
Auszug eines Briefes
Tübingen vom 30. August 1805.

Statt 6 Jahre werden also 8 für das Verlags-
recht das heist also bis Ostern 1814 bestimmt. Da
die Herausgabe aber doch als ein Ganzes betrachtet
werden muß und es also für mich von wesentlichem
Belang ist wann die letzte Lieferung erscheint; so
war dies der Grund warum ich von dieser den Terminum a quo setzen wollte. Ich überlasse dies aber
Ew. Excell. in vollstem Vertrauen. Denn sonst wäre
noch ein Ausweg möglich, nämlich da nach Dero
Intention doch 1808 die letzte Lieferung erscheinen
soll; so könnten die auf Ostern gedachten Jahres zu
bezahlenden letzten 3000 rh. an diesen Termin so geknüpft werden daß wir übereinkämen: diese Summe
sey Ostern 1808 zu bezahlen, falls das letzte Manuscript vor oder auf diesen Termin an mich abgeliefert
sey, wo nicht so bestimme die Ablieferung dieses
Mspts sodann den Termin dieser letzten Zahlung.

E.
Auszug eines Briefes
Jena vom 1. October 1809.

Daß der Roman als Fortsetzung meiner Werke
abgedruckt werde bin ich wohl zufrieden, und so daß
es damit wie mit dem Übrigen nach unsrer Verabredung gehalten werde.

G.

6214.
An Carl Bertuch.

Ew. Wohlgebornen

übersende hierbey das Namenregister meiner Autographa, mit dem Ersuchen, dieselben auf neulich schon
gemeldete Weise auf ein Quartblatt drucken zu laſſen,
so nämlich, daß vier Columnen auf eine Seite kommen, und daß die Schrift gebraucht wird, womit die
Species im Belvedereschen Verzeichniß gedruckt ſind.

Da ich noch am Ende eine Bitte um Beyträge
hinzugefügt habe, so könnte vielleicht die zweyte Seite
nicht ganz hinreichend seyn. In dieſem Fall ersuche
ich Ew. Wohlgebornen soviel unbedeutende oder un-
bekanntere Namen wegzuſtreichen, deren es besonders
unter den älteren noch manche giebt. Zugleich bitte,
eine recht genaue Correctur zu besorgen. Die Re-
viſion kann bis zu meiner Ankunft, welche Sonnabends erfolgen wird, liegen bleiben. Der ich mich
zu geneigtem Andenken empfehle

Jena den 25. November 1811.

Goethe.

6215.
An Silvie v. Ziegesar.

[Jena, etwa 25. November.]

Die Unbeständigkeit der theatralischen Dinge giebt
mir Gelegenheit meiner lieben, beständigen Freundinn
nochmals zu schreiben. Ginevra ward Sonnabend
nicht gegeben, sie erscheint Mittwoch. Sonnabend hin-

gegen und Montag tritt Achill auf, vorausgesetzt daß
sich nicht wieder böse Dämonen einmischen wollen.
Dem verehrten Papa die . . . .

6216.
An C. G. v. Voigt.

Zum stillen Feste wünsch ich vom Herzen Glück
und hoffe dem lieben Paare bald etwas freundliches
erzeigen zu können.

Jena den 20. Nov. 1811.   G.

6217.
An Brizzi.

[Concept.]

Monsieur

Ayant reçu votre lettre du 23. au moment que
Msgr. le Duc se trouvoit à Jena, je n'ai pas manqué
de faire relation du contenu à Son Altesse, en tachant
d'eclaircir l'erreur glissé dans la lettre de Munic qui
Vous faisoit tant de peines.

Msgr. quoique avec regret a consenti, que Vous
partiriez selon vos souhaits après la seconde repré-
sentation d'Achille, et j'ai cru de mon devoir de
Vous donner dabord connaissance de cette resolution.
À present ma lettre Vous sera parvenue.

Pendant ce tems Vous avez adressé quelque
piece justificative à Msgr. qu'il a bien voulu me
communiquer, et que je joins à la présente.

Le sentiment de Son Altesse est toujours le
même. Elle est seulement fachée de ne pas pouvoir
accepter votre offerte pour le Fevrier, Msgr. ayant
l'intention de faire justement par ce tems un voyage
pour le Meclembourg qui surement ne Lui seroit
pas un plaisir complet si Il Vous savoit ici pendant Son absence.

Je me hâte de confirmer par celle-ci le contenu
de ma précedente, et j'espère de pouvoir bientôt
Vous prouver de bouche combien je sais apprecier
des talens si distingués, dont je m'avouerai toujours.

Jena le 27. Nov. 1811.

6218.

An Carl Bertuch.

Mit vielem Dank, daß Sie meine Sammlung
mit einigen Beyträgen sogleich bereichern wollen, wie
ich sie Ihnen denn auch ferner empfohlen haben will,
sende ich hier die Correctur zurück. Wir wünschen
noch ein Blatt zur Revision zu erhalten. Die sämt-
lichen 300 Exemplare würden auf so feines Papier
gedruckt, wie diese Correctur, damit ich theils meinen
Namen unterschreiben kann, theils auch daß es sich
leichter als Beylage eines Briefs versenden lasse. Der
ich recht wohl zu leben wünsche

Weimar den 1. December 1811.

Goethe.

6219.

An Carl Bertuch.

Ew. Wohlgebornen erhalten hier das revidirte
Blatt zurück. Sie werden entschuldigen, daß einige
Einschaltungen und Umstellungen beliebt worden sind.
Vielleicht mögen Sie uns eine nochmalige Revision
schicken. Bey einem Blättchen, das so weit umher
reisen soll, gibt man sich billig einige Mühe. Von
meinen Dubletten steht, was Ihnen fehlt, zu Diensten.

Weimar den 3. December 1811.

Goethe.

6220.

An Carl Bertuch.

Ew. Wohlgebornen werden nunmehr den Abdruck
gefällig befördern und mir die 300 Exemplare zugleich
beschneiden lassen. Daß sie vorher genugsam ab-
trocknen, um nicht abzufärben, darf ich wohl kaum
erinnern. Mich bestens empfehlend

Weimar den 5. December 1811.

Goethe.

6221.

An die Hoftheater-Commission.

Serenissimo wären die den Unfug des Schauspieler
Deny betreffenden Papiere unterthänigst vorzulegen,
damit Höchstdieselben die äußerste Unart selbst be-

urtheilen können, mit welcher dieser rohe und incorri-
gible Mensch sich betragen. Leider bin ich Unterzeichneter selbst noch im Theater gewesen und habe
mit anhören müssen, welch ein rasendes Geschrey,
während noch ein Theil des Publicums zugegen war,
sich erhob. Wäre ein Husar noch in dem Hause gewesen, so würde ich Deny sogleich haben arretiren
lassen.

Die der Commission zugefügte Beleidigung ist im
eigentlichen Sinne durch gar nichts abzubüßen; allein
meo voto kann er wenigstens nicht vor Dienstag Mittag von der Hauptwache entlassen werden, weil sonst
gar keine Proportion mit dem was in ähnlichen
Fällen geschehen, beobachtet würde; wie man denn
den Beckerischen Fall hierbey erwähnen kann. Das
Weitere meinen Herrn Mit-Commissarien überlassend
s. m.
Weimar den 6. December 1811. G.

6222.

An Klinger.

[Concept.]

Ihre sehr liebe Sendung kommt in dem Augen-
blick an, da ein Courier nach Petersburg abgeht, und
ich erfreue mich höchlich sie sogleich zu erwiedern.
Hier haben Sie unser altes Frankfurt, in welchem
Sie sich gewiß wieder erkennen werden, und mit Lust.
Das ist der erste Theil, und im dritten erlauben

Sie mir, daß ich Sie auch vorführe. Das räuchrige Zimmerchen neben der Klingelthüre war ein gutes Nest, wo manches brütete. Ich freue mich darauf, daß es Ihnen Spaß machen wird, wie ich mich aller der Eigenthümlichkeiten erinnere, aus denen so viel ausgegangen ist. Ihr immer noch wunderliches Siegel bürgt mir dafür. Möchten Sie dem beyliegenden Blättchen eine recht freundliche Aufnahme gönnen! Ihr lieber Brief ist gleich eingeschaltet worden. Was soll's denn weiter, als daß man das unmittelbare An-denken der Tüchtigen erhält. Können Sie mir auch nur Namens-Unterschriften der Kaiser und Kaiserinnen, der Größten des Reichs, in Kriegs- und Friedens-Ge-schäften, der Akademiker, und bedeutender Menschen jeder Art, gelegentlich übersenden; so erzeigen Sie mir was außerordentlich Angenehmes. Bisher habe ich die Art oder Unart gehabt alles Vergangne eher zu vertilgen als zu bewahren. Nun mag die Zeit des Bewahrens, wenn auch zu spät, eintreten. Mehr sag' ich nicht, aber ich bitte, da doch zwischen dem großen Petersburg und dem kleinen Weimar eine so liebenswürdige Wechselwirkung besteht, Niemanden wegzulassen der nicht etwas an mich bringe, und ich will das gleiche thun. Das Leben ist den Sibyllinischen Büchern ganz gleich; je knapper, je theurer. Leben Sie wohl und gedenken mein, wie am Anfang und Mittel, so am Ende.

[Weimar] d. 8. Dec. 1811.

6223.

An Karl August Varnhagen v. Ense.

Zu einer Zeit, da ich im Begriff stehe, mir und
andern von meinem Leben und meinen Werken Rechenschaft zu geben, konnte mir wohl nichts erwünschter
seyn als zu vernehmen, wie so bedeutende Personen
als jene Correspondenten sind, aus deren Briefen Sie
mir gefällig Auszüge mittheilen, über mich und meine
Productionen denken. Diese beyden Wohlwollenden
machen ein recht interessantes Paar, indem sie theils
übereinstimmen, theils differiren. G. ist eine merkwürdige, auffassende, vereinende, nachhelfende, suppli-
rende Natur, wogegen E. zu den sondernden, suchen-
den, trennenden und urtheilenden gehört. Jene urtheilt
eigentlich nicht, sie hat den Gegenstand und insofern
sie ihn nicht besitzt, geht er sie nichts an. Dieser aber
möchte durch Betrachten, Scheiden, Ordnen, der Sache
und ihrem Werth erst beykommen, und sich von allem
Rechenschaft geben. Merkwürdig ist es mir, daß zuletzt E. mehr an G. herangezogen wird, eine Wirkung
welche diese letztere Natur nothwendig gegen denjenigen
ausüben muß, der sie liebt und schätzt.

Doch was sage ich das Ihnen, der Sie die
Personen, ihre Verhältnisse und den ganzen Briefwechsel kennen, dagegen ich mir hievon nur ein unvoll-
kommnes Bild aus den Bruchstücken zusammenbauen
muß.

So sehr ich übrigens von dem Wohlwollen dieser
Personen und von der Theilnahme an mir gerührt bin;
so wünschte ich doch, wo nicht die ganze Correspondenz,
doch größere Auszüge daraus zu sehen, theils um mir
ein deutlicheres Bild von den Individualitäten zu
machen, und das allzu Schroffe dieser Fragmente hie
und da mehr ans Leben geknüpft zu sehen, theils auch
über Mitlebende und kürzlich Abgeschiedene ihre Gesinnungen zu vernehmen, wie mir die Stellen über
Jean Paul, Heinse, Johannes Müller, sehr merkwürdig
gewesen sind. Vielleicht können Sie in der Folge mir
noch eins und das andere mittheilen.

Was den Druck betrifft, so lassen Sie mich darüber
noch denken. Es sind so wenige Bogen, daß sie auf
eine eigene Art gedruckt werden müßten, wenn sie ein
Heftchen machen sollten. Irgendwo in einer Sammlung stünden sie wohl am schicklichsten, aber freylich:
in welcher? Doch das eben wäre zu bedenken. Ich
verwahre das Manuscript sorgfältig, und wenn es
nicht gedruckt würde, erhalten Sie es wieder. Vielleicht habe ich das Vergnügen Ihnen bey meinem nächst-
kommenden Aufenthalt in Carlsbad zu begegnen und
für das mir geschenkte Vertrauen aufrichtig zu danken.

Mich Ihrem gewogenen Andenken bestens empfehlend

Weimar d. 10. Dez. 1811.

Goethe.

6224.

An Johann August Barth.

Sie hätten, mein werthester Herr Barth, die Ver-
einigung der beyden Universitäten zu Breslau nicht
schöner feyern können, als durch das polyglottische
Heft, für dessen gefällige Übersendung ich zum besten
danke. Eine Sammlung verschiedener Schriftmuster,
wodurch man zeigt, was eine Offizin in verschiedenen
Sprachen leisten könne, ist nirgends mehr am Platz
als in der Hauptstadt Ihrer ansehnlichen Provinz,
welche von so verschiedenen Nationen umgeben liegt
und durch einen ausgebreiteten Handel auch mit ent-
fernteren in Verbindung steht. Der Augenblick den
Sie wählen damit hervorzutreten, ist gleichfalls der
schicklichste, indem jetzt mehr als jemals sich bildungs-
fähige und gebildete von allen Enden her bey Ihnen
versammeln werden, welche in fremden Sprachen Unterricht nehmen und geben, und also zunächst der Buch-
druckerkunst bedürfen sowohl um Kenntnisse zu empfangen als mitzutheilen. Ich bin überzeugt, daß
Ihr Verdienst von Jedem, besonders auch von Ihren
Vorgesetzten anerkannt werden und Ihnen zu Ehre
und Vortheil gereichen wird.

Noch darf ich hinzufügen, daß mich der correcte
Abdruck derjenigen Stücke, wovon ich die Sprache ver-

stehe, sehr gefreut hat. Laffen Sie diesen Vorzug,
welchen diese Musterstücke dadurch gewinnen, auch allen
größeren Werken zu Theil werden, die aus Ihrer
Offizin hervorgehen. Der Leichtsinn der Deutschen
ist, was diesen Punct betrifft, in der letzten Zeit aufs
höchste gestiegen. Öfters kommen einem Bücher zur
Hand, besonders von historischen und wissenschaftlichen
Dingen, die so fehlerhaft gedruckt sind, daß man so
gelehrt, ja gelehrter seyn müßte, als der Verfasser,
um sie mit Bequemlichkeit und Nutzen lesen zu können.
Unterlassen Sie nicht diese Zierde zugleich mit den
übrigen immer bey Ihren Arbeiten zu erhalten und
sich dadurch noch besonders Achtung und Dank bey
dem Publicum zu verdienen.

Mögen Sie dem beyliegenden Blatte einige Aufmerksamkeit gönnen, und mir sowohl von jetztlebenden als
frühern bedeutenden Schlesiern handschriftliche Proben
gelegentlich zukommen lassen, so werden Sie mich sehr
verbinden. Meine Sammlung hat den reinen Zweck
das Andenken solcher Männer durch unmittelbare
Documente bey mir und den Meinigen zu erhalten.

Leben Sie recht wohl und empfehlen mich den
achtungswerthen Personen, deren Wohlwollen ich mir
in Breslau hoffen darf.

Weimar
den 4. December
   1811.

6225.

An Caroline v. Wolzogen.

Jena, 10. December 1811.

Sie sind mir, liebe Freundinn, so ganz unvermuthet
entwischt, daß ich Sie nothwendig mit Gegenwärtigem
verfolgen muß. Warum soll ich nicht bekennen, daß
ich gerade von Ihnen für den Knaben ein freundliches
Zeugniß gewünscht hätte, damit Lust und Muth, dem
Jüngling nachzugehen, in mir gestärkt würde. Doch
will ich das auch, wenn es seyn muß, entbehren und
mich an den Glauben halten, daß Ihnen jenes Büchelchen willkommen gewesen.

Indem ich in Jena einige ruhige Tage mit rück-
wärts auf das vergangene Jahr gerichtetem Blicke
zubringe, finde ich leider auch eine ziemliche Sammlung
unbeantworteter Briefe vor mir und stecke so tief in
Schulden, daß ich mich kaum zu retten weiß. Dürfte ich
Sie daher wohl bitten, etwas davon in meinem Namen
abzutragen?

Möchte doch Herr von Dalberg durch Sie erfahren,
daß ich ihm für das übersendete Werk sehr dankbar
bin. Seine Nachforschung und Zusammenstellung so
interessanter Gegenstände war mir sehr erwünscht und
belehrend. Es ist gar schön, wenn angeregt durch
neue oder wiederbemerkte Naturphänomene Jemand
in's Alterthum zurückgehen mag und dasjenige zu
vereinigen sucht, was man sonst darüber erfahren,

gedacht und gewähnt habe. Durch Ihre Vermittlung wird mir Herr von Dalberg gewiß mein bisheriges Schweigen verzeihen, und meinen Dank aus Ihrem Munde günstiger aufnehmen.

Gegen Frau von Haßler bin ich abermals ein Schuldner geblieben. Mögen Sie ihr in meinem Namen für die überschickte wohlgerathne Legende freundlichst danken und sie ersuchen mich unter ihre Subscribenten zu setzen.

Finden Sie, meine theuerste Freundinn, eine ruhige Viertelstunde, so sagen Sie mir ein Wort wie es Ihnen geht und was Sie zunächst umgiebt.

Das musicalische Werk, welches Herr Windischmann verlangte, war leider nicht bey uns vorzufinden. Grüßen Sie ihn zum schönsten und entschuldigen.

Ihr lieber Sohn ist, hoffe ich, wieder hergestellt. Es ist das Gute in Kindheit und Jugend, daß oft schwere Krankheiten eine schnellere Entwickelung und ein besseres Gedeihen vorbereiten.

Leben Sie recht wohl und gedenken meiner freundlich. Wenn es sich schicken will, so bringen Sie mich auch wohl bey Ihro Königl. Hoheit dem Fürsten Primas wieder in ein gnädiges Andenken.

Schenken Sie beyliegendem Blatte einige Aufmerksamkeit. In der Privat-Canzley des Großherzogs müssen die sämmtlichen Namen unserer bedeutenden Männer vorhanden seyn, vielleicht verschafft mir Ihre Freundschaft einiges davon. Ich lebe jetzt gar zu gern

in solchem unmittelbaren Anbenken der alten Zeit.
Wie immer der Ihrige

Goethe.

6226.
An Eichstädt.

Ew. Wohlgebornen

5 vernehmen gewiß mit Vergnügen, daß in der neuern
Zeit wie sonst mehrere Recensionen der A. J. L. Z.
höchsten Orts mit Beyfall aufgenommen worden.
Dieses ist besonders der Fall bey der Recension über
Heerens und Woltmanns Johannes von Müller.
10 Die Unterzeichnung mit L. hat auf einen Jenaischen
Historiker als Verfasser rathen lassen, und ich glaube
bemerkt zu haben, daß man hierüber gewiß zu seyn
wünscht. Finden Ew. Wohlgebornen kein Bedenken
mir den Recensenten zu nennen, so wird es gewiß
15 angenehm seyn.

Zu gleicher Zeit lege ich einige Exemplare des Blätt-
chens bey, auf welchem die Autographa verzeichnet sind
die ich besitze und von denen ich Ihnen einen großen
Theil verdanke. Ich bitte um fernere Theilnahme,
20 mich angelegentlich empfehlend

Weimar den 12. December 1811.

Goethe.

6227.

An den Herzog Carl August.

Ew. Durchlaucht

ermangle nicht unterthänigst anzuzeigen, daß es mit
der Versuchischen Luftpumpe nicht zum besten aus-
steht. Zwar hat wie die Beylage sub A. ausweist
Hofrath Voigt dieses Instrument welches unter seiner
Aufsicht gemacht worden, anno 1805 sehr heraus-
gestrichen. Auch soll, nach der Beylage sub B., für
dasselbe etwa 200 Thaler gezahlt worden seyn. Allein
gegenwärtig versichert der hiesige Mechanikus Körner,
daß diese Luftpumpe ganz unbrauchbar sey; wie er
denn auch hievon den Legationsrath Versuch selbst
überzeugt haben will, und sich zu einer umständlichen
schriftlichen Critik derselben erbietet. Unter diesen
Umständen möchte denn doch wohl die Annahme gedachten Instruments bis auf weitere Untersuchung
nicht räthlich seyn.

Weimar   Mich zu Gnaden empfehlend

ben 15. December   J. W. v. Goethe.

.1811.

6228.

An Barthold Georg Niebuhr.

Wenn ich manchmal durch Verspätung meiner Antwort mich an Freunden und Wohlwollenden versündige,
so will ich dießmal lieber etwas voreilig seyn und ehe

ich noch Ihr Werk erhalten habe, Ew. Wohlgebornen
für die Freude danken, die Sie mir durch Ihre Zuschrift gemacht haben. Sie führen einen Namen den
ich von Jugend auf verehren lernte, und von Ihnen
selbst haben mir manche Freunde soviel Liebes Gutes
und Vorzügliches erzählt, daß ich Sie schon näher zu
kennen glaube und aufrichtig versichern kann, daß ich
recht sehr wünschte Ihre persönliche Bekanntschaft zu
machen.

Indessen soll das Werk das Sie mir ankündigen,
mir eine sehr angenehme und belehrende Unterhaltung
seyn: denn was kann uns reizender dünken als eine
so oft und viel durchgearbeitete Materie abermals aus
neuen Gesichtspuncten dargestellt zu sehen, und durch
neue Untersuchungen gleichsam wiedergeboren zu finden.
Je weniger es mir in meinem Leben vergönnt gewesen, Gegenstände die mich so sehr interessiren, selbst
zu bearbeiten, desto mehr weiß ich diejenigen zu
schätzen, welche dergleichen zu unternehmen das Talent
und die Beharrlichkeit haben.

Ich wünsche, daß Sie diesen vorläufigen Dank
freundlich aufnehmen und mir ein geneigtes Andenken
erhalten.

Jena den 27. November 1811.

Goethe.

Vorstehendes nahm ich mit von Jena nach Weimar,
wo ich Ihr vortreffliches Werk vorfand und gleich zu

lesen anfing. Nun bin ich am Ende desselben und
möchte, ehe ich wieder von vorn anfange (welches
höchst nöthig ist, um es zu verstehen und zu benutzen)
nicht blos einen allgemeinen und gefühlten, auch einen
besondern und motivirten Dank abstatten. Bis mir
aber dieses gelänge, möchte wohl eine gute Zeit vorbey-
streichen, und bey dem besten Willen dieses Blatt noch
länger verspätet werden. Erlauben Sie mir also nur
soviel zu sagen, daß ich mich in die Zeit versetzt fühlte,
wo ich in Rom selbst, bey hundert Anlässen, auf die
Nothwendigkeit solcher Untersuchungen hingewiesen
wurde, allein bey jedem Schritte sowohl meine eigene
als Anderer Unzulänglichkeit gar bald gewahr wurde.
Da ich nun seit jener langen Zeit her meine Aufmerksamkeit auf diese Gegenstände zu wenden fortgefahren,
so kommt Ihr Werk mir höchst erwünscht, das so
viele Räthsel auf einmal lös't.

Der vor-römische Zustand Italiens wird uns nun
anschaulich, und die mehreren gleichsam übereinander
geschobenen Schichten von Völkern ihrer Folge nach
deutlich. Die Sonderung von Dichtung und Geschichte
ist unschätzbar, indem keine von beyden dadurch zerstört, ja vielmehr jede erst recht in ihrem Werth und
Würde bestätiget wird; sowie es unendlich interessant
ist zu sehen, wie sie beyde wieder zusammenfließen und
wechselseitig auf einander wirken. Möchten doch alle
ähnlichen Erscheinungen der Weltbegebenheiten auf
diese Weise behandelt werden.

Bedarf es wohl vieler Worte, um zu versichern,
daß mir die Entwicklung der Staats- und Finanz-
verhältnisse, des Verhältnisses zu Griechenland, die
mißliche Lage Roms nach Vertreibung der Könige,
genug Alles und Jedes höchst belehrend geworden ist.
Wollte ich ins Besondere gehen, und die Darstellung
des Ankus Martius, die Enthüllung der Sibyllinischen
Bücher erwähnen, von den Poemen Lukretia und
Coriolan auch besonders sprechen, so würde ich ein
Buch über das Buch zu schreiben haben, und diese
Blätter niemals auf die Post gelangen. Seyn Sie
überzeugt, daß Sie mir ein großes Geschenk gemacht
haben, wofür ich Zeitlebens dankbar, die Fortsetzung
sehnlichst erwarte und um mich derselben würdig zu
machen, den ersten Band aufs fleißigste studire und
mir zueigne.

Mögen Sie beyliegendem Blättchen einige Aufmerk-
samkeit gönnen, und besonders mir von der Hand
Ihres verehrten Herrn Vaters etwas zukommen lassen!
Mich nochmals bestens Ihrem geneigten Andenken und
Ihrer freundlichen Theilnahme empfehlend

Weimar den 17. December 1811.

Goethe.

6229.
An Friederike Bethmann.

[Concept.]

Es ist sehr freundlich von Ihnen, wertheste Freundinn, daß Sie mir von der glücklichen Aufführung

meines Tasso selbst Nachricht geben. Wenn Künstler
wie Sie und Ihre Mitspielenden mit sich selbst zufrieden sind, so kann man auch in der Ferne versichert seyn, daß das Werk gut gerathen ist, und wie
Sie mir das Einzelne genau bezeichnen, kann ich mir
schon eher vorstellen auf welche Weise und in welchem
Maße es gelungen ist. Haben Sie allerseits recht
vielen Dank, daß Sie dieses theaterscheue Werk hervorgezogen und in ein günstiges Bühnenlicht gestellt haben.
Sie erneuen und vermehren dadurch die Verbindlichkeit die Ihnen andere meiner Productionen schon früher
schuldig geworden.

Herrn Vethmann empfehlen Sie mich bestens. Es
ist mir sehr angenehm zu denken, daß er, bey seinem
Geist und seinen Talenten, sich gern mit einer Rolle
beschäftigt hat, die vielleicht unter allen denen die ich
geschrieben habe, am meisten ausgeführt ist. An der
feinen, klugen, zarten Leonore habe ich gleichfalls nicht
den mindesten Zweifel. Leben Sie recht wohl und
gedenken meiner. Wie Ihr Sohn indessen zugenommen
hat, haben Sie selbst beurtheilen können. Die Leichtigkeit seines Spiels, sein guter Humor und seine
übrigen guten theatralischen Anlagen und Fertigkeiten
machen und erhalten ihm viel Freunde im Publicum.
Dazu kommt daß er gegen Jedermann gut und ver-
träglich ist und Niemanden schadet, außer allenfalls
sich selbst: welches denn, wie bekannt, Niemanden
leicht übel genommen wird.

Vorstehendes war geschrieben, als ich in der Berliner Zeitung eine wohlwollende und umständliche Nachricht von der Aufführung des Tasso las, die mir als Seitenstück zu Ihrem lieben Briefe viel Vergnügen gemacht hat.

Besonders aber bitte ich Herrn Director Iffland vielmals zu danken, der mir auch darüber durch Frau von Heigendorf ein freundliches Wort sagen ließ. Ich bin gewiß nicht unempfindlich für die Aufmerksamkeit die man einem Werke erweist, auf das ich ganze Epochen meines frühern Lebens verwendet habe. Leben Sie recht wohl und verschaffen Sie mir zu meiner Handschriftsammlung gefällig einige Beyträge. Vielleicht fände sich ein Blättchen von Eckhoff, Großmann, Brandes ꝛc.

[Weimar] d. 17. Dez. 1811.

6230.

An Boisserée.

Weimar den 17. December 1811.

Aus Ihrem zweyten Briefe, mein lieber Boisserée, habe ich mit Vergnügen gesehn, daß das kleine Mißverständniß, zu welchem mein letzter Brief Anlaß gegeben, sich von selbst gehoben hat, und so ist es denn auch recht und natürlich.

Was ich Ihnen wegen Ihrer Herkunft schreiben wollte, wird nun durch Ihren letzten Brief noch besser eingeleitet. Dieses Frühjahr rathe ich Ihnen nicht zu kommen, weil mein Aufenthalt in demselben ungewiß ist, und ich wahrscheinlich wieder bey Zeilen nach Böhmen gehe. Komme ich aber dießmal, wie ich glaube, im August schon wieder zurück, so wäre es sehr schön, wenn Sie die zweyte Hälfte dieses Monats, den September und vielleicht einen Theil des Octobers hier zubringen und uns Ihre Kunstschätze zum besten geben wollen, und von uns nehmen, was wir anbieten können. Sie finden nicht allein mich und meine Familie wieder beysammen, sondern auch die Herrschaften sind wahrscheinlich wieder hier, sowie manche andre interessante Personen des Hofes und der Stadt. Auch das Theater kommt wieder heran, und so giebt es eine mannigfaltige Unterhaltung. Nicht weniger findet sich eher ein geräumig Quartier, weil die Fremden, die solche den Winter besetzen, erst später kommen. Und so möchte ich, daß Sie von allen Seiten einen angenehmen Aufenthalt hier fänden, ob Sie gleich so freundlich sind, die Unterhaltung mit mir als den Zweck Ihrer Reise zu betrachten.

Ihre herzliche Einladung in die schönen Rheingegenden werde ich auch dießmal schwerlich annehmen können. Je mehr ich gegenwärtig im Geist bey meinen lieben Landsleuten wohne, desto weniger möchte ich es leiblich versuchen. Ich war überzeugt, daß auch Sie mein biographisches Poëm wohl aufnehmen würden, und ich danke Ihnen, daß Sie mir es sagen.

Die Nachrichten die Sie mir von unsern interessanten Frauen geben, sind hübsch und lustig genug.
So ein kleiner Klatsch gefällt mir ganz wohl, wenn
er so charakteristisch ist, wie derjenige den Sie zu mir
gelangen lassen. Wenn Ihnen was ähnliches vorkommt, so wünsche ich, daß Sie es mir nicht vorent-
halten.

Beyliegendes Blatt enthält das Verzeichniß der
Handschriften die ich besitze. Ich habe sie in diesen
langen Winterabenden revidirt und geordnet. Kommt
Ihnen etwas von bedeutenden Lebenden, kurz oder längst
Verstorbenen in die Hände, so erfreuen Sie mich mit
Beyträgen. Ich mag die Geister der Entfernten und
Abgeschiednen gern auf jede Weise hervorrufen und
um mich versammeln. Leben Sie recht wohl und lassen
gelegentlich wieder von sich hören.

G.

6231.

An Johann Daniel Runge.

Weimar den 17. December 1811.

Für das durch Herrn von Beseler erhaltene Paket
ermangle nicht aufrichtig zu danken. Wenn gleich die
Erinnerung an so vorzügliche Abgeschiedene, die uns,
dem Gang der Natur nach, lange hätten überleben
sollen, immer etwas Wehmüthiges hat; so ist es doch
ein Opfer, dem wir uns, so schmerzlich es ist, nicht
entziehen können. Ich glaube das Talent Ihres Herrn

Bruders mit Liebe penetrirt und seinen Kunstwerth
redlich geschätzt zu haben. Der Gang, den er nahm,
war nicht der seine, sondern des Jahrhunderts, von
dessen Strom die Zeitgenossen willig oder unwillig
mit fortgerissen werden. Es ist sehr lobenswürdig,
daß Sie die brüderliche Pflicht erfüllen und uns sein
Andenken möglichst erhalten. Was ich von seinen
Briefen vorfinden konnte, liegt hier bey; auch der Aufsatz, der in meiner Farbenlehre abgedruckt ist. Was Sie
aus meinen Briefen an ihn brauchen wollen, soll
Ihrem und Herrn Perthes Urtheil ganz überlassen seyn.

Empfehlen Sie mich diesem werthen Manne. Ich
wünsche, daß Sie sich beyde für die Sammlung interessiren, deren Verzeichniß hier beyliegt. Ich besitze
schon die Handschriften mehrerer würdiger Hamburger.
Sollte nicht ein Blätchen von Hageborn, Brockes,
Telemann und andern aufzutreiben seyn; vielleicht von
letzterem einige selbstgeschriebene Noten? Der Hageborn
in meiner Sammlung ist der Dresdner Director.

Der ich recht wohl zu leben wünsche und mich
Ihrem geneigten Andenken empfehle.

6272.

An C. G. v. Voigt.

Ew. Excell.

höchst erfreuliches Schreiben erwidre mit wenigen, aber
recht danckbaren Worten, indem ich die darin angebotne

Gunſt mit beyden Händen ergreife, und mir zugleich
die Erlaubniß ausbitte dieſen Abend um 5 Uhr aufwarten zu dürfen. Ich muß gleich ſchließen weil ich
ſonſt nicht endigen würde. Wie ich denn auch den
Inhalt des verehrlichen Poſtſcripts zu münblicher Be-
rathung verſpare.

Weimar d. 21. Dec. 1811.

Goethe.

6233.

An v. Trebra.

[Concept.]

Je unerwarteter mir das angenehme Geſchenk von
meinem verehrten Freunde geweſen, deſto erfreulicher
war es mir. Es kommt gerade zwiſchen Weihnachten
und Neujahr, um ſeinen doppelten Glückwunſch gar
anmuthig auszurichten. Dieſe uralten Denkmäler der
Weltveränderung zu einem freundlichen täglichen Ge-
brauche zu benutzen iſt ein Gedanke, des Mannes werth,
der ſein Leben zugebracht hat, die Naturſchätze zum
Beſten und zur Freude der Menſchen zu entdecken, an
den Tag zu bringen und zu verarbeiten.

Hofrath Blumenbach, deſſen Schreibezeug mit Zubehör aus lauter Naturſeltenheiten zuſammengeſetzt iſt,
würde mich um dieſes Lineal beneiden, wenn es ihm
vor Augen kommen könnte. Ich danke dafür zum
allerverbindlichſten; es ſoll ſogleich in mein Reiſebeſteck
aufgenommen werden und mich, wie ich hoffe, gelegentlich wieder nach Freyberg begleiten.

Daß es mir gelingen würde, durch die Schilderung meiner Knabenjahre mich meinem alten Freunde auf eine heitre Weise darzustellen, hatte ich, während der Arbeit, immer gehofft, und es freut mich gar sehr aus meinen stillen Zimmern zu meinen entfernten Lieben hinzureichen. Ich bin sowohl mit Erinnerung des Ganzen als mit Ausarbeitung des Einzelnen ziemlich vorgerückt; doch weiß ich noch nicht, wann die Fortsetzung wird erscheinen können. Ich wünschte nur, daß wir schon wieder in Ilmenau zusammenträfen: denn ich hoffe die Schilderung jener Zeit soll dir ein Lächeln abgewinnen. Diese Epoche möcht' ich wohl, statt Dichtung und Wahrheit, Scherz und Ernst überschreiben. Dein und der Deinigen Beyfall muntert mich kräftig auf, und ich wünsche nichts so sehr als bald wieder etwas erwachsener aufzuwarten.

Nun will ich, anstatt einer Gegengabe (denn mit Freunden muß man nicht immer gleich salbiren) noch eine Bitte hinzufügen, um meine Schuld eher zu vermehren als zu vermindern. In den langen Winterabenden habe ich eine Sammlung von Handschriften mehr oder weniger bedeutender älterer und neuerer Männer geordnet, und darüber ein Verzeichniß abgefaßt; es liegt hier bey, und gewiß bist du im Falle es um ein ansehnliches zu vermehren, da du mit den vorzüglichsten Männern deines Faches und deiner Zeit in Verhältniß gestanden. Ich bitte mir gelegentlich etwas auszusondern und mich damit zu erfreuen.

Solche Denkmale, da so vieles verloren geht, sind
höchst erwünscht und auferbaulich, und geben zu mancher
gesellschaftlichen Unterhaltung Anlaß, wodurch wir die
gute Vergangenheit wieder hervorrufen. Jetzt lebe
recht wohl, empfiehl mich den werthen Deinigen und
habe tausend Dank für das holde Andenken!

Weimar den 27. December 1811.

6234.

An Gerhard Fleischer.

[Concept.]

Für das übersendete Exemplar des Taschenbuchs
Minerva bin ich um so dankbarer, als es mir außer
seinem Werthe noch ein Zeugniß gab Ihres fortdauernden Andenkens. Herrn Geh. Rath Jacobi werde für
sein Werk selbst meinen Dank abstatten.

Etwas Poetisches für Ihr Taschenbuch wäre ich in
dem Augenblick nicht im Stande zu übersenden. Damit ich aber vorerst meinen guten Willen beweise, so
könnte ich Ihnen eine Sammlung kurzer Anzeigen der
neusten Werke der neuern Künstler, wie sie uns seit
einem Jahre unter die Augen gekommen, mittheilen,
unter der Firma der Weimarischen Kunstfreunde (W.
K. F.) die Ihnen wohl aus der Jenaischen Literatur-
zeitung bekannt seyn wird. Da Ihr Taschenbuch
Minerva heißt, so würden Urtheile über bildende Kunst
ihm nicht fremd seyn, und die lebende deutsche und

römische Kunstwelt würde zur Aufmerksamkeit auf
Ihr Taschenbuch geleitet werden. Vielleicht findet sich
sonst noch eine Gelegenheit Ihnen gefällig zu seyn.
Der ich indessen recht wohl zu leben wünsche und
mich zu geneigtem Andenken empfehle.

[Weimar] b. 27. Dez. 1811.

6235.
An Louise Seidler.

Folgendes hat Frau von Heygendorf:
No. 3. Eine Schmisette mit 2 Kragen 13 Thlr. — Sgr.
» 6. Eine Flügelpellerine . . . 7 » — »
» 10. Eine Haube mit französischen
    Spitzen . . . . .10 » 12 »
                = 30 Thlr. 12 Sgr.

Folgendes Frau Gräfin von Henckel:
No. 11. Eine Haube mit französischen
               Spitzen 9 Thlr. — Sgr.
» 13. do. do. do. 5 » 12 »
                = 14 Thlr. 12 Sgr.

Folgendes Herr von Beseler:
No. 4. Ein Corset mit Spitzen
           8 Thlr. = 8 Thlr.
Folgendes Frau Hofräthin Schopenhauer:
No. 17. 7½ Elle Garnierung 5 Thlr.
          22 Sgr. = 5 Thlr. 22 Sgr.

Folgendes Herr Geheimerath von Goethe:

No. 1. Ein Kleid mit TUU . . . . 22 Thlr. — Sgr.

  „ 14. Eine Weste . . . . 6 „ — „

  „ 15. 9½ Elle Garnierung . . . 7 „ 3 „

  „ 16. 9½ Elle Garnierung . . . 5 „ 15 „
____
= 40 Thlr. 18 Sgr.

Folgendes, welches noch bey uns liegt, denken wir auch noch anzubringen, wenn Sie meine Liebe die Güte hätten und der guten Frau schrieben, daß sie an den Preißen etwas nachläßt, man findet die Sachen sehr schön, aber die Preiße zu hoch, von Berlin kann man dieselben Stickereien viel wohlfeiler bekommen.

No. 7. Eine Schmisette mit Garnierung . 7 Thlr.

  „ 8. do. mit tiefem Bogen . 5 „

  „ 9. do. do. . 5 „

  „ 12. Eine Haube mit französischen Spitzen 6 „

  „ 2. Ein Kleid mit doppelter Kante . . 20 „

  „ 5. Eine Schmisette mit Zacken und Spitzen 11 „
____
= 54 Thlr.

Man bittet zu wissen, was das genaueste der Preiße ist.

Durch Vorstehendes erfahren Sie liebste Luise wie es mit den Dresdner Waaren gegangen. Wenn Sie bencken, so könnte man der Frau einstweilen das eingegangene Geld in Dresden anweisen. Wie heißt die Dame und wo wohnt sie?

Mögen Sie beyliegendes als einen kleinen Weyh-
nachten vom Freunde freundlich aufnehmen und ihm
bis zu einem frohen Wiedersehen Ihre holden Gesinnungen bewahren.

W. d. 28. Dez. 1811.   G.

6236.

An C. v. Knebel.

Meine Frauenzimmer sind von Jena sehr vergnügt
zurückgekommen. Sie rühmen deine Hospitalität und
guten Humor wie immer. Gegenwärtig beschäftigt
die nächste Aussicht auf die Schlittenbahn die Ge-
müther unserer jungen Leute und wahrscheinlich auch
eurer Jenaischen.

Ich bin mit theatralischen Arbeiten und Sorgen
beschäftigt. Die drey Geburtstäge, die zu Ende Januars
und Anfang Februars so schnell aufeinander folgen,
machen uns viel zu schaffen; indessen ist Romeo und
Julie so gut als fertig, und ich hoffe davon gute
Wirkung, die du an dir selbst zu erfahren, den
30. Januar nicht versäumen mußt.

Unser alter Freund Trebra hat mir ein kleines
Lineal geschickt aus der Zittauer Braunkohle geschnitten.
Ein Tischermeister selbst möchte nicht leicht rathen,
was es für Holz ist.

Sodann habe ich einen getrockneten Fisch erhalten,
von welchem dir Bergrath Voigt erzählen mag. Er

hält ihn für einen Stör, hat ihn aber noch nicht näher bestimmen können.

Meine Sammlung von Handschriften vermehrt sich jetzt fast täglich. Ich lege ein Blättchen des Verzeichnisses bey, das du ja wohl gelegentlich einmal nach Nürnberg oder sonst wohin sendest; es wird irgend ein Freund dadurch wohl angeregt.

Deinen Auftrag auszurichten mußt du mir einige Zeit lassen. Auf directem Wege möchten wir schwerlich reüssiren; man muß auf irgend eine Wendung denken.

Werners Büste ist hier glücklicher als in Mecklenburg angekommen. Sie ist sehr schön gearbeitet und nimmt sich recht gut aus. Im Ganzen ist viel Übereinstimmung; das Scheinheilige aber ist darin nicht zu verkennen.

Die Sicklersche Charte von Latium und sein Panorama von Rom sind recht interessant, und brav gearbeitet. Die erstere kann man nicht entbehren; sie ist ein sehr schönes Hülfsmittel zum Studium der römischen Geschichte. Auch an diesen Arbeiten sieht man, wie nach und nach immer mehr sich Anschauen und kritische Untersuchung verbinden.

Eben so treffen auch Niebuhr's erster Band und Micalis Werk: L'Italia avanti il Dominio dei Romani gar gut zusammen und geben über jene dunklen Zeiten die erwünschtesten Aufschlüsse.

So viel für dießmal. Ich gratulire zu dem weißen Kleide das beine Gegend nun angezogen hat, und

möchte sie wohl auch, wenn es auch nur ein Stünd-
chen wäre, in deiner Gesellschaft darin bewundern.
Lebe recht wohl und grüße mir die Deinigen.

Weimar den 28. December 1811.   G.

6237.
An den Herzog Carl August.

Unterthänigster Vortrag.

Ew. Herzogl. Durchlaucht
erlauben gnädigst, daß Ihro Hoftheater Commission,
indem sie das Gesuch des Balletmeister Uhlich um
einen vierwöchentlichen Urlaub zu beleuchten schuldig
ist, ihr gegenwärtiges Verhältniß gegen solche Gesuche
im Zusammenhang darstelle.

Es ist Ew. Herzogl. Durchlaucht noch gnädigst erinnerlich, daß Ihro Commission mehrere Jahre dergleichen Gesuchen widerstanden und solche niemals
zugegeben, wodurch sie in den Fall gesetzt worden, das
hiesige Theater mit einem geringeren Personal und also
auch mit wenigern Kosten als andre Bühnen zu be-
streiten. Da nun aber der Fall eingetreten, daß einige
Ausnahmen statt gefunden, so waren solche Urlaubs-
ertheilungen nicht mehr mit voriger Strenge abzulehnen.

Commissio hat indeß, um jenen Vortheil nicht
ganz zu verlieren, den Grundsatz aufgestellt, daß nur
solchen Mitgliedern der Urlaub ertheilt werden könne,
welche bey einem neuen Contract sich solchen zur Be-

bingung gemacht; worauf denn freylich die bedeutenden Schauspieler, deren Contract zu Ende ging, sich diese Vergünstigung ausdrücklich vorbehalten.

Hiebey beobachtet Commissio genau einen andern Grundsatz, daß es nämlich von ihr abhängen müsse, wann die Beurlaubung geschehen solle, damit nicht mehrere Personen auf Einmal, und wohl gar zu unrechter Zeit darauf Anspruch machen können.

Was die Zeit betrifft, so kann im Winter kein Urlaub ertheilt werden, weil gerade in dieser Epoche bedeutende Vorstellungen auf einander folgen zu lassen, ingleichen neue Stücke einzustudiren am nöthigsten ist.

Beurtheilt man nun hiernach das Gesuch des Balletmeister Uhlich, so findet man, daß Herzogliche Commission alle Ursache gehabt, sein Gesuch abzuschlagen, weil weder sein Contract hievon etwas besagt, noch auch die gegenwärtige Jahrszeit dazu schicklich ist.

Wollte man dagegen einwenden, daß gedachter Uhlich eher als andere zu entbehren sey; so werden wir bemerken dürfen, daß vielleicht bey keinem Geschäft die Consequenz gefährlicher sey als beym Theater, weil ein Jeder sich, besonders in günstigen Dingen, dem andern alsobald gleich stellt, und das, was dem einen zugestanden worden, gleichfalls für sich zu gewinnen sucht. Wie wir denn schon mehrere Urlaubsgesuche, die noch nicht durch neue Contracte zugestanden sind, nicht ohne daher entsprungene Unannehmlichkeiten ab-

schlagen müssen, welche sogleich, wenn Uhlich begünstigt würde, sich erneuern möchten.

Wir glauben daher keine Fehlbitte zu thun, wenn
wir Ew. Herzogl. Durchlaucht in Betracht vorstehen-
der Gründe unterthänigst angehen, es bey der dem
Balletmeister Uhlich ertheilten abschlägigen Resolution
gnädigst zu belassen.

Weimar den 30. Dezbr. 1811.

Ew. Herzogl. Durchlaucht
unterthänigst treu gehorsamste
Hoftheater-Commission.
J. W. v. Goethe.   F. Kirms.   L. Kruse.

6238.
An Friederike Caroline Sophie Prinzessin
von Solms-Braunfels.

[Concept.]   [Weimar, 3. Januar 1812.]
Durchlauchtigste Fürstinn,
gnädigste Frau,

Zu einer Zeit, wo ich das Wagstück unternehme
mir und andern von dem Gange meiner Bildung
Rechenschaft zu geben, kann nichts aufmunternder und
erquickender seyn als von verehrten Personen zutraulich
zu vernehmen, daß sie mir ihre Theilnahme nicht entziehen, ja mich derselben auf die gütigste Weise versichern wollen. Erfahre ich zugleich, daß man über
meine Schriften, meine Persönlichkeit recht ernstlich
denken und darüber bedachtsam urtheilen mag; so ge-

reicht es mir zu großer Förderung. Ew. Hoheit erlauben mir, indem ich Ihr gnädiges Schreiben auf
das dankbarste erwiedere, vom Schlusse, nämlich von
der Grabschrift anzufangen. Diese war mir keineswegs apprehensiv: denn eine Grabschrift ist ja eigentlich eine Lebensschrift, indem sie die Grabstätte durch
die Erinnerung an das Leben beleben soll. Dient sie
also als Gegengewicht des Todes, warum sollte sie
nicht auch dem Lebendigen ein Übergewicht geben?

     Darf ich aber über jene schönen Zeilen aufrichtig
meine Meynung sagen; so finde ich sie zu allgemein.
Man erzeigt mir die Ehre, dasjenige auf mich besonders anzuwenden, was eigentlich von einem jeden
Dichter gelten muß, insofern er diesen Namen verdient; und ich erkenne darin nur die freundschaftliche
Gesinnung des Schreibenden, die ich mir um so lieber
zueigne, als ich wohl jenes gute Zeugniß wenn man
es genau besähe, an andere abzutreten hätte. Was
mich jedoch im Gegentheil in Verwundrung gesetzt
hat, und wozu ich gern geständig bin, ist die Stelle
des Commentars: „Zeigt nicht jedes Blatt, daß er
ein weit höheres Bedürfniß fühlt, in das innerste
Wesen des Menschen und der Dinge einzubringen, als
seine Gedanken poetisch auszusprechen.“ Mögen Ew.
Hoheit noch hinzusetzen: „als sprechend, überliefernd,
lehrend oder handelnd sich zu äußern;“ so haben Sie
den Schlüssel zu Vielem was an mir und meinem
Leben problematisch erscheinen muß.

Verzeihen Sie, daß ich soviel von mir sage; allein
ich bin Ihren köstlichen Blättern diese Erwiederung
schuldig; wobey ich nicht zu betheuern brauche, daß
alles Schmeichelhafte das sie enthalten, so sehr ich es
verehre, doch von den hinzugefügten Versicherungen
einer fortdauernden Huld, eines unveränderlichen Wohlwollens aufgewogen wird. Mein dankbares Gemüth
ist darüber um desto entzückter als es ihm zur noth-
wendigen Pflicht geworden, die hohen Geschwister zu
lieben und zu verehren. Darf ich nun noch eine Bitte
hinzufügen, die aus dem Epimetheischen Wunsche entspringt, das vergangene Werthe soviel als nur möglich festzuhalten. Ich nehme mir die Freyheit ein
Verzeichniß beyzulegen von handschriftlichen Resten,
die sich lange bey mir gesammlet haben und diesen
Winter in Ordnung gebracht worden. Dürft' ich um
wohlwollende Beyträge bitten. Einige Zeilen von der
Hand der verklärten Königinn würden mich sehr glücklich machen. Ew. Hoheit erlauben, daß ich Ihr un-
schätzbares Schreiben als die schönste Zierde dieser
Sammlung hinzufüge.

Mich von der Wiege bis zum Grabe, im Bilde und
in der Wirklichkeit Ew. Hoheit zu Gnaden empfehlend.

———

Ew. Hoheit verzeihen gewiß wenn beyliegendes von
einer fertigern Hand als die Meinige geschrieben sich
darstellt. Der Schreiber Dr. Riemer empfiehlt sich
gleichfalls zu Gnaden und findet sich glücklich bey

dieſer unterthänigſten Neujahrs Aufwartung ſeine
Glückwünſche mit den meinigen verbinden zu dürfen.
Unwandelbar Ew. Hoheit geeignet

G.

6239.
An Kirms.

Könnte Ew. Wohlgeb. mir den Betrag des von
Iffland angewieſnen Honorars einſtweilen vorſchießen
laſſen; ſo würden Sie mir in dieſen Geldklemmen
Zeiten einen beſondern Gefallen erzeigen.
Weimar d. 4. Jan. 1812.

Goethe.

6240.
An die Hoftheater-Commiſſion.

Diejenigen Perſonen, welchen die Führung eines
Hof-Theaters anvertraut worden, und beſonders die,
deren Obliegenheit es iſt zu beurtheilen, ob ein Stück
aufführbar ſey, haben ſich ſeit geraumer Zeit in einer
ſehr unangenehmen Lage befunden, indem die deutſche
Bühne ſich nicht nur von den ſtrengen Geſchmacks-
regeln, ſondern auch von manchen andern Verhältniſſen und Betrachtungen losgeſagt und ſowohl im
Kunſt- als bürgerlichen Sinne die Gränzen weit über-
ſchritten hat.

Zu einer Zeit, wo alles nach ungemeſſener Freyheit ſtrebte, fingen die deutſchen Theater-Dichter gleichfalls an, den obern Ständen den Krieg anzukündigen.

und es verbreitete sich ein Sansculottisme über die
Bühne, der, indem solche Stücke der großen Menge
sehr angenehm waren, nothwendig Ursache seyn mußte,
daß bey Hof-Theatern manche solche Stücke gar nicht
gegeben, andere aber durch Verstümmlung so verun-
staltet wurden, daß sie ihre Wirkung größtentheils
verfehlten.

Bey dem Weimarischen Hof-Theater hat man durch
die Nachsicht gnädigster Herrschaften begünstigt eine
Mittelstraße gewählt und die anstößigsten Stellen
theils sogleich, theils nach und nach ausgelöscht, so
daß nicht leicht etwas ganz Auffallendes vorkam.

In der neuern Zeit hat, so wie Alles, auch das
deutsche Theater eine andere Richtung genommen und
es glauben einige Autoren, besonders der fruchtbarste
unter denselben, sich durch Sticheleyen und Anzüglich-
keiten der Oberherrschaft widersetzen zu können, die,
um ihre großen und weiten Plane auszuführen, freylich nicht immer die sanftesten Mittel gebrauchen kann.

Endesunterzeichnetem hat es bisher obgelegen die
Stücke zu wählen und zu beurtheilen, in wiefern sie
aufführbar sind. Sein eigentlicher Standpunkt konnte
nur der ästhetische seyn; allein er hat auch jenen politischen nicht außer Acht gelassen und wo ihm etwas
Bedenkliches aufgefallen, solches ohne weiteres weg-
gestrichen. Dabey muß er jedoch bekennen, daß er
manches Unschickliche übersehen und solches erst nach
einer oder mehreren Vorstellungen durch sich selbst

oder durch Freunde, deren Aufmerksamkeit er an-
gerufen, belehrt, gleichfalls hinweg gestrichen.

So groß auch diese Unannehmlichkeit seyn mochte,
rechnete er sie doch zu den mehrern, welchen dieses Geschäft unterworfen ist, und verfolgte, auf Serenissimi
gnädigste Nachsicht hoffend, seinen alten Weg.

Allein nunmehr verändert sich die Sache, indem
ein k. k. französischer Gesandter hierher kommt und
die Verhältnisse nicht allein nach Innen sondern auch
nach Außen zu bedenken sind. Ja, bloß menschlich
betrachtet, wird man hiebey zu einer genauern Aufmerksamkeit aufgefordert; denn wer möchte einem
Gaste etwas Unangenehmes erzeigen, wenn es auch
keine Folge hätte? Unterzeichneter wünscht daher,
daß Herzogliche Hof-Theater Commission seine Bitte
unterstützen möge, die derselbe an Serenissimum zu
thun sich genöthigt sieht.

Schon in früherer Zeit hatte Commissio, aus
eigenem Antrieb und für sich, verschiedene wackere, hier
in Diensten stehende junge Männer ersucht, gewisse
problematische Stücke mit Aufmerksamkeit durchzugehen und die verfänglichen Stellen zu bemerken,
welche direct oder indirect verletzen könnten, und auf
diese Weise ist auch manches Unangenehme vermieden
worden. Allein weil dieses keine durch eine Sanction
von oben, befestigte Anstalt war, auch eine gewisse
mittlere Zeit weniger Apprehension gab; so ist sie
wieder abgekommen, und man hat sich so gut als

möglich aus der Sache gezogen. Deshalb wäre es
nichts Neues, sondern nur eine von oben bekräftigte
schon früher intentionirte Einrichtung.

Die Sache ist an und für sich selbst sehr leicht
und würde auch demjenigen, dem solches Geschäft
übertragen würde, keine sonderliche Beschwerde geben.
Neue Stücke würde ich vor wie nach durchsehen und
beurtheilen und sollte sich etwas Verfängliches darin
finden, es sogleich wegstreichen und das Exemplar, mit
Bemerkung meines Namens auf dem Titelblatte, als
Zeugniß, daß ich das Stück gelesen, dem Beauftrag-
ten zusenden. Dieser striche gleichfalls, was ihm
unzulässig schiene, ohne weitere Rücksprache weg und
bemerkte nur allenfalls, wo vielleicht, wie es öfter zu
geschehen pflegt, durch Wegstreichen eine Lücke entstanden, wenn er solche selbst auszufüllen nicht etwa
geneigt wäre.

Ferner würde man, sobald die neue Einrichtung
getroffen ist, die ältern Stücke, die sich auf dem
Repertorium gehalten haben, nach und nach dem Be-
auftragten zuschicken und mit denjenigen den Anfang
machen, welche zunächst aufgeführt zu werden bestimmt sind. Denn was eben diese ältern Stücke
betrifft, so ist man am ersten in Gefahr, Stellen zu
übersehen, welche eine Deutung auf das Gegenwärtige
zulassen: denn da sie vor so viel Jahren geschrieben
sind, so liegt die mögliche Anwendung nicht in der
Sache, sondern in demjenigen selbst, der sie zu machen

geneigt ist; und doch kommen Fälle vor, wo man einen
bösen Willen vermuthen würde, wenn es nicht von
Altersher gedruckt und in den Rollen geschrieben stünde.

Ich erspare einige andere kleine Bemerkungen,
welche das Geschäft erleichtern und förbern, bis zu
Serenissimi gnädigstem Entschluß.

Weimar, d. 5. Januar 1812.

Goethe.

6241.
An Caroline v. Heygendorf, geb. Jagemann.

Sie sind gar zu liebenswürdig, schöne Freundinn,
daß Sie, außer Ihrem persönlichen Andencken, auch
noch die äussern Verzierungen und Verbesserungen in
dem Garten lassen wollen, wodurch Sie ihn verschönert
haben. Ich nehme das Erbieten danckbarlichst an und
werde nicht ermangeln den Betrag sogleich zu ent-
richten. Sobiel für bismal mit dem schönsten guten
Morgen.

d. 7. Jan. 1812.

Goethe.

6242.
An Sara v. Grotthuß.

Vor Zeiten bestand bey mir die löbliche Einrichtung, daß ich wenigstens vor Ende des Jahrs meine
bringendsten Brief=Schulden abzuthun suchte; gegenwärtig aber ziehen sie sich immer mehr ins neue hinein.
Am meisten drückt mich schon einige Zeit Ihr Schuldner zu seyn, und das will ich denn auch nicht länger

tragen. Zwar könnte ich zu meiner Rechtfertigung aufrichtig versichern, daß ich gerade weil Sie und Ihre theure Schwester mir immer gegenwärtig waren, am wenigsten dazu gelangen konnte, Ihnen zu schreiben. Ich brauche Ihnen nicht zu versichern, wie nahe es mir geht, die verehrte Kranke in einem solchen peinlichen Zustand zu wissen, und wie ich von einer doppelten Empfindung hin und wieder gezogen werde, indem ich einmal zu erfahren wünsche, wie sie sich befindet, und sobann wieder befürchten muß von einem schlimmern und gefährlichern Zustand unterrichtet zu werden. Auf diese Weise, darf ich wohl sagen, bin ich immer um Sie beyde beschäftigt, und wenn mir der Ort anschaulich wäre, wo Sie sich befinden; so würde an der wirklichen Gegenwart wenig fehlen. Lassen Sie jedoch, beste Freundinn, mich es nicht entgelten, und geben mir bald Nachricht von einem Zustande, der mich so sehr interessirt. Empfehlen Sie mich der theuren Leidenden auf das beste, und haben Sie tausend Dank, daß Sie so treulich die Stelle so vieler abwesend Theilnehmenden vertreten.

Von mir habe ich wenig zu sagen, wenn ich auch wollte. Das tägliche äußere Leben verschlingt das innre dauernde, und keins von beyden will seine Rechte fahren lassen; worüber denn beynahe alle beyde verloren gehn.

Sie fragen, meine Beste, nach dem Trauerspiel Jephtha. Es ist damit eine eigene Sache. Wir haben

es mit großer Sorgfalt vorgestellt, aber es nicht über
die zweyte Repräsentation gebracht, und ich glaube
nicht, daß es sich auf dem Repertorium halten wird.
Die Ursache davon liegt darin, daß ein gebildetes
Publicum wie das unsere, das alle bedeutenden Stücke
sehr genau kennt, dem Verfasser des Jephtha gar zu
leicht nachkommen kann, wo er seine Gestalten, seine
Situationen und Gesinnungen her hat; und doch geht
es mit den drey ersten Akten noch so ziemlich. Da
man aber in dem vierten auf eine unangenehme Weise
an Lear erinnert wird, und im fünften ein vergeb-
licher Pomp nur zerstreuend wirkt; so will das Stück
niemals bis ans Ende die Zuschauer festhalten, obgleich die Verse ganz gut sind und eigentlich nichts
Überflüssiges sich in der Ausführung befindet; wes-
halb es mir auch im Lesen ganz wohl gefiel.

Soll ich aufrichtig seyn, so hat das Stück noch
einen Fehler der tiefer liegt, nicht leicht erkannt, aber
durchaus empfunden wird: es ist dieser. Wenn die
hier behandelte Fabel einigen Werth haben soll, so
mußte die Tochter Jephtha's ein häusliches Mädchen
seyn, es sey nun aus öffentlicher oder Privat-Sitte;
der Vater muß sie gar nicht als aus- und eingehend
denken können, indem er das Gelübbe thut, und ihr
erster durch kindliche Liebe erregter Schritt aus der
Thüre muß ihr den Tod bringen. Diese gute Dina
aber läuft vor wie nach im Lande herum und erinnert an ihre Namensgenossinn, welche auch besser

gethan hätte zu Hause zu bleiben, als nach Sichem zu gehen und die Töchter des Landes zu besuchen; wobey sie denn ganz natürlich den Söhnen des Landes in die Hände fiel.

Vielleicht macht dieses Stück bey einem Publicum, das weniger mit unsern theatralischen Productionen bekannt ist, eine gute Wirkung: denn ob ich gleich, beym ersten Durchlesen, die Parallel-Figuren und -Stellen recht wohl bemerkte, so waren sie mir doch nicht zuwider, weil ich nicht einsehe, warum man nicht das Gute auf eine andre Weise verknüpft und bearbeitet wiederbringen soll. Verzeihen Sie meiner Aufrichtigkeit; ich wollte aber nichts verschweigen, was ich bey den mehtern Proben und einer zweymaligen Aufführung bemerkt hatte. Ich schließe mit den besten Wünschen und Hoffnungen.

Im Vertrauen auf Ihre thätige Freundschaft, lege ich ein Verzeichniß bey von Personen, deren eigene Handschrift ich besitze. Sie sehen daraus, daß mir noch manche verstorbene und lebende Wiener abgehen. Fällt Ihnen irgend ein solches Blättchen in die Hände, so heben Sie mir's auf, bis ich es gelegentlich aus Ihren lieben Händen, oder durch einen Reisenden erhalten kann. Nochmals das beste Lebewohl.

Weimar
den 8. Januar 1812.   Goethe.

Indem ich die Erlaubniß erhalte, diesen Raum mit dankbarer Erinnerung an Sie, gnädige Frau, auszufüllen,

dehne ich sie auch auf den Anfang des Briefes aus, um
mich als Theilnehmer an den dort geäußerten Empfindungen aufrichtig zu bekennen. Mögen Sie sowohl bey
sich selbst als bey Ihrer verehrten Frau Schwester meine
Fürsprache nehmen, und mir das unschätzbare Wohlwollen
ferner erhalten, womit Sie mich zeither so sehr geehrt
als beglückt haben. Ich wünsche nichts mehr, als diesen
Sommer Ihnen zu begegnen, und die Empfindungen der
Verehrung und Ergebenheit persönlich an den Tag zu
legen, womit ich unausgesetzt verharre,

Ihr

gehorsamster

F. W. Riemer.

6243.

An F. v. Müller.

Ew. Hochwohlgebornen

werden aus der Beylage gefällig ersehen, was für
Vorschläge wegen genauerer Beleuchtung der Theater-
stücke bey Serenissimo eingereicht worden und wie
Höchstdieselben die gehegte Intention der Theater
Commission gnädigst gebilliget.

Hiebey kann ich nicht verbergen, daß ich in einem
Privat-Inserl mir Ew. Hochwohlgebornen als freundlichen Beystand bey dieser Gelegenheit gewünschet und
auch hierzu ist auf gleiche Weise eine Beystimmung
an mich gelangt. Es kommt nun darauf an, ob Sie
dieses kleine Geschäft wohl übernehmen mögen, welches
bey der schon getroffenen Einleitung wenig Mühe
machen und gute Folgen haben wird. Auf alle Fälle

bitte ich mir eine Unterredung über diesen Gegenstand
aus, Ort und Zeit Ihrer Bestimmung anheimgegeben.

Weimar   Ew. Hochwohlgeb.
den 10. Januar   gehorsamster Diener
1812.   J. W. v. Goethe.

6244.

An Friedrich Majer.

Herr von Uwaroff übersendet für Ew. Wohlgeb.,
wie aus der Beylage ersichtlich ist, die Übersetzung
seiner „Ideen zu einer asiatischen Akademie". Ich
hoffe, mich bald darüber mit Ew. Wohlgeboren mündlich zu unterhalten.

Den 25. Januar 1812.

Goethe.

6245.

An Caroline v. Wolzogen.

Beyliegendes, verehrte Freundinn, werden Sie als
eine gefühlte Erwiederung des höchst schätzbaren Blätt-
chens erkennen, das Sie mir zu senden die Güte hatten. Ich bitte um geneigte Beförderung und wünsche
gute Aufnahme.

Ihre lieben Worte über meinen biographisch-poe-
tischen Versuch haben mich sehr erquickt. Wie wohl
thut mir's auf diese Weise mich wieder meinen abwesenden Freunden zu nähern und ihre Theilnahme
aufzuregen. Gleich nach Empfang Ihres lieben Briefes

warf ich mich wieder auf jenes Werk in Gedanken.
Vom zweyten Theil ist schon die Hälfte geschrieben,
und die andre so ziemlich ausgedacht und zusammengestellt. Ich hoffe zu Michaelis sollen Sie ihn erhalten.

Seit einiger Zeit haben wir den jungen Herder
hier gesehen, der Ihro Hoheit sein ganzes Glück ver-
dankt. Meinem August hat der Herzog die Gnade
erwiesen, ihn als Assessor in die Cammer zu setzen,
wo er, nach seinem Talent und seiner Gemüthsart,
ganz wohl placirt ist. Empfehlen Sie auch diesen
dem Großherzoge als einen der Seinigen.

Wir, oder vielmehr unsere Damen, verlieren wahrscheinlich in diesen Tagen den Professor Schulze und
Sie gewinnen ihn dagegen. Er hat mich noch in diesen
letzten Zeiten durch seinen Aufsatz über den standhaften
Prinzen mehr betrübt als erfreut. Das Gute, was
dieses Schriftchen enthält und was ihm mit Recht
Beyfall verschaffen muß, wird in meinen Augen durch
unselige Fratzen völlig wieder aufgehoben, um so mehr
als er nicht die rechte, sondern die falsche Wirkung
zum eigentlichen Zweck seiner Arbeit macht. Mit viel
weniger Mühe und Aufwand hätte er das Rechte sagen
können. Wenn man etwas ehrlicher wäre, so müßte
es einen verdrießen, daß bey jeder neuen bedeutenden
Erscheinung, das Publicum durch solche unzulängliche
und falsche Urtheile misgeleitet wird. Da es aber
einmal scheint als wenn die wahre Einsicht nur wenig

Menschen zu Theil werden solle; so gewöhnt man sich, nach und nach, darüber zu lächeln, und es gut seyn zu lassen.

Dieß bey Seite gesetzt, so sagen Sie mir doch gelegentlich, was es für eine Stelle ist, die er dort bekleiden wird, und ob sie wirklich vortheilhaft für ihn ist: denn ich gönne ihm übrigens alles Gute. Wie sich jedoch ein Halb-Catholik unter den Ganz-Catholiken ausnehmen wird, bilde ich mir ein vorauszusehen, um so mehr als ich mit sehr verständigen Personen von der letztern Art vertraulich zu sprechen Gelegenheit hatte, und zu meinem Vergnügen fand, daß sie über diese neuere, im Protestantismus entsprungene religiöse Poesie und poetische Religion ziemlich so denken wie ich, und die von der alten Kirche und Schule.

Ich darf nicht schließen, ohne Ihnen zu melden, daß ich durch unsre Theaterbedürfnisse, welche freylich täglich dringender und täglich weniger befriedigt werden, mich habe unmerklicher Weise verleiten lassen, das Shakespearische Stück Romeo und Julie zu bearbeiten. Auf der Herzoginn Geburtstag wird es erscheinen und ich hoffe guten Effect davon. Die Maxime, der ich folgte, war das Interessante zu concentriren und in Harmonie zu bringen, da Shakespeare nach seinem Genie, seiner Zeit und seinem Publicum, viele disharmonische Allotria zusammenstellen durfte, ja mußte, um den damals herrschenden Theatergenius

ju verſöhnen. Ich werde Ihre Frau Schweſter bitten,
daß ſie Ihnen von der Aufführung eine Relation
juſendet. Sie drückt ſich über ſolche Dinge eben ſo
gut aus, als ſie darüber denkt.

5   Nun leben Sie recht wohl, empfehlen Sie mich
Ihrer ganzen Umgebung, grüßen mir den lieben
Adolph und erhalten mir Ihr Wohlwollen. Herzlich
ergeben

    b. 28. Jan.   Goethe.
10   1812.

[Beilage.]

[Concept.]

Wahrhaft rührend, geliebte Freundinn, iſt mir
das Blatt von der Hand unſers verehrteſten Großherzogs. Wie ſehr erkenne ich darin die Dauer jener
Geſinnungen, die mich früher ſo glücklich machten.
15 Je mehr ich dankbar empfinde, wie viel ich dieſem
außerordentlichen Manne in meiner Jugend ſchuldig
geworden, deſto mehr freut es mich, daß Zeit und
Entfernung, ja ſo mancher Wechſel der Dinge nichts
an einem Verhältniß ändern konnten, das auf wahren
20 Grund gebaut war. Wie manchmal hatte ich ge-
wünſcht, gewiſſe Mittheilungen wieder anzuknüpfen;
aber wie kann man ſich einem ſolchen Manne mittheilen, als durch That. Empfehlen Sie daher mich
ihm als den Seinigen. Wie fortdauernd er an dieſe
25 ju denken und wie wohl er für ſie zu ſorgen weiß,
habe ich noch neulich an dem Beyſpiel des jungen

Herders gesehen. Möge dem Gönner und Beschützer
für so manches Gute noch manche Freude werden.
Haben Sie ja die Güte mich Seiner Hoheit wiederholt zu empfehlen.

6246.
An Friederike v. Liszewska.
[Concept.]

Die an mich gesendete Kiste mit Gemälden ist zur
rechten Zeit bey mir angekommen; allein ich habe
gleich mit Bedauern eingesehen, daß Ihr Wunsch,
meine Werthefte, nicht würde zu erfüllen seyn. Ihro
Hoheit die Erbprinzeß haben es sich nach Lage der
Sachen und Umstände, zur Pflicht gemacht, alles was
Höchstdieselben für Kunst und Wissenschaften ausgesetzt, an Inländische zu verwenden, um so mehr als
durch frühere bessere Zeiten sehr viele Künstler hieher
gelockt und manche in den Fall einer sehr kümmer-
lichen Existenz gesetzt worden. Diese zu ihrer Rettung
zu beschäftigen ist eine wahrhaft landesmütterliche
Maxime, gegen die nichts einzuwenden, noch eine
Ausnahme davon zu erbitten ist. Das Kästchen steht
also noch zu Ihrer Disposition bey mir, und ich
würde es schon zurückgesendet haben, wenn nicht das
übermäßige Porto, welches dasselbe bis hieher verursacht, Ihnen bey der Rückkehr zur Last fiele. Ich
wollte Ihnen daher anheimgeben, ob es nicht gefällig
wäre, mir einen Kaufmann in Leipzig anzuzeigen,

dem ich solches zu weiterer Spedition durch Fuhrleute
übergeben könnte. Der ich übrigens um Verzeihung
bitte, daß ich den Auftrag nicht nach Wunsch erfüllen
können, und mich zu geneigtem Andenken empfehle.

Weimar den 28. Januar 1812.

6247.

An J. H. Meyer.

Ich habe Sie so lange nicht gesehen, mein theurer
Freund, daß es mir recht verdrießlich ist. Tag' und
Abende gehen so hin, ohne daß man viel zur Be-
sinnung kommt. Hierbey sende ich 4 Loose der Hackertschen Lotterie für Ihro Hoheit. Sie kosten 8 holländische Ducaten und einige Groschen für Einschreibe-
Gebühren und Stempelgeld. Ich werde alles durch
Ullmann berichtigen und alsdann eine kleine Berechnung einreichen.

Demoiselle Seidler ist gestern hier durchgegangen.
Sie bittet die Copie nach Carracci, wohl eingepackt
und empfohlen, an sie nach Gotha zu senden, bey
Herrn Bibliothekar Jacobs. Sie hätten die Güte
solches morgen früh zu besorgen. Donnerstag früh
um 6 Uhr geht die fahrende Post nach Erfurt.

Nun, leben Sie recht wohl und lassen mich auch
etwas von sich wissen.

Weimar den 29. Januar 1812.   G.

6248.

An F. v. Müller.

Ew. Hochwohlgebornen

erhalten hierbey die verlangten Abschriften mit dem
verbindlichsten Dank für die bisherige Assistenz. Wir
wollen, wenn es gefällig, so sachte weiter verfahren.

Phädra möchte wohl eigentlich keiner Censur bedürfen. Damit aber nach und nach unser ganzes
Repertorium signirt werde, werfen Sie wenigstens
einen Blick auf sie.

Mich zu geneigtem Andenken empfehlend

Weimar den 28. Januar 1812.   G.

6249.

An Rochlitz.

Mit vielem Danke, mein Werthester, sende ich
den mitgetheilten Aufsatz zurück. Wer das deutsche
Publicum kennt, dessen selbstische Eigenwilligkeiten
Sie so gut schildern, wer zunächst erfahren hat, daß
sie vor allem Neuen, so sehr sie darnach gierig sind,
wenn es einigermaßen problematisch ist, eine ängst-
liche Apprehension fühlen, und daher den Miswollen-
den freyes Spiel geben, um sich nur jener Furcht
entledigt zu sehen — der weiß gewiß dankbar anzuerkennen, wenn ein Freund als Mittelsperson auftreten mag, damit die Menschen sich geschwinder mit

dem befreunden, was ihnen fremd und wunderlich
erscheint. Besonders in den letzten zwanzig Jahren
mußte man große Geduld haben: denn mehrere meiner
spätern Arbeiten brauchten zehn und mehr Jahre, bis
sie sich ein größeres Publicum unmerklich erschmeichel-
ten; wie denn`ja mein Tasso über 20 Jahr alt
werden mußte, ehe er in Berlin aufgeführt werden
konnte. Eine solche Langmuth ist nur dem zuzu-
muthen, der sich bey Zeiten den Dédain du Succès
angewöhnt hat, welchen die Frau von Stael in mir
gefunden haben will. Wenn sie den augenblicklichen
leidenschaftlichen Succès meint, so hat sie recht. Was
aber den wahren Erfolg betrifft, gegen den bin ich
nicht im mindesten gleichgültig; vielmehr ist der Glaube
an denselben immer mein Leitstern bey allen meinen
Arbeiten. Diesen Erfolg nun früher und vollständiger
zu erfahren, wird mit den Jahren immer wünschens-
werther, wo man nicht mehr viel Stunden in Gleichgültigkeit gegen den Augenblick zuzubringen und auf
die Zukunft zu hoffen hat.

In diesem Sinne machen Sie mir ein großes Geschenk durch Ihren Aufsatz und bethätigen dadurch
abermals die frühere mir schon längst bewährte
Freundschaft. Doch darf es mich nicht einmal überraschen, daß Sie in meine Intentionen auch bey dieser
Arbeit so tief eindringen, da Sie unter diejenigen abwesenden Freunde gehören, die ich mir vergegenwärtige,
wenn ich mir meine alten Mährchen in der Einsam-

teil zu erzählen anfange; und ich darf wohl versichern, daß der nächste und eigentliche Zweck ist,
gegen solche auf indirectem Wege wieder einmal laut
zu werden, da die directe Communication so manches
Hinderniß erfährt.

Daß Sie meine afiatischen Weltanfänge so freundlich aufnehmen, ist mir von großem Werth. Es
schlingt sich die daher für mich gewonnene Cultur
durch mein ganzes Leben, und wird noch manchmal
in unerwarteten Erscheinungen hervortreten: wie ich
denn von Ihrem liebevollen Glauben hoffen kann,
daß Sie überzeugt sind, der erste Theil sey mit Bewußtseyn und mit Absicht geschrieben, und enthalte
auch nicht das kleinste geringfügig scheinende, was
nicht künftig einmal nach seinem Geschlecht und Art
in Blüthe und Frucht hervortreten soll. Freylich,
das Publicum, wenn man es an ein Saatfeld führt,
bringt gleich die Sicheln mit, und bedenkt nicht, daß
noch mancher Monat bis zur Erndte hingeht, ja wohl
noch das ganze grüne Feld eine schöne Zeit unter
einer Schnee- und Eisdecke zu ruhen hat.

Es würde mir unendlich interessant seyn, wenn
Sie mir mittheilen wollten, was Sie über die Farbenlehre aufgesetzt haben. Die Wirkung von dieser wird
noch mehr retardirt, als die Wirkung meiner andern
Sachen. Denn hier kann man das Publicum am
leichtesten irre führen, indem man mir anderes Verdienst wohl läßt, aber in dieser Sache, die ja nicht

in mein Fach schlage, ein verzeihliches Travers Schuld
giebt. Indeſſen macht es mich ſchon glücklich, daß
ich dieſe Arbeit, die ich ſo lange mit mir herum-
getragen, endlich losgeworden. Was für eine große
Übung es für mich geweſen, dieſen Gegenſtand durch-
zuarbeiten, ermeſſen Sie ſelbſt; und welche wichtigen
Bemerkungen ich mache, indem ich meine Gegner be-
obachte, wage ich kaum auszuſprechen. Doch iſt es
ja kein Geheimniß, daß Niemand überzeugt wird,
wenn er nicht will.

Warum ſollte ich nun nicht auch wünſchen, meine
Freunde kennen zu lernen und beſonders Ihre Anſicht, die mir in ſo mancher Betrachtung werth ſeyn
muß.

Mich zu daurendem Wohlwollen empfehlend
W. d. 30. Jan.
1812.   Goethe.

6250.

An Schlichtegroll.

Wohlgeborner,
    Inſonders hochgeehrteſter Herr.

Ew. Wohlgeboren freundliches Schreiben vom 15. November finde ich leider noch unter meinen unbeantworteten Briefen, und vielleicht dient es mir zu einiger
Entſchuldigung, daß deren nicht wenige ſind. Es geht
ein Tag nach dem andern, unter ſo mancherley Be-
ſchäftigungen hin, daß man immer die Augen auf

die Nähe gerichtet haben muß, und der Blick in die Ferne weniger frisch bleibt.

In dem gegenwärtigen Falle kommt noch dazu, daß die bey mir gethane Anfrage zwar ehrenvoll, aber bedenklich ist: denn es ist aus manchen Gründen schwer, eine Inschrift zu finden, ja sogar zu beurtheilen; und so viel deren in der Welt auch aufgestellt sind, so schwierig wird immer eine neue für jeden der nicht ein angebornes Talent dazu hat; in welchem Fall Herr von Birkenstock war, der gleichsam im Lapidarstyl dachte. Hier folgen ein paar lateinische und deutsche, die wir gleich, nachdem wir Ihren Wunsch vernommen, aufgesetzt hatten, aber selbst zweifelhaft darüber sie bis jetzt liegen ließen. Nun aber mögen sie denn doch abgehen. Das Frühjahr naht allmählich und Sie sind vielleicht in dem Fall nächstens Ihren Garten einzuweihen; wozu ich alles Glück wünsche. Das mir mitgetheilte Distichon würde die innere Seite des Portals recht wohl zieren.

Grüßen Sie meinen Freund Jacobi auf das allerbeste. Ich habe sein Werk mit vielem Antheil, ja wiederholt gelesen. Er setzt die Überzeugung und das Interesse der Seite auf der er steht mit so großer Einsicht als Liebe und Wärme auseinander, und dieß muß ja auch demjenigen höchst erwünscht seyn, der sich von der andern Seite her in einem so treuen, tief und wohlbenkenden Freunde bespiegelt.

Freylich tritt er mit der lieben Natur, wie man
zu sagen pflegt, etwas zu nahe; allein das verarge
ich ihm nicht. Nach seiner Natur, und dem Wege,
den er von jeher genommen, muß sein Gott sich immer
mehr von der Welt absondern, da der meinige sich
immer mehr in sie verschlingt. Beydes ist auch ganz
recht: denn gerade dadurch wird es eine Mensch-
heit, daß, wie so manches andere sich entgegensteht,
es auch Antinomieen der Überzeugung gibt. Diese
zu studiren macht mir das größte Vergnügen, seitdem
ich mich zur Wissenschaft und ihrer Geschichte gewandt habe.

Grüßen Sie mir den Freund wiederholt zum allerschönsten.

Da in Absicht auf antike Kunst das Beste was
ich neben mir habe die Mionetischen Münzpasten sind,
so denke ich manchmal mit einigem Neid an das Glück
das Ihnen geschenkt ist, die kostbarsten Originale vor
sich zu haben. Sollte sich wie mir nicht unwahrscheinlich ist, in München Jemand finden, der solche
Schwefelabgüsse nach Mionetischer Art verfertigte, so
würde ich Sie ersuchen, mir gefällig einige, und wenn
es auch nur ein Dutzend wären, gelegentlich zu senden.
Da mich der Styl der Kunst daran vorzüglich interessirt, so würden mir besonders solche höchst erfreulich
seyn, welche in der Zeit zwischen Phidias und Lysippus
geprägt sind. Ich besitze selbst eine kleine Münze von
Rhodus, aus dieser Epoche. Der Sonnengott ist noch

im Profil vorgestellt und von unglaublicher Schönheit, anstatt daß die spätern nach der Errichtung des
Coloß geprägten, das Gesicht von vorne zeigen. Die
Mionetsche Münzpastensammlung hat keine andere als
von dieser Art. Wie sehr wünschte ich mich durch
das Anschauen solcher Schätze unter Ihrer Leitung
und Auslegung belehren zu können.

In diesen Tagen sind ein paar geschickte Musiker,
von Weber und Bärmann, bey uns mit großem Beyfall aufgenommen worden, den sie auf alle Weise
verdienen. Ew. Wohlgeboren kennen diese schönen
Talente gewiß selbst und haben schon durch sie
manches Vergnügen genossen.

Darf ich noch ein Blättchen beylegen, in welchem
eine Sammlung von Handschriften verzeichnet ist, die
ich besitze. Könnten Sie von frühern und mitlebenden
Baiern mir dergleichen verschaffen, so geschähe mir
eine besondere Gefälligkeit. Sollte nicht von dem
wackern Aventin eine Zeile vorhanden seyn.

Mich zu geneigtem Andenken empfehlend

W. d. 31. Jan.
1812.

        Ew. Wohlgeb. ergebenster Diener
               Goethe.

6251.

An J. F. H. Schloſſer.

Ew. Wohlgebornen,

Nach einiger Pauſe, die ich nicht entſchuldigen will,
mich Ihnen wieder einmal ſchriftlich zu nähern, halte
für eine angenehme Schuldigkeit. Ich habe ſchon
früher dankbar angezeigt, daß die Francofurtensia
nach und nach angekommen ſind, ſowie ich denn auch
den Goldgülden erhalten habe.

Die Gebrüder Ramann in Erfurt werden eine
Aſſignation auf 100 Gulden vielleicht ſchon präſentirt
haben. Was diejenige Summe betrifft, die mir nach
der Schlußrechnung vom vorigen Jahre zu Gute bleibt,
belieben dieſelben, ſowie auch die Dukaten bey ſich
aufzubewahren, bis ich gegen Oſtern deshalb das
weitre vermelde.

An Ihrem lieben und freundlichen Antheil an
meinem biographiſchen Verſuche habe ich nicht ge-
zweifelt, da ich voraushoffen konnte, daß Sie ihn
mit den Augen eines Freundes, Verwandten und
Landsmannes anſehen würden. Ich wünſche den folgenden Theilen eine gleich gute Aufnahme.

Von Ihrem Herrn Bruder in Rom habe ich durch
Reiſende das Beſte vernommen, ſowie auch, daß unſer
gute Corneli und ſeine Arbeiten viel Senſation gemacht. Ich bin überzeugt, daß er ſeinen Aufenthalt
trefflich nutzen wird.

Gönnen Sie mir auch in diesem neuen Jahre Ihre freundschaftliche Theilnahme und ermüden Sie nicht, das Geschäft meiner Vermögens-Verwaltung sowie bisher zu führen.

Herr von Weber ist auch bey uns angekommen. Ich hoffe seinen Fridolin zu hören. Madam Pollet aber hat sich noch nicht eingefunden.

Lassen Sie mich nun zum Schlusse für die gesendete Übersetzung des Iordanus Brunus danken. Dieser außerordentliche Mann ist mir niemals ganz fremd geworden; doch habe ich die Geschichte der mittleren Philosophie niemals so sorgfältig studiren können, um zu wissen, wo er eigentlich hinaus will; warum er gegen gewisse Vorstellungsarten so heftig streitet und auf gewisse Puncte so sehr bejahend appuyirt. Noch manches andre, wie Sie selbst wissen, steht dem Verständniß seiner Werke entgegen. Da Sie aber wahrscheinlich mehr übersetzt haben, so wünschte ich das 15. Capitel de Minimi existentia p. 94 welches anfängt: Non minus hic falso fidei fundamine sensus Imbuit insanos, sowie den Schluß des Buches de Innumerabilibus et immenso, worin er sich selbst als einen wilden Faun beschreibt (es fängt an: Sic non succifluis occurro poeta labellis) in Ihrer Übersetzung zu lesen. Wir haben ein Pröbchen davon gemacht, allein daß es gelingen sollte, ist nicht zu hoffen, da wir weder Zeit noch Sammlung haben und uns auch die Übersicht des Ganzen mangelt.

welches doch in jedem einzelnen Theil wieder hervortritt. Sie werden sich dadurch das Verdienst machen,
mich diesem wunderbaren Manne wieder näher gebracht zu haben.

Sollten Ihre vorigen Briefe noch etwas enthalten,
das mir vergessen ist, und worauf es einer Antwort
bedürfte, so haben Sie die Gefälligkeit es zu erinnern
und erhalten mir Ihre theure Freundschaft.

Eins noch fällt mir ein. Wäre es möglich mir
ein Exemplar der ersten Jahrgänge der Frankfurter
gelehrten Anzeigen, woran ich und Ihr Oheim vielen
Antheil gehabt, zu verschaffen? Sie sind 1772 herausgekommen und ich habe sie seit jenen Jahren nicht
wiedergesehen.

Soeben bemerkte ich meinen oben begangenen Irrthum: es ist nicht Herr von Weber aus München,
sondern Kapellmeister Weber aus Berlin, der den
Fridolin behandelt hat.

Und nun leben Sie recht wohl, erhalten mir ein
freundschaftliches Andenken und lassen bald wieder
von sich hören.

Weimar den 1. Februar 1812.

Goethe.

6252.

An Amalie Wolff.

[Weimar, 9. Februar 1812.]

Ich habe zwar heute früh mit Herrn Wolf verabredet, daß Sie, liebe Julia, am Ende des Vierten

Altes einen Becher nehmen. Es ist aber besser, daß
wir alles lassen, wie bey der ersten Vorstellung.

Wohlbefinden und Muth!

G.

6253.
An v. Lindenau.

[Concept.]

Hochwohlgeborner,

Insonders hochgeehrtester Herr,

Ew. Hochwohlgebornen haben mir in den wenigen
Stunden, die ich das Glück hatte mit Ihnen zuzubringen, soviel Vertrauen eingeflößt, daß ich es wagen
kann, Sie auf Ihrer wichtigen Reise mit einem kurzen
Schreiben zu verfolgen, und Sie um eine Gefälligkeit
zu bitten. Ich habe nämlich, im vergangenen Winter,
eine schon ziemlich ansehnliche Sammlung von Handschriften bedeutender Männer vergangner und gegen-
wärtiger Zeit geordnet; wobey mir denn der Wunsch
natürlich entstehen mußte, sie nach und nach immer
vermehrt zu sehen. Auch habe ich in der letzten Zeit
von mehreren Freunden angenehme Beyträge erhalten.

Eben war ich im Begriff Ew. H. gleichfalls darum
gehorsamst zu ersuchen, indem Sie, bey Ihrer ausgebreiteten Correspondenz und bey dem großen Schatz
des früheren Briefwechsels, der sich auf der Seeberger
Sternwarte befinden muß, sich gewiß in dem Falle
sehen, manches minder wichtige, für mich aber sehr

bedeutende Blättchen mir zuzuwenden; als ich ver-
nahm, daß dieselben eiligst abgereist seyen.

Nun kann ich, wie es bey Liebhabereyen geht, mich
nicht entbrechen, jenen Wunsch Ew. H. nachzusenden,
um so mehr als Sie auf der großen und für die
Wissenschaft soviel versprechenden Reise die trefflichsten
Männer nicht allein Ihres Faches, sondern der ganzen
lebenden wissenschaftlichen Welt, zu sehen und zu berühren im Falle sind. Bey einer solchen Gelegenheit
kommt, wie mich die Erfahrung gelehrt hat, gar
manches bloße Höflichkeits-Billet, eine Einladungs-,
eine Visitencarte vor, welche weniger geachtet werden,
und die doch zu oben gedachtem Zwecke höchst schätzbar sind. Und so theilt wohl auch Jeder gern ein
Blättchen mit von einem Manne seines Wohnortes,
wenn er auch schon abgeschieden wäre.

Mögen Ew. H. bey Ihrem wichtigen Unternehmen
auch eine so kleine Nebenrücksicht nicht verschmähen,
so werde ich unter diejenigen gehören, welche außer
dem höheren allgemeineren Wunsch für das Gelingen
Ihres schönen Unternehmens, auch noch eine besondere
Freude haben, Sie gesund und glücklich wieder im
Vaterlande anlangen zu sehen. Bis ich für eine solche
Gefälligkeit irgend etwas Angenehmes erzeigen kann,
nehmen Sie indessen die Versicherung der aufrichtigsten Hochachtung und des Anerkennens Ihrer vorzüglichen Verdienste. Wie sehr wünsche ich, daß Ew.
H. die kleine Sternwarte zu Jena, bey Ihrer Rück-

kunst, schon im Stande und Herrn von Münchow in voller Thätigkeit und auf diese Weise Ihre gefällige Theilnahme belohnt finden mögen.

Der ich die Ehre habe mich mit der vollkommensten Hochachtung zu unterzeichnen.

Weimar den 9. Februar 1812.

6254.
An die Hoftheater-Commission.

Bey dem hier zurückgehenden Mundo habe ich zweyerley zu erinnern:

1.) Glaube ich nicht daß das Schreiben des Amtmanns in Copia beyzulegen sey; denn da die Merseburger Regierung sich darauf bezieht, so muß sie es kennen, wie man wohl auch supponiren darf.

2.) Wünschte ich daß das Schreiben auf Einen Bogen mundirt würde. Die leeren Blätter nehmen sich nicht gut aus. Es geht auch wohl wenn der Mundirende seine übrigens schöne Hand etwas ins enge zieht.

b. 10. Febr. 1812.

a. m.

G.

6255.

An die Königl. Sächsische Stift-Merseburgische Regierung.

[Concept.] [12. (?) Februar.]

Hochwohlgeborene und Wohlgeborene,
Höchst- und Hochzuverehrende Herren,

Aus Ew. Hochwohl- und Wohlgebor. geneigtem
Schreiben vom 5. December haben wir mit besonderem
Vergnügen ersehen, daß Hochdieselben unseren Gesinnungen Gerechtigkeit widerfahren laßen und überzeugt sind, nur die äußerste Nothwendigkeit habe uns
bewegen können, an eine Veränderung der bisherigen
Verhältniße zu denken, und den Hauptaufenthalt der
Weimarischen Hofschauspieler-Gesellschaft von Lauchstädt nach Halle zu verlegen, wie es uns denn auch
sehr angenehm zu vernehmen gewesen, daß unsere Idee,
die Woche 2 mal in Lauchstädt spielen zu laßen, Rücksicht gefunden, da man sich denn wegen der zu bestimmenden Tage wohl hätte vereinigen können.

Dagegen haben wir mit einigem Bedauern bemerkt, daß Hochdieselben das Schreiben des Beamten
zu Lauchstädt vom 23. October vorigen Jahres und
die darin enthaltenen Bedingungspuncte wieder in
Anregung gebracht, da doch dieselben von der Art
sind, daß sie der gegenwärtigen Einleitung des Geschäftes eine ganz andere Wendung geben. Denn
wenn erstlich eine genauere Bestimmung der Zeit zur

Eröffnung und Schließung der Bühne verlangt wird,
so daß erstere wenigstens in den ersten 8 Tagen des
Monates Juni und letztere allererst in den letzten
14 Tagen des Monats August statt fände, so ist man
dießseits außer Stand dergleichen Termine festzusehen,
sowohl, weil sich nicht voraussehen läßt welche Hindernisse vorfallen können die eine spätere Absendung von
Weimar, und eine frühere Zurückberufung der Gesellschaft nöthig machen, als auch weil unsere neuere
Verbindung mit Halle uns nicht völlig freye Hand
läßt, nach eigenen Wünschen in diesem Stücke gefällig
zu seyn.

Was den zweyten Punct betrifft, daß nämlich die
Preise der Plätze im Schauspielhause herabgesetzt werden möchten; so ist man auch hierin zu willfahren
außer Stande. Denn wenn man von einer Seite den
großen Kostenaufwand erwägt, welchen die Reise und
der auswärtige Aufenthalt der Gesellschaft jedesmal
verursacht, von der anderen Seite hingegen die Ab-
nahme der Badegäste in Lauchstädt und die geringere
Theilnahme der umliegenden Orte bedenkt, so läßt
sich, nach Anlaß der schon gemachten Erfahrung, mit
ziemlicher Gewißheit voraussehen, daß bey Verminde-
rung der Preise, der schon erlittene Schade durch einen
künftigen noch möchte übertroffen werden.

Wäre nun auch der 3. Punct, was den Vertrieb
der Erfrischungen im Schauspielhause betrifft, eher zu
erledigen, so würde doch der 4.

daß der Gesellschaft während ihres Lauchstädter Aufenthalts die Aufführung theatralischer Vorstellungen in der Nähe zu verbieten sey, bey den gegenwärtigen Umständen und der veränderten Lage der Dinge nicht auszuführen seyn.

Wir sehen uns daher nicht in geringe Verlegenheit gesetzt und haben nach mehrmaliger Betrachtung der Sache Ew. Hochwohl- und Wohlgebor. folgende Vorschläge zu thun, beyden Theilen für das räthlichste gefunden.

Wir würden nämlich von dem Gesuche einer gnädigsten Concession für die Weimarische Hofschauspieler Gesellschaft allenfalls vorerst abstehen, und es sogar mit Dank erkennen, wenn Hochdieselben irgend eine andere Schauspieler-Gesellschaft an den Ort berufen und ihr die Erlaubniß daselbst zu spielen ertheilen wollten. Wir würden derselben gern das von uns erbaute Schauspielhaus um einen billigen Preis pacht- oder miethweise überlassen, und uns um so mehr damit begnügen, als eine solche Gesellschaft theils mit wenigeren Kosten in die Unternehmung eingehen, theils auch durch ihre Neuheit das Publicum zu fleißigem Besuch anwizen könnte.

Sollte jedoch ein solches Arrangement Ew. Hochwohl- und Wohlgebor. nicht conveniren, oder wegen verschiedener Zufälligkeiten nicht zustande kommen, so sind wir vorerst nicht abgeneigt, auch ohne förmliche Concession, von Zeit zu Zeit in Lauchstädt einige Vor-

ſtellung zu geben, um dadurch zu zeigen wie angelegen
es uns ſey auf jede Weiſe das frühere Verhältniß
nicht völlig zu trennen, ſondern in einer ſolchen Verbindung zu beharren welche nach Zeit und Umſtänden
ſich wohl auch wieder feſter knüpfen ließe.

Die wir pp.

Weimar den 26. Januar
1812.

6256.
An C. F. v. Reinhard.

Daß Ihr liebes Paket, verehrter Freund, am
16. December glücklich angekommen, hätte ich längſt
vermelden ſollen; allein ich wartete auf Gelegenheit,
die ſich mir jetzt darbietet, indem der geſchickte Land-
ſchaftmaler von Rohden, ein Caſſeler, der ſich eine
Zeit lang bey uns aufgehalten, nunmehr wieder
zurückgeht, und dieſen Brief und was ich ihm vielleicht beylegen kann, ſehr gerne mitnehmen wird.

Vor allen Dingen haben Sie herzlichen Dank, daß
Sie meinem biographiſchen Verſuch ſoviel Theilnahme
gegönnt, die ich zwar erwarten durfte. Denn indem
ich mir jene Zeilen zurückrufe, und die Gegenſtände,
die ſich mir in der Erinnerung darbieten, zuſammen-
arbeite, gedenke ich meiner abweſenden Freunde als
wenn ſie gegenwärtig wären, glaube meine Reden an
ſie zu richten und kann alſo wohl für das Geſchriebene
eine gute Aufnahme hoffen.

Bey der Art, wie ich die Sache behandle, mußte nothwendig die Wirkung erscheinen, daß Jeder der das Büchlein liest, mit Gewalt auf sich selbst und seine jüngern Jahre zurückgeführt wird. Es freute mich diese Wirkung, die ich nicht bezweckte aber doch voraussah, auch an Ihnen so vollkommen erfolgt zu sehen, und ich danke Ihnen recht sehr, daß Sie mich bey dieser Gelegenheit einen Blick in Ihre Jugendjahre thun lassen. Am zwehten Bande ist schon viel geschrieben und in einigen hübschen ruhigen Monaten wird er wohl zu Stande kommen. Es wird schwer sehn ihm die Mannigfaltigkeit und Anmuth des ersten zu geben. Die Epochen die er umfaßt, sind eher stockend als vorschreitend, indessen wollen wir unser Mögliches thun, vorzüglich aber auf den dritten Band verweisen, der desto lustiger werden soll.

Was das Geräms betrifft, wornach Sie fragen, so kann man, wie Sie schon vermuthen, sich den Ursprung desselben am ersten denken, wenn man sich vorstellt, wie zur Sommerszeit Bürgersleute Stühle und Bänke vor ihre Häuser setzten, wo sie unter den weit vorspringenden Überhängen der obern Stockwerke, sogar bey einem mäßigen Regen, ruhig sitzen konnten. Hatte man so durch gedachte Überhänge und durch das oben vorspringende Dach schon in die Rechte der Straße gleichsam Eingriffe gethan; so lag es, besonders in weniger polizehlichen Zeiten, ganz nahe, sich einen hölzernen Käsich herauszubauen, um nicht den Augen jedes Vorübergehenden ausgesetzt zu seyn. Dieses Geräms war wirklich meistentheils oben offen weil es von jenen Überhängen genugsam bedeckt war Es hing durch eine besondre Thüre mit dem Hausflur zusammen, welche Nachts eben so sorgfältig als die Hausthüre selbst verschlossen wurde. Dieses Geräms war für die Familie um so wichtiger, als man in jenen Zeiten oft die Küchen nach der Straße zu, die Zimmer aber nach den Höfen zu anlegte, wodurch die Häuser sämmtlich eine burgartige Gestalt erhielten und man nur durch das gedachte Geräms eine gewisse Communication mit der Straße und dem Öffentlichen gewann. So viel von diesem unarchitectonischen Theil altreichsstädtischer Bauart.

Sehr großen Dank bin ich Ihnen zunächst für das Fragment aus dem Werke der Frau von Staël schuldig. Ich hatte davon gehört, es war uns auch versprochen; aber ohne Ihre freundliche Sendung würde ich es bis jetzt noch nicht gesehen haben. Da ich mich selbst ziemlich zu kennen glaube, so finde ich einige recht gute Aperçüs darin, und ich kann es um so mehr nutzen, als sie mir das alles, und zwar noch derber und lebhafter, ins Gesicht gesagt hat. Ihre Gesinnung über meine kleineren Arbeiten kannte ich auch zum Theil, und was sie bey dieser Gelegenheit sagt, ist recht hübsch und dankenswerth, obgleich auf diesem Wege freylich kein erschöpfendes Urtheil zu erwarten ist.

Breguets Mémoire war mir sehr merkwürdig, da ich selbst eben wieder in solchen hyperphysischen Betrachtungen stak. Es weht eine gewisse deutsche Luft darin, und wie sollte nicht, bey so mannigfaltiger Communication einiges, oder vielmehr das eigentlich Tüchtige und Zulängliche, was wir besitzen, hinüberbringen und wirken. Es würde mich zu weit führen, auch nur einigermaßen darüber zu sprechen; doch ist es merkwürdig, wie von Jahrhundert zu Jahrhundert sich alles mehr begeistet und belebt, eins ins andre greift und keins ohne das andre bleiben will. Von Spinoza, der das Ganze aus Gedanke und Ausdehnung bildet, bis zu diesem Freunde, der es durch Bewegung und Willen hervorbringt, welche hübsche Filiation und Steigerung der Denkweisen würde sich aufzeichnen lassen! Ich breche ab, um mich nicht weiter in dieses Labyrinth einzulassen, in welchem man eigentlich nur an seinem eigenen Faden von einem geliebten Knaul abgewunden sich ein- und ausfinden kann.

Damit Sie aber nicht glauben, daß ich mich allzusehr in jene abstrusen Regionen verliere, so will ich berichten, daß ein Theil des Winters damit zugebracht worden das Shakespearsche Stück Romeo und Julie zu concentriren, und diesen in seinen Haupttheilen so herrlich behandelten Stoff von allem Fremdartigen zu reinigen: welches, obgleich an sich sehr schätzbar, doch eigentlich einer frühern Zeit und einer fremden

Nation angehört, die es gegenwärtig selbst nicht einmal mehr brauchen kann. Zum 30. Januar, als dem
Geburtstag der Herzoginn, haben wir es zum erstenm-
mal und nachher wieder mit vieler Theilnahme des
Publicums gegeben; welche sich um so mehr erwarten
ließ, als die Rollen durchaus, besonders aber die
Hauptrollen, den Schauspielern recht auf den Leib
paßten. Diese Arbeit war ein großes Studium für
mich, und ich habe wohl niemals dem Shakespear
tiefer in sein Talent hineingeblickt; aber er, wie alles
Lezte, bleibt denn doch unergründlich.

Nun folgte ich gerne Ihrem Beyspiel und legte
auch etwas bey, was Ihnen Freude machen könnte;
ich finde aber nichts bey der Hand und kann mir auch
nichts ausdenken. Verzeihen Sie daher, wenn ich
gerade das Umgekehrte thue, und eine Bitte hinzufüge. Aus beyliegendem Verzeichniß sehen Sie, daß
meine Sammlung von Handschriften ziemlich ange-
wachsen ist; ja ich habe deren noch ein paar Hundert
mehr. Wäre es möglich, durch Ihre so mannigfaltigen Connexionen mir besonders zu einigen Blätchen
bedeutender älterer und neuerer Franzosen zu ver-
helfen; so würden Sie mich sehr glücklich machen.
Die Sammlung ist nun schon so groß, daß man über
die Handschriften der Nationen, der Zeiten so wie
der Individuen, welche solche modificiren, einiges
aussprechen kann; und alles ist zu unserer Zeit
noch einmal so viel werth, was uns im Stillen

mit vertrauten Freunden zu geistreicher Unterhaltung dient.

Nun das wichtigste zum Schluß, daß Herr Baron von St. Aignan als bevollmächtigter Minister an den Herzogl. Sächsischen Höfen angelangt und bey uns sein Creditiv zuerst producirt hat.

Eigenhändig füge noch einiges Vertrauliche hinzu.

Herr v. St. Aignan zeigt sich in diesen ersten Tagen seinem Rufe gemäß als ein angenehmer, ernst-still aufmerkender Mann, seine ersten Schritte sind würdig, mäßig und lassen das Beste hoffen.

Den Zweck seiner Sendung kennen Sie am besten, da Sie eine gleiche an die Anhältischen, Lippischen pp. Häuser haben. Aufrichtig gesprochen; so glaube ich daß alles darauf ankommt daß man sich mit der Truppenstellung willfährig und thätig erzeige und dann möchte das Übrige alles gut seyn. Wollten Sie mir gelegentlich einige Winke geben; so würde ich sie zum Besten benutzen. Ich habe mich zwar von den Geschäften losgesagt, aber mit einiger Kenntniß und gutem Willen läßt sich doch manches lenken und befördern. Leben Sie recht wohl, mein verehrtester Freund und erhalten mir Ihre Liebe und Zutrauen.

W. d. 13. Febr. 1812. G.

6257.

An Blumenbach.

Mehr noch als sonst bedarf ich gegenwärtig einer äußern Anregung, wenn ich mich entfernten Freunden schriftlich mittheilen und meine Briefschulden abtragen soll. Ich ergreife daher mit Freuden die Gelegenheit, da der verdiente Landschaftsmaler Herr von Rohden in diesen Tagen uns verläßt, nachdem er uns sein schönes Talent zu bewundern gegeben, um Ew. Wohlgebor. für Ihr letztes Schreiben vom 8. October den aufrichtigsten Dank abzustatten.

Daß ich durch Übersendung der Pietra fungaja Ihnen etwas angenehmes erzeigen können, macht mir große Freude. Es ist wirklich ein merkwürdiges Naturproduct, und es verdrießt mich nur, daß ich nicht ein Stück davon abgesägt, ehe ich die Masse in die Erde legte; aber ich fürchtete mich daran zu vergreifen, und hatte keinen Anlaß zu denken, daß dieses schwere steinartige Wesen in allen seinen Theilen aufschwellen und zerfallen würde, anstatt uns mit einer Schwamm Vegetation zu beglücken.

Die in Ew. Wohlgebornen Briefe angeführten Stellen, wo dieses Naturproductes gedacht wird, waren mir sehr belehrend. Ich werde sie unserm Bergrath Voigt mittheilen, an welchen ich auch die beyliegenden Papiere gelegentlich zurückzusenden bitte. Daß ich diesem braven jungen Mann in den ersten

Bildungs- und Prüfungsjahren einigermaßen nützlich seyn können, ist mir sehr erwünscht. Ich hoffe, daß er seinen Weg treulich verfolgen wird. Besonders hat ihm sein letzter Aufenthalt in Göttingen sehr viel genutzt, und er sieht den Vortheil, der ihm dadurch zuwächst, daß er bey seinen Wintervorlesungen Ihr Compendium zum Grunde gelegt hat, recht wohl ein, und wird sich desselben gewiß niemals wieder begeben.

Der in meiner Handschriftsammlung ohnehin sehr magere Buchstabe Z. ist durch Ihren gütigen Beytrag sehr wichtig geworden. Die Hand eines so bedeutenden Mannes, ein Concept in einer für ihn so wichtigen Sache ist ein Document, welches der Aufbewahrung in jedem Archiv werth ist. — Schon früher dankte ich Ihnen die wichtigsten Beyträge; haben Sie die Güte auch fernerhin an mich zu denken.

Die beygelegte Druckschrift hat mich an so manche Belehrung erinnert, die wir Ihnen schuldig sind, und zugleich mit manchem Neuen auf das anmuthigste bekannt gemacht und ich bin für deren Mittheilung wahrhaft verbunden.

Mein Sohn, der ganz treulich und ernsthaft referirend im Cammer-Collegio sitzt, fühlt manchmal, eh man sichs vermuthet, eine ganz besondre Begierde, Ew. Wohlgebor. wieder einmal zu besuchen, und ich erwarte, daß er sich nächstens, wenn Wetter und Weg anlockender sind, zu Pferde setzt und Sie mit seiner

Gegenwart überraſcht. Durch Herrn Bergrath Voigt
habe ich mit Vergnügen vernommen, daß Sie mit
Ihren nahen und entfernten Lieben ſich bey guter
Geſundheit befinden.

Mich angelegentlichſt empfehlend

W. d. 15. Febr.
Goethe.
1812.

6258.

An die Herzogin von Montebello.

[Concept.]   [Weimar, etwa 15. Februar.]

Madame la Duchesse,

La réputation brillante de Monsieur le Baron de
St. Aignan l'avoit précédé dans nos murs, et me
faisoit désirer bien ardemment de faire la connois-
sance de cet homme estimable, mais que j'étois loin
de prévoir que son arrivée seroit pour moi d'un si
grand prix! En effet jamais Ambassadeur a-t-il été,
comme lui, porteur d'un don si charmant! aussi la
présence de cet aimable Seigneur a-t-elle doublé de
charmes pour moi, lorsqu' après les premiers com-
pliments, il me remit de Votre part un souvenir qui
me sera cher à jamais.

Je l'ai devant moi ce chef-d'oeuvre de l'art moderne; je puise pour la première et la dernière fois
dans ce vase précieux les caractères de la présente
lettre, mais ensuite il sera déposé et conservé avec

gratitude parmi ce que je puis avoir de riche et de
précieux, pour en être le plus bel ornement.

Vous Vous peindrez facilement, Madame la
Duchesse, l'attendrissement que j'ai éprouvé, en re-
cevant ce témoignage de Votre bienveillance, si Vous
daignez Vous convaincre que ce n'est qu'avec le plus
vif intérêt que je me rappèle les heureux instants,
où j'eus le bonheur de Vous posséder chez moi, quoique je n'aie pu Vous faire un accueil digne de Vous.
Je vais renouveler Vos douleurs, mais je ne saurois
Vous cacher les larmes sincères que je donne à la
mort prématurée de Votre auguste époux. Mon afflic-
tion est aussi profonde que celle des siens; car si,
loin de lui, les talents distingués et le mérite supérieur
de ce grand homme m'ont inspiré l'admiration la
plus juste, près de lui, son humanité l'a rendu le
digne objet de mon affection la plus tendre, et je me
fais un devoir bien doux de reconnoître en lui mon
sauveur dans des tems périlleux, et mon protecteur
dans des tems plus fortunés. Je ne puis songer sans
émotion avec quelle bienveillance gracieuse et affabilité il me fit ses adieux; il me pressa avec tant de
cordialité d'aller à Paris goûter le bonheur de Vous
faire ma cour, que l'impossibilité seule de m'éloigner
du lieu de ma demeure m'a empêché de me rendre
à une invitation si gracieuse, qui n'étoit rien moins
qu'un ordre à mes yeux.

Quelque diffus que je sois déjà, je ne laisse pas

de regretter de ne pouvoir m'étendre plus au long
sur mes sentiments, et je termine, en Vous assurant
que je suis avec le plus profond respect
Madame la Duchesse

     Votre très humble et
     très obéissant serviteur

6259.
An C. G. v. Voigt.

Ew. Excellenz nehme mir die Freyheit ein kleines
Actenstück zu übersenden, mit der gehorsamsten Bitte
demselben einige Blicke zu gönnen.

Seit Anwesenheit des Professor Döbereiner und
Anschaffung des Göttlingischen Apparats, war dasjenige mehrmals zur Sprache gekommen, was an
unserem physisch-chemischen Instrumenten-Vorrathe
noch allenfalls abgehen möchte, worüber man denn,
nachdem das Vorhandene aufgestellt und geordnet
war, noch klarer werden mußte.

Zwar hatte schon hierüber Doctor Seebeck bey seiner
Durchreise im Sommer sein Gutachten abgegeben,
allein da ich mir eine speciellere Kenntniß dieser
Dinge nicht anmaße, noch mehr aber weil ich voraus sah daß ein ansehnlicher Kostenaufwand zu dieser
Anstalt erforderlich sey; so ließ ich die Sache auf sich
beruhen, irgend eine äußere günstige Veranlassung
erwartend.

Diefe fand fich nun indem Doctor Seebeck bey
feiner Rückreife bey mir einfprach, da ich denn die
Desiderata mit ihm Stück vor Stück durchging.

Zufälliger Weife befand fich der hiefige gefchickte
Hofmechanicus Körner in Jena, und ich verfügte mich
mit Doctor Seebeck dahin um in feiner Gegenwart
mit Profeffor Döbereiner, den Hofmechanicis Körner
und Oltenh, dem Hofkupferfchmidt Pflug und anderen
die Sache durchzufprechen, damit klar würde worin
die Bedürfniffe eigentlich beftehen, und wie hoch der
Aufwand auf diefelben fich belaufen könnte.

Beydes liegt nunmehr in dem gegenwärtigen Actenfascikel am Tage und wird fich von Zeit zu Zeit
noch mehr aufklären; denn wie Ew. Excellenz aus dem
Verhandelten fehen werden; fo ift nicht allein bey
diefer Expedition die Unterfuchung vorgenommen worden, was zu leiften fey und was das zu leiftende
allenfalls für Koften machen könnte, fondern man ift
auch mit Anftalten und Beftellungen vorgefchritten,
damit fobald als möglich etwas geleiftet werde.

Diefes letztere würde zu unternehmen ich nicht gewagt haben, wenn mir nicht gelungen wäre, durch
eine zwar nicht künftliche, aber doch glückliche Operation, das zu diefem Zweck nöthige Capital anzufchaffen,
und zugleich für die Intereffen und den Amortifations-
fonds Mittel zu finden.

In diefem Betracht werden mir Ew. Excellenz
meine Voreiligkeit verzeihen, und mir erlauben daß

ich mein kleines Finanzgeheimniß bey mir noch einige
Zeit im Stillen bewahre.

Wie aus den gegenwärtigen Acten zu ersehen ist
kann alles vor Michael beysammen seyn, da ich denn
wünsche daß Ew. Excellenz auf die vollständigere Einrichtung unserer Museen einen freundlichen Blick
werfen möchten.

W. d. 16. Febr. 1812.

Goethe.

6260.

An Döbereiner.

Ew. Wohlgeboren

werden aus gegenwärtigem mit Vergnügen ersehen,
daß ich unser bisher ruhendes Geschäft wieder in Bewegung zu setzen im Fall bin.

Für das schon mehrmal besprochene Gefäß von
reinem Silber wurde der Betrag von 20 Laubthalern
verlangt, welcher ungefähr 30 Rthlr. sächsisch aus-
macht. Der Rent-Commissarius Kühn hat die Ordre,
Ew. Wohlgeboren so viel auszuzahlen, und ich
wünsche daß Dieselben baldmöglichst zur Arbeit schreiten und die chemische Reinigung des Metalls vornehmen mögen. Ist dieses geschehen, so erbitte mir
einige Nachricht, um das weitere anordnen zu können.

Nicht weniger wünsche ich zu wissen, ob Ew. Wohlgeboren in dem Zeitraume daß ich nicht das Vergnügen gehabt Sie zu sehen, Zeit und Gelegenheit

gefunden, etwas für die chemische Präparaten-Samm-
lung zu thun.

Das übrige habe nicht aus der Acht gelassen.

Ew. Wohlgeboren

⁵ W. den 17. Febr.   ergebenster Diener
1812.   Goethe.

6261.

An den Herzog Carl August.

Pro voto.

Das Mißverhältniß des Bassisten Stromeyer zu
herzogl. Theater-Commission tritt, bey seinem gegen-
¹⁰ wärtigen Urlaubsgesuch, abermals hervor, und mich
will bedünken daß es Pflicht der Commission sey
deßhalb einen unterthänigsten Vortrag zu thun.

Seitdem gedachtem Stromeyer gestattet worden
auswärts Gastrollen zu geben, haben die Schauspieler,
¹⁵ welche neue Contracte gemacht, sich dieselbe Vergünstigung ausbedungen und in wenigen Jahren wird man
alle bedeutende Glieder unserer Bühne eines gleichen
Vorzugs genießen sehen.

Damit jedoch bey solchen Abwesenheiten das Theater
²⁰ das was ihm obliegt zu leisten im Stande sey, hat
die Commission verschiedene Einschränkungen festgesetzt,
worunter besonders diese sich befindet, daß die Bestimmung der Zeit von ihr abhängen müsse und kein
Urlaub im Winter verlangt werden könne.

Nun ist die Epoche in welcher die Mitglieder des Theaters am wenigsten zu entbehren sind gerade das erste Drittel eines neuen Jahres, weil man in demselben, theils die bedeutendsten Vorstellungen erwarten kann, theils neue Stücke für den Sommer einzulernen sind. Man hat auch schon einige solche Gesuche in dem neuen Jahre abgelehnt, und wir brauchen nicht zu wiederholen daß alle Mitglieder eines Theaters gleiche Rechte und oft mit Ungestüm fordern.

Allein es tritt in diesem Falle noch eine wichtigere Betrachtung ein. Es hat nämlich Stromeyer im vorigen Sommer zu einer Reise nach Töpliz Urlaub erhalten, jedoch nur unter der Bedingung, daß die darauf zu verwendende Zeit für die ihm contractmäßig zugestandene Urlaubsfrist gelten solle. Nun will er aber jenes zehnwöchentliche Außenbleiben nicht angerechnet wissen, sondern vielmehr soll sein gegenwärtig geforderter Urlaub noch fürs vorige Jahr gelten, wodurch er nicht undeutlich zu verstehen giebt daß er noch einen zweyten in diesem Jahre sich vorbehalte. Sollten nun solche Vergünstigungen bey uns eingeführt werden; so würde wohl schwerlich das Theater zu irgend einer Zeit zusammen zu halten seyn, und wir würden, wie andere Bühnen, in den unglücklichen Fall gesetzt, durch kostspielige Herbeyrufung fremder Schauspieler, die Abwesenheit der unsrigen einigermaßen zu vergüten. Was für eine Verwirrung, Zerstörung, ja Auflösung der Bühne

daraus folge, hat die Erfahrung mehrere Theater gelehrt, welche sich gegenwärtig vergebens über ein Übel
beklagen das sie sich selbst zugezogen haben.

Hiezu tritt noch eine Betrachtung die aus unserer
besonderen Lage entspringt, daß nämlich die Nähe
von Leipzig uns eigens gefährlich ist; denn es könnte
dem Director Seconda nichts erwünschter seyn als
ein gebildetes Theater wie das Weimarische an der
Hand zu haben, und auf unsere Kosten seinen Winter
zu schmücken und zu benutzen.

Aus allem diesem geht hervor daß herzogliche
Commission mehrgedachtem Stromeyer den Urlaub zu
versagen vollkommen Ursache hat.

Da es jedoch scheint, daß Durchlaucht dieses
Mannes Gesuch zu begünstigen geneigt sind; so halte
ich dafor daß es unsere Schuldigkeit sey, unsere oft
erprobte Willfährigkeit und Deferenz gegen höchste
Wünsche und Befehle auch in diesem Falle zu zeigen
und Vorschläge zu thun, wie für jetzt und künftig sowohl das Ansehn der Commission, als das Wohl des
Theaters salvirt werden könne.

Meo voto könnten Serenissimus auf einmal der
Sache abhülfliche Maße geben, wenn Sie den Sänger
Stromeyer ganz und gar unseren Befehlen und Anordnungen entnähmen und denselben dem Hofmarschallamte, an welches er als Cammersänger ohnehin gewiesen ist, völlig untergäben, da es denn von Höchst-
deroselben Willen ganz allein abhängen würde, ohne

andere Rücksichten, dem Urlaubsgesuche gedachten
Mannes nach eigenem höchsten Ermessen zu deferiren,
ingleichen zu bestimmen, in welchen Opern er zu gebrauchen und wo er hingegen zu verschonen sey.
Was die Theatercasse zu dessen Unterhaltung bisher
gegeben, würde an die Hofcasse gezahlt, und er erhielte von dorther dasjenige was ihm durch seinen
Contract zugebilligt worden.

Herzogl. Commission käme dadurch außer aller
Verantwortung und das höchst unangenehme Verhältniß zu einem Untergebenen, der kein Untergebener
ist, würde dadurch beseitigt. Und warum sollten wir
es nicht aussprechen, da es ja notorisch ist, daß gedachter Cammersänger Stromeyer uns schon längst
nicht mehr als seine Vorgesetzten betrachtet, und durchaus nach seiner Willkür, ja oft zu unserem Despect
zu handeln pflegt, wovon die einzelnen Data zu detailliren ein allzu unangenehmes Geschäft seyn würde.

Durch jene oben gewünschte gnädigste Anordnung
entstünde daher nichts neues, vielmehr würde nur dasjenige was wir bisher erbulten müssen, zu unserer
Zufriedenheit, sanctionirt und wir würden auch sehr
gerne in Zukunft gleichsam bittweise die Dienste dieses
Mannes aufrufen, dem man, bey seinen schönen Natur-
gaben und einem immer mehr ausgebildeten Talente,
eine solche Absonderung und Auszeichnung nicht be-
nciben dürfte. Commissio dagegen könnte in ihrem
Kreise fortfahren mit Ernst auf Anordnungen zu

halten deren Werth sie seit vielen Jahren erprobt
hat. Ich gebe willig besseren Vorschlägen nach, nur
daß dadurch die Halbheit des bisherigen Verhältnisses
aufgehoben werde.

Weimar den 18. Februar 1812.

Göethe.

6262.

An Döbereiner.

Außer dem, warum ich Ew. Wohlgeboren in einem
Briefe, den Sie durch Herrn p. Kühn erhalten werden, schon ersuche, wünschte ich noch über Nachstehendes einige Auskunft.

Nachdem der Hofmechanikus Körner seine bisherigen
Arbeiten geendigt: so will er sich ernstlich an die Verfertigung der Luftpumpe halten, so daß sie wohl noch
vor Johannis vollendet seyn könnte. Den dazu gehörigen physikalischen Apparat verspricht er zu liefern,
wünscht aber zugleich zu erfahren, ob Ew. Wohlgeboren zu chemischen Versuchen noch irgend etwas
Besonderes und Außerordentliches von Apparat verlangen, worauf vielleicht bey der ersten Anlage zu
denken seyn möchte. Wollten Sie die Gefälligkeit
haben, hierüber einen kleinen Aufsatz zu schreiben und
mir solchen mitzutheilen, damit ich das nöthige besorgen könne. Körner macht vor allen Dingen eine
Zeichnung des Instruments in der wirklichen Größe.
Dazu wird er eine Punctation einreichen, auf welche

der förmliche Contract mit ihm abgeschlossen wird.
Ehe dieses geschieht, werde ich mit Ew. Wohlgeboren
conferiren, damit alles nach Wunsch ausfalle.

Der ich recht wohl zu leben wünsche und mich zu
geneigtem Andenken empfehle

Weimar
den 19. Februar   Goethe.
     1812.

6263.
An Cotta.

Wenn ich Ew. Wohlgebornen lange nicht geschrieben,
so ist das kleine Heft schuld daran, das ich hier beylege. Ich konnte darüber nicht gleich mit mir einig
werden; um aber Briefe und Sendung nicht zu lange
zurückzuhalten, will ich mich darüber, so gut ich weiß
und kann, erklären, wenn ich Ihnen vorher für Ihr
freundliches Andenken zum neuen Jahre meinen Dank
gesagt und Ihre Wünsche herzlich erwiedert habe.

Herr von Varnhagen, als er mir die gedachten
Blätter schickte, meldete mir, daß Sie von seiner Absicht, dieselben drucken zu lassen, unterrichtet seyen,
daß Sie aber meine Einwilligung dazu verlangten.

Nun möchte es freylich bedenklich scheinen, daß
Jemand zu Publication einer Schrift, worin soviel
Gutes von ihm gesagt wird, förmlich seinen Consens
gebe; allein ich ehre sowohl Ihre als Herrn von Varnhagens Gesinnung, nichts der Art ohne mein Wissen

vorzunehmen. Bedenke ich aber dagegen, daß seit so vielen Jahren gar manches für und gegen mich publicirt worden, und daß ich Niemanden je gehindert habe, übels von mir zu sagen; so sehe ich nicht ein, warum ich mich widersetzen sollte, wenn Jemand das Gute was er von mir denkt, öffentlich bekennen will, und hier um so weniger, da doch auch in diesen Heften manches an mir und meinen Arbeiten für problematisch, ja für tadelnswerth gehalten wird. Ich überlasse also Ew. Wohlgebornen völlig, welchen Gebrauch Sie von diesen Blättern machen wollen; nur bitte ich, Herrn von Varnhagen zu benachrichtigen, daß solche in Ihren Händen sind.

Wie diese Blätter zu publiciren, wüßte ich kaum zu sagen. Sie sind zwar eng geschrieben, aber würden doch gedruckt nur ein geringes Heft ausmachen. In den Damen-Calender passen sie kaum, am wenigsten aber ins Morgenblatt, wo ich sie auf keine Weise zu sehen wünschte. Wollte man sie einzeln herausgeben, so müßten sie nieblich, ja splendid gedruckt seyn, um eine Art von äußerm Ansehn zu erhalten. Als eine, ohne typographischen Schmuck, hinausgeworfene Broschüre würde ich sie abscheulich finden. So wäre denn auch die Correctur und Revision aufs genauste zu besorgen, da ohngeachtet der scharfen Hand, doch manche Buchstaben ein Versehen möglich machen. Vielleicht sagen Sie mir über alles das Ihre Gedanken, ehe Sie zu Werke schreiten.

Diesen Winter habe ich mich mehr als ich wünschte und dachte, mit dem Theater beschäftigt und eine Redaction von Shakspeares Romeo und Julie vorgenommen. Sie hat mir viel Zeit gekostet; die Aufführung am 30. Januar aber ist auch besonders geglückt. Der einzige Gewinn ist, daß wir ein Stück auf dem Repertorio mehr haben, welches jährlich einige Male wiederholt werden kann, und dieß ist jetzt für ein deutsches Theater schon ein Großes, da alles täglich ephemerer zu werden scheint. Für den Druck ist das Stück nicht geeignet; auch möchte ich denen abgöttischen Übersetzern und Conservatoren Shakspeares nicht gern einen Gegenstand hingeben, an dem sie ihren Dünkel auslassen können.

Ich setze nichts weiter hinzu, damit diese Sendung nicht abermals liegen bleibe. Da sie aber ohnehin über das Volumen eines Briefes hinausgeht, so lege ich einige Verzeichnisse meiner Handschrift-Sammlung bey, mit inständiger Bitte, mir von der Hand Ihrer ältern und neuern schwäbischen bedeutenden Männer einige Zeilen zu verschaffen. So fehlt mir z. B. Spittler und Kielmeyer. Vielleicht theilte letzterer, wenn Sie ihn von mir schönstens grüßten und ersuchten, etwas von Cuvier mit, von dem er mehrere Briefe besitzt. Sollte es nicht irgend ein älteres oder neueres Tübinger Stammbuch geben? Auch Hebels Handschrift, vielleicht eins seiner Gedichte von seiner Hand, wäre mir sehr erwünscht.

Für dießmal schließ ich, in der Hoffnung bald
wieder von Ihnen zu hören, daß Sie sich recht wohl
befinden und daß Ihre Geschäfte erwünscht fort-
schreiten. Ich empfehle mich einem geneigten Andenken und sehe der Zeit mit Vergnügen entgegen,
da ich Sie wieder hier an Ort und Stelle begrüßen
werde. Allen Freunden wünsche ich durch Sie empfohlen zu seyn.

Weimar
den 21. Februar
1812. Goethe.

6264.

An Kirms.

Mit dem verbindlichsten Danke, daß Ew. Wohlgeboren sich wegen Romeo und Julie die Mühe nehmen
wollen, erwiedere ich daß ich für das Stück 600 Rth.
Sächsisch zu erhalten wünsche. Es sey nun daß 12
Thealer jedes 50 Rth. zahlen, oder welches mir lieber
wäre, daß die Berliner Oberdirection es gefällig übernehme und an mich jene Summe im Ganzen ent-
richtete. Ich würde mich alsdann verpflichten niemals
an ein Theater eine Abschrift zu geben und unter
drey Jahren es nicht drucken zu lassen.

Auch erbiete ich mich, da auf manchen Theatern
der Mönch nicht als solcher erscheinen darf, den
Pater Lorenzo in einen Arzt zu verwandeln, für
diese Theater nämlich, indem ich dem Manuscripte

wie wir es hier gespielt, die nöthigen Veränderungen
besonders beylege.

Mich bestens empfehlend und abermals zum schönsten dankend

W. d. 22. Febr. 1812.

Goethe.

6265.
An Zeller.

Seinem verehrten Freunde, Herrn Professor Zeller
in Berlin, empfiehlt mit den besten Grüßen und
Wünschen, Madame Pollet, eine vorzügliche Harfenspielerinn, sich zu freundlichem Andenken empfehlend

Weimar den 27. Februar 1812.

J. W. v. Goethe.

6266.
An R. Meyer.

Ew. Wohlgeboren

muß ich freylich mit einiger Beschämung bekennen,
daß sich noch ein Brief von Ihnen vom 27. August
vorigen Jahres unter den unbeantworteten Briefen
befindet, die sich leider bey mir sehr aufgehäuft haben.

Zur Entschuldigung mag im Allgemeinen die
Stockung dienen, die sich jeder Art von Correspondenz
bemächtigt hat. Empfangen Sie daher recht vielen
Dank, daß Sie auf eine so freundliche Weise das
Stillschweigen brechen, und uns durch eine Gabe er-
freuen, welche uns an alte Zeiten erinnert. Die köst-

lichen Häringe sind glücklich angelangt; es waren die
ersten von so guter Art, die uns seit vielen Jahren
zu Gaumen gekommen.

Über die guten Nachrichten, die Sie uns von sich
und der lieben Familie ertheilen, haben wir uns sehr
gefreut. Wir wünschen, daß die unvermeidlichen Übel
kurz und gering, das Gute dagegen besto länger und
dauerhafter seyn möge.

Empfehlen Sie uns ja Ihrer lieben Gemahlinn
und gedenken unser, wenn Sie sich Ihrer wackern
Knaben erfreuen.

Die durch Herrn General von Haal mir zuge-
sandten Münzen habe ich zwar etwas spät, aber doch
richtig erhalten. Ich danke zum schönsten für dieses
freundliche Andenken zu Vermehrung meiner schönen
Sammlung, deren erste Anfänge ich doch eigentlich
Ihnen schuldig bin. Warum sind wir doch so weit
auseinander, daß man sich nicht wenigstens manchmal
communiciren kann, wie und worin man fortschreitet!

Die Cantate, die Sie mir überschicken, erfüllt, wie
mich dünkt, völlig ihren Zweck. Wenn ich etwas hätte
zu rathen gehabt, so wäre es dieß, daß auch die Chöre
variirt seyn möchten, damit die Wiederholungen jedesmal den Hörer durch einen neuen Reiz angeregt hätten.

Mein biographischer Versuch soll an Herrn Prediger Schütz in Bückeburg abgehen; ich wünsche, daß
er Ihnen wohl überkomme und mein Andenken bey
Ihnen erneue.

Die Meinigen grüßen alle zum schönsten. Der Cammerassessor ist in seinem Amte fleißig und behaglich, da er das Geschäft mit Liebe treibt und dasjenige leisten kann, was man von ihm fordert.

Und nun leben Sie recht wohl und fahren Sie fort unser in Freundschaft zu gedenken.

Weimar den 28. Febr. 1812.

Goethe.

6267.
An Johann Gottfried Schütz.

[Concept.]   [28. Februar.]

Ew. Hochwürden

erhalten hiebey, auf Anordnung des Herrn Rath Meyer in Minden, einen Octav-Band, welchen ich demselben gefällig zuzusenden bitte. Ich ergreife die Gelegenheit Dieselben zu versichern, daß ich mich noch immer mit lebhaftem Vergnügen der angenehmen und lehrreichen Stunden erinnre, die ich in Pyrmont mit Ihnen zu verleben das Glück hatte.

Mich zu geneigtem Andenken empfehlend und das Beste wünschend.

6268.
An R. Meyer.

[28. Februar.]

Indem ich wünsche, daß beykommendes Buch glücklich bei Ihnen anlange, lege ich ein Blättchen bey, worauf meine Sammlung Autographen, wie ich sie

diesen Winter verzeichnet, geordnet ist. Können Sie
mir einige Beyträge verschaffen, so wird es mir sehr
angenehm seyn.

So fehlt mir Herr Schröder in Lilienthal, und
gar mancher wackere Mann von Ihrer frühern Bekanntschaft.

G.

6269.
An Kirms.

Möchten doch meine Hochgeehrten Herren Mit-
kommissarien Sich von Herrn Genast das Scandal
erzählen lassen welches Eilenstein gestern in der Probe
gegeben. Es wäre sodann gut wenn diese Aussage
registrirt und Eilenstein vernommen würde. Einer
tüchtigen Strafe kann er nicht entgehen.

d. 29. Febr. 1812.   G.

6270.
An Caroline Ulrich.

Es war nicht zu zweifeln daß das lustige Klee-
blatt glücklich nach Jena kommen würde, es ist zu
hoffen daß die übrigen Feste glücklich ablaufen. Zu
rathen wäre jedoch daß die klugen Personen sich nicht
zu weit mit den ♡ ◇ ♣ ♠ Dienern einließen,
damit die Rückkehr nicht betrübt seyn möge. Der
Mönch hat sich über die vielen Kugeln im Siegel
nicht wenig entsetzt und ersucht den Secretair seinen
Schreibtisch nicht zu nah an das Zeughaus zu rücken.

Übrigens wünschen wir alles Gute und siegeln
gleichfalls militärisch, obgleich mit liebevollem Herzen
    W. d. 29. Feb.
      1812.   G.
am Tage der sobald
nicht wieder kommt.

6271.

An Kirms.

Des Herrn General Director einsichtigen und
wohlgemeinten Vorschlag kann ich nicht anders als
dankbar annehmen. Es erfolgt daher sogleich ein
Exemplar des Stücks. Wie ich denn auch die gefällige Mittheilung des Stücks an andre Bühnen mit
Dank erkenne und die nöthigen Exemplare sogleich
besorgen werde. Sollte einiges im Theaterarrange-
ment, besonders bey der Gruftscene, Erläuterung bedürfen; so könnte eine Zeichnung nachgesendet werden.
Mit Bitte mich Herrn Iffland bestens zu empfehlen.
    b. 7. März
      1812.   Goethe.

6272.

An Döbereiner.

Ew. Wohlgebohren

zeige hiermit an, daß Serenissimus Montag Mittag
in Jena eintreffen werden. Wollten Sie alles parat
halten was sich auf Phosphoreszenz bezieht.

Die dunkle Kammer im Schloßgiebel will ich
gleich bey meiner Ankunft, welche Montag Morgens
seyn wird, dazu einrichten lassen.

In Hoffnung baldigen vergnügten Wiedersehens
ben 7. März 1812. G.

6273.
An Döbereiner.
Zu gedenken.

Herrn Professor Döbereiner hinterlasse ich bey
meiner Abreise noch Einiges mit dem Ersuchen das
Nöthige baldigst zu besorgen, damit unsere glücklich
angefangenen Geschäfte einen besto rascheren Gang
nehmen.

1. Lege ich das Verzeichniß desjenigen bey, was
von chemischen Glasgeräthschaften Herr Oberbergrath
von Einsiedel uns zu überlassen geneigt ist. Das eine
Exemplar des Verzeichnisses ist dem Herrn Oberbergrath
zuzustellen, das andere behält der Herr Professor,
welcher die angebotenen Gegenstände ansehen, beurtheilen, und sodann in Empfang nehmen wird. Sie
können einstweilen in den hintern Kammern des
physisch chemischen Museums aufbewahrt werden. Die
Bestellung nach Paris wird sogleich besorgt.

2. Hat der Kupferschmied Pflug einigen Zweifel
über die Vergoldung des Papinianischen Topfs geäußert. Ich wünsche daß der Herr Professor die
Sache mit ihm bespreche.

3. Sobald ich das Verzeichniß erhalte, was an Mineralien für die chemische Präparatensammlung wünschenswerth wäre, werde ich für deren Beyschaffung sorgen.

4. Pflug hat den Auftrag in allem, was die Schale von reinem Silber betrifft, des Herrn Professors Anordnungen nachzukommen.

5. Das Gestelle zur galvanischen Säule wird nach der Abrede erweitert, und überhaupt alles besorgt, was die Wirksamkeit derselben bey vorzunehmenden Versuchen recht eminent machen kann.

Mich geneigtem Andenken empfehlend

Jena

den 12. März Goethe.

1812.

6274.

An Oberbergrath v. Einsiedel.

[Concept.]

Ew. Hochwohlgeb. erhalten hierbey eine Tabelle, woraus ersichtlich ist, was Prof. Döbereiner von denen chemischen Glaswaaren, welche Sie besitzen, zu erhalten wünscht. Es geht daraus hervor daß wir Ihnen 45 Liv. 6 Sous schuldig würden, wozu jedoch noch der Betrag des ersten Postens, von 6 Flacons bouchés de 2 pintes, von welchen der Preis nicht in der Liste stand, noch hinzuzufügen wäre. Wollten Ew. Hochwohlgeb. nunmehr in die dazu bestimmte

Columne einzeichnen, was Sie von Paris zu erhalten
wünschen, so würde ich das Weitere besorgen, wobey
es sich von selbst versteht, daß wir, indem die Glaswaaren uns von Ihnen hier in loco und wohl
conditionirt übergeben werden, sowohl die Fracht und
Spesen, als auch die Gefahr des neuen Transportes
zu übernehmen haben. Könnte ich diese Tabelle vor
heute Abend zurückerhalten, so würde es mir angenehm seyn, weil ich morgen früh abreise. Prof.
Döbereiner würde sich alsbann die Erlaubniß ausbitten, gedachte Gegenstände abzuholen. Ich lege die
mir mitgetheilten Rechnungen wieder bey und empfehle
mich gehorsamst. Dürfte ich wohl um einen Abbruck
des geschnittenen Steins bitten von dem gestern die
Rede gewesen?

  Jena
 ben 12. März
  1812.

6275.

An F. v. Müller.

   [Weimar] b. 14. März 1812.

   Ew. Hochwohlgeb.
haben mir Hoffnung gemacht baß Herr v. St. Aignan
Sonntag früh einige Stunden bey mir zuzubringen
gedenken. Er hat auch selbst einige Worte mir
barüber bey Hofe gesagt. Nun weis ich aber nicht
ob die Gegenwart des Marschall Ney und die augen-
blickliche Truppen Bewegung . . . .

6276.

An Charlotte v. Stein.

Hierbey sende ich, theure Freundinn, die Zeichnung welche wircklich recht hübsch und für den Zweck vollkommen geeignet ist. Ein klein wenig zusammengeruckt wird sie einen Präsentirteller recht gut ausfüllen. Der Rückkehrende Winter hält mich ab mich persönlich nach Ihrem Befinden und der Aufführung des Vögelchens zu erkundigen.

b. 16. März 1812.   G.

Die Zeichnung soll drey Thaler kosten. Die sie wohl werth ist.

6277.

An den Fürsten Paul Anton v. Esterhazy.

[Concept.]   [16. (?) März.]

Erlauchter Fürst,

Hochverehrter Herr,

Die ausgezeichnet günstige Aufnahme welche ich von Ew. Erlaucht bey meinem Aufenthalte in Dreßden zu erfahren das Glück hatte, ließ mir keinen Zweifel übrig, daß Hochdieselben sich meiner auch in der Abwesenheit gnädig erinnern und an dem was mir Gutes widerfahren möchte, Theil nehmen würden.

Wenn nun die K. K. Akademie der Künste in dem bedeutenden Zeitpunct, da sie sich wieder neu belebt sieht, auch meiner gedenken und mich in die Zahl

ihrer Mitglieder ehrenvoll aufnehmen will; so ist
mir dieses Glück um desto schätzbarer, als es mir
durch Ew. Erlaucht verehrte Hand angekündigt und
mit der Versicherung einer fortdauernden Gunst und
Theilnahme begleitet wird.

Empfangen Sie daher den gefühltesten Dank und
lassen mich auch für die Zukunft die Fortsetzung so
erwünschter Gesinnungen hoffen. Mich mit der aufrichtigsten Verehrung unterzeichnend.

6278.
An den Grafen Clemens Wenzel Nepomuk Lothar v. Metternich.

Hochgeborener Graf,
Hochverehrter Herr.

Daß Eure Excellenz, indem Hochdieselben den
wichtigsten und dringendsten Geschäften vorstehen,
Sich auch der Wissenschaften und Künste einsichtig
annehmen und sie zu hegen und zu fördern wissen,
konnte mir selbst in der Ferne nicht verborgen bleiben;
vielmehr war ich davon schon längst unterrichtet und
erfreute mich im Stillen daran in Betrachtung des
allgemeinen Besten.

Nicht leicht hätte ich jedoch denken können, daß
ich das Glück haben sollte, Eurer Excellenz auch für
die Erstreckung jener hohen Gunst auf meine Person,
den gefühltesten Dank darzubringen.

Wenn wir unser Leben besonderen Thätigkeiten aufopfern, und in denselben eine gewisse Fertigkeit erlangen; so wünschen wir freylich solche auszuüben und anderen damit nützlich zu seyn; und wie kann dieß besser und sicherer geschehen, als wenn Männer, in solchen Fächern geprüft, uns in ihre Mitte nehmen, und uns zu denen Vortheilen gesellen, welche nur durch eine Masse gleichwirkender zu erreichen sind. Dadurch wird denn jeder Einzelne aufgemuntert und was menschliche Lässigkeit, ungünstige Umstände, böser Wille, wohl eingeschläfert, brengt, ja gelähmt haben könnten, wieder angeregt und in Thätigkeit gesetzt.

Unendlich sind daher Eurer Excellenz Verdienste, durch Begünstigung von oben, solche Vereinigungen stiften, erneuern, erhalten, ausbreiten, und beleben zu wollen.

Der hochansehnlichen K. K. Akademie der vereinigten bildenden Künste werde ich meinen lebhaftesten Dank abzutragen nicht ermangeln, ob mir gleich der Ausdruck fehlt, um hinreichend zu bezeugen, wie sehr ich entzückt bin, daß man auf eine so ehrenvolle Weise, bey einer so glänzenden Gelegenheit auch meiner gedenken und dadurch Allem was ich zu leisten im Stande bin eine neue Epoche bezeichnen mögen.

Wie ich nun hierin Eurer Excellenz verehrliche Einwirkung nicht verkennen darf, nicht weniger die Selbsteigene Ankündigung dieser schönen Gabe gewiß zu würdigen verstehe; so darf ich nicht mit vielen

Worten betheuern, wie werth mir diese günstigen Rücksichten seyn müssen, die ich auf irgend eine Weise thätig zu erwiedern im Stande zu seyn wünschte.

Mit der vollkommensten Verehrung mich unterzeichnend

Weimar,
den 16. März
1812.

Euret Excellenz
ganz gehorsamster Diener
J. W. v. Goethe.

6279.

An Cotta.

In Hoffnung Ew. Wohlgeb. bald hier zu sehen, wobey ich besseres Wetter und Wege wünsche, sage diesmal nur das Nöthigste.

Das Varnhagensche Manuscript anbelangend, so will ich gerade nicht eigensinnig dem Morgenblat die Exklusive geben. Überlegen Sie die Sache noch einmal. Überhaupt scheinen mir manche Stellen bedenklich zu publiciren. Da die Sache keine Eile hat, so sprechen wir ja wohl noch erst darüber.

Die wohlseilere Ausgabe meiner Schriften betreffend fand ich mich durch ein halbes Misverständniß gerade in Ihrem Falle. Ich erwartete Vorschläge. Denn da ich den technischen und merkantilischen Theil solcher Unternehmungen nicht verstehe; so wüßte ich nicht zu finden wie der mir drohende große Schade dabey abzuwenden? Wie mein Vorteil

mit dem Ihrigen zu verbinden sey. Ich komme mir
selbst wunderlich vor wenn ich das Wort Vortheil
ausspreche. Ich habe ihn in meiner Jugend gar nicht,
in der mittleren Zeit wenig beachtet und weiß selbst
jetzt noch nicht recht wie ich es angreifen soll. Und
doch muß ich daran dencken, wenn ich nicht nach einem
mühsamen und mäßigen Leben verschuldet von der
Bühne abtreten will. Der Augenblick zehrt schon
wieder an unserm Marck, Freunde und Bekannte
fallen um mich her, niemand kann dem andern bey-
stehn. Doch wozu reden und klagen! Nur diesmal
erlaubt ich mirs um Sie zu überzeugen daß mein
Zaudern nicht aus veränderten Gesinnungen, sondern
aus den veränderten Umständen sich herschreibe.

Die Exemplare von Romeo und Julie an die
deutschen Theater zu vertheilen hat die Berliner
Theater Direcktion übernommen. Das Stutlgarder
stand mit auf der Liste. Ich wünsche guten Erfolg.

Karlsbad soll mir hoff ich diesmal etwas für
den Damenkalender bringen. Mich bestens empfehlend.

W. d. 17. März
1812. -

Goethe.

6280.

An C. v. Knebel.

Weimar den 25. März 1812.

Da wir das Glück haben, mein theuerster Freund,
daß, ohngeachtet des schrecklichen Wegs, die Boten

noch hin und wieder gehen, so will ich nicht versäumen dir in der stillen Woche ein freundliches Wörtchen zu sagen und dir zugleich für den heute empfangenen Brief zu danken.

Der gute Riemer hat uns gestern verlassen; eine solche Trennung muß freylich einmal geschehen. Sie ward mir leichter, weil ich weiß, daß sie zu seinem Glück gereicht. Es dient ihm die gegenwärtige Stelle nur zur Vorbereitung: denn sobald die Curatoren der Academien und die Scholarchen erfahren, daß er sich dem Lehramte widmen mag, so erhält er gewiß einen Ruf über den andern und er sieht sich alsdenn entweder billigermaßen verbessert, oder ehrenvoll entlassen. Möge das Letzte auch um meinetwillen ferne seyn, doch muß man daran denken und sich darauf vorbereiten.

Ich habe indeß meine biographischen Studien wieder vorgenommen, sie dienen mir zur angenehmen Unterhaltung und zu gründlicher Recapitulation meines Lebens und Wesens, und regen mich an zu mannigfaltiger Lecture alter und neuer Schriften, um mir meinen Gang synchronistisch, in dem Gange der Umgebung, zu denken.

Gelesen habe ich diese Tage mit viel Interesse die Briefe der Mad. du Deffand, die Mémoires de St. Simon, und nun habe ich mich an Chateaubriand Génie du Christianisme gemacht. Das Verhältniß zu diesen Werken ist mir lebhafter und natürlicher

geworben durch interessante Unterredungen mit dem
Baron de St. Aignan und dem General Sebastiani.
Es ist ganz was anders, wenn man solche Werke
aus dem Gesichtspunkte vorzüglicher Männer von
derselben Nation betrachtet, als wenn man sie nach
seinem eignen Maaßstabe mit noch so vieler Billig-
keit mißt.

Hier auch etwas aus Spanien. Wir legten ältere
und neuere Kupferabbildungen von Granada, besonders
aber vom Alhambra dem General Sebastiani und
seinem Adjutanten vor. Sie waren damit zum Theil
sehr zufrieden und versicherten, daß das Gebäude, ja
die Bäder und die Wasserleitungen zu denselben, noch
in dem besten Stande seyen, welches sie ihrer köstlichen und sorgfältigen Structur, sowohl in Absicht
auf den Zuschnitt der Steine, als der Verklammerung
und Verkittung derselben, zu danken hätten. General
Sebastiani hat es reinigen und auf türkische Weise
ausmeubliren lassen, mit Sophas, Divans, Teppichen
und dgl. Die große Fontaine und deren alabasterne
Löwen, welche die Schale tragen, wovon der Löwen-
hof den Namen hat, der in den Händeln der Zegris
und Abencerragen so oft vorkommt, ist noch im besten
Stande u. s. w.

Ein Buch, welches mich erschreckt, betrübt und
wieder auserbaut hat, ist von Schelling gegen Jacobi.

Nach der Art wie der Letzte sich in den sogenannten Göttlichen Dingen herausgelassen, konnte der

Erste freylich nicht schweigen, ob er gleich sonst zu
den hartnäckigen Schweigern gehört. Wir Andern,
die wir uns zur Schellingischen Seite bekennen, müssen
finden, daß Jacobi sehr schlecht wegkommt. Das
Buch muß die Münchner Scandale, die ohnehin kaum
erst ein wenig beruhigt sind, wieder aufs neue auf-
regen; doch wir können der Welt den Frieden nicht
geben und wollen sehen, ob wir beym litterarischen
Krieg etwas gewinnen, was bey dem andern der Fall
nicht seyn kann.

G.

6281.

An Charlotte v. Stein.

[27. März.]

Mit einem grüßenden Blätchen muß ich das Bleystift zurückschicken, damit ich wieder Credit erhalte.
Es ist mir nicht gut gegangen, doch war ich fleißig.
Wie führt sich der Vogel auf. So gutes Befinden
als das Wetter schön ist!

G.

6282.

An Vincenz Grüner.

[Concept.]

Ich habe, mein werthester Herr Grüner, das an
mich früher gesendete Paquet zu seiner Zeit richtig
erhalten, und, ob ich gleich, nach meiner eigenen

Überzeugung, nicht wohl glauben konnte, daß eins
der darin enthaltenen Stücke auf dem hiesigen Theater
aufführbar sey, so wollte ich doch darüber nicht einzeln, und vielleicht einseitig absprechen. Ich theilte
sie daher einsichtigen Freunden mit, wodurch sich
meine Antwort verzögerte.

Angeregt durch Ihren letzten Brief habe ich die
Sachen wieder zurückverlangt und das Urtheil darüber
mit dem meinigen einstimmig gefunden. Wir machen
uns in unserer Lage durchaus das Gesetz, die vielen
Stücke, die uns zugesendet werden, nicht an und für
sich, sondern nur im Bezug auf unser Theater zu
beurtheilen.

Ich füge auch daher nichts weiter hinzu als, daß
diese Stücke, wenn Sie solche nicht früher zurück-
verlangen, dieses Frühjahr mit nach Carlsbad nehmen,
und von da nach Wien absenden werde. Mögen Sie
mir alsdann Ihr neues Stück gleichfalls dahin senden,
so werde ich nicht verfehlen daßelbe gleichfalls aus
diesem Gesichtspunkte zu betrachten, und meine Gedanken darüber mitzutheilen.

Da ich aus Ihrer Thätigkeit vermuthen kann, daß
Sie Sich wohl und glücklich fühlen, so füge ich die
Versicherung meiner Theilnahme hinzu und den
Wunsch einer ununterbrochenen Dauer.

Weimar
den 28. März
1812.

6283.

An Johann Carl Wilhelm Voigt.

[Concept.]

Ew. Wohlgeb.

haben mir durch die Übersendung der neu entdeckten
Crystalle ein besonderes Vergnügen gemacht, und ich
bin Ihnen sehr dankbar, daß Sie Sich meiner bey
dieser Gelegenheit haben erinnern wollen. Es ist sehr
merkwürdig, daß diese Form so oft in allen Größen
vorkommt. Die Carlsbader Feldspathszwillingscrystalle
sind bekannt; über Eger bis nach dem Fichtelberg zu
kommen sie gleichfalls vor. Noch in flächern Tafeln,
denjenigen ähnlich, die Sie mir übersendet haben.
In Carlsbader Graniten kommen sie klein aus rothem
Thon gebildet vor, andere sind grün und haben ein
Talckartiges Ansehen. Ferner über der Eger sind sie
weiß, und fast schon zu Porcellanerde übergegangen,
diese sind die kleinsten. Alle benannten, die ich kenne,
machen Bestandtheile des Granits aus, daß sie nun
noch im Thonporphyr entdeckt sind, ist sehr interessant,
und deutet auf die Hartnäckigkeit der Natur, bey
solchen Formen zu verharren, wenn sie dieselben einmal geliebt hat. Der Übergang von der vierseitigen
Säule zur sechsseitigen Tafel wird sehr deutlich durch
die Exemplare, welche Sie mir gesendet haben. Ich
wünsche dagegen etwas Gefälliges erzeigen zu können.
Ich gehe dieses Jahr wieder nach Carlsbad, bezeichnen

Sie mir etwas von den dortigen Merkwürdigkeiten,
was Ihnen Vergnügen machen könnte. Ich wünsche
recht wohl zu leben, und empfehle mich Ihrem freundlichen Andenken.

Weimar

den 28. März
1812.

6284.
An Riemer?

Bemühen Sie sich gefälligst Abends noch einmal
zu mir. Ich erwarte mit Verlangen Nachricht.

Weimar d. 30. März
Goethe.
1812.

6285.
An Friedrich Carl Ferdinand v. Müffling.

[Concept.]

Ew. Hochwohlgeb.

haben mir durch die Nachricht, daß die Angelegenheit
der Sternwarte bey Jena immer weiter vorrücke, ein
besonderes Vergnügen gemacht, indem ich sowohl aus
öffentlichen, als aus Privatrücksichten daran großen
Antheil nehme. Um desto unerfreulicher ist es mir,
wenn ich nicht selbst zu Beförderung einer so löb-
lichen Anstalt einiges beytragen kann, wenn ich, so
sehr ich es auch wünschte, der durch Ew. Hochwohlgeb.
an mich gelangten Aufforderung nicht zu entsprechen
im Stande bin. Sie erlauben, daß ich die Verhältnisse hier auseinandersetze.

Auf die Gesammtacademie Jena im Allgemeinen
habe ich keinen Geschäftseinfluß, aber das Glück, in
Verbindung mit Herrn Geheimenrath von Voigt
Excellenz den Museen und andern wissenschaftlichen
Anstalten, welche Serenissimus drüben als Landesherr,
ja gewissermaßen als privatus einrichten lassen, vor-
zustehen und sie aus einer mäßig botirten Casse zu
erhalten.

Sollte nun die neue astronomische Anstalt an die
Museumscommission gewiesen und aus der Museums-
casse auch diese jährlichen Bedürfnisse künftig bestritten
werden, so würde dazu Serenissimi höchste Erklärung
und Befehl, sowie auch eine verhältnißmäßige Dota-
tion erforderlich seyn.

Eine solche Absicht unseres gnädigsten Herrn läßt
sich aber nicht wohl voraussetzen. Jene Museen und
übrigen verwandten Anstalten beziehen sich sämmtlich
auf Naturgeschichte und Naturlehre und machen dadurch ein kleines Ganze, dessen innerer Gehalt, der
Commission nicht fremd ist, und dessen äußere Absicht nicht außer ihrem Wirkungskreise liegt. Die
Sternwarte hingegen ist auf Mathematik gegründet.
Außer ihren wissenschaftlichen, weltbürgerlichen Zwecken
ist sie als eine Landesanstalt anzusehen, hat auf gewisse, ins bürgerliche Leben eingreifende Einrichtungen
unmittelbaren Einfluß, als auf Verfertigung der
Calender und auf alles, was Zeit, Maß und Gewicht
im höheren Sinne betrifft; sie bleibt also wohl billig

jenen Behörden untergeben, wo nicht nur die nöthige
Einsicht und Wissenschaft bey den Vorgesetzten wohnt,
sondern auch untergeordnete, practische, ins Leben eingreifende Anstalten schon organisirt sind, und gewiß
wird auch von solchen Behörden eine zweckmäßige
und nicht sehr kostbare Unterstützung am besten gereicht werden können.

Ew. Hochwohlgeb. verzeihen, wenn ich umständlicher geworden, als es nöthig scheinen möchte. Es
war mir darum zu thun, die Verhältnisse aufs genauste auseinanderzusetzen um Ew. Hochwohlgeb. zu
überzeugen, wie sehr es mir leid thut, in diesem
Falle meinen guten Willen nicht bethätigen zu können,
und ich brauche nicht zu versichern wie sehr ich
wünsche, jene Anstalt zum Nutzen und Vergnügen
bald vollkommen zu sehen.

Mit vollkommenster Hochachtung
Weimar
den 31. März
1812.

6286.

An J. F. H. Schlosser.

Ew. Wohlgeb.

könnten vielleicht lächeln, daß ich meine Briefe durchaus mit derselben Phrase anfange, es ist nemlich
Dank, und immer wieder Dank, dessen Ausdruck ich
nicht mehr zu variiren weiß.

An den zwey mir übersendeten Bänden Frankfurter gelehrter Zeitungen erkenne ich wieder, wie
nöthig mir sey, bey dem Unternehmen von meinen
früheren Jahren zu sprechen, eine Sammlung von
Documenten aus jener Epoche; denn außerdem möchte
es bey dem aufrichtigsten Nachdenken schwer seyn zu
imaginiren und sich wieder zu vergegenwärtigen, wie
man gehaltlos, roh und ungebildet mehr werth könne
gewesen seyn, als da man sich gehaltvoll, ausgearbeitet
und ausgebildet antrifft.   Es war überhaupt jenes
eine wundersame Epoche, selbst nur, wie uns diese
zwey Bände einen Begriff davon geben.

Da sich nicht schon eine Folge von Studien über
Jordanus Brunus bey Ihnen findet, und Sie nicht,
wie ich vermuthete, in einer gewissen Lebensepoche
Sich geübt und unterhalten haben, seine Werke stellen-
weis zu übersetzen; so will ich Sie nicht besonders
dazu aufgemuntert und angeregt haben. Was er uns
hinterlassen, insoferne ich es kenne, reizt uns zwar
ungemein, insofern wir streben uns eine originelle
Bildung zu geben, denn es ist nicht leicht ein leb-
hafterer Apostel der Originalität, der unmittelbaren
Bildung aus und an der Natur. Allein ich müßte
mich sehr irren, oder wir sind seit jener Zeit weiter,
ja in eine Art von Natur gerückt, wo uns jene nicht
mehr helfen und zusagen kann, besonders, da sie doch
durch eine mystische Mathematik äußerst verfinstert
ist. Doch von solchen Dingen läßt sich kaum sprechen,

geschweige schreiben, weil man sich doch darüber nicht
ganz ausreden kann.

Ihre Bemerkung wegen dem hohen Stand der
Ducaten darf ich nicht unbenutzt lassen und bitte daher dasjenige, was sonst noch für mich in Casse ist,
in vollwichtige Preußische Louisd'or zu verwandeln
und mir selbige nebst den vorräthigen Ducaten durch
die fahrende Post gefälligst zu übersenden.

Das große, auf die ehemalige Frankfurter Amts-
besetzung sich beziehende, Manuscript werde vor meiner
Abreise nach Carlsbad zurückzusenden nicht verfehlen.
Sollten Sie mir noch etwas zu berichten haben, so
bitte ich, daß es vor Jubilate geschehe, weil ich
wahrscheinlich bald nachher meine Reise antrete. Die
Meinigen grüßen auf das beste, ich füge meine
Wünsche zu den ihrigen und empfehle mich zu freundschaftlicher Theilnahme und Andenken.

Weimar
den 31. März   Goethe.
  1812.

                    T. s. v. p.

Ihre Briefe sind auf so schön velin Papier geschrieben, das uns hier abgeht. Wollten Sie mir
wohl eine kleine Sendung, wohl eingepackt und vor
aller Nässe, so wie vor Druck gesichert, baldigst zukommen lassen.

6287.

An Eleonora Flies, geb. v. Eskeles.

[Concept.]

Ob ich gleich, meine wertheste Frau von Flies,
glücklich genug bin, Sie schon lange zu kennen und
an mir selbst erfahren habe, wie geneigt Sie sind,
Ihrer Freunde mehr oder weniger bedeutende Wünsche
zu erfüllen; so hat mich doch Ihre letzte Sendung
überrascht: sie enthielt den reichsten Beytrag zu meiner
Sammlung, den ich in diesen Jahren erhalten habe.
Ich lasse mir manchmal gern von Freunden den
Vorwurf machen, daß es mir mit meinen Wünschen
und Liebhabereyen gehe, wie schwangeren Frauen mit
ihren Gelüsten, welche bald befriedigt seyn wollen,
wenn man einigen Dank für seine Bemühung gewinnen will. Doch ist es bey mir einigermaßen
anders, meine Gelüste haben einen innerlichen Zusammenhang, sie scheinen einzuschlafen und wachen
wieder auf, ehe man sichs versieht, und man kann
immer gewiß seyn, mich dankbar zu finden, wenn
man auch spät und nur mit Wenigem mir sein
freundliches Andenken darthun mag.

Was soll ich nun aber sagen, meine Wertheste,
wenn Sie so schnell und so reichlich meine Wünsche
bedenken und zu deren Befriedigung Sich auf solche
Weise bemühen wollen. Ich habe nicht verkennen
dürfen, daß außer den köstlichen Documenten der ver-

gangenen und gegenwärtigen Zeit, auch mehrere dieser
Blätter geschrieben sind, in Rücksicht auf meinen
Wunsch, und in der Absicht, den Zweck zu erfüllen,
den ich mir vorgesetzt habe. Es kann dieses nicht
anders, als auf eine höchst freundliche und thätige
Anregung geschehen seyn, deren Werth ich so gut, als
den jener Gewährung zu schätzen weiß. Haben Sie
die Güte allen den vortrefflichen Personen, wenn sich
Gelegenheit finden sollte, meinen aufrichtigsten Dank
abzustatten.

Auch die liebe Caroline Pichler hat die Sendung
mit interessanten Beyträgen bereichert, und ihr freund-
licher Brief ist sogleich in die Sammlung aufgenommen worden. Ich bitte ihr mit Überreichung
der Einlage das Verbindlichste zu sagen.

Ihr gehaltreiches Packet überraschte mich gerade
an einem tristen Tage, wo ich nichts Erfreuliches zu
erwarten hatte. Sogleich war ich aufgeregt und aufgemuntert diese neuen Beyträge zu katalogiren, einzu-
rangiren und mich dabey an dem Anschwellen meiner
Hefte zu freuen, das mitgesendete interessante Verzeichniß aber wurde zu den Generalien und allgemeinen
Documenten der Sammlung hinzugefügt, mit Bemerkung der freundlichen Geberin und zum dankbaren
Andenken.

Von unserem Freund Riemer kann ich melden,
daß er seit kurzer Zeit als Professor bey dem hiesigen
Gymnasium angestellt ist, wo er seine schönen Kennt-

niffe zum Nutzen der Jugend reichlich wird ausspenden
können. Was er da Gutes stiftet, wird ihm zum
Trost und zur Entschädigung dienen, daß er das
werthe Böhmen dieses Jahr nicht besuchen kann.

Ich hingegen hoffe abermals zu Anfang May in
Carlsbad zu seyn, lassen Sie mich dort von Ihnen
einige Nachricht finden, ob ich das Vergnügen hoffen
darf, Sie dort zu sehen, und wer noch sonst von
Gönnern, Freunden und Bekannten dieses Jahr die
böhmischen Bäder zu besuchen denkt.

Empfehlen Sie mich dem Andenken so mancher
würdigen Person, die Sie mir günstig kennen, und
bleiben überzeugt, daß ich mich Ihrer jeder Zeit mit
vorzüglicher Hochachtung und Dankbarkeit erinnere.

Weimar
den 31. März
1812.

6288.

An Caroline Pichler.

Ich darf meinen lebhaften Dank nicht aufschieben
für Ihre freundliche Zuschrift und für die gefällige
Art, womit Sie meinen Wünschen in Absicht auf
eine Lieblingsfammlung, dem unmittelbaren Andenken
würdiger Menschen gewidmet, so thätig entgegenkommen. Auch Ihr lieber Brief soll als solches
Document, zwar wie die übrigen alphabetisch, aber
doch mit besonderer Neigung eingeschaltet werden.

Wenn von der eignen Hand des vortrefflichen Mozart sich Ihren emsigen Bemühungen keine Zeile darbot, so wird mir das Übrige desto lieber, und ich werde um desto eifriger sammeln, weil uns dieses Beyspiel zeigt, wie gerade das Nächste und Eigenthümlichste des Menschen so bald nach seinem Scheiden verschwindet und von seinem Zustande, wie von seinen Verdiensten, nur ein Allgemeines, gleichsam Körperloses übrig bleibt.

Diese Betrachtungen führen uns dahin, daß wir uns desto mehr an diejenigen verdienten Personen halten, mit denen uns das gute Glück in irgend ein lebendiges Verhältniß hat bringen wollen. Seyn Sie versichert, daß ich zu wiederholten malen an Ihren Productionen Theil genommen, ja ich will nur gestehen, daß ich einigemal in Versuchung gerathen bin, Ihnen über Sich selbst und Ihre lieben deutschen Schwestern in Apoll ein heiteres Wort zu sagen, doch gehen solche gute Vorsätze bey mir gar oft in Rauch auf.

Desto dauerhafter ist die hohe Achtung und zarte Neigung für Charakter und Verdienst mit der ich mich auch diesmal Ihnen zum schönsten empfehle.

Mit wiederhollten Wünschen für

Weimar,   Ihr Wohlergehen

ben 31. März   Goethe.

1812.

6289.
An v. Trebra.

[Concept.] [7. April.]

Indem ich zu Ende des Winters, da mich schon
das Frühjahr zu meinem gewöhnlichen Ausflug an-
lockt, meine Briefschulden untersuche und meine Credi-
toren mir vergegenwärtige, so finde ich dich, mein
5 verehrter Freund, nicht erst darunter, denn es ist mir
nie aus dem Sinne gekommen, mit welcher schönen
Sendung du mich zu Anfang des Jahrs erfreut hast.
Es war die ansehnlichste die ich erhalten hatte seit
der Zeit, als ich mein gedrucktes Verzeichniß ausgehen
10 ließ, und ich bin dir so oft dafür dankbar, als ich
diese nun schön geordnete und schon bis gegen die
tausend Nummern enthaltende Sammlung mir vor
Augen lege. Wo Tauben sind, fliegen Tauben zu
und immer schließen sich mehr Denkmale würdiger
15 Männer an einander. Hier finde ich mit meinen
Freunden eine sehr interessante Unterhaltung, wenn
der physische, der moralische, der politische Himmel
seine Flocken schüttelt.

Nun muß ich auch etwas von unseren Studien
20 sprechen, die dich näher angehen. Unser Professor der
Chemie, Döbereiner in Jena, macht seine Sachen sehr
gut, er ist jung, thätig, hat viele technische Einsicht
und Fertigkeit, so daß er sich auch schon als Ober-
aufseher unserer Bierpfannen und Branntweinblasen

sehr wacker gezeigt hat. Durch die Fortschritte des
Galvanismus ist die Erfahrung selbst zur Theorie
geworden und so gehet alles einen sicherern und klare-
ren Gang. Dieser unser gute Döbereiner sollte das
Glück haben dir aufzuwarten, der Herzog hatte ihn
nach Sachsen geschickt eine Runkelrübenzucker Fabrik
zu besichtigen. Er sollte über Freyberg zurückkehren,
allein die großen Wasser ließen ihn nicht dorthin
gelangen, welches ihm sehr leid that. Er gedachte
übrigens manches mit Herrn Prof. Lampadius zu
besprechen, welche Hoffnung ihm denn auch durchs
Wasser zu Wasser geworden ist.

Über beyliegende Anfrage das Gazometer betreffend
erbitte mir, wenn es seyn kann, eine baldige Antwort, vor Jubilate trifft sie mich noch hier.

Von mineralogicis und geologicis, für die wir
an unserm Herrn Hofmarschall von Ende einen neuen
Freund und Liebhaber gewonnen haben, will ich nichts
weiter sagen, als daß sie noch immer mit Neigung
und Lebhaftigkeit betrieben werden. Bergrath Voigt
hat in einem Thonporphyr bey Ilmenau sehr schöne
und deutliche Zwillingscrystalle gefunden an Gestalt
völlig den bekannten Carlsbadern gleich. So erhält
auch Bergrath Lenz immer noch von allen Seiten
her gute Beyträge. Aber was ist das alles gegen
dein Gebirg, wo alles zu Hause ist und alles hin-
strömt!

[Beilage.]

[Concept.]

Das Gazometer betreffend.

Im Jahre 1800 gab Herr Hofrath Meyer in Götlingen ein Programm heraus „descriptio machinae ad combustionem Gas vitalis inflammabilis idoneae". Diese Schrift hat der gegenwörtig hier etablirte Hofmechanikus Körner in Freyberg gesehen, als er dort in der Stulerischen Werkstatt gearbeitet, auch referirt er, daß er nach derselben eine Zeichnung verfertigt habe und sey gedachtes Instrument nach seinem Abgange in gemeldeter Werkstatt verfertigt worden, Herr Professor Lampadius bediene sich desselben bey seinen Vorlesungen. Nun wünschte man zu vernehmen, ob etwa jenes Programm noch vorhanden sey, und ob man es in dem Falle mitgetheilt erhalten könne; ferner wünschte man einige Nachricht von der Maschine selbst, ob und wieferne sie brauchbar, nicht weniger, was sie etwa gekostet? Fände sich das Programm nicht, so würde man die Mittheilung einer Zeichnung dankbar erkennen. Die neuesten Apparate dieser Art sind sehr groß und kostspielig, weswegen man einen compendiöseren anzuschaffen wünscht.

6290.

An Rochlitz.

Da mich das herannahende Frühjahr wahrscheinlich bald von Weimar weg und nach Böhmen locken

wird, so will ich nicht versäumen Ew. Wohlgeb. nochmals zu schreiben, und mich Ihrem Andenken bestens
zu empfehlen.

Das mitgetheilte Blatt über meine Farbenlehre
folgt hierbey mit vielem Dank zurück, nur Schade,
daß es nicht mehrere waren. Gerade diese Art von
unschuldigen augenblicklichen Äußerungen sind mir
unendlich werth und besonders hier, wo ich mit Vergnügen sehe, wie eine Sache, mit der ich mich so
viele Jahre beschäftiget, auch in dem Gemüthe eines
Freundes aufgeht, und sich dasselbe nach und nach zu
gewinnen weiß.

Diesen Winter hat mich das Theater sehr von
anderen Thätigkeiten abgezogen, ich muß erwarten,
ob die Carlsbader Einsamkeit, die ich wenigstens im
Monat May hoffen darf, mir Raum giebt, etwas
für Poesie, Wissenschaft, oder was es sonst wäre,
zu thun.

Leben Sie unterdessen recht wohl, und lassen Sie
Sich in litterärischen Dingen nichts anfechten; wir
haben unsere Kräfte zu nothwendigerem Gebrauch
jetzt aufzusparen.

Das Gemäldeverzeichniß habe ich höheren Orts
mitgetheilt, und bin nicht ganz ohne Hoffnung einiges
Erfolgs, leider genießt man jetzt kaum, was man
besitzt, wie sollte man noch mehr zu besitzen wünschen!
Sollte sich die Aussicht nach Norden wieder erheitern,
so wäre vielleicht dort etwas zu thun.

Mit den besten Wünschen mich zu freundschaft-
lichem Andencken empfehlend
W. d. 7. Apr. Goethe.
1812.

6291.
An Caroline v. Humboldt.

Habe ich auch schon wieder so lange auf Ihren
lieben Brief vom 22. Januar geschwiegen, so hätte
ich auch meine abermalige Ankunft in Böhmen abwarten können um Ihnen dort aus der Nähe, und
vielleicht etwas heiterer, zu schreiben, denn der Schluß
des Winters hat nicht zum günstigsten auf mich ge-
wirkt, und ich sehne mich nach jenen erprobten Heilquellen.

Wie angenehm war mir's wieder unmittelbar
etwas von Ihnen zu erfahren, denn daß Sie Sich
wohl und vergnügt in Wien befinden, habe ich manchmal von reisenden Freunden vernommen. Recht herzlich habe ich Sie früher bedauert, daß Sie nach hart-
näckigem Widerstand doch noch endlich das liebe Rom
mit dem Rücken haben ansehen müssen. Ich weiß
recht gut was das heißt, und nehme aufrichtigen Antheil an jedem, der mit seinem Gepäcke zur Porta del
Popolo hinausfährt. Wien mag indessen in manchem
Betracht für Sie ein sehr günstiger und angenehmer
Aufenthalt seyn.

Zu der im November angesetzten Auction möchte

ich wohl eine kleine Fahrt nach Zante machen. Es war ein köstlicher Fund, denn nach aller Beschreibung sind es doch wohl Werke des älteren Styls, wie die Gesichter zeigen. Die höchst reinliche, bis ins Kleine gehende Ausführlichkeit der Gewänder und Waffen widerspricht dieser Vermuthung nicht. Übrigens war für die Verbreitung dieser Nachricht schon gesorgt, indem eine Übersetzung derselben sehr bald im Morgenblatt erschien; doch war es mir sehr angenehm Ihrer Gefälligkeit das Original zu verdanken, welches in meinem Kreise sehr wohl aufgenommen wurde.

Diesen Winter habe ich mich viel mit dem Theater beschäftigt; es war um so nöthiger etwas in unserem Inneren zu thun, weil uns von außen wenig Erbauliches zukommt. Ich habe Shakespeare's Romeo und Julie concentrirt und zu einem faßlicheren Ganzen organisirt. Es ist gut gegeben und gut aufgenommen worden. Um ein Calderon'sches Stück, das Leben ein Traum, haben sich Einsiedel und Riemer verdient gemacht; auch diese Vorstellung ist sehr gelungen.

Freund Riemer ist seit kurzem als Professor bey dem hiesigen Gymnasium angestellt. Da er dieser Stelle vollkommen gewachsen ist, so kann er sie mit Zufriedenheit bekleiden. Ich habe mich ungern von ihm getrennt, indessen mußte das wohl einmal seyn.

Mögen Sie mit Ihrem Herrn Gemahl, dem ich mich tausendmal empfehle, mir einige Worte nach

Carlsbad schreiben, so finden sie mich dort Anfangs
May. Nur eine kurze Nachricht, daß Sie und die
lieben Ihrigen sich wohl befinden, soll mich genugsam
erfreuen. Könnten Sie mir doch auch etwas Gutes
von dem Gesundheitszustande der Frau von Eybenberg sagen, der mir sehr zu Herzen geht.

Mich Ihrem lieben Herzen treulich und freundlich
empfehlend

    Weimar
    b. 7. April 1812.   Goethe.

6292.

An C. v. Knebel.

Auf deinen lieben Brief will ich sogleich etwas
erwiedern und wünschte wohl, daß es mündlich geschehen könnte, denn es ist mir in der letzten Zeit
gar manches vorgekommen, das ich wohl mittheilen
möchte.

Daß es mit Jacobi so enden werde und müsse,
habe ich lange vorausgesehen, und habe unter seinem
bornirten und doch immerfort regen Wesen selbst
genugsam gelitten. Wem es nicht zu Kopfe will,
daß Geist und Materie, Seele und Körper, Gedanke
und Ausdehnung, oder (wie ein neuerer Franzos sich
genialisch ausdrückt) Wille und Bewegung die noth-
wendigen Doppelingredienzien des Universums waren,
sind und seyn werden, die beyde gleiche Rechte für
sich fordern und deswegen beyde zusammen wohl als

Stellvertreter Gottes angesehen werden können — wer zu dieser Vorstellung sich nicht erheben kann, der hätte das Denken längst aufgeben, und auf gemeinen Weltklatsch seine Tage verwenden sollen.

Wer ferner nicht dahin gekommen ist, einzusehen, daß wir Menschen einseitig verfahren, und verfahren müssen, daß aber unser einseitiges Verfahren bloß dahin gerichtet seyn soll, von unserer Seite her in die andere Seite einzudringen, ja, wo möglich, sie zu durchdringen, und selbst bey unseren Antipoden wieder aufrecht auf unsere Füße gestellt zu Tage zu kommen, der sollte einen so hohen Ton nicht anstimmen. Aber dieser ist leider gerade die Folge von jener Beschränktheit.

Und was das gute Herz, den trefflichen Charakter betrifft, so sage ich nur so viel: wir handeln eigentlich nur gut, insofern wir mit uns selbst bekannt sind; Dunkelheit über uns selbst läßt uns nicht leicht zu, das Gute recht zu thun, und so ist es denn eben so viel, als wenn das Gute nicht gut wäre. Der Dünkel aber führt uns gewiß zum Bösen, ja, wenn er unbedingt ist, zum Schlechten, ohne daß man gerade sagen könnte, daß der Mensch, der schlecht handelt, schlecht sey.

Ich mag die mysteria iniquitatis nicht aufdecken; wie eben dieser Freund, unter fortdauernden Protestationen von Liebe und Neigung, meine redlichsten Bemühungen ignorirt, retardirt, ihre Wirkung ab-

geſtumpft, ja vereitelt hat. Ich habe das ſo viele Jahre
ertragen, denn — Gott iſt gerecht! — ſagte der perſiſche
Geſandte, und jetzo werde ich mich's freylich nicht
anfechten laſſen, wenn ſein graues Haupt mit Jammer
in die Grube fährt. Sind doch auch in dem ungött-
lichen Buch von göttlichen Dingen recht harte Stellen
gegen meine beſten Überzeugungen, die ich öffentlich
in meinen auf Natur und Kunſt ſich beziehenden Auf-
ſätzen und Schriften ſeit vielen Jahren bekenne und
zum Leitfaden meines Lebens und Strebens genommen
habe — und alsdann kommt noch ein Exemplar im
Namen des Verfaſſers an mich, und was dergleichen Dinge mehr ſind.

Übrigens ſoll ihm Dank werden, daß er Schellingen
aus ſeiner Burg hervorgenöthigt hat. Für mich iſt
ſein Werk von der größten Bedeutung, weil ſich
Schelling noch nie ſo deutlich ausgeſprochen hat, und
mir gerade jetzt, in meinem augenblicklichen Sinnen
und Treiben, ſehr viel daran gelegen iſt, den statum
controversiae zwiſchen den Natur- und Freyheits-
männern recht deutlich einzuſehen, um nach Maaßgabe
dieſer Einſicht meine Thätigkeit in verſchiedenen Fächern
fortzuſetzen.

Das Übrige in den Beylagen.

W. d. 8. Apr. 1812.   G.

6293.

An C. G. v. Voigt.

Ew. Excellenz

ersehen aus fol. 30 beygehender Acten gefällig die Veranlassung zu Auszahlung der 28 Rthlr. Ich habe Kirchnern, der die Sache damals besorgt, darüber gesprochen. Dieser sagt, Ew. Excellenz hätten auf sein Ansuchen den Zettel autorisirt, daß er einstweilen aus der Obercammercasse bezahlt würde. Er wolle sich erkundigen, wie es damit stehe, ob er nach Jena zugerechnet worden, oder ob er noch in Gewährschaft liege? Im ersten Fall erbäte ich mir das Geld zurück; im zweyten würde der Schein auszulösen seyn. Das Nähere nächstens.

Mich gehorsamst empfehlend

Weimar

den 8. April   Goethe.

    1812.

6294.

An Zelter.

So lange habe ich nichts von Ihnen gehört, und nicht zu Ihnen gesprochen, daß ich kaum weiß, wie ich meine Rede wieder anknüpfen soll. Damit jedoch das Schweigen nicht noch verstockter werde, will ich es aus dem Stegreife unterbrechen und mit Wenigem Gelegenheit geben zu neuer Unterhaltung.

Meine kleine musicalische Anstalt war diesen Winter gleichfalls unterbrochen, und so habe ich auch weniger als sonst mit Ihnen eine heitere, geistige Gemeinschaft gehabt. Mit dem Theater habe ich mich viel beschäftiget und einen concentrirten Romeo auf die Bühne gebracht. Sie werden das Stück wahrscheinlich bald in Berlin sehen; nehmen Sie davon Anlaß, mir ein Wort zu sagen, wie Sie es finden, wie es Andere gefunden, und wie es gespielt worden. Ich höre es gar gern, wenn Sie von der Leber weg referiren und urtheilen.

An dem 2. Bande meines biographischen Versuchs habe ich mehr durch Denken und Erinnern gearbeitet, als daß ich viel zu Papier gebracht hätte; komme ich nach Carlsbad, so wird es wohl rascher gehen. Dieser Band ist seinem Inhalte nach nicht der günstigste, man muß erst durch ein Thal durch ehe man wieder eine günstige und fröhliche Höhe erreicht; unterdessen wollen wir doch sehen, wie wir es mit unseren Freunden vergnüglich und erbaulich durchwandern.

Einige Freunde, Herr von Einsiedel und Riemer, haben sich auch um das Theater verdient gemacht, indem sie ein Stück von Calderon, das Leben ein Traum, übersetzt und bearbeitet. Unsere Schauspieler haben es bey der Aufführung, und ich mit den technischen Theatergeistern beym Arrangement an Fleiß und Aufmerksamkeit nicht fehlen lassen, dadurch denn ein gutes und dauerhaftes Stück gewonnen worden.

Freund Riemer ist seit Ostern bey dem hiesigen Gymnasium als Professor angestellt; so ungern ich ihn verliere, so freut mich's doch, ihn thätig zu wissen und zwar auf eine, seinen Kräften und Talenten angemessene Weise. Ja, er vermag weit mehr als hier von ihm gefordert wird, und so kann es ihm an Behaglichkeit in seinen Geschäften nicht fehlen.

Weiteres wüßte ich nicht viel zu sagen, als daß ich gegen Ende des Monats nach Carlsbad zu gehen denke; wollen Sie daher, wie ich wünsche, mir noch etwas von Sich vernehmen lassen, so thun Sie es bald, wenn mich Ihr Schreiben noch hier finden soll. Sagen Sie mir auch etwas von Ihrem Thun und Lassen, und wie es um Ihre nächsten Umgebungen steht.

Tausend Grüße und Wünsche.

W. d. 8. Apr.

1812. G.

6295.

An Friedrich Schlegel.

[Concept.] [etwa 8. April]

Sie haben mich, mein Werthester, schon vor einiger Zeit eingeladen, an einem neuen Journale Theil zu nehmen, und nun erhalte ich das Januar- und März-Stück des Teutschen Museums, für deren Übersendung ich zum schönsten danke. Sie verzeihen mir aber gewiß, wenn ich mich, wenigstens für den Anfang, nicht thätig erweise. Ich mag wohl gerne in der Zeit

leben, weiß es aber nicht recht anzugreifen, wenn ich
mit ihr leben soll, daher finden Sie mich auch selten
oder gar nicht in solchen Schriften auftreten, die der
Gegenwart gewidmet sind. Lassen Sie mich indessen
Ihre Hefte mit Aufmerksamkeit lesen, vielleicht wird
irgend etwas dadurch bey mir aufgeregt. Sammlungen
wie die Ihrige haben das Verdienst, daß sie manches
zu Tage bringen, was sonst verborgen geblieben wäre,
wie denn z. B. die Aufsätze Ihres Herrn Bruders,
Adam Müllers, von Pfuels, viel Interesse für mich
gehabt haben. Auch danke ich Ihnen, daß Sie Sich
haben wollen der guten Natur, in deren Dienste wir
Anderen nicht ohne Gott zu seyn glauben, freundlich
annehmen. Ich kann den letzten Schritt unseres lieben
Jacobi mir gar wohl aus seinem Character und seinen
Gesinnungen erklären, die ich so lange kenne; allein
es muß dieses Unternehmen einen jeden, der ihm wohl
will, betrüben, weil es für ihn von den schlimmsten
Folgen seyn kann.

Etwas über unser Theater zu sagen oder sagen
zu lassen, würde sehr schwer fallen. Wir gehen immer
auf die alte Weise fort, die Sie aus vorigen Zeilen
selbst kennen, wir sagen niemals voraus, was wir
thun wollen, und dann merken wir auf, wie das Publicum dasjenige empfängt was wir geben: gelingt's,
so gehen wir einen Schritt weiter. Für den standhaften Prinz war vieler Enthusiasmus rege geworden; nun sind wir mit einem anderen Stück be-

Calderon, das Leben ein Traum, hervorgetreten,
welches gleichfalls vielen Beyfall erhalten, ja sogar
einen kleinen Streit erregt hat, welches von beyden
Stücken das vorzüglichste sey? Romeo und Julie von
Shakespeare habe ich concentrirt und alles, was nicht
zur Haupthandlung gehört, entfernt. Auch dieses Stück
hat eine gute Aufnahme gefunden.

Über die neueste bildende Kunst ließe sich vielleicht
am ersten einiges mittheilen. Dresden liegt in unserer
Nähe, wir sind nicht unbekannt mit dem, was dort
geschieht, und dieses verdient wohl, daß man gutes
davon sage. Sowohl auf diesem, als auch auf manchem anderen Wege, wünschte ich Ihnen nützlich seyn
zu können, um so mehr als die K. K. Academie der
vereinigten bildenden Künste mir die Ehre erzeigt hat,
mich unter ihre Glieder aufzunehmen. Mögen Sie
mich des Herrn Grafen von Metternich Excell. gelegentlich gehorsamst empfehlen.

Im May findet mich ein Brief von Ihnen wohl
in Carlsbad.

6296.

An die Königl. Sächsische Stift-Merseburgische
Regierung.

[Concept.]

Hochwohlgeborne und Wohlgeborene
Höchst- und Hochzuverehrende Herren.

Nach Ew. Hochwohl- und Wohlgeb. geäußertem
Wunsche haben wir sogleich, nach dem Empfang Hoch-

dero verehrlichen Schreibens, die Angelegenheit nochmals in Überlegung gezogen und von allen Seiten
betrachtet, und es sey uns erlaubt, unser Verhältniß
zuvörderst mit Offenheit darzustellen und zur Erwä-
gung anheim zu geben.

Ew. Hochwohl- und Wohlgeb. sind seit mehreren
Jahren selbst Zeuge gewesen, welche Schwierigkeit es
habe, wenn auch nur an einem Orte die meisten Tage
der Woche ein interessantes Schauspiel geleistet werden
soll. Bey der sichersten Einrichtung und dem besten
Willen sieht man sich öfter in dem Falle, statt einem
vorzüglicheren Stück ein geringeres Stück zu geben
und dadurch, zu eigenem Leidwesen, bey dem Publicum
eine verdrießliche Stimmung zu erregen. Das Unangenehme dieser Lage vermehrt sich mit jeder neuen
Bedingung, wenn jeden Tag der Woche, oder gar an
zwey Orten zu spielen wäre. Nimmt man an, daß
in solchem Falle bey dem Hin- und Wiederreisen der
Schauspieler so manche unangenehme Zufälligkeit eintreten kann, so läßt sich die Möglichkeit wohl einsehen,
wie man, anstatt ein doppeltes Publicum zu befriedigen, keinem von beyden genug thun werde, wobey
man durch Transport, Zuschüsse und Entschädigungen
sich noch überdies in pecuniären Schaden versetzt sehen
könnte.

Als wir nun, in Betracht früherer Verhältnisse
eine solche Gefahr und Beschwerde zu übernehmen
nicht ungeneigt waren, durften wir hoffen und er-

warten, daß ein solches Anerbieten mit vorzüglichen Begünstigungen möchte erwiedert werden.

Die im Gegentheil aufgeregten, mehr auf glückliche Zeiten passenden Bedingungen mußten uns, nicht sowohl auf unseren Vortheil, als auf die schwere von uns zu übernehmende Pflicht aufmerksam machen, da uns denn gar nicht entgehen konnte, daß eine Vermehrung unseres Personals nöthig seyn würde, wenn wir sowohl Halle, als Lauchstädt befriedigen und mit Ehre an beyden Orten bestehen wollten. Dieses setzt aber eine Aussicht auf längere Zeit, und bey so vielen Schwierigkeiten eine geneigte Bey- und Nachhülfe voraus.

Sollte man aber wegen der Spieltage selbst an beyden Orten gebunden und an dem einen nur auf einen Sommer gleichsam zum Versuche aufgenommen seyn, so würde sich bey einer sehr unbequemen Gegenwart keine Einrichtung für die Zukunft machen lassen. In diesen Betrachtungen werden Ew. Hochwohl- und Wohlgeb. uns gewiß nicht verargen, wenn wir den Antrag in Lauchstädt auf bemerkte Weise diesen Sommer eine Anzahl Vorstellungen zu geben, geziemend ablehnen. Wir glauben dieses um so eher thun zu dürfen, als sich Lauchstädt, wie die Sache gegenwärtig liegt, in dem besonderen Vortheil befindet, ein geräumiges Schauspielhaus bey sich errichtet zu sehen, welches von einer jeden antretenden Schauspielergesellschaft, mit der wir wegen des Locariums billigmäßige

Abfindung zu treffen geneigt find, fogleich genutzt werden kann; fo wie es denn auch nicht fehlen dürfte, eine folche Gefellfchaft zu deren Aufnahme Ew. Hoch-wohl- und Wohlgeb. fchon allergnädigft autorifirt find, auszufinden, und zur völligen Zufriedenheit der Badegäfte und der Nachbarfchaft dafelbft auftreten zu laffen.

Wir werden nicht verfehlen, zu Entrichtung der Realabgaben, als des Canons an 5 Rthlrn., ingleichen der Baubegnadigungsgelder an 2 rh. 12 gr. fo wie der Brand-Affecurationscaffe-Gelder vom Haufe den nöthigen Befehl zu ertheilen, dahingegen alles übrige, was wegen der Vorftellungen, als der Beytrag zu dem Lauchftädter Brunnen-Armeninftitute, und was fonft zeither entrichtet worden ift, wohl von der neuauf-tretenden Gefellfchaft zu leiften feyn wird.

Wir können das Gegenwärtige nicht fchließen ohne die Verficherung, daß es uns unendlich leid thut, nicht Hochdero Willen in allem befriedigen zu können. Wie wir denn unfern lebhaften Dank für die bisher er-zeigte Geneigtheit abermals auszufprechen nicht ver-fehlen und die Bitte hinzufügen, uns diefelbe auch in der Folge, da wir uns wegen des, mit vieler Anftren-gung erbauten Schaufpielhaufes immer als jenem Lande verbunden und verpflichtet anfehen, zu erhalten. Es gefchieht diefes mit defto größerer Zuverficht, als Hochdiefelben durch die Äußerung, daß mit einer neuen Gefellfchaft nur auf einige Jahre contrahirt werden

solle, uns die Aussicht offen lassen, an den geliebten
und gewohnten Ort wieder zurückzukehren und die
verehrten und geschätzten Verhältnisse wieder anzuknüpfen.

Die wir indessen Denenselben angenehm zu dienen
bereit und geflissen beharren.

Sig.   Weimar den 9. April
              1812.   Commissio.

6297.

An J. H. Meyer.

Könnten Sie vielleicht, lieber Freund, in diesen
Tagen die Angelegenheit der Dlle Seidler wegen des
Gemäldes beendigen und des Geldes habhaft werden?
Das gute Mädchen geht nach Dresden, und es wäre
ihr wohl zu gönnen, daß sie diese Baarschaft mit-
nehmen könnte.

Noch ein anderes Anliegen könnte ich vielleicht
durch Sie erledigt sehen. Die Hoheit hat den zweyten
Theil der Lettres de la Marquise du Deffand wohl
schon 14 Tage von mir, wahrscheinlich haben sich die
Damen dessen bemächtigt und nun zirkulirt er. Ich
muß dieses Werk dem französischen Gesandten wieder-
geben; könnten Sie es nicht loskriegen? Verzeihung!

Weimar
ben 14. April   G.
    1812.

6298.

An C. G. v. Voigt.

Mit nochmaligem Dank für den gestrigen gefälligen Besuch sende hierbey das mundum zurück. Das exhibitum und das Concept des Communicats habe zu den Acten genommen.

Die französischen Tableaux, welche freylich nicht die erfreulichsten Bilder sind, erbitte mir noch auf einige Tage zu näherer Betrachtung.

Ich erbitte mir die Erlaubniß von Jena aus über unsere Museumsangelegenheiten manches zu melden, und einige Vorschläge für diesen Sommer zu thun.

Indessen mich gehorsamst und angelegentlichst empfehlend

Weimar
den 16. April   Goethe.
1812.

6299.

An Zelter.

Als ich meinen letzten Brief weggeschickt hatte, fühlte ich mich recht verdrüßlich, denn es war mir bey dieser Gelegenheit lebhaft geworden, was wir einander sind und seyn können; und nun schweigen wir auf die leichtsinnigste Weise eine ganze Zeit lang, eben als wenn wir tausend Jahre alt werden wollten und tausend gleiche Verhältnisse in der Welt gefunden

hätten. Durch diese Betrachtungen bewegt nahm ich
mir vor, Ihnen eine kleine Arbeit des vergangenen
Jahrs zu senden, damit doch wieder etwas ordentliches
zwischen uns zur Sprache käme.

Die Cantate oder Scene, wenn Sie wollen, arbei-
tete ich für den Prinz Friedrich von Gotha, der etwas
dergleichen zu haben wünschte, um seine hübsche und
gebildete Tenor-Stimme zu produciren.

Capellmeister Winter in München hat das Werk
sehr glücklich componirt, mit viel Geist, Geschmack
und Leichtigkeit, so daß des Prinzen Talent in seinem
besten Lichte erscheint. Nun behält er aber die Partitur
für sich, welches ich ihm nicht verdenke. Aber warum
sollte ich Ihnen das Gedicht nicht mittheilen, um
wieder einiges Leben in unsere Unterhaltung zu
bringen. — Leben Sie recht wohl und fahren fort
mich zu lieben.

Weimar
ben 17. April   G.
1812.

6330.

An J. F. H. Schlosser.

[Concept.]   [17. April.]

Wohlgeborner
Insonders hochgeehrtester Herr.
Ew. Wohlgeb. verfehle nicht sogleich anzuzeigen,
daß sowohl Papier als Geld glücklich angekommen.

Auch hier ist das Gold in der letzten Zeit sehr ge=
stiegen, so daß ich bey den Ducaten sowohl, als den
Louisb'ors eher gewinne als verliere. In Carlsbad
werden diese Sorten nicht weniger angenehm seyn und
ich habe also auf jede Weise für Ihre gütige Vorsorge
zu danken.

Das große Buch werde ich mit Ihrer Erlaubniß
noch einige Zeit behalten. Es kommt freylich mehr=
mals vor, daß ich mich in demselben wegen irgend
einer Epoche Raths erholen kann.

Empfehlen Sie mich Ihrem Herrn Bruder vielmals
wenn er zurückkommt; vielleicht macht er uns auf den
Herbst das Vergnügen uns zu besuchen, es wäre recht
schön, denn ich hoffe zu der Zeit Herrn Boisserée hier
zu sehen. Sie, mein werthester, darf man wohl bey
Ihren vielen und zusammenhängenden Geschäften nicht
einladen.

Da ich bald nach Carlsbad zu gehen gedenke, so
haben Sie die Gefälligkeit, wenn irgend etwas vor=
kommen sollte, meinem Sohne davon Nachricht zu
geben, welcher diesen Sommer in Weimar bleiben wird.

6301.
An F. v. Müller.

Ew. Hochwohlgeb.

theile eine kleine Tragödie mit, die viel Verdienst
hat und, wohl gespielt, auf unserem Theater ihren
Effect nicht verfehlen dürfte. Was sagen Sie dazu?

Ich sollte denken, daß mit Veränderung einiger Stellen
das Ganze wohl ohne Verletzung unserer Gäste aufgeführt werden könnte. Ich wünschte es freylich sehr,
weil Theaterstücke von dieser Brauchbarkeit gegenwärtig
sehr selten sind. Vielleicht sprechen Sie Sonntag
früh bey mir ein, da sich denn das Nähere besprechen
läßt.

Mich bestens und schönstens empfehlend
　Weimar
　den 17. April　　　　　　　　　　　　Goethe.
　　1812.

6302.
An W. v. Humboldt.

[Concept.]

Da ich mit Beschämung gestehe, daß es bey mir
immer einer äußeren Anregung bedarf, wenn ich mich
zu meinen lieben entfernten Freunden wenden soll;
so will ich auch gegenwärtig ganz ohne Scheu diesen
Brief mit einer Empfehlung anfangen.

Meister Henniger von hier, ein sehr geschickter
Kupferschmied, der sein Talent schon einmal in Wien
producirt, geht abermals dahin, und verlangt von
mir ein gutes Zeugniß. Bey wem könnte ich dieses
besser niederlegen, als bey Ihnen, verehrter Freund,
der Sie jedes Verdienst zu schätzen wissen, und so
gefällig als einsichtig sind.

Da dieser Mann nur gekannt zu seyn wünscht,
so wird er, denk' ich, keineswegs lästig seyn. Ich

gebe ihm diesen Brief um so lieber mit, als ich im
Begriff bin mich Ihnen zu nähern. Anfangs May
trifft mich ein Wort von Ihnen in Carlsbad bey
den drey Mohren.

Ich hoffe, Ihre Frau Gemahlinn, der ich mich
bestens empfehle, hat einen Brief vom 5. dieses Monats richtig erhalten. Prof. Riemer, der sich Ihrem
Andenken gleichfalls empfohlen wünscht, befindet sich
munter und thätig in seinem, freylich etwas be-
schwerlichen Lehramte. Die große Nöthigung, sich
selbst von allem Rechenschaft zu geben, da er anderen
Rechenschaft geben soll, wird ihn nach einigen Jahren
sehr weit gebracht haben. Erhalten Sie mir auch
fern und schweigend Ihre Neigung und Freundschaft.

den 19. April 1812.

6303.
An Perthes.

[Concept.]

Ew. Wohlgeb.

haben von Zeit zu Zeit irgend eine Gelegenheit ergriffen, um mich von Ihrem fortdauernden Andenken
zu überzeugen; erlauben Sie, daß ich gegenwärtig
Sie auch wieder einmal des meinigen versichre.

Der Überbringer dieses, Namens Gauby, ein Catalonier, wird Ihnen seine Geschichte selbst erzählen;
er hat sich in Spanien zu unseren Truppen gesellt,
man hat ihn lieb gewonnen, und er ist mit ihnen

herausgekommen. Auch hier am Orte hat man sich
für ihn interessirt, und bey seiner guten Art ist es
wahrscheinlich, daß er in der militärischen Carriere
nicht dahinten bleiben wird. Können Sie, ohne Ihre
Unbequemlichkeit, etwas für ihn thun, damit er sich
in jener großen Stadt nicht ganz allein fühle, und
sich nicht auf den Umgang seiner Cameraden ganz
beschränkt finde, so werden Sie ein gutes Werk thun,
und mir eine Gefälligkeit erzeigen. Die Nationen
gehen jetzt in der Welt so durch einander, daß man
ein Kosmopolit wird, ohne seine Wohnung zu verlassen.

Leben Sie recht wohl und bleiben meines Antheils
versichert. Möchten Sie wohl Herrn Runge von mir
zum schönsten grüßen; seinen Bruder vermisse ich
sehr ungern unter den Lebendigen. Mit aufrichtiger
Hochachtung.

Weimar den 10. April
1812.

6304.

An den Prinzen Friedrich von Gotha.

Durchlauchtigster Fürst
gnädigster Herr,

Ew. Durchl. erhalten hierbey, später als ich gewünscht hätte, das verlangte Schauspiel und geruhen
aus der Beylage das nähere Verhältniß zu ersehen.
Das Stück ist nicht von Contessa, sondern von Kotzebue

unb wir durften es ohne die Beystimmung der Mutter
unb ohne ein zwar bedingtes Versprechen eines Hono=
rars nicht weggeben.

Morgen gehe ich nach Jena und von da bald
weiter nach Osten. Warum liegen die Heilquellen,
deren ich bedarf, nicht in Westen! damit ich das
Glück haben könnte Ew. Durchl. mündlich zu ver=
sichern wie unschätzbar mir Ihre Gunst und Gnade
sey; erhalten Sie solche auch fernerhin dem, der sich
in lebenswieriger Verehrung unterzeichnet

Ew. Durchl.

Weimar d. 20. Apr.   unterthänigsten Diener
1812.   J. W. v. Goethe.

6305.

An C. v. Knebel.

Laß mich, mein werthester, eine kleine Frage thun!
Hast du schon von der W. Regierung die Expedition
wegen des Stipendiums erhalten? Und hast du etwa
dem Herzog und Herrn Geh. R. Voigt ein Wörtchen
Dankes zugeschrieben? Ich möchte es gerne wissen,
weil ich, wegen des Manuscriptes dem der Buch=
handel nichts günstiges verspricht, wenigstens nicht
im Augenblicke, von hier aus noch einen Versuch
machen wollte. Den schönsten guten Morgen!

[Jena] d. 21. Apr.   G.

6306.

An Kirms.

Hiebey sende ich verschiedenes, was für den Augenblick das nothwendigste ist.

1) Das Schauspiel Toni. Ich habe in das Stück verschiedene Anmerkungen gelegt, welche Herr Genast beherzigen wird. Sie werden daraus ersehen, daß wir, wenn das Stück, das sich gewiß auf dem Theater erhält, die vollkommene Wirkung thun soll, etwas an die Decorationen wenden müssen. Ich wünschte daher, daß Sie mir Heibloffen Donnerstag bey Zeiten herüberschickten. Er soll die Maaße des Theaters mitbringen. Eigentlich bedarf es nur einen durchbrochenen Vorhang, allein die Hauptsache ist verschiedenes, was auf Papier gemalt werden muß, um durch einen schicklichen Hausrath unsere Bauernstuben und Gemäuer in westindische Wohnungen umzuschaffen. Heibloff soll mitbringen, was er zum Aufreißen, Zeichnen und Illuminiren braucht. Papier findet er hier.

2) Die erneuerten und erweiterten Strafgesetze in einem reinen Concept. Ich habe dabey die älteren, so wie Herrn Genasts Anmerkungen zum Grunde gelegt. Dieses Blatt lege ich zur Vergleichung auch hier bey. Sollte noch etwas hinzuzufügen seyn, so werden Sie die Güte haben es zu thun. Das mundum wünsche ich Sonnabends zurück. Die Meinigen,

die herüberfahren, können mir es mitbringen, sonst auch die Boten.

3) Dagegen wünschte ich das Verzeichniß, was für Stücke man in Halle zu geben gedenkt? und Ihr Sentiment, was deshalb etwa anzuordnen seyn möchte; besonders wollte ich empfohlen haben, daß Sonntags Opern und große Schauspiele abwechselnd gegeben würden.

4) Das Stück Toni sowohl, als die Sühne wird Herrn Geheimeregierungsrath v. Müller zugestellt, so wie alle Stücke, die in meiner Abwesenheit gespielt werden, und noch nicht von ihm vidirt sind.

Mich schönstens empfehlend

Jena d. 21. Apr. 1812.

G.

6307.

An C. G. v. Voigt.

Gefällig zu gedenken.

1) Beyliegendes gehorsamstes Promemoria bitte mit günstigen Augen zu betrachten. Man kann es niemals ganz aufgeben, Freunden helfen zu wollen, besonders in Fällen von so geringer Bedeutung. Wegen des Stipendiums ist noch keine legale Notiz herübergekommen, sonst würde der schuldige Dank auch schon erfolgt seyn.

2) Können E. E. die Differenz zwischen K. und H. baldigst beseitigen, so würde es eine Wohlthat für

ben erstern seyn. Es ist wunderlich, aber freylich nicht
anders in der Welt, daß brauchbare Menschen die Gewalt mißbrauchen, die ihnen ihr Verdienst giebt.

3) Wegen eines dem botanischen Garten zugehörigen
Zubringers lege ich ein besonderes Promemoria bey,
zur Bequemlichkeit, wenn E. E. deshalb Erkundigung
einziehen wollen. Verzeihen Sie! aber es ist billig
und hergebracht, daß man für sein besonderes Geschäft
sorge, besonders da man von den übrigen Special-
Geschäftsträgern auch keine Hülfe zu erwarten hat.
Jena den 21. April 1812.   G.

[Beilage I.]

[Concept.]
Gehorsamstes Promemoria.

Herr Major von Knebel arbeitet schon seit langer
Zeit an einer Übersetzung des Lukrez, sie ist nun abgeschlossen und liegt in einem saubern Manuscripte
da. Dieses Werck wäre noch vor einigen Jahren im
Buchhandel 5 bis 600 th. werth gewesen; nun aber
fallen alle Preise und er müßte es gegenwärtig um
einen viel geringeren Preis losschlagen.

Das Manuscript liegt zu gefälliger Einsicht auf
der Weimarischen Bibliothek.

Da ich nun dem guten wackern Freund welcher
die neuliche Vorsorge für seinen Sohn mit dem lebhaftesten Danck erkennt, auch von dieser Seite geholfen wünschte (denn wer bedarf jetzt nicht in occo-

nomicis einiger Nachhülfe); so wollte ich folgenden
unmaßgeblichen Vorschlag thun.

Man nähme dieses in mehr als einem Sinne
preiswürdige Manuscript zu Herzoglicher Bibliothek
und zahlte dem Verfasser dafür 200 rh. mit der Bedingung daß wenn zu gelegner Zeit dieses Werck an
einen Buchhändler vortheilhaft verkauft werden könnte,
Herzogl. Bibliothek dasselbe, gegen Erstattung der
200 rh. wieder herausgeben wolle, sich sonst aber zu
keiner Nachzahlung verpflichte. Mir scheint hierbey
keine Gefahr, weil ich selbst Aussicht habe das Werck
zu 300 rh. anzubringen.

s. m.

Jena d. 21. Apr.   G.
1812.

[Beilage II.]

Einen
Zubringer
betreffend.   Gefällig zu gedenken.

Vor mehreren Jahren, bald nach der Anlage des
neuen botanischen Institutes, kam die Bemühung zur
Sprache, welche nöthig war, um das Wasser von dem
unteren und entfernten Theil des Gartens in den
großen Raum umher und auf die Terrassen zu bringen.
Es ward deshalb beschlossen, einen kleinen Zubringer
anzuschaffen, ein Pumphäuschen zu errichten, die
Röhren zu legen, und so das nöthige Wasser mit

weniger Mühe überall hin zu vertheilen. Der Zubringer ward angeschafft und kostete 75 rh.

Wie es aber zu gehen pflegt, da jede Sache zwey Seiten hat und gegen jede neue Einrichtung etwas einzuwenden ist, weil man die alte entweder ganz, oder zum Theil aufopfern muß, so fand auch dieses löbliche Unternehmen besonders Widerstand bey den Untergebenen, die wie gewöhnlich auf ihrem alten Wege fortzuschlendern Lust hatten. Der damalige Director zeigte keinen Eifer, und die Sache unterblieb.

Der Zubringer stand lange in dem Erdgeschoß des Schlosses bis Durchlaucht der Herzog, ich weiß nicht zu welchem Gebrauch, nach einer solchen Maschine fragten, und sie, da ich sie anbot, zu vergüten zusagten.

Sie wurde nach Weimar gebracht und stand lange in dem Herzogl. Badezimmer oder in der Nähe desselben; da sie jedoch nicht gebraucht wurde, gelangte sie an die Feuerinspection, von welcher ich sie mehrmals reclamirt habe, ohne zu meinem Zweck zu gelangen. Der Castellan Kirchner ist von der ganzen Sache unterrichtet; vielleicht gäb ein entschiedener Auftrag von Ew. Excellenz der Sache eine gute Wendung. Es wird eine solche Maschine im botanischen Garten immer nützlich seyn, und auch wohl noch für einen mäßigen Preis verkauft werden können.

Gehorsamst um Verzeihung bittend

Jena den 21. April 1812.   Goethe.

6308.

An C. G. Körner.

Nachdem schon so manches Liebe und Gute, verehrter Freund, mir von Ihnen zugekommen, haben
Sie mir durch die letzte Sendung eine ganz besondere
Freude gemacht. Die beyden Stücke Ihres lieben
⁵ Sohns zeugen von einem entschiedenen Talente, das,
aus einer glücklichen Jugendfülle, mit Leichtigkeit und
Freyheit, sehr gute und angenehme Sachen hervorbringt. Diese Stücke waren mir besonders in dem
gegenwärtigen Augenblicke höchst erwünscht: denn
¹⁰ nachdem wir ein herrliches Stück von Calderon,
das Leben ein Traum, glücklich aufgeführt, so
waren wir im Begriff auf den Sandbänken der
neuesten dramatischen Litteratur zu stranden; durch
diese freundliche Beyhülfe sind wir aber auch fürs
¹⁵ Frühjahr flott.

Wir können die zwey Stücke besetzen, ohne daß ein
Schauspieler in beyden vorkommt, wodurch sie zu
gleicher Zeit eingelernt werden können und jedes für
sich wieder besonders abgerundet werden kann. Es
²⁰ freut mich, daß eben jene Heiterkeit der Jugend weder
Gift noch Galle in diesen Productionen aufkommen
läßt, sondern die Gegenstände so behandelt, als wenn
sie in der moralischen und ästhetischen Welt abgeschlossen wären, ohne mit der politischen in Verbindung
²⁵ zu stehen.

In der Angabe der Decorationen war ein Irrthum geschehen. Die beyden Zimmer nämlich waren nicht deutlich genug von einander gesondert. Ich sende daher die Angabe der Decorationen nach dem Sinne des Stücks; Sie werden die Güte haben solche mit der zurückbehaltenen Abschrift zu vergleichen. Auch habe ich in der ersten Scene eine offene Halle an Hoango's Haus mit Durchsicht auf den Hof und das Thor angegeben, wo man die Geräthschaften jener industriosen Gegend, bedeutend und geschmackvoll vertheilen kann. Thüre und Fenster des Hauses gehen in diese Halle. Hiedurch wird der Anstoß gehoben den man daran nehmen könnte, daß acht bedeutende Scenen, bey dem gräßlichen Gewitter, unter freyem Himmel vorgehen. Ich lasse eine Zeichnung nach meiner Angabe so eben verfertigen und sende Ihnen nächstens eine Copie.

Sonst hätte ich nichts an beyden Stücken zu erinnern, einige wenige Stellen, die unseren Gästen auffallen könnten, habe ich weggelöscht.

Ich billige es sehr, daß Ihr lieber Sohn kleinere Stücke macht, und Gegenstände wählt, die sich in wenigen Personen aussprechen. Die Breite giebt sich ohnehin nach und nach und man macht nicht so unendliche faux-frais, als wenn man aus der Breite in die Enge gehen will; was hat sich nicht Schiller für Schaden gethan, als er so vaste Conceptionen dramatisch und theatralisch behandeln wollte. Seine meisten

Stücke, wie sie zusammengeschnitten werden mußten,
sehen jetzt rhapsodisch aus und die kostbaren Einzeln-
heiten, die nur schroff neben einander stehen, machen
uns zwar immer erstaunen, aber sie verfehlen den
reinen ästhetischen Effect, der nur aus dem Gefühl
des Ganzen entspringt.

Wenn Sie mir etwas von des jungen Mannes
Lustspielen schicken wollen, wird es mir sehr angenehm
seyn, damit ich ihn auch von dieser Seite kennen lerne.
Ich wünsche daß er seine Gegenstände immer so richtig greife, wie in den beyden vorliegenden Stücken.

Was die Verse betrifft, so haben auch diese eine erwünschte Facilität und Klarheit; dabey mag der liebe
junge Dichter ja festhalten und nicht künsteln. Nirgends ist die Pedanterey, und also auch die rhythmische,
weniger am Platze, als auf dem Theater. Da verlangt
man unmittelbare Wirkung, und also die größeste
Deutlichkeit.

Hat er aber ein Stück fertig und will sich selbst
ein wenig controlliren, so suche er allen hiatus weg-
zubringen, so wie im Jambus die kurzen Sylben an
den langen Stellen.

Da er, wie ich aus seinen kleinen Gedichten weiß,
die lyrischen Sylbenmaaße in seiner Gewalt hat, so
bringe er sie, wie er auch hier gethan, ins rhythmische
Drama: er mache sich jene Sylbenmaaße zu eigen,
die in Schlegels Calderon und in Werners Stücken
vorkommen, und bediene sich deren nach seinem Ge-

fühl, so wird er sie gewiß an die rechte Stelle
setzen.

Verzeihen Sie, daß ich gewissermaßen nur vom
Technischen spreche, dieß ist aber, wie Sie wissen,
unter Handwerksgenossen der Brauch; denn daß sich
das Werk übrigens durch Gehalt und Form empfehle,
wird, wie hier der Fall ist, vorausgesetzt.

Will Ihr lieber Sohn mir künftig seine Plane
mittheilen, nur ganz kurz, Scene vor Scene mit wenig
Worten des intentionirten Inhalts; so will ich ihm
gern darüber meine Gedanken sagen; denn wer ver-
greift sich nicht einmal an einem Stoff! wer verliebt
sich nicht einmal in einen undankbaren Gegenstand!
und so haben die schönsten Talente Mühe und Zeit
verloren.

Ich behalte noch manches in petto, was zu seiner
Förderniß dienen kann; denn es ist immer ein Vortheil, auf dasjenige früher gewiesen zu werden, worauf
man später selbst kommen würde. Leben Sie recht
wohl, den 27. April denke ich schon nach Carlsbad zu
gehn, dort findet mich also ein Brief, bey den drey
Mohren. Empfehlen Sie mich den lieben Ihrigen,
und lassen mich die Zeit wissen, wenn Sie ohngefähr
durch Prag gehen. Es wäre nicht ganz unmöglich,
daß wir dort zusammenträfen.

Mit den herzlichsten Wünschen

Jena den 23. April 1812.   Goethe.

6309.

An J. H. Meyer.

Hier schicke ich, mein lieber Freund, eine Linse,
die mir zu Ihrem Zweck gerade recht zu seyn scheint,
weil sie nicht zu sehr vergrößert. Es stehet, so viel ich
weiß, und wie Sie mir auch, wo ich nicht irre, sagten,
keine Abbildung dieser Gemme in der Jkonographie,
allein in der Göttinger Recension soll etwas stehen,
wie mir jemand sagte, den ich darüber sprach. Sehr
unbestimmt war die Rede, weil die Menschen doch
auch reden wollen, ohne auf etwas gemerkt oder
darüber gedacht zu haben.

Friedrichsche Zeichnungen sind zwischen zwey großen
Bretlern von Dresden durch den rückkehrenden Stallmeister Seibler angekommen. Das Fenster ist gewiß
drinne; wahrscheinlich auch das Kreuz, der Kirchhof,
und was damals schon in Weimar war. Er konnte
zu jener Zeit sich noch etwas reserviren wollen, nun
löst die Noth alles ab.

Allein ich finde, daß wir uns in diesem Falle
behulfsam zu betragen haben. Ich behalte deßhalb
die Sachen auch noch hier und verheimliche sie, bis
wir über das Verfahren einig sind. Ich will meine
Ansicht detailliren.

Herr von St. Aignan ist eigentlich Ursache, daß
wir diese Dinge kommen lassen, und es wäre daher
sehr billig, daß wir's ihm zuerst vorlegten und ihm

die Wahl ließen, was er sich zueignen will, weil wir ja sonst keine Befugniß haben, die Friedrichschen Sachen zu Markte zu tragen.

Allein hier tritt der Fall ein, daß unsere Herrschaften, als die Stücke schon einmal bey uns waren, gerade diese, die der Künstler damals nicht verkaufen wollte, sich sehr gern zugeeignet hätten. Sollten sie nun nicht von uns verlangen können, daß wir sie ihnen zuerst anböten?

Das was Advocaten pro und contra in diesem Casus plaidiren könnten, entgeht Ihnen nicht; ich wüßte mich nicht sogleich zu entscheiden; um so weniger, da noch in beyden Wagschalen Gründe liegen, die ich nicht zu detailliren brauche. Sagen Sie mir Ihre Meinung mit den sonnabendlichen Boten.

Von den Ölfarben und Zubehör habe ich leider mit dieser Gelegenheit nichts vernommen; unglücklicherweise vergaß ich Demoiselle Seidler deßhalb einen Auftrag zu geben, ich habe ihr aber heute geschrieben.

So viel für diesmal, damit dieses Paquet mit Frau von Schiller nach Weimar gelange. Das beste Lebewohl.

Jena
ben 23. April   G.
1812.

6310.

An Christiane v. Goethe.

Da ich durch Frau von Schiller Gelegenheit habe, so will ich dir, mein liebes Kind, Nachricht von mir geben, und dir anzeigen, daß ich meinen Vorsatz, sogleich von hier wegzugehen, geändert habe. Das Wetter will sich nicht herstellen, die Wege sind abscheulich; doch würde mich das nicht abhalten, wenn nicht noch ein anderer Umstand dazu käme.

Der Kaiser von Frankreich, der über Bayreuth und Hof geht, ist noch nicht durch, ja, es ist noch ungewiß, wenn er kommt, und da wäre es sehr unangenehm, der großen Masse zu begegnen, die vor ihm her, hinter ihm drein und ihm zur Seite geht. Ich will mich also noch etwa acht Tage länger aufhalten, und das um so lieber, als ich glaube, hier etwas thun zu können. Du erfährst nächstens das Weitere und ich schicke auf alle Fälle den Wagen, um euch noch einmal zu sehen. August verzieht auch noch so lange.

Hier schicke ich Resedasamen in Menge. Stiefmütterchensamen sehr wenig, weil er selten ist. Laßt also den Raum unter dem Steine gegen der Gartenthür über graben, von Unkraut reinigen, und recht sauber zurechte machen, und besäet ihn weitläuftig mit dem Wenigen; kann ich mehr schicken, so könnt ihr immer noch einmal aussäen. Finde ich

keinen weiter, so hat es auch nichts zu sagen, denn
im Herbste säet er sich selbst aus, und übers Jahr
ist der ganze Raum dicht voll.

Beykommende Paquete sende an die Herrn Meyer
und Kruse. Gegen das beyliegende Blättchen erhältst
du die 200 rh. von dem letzteren, hebe sie auf, bringe
sie mit. Indessen lebet recht wohl!

Jena
ben 23. April   G.
1812.

6311.

An Louise Seidler.

Jena, den 23. April 1812.

Sie sollen, meine schöne Freundinn, den besten
Dank haben, daß Sie mir von Ihrer glücklichen Ankunft in Dresden und von dem guten Empfange daselbst, sogleich Nachricht gegeben haben. Auch ist mir
sehr angenehm, die Friebrichschen Zeichnungen bey mir
zu wissen. Sie sind noch eingepackt und ich weiß
nicht, ob er die Preise dabey bemerkt hat. Ist dieses
nicht geschehen, so ersuchen Sie ihn darum und schicken
das Blatt gleich an Hofrath Meyer nach Weimar.
Und nun die Bitte um noch eine Gefälligkeit. Schon
unterm 29. März habe ich ein Schreiben an Herrn
von Kügelgen erlassen, worin ich denselben bat, mir
eine Parthie Ölfarben, nebst anderen Bedürfnissen zu
dieser Malerey, nach einem Verzeichniß das ich beylegte,
baldigst zu senden. Die Sache ist mir sehr angelegen,

und so verzeihen Sie nur, daß ich beym Abschied von
Ihnen daran nicht dachte. Mögen Sie sich danach
erkundigen und Meyern über die Sache schreiben.
Wäre der Brief, wie kaum zu glauben, verloren gegangen, so würde er ein neues Verzeichniß schicken
und ich bäte Sie, die Sache zu betreiben. Mich
träfe ein Brief von Ihnen nicht mehr hier!

Tausend Lebewohl!

G.

6312.
An J. H. Meyer.

Möchten Sie wohl, lieber Freund, mir die
Gefälligkeit erzeigen, mich von folgendem zu unterrichten.

Ich erinnere mich recht wohl daß das Niello ein
schwarzer Fluß ist, der aus Silber und Schwefel besteht, aber die Proportion habe ich vergessen. In dem
Anhang zu meinem Cellini ist des Niello gedacht, aber
ich glaube nicht, daß eben diese Proportion des Schwe-
fels und Silbers ausgesprochen ist. Wissen Sie solche
etwan irgend zu finden? wo nicht, so begäben Sie
Sich ja wohl in mein Bücherzimmer, wo auf dem
Repositorium ganz im Grunde, quer vor, was sich
auf bildende Kunst bezieht, beysammen steht.

Dort finden Sie das Original des Lebenslaufes,
das ist aber nicht gemeint, sondern ein Heft seiner
kleinen Schriften, wenn ich nicht irre à la rustica ge-

bunben, barin steht das Recept gewiß. Mögen Sie
es excerpiren unb mir senben, so geschieht mir eine
Gefälligkeit. Ich habe Luft bey einer Gelegenheit
Gebrauch davon zu machen. Döbereiner verfertigt ben
Fluß ohne Umstände.

Leben Sie recht wohl unb lassen balb von Sich
hören.

  Jena
 ben 24. April   G.
   1812.

6313.
An Kirms.

  Ew. Wohlgeb.

übersenbe hierbey burch ben rückkehrenben Heibloff bie
von ihm gezeichnete Decoration; haben Sie bie Güte
mit ihm bas Billige beshalb zu accorbiren. Ich habe
bey ihm bavon eine perspectivische Zeichnung bestellt,
bie ich bem Autor für bie Mittheilung seiner Stücke
versprochen habe, biesem jungen Mann, von bem wir
uns noch manches versprechen können. Ich habe auch
noch burch Heibloff eine sehr hübsche Abbilbung von
brey Seiten von bem Costüm machen lassen, wie eigentlich bas junge Mäbchen gehen sollte, allein ich will
noch ein wenig bamit zurückhalten, bis ich erfahre,
wie es mit bem Stücke geht unb wann es etwan
aufgeführt werben kann.

  Ich hoffe balb einige Nachricht von Ew. Wohlgeb.

zu erhalten und sende heute Abend die von mir durch-
gesehenen zwey Klingsberge.

Mich bestens empfehlend
Jena
ben 24. April G.
1812.

6314.

An J. H. Meyer.

Hierbey, mein theurer Freund, erhalten Sie die
Friedrichschen Kunstwerke, wohl verwahrt und eingeklebt, wie sie zu mir gelangt sind. Es thut mir
sehr leid, daß wir sie nicht zusammen haben sehen
können, denn wie selten ist das vollendete! so, daß
man es auch in der wunderlichsten Art hochschätzen
und sich daran erfreuen muß. Alles mag nun Ihrer
Neigung und Weisheit überlassen seyn. Kommt etwas
in dieser Sache weiter vor, oder liegt nicht eine Bestimmung der Preise bey, so dächte ich, Sie schrieben
an Demoiselle Seidler nach Dresden. Sie ist thätig
und mag gerne etwas wirken und ausrichten. Mitte-
wochs den 29. denke ich von hier abzugehen; die
Meinigen fahren Montag früh herüber. Sagen Sie
mir durch sie noch ein Wort und kommen bald nach.

Jena
ben 25. April G.
1812.

6315.
An Kirms.

Ew. Wohlgeb.

erhalten hierbey erstlich Concept und Mundum der Strafgesetze, beydes umgeschrieben, weil ich eine Stelle auszulöschen, und die vorgeschlagene einzuschalten für räthlich fand. Die Verordnung an die Regie ist geblieben. Zweytens das Verzeichniß derjenigen Stücke, wovon man in Halle Gebrauch machen kann. Ich wünsche guten Erfolg. Drittens das Verzeichniß der Sonntagsstücke. Ich habe wiederholt sagen hören, daß Halle und die Gegend mehr durch Stücke, welche die Leidenschaft erregen und den Geist beschäftigen, angelockt würden, als durch Opern. Doch wer will so etwas, wozu Localkenntniß gehört, aus der Ferne beurtheilen.

Sollte Ihnen von Lauchstädt her etwas Unangenehmes kommen, so wird Herr Geheimberath von Voigt gewiß beyräthig seyn. Jene Drohungen, die jene schon früher gebraucht haben, wollen nichts heißen; nirgends, am wenigsten im Königreich Sachsen, wird man uns aus einem solchen Besitz setzen. Wenn ich als Privatus in dem Fall wäre, so erbät ich mir die Erlaubniß, das Haus abzutragen, und die Materialien zu verauctioniren, und alsdann wollte ich die Lamenten der Lauchstädter hören; es hieße ja, dieses arme Nest auf ewig zu Grunde richten. Und so

wünsche ich denn recht wohl zu leben! Ich denke
Mittewoch den 29. abzugehen um noch nach Böhmen
hineinzuwitschen, ehe der große Zug durch das Vogt-
land durchkommt. Ich will diesen Sommer über
benken und sorgen, daß wir wieder künftigen Winter
einiges Bedeutende produciren können.

    Jena

ben 25. April   G.

     1812.

6316.

An Anton Genast.

                  Jena, d. 28. April 1812.

Sie sollen, mein werther Herr Genast, vielen
Dank haben, für die Sorgfalt, welche Sie auf Toni
verwenden wollen. Es wird gewiß gefallen und sich
halten. Ich habe eine Zeichnung bey Heibloff von
der ersten Decoration bestellt, die ich dem Autor für
die Mittheilung des Stückes zu übersenden denke.
Sorgen Sie, daß ihm dafür ein Billiges gezahlt, und
die auf eine Rolle aufgerollte Zeichnung meinem
Sohne übergeben werde, der das Weitere besorgen
wird.

Wenn die Vertrauten mir früher nicht gefallen
haben, so waren, wie ich mich jetzt wohl erinnere, die
Verse daran Schuld, diese schreckten mich ab; diesmal
ging ich darüber hinaus und sah auf den Stoff und
die Behandlung, welche beyde ganz lobenswürdig sind.

Wir wollen aber doch künftig eine Art Registrande einführen, worin alle Stücke, die eingesendet oder vorgeschlagen werden, einzutragen wären. Man hat sie alsdann immer vor Augen und es verkriecht sich nicht leicht eines, wie es bisher manchmal geschehen ist.

Leben Sie recht wohl, fahren Sie fort gute Geschäfte zu machen, und grüßen mir Ihre liebe Familie.

Goethe.

6317.
An Carl Dietrich v. Münchow.
Ew. Hochwohlgeb.

Die Abschrift eines gestern bey mir angelangten gnädigsten Rescriptes, so wie der, demselben angefügten Beylagen, hierdurch mitzutheilen, empfinde ein besonderes Vergnügen, indem ich mir die Aussicht eröffnet sehe, mit Denenselben in ein näheres Verhältniß zu treten. Wollten Sie heute um zwölf Uhr sich in dem Garten einfinden und den Musicus Richter dahin bestellen, so würde, was von Förmlichkeit bey dieser Sache nöthig ist, mit Wenigem abzuthun seyn. Erwünscht ist mir diese Gelegenheit, Dieselben meiner vollkommenen Hochachtung zu versichern.

Jena
den 28. April   Goethe.
1812.

6318.
An J. v. Müller.

Ew. Hochwohlgeb.
haben mir durch Mittheilung des hier zurückgehenden
schönen Aufsatzes eine doppelte Empfindung erregt;
eine unangenehme, über den Verlust eines so wackeren
Mannes, den ich, in seinem Leben, nicht näher gekannt
zu haben bedauere; eine angenehme, daß Sie das
Bild dieses werthen zu früh Abgeschiedenen so treu
und rein haben erhalten können.

Da ich eben nach Carlsbad abzugehen gedenke, so
empfehle ich nochmals unsere theatralischen Angelegen-
heiten, so wie mich selbst, Ihrer Freundschaft und
Geneigtheit.

Unter Anwünschung alles Guten
        Jena
        den 28. April   Goethe.
        1812.

6319.
An Friedrich Karl Ludwig Sickler.
[Concept.]

Ew. Wohlgeb. beschenken das kunstliebende Publicum abermals mit einer schönen, ja wohl einzigen
Gabe und ich eile von meiner Seite dieselbe dankbar
anzuerkennen.

Sie haben, indem Sie diese höchst schätzbaren
Monumente mittheilen, alles gethan, um solche aus

anderen alterthümlichen Überlieferungen zu erläutern
und aufzuklären.

Erlauben Sie mir dagegen hier mit wenigem anzudeuten, wie ich mir, durch Ihre Schrift belehrt,
jene Denckmale, die mich so höchlich entzückt, anzu-
eignen getrachtet habe. Verzeihen Sie die Kürze,
denn ich bin eben im Begriff nach Carlsbad abzureisen.

Das entbeckte Grab ist wohl für das Grab einer
vortrefflichen Tänzerinn zu halten, welche, zum Verdruß ihrer Freunde und Bewunderer, zu früh von
dem Schauplatz geschieden. Die drey Bilder muß ich
als cyclisch, als eine Trilogie ansehen; das kunstreiche
Mädchen erscheint mir in allen dreyen; und zwar
im ersten die Gäste eines reichen Mannes, zum genuß-
reichsten Leben, entzückend; das zwehte stellt sie vor,
wie sie im Tartarus, in der Region der Verwesung
und Halbvernichtung kümmerlich ihre Künste fortsetzt; das dritte zeigt sie uns, wie sie, dem Schein
nach wiederhergestellt, zu jener ewigen Schattenselig-
keit gelangt ist. Das erste und letzte Bild erlauben
keine andere Auslegung. Die Auslegung des mittleren
springt mir aus jenen behden hervor.

Wäre es nöthig! diese schönen Kunstproducte noch
besonders durchzugehen, da sie für sich an Sinn,
Gemüth und Kunstgeschmack so deutlich sprechen, und
durch Ew. Wohlgeb. Bemühungen schon so sehr heraus-
gehoben sind. Aber man kann sich von etwas liebens-

würdigem so leicht nicht los winden und ich spreche
daher meine Gedanken und Empfindungen mit Vergnügen aus, wie sie sich mir bey der Betrachtung
dieser schönen Kunstwerke immer wieder erneuern.

Die erste Tafel zeigt die Künstlerinn als den
höchsten lebendigsten Schmuck eines Gastmahls, wo
Gäste jedes Alters mit Erstaunen auf sie schauen.
Unverwandte Aufmerksamkeit ist der größte Beyfall,
den das Alter geben kann, das, eben so empfänglich
als die Jugend, nicht eben so leicht zu Äußerungen
gereizt werden kann. Das mittlere Alter wird schon
seine Bewunderung in leichter Handbewegung auszudrücken angeregt, so auch der Jüngling, doch dieser
beugt sich über dies empfindungsvoll zusammen, und
schon fährt der jüngste aller Zuschauer auf, und be-
klatscht diese Tugenden wirklich.

Vom Effecte, den die Künstlerinn hervorgebracht
und der uns in seinen Abstufungen zuerst mehr angezogen, als sie selbst, wenden wir uns nun zu ihr,
und finden sie in einer von jenen gewaltsamen Stellungen, durch welche wir von lebenden Tänzerinnen
so höchlich entzückt werden. Die schöne Beweglichkeit
der Übergänge, die wir an solchen Künstlerinnen bewundern, ist hier für einen Moment fixirt, so daß
wir das Vergangene, Gegenwärtige und Zukünftige
zugleich erblicken, und schon dadurch in einen über-
irdischen Zustand versetzt werden. Auch hier erscheint
der Triumph der Kunst, welche die gemeine Sinnlich-

teil in eine höhere verwandelt, so daß von jener kaum
eine Spur mehr zu finden ist.

Daß die Künstlerinn sich als ein bacchisches Mädchen darstellt, und eine Reihe Stellungen und Hand-
lungen dieses Characters abzuwickeln im Begriff ist,
daran läßt sich wohl nicht zweifeln. Auf dem Seiten-
tische stehen Geräthschaften, die sie braucht, um die
verschiedenen Momente ihrer Darstellung mannig-
faltig und bedeutend zu machen, und die hinten über
schwebende Büste scheint eine helfende Person anzudeuten, die der Hauptfigur die Requisiten zureicht und
gelegentlich einen Statisten macht, denn mir scheint
alles auf einen Solotanz angelegt zu seyn.

Ich gehe zum zweyten Blatt. Wenn auf dem
ersten die Künstlerinn uns reich und lebensvoll, üppig,
beweglich, graziös, wellenhaft und fließend erschien,
so sehen wir hier in dem traurigen lemurischen Reiche
von allem das Gegentheil. Sie hält sich zwar auf
einem Fuß, allein sie drückt den anderen an den
Schenkel des ersten, als wenn er einen Halt suchte.
Die linke Hand stützt sich auf die Hüfte, als wenn
sie für sich selbst nicht Kraft genug hätte. Man
findet hier die unästhetische Kreuzesform, die Glieder
gehen im Zickzack und zu dem wunderlichen Eindruck
muß selbst der rechte aufgehobene Arm beytragen, der
sich zu einer, sonst graziös gewesenen Stellung in
Bewegung setzt. Der Standfuß, der aufgestützte Arm,
das angeschlossene Knie, alles giebt den Ausdruck des

Stationären, des Beweglich-Unbeweglichen, ein wahres
Bild der traurigen Lemuren, denen noch so viel Mus-
keln und Sehnen übrig bleiben, damit sie sich kümmerlich bewegen können, damit sie nicht ganz, als durch-
sichtige Gerippe erscheinen und zusammenstürzen.

Aber auch in diesem widerwärtigen Zustande muß
die Künstlerinn auf ihr gegenwärtiges Publicum noch
immer belebend, noch immer anziehend und kunstreich
wirken. Das Verlangen der herbeyeilenden Menge,
der Beyfall, den die ruhig Zuschauenden ihr widmen,
sind hier in zwey Halbgespenstern sehr köstlich sym-
bolisirt; sowohl jede Figur für sich, als alle drey zusammen, componiren fürtrefflich und wirken in Einem
Sinne zu Einem Ausdruck.

Was ist aber dieser Sinn, was ist dieser Ausdruck?

Die göttliche Kunst, welche alles zu veredeln und
zu erhöhen weiß, mag auch das Widerwärtige, das
Abscheuliche nicht ablehnen. Eben hier will sie ihr
Majestätsrecht gewaltig ausüben. Aber sie hat nur
Einen Weg dieß zu leisten; sie wird nicht Herr vom
Häßlichen, als wenn sie es komisch behandelt, wie
denn ja Zeuxis sich über seine eigne ins Häßlichste
gebildete Hekuba zu Tode gelacht haben soll.

Eine Künstlerinn, wie diese war, mußte sich, bey
ihrem Leben, in alle Formen zu schmiegen, alle Rollen auszuführen wissen; und jedem ist aus der Erfahrung bekannt, daß uns die komischen und neckischen
Exhibitionen solcher Talente oft mehr aus dem Steg-

reise ergötzen, als die ernsten und würdigen, bey großen Anstalten und Anstrengungen. Belleide man dieses gegenwärtige lemurische Scheusal mit weiblicher jugendlicher Muskelfülle, man überziehe sie mit einer blendenden Haut, man statte sie mit einem schicklichen Gewand aus, welches jeder geschmackvolle Künstler unsrer Tage ohne Anstrengung ausführen kann, so wird man eine von denen komischen Posituren sehen, mit denen uns Harlekin und Colombine unser Lebenlang zu ergötzen wußten. Verfahre man auf dieselbige Weise mit den beyden Nebenfiguren, so wird man finden daß hier der Pöbel gemeint sey, der am meisten von solcherley Vorstellungen angezogen wird.

Es sey mir verziehen, daß ich hier weitläuftiger, als vielleicht nöthig wäre, geworden, aber nicht jeder würde mir gleich auf den ersten Anblick diesen antiken humoristischen Genießreich zugeben, durch dessen Zauberkraft zwischen ein menschliches Schauspiel und ein geistiges Trauerspiel eine lemurische Posse, zwischen das Schöne und Erhabene ein Fratzenhaftes hineingebildet wird. Jedoch gestehe ich gern, daß ich nicht leicht etwas bewundernswürdigeres finde, als das ästhetische Zusammenstellen dieser drey Zustände, welche alles enthalten, was der Mensch, über seine Gegenwart und Zukunft, wissen, fühlen, wähnen und glauben kann.

Das letzte Bild, wie das erste, spricht sich von selbst aus. Charon hat die Künstlerinn in das Land

der Schatten hinübergeführt, und schon blickt er zurück,
wer allenfalls wieder abzuholen drüben stehen möchte.
Eine den Todten günstige und daher ihr Verdienst,
auch in jenem Reiche des Vergessens, bewahrende Gott-
heit blickt mit Gefallen auf ein entfaltetes Pergamen,
worauf wohl die Rollen verzeichnet stehen mögen, in
welchen die Künstlerinn, ihr Leben über, bewundert
worden, denn, wie man den Dichtern Denkmale setzte,
wo zur Seite ihrer Gestalt die Namen der Tragödien
verzeichnet waren, sollte der practische Künstler sich
nicht auch eines gleichen Vorzugs erfreuen?

Besonders aber diese Künstlerinn, die, wie Orion
seine Jagden, so ihre Darstellungen hier fortsetzt und
vollendet. Cerberus schweigt in ihrer Gegenwart, sie
findet schon wieder neue Bewunderer, vielleicht schon
ehemalige, die ihr zu diesen verborgenen Regionen
vorausgegangen. Eben so wenig fehlt es ihr an einer
Dienerinn; auch hier folgt ihr eine nach, welche die
ehemaligen Functionen fortsetzend, den Shawl für
die Herrinn bereit hält. Wunderfam schön und bedeutend sind diese Umgebungen gruppirt und disponirt,
und doch machen sie, wie auf den vorigen Tafeln,
bloß den Rahmen zu dem eigentlichen Bilde, zu der
Gestalt, die hier, wie überall, entscheidend hervortritt.
Gewaltsam erscheint sie hier, in einer mänadischen
Bewegung, welche wohl die letzte seyn mochte, womit
eine solche bacchische Darstellung beschlossen wurde,
weil drüber hinaus Verzerrung liegt. Die Künstlerinn

scheint mitten durch den Kunstenthusiasmus, welcher
sie auch hier begeistert, den Unterschied zu fühlen des
gegenwärtigen Zustandes gegen jenen, den sie so eben
verlassen hat. Stellung und Ausdruck sind tragisch
und sie könnte hier eben so gut eine Verzweifelnde,
als eine von Gott mächtig Begeisterte vorstellen. Wie
sie auf dem ersten Bilde die Zuschauer durch ein ab-
sichtliches Wegwenden zu necken schien, so ist sie hier
wirklich abwesend, ihre Bewunderer stehen vor ihr,
klatschen ihr entgegen, aber sie achtet ihrer nicht, aller
Außenwelt entrückt, ganz in sich selbst hinein geworfen.
Und so schließt sie ihre Darstellung mit den, zwar
stummen, aber pantomimisch genugsam deutlichen,
wahrhaft heidnisch tragischen Gesinnungen, welche sie
mit dem Achill der Odyssee theilt, daß es besser sey
unter den Lebendigen, als Magd, einer Künstlerinn den
Shawl nachzutragen, als unter den Todten für die
Vortrefflichste zu gelten.

Sollte man mir den Vorwurf machen, daß ich zu
viel aus diesen Bildern herauslese, so will ich die
Clausulam salutarem hier anhängen, daß, wenn man
meinen Aufsatz nicht als eine Erklärung zu jenen
Bildern wollte gelten lassen, man denselben als ein
Gedicht zu einem Gedichte ansehen möge, durch deren
Wechselbetrachtung wohl ein neuer Genuß entspringen
könnte.

Übrigens will ich nicht in Abrede seyn, daß hinter
dem sinnlich ästhetischen Vorhange dieser Bilder noch

etwas anderes verborgen seyn dürfte, das, den Augen
des Künstlers und Liebhabers entrückt, von Alter-
thumskennern entdeckt, zu tieferer Belehrung, dankbar
von uns aufzunehmen ist.

So vollkommen ich jedoch diese Werke, dem Gedanken und der Ausführung nach, in allen Theilen
erkläre, so glaube ich doch Ursache zu haben an dem
hohen Alterthum derselben zu zweifeln. Sollen sie
von allen griechischen Cumanern verfertigt seyn, so
müßten sie vor die Zeiten Alexanders gesetzt werden,
wo die Kunst noch nicht zu dieser Leichtigkeit und
Geschmeidigkeit in allen Theilen ausgebildet war.
Betrachtet man die Eleganz der Herculanischen Tänzerinn, so möchte man wohl jenen Künstlern auch diese
neu gefundenen Arbeiten zutrauen; um so mehr, als
unter jenen Bildern solche gefunden werden, die in
Absicht der Erfindung und Zusammenbildung den
gegenwärtigen wohl an die Seite gestellt werden
können. Die in dem Grabe gefundenen griechischen
Wortfragmente scheinen mir nicht entscheidend zu beweisen, da die griechische Sprache den Römern so ge-
läufig, in jenen Gegenden von Alters her einheimisch
und wohl auch auf neueren Monumenten in Brauch
war.

Ja ich gestehe es, jener lemurische Scherz will
mir nicht ächt griechisch vorkommen, vielmehr möchte
ich ihn in die Zeiten setzen, aus welchen die Philo-
strate ihre Halb- und Ganzfabeln, dichterische und

rednerische Beschreibungen hergenommen. Mehr wage
ich zu Bestärkung dieses Meinens nicht zu sagen.
Es stehe übrigens oder falle, so bleibt die Fürtreff-
lichkeit der Bilder unverrückt, und es ist keine Frage,
daß der Dank für den Finder und Herausgeber sich
bey wiederholter Beschauung und Betrachtung immer
wieder anfrischen und zunehmen muß.

Empfangen Ew. Wohlgeb. diese Bemerkungen
freundlich. Meine Absicht war, mich kürzer zu fassen,
aber in einem solchen Falle concis und gedrungen
seyn zu wollen, setzt in Gefahr lemurisch zu werden.

Ich kann nicht schließen, ohne Sie zu versichern,
daß wir Ihrer recht lebhaft dankbar gedacht, als wir
durch Ihre Vermittelung den, sowohl dem Stoff als
der Form nach, einzigen Centaur bewundern konnten.
Die kleine Gemme, womit ich Gegenwärtiges siegele,
bin ich auch jenen Tagen schuldig geworden, die Herr
Rossi bey uns zubrachte. Auch in diesem engen
Raume, an einem minder bedeutend scheinenden Gegenstande, bewundert man den Sinn und den Geschmack
der Alten.

Bey Lesung des ersten Theiles der Römischen
Geschichte von Niebuhr war Ihre treffliche Tafel
Latiums mir immer vor Augen. Wie schön arbeiten
die ernsten und gründlichen Männer immer einander
in die Hände.

Leben Sie recht wohl und nehmen diese Blätter
als Vorläufer des Dankes an, der Ihnen von allen

Seiten zukommen wird. Ich freue mich Sie in unſerer
Nähe zu wiſſen, indem ich hoffen kann, Sie von Zeit
zu Zeit zu ſehen und zu ſprechen. Ich gehe morgen
nach Carlsbad. Briefe finden mich dort bey den drey
Mohren.

Und nun will ich wirklich Ernſt machen und
ſchließen, Sie nochmals meiner aufrichtigen Hochachtung verſichernd, und die beſten Wünſche für Ihr
Wohl und Gedeihen hinzufügend.

Jena
ben 28. April
1812.

6320.

An J. H. Meyer.

Sie ſagen mir nichts, mein lieber Freund, von
einem Sickleriſchen Programm. Sollten Sie es noch
nicht geſehen haben, ſo giebt Beyliegendes davon eine
vorläufige Nachricht. Der Fund iſt merkwürdig.
Aber mit was für einer antiquariſchen Wortmenge
deckt ihn der Herausgeber gleich wieder zu und ver-
ſcharrt ihn vor dem Sinn, indem er ihn den Augen
darlegt. Ich weiß nicht, ob ich wohl gethan habe,
aber ich kounte mich nicht enthalten, eine natürliche
Anſicht dieſer ſchönen Kunſtwerke zu eröffnen, und
Beykommendes iſt ein Auszug aus einem Brief an
Sickler. Leider tritt dieſer, ſonſt ſo brave, Mann
ganz in die Fußſtapfen Böttigers, wozu denn noch

die moderne combinatorische Mystik sich gesellt, wodurch jede Art von Anschauung zu Grunde gerichtet wird. Glauben Sie, daß es unserer gnädigsten Hoheit Spaß macht, so überreichen Sie ihr diese Blätter; sie geben zu artistisch=antiquarischer Unterhaltung Anlaß.

Ich wünsche gelegentlich Ihre Gedanken über das Alter·dieser Werke zu hören; ich kann mir nicht vorstellen, daß man vor Alexanders Zeiten so galant, gewandt und humoristisch erfunden und componirt haben sollte. Sie werden, mein Theuerster, die sichersten Kriterien, zu Entscheidung dieser Frage, angeben können. Und nun nur noch das herzlichste Lebewohl!

Noch muß ich schönstens danken für das Niellorecept. Döbereiner will eine Portion machen.

Jena
ben 29. April   G.
1812.

6321.
An C. G. v. Voigt.

Ew. Excellenz
erfehen gefällig

1) auf den letzten Blättern beyliegender Comissionsacten, wie die Übergabe des Gartens an Herrn v. Münchow, und was dem anhängt, noch kürzlich von mir besorgt worden. Ich möchte Sie aber inständig bitten, Sich von einem schönen Frühlingstag nächstens reizen zu lassen, und hier denen verschiedenartigen Anlagen und Anstalten einen Blick zu gönnen.

Die Verordnung an den Rentbeamten, wegen der an Herrn v. Münchow zu zahlenden Gelder, werden Ew. Excellenz die Gnade haben zu besorgen.

2) Den schon bekannten Separatfascikel wird mein Sohn, den ich Ihrer Güte und Vorsorge nochmals bestens empfehle, in einiger Zeit überreichen. Auf den letzten Blättern desselben findet sich ein Resumé dessen, was geschehen, und was noch zu leisten ist, ingleichen die Aufträge, die ich meinem Sohn gegeben, und in welchen Fällen ich mir Ew. Excellenz Mitwirkung erbitte.

3) Damit jene Angelegenheit, wegen des Manuscriptes, ganz und allein Ew. Excellenz Ermessen anheim gegeben bleibe, habe ich jenem Freunde nichts von dem Vorschlag gesagt. Kühn wird die rückständigen Auctionsgelder an die Weimarische Bibliotheks-casse zahlen und es kommt alsdann ganz auf Ew. Excellenz Beurtheilung und Überzeugung an, ob etwas geschehen, oder die Sache auf sich beruhen soll. Im ersten Falle würde mein Sohn gerne das Geschäft übernehmen, den Freund von der günstigen Absicht zu benachrichtigen, dessen Gesinnung zu hören, und ihm das deshalb nothwendige kleine Document zur Unterschrift vorzulegen. Im zweyten Falle bedarf es weiter gar nichts, indem, wie gesagt, der Freund nichts hofft, noch erwartet.

4) Für den wieder eroberten Zubringer danke ich gehorsamst.

5) Unser junger Arzt Kieser hat mich besucht und gefällt mir sehr wohl, ob ich ihn gleich nur kurz gesprochen. Auch dieser ist wieder ein Zeugniß, daß es an manchen Orten und Enden recht gute und geschickte junge Leute giebt; es könnte ihrer noch mehr geben, wenn sie sich nicht von gewissen herrschenden Phantasterehen hinreißen ließen, womit sie sich die schönsten Jahre verderben, und oft ihr ganzes Leben daran leiden.

6) Der gute Lorsbach ist mir sehr gebrechlich beschrieben worden; da man aber nicht peripatetisch, sondern allenfalls sitzend docirt, so wird er sich ja wohl schon nutzbar zu machen wissen.

— —

Hier will ich schließen und mich und das Meinige Ihrer freundschaftlichen Theilnahme wiederholt empfehlen, die besten Wünsche für Ew. Excellenz und der Ihrigen vollkommnes Wohl hinzufügend.

Jena den 29. April 1812.

Goethe.

6322.

An Friedrich Albrecht Gotthelf v. Ende.

[Concept.]   [Jena, 29. April 1812.]

Ew. Hochwohlgeb.

erhalten hierbey zum zweytenmale die Acten, welche von dem Geschehenen Rechenschaft zu geben bereit sind. Ich lege zugleich zu leichterer Übersicht einen Auszug bey, wornach man das in gedachtem Fascikel Zerstreute geschwinder wird auffinden können. Ich wünsche daß

dieſes alles zu höchſter Zufriedenheit gereichen möge,
ſo wie unſer wohl empfundener Dank immer lebhafter
werden muß, je mehr wir die Nothwendigkeit und
Brauchbarkeit des Angeſchafften einſehen.

Was mein Vergnügen über dieſen glücklichen Ent-
ſchluß vollkommen macht, iſt die fürtreffliche Art,
mit der ſich Profeſſor Döbereiner benimmt. Es iſt
unglaublich wie raſch er, ſowohl in practiſcher Fertigkeit, als in theoretiſcher Einſicht, nicht weniger in
litterariſcher Kenntniß vorſchreitet. Ich habe ſeit
mehreren Jahren manchen vorzüglichen jungen Mann,
namentlich Scherer, Ritter, Kaſtner, auf dieſem Wege
geſehen, aber keinen, der mich ſo ſehr gefreut, der mir
nach meiner innigſten Überzeugung ſoviel Hoffnung
gegeben hätte.

Freylich iſt die Zeit dieſem Studium günſtiger,
als irgend eine war. Das früher, mit großer An-
ſtrengung, geöffnete Feld iſt nun gereinigt und zeigt
eine Ausſicht ins Unendliche. Wohl dem, der jetzt
ohne Eigenſinn, Handwerksgeiſt, Grille und Dünkel
auf einem ſo herrlichen Schauplatz wirken kann.

Für mich iſt es wirklich rathſam, daß ich mich
bald von hier entferne, denn ſonſt würde mich dieſes
Geſchäft ganz an ſich reißen und für alles andere
unempfindlich machen. Nehmen Sie daher meinen
erkenntlichſten Dank und nochmaligen Abſchied, welche
dieſes Blatt Ihnen bringt, gütig auf und fahren fort,
zu Ihrem und unſerem Vergnügen und Nutzen an der

Naturwissenschaft überhaupt und auch an unserer besonderen Angelegenheit Theil zu nehmen. Ich wünsche,
daß von dieser letzten, zu der Quelle, aus der unser
Wohlbehagen fließt, auch einiges Erfreuliche zurückkehren möge.

Empfehlen Sie mich unseren gnädigsten jungen
Herrschaften, nicht weniger den Damen des Hofes und
erhalten mir Ihr Andenken und Ihre Gewogenheit.

Jena
den 23. April.
1812.

6323.

An August v. Goethe.

Hier empfängst du, mein lieber Sohn, ein großes
Paquet, das Herr Ullmann die Gefälligkeit hat, mit
nach Weimar zu nehmen. Du hast dabey vorläufig
nichts zu thun, als die darin enthaltenen Paquete
bald und richtig abgeben zu lassen, und sodann die
verschiedenen Punkte, die auf beyliegendem Bogen verzeichnet sind, vor Augen zu haben, bis alles besorgt
und abgethan ist. Fange mit diesen Blättern ein
kleines Actenfascikel an und notire dir die Expedi-
tionen. Weiter wüßte ich nichts zu sagen, als daß
ich dir nochmals ein herzliches Lebewohl zurufe.

Jena
den 29. April
1812.

[Beilage.]

Folgendes wäre zu besorgen.

1) Heibloff verfertigt eine Zeichnung von der ersten
Decoration zu Toni. Diese rollt derselbe auf
einen Stab, packt sie wohl ein und übergiebt sie
dir, du machst die Abbreſſe darauf, ohne jedoch
jemand zu sagen wohin sie geschickt wird.

2) Wenn du Herrn von Ende siehst so sagst du
demselben daß du Auftrag habest nach einiger
Zeit die ihm übersendeten Acten wieder abzuholen,
es habe damit keine Eile und du erwartetest von
ihm dazu den Anlaß.

3) Diese Acten bring zum Herrn Geh. Rath v. Voigt
welcher schon davon prävenirt ist, und welcher
sie dir wenn er solche durchgegangen zurückgeben
wird.

Aus der Nachricht Fol. 80 siehst du wie die
Sachen stehen, und die nöthigen Bemerkungen
sollen auf ein besonderes Blatt verzeichnet werden.

4) Auf dem Bücherbrett im Grunde meiner Bibliothek stehen alle Schriften über Licht und Farben,
suche darunter zwey, davon das eine ein Manuscript in Quart ist, die Hefte nur zusammen-
gestochen, ohne Deckel, es führt den Titel H. F. T.
sur les ombres colorées, und ein anderes in
Octav, sehr dünn, schön in Franzband gebunden,
der Verfasser heißt Diego de Carvalho; es ist in

portugiesischer Sprache. Sende beyde, wohl eingepackt, an Färbern und setze zugleich auf die
Addresse: mit diesem Paquet nach Anweisung
zu verfahren.

5) Durchlaucht der Herzog haben das Amt Haßleben
von Sondershausen eingetauscht, die Jagd daselbst
hat ein Herr v. Münchhausen aus Staßfurth bisher in Pacht gehabt, und wünscht sie auch künftig
zu behalten, wenn er auch etwas mehr zahlen
sollte. Man möchte also erfahren, ob Serenissimus dazu geneigt wären, oder ob Sie solche für
sich behalten wollen? Eine bejahende oder ver-
neinende Antwort würdest du dem Herrn Oberbergrath v. Einsiedel baldigst nach Jena senden.

G.

6324.

An C. G. v. Voigt.

Nachstehendes Verzeichniß, resp. Rechnung, bitte
einstweilen zu den Acten zu nehmen; man sieht daraus
wie Professor Sturm die ihm anvertrauten 50 rh.
verwendet hat. Es ist eine kleine niedliche Modell-
sammlung, die Ackergeräthe darstellend, deren mitunter
wunderliche Namen jeder neuere Öconom im Munde
führt. Ich habe ihm noch 25 rh. zugestanden, womit er
auszulangen hofft. Wenn alles beysammen ist, so würde
ich einen kleinen Glasschrank besorgen, den Professor
Sturm bey sich im Hause behalten kann. Die Instru-

mente würden numerirt, catalogirt, beschrieben, und
bey irgend einer Veränderung den Museen vindicirt.

Jena
den 29. April   G.
1812.

6325.
An J. H. Meyer.

Ich ersuche Sie hierdurch, werthester Freund, wenn
Sie nach Carlsbad kommen, das Manuscript Ihrer
Kunstgeschichte mitzubringen damit wir uns daran,
von vorn herein, wieder einmal erfreuen können. Vale!

Jena
den 29. April   G.
1812.

6326.
An Thomas Johann Seebeck.
[Concept.]

Ihr lieber Brief, mein theuerster Freund, findet
mich glücklicher Weise noch in Jena, von wo ich
morgen den 30. nach Carlsbad abzugehen gedenke.
Wie schön wäre es gewesen, wenn wir uns unterwegs
hätten treffen können, doch nun ist's zu spät. Leider
kann ich auch die verlangten Bücher, vor meiner Abreise, von Weimar nicht herüberschaffen. Ich will
aber sorgen, daß sie an Ihren hiesigen Correspondenten,
Herrn Pfindel, in kurzem abgegeben werden, dem ich
die Addresse nach Hof zurücklassen will.

Sobald ich zurückkomme, sende ich meinen Magnet

an Burucker, möchten Sie wohl ein paar Magnet-
stäbe bey ihm bestellen, wie sie Döbereiner braucht;
die Bezahlung soll durch mich erfolgen. Ich freue
mich sehr Sie in Nürnberg künftig wohnhaft zu
wissen; es war und bleibt ein interessanter Ort und,
wer die alten, unherstellbaren Zustände nicht gerade
zurückforbert, sondern sich an ihren Reliquien erbaut,
der wird sich in dem neuen Leben auch wohl befinden.
Ich danke Ihnen sehr für die Mittheilung der Versuche, welche den zweyten Versuch Newtons aufzuklären
dienen. Es wird interessant seyn sie im Tags- und
Sonnenlichte zu wiederholen; ich bin überzeugt, daß
sie immer gleich ausfallen werden.

Das Verzeichniß dessen, was über meine Farbenlehre öffentlich erschienen, bitte ich fortzusetzen, ich lege
es zu meinen chromatischen Acten, bis ich wieder einmal an die Sache komme, dann will ich alles hinter
einander weglesen und sehen, ob ich dadurch gefördert
werde. Haben Sie nur die Güte, wenn Sie in Nürnberg eingerichtet sind, recht fleißig fortzufahren; davon verspreche ich mir den größten Gewinn.

Von unserem Hegel habe ich nichts vernommen,
auch seine Logik noch nicht gesehen; grüßen Sie schönstens den würdigen Mann, und sagen Sie den lieben
Ihrigen das Allerfreundlichste.

Meine Frau und Sohn sind wohl, erstere folgt
mir gegen Johanni nach Carlsbad. Letzterer ist als
Cammerassessor angestellt.

Dr. Riemer hat uns verlassen und ist, mit dem
Titel als Professor, an das Weimarische Gymnasium
gekommen. Er ist dieser Stelle mehr als gewachsen,
doch eben deswegen wird es ihm Mühe kosten, sich
in das Geringere zu finden, was von ihm verlangt
wird.

Die Nachricht wegen der Päße war mir sehr angenehm, ich kann mit desto mehr Beruhigung reisen.

Döbereiner beträgt sich sehr lobenswürdig; er
nimmt im Theoretischen, Practischen, Technischen,
Didactischen täglich zu. Die von uns bey Ihrem
Hierseyn besprochenen Instrumente und sonstigen Er-
fordernisse sind theils schon angeschafft theils im
Werke. Vor Michael muß alles geleistet seyn, alsdann erhalten Sie einen Schlußbericht mit aufrichtigem Dank für Ihre Einleitung und Mitwirkung.

Worauf ich mich besonders freue, ist eine chemische
Präparatensammlung deren erste Anfänge in einigen
hundert Gläsern bestehend, schon höchst reizend und
unterrichtend sind.

Die neue Chemie wird dem Liebhaber immer un-
zugänglicher, indem das Gedächtniß die unendliche
Nomenclatur nicht mehr faßen, die Einbildungskraft
so viel vorübergehende Verwandlungen nicht verfolgen,
und das Urtheil mit dem unzähligen Gegebenen nicht
mehr spielen und gebahren kann. Mir ist es indessen
sehr merkwürdig, daß die Wissenschaft, die, in ihrem
eingehüllten Ursprunge, erst ein Geheimniß ist, wieder,

in ihrer unendlichen Entfaltung, zum Geheimniß werden muß. In diesen Rücksichten kommt eine solche Präparatensammlung sehr zu statten. Form und Farbe eines jeden Gegenstands prägen sich ein, und die Einbildungskraft kommt den übrigen Vermögen zu Hülfe.

Döbereiner beschäftigt sich sehr emsig mit der Zuckerfabrication aus Stärke, sie ist ihm gleich gelungen. Kühn genug, macht er die Operation in kupfernen Gefäßen, ja er behauptet, daß der hiebey thätige galvanische Prozeß jene Zuckerwerdung begünstige, die doch auch als ein solcher angesehen werden kann. Das Kupfer schlägt er aus der Solution mit chemischer Gewandheit nieder. Übrigens glaube ich nicht, daß dieser Umwandlungs Prozeß das Werk einzelner Familien, Frauen und Köchinnen werden könne, wir haben vielmehr Lust eine Subscription zu eröffnen, wodurch mehrere Familien in Weimar und Jena mit Herrn Döbereiner contrahiren können, wie viel sie vierteljährig geliefert haben wollen. Der Unterschied der Preises ist so groß, daß es thöricht ist, an der Qualität zu mäkeln, wie schon manche zu thun anfangen.

Die Öconomen sind nun schon dahinter her, welche Kartoffel die stärkereichste und zugleich an Menge der Knollen die ergiebigste ist.

Jena den 29. April
1812.

Nachtrag.

690ª.
An A. Brizzi.

[Concept.]

Dießmal, mein werthester Herr Brizzi, antworte
ich Ihnen um so lieber in deutscher Sprache, als ich
nun weiß, daß Sie einen liebenswürdigen Secretär
haben, durch dessen Hände das Gegenwärtige gehen
wird.

Ihre Demoiselle Tochter wird Ihnen also sagen,
daß wir durch die Nachricht Ihrer glücklichen Ankunft sehr erfreut worden: denn Ihre Weimarischen
Bewunderer waren durchaus in Sorge für Sie und
die lieben Kleinen, da Sie in einer so wenig günstigen Jahrszeit einen so weiten Weg zurückzulegen
hatten. Nun aber sind wir beruhigt, indem wir Sie
glücklich und froh unter den Ihrigen wissen.

Ich habe den ausdrücklichen Auftrag von unsern
gnädigsten Herrschaften sowohl als von vielen Freunden bey Hofe und in der Stadt, Ihnen zu sagen, wie
sehr das Andenken jener vergnüglen Stunden, die Sie

uns verschafft, noch immer lebhaft ist, wie man Ihrer
Vorzüge überhaupt und im Einzelnen gedenkt und
sich sowohl des Ganzen, dessen Genuß Sie uns möglich gemacht, als auch der besondern Stellen, denen
Sie einen vorzüglichen Glanz gegeben, in der Erinnerung freut.

Mögen Sie dieses Jahr recht glücklich anfangen
und uns die Hoffnung lassen, Sie in dem Laufe desselben abermals zu bewundern und zugleich einen
andern Theil Ihrer lieben Familie bey dieser Gelegenheit kennen zu lernen. Ich empfehle mich persönlich zum allerschönsten, sowie meine Frau mir die
besten Grüße aufträgt, und unterzeichne mich mit
Versicherung des lebhaftesten Antheils an Ihrem
Wohlergehen.

Weimar den 5. Januar 1811.

6091ª.

An J. H. Meyer.

[Weimar, 8. oder 9. Januar 1811.]

Was mein Porträt betrifft, so habe ich darüber
wieder andre Gedanken. Der Einfall vom Tischer,
Latten hinten vorzuschrauben, ist zwar gut, dabey ist
aber doch das Unangenehme, daß der Rahmen von
der Wand absteht, welches durchaus einen üblen Effect
macht; und dann ist der Sache doch nicht dadurch geholfen: denn es ist innerlich ein brüchiges Wesen,

das sich noch hin und her zerren und das Bild
krumm ziehen kann; und das Bild ist doch auch nicht
für Heut und Morgen sondern für längere Zeit gedacht. Es mag daher bey mir stehn bleiben, bis ich
zurück komme, und wir wollen die Sache nochmals
in Überlegung ziehen.

6106*.
An C. G. v. Voigt.

Indem ich an die Kupfer und Zeichnungen erinnert werde, fällt mir ein was geschrieben steht:
„Bittet daß eure Flucht nicht geschehe im Winter."
Ew. Excellenz würden Sich fürwahr um uns ein
großes Verdienst erwerben, wenn Sie für die Trans-
location und Dislocation jener Kunstwerke eine Frist
auf bessere Tage verschaffen könnten. Mein Wunsch
wäre, Jagemanns Atelier erst fertig zu sehen. Wäre
er ordentlich introducirt und immittirt, so sähe man,
was allenfalls zu seinem Guten und Frommen noch
zu thun wäre und womit man ihn vielleicht ausstatten könnte.

Die beyden Zimmer zwischen ihm und der Zeichenschule würden indessen auch frey; man könnte sich
darin bethun und alles einrichten; sodann überlegte
man nochmals auf der Bibliothek, was man von dort
wegnehmen könnte, ohne die bisherigen Custoden in
Verzweiflung zu setzen, und was man zum Vortheil

der Zeichenschule dem Hofrath Meyer übergebe ohne
ihn gerade zu einer sehr Zeit versplitternden Custodie
zu verpflichten.

Am bisherigen Orte ist alles wohl verwahrt.
Sehen kann es Jedermann und benuzen auch: denn
was nöthig befunden ward, ist unweigerlich an die
Zeichenschule zum Gebrauch abgegeben worden.

Durch den Beytritt des Professor Jagemanns,
durch die Einrichtung eines Ateliers für die eigentliche Ölmalerey, steht unsrer Zeichenschule eine ansehnliche Erweiterung bevor; nur was die Custodie
betrifft, beziehe ich mich auf meinen früheren Aufsaz
und verharre bey dem Wunsche, daß nichts zur Zeichenschule möge abgegeben werden, als was unmittelbar
bey ihr genuzt wird.

Alles was drüber ist, wird nur den Lehrern eine
Last und den Schülern eine Zerstreuung.

Wenn man die Gegenstände erst wieder vor sich
hat, und wenn das neue Local in Ordnung ist, wird
sich darüber etwas Bestimmtes sagen lassen. Es werde
aber nach besseren Einsichten entschieden was da wolle,
so wünsche ich nur, daß die Ausführung unmittelbar
auf die Anordnung folge; welches in dem jetzigen
Augenblicke, aus oben angeführten Gründen, nicht
wohl thulich ist.

Weimar den 30. Januar 1811.   G.

6119*.

An Kirms.

Seit mehrerer Zeit hält sich bey Madame Beck
ein Frauenzimmer auf, Demoiselle Justi. Man hat
ihr vergönnt Statistinnen zu machen, und sie hat dadurch eine gewisse Theaterroutine erlangt. Seit einiger
Zeit ersuchte man mich, sie näher zu prüfen, welches
ich denn auch in diesen Tagen gethan, und ich kann
hierauf ihr ein sehr gutes Zeugniß geben.

Sie hat eine hübsche mittlere Gestalt, kein übel
Theatergesicht, lebhafte Augen; sie bewegt sich anständig und gefällig. Das Organ ihrer Stimme
ist wohlklingend, sie recitirt mit Verstand und mit
Mannigfaltigkeit, welches ich um so mehr beurtheilen
konnte, da sie mir einige Balladen und Erzählungen
vortrug. an denen nichts auszusetzen war. und wobey
wenig zu wünschen übrig blieb. Ihr Gedächtniß ist
gut: denn sie recitirte alles ohne Anstoß fließend her.
Ich glaube deßhalb wohl sagen zu können, daß wir
eine gute Acquisition an ihr machen, wenn wir sie
auf die Bedingungen, wie Demoiselle Weber, zum
Versuch engagiren. Nur möchte billig seyn, daß man
ihr, wegen der bisher geleisteten Dienste, eine kleine
Remuneration gäbe, welche sie zu ihrer ersten Einrichtung benutzen könnte, da man ihr sehr bald Rollen
von Bedeutung übertragen kann.

Was für uns den meisten Vortheil verspricht, ist,
daß ich wirklich eine tragische Anlage bey ihr zu bemerken glaube, welche sich in keiner unserer übrigen
jüngern Schauspielerinnen wirklich anzudeuten scheint.
Die Sache kann übrigens noch weiter besprochen, und
gelegentlich eine Resolution darüber gefaßt werden.

Weimar den 28. Februar 1811.			G.

6120ᵃ.

An Kirms.

In dem hier beyfolgenden Unzelmannischen Contract wünschte ich den zweyten Punct folgendermaßen
gefaßt:

> Herr Unzelmann macht sich verbindlich, wie zeit-
> her also auch fernerhin, die sowohl im Trauer-
> als Lustspiel, nicht weniger in der Oper, ihm
> zugetheilten und noch fernerhin seiner Persön-
> lichkeit, seinem Talent und seiner Stimme ge-
> mäßen Rollen und Partien zu übernehmen und
> zu execuiren; auch bey Chören auswärts willig
> zu assistiren.

Denn da wir Niemanden ein ausschließliches Rollen-
fach zugestehen; so wird durch den Nachsatz immer der
Vordersatz aufgehoben, wir mögen darin ausdrucken
was wir wollen. Und was die Sprechrollen betrifft,
hat sich Herr Unzelmann bisher wenigstens nicht zu
beklagen und es wird auch künftighin der Fall nicht

seyn, da man ihn als einen beliebten Acteur gerne
producirt.

Was die Singrollen betrifft, läßt sich gar nichts
Bestimmtes aussprechen. Herr Unzelmann wird selbst
gestehen, daß nur solche für ihn günstig sind, die ein
lebhaftes und bedeutendes Spiel haben.

Das Weimarische Theater wird niemals ohne einen
zweyten Tenor seyn können, und ich sehe nicht ein,
wie man einem gegenwärtigen oder künftigen zweyten
Tenor seine ihm bestimmten Partien gleichsam ver-
äußern und an einen Dritten versprechen kann. Es
geht dieses um so weniger an, als keineswegs die
Direction sondern der Capellmeister, der deswegen da
ist, die zu dieser oder jener Partie passenden Sänger
bestimmt. Wir würden uns also in Verlegenheit
setzen, wenn wir etwas zusagten, was wir in doppel-
tem Sinne nicht halten können. Ich sollte denken,
Herr Unzelmann sey bisher auch in Absicht auf
Singrollen so gut versehen worden, daß er für die
Zukunft sich auch der Einsicht und der Neigung
Herzoglicher Commission getrost überlassen kann.

Den 5ten Paragraphen wünschte ich nicht in den
Contract inserirt, sondern auf einem besonderen Blatt
verfaßt.

Weimar den 6. März 1811.   G.

6129*.

An Colla.

Ew. Wohlgebornen
vermelde in Erwiderung Ihres freundlichen Schreibens vom 22. Februar mit wenigem, daß die Hackerische Biographie sich ihrer Vollendung nähert und zu Ostern abgedruckt seyn wird.

Der Roman bedarf zu seiner Reise noch einer Sommerhitze.

Der Band Gedichte, von dem ich schrieb, ist redigirt und sauber abgeschrieben.

Jenes Werk hingegen, wovon ich vor'm Jahre Eröffnung that, ist diese Zeit her, sehr lebhaft gefördert worden. Es ist glücklicher Weise wieder einmal eine Arbeit, die sich selbst macht, und mir sich gleichsam aufnöthigt. Jede Unterbrechung ist mir unangenehm und ich eile immer wieder dahin zurück. In Weimar oder in Jena hoffe ich wieder auf einige vertrauliche Stunden und bitte um Bestimmung des Tags Ihrer Ankunft bey uns.

Mit dem Posten vom 21. Apr. 1810 a 800 rh. hat es seine Richtigkeit. Möchten Sie wohl größeres und kleineres was ich Ihnen im vergangnen Jahre schuldig geworden zusammen stellen, und die Rechnung mitbringen; so würden Sie mich verbinden.

Der Ihrige

W. d. 31. März 1811.   Goethe.

6133ᵃ.
An Kirms.

[Weimar, Anfang April 1811.]

Meo voto würde man Serenissimo zur Wahl aus-
stellen ob Höchstdieselben der Mad. Ackermann eine
Pension auszahlen, oder solche beym Theater engagiren
lassen wollten.

G.

6140ᵃ.
An Cotta.

Ew Wohlgebornen

sende hiermit den freundlichsten Gruß nach und danke
Ihnen für die angenehmen Stunden, die Sie uns
dießmal gönnen wollen. Zwar fallen mir nach
Ihrer Abreise immer hundert Dinge ein, die ich von
Ihnen zu erfahren, und wieder hundert andre, die ich
Ihnen mitzutheilen wünschte, und so finde ich mich
nach einer solchen erfreulichen Unterhaltung immer
unbefriedigt.

Ich habe unter dem heutigen Datum eine Anweisung auf achthundert Thaler Sächf. an die
Herrn Frege & Comp. gestellt; was aber das Papiergeld betrifft welches ich zu verlangen dachte, so ist
es mir gegenwärtig nicht nöthig, weil ich zufälliger
Weise von einem durchreisenden Wiener so viel ich
bedurfte, aufkaufen konnte. Ich melde dieses nur,
um Ihre gütige Vorsorge für mich, auch was diesen
Punct betrifft, dankbar anzuerkennen.

Die Lust meine biographische Arbeit fortzusetzen, hat sich seit Ihrer Gegenwart noch bey mir vermehrt. Ich hoffe durch diese unschuldigen Bekenntniße mit allen denen, die mir wohlwollen, auf's neue in eine lebendige Verbindung zu gerathen, und das was ich bisher allenfalls thun und leisten können, besonders für meine Freunde abermals zu beleben und interessant zu machen.

Mögten Sie mir den für die Hackertische Biographie gefällig zu bestimmenden Betrag des Honorars anzeigen; so geschähe mir ein besonderer Gefalle indem ich mich mit den wunderlichen Erben gern auseinander zu setzen wünsche. Mich bestens empfehlend

W. d. 4. May 1811.　　　　　　　　　　G.

6140ᵇ.
An C. G. v. Voigt.

Beykommende Rechnung über die dritte Jenaische Doubletten Auction, haben Ew. Exzell. die Güte moniren zu lassen.

Im Juni wird nun die vierte, kleinste, gehalten werden und so hätte man sich auch dieses Überflusses entledigt.

Die vorjährige Museums Rechnung lege gleichfalls bey, sie ist zur Revision der neusten welche bald eingehen wird nöthig.

W. d. 4. May 1811.　　　　　　　　　　G.

6140ᵃ.

An C. A. Vulpius.

[Weimar, etwa 6. Mai 1811.]

Von Jena aus wird eine Anzahl Velin-Exemplare von der Hackertischen Biographie an die Herzogliche Bibliothek gesendet werden. Von dieser wird ein Exemplar sehr elegant als das Dedications-Exemplar gebunden. Dieses erhält Ihro Kaiserl. Hoheit die Frau Erbprinzeß. Sodann werden vier Exemplare sauber geheftet aber nicht beschnitten. Solche erhalten   Durchl. der Herzog.

Durchl. die Herzoginn.

" der Erbprinz.

" die Erbprinzeß von Mecklenburg.

NB. letzteres wird wohl eingepackt auf der fahrenden Post nach Ludwigsluft adressirt. Jene erstern trägt, sobald sie fertig sind, Sachse in die respectiven Garderoben. Die übrigen werden aufbewahrt.

G.

6158ᵃ.

An A. Brizzi.

[Concept.]   [Carlsbad, 25. Juni 1811.]

Monsieur

La lettre agréable du 10ᵐᵉ May par laquelle Vous avez bien voulu répondre à la mienne du 3ᵐᵉ ne m'est parvenue qu'à Carl=bade, où je me trouve

depuis six semaines. J'ai communiqué vos intentions
à Monseigneur le Duc, qui pour le moment se porte
très bien à Toeplitz. Son Altesse sera très charmée
de Vous revoir à Weimar, depuis le 10. d'Octobre
jusqu'au 25. Décembre; et nous nous promettons tous
un commencement d'hiver très agréable.

Pour ce qui est de l'opéra Ginevra nous la
possédons et les parties en sont déjà copiées, même
distribuées; ainsi que j'espère, que Vous nous trou-
verez assez bien préparés à votre arrivée.

Voudriez Vous du reste avoir la complaisance
de nous envoyer la partition et les parties de l'opéra
Gli Orazj e Curiazj. Il seroit peutêtre possible de
donner encore cette pièce, que Monseigneur le Duc
désireroit de voir representée.

Ma petite femme est infiniment charmée de Votre
souvenir; elle Vous fait ses complimens, en attendant
le plaisir de Vous revoir. Je partage ce sentiment
de tout mon coeur et j'ai l'honneur de me souscrire…

6215ᵃ.
An A. Brizzi.

[Concept.]

Monsieur,

Monseigneur le Duc est très faché de voir éva-
nouir l'espérance de Vous posséder plus longtemps.
Pour moi je me trouve dans le même cas. Cependant,
comme Vos engagemens Vous appellent alieurs, il

faut bien céder, et ce n'est qu'avec regret, que
nous Vous verrons partir après la seconde représen-
tation d'Achille. Soyez persuadé, que le souvenir
des belles soirées que Votre double talent nous a
procuré ne sortira pas de notre memoire, et que je
ne cesserai jamais de m'avouer …

Jenn le 26. Novembre 1811.

6237ª.
An Charlotte v. Stein.

[Weimar, Ende 1810 oder Anfang 1811.]

Die gute Gore hat früher, um eine Gruft für die
Ihrigen und sich, mir so manchesmal Anfragen und
Anträge zugehen laffen, die ich, weil dergleichen mich
nicht sonderlich freut, eher abgelehnt als begünstigt.
Neulich hab ich ihr, auf abermalige Anregung, einen
sehr stattlichen Vorschlag gethan, und nichts wieder
gehört. Vielleicht führt Sie das Gespräch darauf.
Kommt die Sache in meiner Abwesenheit zur Sprache,
so —

G.

6237ᵇ.
An C. A. Vulpius (?)

[Weimar, November 1811?]

Ist der Geh. Staats Rath

Niebuhr

in Berlin ein Sohn des berühmten Reisenden?

Wer ist die Verfasserinn von Adele de Lénauges?

6237ᵉ.
An den Herzog Carl August.

[Concept.]   [Weimar, December 1611.]

        Ew. Durchl.

haben meine neulich vorgebrachte unterthänigste Bitte
in gnädigen Betracht gezogen, und werden mir daher
vergönnen daß ich sie etwas umständlicher motivirt
gegenwärtig wiederhohle.

        Mein Sohn erfüllt nächsten Weinachten sein
zwey und zwanzigstes Jahr. Vor drey und einem
halben Jahr ging er, durch Privat und öffentlichen
Unterricht, so wie durch einen beständigen Umgang
mit mir genugsam vorbereitet, nach Heidelberg, um
sich dort vor allen Dingen eine Kenntniß der Rechts-
grundsätze zu erwerben. Wie er dort seine Zeit zugebracht, wie er sich betragen, davon legen die beygefügten Testimonia wohl ein unverdächtiges Zeugniß ab.

        Er begab sich darauf nach Jena um sich dem
cameralistischen Fache zu widmen wozu er um so
mehr vorbereitet war als er von Jugend auf von mir
selbst in den Naturkenntnissen unterrichtet worden,
auch mich auf Reisen wiederhohlt begleitend in Jena,
Halle, Helmstedt, Göttingen, längere oder kürzere Zeit
des Umgangs und der Belehrung der ersten Naturforscher genos. Wie er sich in Jena benommen, davon werden der Obrist von Hendrich, Professor Sturm

und Töbereiner kein ungünstig Zeugniß ablegen. Sogar hat letzterer in seinem Compendium, einer Ent-
deckung die dieser sein aufmerksamer Zuhörer gemacht
nahmentlich erwähnt und ihn dadurch nicht wenig
ausgezeichnet.

Überzeugt daß Leben mehr als Lehre bilde, ließ
ich ihn nach anderthalb Jahren von Jena abgehen
und nach Capellendorf zu dem Rentsecretair Urlau
ziehen. Hier ist er denenjenigen Geschäften welche in
einem Herzoglichen Rentamte vorkommen aufmerksam
gefolgt, und hat zugleich die ländliche Oeconomie dabey näher kennen lernen, nicht weniger sich durch
Lesung dienlicher Schriften weiter ausgebildet. Den
ihm von Herzoglicher Regierung verwilligten Acceß
beym Justiz Amte hat er fleißig genutzt und unter
Anleitung beyder Beamten, einen Entwurf zu einer
Frohnebeschreibung verfertigt, die dazu nöthigen Re-
gistraturen selbst aufgesetzt. Wie denn die durch den
Rentbeamten bey Herzoglicher Cammer einzureichende
Abschrift zu gnädigster Einsicht und Beurtheilung
hier bey liegt.

Er hat ferner das Glück gehabt von den meisten
Gliedern der Herzoglichen Cammer bey Commissari-
schen Verhandlungen zu denen ihm der Zutritt gestattet worden an verschiedenen Orten beobachtet und
mit Gunst behandelt zu werden, wie er sich denn
auch einer geneigten prüfenden Aufnahme des Herrn
Geh. Rath v. Voigt zu erfreuen gehabt.

Daß dieser mehr gedachter mein Sohn, das einmal ergriffene Geschäft mit Aufmerksamkeit und Gründlichkeit zu behandeln gesonnen ist, davon dürfte auch die gleichfalls beyliegende angefangne Sammlung von Wollproben zeugen, wodurch der Unterschied eines so wichtigen Erzeugniß vor Augen gebracht und das Urtheil darüber allein gesichert werden kann.

Nach allem diesem wünsche ich nunmehr meinen Sohn einige Jahre bey mir zu behalten, um die Zeit die mir noch gegönnt ist auch zu seinem Vortheil zu benutzen und sowohl durch Umgang als durch zweckmäßige Lectur ihn immer weiter ausgebildet zu sehen. Aber alles würde unzureichend seyn, wenn er nicht in Thätigkeit versetzt auf das eigentliche Ziel seines Strebens unmittelbar hingewiesen ia sich demselben eiliger zu nähern gewissermassen genöthigt würde.

Ew. Durchl. haben die Gnade gehabt ihm vorläufig den Character eines Cammerassessors zu ertheilen und in ihm dadurch die Hoffnung einer wircklichen baldigen Anstellung erweckt, die ihn bisher bey allen seinen Schritten belebt hat, und um deren unschätzbare Erfüllung Vater und Sohn hierdurch nochmals Ew. Durchl. unterthänigst angehen. Beyde werden nicht verfehlen durch thätige Treue zu zeigen wie sie den hohen Werth von Ew. Durchl. gnädigem Beyfall und höchstem Zutrauen anzuerkennen und zu verehren wissen.

6250ª.

An A. Brizzi.

[Concept.]   [Weimar, Januar 1812.]

Mit sehr vieler Zufriedenheit haben Ihre hiesigen
Freunde und Bewunderer vernommen, daß Sie in
der Mitte der Ihrigen glücklich wieder angelangt
sind, so wie ich und die Meinigen mit vielem Vergnügen ersehen, daß Sie bey dem fröhlichen Jahres-
wechsel unser haben gedenken mögen. Bleiben Sie
überzeugt, daß wir als eine der schönsten Erinnerungen des vorigen Jahres Ihren hiesigen Aufenthalt
werthachten, und daß Sie sehr oft der Inhalt unserer
Gespräche sind, die wir niemals ohne Dank für die
Bemühungen, die Sie sich unsertwegen gegeben haben,
beschließen. Erhalten Sie uns ein freundliches Andenken, und lassen uns auch für die Zukunft angenehme Verhältnisse hoffen.

Die Oper: Horatier und Curiatier, die Sie uns
mitgetheilt, weil man die Aussicht hatte, solche bey
Ihrem Hierseyn aufführen zu können, wird nächstens
wohleingepackt an Sie zurückgehen. Ich wünsche glücklichen Empfang und erbitte mir Ihre fortdauernde
Neigung sowie das Zutrauen, das Sie mir bisher gegönnt, indem ich die Ehre habe mich zu unterzeichnen.

6259ª.

An A. Brizzi.

[Concept.]

Vorstehendes war geschrieben als Ihr werther Brief vom 5ten dieses Monats anlangte, und ich verfehle nicht Serenissimo unterthänigen Vortrag daraus zu thun. Es thut mir aber leid, daß ich keine Ihren Wünschen gemäße Resolution vermelden kann. Durchl. des Herzogs Reise zu seiner Frau Tochter hat sich verspätet und möchte nunmehr gerade in jene Zeit fallen, in welcher Sie hier einzutreffen gedenken. Nicht gerechnet, daß sonst noch bey Hofe einiges Veränderliche vorkommen könnte. Was unser Publicum betrifft, so ist es, wie Sie selbst wissen, nicht groß genug, um einen solchen Künstler nach Würden zu honoriren. Unter diesen Umständen sehe ich mich, obwohl sehr ungern, genöthigt die vorgehabte Reise hieher eher ab- als anzurathen, weil der Erfolg derselben nicht zu garantiren ist, und ich nicht wünsche daß Sie einen Ort, wo Sie so geschätzt werden, und mit dem Sie bisher immer zufrieden gewesen sind, mit einer unangenehmen Empfindung verließen.

Der ich mich, wie immer, mit ganz vorzüglicher Hochachtung unterzeichne.

Weimar den 17. Februar 1812.

Lesarten.

Der zweiundzwanzigste Band enthält Goethes Briefe
von Januar 1811 bis April 1812. Den Text bis S. 380 hat
August Fresenius bearbeitet, von dem auch die Vor-
bemerkung zu den Lesarten herrührt; den Nachtrag (S. 381 ff.)
und die Lesarten hat Carl Schüddekopf, unter Benutzung
der Vorarbeiten von A. Fresenius, hinzugefügt. Als Redactor
ist Bernhard Suphan betheiligt.

Das Manuscript der Briefe von 1811 war noch von
Albert Leitzmann in Druck gegeben, der erste Bogen
noch von ihm corrigirt und für druckreif erklärt
worden. Erst auf dem zweiten setzte die Thätigkeit von
A. Fresenius ein. Er stiess schon auf diesem Bogen auf
ein bedenkliches Versehen und musste sich, je weiter er
vorrückte, um so mehr überzeugen, wie viel an dieser an-
scheinend fertigen Druckhandschrift noch zu thun war.
Die Correctur nahm, da Briefe ein- und ausgeschaltet
werden mussten, hier ein Brief anders zu adressiren, dort
eine Stelle aus dem Text in die Lesarten zu verweisen war,
vielfach den Charakter einer Neugestaltung des Manuscripts
an, und doch sind manche Versehen stehn geblieben: der
irrthümlich in Bd. XXI als Nr. 6067 gedruckte Brief fehlt
hier nach 6105, Nr. 6121 trägt ein falsches Datum, Nr. 6138
ist nach dem Concept statt nach dem Original gegeben,
u. s. w. Zuletzt, da der einschneidenden Änderungen in der
Druckcorrectur zu viele wurden, entschloss man sich das
Manuscript zurückzuziehen und es erst von neuem durch-
zuarbeiten, ehe der Druck fortgesetzt wurde.

Das zu bearbeitende Material ändert im vorliegenden
Bande insofern seinen Charakter, als mit dem Jahr 1811
die Concepthefte sehr erheblich an Umfang zunehmen. Die
Concepte gewinnen hier die Bedeutung, die sie von nun an

behalten, bieten aber gewisse besondere Schwierigkeiten, die so gehäuft später kaum wieder vorkommen werden. Sehr oft fehlt den Concepten noch Datum, Adresse oder Beides, ihre Reihenfolge ist von der später herrschenden Ordnung noch weit entfernt, verschiedene Jahrgänge gehn noch vielfach durcheinander. Goethes Secretär ist bis in den März 1812 Riemer. Seine Bleistiftcorrecturen sind in der Regel als von ihm ausgehende Änderungsvorschläge anzusehen; man hat sich daher bei Briefen, die nicht in der Reinschrift vorliegen, solchen Correcturen gegenüber mit der Frage abzufinden, wie weit Goethe sie gebilligt hat. Diese zarten Riemerschen Bleistiftcorrecturen haben später wieder Eckermann, der 1831 Goethes Concepthefte im Gedanken an eine Veröffentlichung der wichtigeren Briefe durchzusehen begann, zu manchen Nachhilfen und Eingriffen veranlasst, so dass zuweilen sehr complicirte Verhältnisse entstanden sind. Die wenigen Fälle dieser Art aus der Zeit vor 1811/12 sind bisher verkannt worden (z. B. 5454. 6018), und in späteren Concepten können solche Fälle nicht vorkommen, weil Eckermanns Durchsicht über die Jahre 1807 — 1811/12 nicht hinausreicht. Auch der Kanzler v. Müller hat in den Heften von 1811/12 und 1812 zahlreiche Spuren seiner Hand hinterlassen (1813 verlieren sie sich, um erst 1820 wieder zu erscheinen), aber im Allgemeinen nur solche, die unser Apparat gar nicht verzeichnet: er hat Adressen und Jahreszahlen beigeschrieben und hat Stellen eingeklammert, die der von ihm beschäftigte Abschreiber auslassen sollte. Immerhin hat man mit der Möglichkeit zu rechnen, dass sein Bleistift auch sonst einmal im Spiel sein könnte. Dem Anschwellen der Concepthefte entsprechend wächst in den Jahren 1811—1813 auch die Zahl der aus Müllers Zeit stammenden Copien Goethischer Briefe und Briefstellen, während sie 1814 auf ein Minimum zurückgeht, um sich erst von 1820 an wieder zu heben. Diese Copien, die sich zum grösseren Theil im Kanzler Müller-Archiv, zum kleineren in Goethes Nachlass befinden, beruhen fast ausnahmslos auf den uns erhaltenen Concepten und werden daher im Allgemeinen nur dann in den Lesarten erwähnt, wenn sie die Quelle gedruckter

Texte geworden sind. Aber es findet sich, freilich überaus
selten, in dieser Masse doch einmal eine Copie eines nicht
mehr vorhandenen Concepts oder eine, die überhaupt nicht
auf ein Concept, sondern auf die Reinschrift eines Briefes
zurückgeht. So muss uns bei Nr. 6141, wie leider zu spät
erkannt worde, eine im Kanzler Müller-Archiv aufbewahrte
Copie die verschollene Reinschrift vertreten.

Wo unserer Ausgabe Briefe in durchaus eigenhändiger
Niederschrift zu Grunde liegen, wird dies in den Lesarten
von jetzt an ausdrücklich bemerkt. Die bisher festgehaltene
Gepflogenheit passt eigentlich nur für die Zeiten, wo noch
die Mehrzahl der Briefe eigenhändig ist. Auch lässt sie
in Fällen, wo ein eigenhändiger Brief nicht unmittelbar,
sondern durch Vermittlung eines Druckes benutzt ist, den
Zweifel bestehn, ob aus dem Schweigen des Apparats auf
Eigenhändigkeit geschlossen werden darf, oder ob über die
Hand, die den Brief geschrieben hat, nichts bekannt ist.
Bei den ganz oder theilweise dictirten oder copirten Briefen
wird das Eigenhändige vom Fremden jedesmal durch genaue Angaben unterschieden. Nur bei der blossen, ohne
weitere Schlussworte unter Briefen von Schreiberhand auf-
tretenden Namensunterschrift versteht sich die Eigenhändigkeit von selbst. Auch in den Angaben über die in Briefen
und Concepten vorgenommenen Correcturen werden, wie
dies an der Spitze früherer Apparate weiter ausgeführt ist,
die verschiedenen Hände genau unterschieden. Dabei be-
deutet g eigenhändig mit Tinte, g^1 eigenhändig mit Bleistift, g^2 eigenhändig mit rother Tinte. In den Handschriften Ausgestrichenes führen die Lesarten in Schwabacher
Lettern an. Lateinisch geschriebene Worte des Originals
stehn im Text in Antiqua, unter den Lesarten in *Cursiv-
druck* — soweit der Druck hierin überhaupt der Vorlage
folgt. Denn wir binden uns in dieser Hinsicht an die Vorlage nur, wenn sie eigenhändig und sofern sie nicht ganz
mit lateinischen Buchstaben geschrieben ist.

Die Orthographie bleibt in eigenhändigen Briefen streng
gewahrt, wird sogar, wie in den vorigen Bänden, falls ein
solcher Brief nur in modernisirter Schreibung zugänglich
ist, versuchsweise wiederhergestellt. Aber schon in den

Briefen von Riemers Hand werden, wiederum wie in den vorigen Bänden, gewisse Schreibungen (biethen, Tugend, Forth, Hohheit, Montblag, Romen, Willführ u. s. w.) nicht beibehalten, und die Frage, ob man jedem der folgenden Schreiber seine eigene Schreibweise lassen solle (die bei Einzelnen noch sehr unfertig und widerspruchsvoll erscheint), wurde von dem Redactor der Abtheilung dahin entschieden, dass eine so weitgehende Buntheit des orthographischen Bildes vermieden, vielmehr eine, freilich nur annähernd erreichbare, Durchschnittsorthographie der Goethischen Kanzlei angestrebt werden solle, die in zweifelhaften Fällen nach der Ausgabe letzter Hand normirt wurde.

Die Lesarten verzichten darauf bei eigenhändigen Niederschriften (denn bei anderen kann davon überhaupt nicht die Rede sein) blosse Nachlässigkeiten oder orthographische Correcturen vollständig aufzuführen oder das bekannte Fehlen der Umlautsbezeichnung mit immer neuen Beispielen zu belegen. Wo Handschriften erst nachträglich verglichen werden konnten — ein nicht selten vorkommender Fall —, wird in den Lesarten der wesentliche Ertrag der Vergleichung vollständig verzeichnet, nicht aber, was sich für Orthographie und Interpunction ergiebt, ob die Absätze der Handschrift denen unseres Textes entsprechen, und dergleichen.

Briefe vom gleichen Datum sind in den letzten Bänden, wenn nicht bestimmte Indicien über ihre Reihenfolge entschieden, nach der Anciennität der Beziehungen Goethes zu den Adressaten geordnet worden. An die Stelle dieses Grundsatzes, der auch im Anfang des vorliegenden Bandes noch herrscht, ist während der Drucklegung der andere getreten, solche Briefe in der Reihenfolge zu geben, in der das Tagebuch sie aufführt, und sie, wo dieses versagt, nach der alphabetischen Folge der Adressaten zu ordnen.

Briefe an Goethe befinden sich, wenn nicht das Gegentheil ausdrücklich bemerkt wird, im Goethe- und Schiller-Archiv unter den alphabetisch geordneten Briefen.

6087. Vgl. zu 427. Eigenhändig. Gedruckt: Briefwechsel II, 33 — 1, 1 vgl. Tageb. IV, 175, 15 6 Augusts Ernennung zum Kammerassessor, vgl. zu 6039.

*6088. Vgl. zu 2677. Riemers Hand.

*6089. Vgl. zu 2077. Riemers Hand — Zur Sache vgl. XXI, 444, 6. 6082, hier 26, 11. 33, 7. 50, 5 und Frese, Goethebriefe aus F. Schlossers Nachlass S. 94. Ein weiterer in dieser Angelegenheit an Meyer gerichteter Brief vom 8. oder 9. Januar steht als 6091ᵃ im Nachtrag.

6090. Handschrift von Riemer im Geh. Haupt- und Staats-Archiv A 10048, erst nachträglich verglichen. Gedruckt nebst der 4, 1 erwähnten Beilage: G.-Jb. X, 112 f. 4, 5 den nach und 6 lies unkrer [In der Beilage lies: viertel-jährlich statt vierteljährig versieht statt versieht im Bezug statt in Bezug] — Zur Sache vgl. zu 6076 und 6119ᵃ.

*[6091] = 6248ᵃ. Der Brief, der ohne Angabe des Adressaten überliefert ist, muss statt der Überschrift An Antonio Brizzi die Überschrift An Leon de Jacovleff erhalten und gehört, wie schon äussere Anzeichen — sein Platz im Conceptheft zwischen 0234 und 6242 und das mit 6242 übereinstimmende Papier — vermuthen lassen, in das Jahr 1812. Das Datum muss nach der Postquittung lauten: [28. Januar]. Concept von Riemers Hand, Abg. Br. 1811/12, 96, von Professor Lavés, damals französischem Lehrer am weimarischen Gymnasium, später Lector an der Universität Jena, mit rother Tinte durchcorrigirt, vgl. zu 6258 4, 10 n'auroit nach Monsieur 10. 11 *plus agréablement* über par un meilleur augure 11 *Votre envoi* nach celui de *Votre souvenir* nach *Je me vois en même tems honoré* de 13 *le* üdZ ce über d'un 14 m'honorent *également* von Lavés zugesetzt 18. 19 *Je — satisfaction* aus *Je ne cherche pas de peindre ce contentement par beaucoup de paroles, d'autant moins* 21 *n'eties — convaincu* über den unterstrichenen Worten *ne senties pas profondement* — Adressat, mit dem Goethe 1807 in Karlsbad viel verkehrt hatte, war seit dem Sommer 1810 russischer Gesandter in Kassel. Er hatte am 30. Dec. 1809 Goethe von Stuttgart aus eine noch im Goethehause aufbewahrte Dose von Granatmutter übersandt*)

---

*) Dieser Brief wäre zu XXI, 245, 21 anzuführen gewesen.

(Eing. Br. 1809, 12; vgl. Tageb. III, 230, [1] und wohl auch Briefe XXI, 302, [10]) und dagegen mit einem (künftig nachzutragenden) Brief vom 5. Februar 1810 einen Chalcedon erhalten, in den er von Morelli in Rom Goethes Profil einschneiden ließ (Eing. Br. 1810, 97; vgl. XXI, 395, [33.] 400, [19] und hier 85, [31]). Zwei Abdrücke dieses Kopfes schickte er am 20. Dec. 1811 (Eing. Br. 1811, 258) an Goethe, der in unserem Brief dafür dankt.

Der wirkliche Brief Goethes an Antonio Brizzi vom 6. Januar 1811 steht als 6090ᵃ im Nachtrag.

6092. Handschrift von Riemer in den Acten des Cultusdepartements, Fascikel „Acta die wegen der bey der herzogl. Bibliothek und dem Zeichnen Institut vorhandenen Schildereyen und Handzeichnungen zu treffende Einrichtung enthaltend. 1811ᵃ, Bl. 9. Die nachträgliche Vergleichung mit unserm auf O. Jahn, also indirect auf Vogel, Goethe in amtlichen Verhältnissen, S. 155, beruhenden Text ergiebt Folgendes: 5, [1] zu streichen [3] dem kurzen Zeichen-Institut; ebenso Zeichenschule, Zeicheninstitut 7, [8.19] [4] andre statt die [5] getroffene [6] Folgen statt Erfolge [11] worden statt werden [13] wenn auch Vorschläge [15] angenommener [19] Verwahren [21. 22] unsrer besondren [23] im gegenwärtigen [24] Mutter Durchlaucht die [25] und manche Gemälde, so wie die Carstenschen und Oelsischen Zeichnungen, aufgestellt 6. [1] wiesen aus ließen Er. zu streichen; ebenso 13 [5] ward [10] in statt unter [21] sollten [23] möchten 7, [5] Special-Verwahrung [6] nach ziehen folgt: Wäre ein solches Verzeichniß gemacht, so könnten Auszüge daraus gefertigt werden und die untergeordneten Personen, welchen die besondre Aufsicht, hier oder dort, anvertraut würde, erhielten solche zu ihrer Legitimation und Sicherheit.

So könnten z. B. die im Schloß befindlichen Bilder und Zeichnungen den Castellanen, die in Belvedere aufgestellten dem dortigen Schloßvogt, der Theil der Zeichnungen, welcher sich gegenwärtig auf dem rechten Flügel des Fürstenhauses befindet, gleichfalls einem Untergeordneten des Hofmarschallamts übergeben werden. Diejenigen, die auf dem linken Flügel in der Nähe der Jagemannischen Wohnung bleiben, könnte Herr Prof. Jagemann nach einem Hofmarschallamts-Verzeichniß übernehmen, und da sie beysammen und wohl zu übersehen sind, zu Erhaltung, und zu allenfallsigem Gebrauch, in Verwahrung nehmen.

Hofrath Meyer u. s. w.   [7] dieser statt der   [6] behielte dagegen das   [9] aus aus auf   [10—11] Alles — Zerstreuung zu streichen. Der Satz ist dem Schreiben vom 30. Januar (s. unten) entnommen   [12] blieb [vgl. XVII, 68. [11] schrieb, XXI, 260, [6] låg]   [13] Geschäftes   nach herfließt folgt mit Alinea: Wäre jenes Hofmarschallamts-Inventarium nach den Localitäten gefertigt; so könnte man daraus einen systematischen Catalog ausziehen und ordnen, welcher nach Schulen und Meistern eingerichtet wäre. Dadurch würde denn eine sehr angenehme Übersicht entstehen, von dem, was an mehreren Plätzen zerstreut, in Weimar zu finden ist. Gewiß würde sich auch noch manche andre gute Folge ganz unerwartet zeigen. Die Kunstwerke würden, bey allen unvermeidlichen Dislocationen, erhalten werden und dabey ihrer Benutzung nichts im Wege stehen.

Jena den 10. Januar 1811.   G.

Zur Sache vgl. Vogel S. 155. 158 und hier 11, [11]. 17, [1]. Ein zweiter diese Angelegenheit betreffender Brief an Voigt vom 30. Januar 1811, von dem Vogel S. 159 den Anfang gedruckt, und aus dem er einen Satz in unsern Brief eingeschoben hat, steht als 6106[a] im Nachtrag   5, [23] Über die Carstensschen Zeichnungen vgl. XVII, 32, [14]. 210, [6], Werke XXXV, 250, über die Oelsachen Carl August an Goethe, Briefwechsel 1, 316   6, [16] vgl. Knebels Briefwechsel mit seiner Schwester Henriette S. 511.

*6093. Vgl. zu 2929. Riemers Hand — 7, [17] Die Briefe 6092—6094 und einen an v. Einsiedel „mit der Recension wegen Brizzi" (Tagebuch).

6094. Handschrift wie 5924*). Riemers Hand. Gedruckt: Schriften der G.-G. VI, 265 — Antwort auf ein in den Acten vorangehendes undatirtes Schreiben von Kirms: vgl. 6084.

6095. Vgl. zu 4097. Schreiberhand. Gedruckt: v. Biedermann, Goethes Briefe an Eichstädt S. 173 — Zur Sache vgl. XXI, 414, [9]. 453, [12], hier 10, [1]. 65, [13] und Werke XXXVI, 51.

---

*) Auch in den Lesarten zu 5934. 5947. 5956. 5965. 5968. 5973. 5980. 5981. 5997. 6011. 6080. 6084 muss es beissen „Handschrift wie 5924" statt „Handschrift wie 5709".

*6096. Vgl. zu 2077. Riemers Hand. Auf ein Drittel zusammengestrichen, ist der Brief gedruckt bei Riemer, Briefe von und an Goethe S. 89 11,8 lies andere 12,4 g — 10,1 vgl. zu 6095 20 Beide befinden sich im Goethehause 11,6 Eine wiederholte Erwähnung: in Hinblick auf die bei Hempel XXVIII, 816 wieder abgedruckte, jetzt allgemein Meyer zugeschriebene Anzeige der WKF (Jenaische ALZ. 1806 Nr. 153) 11 vgl. zu 6092.

*6097. Vgl. zu 2929. Riemers Hand 12,6 lies Ziegenhan; vgl. VI, 59,17, hier 49,24 und Tageb. V, 232,10 — 12,8 = 6096 13 Schriften der G.-G. III, Bl. 17 oder 18.

6098. Vgl. zu 5481. Eigenhändig. Gedruckt: v. Loeper, Briefe Goethes an Sophie von La Roche und Bettina Brentano*) S. 195 und Schriften der G.-G. XIV, 181; vgl. Goethes Briefwechsel mit einem Kinde³ S. 979 13,6 Goethes Glückwunsch zu der ihm von Bettina angezeigten Verlobung mit Arnim, die im December 1810 stattfand 21 vgl. 20,15. 29,5. 54,17. 202,1 14,6 vgl. XXI, 408,13. 413,17, Briefwechsel³ S. 352—363, Werke XXIX, 291. Die von Bettina in unseren Brief eingeschobene Partie enthält in den Worten „bei Dir wäre sehr zu wünschen, was die Weltweisen als die wesentlichste Bedingung der Unsterblichkeit fordern, dass nämlich der ganze Mensch aus sich heraustreten müsse an's Licht. Ich muss Dir doch auf's dringendste anempfehlen, diesem weisen Rath so viel wie möglich nachzukommen" einen Ausspruch, der sich, von der Hand des Kanzlers v. Müller geschrieben, mit der Überschrift „An Bettine" und der Unterschrift „Goethe" versehen und nur in einem Punct („diesem guten Rath" statt „diesen weisen Rath") von Bettinens Text abweichend, auch im Kanzler Müller-Archiv (Nr. 695) findet. Daraus folgt aber noch nicht, dass der Ausspruch einem echten Brief Goethes entstammt. Müller könnte ihn — direct oder indirect — dem gedruckten Briefwechsel ebenso entnommen haben, wie er sich zwei andere Stellen des „Briefwechsels mit einem Kinde" aus Meusebachs Recension abgeschrieben hat (Kanzler Müller-Archiv Nr. 14).

---

*) Dort sind S. 189—193 auch die in Bd. XXI als ungedruckt bezeichneten Briefe 5988. 6031. 6048 gedruckt.

*6099. Vgl. zu 2929. Riemers Hand   15,19 lies Weimarische   16,8 Sage aus Sage — 15,4 Karl Joseph Raabe, Architekt, Zeichner und Porträtmaler (1780—1849); vgl. 17,16.20. 97,14, Zarncke, Goetheschriften S. 119 und Aus Schellings Leben II, 255   5 Zarncke, Kurzgefasstes Verzeichniss der Originalaufnahmen von Goethes Bildniss S. 35 Nr. 35ª   22 Die Teufelsmühle, Oper von Wenzel Müller, in Weimar aufgeführt am 12., 19. Januar und 25. Mai 1811   24 Goethe in Hofuniform mit dem Orden der Ehrenlegion (Rollet, Die Goethe-Bildnisse S. 138 Nr. LVIII, Zarncke, kurzgef. Verzeichniss S. 68 Nr. 78ª), vermuthlich auch in Civil (Zarncke Nr. 78ᵇ), beide noch im Goethehause; vgl. 35,2.   Trebra fand die ihm übersandte Silhouette „glücklich getroffen bis zum Sprechen" (Eingeg. Br. 1811, 49)   16,9 vgl. Tageb. IV, 193,27, Heitmüller, Aus dem Goethehause S. 175—181.

*6100. Vgl. zu 2677. Riemers Hand — Zur Sache vgl. zu 6092   17,9 vgl. Falk, Goethe aus näherm persönlichen Umgange dargestellt, Leipzig 1832, S. 20.

*6101. Vgl. zu 2929. Riemers Hand.

6102. Handschrift wie 5896. Eigenhändig. Gedruckt: Grenzboten 1869 III*) S. 204   18,9.10 lebthafft — Adressatin (1789—1868) war die älteste Tochter der Gräfin Henriette v. Egloffstein. Sie lebte zur Zeit unseres Briefes bei ihrer Mutter, die in zweiter Ehe mit Freiherrn v. Beaulien-Marconnay vermählt war, in Misburg bei Hannover   18,17 vgl. XXI, 174,16. 179,16, Werke XVI, 458   19 Nicht mehr vorhanden   19,9 vgl. Dembowski, Mittheilungen über Goethe und seinen Freundeskreis, Lyck 1889, S. 28.

*6103. Vgl. zu 2929. Riemers Hand — 20,1 Hofmedicus Carl Wilhelm Stark, dessen Vater am 11. Januar 1811 in Jena gestorben war.

Eine von W. v. Biedermann, Goethes Briefe an Eichstädt S. XXIII mitgetheilte Stelle aus einem Brief Goethes an C. G. v. Voigt, geschrieben in Jena zwischen 14. und

---

*) Dort sind S. 202—204 auch die in Bd. XXI als ungedruckt bezeichneten Briefe 5896. 5899. 5901. 5908. 5909 zuerst gedruckt und zwar die beiden ersten in der richtigen Reihenfolge.

20. Januar 1811: Von Eichstädt selbst erfahre ich weder dieß noch etwas anders (auf den Ankauf einer complutensischen Polyglottenbibel für die Jenaische Universitätsbibliothek bezüglich) stammt vermuthlich aus einem Briefe C.G.v.Voigts an Eichstädt. Goethes Brief selbst ist verloren.

6104. Vgl. zu 5409. Riemers Hand. Dass der Text der Briefe an Reinhard im gedruckten Briefwechsel nicht ausschliesslich auf den Reinschriften beruht, die Kanzler v. Müller im September 1837 vom Grafen Reinhard erhielt, sondern mitunter stark durch die Concepte beeinflusst ist, wird in unserem Falle besonders deutlich 21, 16—22, 9 zuerst gedruckt bei Riemer, Mittheilungen über Goethe II, 687 22, 1. 2 lies steht, und wo man auf dieser Seite steht, so nach dem Concept, von dem die Reinschrift offenbar nur aus Versehen abweicht. Aus diesem Concept von Riemers Hand, Abg. Br. 1810, 6, ist ferner zu bemerken: 20, 23 seiner Thätigkeit g aus seines Menschen 21, 22 gehn über die 22, 1 Teutsche üdZ 14 gesehen? g üdZ 17 den größten Theil 20 durchblättre 23 Boisseret 20 in den Concepten von 1811 häufig, obwohl Riemer schon auf der Adresse von 5998 Boisserée schreibt 9? für üdZ 23, 1 gibt g? aus gebe 10 werthen g aR für guten 13 Schriften g aR für Büchlein 16 lange 24, 3 diese] die 4 der] den vgl. VII, 278, 13, XIX, 323, 3, Werke IX, 94 5 Herr aus Herrn Nach 3 als neuer Absatz Man nehme mir's nicht übel, aber wenn ich des Lacretelle 18tes Jahrhundert lese, so finde ich mich behaglich mit mir selbst und weiß was ich will, weil ich einen andern vor mir sehe, der, wenn ich auch nicht immer derselben Meynung bin, doch in gleichem Falle ist 4—5 fehlt — Antwort auf Reinhards Briefe vom 10.—20. Nov. und 17. [nicht 19.] Dec. 1810 20, 13 vgl. zu 13, 21 24 vgl. Tagebuch 20. Januar — 4. Mai und hier 30, 7 21, 6 Merck, von dem auch Herder bei Falk, Goethe aus näherm persönlichen Umgange dargestellt S. 145, einen verwandten Ausspruch anführt 16 vgl zu XXI, 364, 10. 394, 4, Reinhard an Goethe 3. Aug. 1810 (S. 90 f., wo es heissen muss „zu wenig orthodox"), Tagebuch 5.—13. und 23. Januar 1811 22, 9 In dem, Reinhards Brief vom 8. August 1810 beigeschlossenen Schreiben des „Bifrons" Villers an Goethe (vgl G.-Jh. XX, 116) heisst es von dem „Multifrons" Degérando er habe, sonst immer lächelnd und süss, zur Eintracht und liebevollem Syncretismus einladend, „nur gegen den Bifrons einmal mit allen seinen Gesichtern eine hässliche Fratze gezogen" 13 vgl. zu XXI, 400, 9   23 Vom 24. Nov. 1810 (Sulpiz Boisserée II, 8); vgl. XXI, 453, 3. Zu der ausführlicheren Beantwortung kam es vor der persönlichen Begegnung im Mai nicht mehr   23, 11 vgl. Tageb. IV, 160, z. 5 und Anmerkung. Nach 24, 3 (Concept): Lacretelle, Histoire du XVIII. siècle, 6 Bde., Paris 1808—12; vgl. Tageb. vom 12.—21. Oct. 1810.

6105. Concept von Riemers Hand, Abg. Br. 1811/12, 16   24, 11 gewiß adZ   25, 1 besuchte uns g oder Eckermann? über fand sich 3 welcher nach bey uns   10 Gefälliges und Erfreuliches umgeziffert aus E. u. G. — Antwort auf Lichnowskys Brief vom 3. Dec. (Eing. Br. 1811, 12)   24, 14 vgl. 51, 26, zu XXI, 337, 21, Tageb. IV, 389, G.-Jb. XVIII. S. 24   25, 1 vgl. Tageb. IV, 177, 31 10 Brief 6067, der XXI, 429 zu streichen und hier als 6105a einzureihen ist   20 vgl. zu 153, 34 und XXI, 428, 4).

*6105a = (6067); vgl zu 25, 10. In der Überschrift des Briefes lies Franz statt Michael. Das Datum muss lauten: [23. Januar]. Im Text ist 430, 8 nun zu streichen, 431, 1 und statt oben zu lesen. Die Lesarten sind zu ergänzen und zu berichtigen wie folgt: 430, 1. 2 Nur — äußern Riemer mit Blei aus Es sey — soviel zu erwiedern   3 als g adZ   6 erschien nach so   8 nun g adZ   10 dieses schon mit Blei umgeziffert aus schon dieses   12 aber Eckermann mit Blei adZ   13 unter nach sich   18. 19 was — durfte Eckermann mit Blei aR über meine Erwartungen und die kühnsten Hoffnungen   20 leuchtet Eckermann mit Blei über glänzt, eine aR stehende ausgewischte Correctur erneuernd   21 erhöht jene Eckermann mit Blei aR für fügt zu der   22 als — Merkzeichen Eckermann mit Blei aR für den Glanz hinzu   22. 431, 1 größerer Zuversicht Eckermann mit Blei aus größerm Vertrauen, eine ausgewischte Correctur erneuernd   3 neben Eckermann mit Blei auf ausgewischter Schrift über zu   5. 6 die — läßt mit Blei aus Raum

---

*) 6006 ist nicht vom 29. Nov., sondern vom 10. Oct.; vgl. die Eingangsworte des Briefs mit der Erwähnung im Tagebuch und den „Postsendungen" (XXI, 492. 488).

läßt, bie — nur unſeres Gleichen zu widmen gewohnt ſind 19 zu
wiederholen urſprünglich nach Excellenz dann umgeſchaltet.

6106. Die Originale der von Freſe veröffentlichten
„Goethe-Briefe aus Fritz Schloſſers Nachlaß" werden, Dank
dem freundlichen Entgegenkommen des Beſitzers, des Freiherrn von Bernus auf Stift Neuburg bei Heidelberg, von
dieſem Band an für unſere Ausgabe neu, Nr. 6106 und
6111 erſt nachträglich verglichen. Riemers Hand 26, 4 lies
Wohlgebornen 13 zaubernbes] aus baue(rnbes) Hörfehler
27, 16 lies gehn 20. 21 Ew. — Tiemer g — 26, 2 vgl. zu XXI,
444, 14, Tageb. IV, 160, 21. 22. 161, 1. 2. 4. 7 und Naturw. Schr.
V 1, 335 9 vgl. 33, 21. 34, 19 und Tageb. IV, 185, 21, wo
die Hs. Vogt hat. Offenbar Nicolaus Vogt (1756—1836),
unter dem Fürſt Primas Dalberg Director der Studien und
Schulen Frankfurts und Geh. Legationsrath; vgl. Eing.
Br. 1809, 60. ADB. 40, 189 17 vgl. zu 6089.

***6107.** Concept von Riemers Hand, Abg. Br. 1811,12, 23
28, 14 in nach ſo 29, 1 zwölſtägiger aus vierw(öchentlicher)
12 mit nach nach 15 an — unſers aus an unſerm 23 vor nahe
umgeziffert aus nahe vor 30, 14 von über einzelner Gedruckt
iſt 29, 4 — 30, 3 nach einer im G.-Sch.-Archiv befindlichen
Abſchrift des Concepts in den Schriften der G.-G. VI, 254 —
Antwort auf Sartorius' Brief vom 19. Januar 1811 und einen
älteren vom 6. Auguſt 1810 28, 3 Über die Regierung
der Oſtgothen in Italien; vgl. Tageb. IV, 183, 14. 22. 184, 7,
Briefe XXI, 352, 1. 414, 23 und hier 41, 16 29, 5 vgl. zu
13, 21 11 Am 30. Januar, vgl. 40, 1. 48, 4. 62, 24. 245, 16
30, 5 vgl. zu XXI, 272, 6 und G.-Jb. XVIII, 9. 12. 26. 29
7 vgl. zu 20, 24 9 vgl. zu 159, 4 und das Tageb. vom
29. Januar an 11 vgl. XXI, 353, 13. 393, 4 und öfters, hier
35, 13. 45, 3. 48, 21. 58, 16. 66, 17. 70, 13. 80, 4. 137, 23. 150, 11.
172, 12. 222, 9. 252, 23. 318, 4. 378, 14.

6108. Handſchrift unbekannt. Gedruckt: Pasqué,
Goethes Theaterleitung in Weimar II, 113 — Zur Sache ebda.

***6109.** Handſchrift von Riemer im Geh. Haupt- und
Staats-Archiv A 9604ᵃ Bl. 1 — Die darauf ergangene Verordnung mit Verweis und Bedrohung ebda. Bl. 2.

6110. Die Briefe an Frau v. Grotthuss befinden ſich,
wo nichts Anderes bemerkt wird, in Varnhagens Nachlaß;

vgl. G.-Jb. VII, 192. Sie sind Dank dem Entgegenkommen
der Kgl. Bibliothek zu Berlin vom vorliegenden Band an
für unsere Ausgabe benutzt. Für unseren Brief, der bei'm
Eintreffen der Collation schon gedruckt war, ergiebt sich aus
der von Riemer geschriebenen Handschrift Folgendes gegen
den Druck in den Grenzboten 1846, Nr. 25: 31, 18 ist ans
Ende des Briefes zu setzen   32, 1 lies kostbarn   5 lies habe
ich mich In der Handschrift fehlt mich, nicht ich   14 Jephtha
16 Madam Crayen] Grm vgl. Tageb. IV, 369. 391 — Antwort auf den Brief vom 13. Jan. (Eing. Br. 1811, 12), der
den Zander (32, 2) begleitet hatte, und der in seiner zweiten
Nachschrift, wie hier gegen G.-Jb. XIV, 122 bemerkt sei,
die Bitte der Mad. Crayen (s. unten) enthält   31, 18 Bezüglich der culinarischen Sendungen hatte Goethe am
2. Januar durch Riemer Berechnung erbeten (G.-Jb. IV, 119;
vgl. Briefe XXI, 410, 27), aber Sara lehnte Bezahlung ab und
bestand auf den ihr versprochenen „papiernen Äquivalenten"
32, 11 vgl. zu XXI, 434, 13 und hier 74, 13. 76, 6. 134, 4. 240, 24
19 Mad. Crayen (vgl. Vehse, Der Hof zu Weimar von Herzog
Wilhelm bis auf Carl Alexander S. 268) hatte Goethe durch
Frau v. Grotthuss gebeten, ihr über ihren Sohn Carl, damals
Lieutenant bei dem weimarischen Contingent in Spanien
und verwundet (vgl. Volpius, Deutsche Rundschau 1890
Heft 9 S. 349 und hier 76, 10), Nachricht zu geben und
sich nöthigenfalls für ihn zu verwenden   23 vgl. 53, 16.
75, 6. 100, 3. 140, 4. 141, 3. 240, 3. 321, 3   24 = 6073.

6111. Vgl. zu 6100. Riemers Hand   33, 6 lies Wohlgebornen; ebenso 34, 7   34, 14 lies kleiner   21—27 mit Ausnahme des Datums g Gedruckt: Frese, Goethebriefe aus
F. Schlossers Nachlass S. 37 — 39, 6 Nicht aufzufinden,
angekommen am 7. Febr. (Tageb. IV, 184, 2)   7 vgl. zu 6089
11 vgl. zu 26, 3   22 vgl. zu 26, 9   24. 25 Den Haushaltungs-
büchern der Mutter und der Göchhausenschen Abschrift
des Neuesten von Plundersweilern; vgl. XXI, 192, 27. 444, 12.
Werke XVI, 407   34, 11 vgl. zu 153, 6.

Die an Maria Paulowna gerichtete, vom 16. Februar,
ihrem Geburtstag, datirte Widmung des Philipp Hackert
(Werke 40, 107) bleibt von der Briefausgabe ebenso ausgeschlossen wie die Widmungen anderer Werke.

*6112. Concept von Riemers Hand, Abg. Br. 1811;12. 19 35,8 völlig aR 13 wünschte aus gewünscht hatte 36,10 Glück auf! unter Gruß u Segen! — Antwort auf den Brief vom 11. Januar (Eing. Br. 1811, 11) 35,1 Visite auf transparentem Grunde: wohl die auf das 35,12 erwähnte Glas gemalten Bilder der Freunde 2 vgl. zu 15,20 11 vgl. Tageb. IV, 180,21 und Trebras Brief vom 7. März (Eingeg. Br. 1811, 49).

*6113. Concept von Riemers Hand, Abg. Br. 1811.12, 21 36,11 gestern g über Montag 17.18 hohe preiswürdige g über unendlich[e] verehrte 21,22 geschmücktes Geschenk [aus geschmückte Gabe] g aR 23 Nun g OdZ für Ich 37,10 Althan — Zur Sache vgl zu 24,14.

*6114. Concept von Riemers Hand, Abg. Br. 1811/12, 22. Vor 38,1 ist einzusetzen [27. Februar] 18 nach nach am 39,3 mit welchem Jedes aus welche jedes Eingesetzt Jeder, weil Jedes nur auf mangelhaft durchgeführte Correctur, nicht auf den z. B. Hempel XXIX, 503 vorliegenden Sprachgebrauch zurückzuführen ist. Zu der ursprünglichen Construction vgl. Werke XIII 1, 115, V. 2.10 5 da OdZ 6.9 jenem mannigfaltigen für Ihrem großen 11 balb aR 11 es] Das e ist durch einen nachträglich gesetzten Punct angedeutet, wie öfters bei Riemer — Antwort auf den Brief der Herzogin vom 28. Januar 38,3 vgl. 228,13 und zu XXIII, 259,6 3 vgl. zu 24,14 10 Die Übermittlerin war die Fürstin Repnin; vgl zu 46,5.

Zwei Schreiben Goethes vom 21. Februar 1811, an Deny und Oels gerichtet und unterzeichnet „Commissio", sind als rein amtliche Schriftstücke nicht in die Briefausgabe aufgenommen.

6115. Vgl. zu 268. Riemers Hand 42,1—3 mit Ausnahme des Datums g Gedruckt: Briefwechsel II, 31 — Antwort auf Knebels Brief vom 9. Februar (II, 30) und das Gedicht „An Goethe" (Knebels Literar. Nachl. 1, 47; vgl. Knebels Briefwechsel mit Henriette S. 522. 524) 39,17 vgl. zu 153,6 40,1 vgl. zu 29,10 4 vgl. zu XXI, 162,11 5 August Eberhard Müller 10 vgl XXI, 402,19, hier 6124, Tageb. IV, 191,3—7, Knebel an Goethe 18. Oct., 23. Dec. 1810, an Henriette S.373—382. 511—517, Charlotte v. Schiller I, 560 (wo Kaae für Kraaz zu lesen) 564 11 Knebels Tagebuch 3. März: An die Prinzessin von Schwerin 14 Am 16. und 23. Februar 22 vgl. zu 6117 41, 3 Der Orientalist Julius Heinrich Klaproth (1783—1835); vgl. Werke XXXV, 142 11 vgl. zu 24, 14 18 vgl. zu 28, 3 42, 3 Es handelte sich um Beschaffung eines Exemplars des Dictionnaire universel de biographie für Luden.

6116. Handschrift von Riemer im Geh. Haupt- und Staatsarchiv A 9604ᵃ Bl. 3, in dem genannten Fascikel nachträglich eingefügt und für unsern auf dem Druck in den Grenzboten 1857 I, 226 beruhenden Text erst nachträglich verglichen. Sie ergiebt Folgendes: 42, 4 Wohlgebornen 5 Serenisimum 8 Da aus Ich (kann) 10 darüber [d aus b] befehlen 11 darüber zu streichen Höchstdieselben 17 Stadthaus Saal 19 vertragen 20 betreten würde 23 Weimar den 27. — Zur Sache vgl. Pasqué, Goethes Theaterleitung in Weimar II, 234 ff. 327, Goethes Tageb. IV, 187, 11 und Burkhardts Repertoire S. 78 42, 16 Akademie im Sinne von Concert.

*6117. Die Briefe an Uwarow sind, sofern nicht das Gegentheil bemerkt wird, im gräflich Uwarowschen Familienarchiv zu Poretschje bei Moskau erhalten und mit Uwarows Briefen an Goethe zusammen veröffentlicht von Georg Schmid in der Schrift „Goethe und Uwarow und ihr Briefwechsel", Petersburg 1888 (Sonderabdruck aus der Russischen Revue Bd. XXVIII, H. 2). Unser Brief fehlt dort und wird nach dem Concept von Riemers Hand, Abg. Br. 1811/12, 19, gegeben 43, 3 im Großen über auch andern 5 das) Concept; lies daß sammlen nach weiterführen 9 weiterführen üdZ 11 bis aus der 12 Reich nach große 13 z. E. üdZ 14 indischen über orientalischen 44, 4 Guita-Gorinda; ebenso 10 8 können über müssen 10 anmuthigen über liebenswürdigen 12 gegönnt über gegeben 20 sollte nach könnte 22. 23 trefflichen Aufsatzes g aR für Hefted 23 welcher g über der 45, 3 Razoumowitz wie XXI, 312, 14. 329, 21, eine Schreibung, die im Text ohne Noth mit der von Uwarow gebrauchten (s. unten zu 43, 3) vertauscht ist 7 Einfluß aus einfließen 13 am — besselben über Pag. mit Lücke für die Zahl 18 geschickten g über Casseler 19 Prof. Reissig von Cassel g alt 22. 23 Anleitung — Werkes aus meiner Anleitung 46, 4 vor-

trefſliche aus trefſliche 11 Erbprinyß aus Prinyß — Adreſſat
(1780—1855) war ſeit dem 31. Dec. 1810 Curator des Peters-
burger Lehrbezirks, wurde 1818 Vorsitzender der dortigen
Akademie und 1833 russischer Unterrichtsminister. Unſer
Brief ist die Antwort auf Uwarows Schreiben vom 15. (27.)
December 1810 (Schmid a. a. O. S. 8)   43, 2 Projet d'une
Académie Asiatique. Dedié à M. le Comte Alexis de Rasou-
mowsky. St. Petersbourg 1810, vgl. Schmid a. a. O. S. 3ff.
Tageb. IV, 186, 21 und 6244   44, 1 vgl. Werke XXVIII, 144
4 vgl. IX, 271, 8. 313, 14, XVI, 18, 19. 43, 24, Hempel XXIX,
809   5 vgl. v. Loeper zu den Gedichten „Der Gott und die
Bajadere“ und „Paria“, Hempel 1², 385 ff.   13 Nach Lucrez
I, 927 und der Parodie dieser Stelle in Horaz' Satiren II, 4,
91   45, 3 Uwarows Schwiegervater; vgl. G.-Jb. XVIII, 10. 27
11 „Anzeige und Übersicht des Goethischen Werkes zur
Farbenlehre“, vgl. XXI, 297, 4, Naturw. Schr. IV, 387   17
Als russischer Gesandter in Kassel der Vorgänger des Herrn
v. Yacovleff (s. oben S. 405 zu 6248ᵃ)   19 Vgl. zu XXI,
389, 11, Briefwechsel zwischen Goethe und Reinhardt
S. 84—96, zwischen Goethe und Knebel II, 35   46, 3 Tageb.
IV, 186, 10; vgl. zu 38, 10   4 Uwarow war mit der Schwester
der Fürstin Repnin verheirathet (H. v. Struve an Goethe
22. Febr., Eing. Dr. 1811, 43).

6118. Vgl. zu 4102. Riemers Hand. Gedruckt: Briefwechsel I, 427. An den Brief schliessen sich unter den
Überschriften „Sicilianisch“, „Finnisch“, „Schweizerisch“ die
drei Gedichte an, die seit 1815 mit dem „Zigeunerlied“ zusammen den Schluss der „Geselligen Lieder“ bilden (Werke
I, 152—155). Darunter steht: „Hiermit empfielt sich zu
geneigtem Andenken der Abschreiber F. W. Riemer.“   49, 21
Plankenhan mundartlich; vgl. zu 12, 4 Dazu Concept von
derselben Hand in einem Convolut, dem Eckermann die
Aufschrift „Briefe an Zelter“ gegeben hat (Bl. 2), das jedoch
auf denselben Blättern mit Briefen an Zelter mitunter
auch solche an andere Personen enthält. Daraus zu
bemerken: 46, 17 Londner   47, 3 unſeres   4 und 5 bey dem
13 gelegner   48, 8 ſchon über freylich   14 Sie alſo vor   17
13. über 14.   19. 20 Ein anbres [so!] — ſinden aR   21 die
nach zu   49, 2. 3 Dünkel wohl nachleben   8 Kopf   13 be-

sonbern 14 in nach besonders 15 ausgedruckt 23 schon vorher aus am 12. schon 50,2 nach Kleinthums folgt: Nehmen Sie nur, daß, bey der unendlichen Menge von Literaturzeitungen und Journalen, man noch kaum seit einem Jahre über die Sache gepiepst hat. Unterdessen wird es kommen, und ich bin von der andern Seite sehr zufrieden, daß ich die ganze Sache in gewissem Sinne los bin 4 mehreren 9 durch — desselben von seinem ursprünglichen Platz hinter Personen durch eine Schleife heraufgezogen 10 Verhältnisse 51,1 den adZ 3 die etwanigen über sie besonders 4 intreffant 6 unsere] die neuste 8.9 gesammelt 11 vor die Augen 12 schöne und bedeutende 19 Sulten aR für folgen 20 das zweite den nach von jenen 21 neuern 24—52,6 Da — Nun als Einschub auf der untern Hälfte der Seite, durch Verweisungszeichen zwischen er- fahren und Leben eingeschaltet 52,2 brillantnen dem] den 7 liebe Sonne aR 9 fehlt. Eine Abschrift der Stelle 50,21— 51,25 von Zellers Hand, am 6. März 1811 „Herrn Assessor David Friedländer" übersandt, befindet sich im Besitz des Geb. Justizraths R. Lessing in Berlin — 46,11 vgl. zu XIX, 113,11 48,4 vgl. zu 29,11 31 vgl. zu 30,11 49,74 vgl. zu 12,4 50,5 vgl. zu 6089 1.6 Er nahm Anstoss an der förmlichen Anrede in 6082; vgl. zu 90,10 21 vgl. G123. G125. 66,2. Knebel an Henriette 8. April 1811 25.26 vgl. zu XX, 267,2 51,24 vgl. zu 24,14 52,1 Zelter hatte in seinem Brief vom 16.—20. Febr. geschrieben (Briefwechsel I, 424): „Gesund bin ich wie eine Sonne".

*6119. Concept von Riemers Hand, Abg. Br. 1811/12, 23 52,16 kommen Schreibfehler; hier kommen, nicht kamen, weil der Brief unmittelbar nach Empfang der Gentzschen Sendung geschrieben sein muss 16 gleicher] mit Blei ge- strichen, aR mit Blei durch einer ersetzt. 19 und] mit Blei gestrichen 20 aufgenommen] daneben aR mit Blei erkenne Sind diese Bleistiftcorrecturen Vorschläge Riemers, so fragt sich, ob Goethe sie gebilligt hat (vgl. zu 113,6). Aber Goethe könnte sich auch das Concept noch einmal haben vorlesen lassen und sie bei dieser Gelegenheit selbst angeordnet haben 21 Herren, was als Singularcasus bei Goethe im Stil des ernsten Briefes wohl nicht möglich ist 53,11 eins mit Blei aus ein 16 mit nach das 54,10—14 g aR 11 Gulgesaunien aus

gutgelaunten Menschen 16 das erste der aus ein 21 um aR
für und — Antwort auf Gentz' Brief vom 21. Febr. 1811
(unvollständig gedruckt: Schriften von Friedrich v. Gentz
V, 271). mit dem dieser die Compositionen des Grafen Moritz
v. Dietrichstein und dessen Brief vom 23. Januar (Eing. Br.
1811, 22) übersandt hatte 52, 17 vgl. zu 24, 14 21 vgl. 6157
53, 4 vgl. 98, 18 und Tageb. IV, 142, 8. 152, 17 25 vgl. 6114
54, 3 Mit einem graziösen französischen Briefchen (undatirt,
Eing. Br. 1811, 71) hatte „Titine" Goethen das Bildchen (oder
Figürchen) einen englischen Kuriers zu Pferde gesandt, zugleich auf die in Dux gewonnene Wette (Werner, Goethe
und Gräfin O'Donnel S. 38, Tageb. IV, 151, 7) und auf
ein Wiedersehen in Wien oder Teplitz anspielend; vgl.
192, 18 10. 11 Dem Fürsten von Ligne; vgl. 192, 31 und
XXI, 438, 17 15 vgl. Tageb. IV, 181, 13 und 6065 19. 19 6105
und 6105ᵃ [= 6067] 20 6113.

Ein im Namen der Hof-Theater-Commission an den
Herzog Carl August gerichteter „Unterthänigster Vortrag"
vom 23. Februar 1811 bleibt, wie ein Schreiben in derselben Angelegenheit an den Balletmeister Uhlich vom
8. März 1811 (beide im Grossh. Sächs. Geh. Haupt- und
Staatsarchiv A 10051, Bl. 57. 64) von der Briefausgabe
ausgeschlossen.

*6120. Handschrift von Riemer im Geh. Haupt- und
Staats-Archiv A 9832 — 55, 17 vgl. zu 40, 14 21 Wohl Kam-
mermusikus Johann Michael Hasse (Weimar. Hof- und
Adress-Calender auf das Jahr 1811).

Ein Begleitbrief Goethes zu der Rechnung einer jenaischen Doublettenauction an C. G. v. Voigt, eigenhändig.
datirt aus Weimar vom 4. März 1811, den H. Kerlers Katalog 239 unter Nr. 267 aufführt, steht als 6140ᵇ unter'm
4. Mai 1811 im Nachtrag.

*6121. Concept von Riemers Hand, Abg. Br. 1811/12. 55
56, 12 Ew. — ich g¹ aus ich Ew. Durchlaucht 14 und — dankbarlichste g¹ aus noch nicht dankbar so war nach dieser Tage
57, 18 er adZ 18 die über seine 19. 20 wünsche — Erlaubniß
g¹ aus bitte mir — aus; die Correctur ist von Eckermann (vgl.
oben S. 402) mit Tinte überzogen. Ein Bleistiftstrich aR
macht auf die Wiederholung von bitte aufmerksam 24 un-

dentlich, ob **Pfferd** mit fehlendem *e* (vgl. zu 39, 13) oder **Pfferd** — Adressat (1774—1825) war der jüngere Bruder des Herzogs August, seit 1822 sein Nachfolger. Unser Brief ist die Antwort auf den Brief des Prinzen vom 31. Januar (Eing. Br. 1811, 32; vgl. G.-Jb. XVIII, 276, Tageb. IV, 392). Das Datum muss lauten: [15. **März**], denn der Brief steht unter'm 6. März auf der Textseite des Tagebuchs und erst unter'm 15. auf der Seite der abgesendeten Briefe; der Sperrdruck in der Ausgabe des Tagebuchs unter'm 6. ist, wie so oft, irreführend   56, 13 „Rinaldo", Werke II. 39, XXXVI, 65; vgl. 69, 15. 334, 8   57, 17 De Cesaris, wie G.-Jb. XVIII, 277 vermuthet wurde und ein Brief des Prinzen an Goethe vom 20. März 1811 bestätigt   19 Der „Novelle galante" von Verrocchio (Domenico Batacchi).

*6122. Concept von Riemers Hand, Abg. Br. 1811/12, 59   58, 9 **biel aR für manches**   17 **Darstellung aus Darstellungs-weise**   18. 19 **zusammenfällt nach In Eins**   20 **dem]** dem   60, 9 **reizt über freut** (Hörfehler)   24 **nach** nach in farbigen Papieren   61, 1 **zu nach was ihr**   6 bie üdZ — Adressat (1762—1840, seit 1810 königl. Leibarzt in Kopenhagen) war schon 1795 zu Goethe in Beziehung getreten und hatte, durch die „Farbenlehre" veranlasst, am 11. Januar 1811 nach langer Pause wieder an ihn geschrieben. Auf diesen Brief (Fascikel des G.-Sch.-Archivs „Chromatica 18" Bl. 193, theilweise gedruckt: Naturw. Schr. V, 377) antwortet der unsrige, dessen Datum vielleicht richtiger lauten würde [etwa 9. **März**]; denn im Tagebuch ist der Brief unter'm 7. mit Unrecht gesperrt gedruckt, und die Postquittung verzeichnet ihn unter'm 10. März   58, 4 vgl. X, 356, 15 — 31   16 vgl. zu 30, 11   59, 7 Naturw. Schr. I, 40   16 Die Protokolle über die eine dieser Personen, Friedrich Gildemeister (vgl. XIII, 314, 16. XIV, 20, 11. Tageb. 19. Nov. 1798 — 27. Nov. 1799, 11. Juli 1811, Werke XXXV, 80), sind enthalten in dem Fascikel des G.-Sch.-Archivs „Älteste Papiere zur Farbenlehre" Bl. 112 — 117. Die andere Person war vielleicht der Student, nach dem sich Goethe in 1807 erkundigt. Vgl. ferner Tageb. III, 105. 20. 140, 1. IV, 307, 2   61, 3 vgl. XIX, 432, 4. 457, 16.

6123. Die Handschrift von Riemer, aus David Friedländers Nachlass stammend, befindet sich nicht, wie der

erste Herausgeber des Briefes, W. Arndt, (Zu Goethes Geburtstag 1880, Sonderabdr. aus den „Grenzboten" 1880,
Nr. 35, S. 2 Anm.) angiebt, in Hirzels Sammlung, sondern
im Besitz des Herrn Geb. Justizrath R. Lessing in Berlin,
durch dessen Güte sie nachträglich verglichen werden
konnte   61, 19 lies Tragelaphe   so Gegenstück aus Gegenstücke
— Zur Sache vgl. zu 50, 21   61, 12 vgl. XXI, 302, 2. 303, 2.
329, 22. 350, 9, Tageb. IV, 160, 11, Briefwechsel mit Knebel
Nr. 527 (zu datiren „[15. Mai 1810]" statt „[October 1817?]"),
Nr. 345 und Knebels Briefwechsel mit Henriette S. 446f.
22 vgl. Tageb. IV, 191, 11   62, 1 Friedländer trat auf
Goethes Tauschvorschlag seinem ältesten Sohne, der Münz-
sammler war, den Stier ab.

*6124. Concept von Riemers Hand, Abg. Hr. 1811/12, 51
68, 1 welche aus welcher   4—7 an—werde] g¹ aus: von denen
ich nicht zu rühmen brauche [g aus von denen ich rühmen darf,
dieses g aR für Sie sind von der Art), daß sie Jedermann ansprechen, und [ich habe sie Niemanden gezeigt] daß ich sie Niemanden gezeigt habe, der sie nicht zu besitzen wünschte, und [so
will ich denn auch] ich erkühne mich, um mir bey Ew. Durchlaucht ein kleines Verdienst zu machen, [gern bekennen] hinzuzufügen, daß ich diese Blätter nur mit einiger Aufopferung fort-
sende, und gewiß Niemand außer Ew. Durchlaucht solche abtreten
würde. [Dagegen bin ich aber überzeugt] Ew. DurchL vergeben
einem eifrigen Liebhaber der Kunst diese Kolomonbate (?), da ich
überzeugt bin daß Ihr geübtes Auge, Ihr feines Gefühl und Ihr
durch eigne Thätigkeit geübter Sinn viel Freude [daran] an diesen
Blättern haben werde   8 daß — bedeutend g aR   17 g —
62, 12 Goethe hatte der Prinzessin Caroline seit ihrer Ver-
mählung (1. Juli 1810) nur durch zweite Hand einige
Zeichen seiner Anhänglichkeit zukommen lassen; vgl. Charlotte v. Schiller I, 560, Knebels Briefwechsel mit Henriette
S. 504   13 vgl. zu 40, 10   24 vgl. zu 29, 10, Charlotte
v. Schiller I, 567   68, 14 vgl. Knebels Briefwechsel mit
Henriette S. 381. 555.

6125. Handschrift von Riemer wie 6123 und auch
erst nachträglich verglichen. Gedruckt, mit dem falschen
Datum 8. März 1811: Briefwechsel zwischen Goethe und
Zelter I, 442. Bisher beruhte der Text des Briefes auf

einer bei Goethes Briefen an Zelter befindlichen Abschrift von unbekannter Hand, die Zelter corrigirt, aber nicht mit dem Original collationirt hat, offenbar derselben, deren er in dem Brief an Goethe vom 8. April 1811 gedenkt. Die Vergleichung des Originals bestätigt die von uns dem Concept entnommenen Lesarten: 63, 20 eher   65, 3 Sendung 22 zugleich [so auch schon der Goethe-Zeltersche Briefwechsel; die alte Abschrift hat gleich] und ergiebt ausserdem Folgendes: 63, 20 hiermit statt dafür 21 zugleich statt hiermit   19. 20 Glier von beynah gleicher 27 selbige statt solche   65, 7 Werth 12 der Jenaischen A.L.Z.   18 das zweite die fehlt   21 melden statt vermelden Diese Lesarten mit Ausnahme von 65, 18 sind auch die des Concepts von Riemers Hand (in dem zu 6118 erwähnten Convolut, Bl 5), aus dem ferner zu bemerken ist: 64, 3 hinteren   5—7 über — es aR mit der Abweichung Form und goß alsdann das;   11 z. B.] z. E. üdZ   65, 9 möge über werde   11 dem fehlt   23—25 vernehmen—schmeichle [mit einem mich vor mir] aus d. w. u. eine gelegentliche F. d. e. a. W. mit erbitte, dieses aus vernehmen, und [und nach wünsche] e. g. F. d. e. a. W. wünsche   25—26 Der — Goethe fehlt — Antwort auf Friedländers Brief vom 8. März (Eing. Dr. 1811, 47; Friedländers Concept besitzt Geh. Justizrath R. Lessing in Berlin). Zur Sache vgl. zu 50, 21   64, 19 vgl. zu 61, 13 65, 13 vgl. zu 6095.

   6126. Vgl. zu 4102. Riemers Hand   66, 7 ihm] Ihnen Hörfehler. Gedruckt: Briefwechsel I, 439. Dazu ein Concept von derselben Hand in dem gleichen Convolut wie 6118, Bl 7, woraus zu bemerken: 66, 2 gegeben nach mir [gestrichen g¹] 3. 4 in — streife] meiner Umgebung   4 Ihnen auf kurze Zeit recapituliren   6. 7 Wenn — sehen] Lesen Sie hier indessen was ich an Herrn Friedländer schrieb und sehen daraus   14 interessanten fehlt   17 Weiße; ebenso 67, 21   20 kann   23—67, 20 Sie — bezahlen."] welche der Bequemlichkeit wegen hier sogleich abschriftlich eingerückt wird (*Inseratur Paragraphus*)   21 jener] der 22 gerade fehlt   ihn sonst als   23 Mann — und g aus fleißigen Mann, der früher Hoffnungen und so ist, da g die Pluralendung nicht gestrichen ist, wahrscheinlich zu lesen; Hoffnung wird ein Hörfehler sein wie 66, 7 Ihnen   27 nicht abgelebt g aus kein abgelebter Mann   dasjenige] das   28 mehr

— weniger g aR   68, 2. 3 kommen — und] kommen. Er steht sich
selbst im Licht und gewinnt moralisch nichts dabey: denn er
3 erst   nach hat folgt g aR: ja er kann nicht einmal ehren-
haft weiter gehn weil er zu eigner Bequemlichkeit das nicht einmal gelten läßt was schon gethan ist   6 Doch — Malversationen]
Dergleichen Stelhaftigkeiten g¹ aR für Das   7 kommen] kommt
nun   8 einem] einen; vgl. Grimm DWB. IV I, 1 Sp. 1670
8. 9 sie — repetirten] sich's nicht repetirte   11. 13 anzusehn   16
mit — Bedacht fehlt   18. 19 das Schwere — lustig fehlt   19—21
machen — gingen.] machen, damit es ihm auf den Leib passe. Das
Rechte gefällt ihnen gar zu gut, wenn sie es nur auf die unrechte
Weise hervorbringen könnten und dürften.   Darnach folgt:

Einen Ausdruck Ihres Briefes möchte ich näher erklärt
haben. Sie schreiben wahrscheinlich (sucht) suche sich Weiße durch
das Wühlen gegen meine Farbenlehre anzuschmieren. Das
heißt also doch bey einer gewissen Parthey. Sagen Sie mir
doch ja alles, was Sie wissen: denn ob ich gleich in diesem
Falle, wie bey meiner ganzen übrigen Autorschaft, gegen meine
Widersacher schwerlich muchsen werde; so wünschte ich sie doch
zu kennen.

Übrigens erhalte ich von Zeit zu Zeit recht hübsche Briefe,
woraus ich die guten Wirkungen dieser meiner Arbeit erkenne;
aber es ist doch alles entweder zu unbestimmt, zu beschränkt
(oder) von dem alten noch etwas tingirt, genug wie es bey
allen Reformationen gegangen ist. Der arme Runge in Hamburg ist mir weggestorben, fast der einzige von dessen theore-
tischer und practischer Theilnahme ich einige Freude hoffte.
21—69, 2 Soviel — G. fehlt — Antwort auf den undatirten
Brief Zeltern (I, 430), der Friedländers Sendung vom 8. März
beilag   66. 3 vgl. zu 50. 21   7 In Nr. 6125, der nicht
Beilage des unsrigen war, sondern das Kästchen mit Medaillen begleitete   17 Christian Samuel Weiss (1780—1856),
berühmter Mineralog, seit 1810 Professor an der Berliner
Universität.

*6127. Concept von Riemers Hand, Abg. Dr. 1811/12,
43 — 69, 10 Vom 20. März   13 vgl. zu 56, 16   16 Peter
v. Winter (1754—1825) am bekanntesten als Componist des
Unterbrochenen Opferfestes. Von Goethes Werken hatte

er Jery und Bately 1790 für die Privatbühne des Grafen
v. Seefeld componirt; vgl. 334, 2.

6126. Handschrift — einst von Charlotte v. Schiller
an Windischmann gesandt — im Besitz des Herrn M. M.
Holloway in London. Gedruckt: G.-Jb. VII, 182 70, 17
unb] es, was trotz dem beigefügten „(sic)" offenbar auf
Verkennung der Riemerschen Abkürzung für unb beruht
71, 2 gebachten Unser Text folgt an diesen Stellen dem
Concept von Riemers Hand (Abg. Br. 1811/12, 43ᵇ), aus dem
ferner zu bemerken ist: 70, 7 A. fehlt 8 daß nach daß ich
Recenſionen, welche über meine Schriften einlaufen, nicht eher
als bereits abgedruckt ſehe, und überhaupt 8. 9 welchem [!]
Recenſenten über wem 12 Jahre 13 ſehen 71, 1 ſie,] ſolche,
mich ſchätzbaren adZ 3. 8 fehlt — Der Brief ist in der
Reinschrift und im Concept ohne Adresse überliefert. Dass
er an Charlotte v. Schiller, und nicht, wie man bisher annahm, an Caroline v. Wolzogen gerichtet ist, geht sowohl
aus den Schlussworten (denn nicht Charlotte, sondern Caroline weilte damals in Aschaffenburg), als aus Briefen
Windischmanns an Goethe vom 7. April und 12. Mai (Eing.
Br. 1811, 91. 121) hervor 70, 12 Unterm 13. Nov. (Eing.
Br. 1810, 24); vgl. 6173 13 vgl. 79, 23 und G.-Jb. II, 270.

6129. Vgl. zu 4102. Riemers Hand. Gedruckt: Briefwechsel I, 447 — Antwort auf Zelters Brief vom 21. März
(I, 445).

Von einem unbekannten Brief Goethes an J. F. H. Schlosser
vom 31. März 1811 wissen wir durch den von Riemers
Hand auf Schlossers Brief vom 23. März 1811 gesetzten Vermerk („Acta die väterliche Erbschaft betr. 1808", Bl. 93ᵇ):
Ist unterm 31. März beantwortet, und Herrn Schloſſer der Verlauf der Papiere nach Salbünten überlaſſen worden. Vgl. auch
zu 130, 12.

*6130. Concept von Riemers Hand im G.-Sch.-Archiv
(Fascikel „Acta das Gesinde betr. 1804[—1813]", Bl. 8)
71, 19 Februar adZ 72, 2 noch adZ 12 fruchtlos nach zugleich gemacht nach und unmöglich 21 einsichtsvollem über
hohem 73, 1 ſogar einſchmeichelnb über ja ſchmeichelhaft
3 beliebt aus beliebte 5 ſie zeigt aus zeigt ſie, dieses aus zeigte
10 ben über allen — Das Polizeicollegium als Adressat er-

giebt sich daraus, dass die 1770 angeordnete Generalpolizei-
direction am 3. April 1807 aufgehoben und durch das
Landes-Polizei-Collegium ersetzt worden war   71,18 Die
Erneuerung der Polizeiverfügungen vom 14. Aug. 1805,
datirt „26. Febr. 1811", steht im Weimarischen Wochenblatt
vom 1. März 1811.

*6181. Vgl. zu 2677. Riemers Hand   73,18 mich üdZ
— Das Datum muss statt [3. April] lauten: [1. April], denn
auch am 1. fand Komödie statt, und schon an diesem Tage
begann Goethe mit Meyer dessen Kunstgeschichte zu lesen
73,20 Carlo Fea, Miscellanea filologica critica e antiquaria,
Roma 1790, oder Relazione di un viaggio ad Ostia, Roma
1802?   21 Von den Heften, nach denen Meyer von Johannis 1809 bis Ostern 1811 Maria Paulowna die gesammte Kunstgeschichte vorgetragen hatte, und die sich in doppelter
Gestalt in seinem Nachlass finden: in der ersten eigenhändigen Niederschrift und in einer, z. Th. von C. John geschriebenen, Reinschrift in vier Foliobänden; vgl. 6148,
Tageb. vom 1. 3. Apr. und 8. Aug. — 5. Sept. 1811 und zu
XXIII, 128,1.

6132. Vgl. zu 268. Riemers Hand. Gedruckt: Briefwechsel II, 36 — Antwort auf Knebels Brief vom 1. März
74,2 vgl. zu 40,4   6 Vier Stücke der „Gemeinnützlichen
Blätter für das Grossherzogthum Frankfurt und dessen Umgebung"; vgl. Düntzer, Zur deutsch. Lit. u. Gesch. II, 121,
G.-Jb. VI, 120 f.

6133. Vgl. zu 6110. Riemers Hand. Gedruckt: Grenzboten 1840, Nr. 25   74,11 ist ans Ende des Briefes zu
setzen — 74,15 vgl. zu 32,16   20 Mit Goethes Werken.

Ein von Goethe verfasster „Unterthänigster Vortrag"
der Theater-Commission an Carl August vom 8. April 1811,
Pensionirung oder Engagement der Mad. Ackermann betreffend (Geh. Haupt- und Staats-Archiv A 10053), bleibt
von der Briefausgabe ausgeschlossen.

6134. Vgl. zu 6110. Riemers Hand. Gedruckt: Grenzboten 1840, Nr. 25   75,13 ist ans Ende des Briefes zu
setzen   17 lies theuerste   21 lies Madam   76,10 Frazzen [!]
aus Grazen — Das Datum, von Strehlke I, 228 mit Unrecht
bestritten, steht durch die Handschrift und das Tagebuch

fest. Der Brief kreuzte sich mit Saras Brief vom 14. April
(Eing. Br. 1811, 97) 78,3 vgl. zu 32,14; die Leseprobe
war am 10. April (Tageb. IV, 197,16) 10 vgl. zu 32,18.

6185. Vgl. zu 4318. Gedruckt: v. Biedermann, Goethes
Briefwechsel mit Fr. Hochlitz S. 120. Dazu ein Concept
von Riemers Hand. Abg. Br. 1811/12, 57, woraus zu bemerken: 77, vor 3 b. 22. Apr. 1811. g 3 von Neapel aus
eine Neapolitanerinn 6 selbst» aus selbst willen meinetwillen
13 was] das 17 Italiänerinn) Polienlinn, was ich wegen der
Übereinstimmung von O. Jahn und Biedermann nicht in
den Text zu setzen gewagt habe 31 fehlt — Zur Sache
vgl. Reinhard an Goethe 30. März 1811, hier 83,13 und
Tageb. IV, 198,11.27.

6186. Dem zu 376 Gesagten ist jetzt hinzuzufügen,
dass die sieben Foliobände mit Goethes Briefen an Frau
v. Stein sich seit dem Tage der Einweihung des Goethe-
und Schiller-Archivs, dem 28. Juni 1896, im Besitze des
Archivs befinden. Eigenhändig. Gedruckt: Goethes Briefe
an Frau v. Stein" II, 420.

6187. Vgl. zu 4102. Riemers Hand. Gedruckt: Briefwechsel I, 449 79,4 Ehpaar Doch ist, da sich in Riemers
Schrift das e oft bis zur Unsichtbarkeit verflüchtigt, wohl
Ehrpaar zu lesen, wie denn auch Riemer selbst hat drucken
lassen 3 da nach aus mach 27 die Riemersche Nachschrift: Schreiber dieses empfiehlt sich zu geneigtem Andenken
aufs beste, so wie er das Ihrige in Carlsbad und Töplitz zu
fördern gedenkt. — 78,3 vgl. Werke II, 272 11 vgl. zu 153,3
16—79,3 beantwortet Friedländers Brief vom 27. März
(Eing. Br. 1811, 66. Friedländers Concept und eine Abschrift unserer Stelle von seiner Hand mit dem Vermerk
„Pour dissiper les sombres nuages de Madame ma fille. Frd.
31. May." sind im Besitz des Geh. Justizraths R. Lessing
in Berlin). Über den Jupiterkopf (78,10) vgl. zu 6446.
6470. 6488.

6188. Handschrift von Riemer in Hirzels Sammlung.
Gedruckt: Strehlke, Goethes Briefe II, 397. Für unsern
Text, dem versehentlich das Concept zu Grunde gelegt wor-
den ist, ergiebt eine Collation des Originals, die wir Georg
Witkowski verdanken, Folgendes: 80,3 verschweigen 3 br

weifen 13 mit zu streichen 20 demenjenigen nach 22 folgt:
Weimar den 2. May 1811., sodann *g*: Goethe und die Nachschrift: Mit Bitte, mich Fr. v. Wolzogen vielmals zu empfehlen.
Aus dem Concept von Riemers Hand, Abg. Br. 1811,12, 67,
ist ferner zu bemerken: 80, 16 sowohl über bald 17 als
über bald 19 ermangelt habe aus ermangeln kann 20 dasselbe
nach ein 21 kommend ädZ Strehlkes Text scheint aus einer
Copie des Concepts (G.-Sch.-Archiv, alph.) geschöpft und
aus der Reinschrift ergänzt zu sein — Antwort auf die
durch 6128 veranlasste Sendung vom 7. April (Eing. Br. 1811,
91). Windischmanns nächsten Brief, vom 29. April (ebda.
110), scheint Goethe am 2. Mai noch nicht erhalten zu
haben.

*6139. Concept von Riemers Hand, Abg. Br. 1811,12,
67b   81, 7 soll über wird 8 verwaltete nach bese(tzte)
14 Ihrem aus Ihrer — Adressat, der sich durch Fritz
Schlossers Vermittlung an Goethe gewendet hatte, um die
Stelle eines weimarischen Geschäftsträgers in Frankfurt zu
erhalten, wird in Schlossers Brief vom 20. April („Acta die
väterliche Erbschaft betr. 1808(—1811)“, Bl. 92b) als Freiherr
Friedrich v. Leonhardi bezeichnet, ist also der spätere gross-
herzoglich hessische Geheimerath und Bundestagsgesandte
Jacob Friedrich v. L., 1778—1839 (Neuer Nekrolog der
Deutschen für 1839 I, 351). Er war ein Freund Schlossers
und „auch Goethes Gemahlin bekannt“, offenbar von 1808
her   81, 8 Johann Carl Philipp Riese — nicht von Riese,
wie Goethe hier und 129. 11 schreibt (vgl. zu 6340) — war
weimarischer Geheimer Legationsrath und Resident in
Frankfurt, und zwar Resident schon 1797 (Neues genealog.
Reichs- und Staatshandbuch auf 1797 II, 221), so dass XII,
214 er und nicht der Kastenschreiber gemeint sein wird.
Mit diesem war er, nach gütiger Mittheilung A. Rieses, nicht
verwandt, sondern stammte aus Idstein als Sohn des dortigen
nassau-usingischen Landeshauptmanns Johann Adam R.
Er starb am 3. April 1811.

6140. Handschrift von Riemer in Hirzels Sammlung,
von G. Witkowski für uns collationirt 83, 1—10 mit Ausnahme des Datums *g* Gedruckt: Strehlke I, 54. Dazu ein
Concept von derselben Hand, Abg. Br. 1811,12, 66, woraus

zu bemerken: vor 81, 19 Hochwohlgeborner Insonders hochgeehrtester Herr [In der Reinschrift absichtlich weggelassen?
Vgl. zu 50, 7. u. 90, 10 und Beroldingen an Merck 14. Jan.
1780 (Briefe an J. H. Merck. Darmstadt 1835, S. 205). Beroldingen selbst freilich hatte an Goethe geschrieben: „Hoch-
wohlgebohrner Hochzuehrender Herr!"] 82, 2 fiels] immer
9 es fehlt herzlich üdZ 9 eblen üdZ 17 dabey über hiebey
24 erfahren über vernehmen 26 das zweite so nach sich
83, 4—10 fehlt. — Antwort auf einen Brief aus Hildesheim
— wo sich Beroldingen nach bewegten Schicksalen „seit
nun bald zehen Jahren" festgesetzt hatte — vom 29. März
(Eing. Br. 1811, 81).

6141. Vgl. zu 5409. Die Handschrift gehört zu den
verschollenen. Der Text, in dem 85, 21—86, 2 ungedruckt
ist, wurde nach dem Concept von Riemers Hand (Abg. Br.
1811/12, 60) gegeben, nur 83, 11 und 86, 6 aus dem gedruckten Briefwechsel (S. 104) hinzugefügt und, diesem folgend,
83, 19 Sulpiz geschrieben (im Concept ist Sulpice aus Sulpiz
corrigirt). Eine Copie im Kanzler Müller-Archiv 711a, bei'm
Druck des Textes als werthlose, mit willkührlichen Änderungen versehene Abschrift des Concepts ignorirt, wurde
nachträglich als die bessere, aus der Reinschrift geflossene
Vorlage erkannt. Darnach ergeben sich folgende Veränderungen im Text: 83, 11 ist ans Ende des Briefes zu setzen
19 Sulpice 20 auch zu streichen 84, 10 altdeutsche 17 mit
den Zurüstungen zu statt auf 22 und ich gedenke statt so —
werde 85, 1 abzugehen 3 im statt zum 6 aber denke ich
9. 10 gegenwärtig zu streichen 11 seyn statt werden 13 so
zu streichen Sie statt diese 21 Dolowleff Hinsichtlich
der Lesarten: 84, 3 früheren 85, 8 Gold 12 niederen
13 standen 23 lang; ebenso 27 28 eine [?] Als falsch,
möglicherweise als Hörfehler Riemers; erscheint 85, 18 biese]
bir Die offenbaren Fehler der Abschrift beruhen meist
auf Verkennung von Riemerschen en, e und ä z. B.
84, 17 Ausstellung 22 geistreich gut gedacht 85, 2 nicht
14 um doppelt Eine Abschrift der Stelle 84, 13—26 in
Cornelius' Nachlass (vgl. zu 6143), die dem Abdruck in
Förstern Peter v. Cornelius I, 8 zu Grunde liegt, ist aus
dem gedruckten Briefwechsel geflossen, der Abdruck von

84, 18—24 in Riemers Mittheilungen (II, 671) und eine Abschrift der Stelle 84, 27—85, 1 im Kanzler Müller-Archiv 760
aus der Druckhandschrift des Briefwechsels. Der Text des
Briefwechsels beruht auf dem nicht immer richtig gelesenen
Concept, ist aber an einigen Stellen nach der oben besprochenen Copie, an anderen willkürlich und zum Theil
tendenziös geändert — Antwort auf Reinhards Brief vom
30. März   63, 15. 16 Brief 6135   19 vgl. Tageb. 3.—12. Mai,
Sulpiz Boisserée I, 111 ff.   84, 14 vgl. 6143. 121. 7   85, 2
vgl. zu 153, 6   11 vgl. zu [6091] = 6248ª.   In Reinhards
Briefen vom 10. Nov. 1810 und 30. März 1811 sind die
Stellen über den vermeintlichen Verlust und die glückliche
Ankunft des Steines in Rom im Druck ausgelassen.

6142. Handschrift nicht, wie die Mehrzahl der Briefe an
Leonhard (vgl. zu 6635), im Besitz des Herrn W Spemann in
Stuttgart. Gedruckt: v. Leonhard, Aus unserer Zeit I, 262.
Ergänzt und berichtigt nach dem Concept von Riemers
Hand, Abg. Br. 1811/12, 65ᵇ, woraus noch zu bemerken:
86, 11 So nach Sehr — Antwort auf Leonhards Sendung
vom 29. März (Eing. Br. 1811, 88)   86, 17 vgl. zu XXI,
400, 2, Naturw. Schr. VII, 371 und hier 6155. Auch ein nicht
abgesandter Brief an Professor John in Berlin vom 15. Febr.
1814 (vgl. XXIV, 361) berührt den Gegenstand   20—24 Ist
nicht geschehen, vermuthlich weil Döbereiner das Ergebniss
seiner chemischen Untersuchung selbst veröffentlichte: 1811
in Schweiggers Journal für Chemie und Physik II, 331.

6143. Als Ersatz des verschollenen Originals muss eine
alte Abschrift in Cornelius' Nachlass dienen, die uns Geh.
Rath C. A. Cornelius in München freundlich mitgetheilt
hat: ein Quartblatt blauen Briefpapiers von unbekannter
Hand, vermuthlich die Quelle sowohl für den Abdruck in
der Allgem. Zeitung von 1858 (Beil. zu Nr. 128) als für den
in Försters Cornelius I, 60   67, 1 Überbrachte   2 Einzeln
Bewunbrung   10 gesehn   13. 18 einheimisch] rühmlich; ein
Verlesen des offenbar mit Riemers Hand nicht vertrauten
Abschreibers erscheint wahrscheinlicher als eine von Goethe
beim Dictiren der Reinschrift vorgenommene Änderung
14 Weg; ebenso 68, 22   23 glüht   68, 24 diese] die   24 Kein
Absatz, nur Spatium.   An diesen Stellen ist dem Concept

von Riemers Hand, Abg. Br. 1811/12, 63 gefolgt, woraus ferner zu bemerken: 87, 7. 6 als im Einzelnen 13 Costum; vgl zu 354, 20 und Sanders' Fremdwörterb. 1², 711. Ob aber Goethe jemals so gesprochen hat? 15 je nach die(sen Weg verfolgend?) 19 deutsche üdZ Ihren nach in 21 in üdZ 88, 4 Zeichnungen] Arbeiten 6. 7 Erbauungsbuch? 19. 20 Bewundrung 22 alle nach zu? 27 vor die Augen 89, 4 lassen sich nach 7 bälder fehlt — Zur Sache vgl. zu 84, 14 und Sulpiz Boisserée I, 111ff. Auf Cornelius' Brief vom 29. April — er ist nicht mehr vorhanden, während Windischmanns Begleitschreiben sich erhalten hat (Eing. Br. 1811, 110) — nimmt der unsrige nur am Schlusse mit dem Worte bälder Bezug 88, 4 vgl. zu XX, 24, 2 und Werke XLVIII, 249.

*6144. Concept von Riemers Hand, Abg. Br. 1811/12, 62 90, 16 B. aus J. — Antwort auf Nauwercks Sendungen vom 14. Dec. 1810 und 19. April (Eing. Br. 1811, 9. 96); vgl. Tageb. IV, 201, 13 89, 10. 11 Eine Copie der XXI, 416, 23, Tageb. IV, 138, 21. 22 erwähnten Skizze (Schuchardt, Goethes Kunstsammlungen 1, 279). Nauwerck schreibt darüber: „Die Deutung des mystischen Bildes, (wie nämlich die anfänglichen für den schönen heiligen Plaz des Berggipfels etwas zu profanen Regungen der lustigen Reisegesellschaft beym Anblick der beyden Oreaden, nach und nach, obwohl nicht eben durch eigenes Verdienst, sondern mehr durch fremde Einwirkung einer edlern Natur in reinere Gefühle übergingen, und das böhmische Bauermädchen transfigurirten,) wird Herr Geh. Rath Wolf Euer Excellenz bereits mitgetheilt haben" 16 Der „entfliehende Dädalus" war ein für F. G. v. Kügelgen bestimmtes Ölgemälde, das Nauwerck in Weimar Station machen liess. „Es ist ein Dädalus", schreibt er am 14. Dec. 1810, „der sich, nichts rettend als die Werkzeuge des Bildners in seiner Hand, auf selbstgeschaffnen Flügeln dem Kerker entreisst. und froh und stark und zuversichtlich sich in den blauen freyen Raum entschwingt, sich selbst die Welt zu suchen und zu schaffen, wohin er gehört. — Ikarus folgt ihm furchtsam, um nachher übermüthig zu enden". 90, 3 vgl G.-J. XVIII, 31 und hier 6178 10. 11 Mit folgendem Schreiben, das von Goethe dictirt, aber aus einer gewissen Taktik (vgl. zu 50, 7. 8) als

Brief Riemern abgefasst ist (Concept von Riemern Hand, Abg. Br. 1811/12, 62 b):

Zu F. G. v. Kügelgen.

Ew. Hochwohlgeboren
übersende hierbey ein für Sie von Herrn Cammerrath Ramwerd bestimmtes Gemälde. Er hat es über Weimar gehen lassen, [daß] damit wir es auch sehen möchten, und es hat hier viel Vergnügen gemacht: denn es bleibt immer merkwürdig, daß ein Talent sich unter so ungünstigen Umständen so weit ausbilden können.

Der Herr Geh. Rath von Goethe empfiehlt sich Ihnen bestens und läßt vermelden, daß das Porträt so wie der Rahmen in Frankfurt sehr wohl aufgenommen worden und viel Vergnügen gemacht hat.

Wir gehn in diesen Tagen nach Carlsbad, von da nach Töplitz, und ich hoffe auf der Rückkehr das Vergnügen der vorjährigen Tage erneuert zu sehen.

Der ich mich zu geneigtem Andenken empfehle.

Weimar den 8. May 1811.

6145. Abgedruckt von H. Uhde in den Hamburg. Nachrichten 1877 Nr. 60, nach der damals in Karl v. Halms Besitz befindlichen Handschrift. Dazu ein Concept von Riemers Hand, Abg. Br. 1811/12, 5, woraus zu bemerken: 90,71 mit Vergnügen] dankbar   91,4 reizt aus reizt   11 Zu-stände] Tage   71 auch nach sich   23—25 Ew. — Goethe. fehlt   24 May] März — Antwort auf Schlichtegrolls Sendung vom 15. Febr. (Eing. Br. 1811, 39). Adressat (1765—1822) war seit 1807 Director und Generalsecretär der Münchener Akademie, seit 1808 geadelt   91,1.2 vgl. XVII, 184,2. v. Mannlich hatte die beiden ersten Bände seiner Beschreibung der Gemäldesammlungen zu München und Schleißheim am 1. Dec. 1805 übersandt (Eing. Br. 1805, 168); vgl. Jenaische ALZ. 1806 Sp. 79   . Den 1810 erschienenen dritten Band, „enthaltend die Gemälde zu Schleißheim und Lustheim", an dessen Druck Schlichtegroll einigen Antheil hatte.

6146. Gedruckt: A. Cohn, Ungedrucktes, Berlin 1878, S. 78 nach der Handschrift, in der nur 93,7—11 Ew.—Goethe.

eigenhändig ist. Dazu ein Concept von Riemers Hand,
Abg. Br. 1811/12, 64ᵇ, woraus zu bemerken: 92, ₇ erhalten]
ſende hier fehlt ₄ erlautre ₅ verſtorbenen ₇ drüber ₁₂ viel
₁₆ andern ₁₈. ₁₉ vorſchreiten nach ſo(rt)ſchreiten) ₂₂ mir nach
mich 93, ₂. ₆ beſondre ₇ beſonderer ₉—₁₁ Ew. — Goethe
fehlt — Antwort auf Werlichs Brief vom 15. Jan. (Eing.
Br. 1811, 14). August Karl Friedrich Werlich (1772—1833;
vgl. Goedekes Grundriſs⁵ VII, 287), damals Kammeraſſeſſor
in Rudolstadt, war Goethe schon früher als Mineralog bekannt geworden. Jetzt hatte er ihm eine handschriftliche
Abhandlung über die mikroskopische Wurmförmigkeit der
Oberfläche zugesandt (vgl. Tageb. IV, 203, ₂₄—₂₈); ausserdem seinen Roman Amaranth, um sich gegen den Verdacht des Plagiats an Goethes „Märchen" (vgl. Jenaische
ALZ. 1810 Sp. 873) zu rechtfertigen   92, ₂₁ Dürers Be-
kehrung des St. Hubertus durch den Hirsch, in Werlichs
Besitz.

*6147. Concept von Riemers Hand, Abg. Br. 1811/12,
58ᵇ   93, ₁₂ nach über von ₂₁ in nach ſich ₂₂ die nach
perſönlichen   94, ₇ Ob die Form förderliches (vgl. Grimm
DWB. III, 1865—1868) in die Reinschrift übergegangen ist?
Vgl. 84, ₂₂. ₂₄. 95, ₁₂ — Antwort auf den Brief vom 10. April
(Eing. Br. 1811, 94). Erdmuthe v. Trebra, geb. v. Gers-
dorff, die aus ihrer früheren Ehe mit dem Kammerherrn
v. Gensau auf Farrenstädt einen Sohn und drei Töchter
hatte, wünschte für die mittelste Tochter eine Stelle als
Hofdame bei der Herzogin Louise   93, ₁₇ Bittschreiben
in der erwähnten Sache: von der Adressatin an die Herzogin, von Trebra an den Herzog   94, ₁₁ Überschickt mit
dem Brief vom 7. März (Eing. Br. 1811, 49).

*6148. Concept von Riemers Hand, Abg. Br. 1811/12,
58   95, ₂ bieſen nach dieſes J ₇ in aus im ₉ welcher]
welche, trotz dem in Sanders' Wörterbuch (II, 1197) gegebenen Beleg aus Stilling nicht in den Text gesetzt ₁₂ dieſem
nach wünſche Das Wort Badehirectorn in der dem Concept
beigeschriebenen Adresse ist im Tagebuch ersetzt durch
Directoren der Badeanstalt — Der von Genast und Haide mit
der Badedirection vorläufig verabredete Contract, datirt
Halle 6. Mai 1811, in den Theateracten des G.-Sch.-Archivs,

Fascikel „Halle 1." Vgl. Schriften d. G.-G. VI, 301   85,11 Über Reil vgl. die XVIII, 185 gesammelten Stellen, zu XIX, 34,13 und Werke XIII, 98 ff. 175 f. XXXVI, 88.

*6149. Vgl. zu 2677. Riemers Hand — 95,16 vgl. zu 73,24.

Ein eigenhändiger, von C. G. v. Voigt mitunterzeichneter Erlass in Bibliotheksangelegenheiten an Vulpius vom 10. Mai 1811 (G.-Sch.-Archiv, Keil'sche Sammlung) bleibt als amtliches Schriftstück von der Briefausgabe ausgeschlossen.

*6150. Concept von Riemers Hand, Abg. Br. 1811/12, 5ᵇ   90,13—15 Zur Construction vgl. die bei Grimm DWB. II, 819 angeführte Stelle aus Klinger   13 Fortgang haben für Beyfall finden, dieses für sehr gut aufgenommen werden   16 sie nach weil sie eine Folge   das Resultat mit Blei über eine Folge   17. 18 Beschazung — Untersuchung mit Blei aus Beschauungen Unterhaltungen und Untersuchungen   18 ich mit Blei adZ — 90,1 vgl. Sulpiz Boisserée I, 124. II, 11   18 vgl. G.-Jb. XVIII, 14   21 vgl. 6140ᵃ, oben S. 389.

6151. Handschrift im Besitz S. Exc. des Herrn Staatsministers v. Schelling in Berlin, der sie uns freundlichst zur Verfügung stellte. Eigenhändig. Gedruckt: Aus Schellings Leben II, 253   97,4 Ihr aus ihr — Vgl. Pauline an Schelling 24. Mai 1811 (Aus Schellings Leben II, 254 f.) 97,2 Mit dieser Handarbeit hatte Pauline wohl auf das Gedicht „Wirkung in die Ferne" angespielt; vgl. den um die Jahreswende 1810/11 anzusetzenden Brief 5883, Charlotte v. Schiller I, 560, Aus Schellings Leben II, 247 8 Karlsbader Nadeln.

*6152. Concept von Riemers Hand, Abg. Br. 1811/12, 27   97,16. 17 und — ausstatten aus den ich mit — ausstatten möchte   98,8 Weimar über Jena — Die dem Concept beigeschriebene Adresse bezeichnet den Empfänger hier wie bei 5696 als Geheimerath von Willemer — ebenso das Tagebuch mehrfach (24. Jan. 1803, 9. März 1809), während nach Creizenach (Briefw. zwischen Goethe und Marianne v. Willemer, 2. Aufl. S. 88) Willemer erst am 2. Dec. 1816 geadelt wurde; vgl. zu 81,8. 6287   97,17 vgl. zu 15,4 und Tageb. IV, 205,8.

*6152. Concept von Riemers Hand, Abg. Br. 1811,12,
38   98, 10. 11 meine — melben ursprünglich nach halte —
Schulbigkeit, dann umgeziffert   14 gefällige Ankündigungs-
Schreiben aus ankündigende Schreiben   17 zwar üdZ   22 eigentlich aus eigentliche   23 nicht nach noch   98, 4. 5 die — Originalbildes aus die Verdienste des Originalbildes und seine Eigenschaften, dieses aus das Originalbild und dessen Eigenschaften
5 darin aus in der Nachbildung   vom nach sowohl   6 wie
über als   desselben aR   7 des nach ein(er?)   15 noch üdZ
wegen über zu   16 bevorstehende] be üdZ   beyzufügen aus
hinzuzufügen   18 Gegenstände für Dinge   19 NachHausekunft
über Rückkehr nach Hause   zu nach ich   100, 3 bis —
Wochen üdZ   4 nach Carlsbad ein Verweisungszeichen, ein
entsprechendes, aber keine Einschaltung aR   5 Für nach
Beyliegendes Blättchen bitte dieser verehrten Freundinn zuzustellen   5 ich üdZ — 98, 10 Am 17. Mai, vgl. Tageb. IV,
206, 14   14 Vom 4. April 1811 (unvollständig gedruckt:
Schriften von F. v. Gentz V, 275)   15 vgl. zu 59, 4   24 Gentz
schreibt nur von einer „Zeichnung" des Frl. v. Kerpen, „von
welcher alle ihre nähern Freunde behaupten, es sey nie
eine bessere aus ihrer Hand hervorgegangen"   99, 16 Gentz
hatte am 21. Februar 1811 die Verlobung des Frl v. Kerpen
mit dem Grafen Friedrich Carl v. Schönborn mitgetheilt
22 Der Herzog kam am 16. Juni in Teplitz an (Eingeg. Br.
1911, 133)   24 Goethe verliess Karlsbad am 28. Juni, ohne
Teplitz zu besuchen   27 Ein kaiserliches Patent vom
20. Februar 1811, wodurch das vorhandene Papiergeld,
1060 Millionen Gulden, auf ein Fünftel des Nennwerthes
herabgesetzt wurde; vgl. 109, 13, Tageb. IV, 172, 12, Werke
36, 69 und Biedermanns Erläuterungen S. 137.

6154. Vgl. zu 5409. Riemers Hand   101, 16 diesen
Schreibfehler   103, 17. 18 g Gedruckt: Briefwechsel S. 109.
Dazu ein Concept von derselben Hand, Abg. Dr. 1811/12, 36,
woraus zu bemerken: 101, 1 ward aus wird   7 sie über
diese   10 in nach durchaus   11 begründet über sandirt   13
glaube über halte   14 Niemanden aus Niemand   16 diese aus
diesen   18 mit über an   20 sich eine] jene über sich die
21 verblichene Seile der üdZ   sich (üdZ) wieder   23 seine
Behandlungsart aus die Methode seiner [Behandlungsart] Be-

handlung 102,1 Einbruck über Effect 3 sehr wohl gethan g1 aR, von Eckermann nachgezogen 4. 5 brauch' — sagen aus will ich kaum (ausjprechen) erwähnen 6 als nach mir mir adZ 9 Ihnen adZ 10 seinerseits aus von seiner Seite bem über seinem 20 unsere kleine aus unserer kleinen 22 verborgnen g über abjurden 23 er adZ 27 ungern von da polizeylich, daraus umgeziffert von da ungern polizeylich 103,1 bedenkliches über anrüchiges 3 nicht röthlich für bedenklich 3. 4 In solchem — lieber aus Wenn ich in solchem Falle zu rathen hätte, so würde ich 11. 12 Wohlfeilheit aus Wohlfeile 14 Vortheile deter über dessen 16 bem — nach aR 26 wohin nach es 26. 28 fehlt — Dieser und der folgende Brief sind nach dem Tagebuch am 4. Juni concipirt und am 5. mundirt; aber wie für 6154 durch das Original, so ist für 6155 durch einen eigenhändigen Vermerk Goethes der 8. Juni als Tag der Absendung bezeugt 101,1 Vom 9. Mai 1811, gedruckt: Briefwechsel S. 106 3 Nach dem Briefwechsel S. 109 Anm. am 25. Mai, das Tagebuch schweigt davon. Über den Brief an Boisserée vgl. 120, 4. 139, 6 6 Über Sulpiz Boisserée's Besuch in Weimar vgl. zu 68, 19 102, 13 Villers 16 Nach Reinhards Briefe ein Artikel in den Hamburgischen Zeitungen, der in der Berlinischen Zeitung nachgedruckt war und Villers Answeisung ans Göttingen verlangte, vgl. O. Ulrich, Charles de Villers (Leipzig 1899) S. 57 103, 13 vgl. zu 99, 27.

*6155. Concept von Riemers Hand im G.-Sch.-Archiv unter Goethes naturwissenschaftlichen Papieren (vgl. Naturw. Schriften VII, 371) 104,3 nach über zu 6 NachHausekunst aus Rückkunst nach Hause 8 dankbar adZ 13 aber adZ 105,1 bem Körper über die Masse 3—6 ein — einschließen aR 6 in nach ihr(em) 8 bieses nach der Stein 9 gleich Anfangs für bey seinen ersten Wachsthum sich wie nach sich befinde über erweitert 10 entsteht und zunimmt adZ 21 erzeigte aus erzeugte 22 es sich aR 21 erheben aus erregen 106,11 auch aR 11. 12 erwähnt über gedacht 14 bemerkt über gedacht 15 ähnlichst aR für ähnelt 27 obschon aus obgleich 107,4 Allein aus Alles 12 zu nach wohl 18 sichenartig aus lichenartig 21 bieser über der 27 genauer über näher als auch über und 108,4. 5 haben — soll aR für

und können 6 zu aR 7 Zweifelhafte aR für Zweydeutige
in nach ſich 11 über — Gegenſtand aR 22 auf nach die
25 im über nahe am nahe üdZ ſich erzeugen über wachſen
26 hat aus halle und nach berühmt genug die üdZ 27 Die
Änderung von wurden in werden iſt wohl nur aus Verſehen
unterblieben Dieſe über Welche ſtehen üdZ 109, 3 Worauf nach ſtehen. 5 um über u(nd) 20—25 Theil — Verſicherung pp aR, weil die Seite zu Ende; dann pp erſetzt
durch 25—28 der — unterzeichnen am untern Rande der be-
ſchriebenen Spalte — Das Datum nach der Notiz g aﬅ
der erſten Seite: Abgeſendet von Carlsbad b. 8. Jun. 1811;
vgl. zu 6154 und 6174. Adreſſat, Generalinſpector der
Forſten des Königreichs Italien, hatte am 9. Mai 1811 aus
Mailand bei Goethe wegen der 1810 (vgl. Tageb. IV, 75, 23)
ihm überſchickten Pietra fungaja angefragt 104, 3 Am
1. Juni, vgl. Tageb. IV, 210, 9 6 Am 9. Oct. 1810, vgl.
Tageb. IV, 158, 24 und Briefe XXI, 400, 8. 404, 3 17 vgl.
80, 17. 272, 10 und XXIV, 361 106, 1 Döbereiners Berichte
über die chemiſchen Verſuche mit der Pietra fungaja
liegen unter den naturw. Papieren des G.-Sch.-Archivs;
vgl. ferner Naturw. Schr. VII, 371 und Schweiggers Journal
für Chemie und Phyſik II, 391.

6156. Concept von Riemers Hand im G.-Sch.-Archiv
(alph.); gedruckt: Tageb. IV, 397ff. 110, 4 wir nach
und 6 beſſern — herabſetzen über ungünſtig davon ſprechen
7 gleichſtellen aus gleichſetzen 10 mochte über wollte 11 bie
aus bieſe 13—14 welches — wird aR 16 und weder über ge-
noſſen worden, daß weder 19 erhielt für halte 20 halte üdZ
22—24 Aber—gekommen aR für Aber ſchon ſeit mehreren Tagen
iſt es der (gewöhnliche üdZ) Inhalt des Geſprächs der (ſich be-
gegnenden aR) Curgäſte, wenn ſie ſich begegnen 111, 4 vergällt nach wirklich 5 Behörde mit Bleiſtift aR für Stelle,
Änderungsvorschlag Riemers, vgl. zu 112, 12. 24 5. 6 Mitwirken
über Zuthun 7 einen nach beyliegend 8 hier bey über an
8. 9 in—zeigen aus welcher nur zeigen ſoll, dieſes aus dem nicht
vollendeten Satz welcher wenigſtens (demjenigen üdZ) Unlaß
11 bisher mit Bleiſtift aus bisherige, Änderungsvorschlag
Riemers 11 in — einkehrt] zuerſt am Gaſthof anfährt, dann
in einen Gaſthof fährt, dann bey einem Gaſthof anfährt, end-

lich die Fassung des Textes   18 in [diesen] hiesigen Gegraben
aber gegen einander   21 sie fehlt   23. 24 zu trauen weniger
aus weniger zu trauen   112, 3 herkömmlich nach durchaus
4 man nach dieses   11 Behörde mit Bleistift aR für Stelle,
vgl. zu 111, 3   15 mitweber nach sich   17 über — verlange aR
für was sie für dasjenige verlangen, was man (von üdZ) ihnen
begehrt   21 Abstrigezimmer aus Zimmer   allenfalls üdZ
24 Behörde] Stelle   Fand Riemers Vorschlag zu 111, 3. 112, 13
Goethes Beifall, so wird er ihn auch hier durchgeführt
haben   24. 25 hieburch auch aus auch hieburch — Der Name
des Elbogner Kreishauptmanns, der sonst auch Weyhrotter
(Lenhart, Carlsbads Memorabilien, Prag 1840, S. 183) oder
Weyrolter (Tageb. IV, 291, 23. 295, 19) geschrieben wird, und
das Datum nach dem auf Goethes Eingabe ergangenen Be-
scheid, der dem Concept beiliegt; vgl. Tageb. IV, 213, 24
und die Lesarten. Ähnliche Beschwerden erhob Goethe
wiederholt, so am 16. Mai 1811 in Franzensbrunn (vgl. das
Fascikel des G.-Sch.-Archivs „Acta die Carlsbader Reise
betr. 1811“, Bl. 59) und 1812 in Jena (vgl. Jenaische Zeitung
vom 25. Juli 1838 und „Politik“ vom 23. Januar 1897).

8157. Handschrift unbekannt. Gedruckt: G.-Jb. II,
263 „nach einer Abschrift des eigenhändigen Schreibens“.
Lesefehler dieser Abschrift müssen sein: 113, 3 Gonz statt
Gorz oder Genh   114, 16 J v Goethe, und, wenn der Brief
wirklich eigenhändig ist, auch Tank statt Tanf und Ähnliches; denn dass Goethes Orthographie durch das von
Riemer geschriebene Concept (Abg. Br. 1811/12, 34ᵇ) beeinflusst sein sollte, ist unwahrscheinlich. Aus letzterem ist
zu bemerken: 113, 8. 11 Hochgebornen   8 vorläufigen Tank
aus Tank vorläufig   Wie diese, so sind ausser 114, 13 alle
Änderungen im Concept mit Bleistift ausgeführte Verbesse-
rungsvorschläge Riemers, die Goethe bei diesem Briefe
sämmtlich annahm (vgl. zu 52, 20)   8. 9 gefälligst aus gefällig
10 das zweite mich üdZ   11 persönlichen [!] Bekanntschaft üdZ
13 zu erfreuen aR für anzutreffen   14 gegen (auf ausradirtem
wider) Erwarten, aR   15 Hause   23 seine eigene Weise   24 ertheilt
über giebt, ausserdem aR gewährt   114, 1 denn erhellt aus
sich denn ergiebt   2. 3 wenn — ist aR für so bald es wirkt
7 dadurch gewiß nur aus gewiß nur dadurch   8 unser   11 der

angenehmen adZ   12 einmal mit Tinte adZ   14—16 Ew. —
Goethe fehlt — Antwort auf die durch Gentz vermittelte
Sendung des Grafen vom 23. Januar 1811, vgl. zu 6119 und
Tageb. IV, 214, 20; im G.-Jb. II, 264 fälschlich auf Beet-
hovens Compositionen bezogen.

*6158. Concept von Riemers Hand, Abg. Br. 1811/12,
34   114, 11 Vor nach Unterm 10. April   13 anonymen adZ
aus nach datirt über von Diese Änderung und die folgenden
sind von Riemer mit Bleistift vorgenommen, vgl zu 113, 8; ob
Goethe sie sämmtlich angenommen hat, muss dahin gestellt
bleiben 12 ich adZ   115, 6 kann. Die aus kann: denn die
8 anjetzt über gegenwärtig, die Silbe an mit schwächeren
Zügen, gleichsam nur angedeutet; anjetzt in der Achilleis:
Werke L, 272, 23   10 ich adZ, ursprünglich wollte Riemer
es vor würde einfügen — Der Brief des NN vom 10. April
1811 liegt im G.-Sch.-Archiv unter den Briefen Unbekannter; die Fächer, die er bezeichnet, sind: Intriguanten, auch
zweite Liebhaber und Chevaliers in Lustspielen. Der Schauspieler Brück'l in Prag, an den Goethe am 11. Sept. 1811
schrieb (Tageb. IV, 233, 6), kommt nicht in Frage (vgl.
Eingeg. Br. 1811, 176).

6158ª. Der im Tagebuch unter'm 25. Juni 1811 aufgeführte Brief an Brizzi steht im Nachtrag S. 391.

6159. Concept von Riemers Hand, Abg. Br. 1811/12,
35ᵇ (werthlose Copie im G.-Sch.-Archiv, alph.)   116, 10 zu
aus von   12 im über zum   13 bereits über schon   14 gedenke
mit Bleistift (vgl. zu 113, 8) über hoffe   17 Verehrern in unserer Gegend mit Blei aus hiesigen Verehrern   24 Ihrer Verdienste und aus Ihren Verdiensten und Ihren   25. 27 mit —
leben mit Blei aus recht wohl zu leben wünsche Abgedruckt
von Rudolf Kögel in den Forschungen zur deutschen Philologie. Festgabe für Rudolf Hildebrand, Leipzig 1894. S. 207
— Antwort auf Beethovens Brief vom 12. April 1811 (Frim-
mel, Neue Beethoveniana, Wien 1890. S. 349, Kögel a. a. O.
S. 207); vgl. Tageb. IV, 202, 1 und die Lesarten.

6160. Vgl. zu 4102. Riemers Hand, von dem 110, 24
eine kurze Nachschrift folgt:

Mögen meine Landsleute zu Ihnen Sie, verehrtester Freund,
nun gehen, so wie Sie meine Theilnahme an Ihnen theilen wer-

ben, so auch mein Andenken bey Ihnen erhalten. Grüßen Sie
freundlichst wenn Ich bitten darf, wer sich meiner erinnert.

Ihr
F. W. Riemer.

118, 23 keiner] Der gedruckte Briefwechsel liest keine, aber
die kühne Construction ist Goethe wohl zuzutrauen   119, 4
an] in   22 geschähe aus geschehe   24 Juny aus May. vgl. zu
121, 18   Gedruckt: Briefwechsel I, 454 — 117, 3 vgl. zu
99, 24   7 Gedruckt: Briefwechsel I, 451   118, 3 vgl. Tageb.
IV, 214, 13   20 Am 30. September 1811 wurde die Prinzessin
Augusta, spätere deutsche Kaiserin, geboren, vgl. Tageb. IV,
236. 6   21 Iffland kam erst im December 1812 (vgl. zu
XXIII, 18, 19), Brizzi im November 1811 (vgl. 151, 24. 195, 14
und Schriften der G.-G. VI, 263)   119, 1 Am 29. Mai, vgl.
Tageb. IV, 209, 21   6 vgl. Tageb. IV, 214, 5. 9.

6161.   Die Originale der Briefe an S. Boisserée befinden
sich als Vermächtniss seiner Wittwe auf der kgl. Universitätsbibliothek zu Bonn, die sie im Mai 1897 zur Collation einsandte. Riemers Hand   120, 14 angenehm] ang aus lie(b)
121, 16 Juny aus May, vgl. zu 119, 22   Unvollständig gedruckt:
S. Boisserée, Stuttgart 1862. II, 12 — Antwort auf den Brief
vom 17. Juni (S. Boisserée II, 10)   120, 2 vgl. zu 142, 17
5 vgl. zu 101, 7   13 Darmstedt, vgl. S. Boisserée II, 11
20 Es geschah im 9. Buch von Dichtung und Wahrheit
(Werke 27, 279), vgl. zu XXIII, 267, 1   121, 7 vgl. 6143.

6162.   Handschrift unbekannt.   Gedruckt: Berliner
Sammlung von Goethes Briefen III 1, 713 mit folgenden
Fehlern: 121, 23 allgemein   123, 6 Juni   17. 18 fortdauern-
der Hülfe, vgl. XXI, 357, 6 — Antwort auf den von Düntzer,
Goethe und Carl August 5 S. 658, erwähnten Brief des Herzogs vom 19. Juni   121, 22 Nach Düntzer hatte die Herzogin in Wilhelmsthal bei einem Falle die Fibula gebrochen,
nach Knebels Brief an seine Schwester Henriette (S. 545,
vgl. ferner S. 558f.) den Knöchel verrenkt   122, 1 Ein
eigenhändiges Denkblatt Goethes für die Begleiterin der
Gräfin von der Recke, Frl. v. Seebald aus Curland, jetzt im
Kestner-Museum zu Hannover befindlich und von Herrn
Dr. Schuchhardt mitgetheilt (bei Strehlke II, 220 als Brief
verzeichnet), hat folgenden ähnlichen Wortlaut:

Zu Frl. Erebald.

Wie oft werden wir auf die Betrachtung zurückgeführt: daß es so viel zufälliges Unglück und so wenig zufälliges Glück gebe; deßhalb wir denn wohl Ursache haben an den unvergänglichen Gütern der Liebe, Freundschaft und Neigung festzuhalten.

Carlsbad b. 26. Juni 1811.   Goethe.

Vgl. das Stammbuchblatt für den Maler Raabe vom 11. Mai 1811 mit den Worten „Superi dant bona paratis" (Zarncke, Goetheschriften, S. 121) und Knebels Briefwechsel mit Henriette S. 576 f. 13 Am 21. Juni, vgl. Tageb. IV, 213, 19—77 19 Vorlesungen über die neuere Geschichte, gehalten von Fr. Schlegel im Winter 1810. Wien 1811. vgl. 155, 10, Schriften der G.-G. XIII, 360 und Tageb. IV, 214, 16 123, 4 vgl. Tageb. IV, 215, 18.

*6163. Vgl. an 3718, Nr. 1737. Riemers Hand — 123, 20. 22 Über Joseph Becher vgl. Tageb. IV, 205, 20. Trotz unserer Briefstelle ist die Sendung, wie eine Recepisse der Karlsbader Post vom 27. Juni („Acta die Carlsbader Reise betr." 1811. Bl. 64) beweist, mit der Post erfolgt. Ein anderes Kästchen mit Mineralien, wohl für Goethes Privatsammlung bestimmt, hatte Riemer am 12. Juni im Auftrag Goethes durch den nach Weimar zurückkehrenden Kutscher an Lenz gesandt (vgl. an 3718, Nr. 1725).

Ein Brief Goethes an die Herzogin Louise von Sachsen-Weimar aus Carlsbad („etwa Juni 1811"), beginnend: Indem ich eben beschäftigt war, nach Strehlke II, 134 im Besitz eines Herrn v. Lüttwitz resp. dessen Erben, nach Diezels und Arndts Verzeichnissen in v. Maltzahns Besitz, aber nicht in A. Cohns Katalog der Maltzahn'schen Autographensammlung, blieb unerreichbar.

*6164. Concept von Riemers Hand. Abg. Br. 1811/12. 123, zwischen Briefen aus dem April 1812 124, 1 et très digne üdZ 9 Budelwitz 17 aurez über avez 125, 7 arenturer aus avanturer 17 compte über conte — Adressat und Datum nach dem Tageb. IV, 216, 27. Ein anderes Jahr kann nicht in Frage kommen, weil nur 1811 Goethes Frau bei seiner Abreise in Karlsbad zurückblieb. O'Hara war nach der Karlsbader Curliste Malteserritter in kaiserl.

russischen Diensten   124, 17 „Frau Gräfin von Protassoff,
Dame du Portrait Ihro russ. kaiserl. Majestät" (Karlsbader
Curliste), vgl. Tageb. IV, 214, 1.

6165. Vgl. zu 427. Eigenhändig   126, 5 militärische
11 Handel   ç devant   22 büste aus busste ohne Tilgung
des n Zeichens   21. 22 zust.   127, 11 bie üdZ Thiele Gedruckt: Briefwechsel II, 35 — 125, 19 Am 1. Juli, vgl.
Tageb. IV, 217, 2   20. 21 Stallmeister Seidler, vgl. Tageb.
IV, 217, 23   22 vgl. zu 121, 21   126, 5 vgl. Tageb. IV,
217, 8   127, 6 vgl. Tageb. IV, 153, 13. 212, 20. 390, Werke 36,
67 und R. M. Werner, Goethe und Gräfin O'Donell S. 3—7.

6166. Vgl. zu 4697. Gedruckt: v. Biedermann, Briefe
an Eichstädt S. 175 — Eichstädt antwortet (ebda. S. 176)
er finde in Hellfelds Pandekten und andern von Thibaut
benutzten Schriften den Titel mit der Jahreszahl 1783 angeführt. Das Richtige ist 1738.

6167. Vgl. zu 6106. Riemers Hand   129, 20 mit
nach des   130, 14 Melbert   131, 12. 13 g   Mit einigen
Versehen gedruckt bei Frese, Goethe-Briefe aus F. Schlossers
Nachlass S. 39. Dazu ein Concept von derselben Hand
in dem Fascikel des G.-Sch.-Archivs „Acta die väterliche
Erbschaft betr. 1808 pp.", Bl. 96, woraus zu bemerken:
128, 7 erhaltnen   Erwiederung   13 nur — wünschen über wobey ich aber bitten muß   21 Was diesen Punct aus Zu
diesem Puncte   betrifft so üdZ   22 Ihnen abermals üdZ
23 gar sehr nachträglich eingefügt   24 Ochsischen kleinen
Capitals   129, 4 Lebensgange für Fortkommen, diesen über
Schicksal   6 nicht nach freylich   wieder üdZ   130, 7 im
Schreiben über in Schriften   14. 15 Frau — empfehlen aR
21. 26 andrer   131, 5 ben fehlt   überreicht nach präs(entirt)
7 steht] sieht   6 derselben aus, wird   12. 13 fehlt — Antwort
auf die Briefe vom 20. April und Anfang Juli 1811 (in demselben Fascikel, Bl. 91. 95)   128, 10 „Einen Vermögens-
declarationsschein für das nunmehr wieder ausgeschriebene
1811er halbe Simplum", vgl. Frese a. a. O. S. 22   13 In
demselben Fascikel, Bl. 94   19 Ein „Verzeichniss derjenigen
Documente, welche sich von dem Vermögen des Herrn Geh.
Raths von Göthe in meinen Händen befinden", datirt
„Frankfurt, 24. Junius 1811', und eine Bescheinigung, dass

Schlosser ausser diesen Papieren keine Goethe gehörigen
Documente besitze, beides von Schlossers Hand und von
Goethe mit Bleistiftzusätzen für den Abschreiber versehen,
in demselben Fascikel, B. 98. 100   129, 1 Sie betraf neue
Kupferstiche von F. und J. Riepenhausen, das Leben Karls
des Grossen darstellend, und wurde, in Folge des Briefes
6168, im Intelligenzblatt der Jenaischen ALZ. 1811, Nr. 52
abgedruckt   s Christian Heinrich Schlosser (vgl. 131, 21.
187, 21. 257, 21. 335, 11 und zu XXIII, 98, 19) hatte die
Subscriptionsanzeige aus Rom übersandt; sein Bruder hofft
im Brief von Anfang Juli, ihn „noch im Sommer dieses
Jahres" wiederzusehn   9 Schlosser empfiehlt am 20. April
den Freiherrn Friedrich von Leonhardi zur Übernahme der
Geschäfte des weimarischen Hofes in Frankfurt; vgl. zu
6139   13 In demselben Briefe empfiehlt Schlosser einen
„verdienstvollen Sänger" Lohmeyer aus München   20 vgl.
zu 6161   130, 1 Vom 4. Juli (Eingeg. Br. 1811, 146);
nach dem Concept vom 1. Juli gedruckt in Försters Cornelius I, 85   11 Schlosser empfiehlt im Brief von Anfang
Juli den Tübinger prof. juris extraord. Textor für eine
Vacanz in Jena   13 Schlosser übersendet am 20. April die
von Goethe am 31. März (vgl. 6129,30) erbetenen Notizen
über Textor und M. v. Loen für Dichtung und Wahrheit
(vgl. Werke 26, 365. 368); er schreibt: „Über Herrn Textor
fand ich in einem sehr weitläufigen das hiesige Staats-
personale betreffenden Notizenbuch meines seeligen Vaters
viele, jedoch wahrscheinlich für Ihren Zweck grösstentheils
unbrauchbare, indessen, wie ich bei der grossen Pünctlich-
keit des Sammlers dieser Notizen voraussetze, sehr genaue
und wahrhafte Angaben. . . . Übrigens gerieth ich in An-
sehung beider Männer auf den Gedanken, die Frau Melber
um Mittheilung ihrer Erinnerungen zu bitten, und sie, da
die mündliche Erzählung minder genau war, um deren
schriftliche Aufzeichnung zu ersuchen. Auf diese Bitte
empfieng ich gestern die beigefügten Blätter"   18. 19. vgl.
187, 14   20. 131, 4. 6 Schlosser übersendet am 31. August
1811 (in demselben Fascikel, Bl. 103) die gewünschten
Frankfurter Erinnerungen (vgl. 6208), die in Dichtung und
Wahrheit (Werke 26, 33) Erwähnung fanden.

6168. Vgl. zu 4697. Gedruckt: v. Biedermann, Goethes Briefe an Eichstädt S. 176 — 131, 13 Recension der Goethischen Farbenlehre von Windischmann, vgl. zu 70, 11 und Tageb. IV, 221, 5; sie erschien gedruckt erst in den Ergänzungsblättern zur Jenaischen ALZ. 1819, Nr. 3—6, vgl. zu XXIII, 213, 2. Vermuthlich wusste Eichstädt nicht, dass Goethe die Recension schon kannte (vgl. zu 6139); oder liess Goethe sich das Manuscript geben, weil W. bedauert hatte, „eine Hauptstelle nicht mehr genau im Gedächtniss zu haben"? 19 vgl. zu 129, 1.

6169. Handschrift unbekannt. Gedruckt: Koßka, Theaterlocomotive 1815, Nr. 5, S. 05, ohne Angabe darüber, von wessen Hand der Brief geschrieben ist 132, 2 geben 10 Concept 133, 17 Datum fehlt. Wir sind an diesen Stellen dem Concept von Riemers Hand, Abg. Br. 1811, 12, 28, gefolgt, aus dem ferner zu bemerken ist: 132, 20 nach muß. folgt: *Ich lege auch deshalb noch ein besondres Blättchen bey, um meine Absicht vielleicht mehr als nöthig ist, auszusprechen.* 21 Absatz statt Gedankenstrich 22—23 aber — Da aber [statt jedoch] aR für und da 133, 1 nachher aR 7 Halle, bey Ihnen eintreffen 13. 18 ununterbrochner 13—28 fehlt — Antwort auf Genasts Brief vom 28. Juni (Eingeg. Br. 1811, 139) 132, 13 vgl. Werke XIII 1, 172. Die „Bemerkungen zu dem Prolog für Halle" (vgl. den gestrichenen Satz nach 132, 20. 134, 15. 135, 6), die Goethe nachträglich an P. A. Wolff sandte, sind abgedruckt in den Werken XIII 2, 232 f.

***6170.** Concept von Riemers Hand, Abg. Br. 1811, 12, 29 134, 10 liebe aR 21 entwickeln 135. 4—9 aR — Antwort auf Wolffs Brief vom 14. Juli (Eingeg. Br. 1811, 152) 134, 4 Roberts Brief, „der eine Bitte die Tochter Jephtas betreffend enthält", liegt nicht im G.-Sch.-Archiv 134, 10. 13 und 135, 4 vgl. zu 132, 13.

Ein amtlicher Erlass der „Commissio" vom 28. Juli 1811 „an die Gesellschaft des Herzogl. Weimarischen Hoftheaters" (Theateracten „Halle 1811/12", Bl. 17) bleibt von der Briefausgabe ausgeschlossen.

***6171.** Vgl. zu 3718, Nr. 1739. Riemers Hand — Über Benedikt Franz Johann Herrmann (1755—1815) und seine Werke vgl. ADB. XII, 215.

6172. Handschrift von Riemer im G.-Sch.-Archiv (alph.)
137, 6 benken] b aus g, wohl dem Anfang von gebenken Gedruckt: G.-Jb. IV, 302 nach einer ungenauen Abschrift des
Concepts von Riemers Hand (Abg. Br. 1811/12, 4), woraus
zu bemerken: 136, 4 Caartier 5 gut über glücklich 18 einem
22 Auffatz 24 weiteren 25 fichern 137, 1 Werke über Schriften 2 in — greifen über Innig zusammenhingen indem über
da 3 gar über recht 4 gewiß — Bemühung aus durch J. B.
gewiß 7 biefer — herborgehen aus ein schöner Zusammenhang
in biefe Bände kommen 8 es mir] mits 12 biefes Sommers
aR 13 kennen gelernt für angetroffen 14 so sehr über mehr
15 fehlt — Antwort auf Körners Brief aus Karlsbad vom
3. Juli 1811 (G.-Jb. VIII, 58) 136, 7 „Schillers Lebens-
beschreibung von Körner" (vgl. 153, 27) las Goethe am 15. Juli
1811 (Tageb. IV, 220, 10) in Jena, wohin sie Lotte Schiller
wohl Tags zuvor (Tageb. IV, 220, 4) gebracht hatte 137, 1
Körners „Plan der Ausgabe von Schillers Werken" ist abgedruckt im G.-Jb. VIII, 59.

6173. Handschrift unbekannt. Gedruckt: A. Cohn,
Ungedrucktes, Berlin 1878, S. 60, darnach v. Biedermann,
Goethe-Forschungen I, 423 und Strehlke II, 449. Die Hand-
schrift, von Cohn als Dictat bezeichnet, ist vermuthlich
von Riemer, wozu Cohns Verlesung (137, 23) Anfug. statt
Anfug. stimmen würde. Dazu ein Concept von derselben
Hand, Abg. Br. 1811/12, 2ᵇ, woraus zu bemerken: 137, 21
Wohlgebohrnen 22 Deranlaffung 138, 1 machen über fügen
21 — 23 wenn — vorgreife aus auf — zu verfahren und — vorzu-
greifen 27 fehlt — Eichstädt als Adressat ist durch das
Tagebuch (IV, 225, 19) gesichert. Zur Sache vgl. zu 70, 11;
die „letzte Verabredung" muss zwischen den 17. und 27. Juli
fallen (vgl. zu 6168 und Tageb. IV, 223, 15).

*6174. Concept von Riemers Hand, Abg. Br. 1811/12,
3ᵇ, dem Eckermann mit Blei beigeschrieben hat: „Weimar
d. 5. Aug. 1811" (vgl. zu 162, 13—14. 208, 26). Ob er das
Datum einer nicht mehr vorhandenen Antwort des Adressaten oder daraus entnahm, dass Bertuch Vater und Sohn
am 4. Aug. Goethe mittheilen (Eing. Br. 1811, 164 f.), der
Brief an Boisserée sei nicht angekommen, bleibe dahin-
gestellt. Nachträglich erscheint zweifelhaft, ob der Brief,

den weder das Tagebuch noch die Postsendungen aufführen
und auf den keine Antwort vorhanden ist, überhaupt abgeschickt wurde. Nach Empfang des Briefes von Boisserée
vom 29. Juli, in dem es heisst: „Herr v. Reinhard klagt in
dem letzten Briefe" (S. Boisserée II, 15), konnte Goethe
den Brief für unnöthig halten — 139, 8 vgl. zu 101, 2.
Die Notirungen, auf die Goethe sich hier bezieht, sind die
seines Dieners Carl Eisfeld (vgl. zu XXIII, 109, 7), der in
der Aufstellung seiner Wochenauslagen („Acta die Carlsbader Reise betr. 1811", Bl. 32) den Brief nach Weimar
unter'm 5., die Briefe 6154,5 unter'm 6. aufführt.

6175. Vgl. zu 6110. Riemers Hand 140, 1 Datum
nachträglich eingesetzt, weil 141, 8 zu wenig Platz war
31 bieß aus in bie| 141, 13 g Gedruckt: Grenzboten 1846,
Nr. 25 — 140, 9 Vom 29. Juli (Eing. Br. 1811, 163) 4 vgl
zu 32, 27 11 vgl. zu 50, 31. 61, 13 141, 4 vgl. zu 132, 13.

6176. Die Briefe an Carl Bertuch befinden sich im
Froriep'schen Archiv zu Weimar. Handschrift von Riemer
und nicht, wie in dem Abdruck im G.-Jb. IV, 215 angegeben
ist, von Goethe. Dass der Brief an Carl Bertuch gerichtet
ist, zeigt die Adresse — 141, 11 Carl Ludwig Fernow starb
in der Nacht vom 3. zum 4. Dec. 1808 (vgl. ADB. 6, 716)
21 Am 14. Mai 1806, zugleich an die Erbprinzessin Maria
Paulowna (Eing. Br. 1806, 30. 31); über Adrian Zingg
(1739—1816) vgl. ADB. 45, 723.

6177. Vgl. zu 6160. Riemers Hand 143, 27 Unterhaltung nach treffliche 144, 6 leider üdZ Dazu ein Concept
von derselben Hand (wertlose Copie im G.-Sch.-Archiv,
alph.), Abg. Br. 1811/12, 7, woraus zu bemerken: 142, 18
mehr fehlt 143, 1 in benen aR mich aus b(urch?) 2 gern
3 zu behandeln aR 18 sehn] werden Gedruckt: S. Boisserée
II, 16 — Antwort auf Boisserées Brief vom 29. Juli (S. Boisserée II, 13) 142, 17 vgl. zu 120, 3 143, 11 vgl. zu 120, 30.

*6178. Concept von Riemers Hand, Abg. Br. 1811/12, 11
145, 9 Der — Oftertage unter Auerbachs Keller 11 werth, ba
einige aus werth. Bey einigen außerordentlichen aR für ganz
unglaublichen — 144, 12 vgl. Knebels Briefwechsel mit seiner
Schwester Henriette S. 534. 542 551f. 561. 567 21 vgl 6179
145, 27 Über den Eindruck, den Nauwerks Bilder bei der

Prinzessin machten, berichtet Henriette v. Knebel am 20. Sept. 1811 (Briefwechsel S. 567).

*6179. Concept von Riemers Hand, Abg. Br. 1811/12, 9 146, 18 ertheilen nach geben — Zur Sache vgl. 6178.

6180. Vgl. zu 6117. Gedruckt: Schmid, Goethe und Uwarow S. 9. Dazu ein Concept von Riemers Hand, Abg. Br. 1811/12, 10, woraus zu bemerken: 147, 3 Hochwohlgeboren 4 auch — hier aus wir uns auch hier 6. 7 Ihr so schönes 8 Rath üdZ 10 manches nach schon 13 mißfällig — seyn über unangenehm seyn Darauf folgt üdZ und etwas Gutes ins Ganze wirken 14 eine Gelegenheit nicht 19—21 fehlt — 147, 6 „Einige Gedanken beym Lesen des Projet d'une académie asiatique", abgedruckt bei Schmid, Goethe und Uwarow S. 9—13 8 Über Friedrich Majer (1772—1818) vgl. 6244, Tageb. IV, 229, 3. 225, 19. w. 431 und Goedeke's VII, 783, ferner Haym, Herder II, 648. 736. Caroline v. Herder, Erinnerungen II, 338. 340. Steig, Goethe und die Brüder Grimm S. 44 und G. Scheidel, Ein Bohnenlied von Sophie Merean (Deutsche Lesehalle, Sonntagsbeilage zum Berliner Tageblatt, 25. Sept. 1898, S. 311).

6181. Goethes Briefe an Wilhelm Grimm, jetzt im Besitz von Herman Grimm, sind gedruckt in R. Steigs „Goethe und die Brüder Grimm", Berlin 1892, und wiederholt in den Schriften der G.-G. XIV, 190 ff. — Riemers Hand. Dazu ein Concept von derselben Hand, Abg. Br. 1811/12, 1, woraus zu bemerken: 147, 22 zugesendete aus zugesendeten 148, 1 bergl g aR für diese Überbleibsel 6 Einzelnen gleichsam einen 7 viel] eine 11 ist es auch] zugleich ist es 12 mehreren 15—16 Zu —allerschönsten auf einem angeklebten Zettel 15. 16 Edda Sämundar aus Sämundischen Edda 16 wovon aus davon Armblische 17 nach nach etwas davon (üdZ) zu 19 aber nach und auch zwey Bilder von Ihrem Herrn Bruder in München; es mit Blei über sie 20. 21 wahrscheinlich — geblieben aus Es ist mir wahrscheinlich daß es — geblieben, diesen aus Es wäre möglich daß [sie] es — geblieben [wären] wäre 21 thul aus thäte 149, 6 fehlt. Gedruckt: Steig S. 80, Schriften der G.-G. XIV, 204 — Antwort auf W. Grimms Sendung vom 18. Juni (Steig S. 73, Schriften S. 200), enthaltend die „Altdänischen Heldenlieder, Balladen und

Märchen", Heidelberg 1811; Goethe erhielt die Sendung
am 9. Juli in Jena und beschäftigte sich am 3. und 4. August
in Weimar damit (Tageb. IV, 218, 24. 225, 19. 20). Das Concept seiner Antwort hat Goethe ebenso wie 6182 schon
am 4. August dictirt, wie die Stellung in den Concepthesten
zwischen 6172 und 6173 beweist; beide haben dann, vermuthlich erst am 18., auf angeklebten Zetteln Erweiterungen
erfahren   148, 18 Über Martin Friedrich Arendt aus Altona
vgl. Riemers Mittheilungen I, 412 und Steig a. a. O. S. 45
19 Das verlorne erste Eddalied war „Lied Sigurdurs mit
Brynhilldurs Weissagung"   22 Die beiden noch im Goethehause vorhandenen Bilder Ludwig Grimms sind Nachstiche
von Cranachs Luther und Melanchthon.

6182. Goethes Briefe an Woltmann sind, mit Ausnahme von 3531, gedruckt in den „Deutschen Briefen" I,
Leipzig 1834, hsg. von Caroline v. Woltmann, jedoch mit
Auslassungen (Vorrede S. IV), die nicht im Einzelnen kenntlich
gemacht sind.   Über den Verbleib der Handschriften ist
nichts bekannt.   Unser Brief steht auf S. 1 mit folgenden
Abweichungen: 149, 3 Wohlgebornen] H. W.   4 ersten
22—150, 1 das—wäre fehlt   2 Augenblick   3 aber fehlt   bis
5 sein Verdienst   6 Zukunft wird erkannt werden   7 Kein Absatz   Sie mir diese   7—10 sie—werden fehlt   14 Theil
17 andre   20 Andere   ich feil] sich mit   vielen   22. 23 soll—
freuen] freut es mich   24 die] als   30 zubrachten] lebten   151, 1
früheren   Unser Text folgt an diesen Stellen dem Concept
von Riemers Hand, Abg. Br. 1811/12, 1ᵇ (werthlose Copie
im Kanzler Müller-Archiv), woraus ferner zu bemerken:
149, 7 fehlt   21, 23 auch—Vorgänger. g¹ aR   150, 1 denn
über im   12 eigentlich g¹ über blos   13 aber üdZ g¹ wiederhergestellt   20 ich aus sich   22—151, 2 Indessen—bleiben
auf angeklebtem Zettel für Doch kann die Wirkung, die ich
beabsichtige, nicht außen bleiben.   3—7 Ich — haben] Leben Sie
recht wohl, und bleiben Sie meines Antheils versichert — Antwort auf Woltmanns Brief vom 31. Mai 1811.   Adressat,
seit 1806 geadelt und Geschäftsträger für Hamburg, Bremen
und Nürnberg, war 1811 durch die politischen Ereignisse
„aus allen seinen diplomatischen Posten geworfen"; Goethe
redet ihn hier „Wohlgeboren" an und die Adresse lautet

im Concept und Tagebuch „An Herrn Hofrath Woltmann nach Berlin" (vgl. dagegen zu 6152)   149, 9 Woltmann liess seine Tacitusübersetzung (Berlin 1811—17, 6 Bände) zuerst im Selbstverlage erscheinen und bat Goethe, sich ihrer „wider den entsetzlichen Kastengeist der Philologen" anzunehmen   150, 23 vgl. Tageb. IV, 219, 23   151, 4 vgl. zu 159, 7 und Tageb. IV, 220, 7.

6183. Handschrift unbekannt, nicht im Geh. Haupt- und Staats-Archiv (vgl. zu 6217). Gedruckt: Grenzboten 1857, Nr. 6 — 151, 9 Über Swoboda's beabsichtigtes Gast- spiel ist nichts weiter bekannt   14 Der Tyroler Wastel, Oper von Haibel, war zuletzt am 26. Dec. 1810, Die un- ruhige Nachbarschaft oder Die musikalische Familie, Oper von Müller, zuletzt am 20. April 1811 in Weimar gespielt (vgl. Burkhardt, Repertoire S. 118. 128)   23 vgl. zu 118. 21 152, 9 August Eberhard Müller, vgl. zu 31, 9   11 vgl. zu 118, 20.

6184. Handschrift von Riemer im Archiv der J. G. Cotta- schen Buchhandlung Nachfolger, die im October 1897 die Originale der Briefe an Cotta für Band 22 auf's zuvor- kommendste zur Verfügung stellte   153, 23 welchen   154, 17 inventirt] interbirt? Riemer müsste sich dann zweimal verhört haben, denn das Original ist nicht eine Abschrift des Concepts, sondern (vgl. die Lesarten zu 153, 11. 26. 154, 20) ins Reine dictirt. Dazu ein Concept von derselben Hand, Abg. Br. 1811 12, 69, woraus zu bemerken: 152, 23 anbren gewartet über gehofft   153, 6 gehn unsre   9 bes *Macpts* üdZ   11 nach über seil   18. 19 biesen — Mann] ihn 21 werben nach wah (währten? Hörfehler?)   154, 3 heiten 5. 6 verschafft] giebt   unsres   nach 154, 17 Weimar ben 21. August 1811; der Rest der Seite leer, 13—20 auf der folgenden Seite   13 bis nach eine   21 anbre   21—79 fehlt. Bruchstücke des Briefes sind gedruckt bei W. Vollmer, Briefwechsel zwischen Schiller und Cotta S. 53, Anm. 3, und in H. Düntzers Erläuterungen zu Goethes Werken, Bd. XXXIV (Einleitung zu Dichtung und Wahrheit), S. 27 — Antwort auf Cottas Brief vom 27. Juli 1811 („Acta Die Ausgabe meiner Werke bey Cotta betr. 1805—1814", Bl. 55)   152, 20 vgl. 285, 17. 300, 20   153, 6 vgl. 21, 20. 30, 8. 34, 11. 39, 17.

78, 2. 11. 85, 2. 149, 17. 19. 156, 22. 159, 14. 164, 1. 168, 21. 169, 1. 20.
170, 18. 172, 21. 175, 3. 8. 185, 11. 186, 12. 187, 9. 190, 17. 193. 8.
205, 24. 207, 7. 211, 6. 220, 27. 224, 1. 232, 12. 244, 16. 245, 7.
251, 22. 266, 16. 267, 1. 8. 289, 22. 290, 19. 301, 17. 309, 2. 325, 12.
359, 10. 390, 1   17 vgl. 6150   24 vgl. 25, 22. 286, 24, Tageb.
IV, 225, 9 und G.-Jb. XVIII, 30   29 vgl. zu 136, 7   154, 14
Goethes sämmtliche Schriften, Wien, Anton Strauss. 1808—11
in 15 Bänden, vgl. 172, 7 und G.-Jb. XVIII, 29 f.

6185. Vgl. zu 203. Riemers Hand. Gedruckt: Briefwechsel II, 44 — 155, 4 vgl. zu 118, 20   9 vgl. zu 6178
10 vgl. zu 122, 19   16 Sammlung der hinterlassenen Schriften des Prinzen Eugen von Savoyen, hsg. von Sartori,
Tübingen 1811—21, 8. Abth.; vgl. Tageb. IV, 229, 14   156, 6
Johannes von Spix, Geschichte und Beurtheilung aller
Systeme in der Zoologie nach ihrer Entwicklungsfolge von
Aristoteles bis auf die gegenwärtige Zeit, Nürnberg 1811;
vgl. Tageb. IV, 229, 11   21 vgl. zu XXIII, 128, 1   22 vgl. zu
30, 8   27 vgl. Tageb. IV, 229, 14. 16: „An Hrn. von Knebel
nach Jena mit den Gedichten des Martyin Laguna" [so, nicht
„dem Gedichte" und „Martyni" hat die Handschrift]. Der
in Hexametern abgefasste Brief von Joannes Aloys Martyni-
Laguna an Goethe vom 9. August 1811 (vgl. Tageb. IV, 402)
nennt nicht den „Wingolf, nach Klopstock" und überhaupt
kein einzelnes Gedicht, sondern spricht von „einfachen
Gaben"; über den Verfasser vgl. Goedeke² VII, 276.

6186. Handschrift von Riemer im Besitz des Freih.
C. v. Fritsch auf Seerhausen, mit den übrigen Briefen an
Fritsch 1898 zu nachträglicher Collation eingesandt, die
Folgendes ergab: 157, 6 Hochwohlgebornen; ebenso 158, 12. 17
8 Jahre   9 aufrichtigen   12. 13 unglücklicher Weise   13. 14
benunciiren   16 Herrn   158, 3 Gewerb   4 das zweite an
ist zu streichen   7 Arbeitsstunden   16 Ruhe liebenden   22. 23
Freundes Hände.   24 — 26 g   24 W. Hochwohlgeb.   26 den
27ten Aug. Dann ein Concept von derselben Hand, Abg. Br.
1811/12, 40, das an folgenden Stellen von dem nachträglich collationirten Original abweicht: 157, 13. 14 benunciiren aus benunciren, mit Bleistift (vgl. an 118, 3) wie alle
übrigen Correcturen   17 eben so über gleich   17. 18 und — Art]
ja [aR für und] diese Art hat   23 haussen   158, 4 und an

11 erst fehlt   12 denn es sind aus es sind dies [aR]   13 jene]
die frühern   19 schon einmal aber früher   21 jedoch] aber
22 Oberrichter und Freundes- aus Oberricht(er)liche und freundschaftliche   24—26 fehlt mit Ausnahme des Datums. Gedruckt: v. Biedermann, Goethe-Forschungen I, 247 mit
Abweichungen, die hier nicht aufgeführt sind — 157, 6 In
der hier berührten Angelegenheit schrieb Goethe am
Anfang März 1810 zwei Briefe an Fritsch, deren Concepte
August v. Goethe mit Fritschs Schreiben vom 5. März 1810
zu einem Fascikel „Acta privata. Die einzuschränkende
Haufische Gastgerechtigkeit betr." vereinigt hat; sie werden
in einem künftigen Nachtragsbande ihre Stelle finden.

6187. Vgl. zu 6136. Eigenhändig. Datum von der
Hand der Adressatin „30ten August 1811". Gedruckt: Briefe
an Frau v. Stein² II, 422 — 159, 1 Caroline v. Günderode
„Gedichte und Phantasien" 1804, „Poetische Fragmente"
1805; auf ihre Poesieen war Frau v. Stein vermuthlich
durch Bettina v. Arnim geführt, die seit dem 25. August in
Weimar war (vgl. Schriften der G.-G. XIV, 355)   2 Histoire
du chevalier des Grieux et de Manon de l'Escot par Pre-
vost d'Exiles, 1743, vgl. Werke 30, 73, Tageb. IV, 206, 7,
Riemer, Mittheilungen II, 621. 716   4 vgl. Tageb. IV,
230, 13.

6188. Vgl. zu 5409. Eigenhändig. Gedruckt: Briefwechsel S. 112 — 159, 7 vgl. zu 151, 4   10 Carl Emil Freiherr Spiegel von und zu Pickelsheim, Kammerherr und
späterer Oberhofmarschall   12 vgl. zu 20, 14   14 vgl. zu 30, 6.

*6189. Concept von Riemers Hand, Abg. Br. 1811/12, 71
160, 1 Hochwürdiger nach IDohlgeborner   2 hochansehnliche] hoch
g üdZ   mit nach mich   10 auf üdZ   13 der Gesellschaft üdZ
14 Sie üdZ — Adressat, Professor in Erfurt (vgl. A. Pick,
Professor Jakob Dominikus, der Freund des Coadjutors von
Dalberg, Hamburg 1894), hatte mit einem Begleitschreiben
vom 3. Sept. (Eingeg. Br. 1811, 190) das Diplom der Erfurter
Akademie übersandt   160, 6 Am Napoleonstage, dem
15. August.

6190. Handschrift von Riemer in Hirzels Sammlung,
hier nach einer Abschrift G. Witkowskis   162, 1 jener g
über der   12—14 Mit Ausnahme des Datums g   Dazu ein

Concept von derselben Hand, Abg. Br. 1811,12, 71, (werthlose Copie im G.-Sch.-Archiv, alph.), woraus zu bemerken: 161, 9 erwidre 10 da fie über die mit Blei (vgl. zu 113, 6) wie alle übrigen Correcturen, mit Ausnahme von 162, 8. 9 und 162, 10 20 bloß] nur 24 gebe aus geben muß 25 zwar über wohl 162. 1 lener] der auch bey der über und zur 2 Würdigung aR für Schätzung 2. 3 keineswegs 3 erfahren 5 durch eigene 6. 9 als — fortfahren] zuerst: fröhlich darin fortfahren, als auch durch die Theilnahme des Publicums glücklich aufgemuntert dann fröhlich darin fortfahren durch Umzifferung ans Ende gestellt 10 mit nach mich bef[onderer] ans vor[züglicher] 12 — 14 fehlt; erst Eckermann (vgl. zu 6174) hat beigeschrieben „d. 11. Septr. 1811", offenbar bestimmt durch die Concepte zu 6189. 6191, zwischen denen das unsrige steht. Abgedruckt von G. Weinstein in der Berliner „Tribüne" vom 28. August 1881 — Antwort auf den Brief, mit dem von der Hagen am 21. Juli (Eingeg. Br. 1811, 156) Goethe den ihm gewidmeten ersten Band von „Der Helden Buch", Berlin 1811, übersandte; vgl. Tageb. IV, 401.

6191. Vgl. zu 4918. Gedruckt: v. Biedermann, Goethes Briefwechsel mit Fr. Rochlitz, Leipzig 1887, S. 124 164, 11 aufrufen] anrufen v. Biedermann, abweichend von O. Jahn (Goethes Briefe an Leipziger Freunde" S. 376) und von dem Concept von Riemers Hand, Abg. Br. 1811/12, 72 (werthlose Copie im Canzler Müller-Archiv, Nr. 762), woraus ferner zu bemerken: 162, 12 auf nach wieder 23 dem] den 163, 12 Schauspielers 13 einer nach de[r] 19 ja durch Puncte wiederhergestellt 20 daß nach fie zu kennen 21 nicht nach auch 22 zurückgekehrt 24 es nicht mißbilligen aR für diese meine Gründe mir verzeihen 164, 12 Weimar fehlt 13 — 14 Ew. — Goethe fehlt — Antwort auf R's Brief vom 26. Aug. 1811 (v. Biedermann, S. 121) 162, 11 Rochlitz verlebte den Juli mit seiner Frau in Bad Liebenstein 21 Rochlitz erbat für den Freiherrn Christian Truchsess v. Wetzhausen auf Bettenburg (vgl. ADB. 28, 679), „der ehemals in Cassel der Götz hiess" (Tageb. III, 32, 15), die Bühnenbearbeitung des Götz von Berlichingen (vgl. XXI, 335, 7) 104, 1 vgl. zu 30, 6 2 vgl. zu 30, 6.

*6192. Handschrift von Riemer im G.-Sch.-Archiv (alph.), aus G. v. Loepers Besitz erworben im October 1888 164,23 zu werden steht hinter gezeichnet, ist aber durch eine Schleife an die jetzige Stelle hinuntergezogen — 164,19 Der Geheime Rath Johann Friedrich v. Koppenfels starb am 18. September 1811, vgl. G.-Jb. IV, 336.

6193. Handschrift, eigenhändig, im Besitz des Ingenieurs Ossent in Wiesbaden; eine Abschrift verdanken wir Herrn Dr. H. Stümcke, der den Brief inzwischen im Euphorion IV, 812 veröffentlicht hat 165,11 beffelben 21 werbe fehlt. Das Original trägt von der Hand des Empfängers den Vermerk „B[erlin] 1 Oct. 1811"; das Datum ergiebt sich aus einem Vermerk Goethes auf Behrendts Brief vom 7. Sept. und aus Behrendts Antwort vom 12. Oct. 1811 (Convolut des G.-Sch.-Archivs „Hackerts Erben" Bl. 35. 37). Der Name des Empfängers lautet bei 5478. 5936 und im Tageb. IV, 130, zu. 118,24 falsch Berends oder Behrends; die richtige Form, die sich aus seinen Unterschriften ergiebt, braucht Goethe im Tageb. IV, 238,17 und in den Werken 46, 389 — 165,11 Die 400 Thaler bezog Goethe, wie das Tagebuch und die Rechnungen von 1811 (vgl. auch 170,1) ausweisen, von Frege & Co. in Form einer Assignation an den Hofschauspieler Haide in Weimar und sandte am 20. October 200 Thaler für Behrendt an die inzwischen von diesem bezeichnete Firma Anger & Co. in Leipzig 17 Da der preussische Staat von dem ursprünglich geplanten Ankauf der Hackertschen Sammlungen zurücktrat, wollten die Erben eine Lotterie veranstalten 23 Das Taxat der Gemmen Hackerts war von dem Berliner Steinschneider Calandrelli erfolgt 166,6 vgl. zu 5936.

6194. Handschrift, eigenhändig, in Hirzels Sammlung; hier nach einer Abschrift G. Witkowskis 107,7 lies Abbonnenten, vgl. XVII. 257,6 Gedruckt: H. Uhde, Zum Andenken Goethes. Beilage zur Allg. Zeitung 1878, Nr. 359 — Zur Sache vgl. den Brief Charlotte v. Schillers an die Erbprinzessin Caroline Louise von Mecklenburg-Schwerin vom 3. Oct. 1811 (Urlichs, Charlotte v. Schiller I, 601). Ihre Antwort an Goethe ist nicht erhalten.

6195. Die Originale von Goethes Briefen an Louise Seidler (vgl. zu 6083) befinden sich seit April 1899 im

G.-Sch.-Archiv als Geschenk von Fräulein Caroline Solger in Dresden, 17 an Zahl, also nicht mehr vollzählig, wie sie H. Uhde vorlagen. Auch unsre Nummer fehlt im eigenhändigen Original und ist hier nach dem Abdruck in H. Uhdes Erinnerungen und Leben der Malerin Louise Seidler, 2. Auflage, Berlin 1875, S. 66 wiedergegeben — 167, 11 Louise Seidler hatte aus Dresden ein Pastellportrait nach Mengs übersandt, welches diesen in seiner Jugend darstellte (Uhde³ S. 66); es befindet sich noch jetzt im Goethehause, vgl. Schuchardt, Goethes Kunstsammlungen I, 329.

*6196. Vgl. zu 6150. Eigenhändig 169, 6 öffentlich 7 bende] lies bande 170, 2 September] S. Citirt in H. Düntzers Erläuterungen zu den Deutschen Klassikern, Bd. XXXIV (Einleitung zu Dichtung und Wahrheit), S. 28. Dazu ein eigenhändiges Concept von 169, 2—22 in dem Fascikel des G.-Sch.-Archivs „Acta die Ausgabe meiner Werke bey Cotta betr.", Bl. 59, woraus zu bemerken: 169, 10 Ew. nach Sie 16 Bedenklich 17 wünschenswerter aR für anständiger und] ja 20 meine biographischen Confessionen 22 früher wohl überdacht 23. 24 vorbereitet 24 Ihre einsichtige 25 mir fehlt vorkommt] genug ist 26 Estaffete 27 mit — Post] die eilende Post mir — 168, 17 Vom 17. September 1811 (in dem gleichen Fascikel, Bl. 56) 18 „Den Schluss des Manuscripts zum 5. Buch" von Dichtung und Wahrheit sandte Goethe am 7. Sept. ab, das „Vorwort zum 1. Theile" wird am 8. und 19. Sept. erwähnt (Tageb. IV, 232, 1. 10. 234, 17) 169, 1 Der zweite Theil von Dichtung und Wahrheit erschien erst im October 1812, vgl. 245, 2. 207, 9 und XXIII, 110, 1 7 Die Zueignung an die Erbprinzessin Caroline Louise ist nicht erfolgt 8 Cotta schrieb am 17. Sept.: „Um übrigens auch den Nachdruker eine Aufgabe zu geben, will ich eine HandAusgabe von Ihren Werken mit Petit gedrukt für 3 Laubthaler ankündigen" 13 Der ersten Cotta'schen Gesammtausgabe (A); über die geplante, nicht erschienene Taschenausgabe vgl. 176, 2 und XIX, 43, 5 19 Der erste Plan zur zweiten Cotta'schen Gesammtausgabe (B) 27 Cotta antwortet am 1. October, vgl. zu 6202 170, 1 vgl. zu 165, 11.

6197. Vgl. zu 6136. Eigenhändig. Gedruckt: Briefe an Frau v. Stein² II, 423. Datum von der Hand der Empfängerin: „Den 28ten Sept.: 1811 als er mir sein Leben überschickte“ — 170, 13 „Opferbierchen“ in Hinblick auf die Oper „Das unterbrochene Opferfest“, die am 27. Sept. geprobt und am 28. aufgeführt wurde? 18. 19 Durch Übersendung des I. Theils von Dichtung und Wahrheit im Manuscript 19—21 Am 13. September war (nach Riemers Mittheilungen I, 33) der Zusammenstoß Bettinas mit Christiane auf der Ausstellung erfolgt, in Folge dessen Goethe der ersteren sein Haus verbot; Frau v. Stein scheint durch Übersendung eines Bettinaschen Billets einen vergeblichen Vermittlungsversuch gemacht zu haben, vgl. Schriften der G.-G. XIV, 355 f. und Briefe an Frau v. Stein² II, 423.

6198. Vgl. zu 4917. Riemers Hand 171, 15 ihm] ihn Dazu ein Concept von derselben Hand (werthlose Copie im G.-Sch.-Archiv, alph.). Abg. Br. 1811/12, 75ᵇ, woraus zu bemerken: 171, 9 von andern 15 ihm] ihn 23 Plutarch 172, 5 mir über uns 14 an aus in 16 nichts 24 wohnt aus gewohnt 27 ertüdliche über liebreiche 173, 13 und nach sowie 24 zum Ersatz nachträglich eingefügt 25 b. 28. Sept. 1811. g aR Gedruckt: Bernays, Goethes Briefe an F. A. Wolf S. 115. Hier sei bemerkt, dass sich Varnhagens von Ense Abschriften der Briefe Goethes an F. A. Wolf (vgl. G.-Jb. XIV, 69. 71 und 135 f.) im G.-Sch.-Archiv befinden. Goethe hat sie in ein Couvert eingesiegelt, das von J. Johns Hand die Aufschrift trägt: Meine Briefe an Geh. Rath Wolf abschriftlich von Varnhagen von Ense. NB. Die Abschriften seiner Briefe an mich von Johns Hand in Fol. sind aufzusuchen. — 171, 6 Über Goethes Beziehungen zu Arthur Schopenhauer vgl. G.-Jb. IX, 96 14. 15 Im Mai und Juni 1811, vgl. Tageb. IV, 240, 27, Werke 36, 70 172, 1 Von Kaltwasser, vgl. Bernays S. 115 7 vgl. zu 154, 14 8 Geht nach Bernays S. 115 auf Kotzebues „Biene“, die 1808/10 erst als Quartals-, dann als Monatsschrift erschien 13 vgl. zu 30, 11 21 vgl. zu 30, 9 24 vgl. „Genialisch Treiben“, Werke 11, 272 25 Aristophanes' Wolken, eine Komödie griechisch und deutsch, Berlin, bei G. C. Nauck, 1811. Wolf

las seine Übersetzung am 21. Juli 1810 in Karlsbad vor
(Tageb. IV, 141, 18)   173, 16 vgl. Werke 36, 342, Charlotte
v. Schiller I, 597, Knebel an Goethe, 20. Sept. 1811 (Briefwechsel II, 47) an Henriette, 25. Sept. 1811 (Briefwechsel
S. 508).

*6199. Concept von Riemers Hand, Abg. Br. 1811/12,
75   174, 11 ben   16 unfern   17. 18 beyfällige über günstige
24 verehrlichen nachträglich eingefügt   Ober- aus oberm
175, 4 g — 174, 3 In den Theateracten des G.-Sch.-Archivs
nicht erhalten; vgl. zu 6148.

6200. Vgl. zu 6136. Eigenhändig. Gedruckt: Briefe
an Frau v. Stein² II, 424 — Zur Sache vgl. 6196f. 6201,
Briefe an Frau v. Stein² II, 423. H. Düntzer (Charlotte
v. Stein II, 354) weist das Billet ohne ersichtlichen Grund
dem 5. October zu.

6201. Vgl. zu 6136. Eigenhändig. Gedruckt: Briefe
an Frau v. Stein² II, 424 — Fällt bald nach 6200, denn
schon am 10. October erinnert Frau v. Stein, im Begriff
nach Kochberg abzureisen, den Dichter an die ihr versprochenen folgenden Theile vom Märchen seines Lebens
(Eingeg. Br. 1811, 214, Briefe an Frau v. Stein² II, 424).

*6202. Vgl. zu 6150. Eigenhändig   177, 17 Übertragen
Dazu ein eigenhändiges Concept in dem gleichen Fascikel
wie 6196, Bl. 60, woraus zu bemerken: 175, 14 dasjenige
nach auf diese Weise   15 wohl üdZ   16 zu concentriren] in's
Enge zu fassen   17 Betrachtung   176, 1 außer über nächst
4 jener über der Hauptausgabe   4. 5 völlig verschieden   5 kleine
Faust aus besondrer Abdruck Faust³   7 nach gleichzeitig folgt
üdZ würden   hervortreten fehlt   8 erfolgen (!) würden aus
erfolgten   12. 13 ich überhaupt Ew.   13 so nach freywilligen
und durchstrichenem Spatium   was] welches   14 gefühlten
15 Sollte] Soll über Da   17 Auflage aus Ausgabe   18 ich
fehlt   eine von mir vorbereitete   19 noch fehlt   19 Verhältnissen, seit einiger Zeit, Notiz   177, 3 bey nach vielleicht
wechselseitiger fehlt   Erklärung] Behandlung   wohl] eher über
bequem   8 jene von mir vorgeschlagene   neue nach wahrhaft
9 Mittel zur Ausgleichung wobey aus indem sich dabey   10 zu-
stehenden] zuständigen in ein zwischen noch und zwey frei-
gelassenes Spatium nachträglich eingesetzt   12 — 20 fehlt

— 175, 13 Vom 1. October 1811 (in dem gleichen Fascikel, Bl. 57), vgl. zu 6190   176, 9 vgl zu 169, 13   6 Fanst. Eine Tragödie. von Goethe. Tübingen, 1808, in Seden, vgl. Hirzels Verzeichnis, 1884, S. 66   9 Cotta schrieb am 1. October: „Diese HandAusgabe solte ein Abdruk der OktavAusgabe in klein Oktav wie Pfeffels Schriften gedrukt werden," bei engerem Druck und billigerem Papier für den Subscriptionspreis von 3 bis 4 Laubthaler. „Dieser Plan, schon seit 1½ Jahren angezeigt, blieb wegen so manchem andern unausgeführt, wurde jetzt aber nothwendig da die OktavAusgabe nahe am Ende ist. Mit dieser Ausgabe würde ich zureichen bis die in unserm Contract festgesezte Zeit abgeloffen seyn wird ... Jezt schon an eine complete Ausgabe zu denken, scheint mir nicht räthlich."

*6203. Vgl. zu 6161. Riemers Hand   176, 14 glaubte üdZ   179, 6 Ihr [vor Perſon] üdZ   Mit dem Vermerk des Empfängers: Antwort am 17 Novb. nochmal geſchrieb. am 3 Dezbr. Darmſt. Dazu ein Concept von derselben Hand, Abg. Br. 1811/12, 74, woraus zu bemerken: 176, 14 beſlagen zu bürſen mit Blei (vgl. zu 113, 18) aus zu beſlagen ein Recht zu haben   so um mit Blei über u[nb]   17 anbres Anſehn   179, 6 für [nach alſ] fehlt — 177, 11 Vom 7. October 1811, ungedruckt   176, 13 vgl. Schriften der G.-G. XIV, 22. 319   24 Über Johann Baptist Bertram (1770—1841) vgl. Salpis Hoimeróe I, 16 ff.

*6204. Concept von Riemers Hand, Abg. Br. 1811/12, 73 (werthlose Copie im G.-Sch.-Archiv, alph.)   179, 13. 14 nachträglich vorgesetzt   16 Geſpräche g¹ für Unterhaltungen   17 Ihrem Hierſeyn mit Blei (vgl. zu 113, 18) aus Ihrer hieſigen Gegenwart   17 die über welche   18 ergreifen g¹ über bezwingen   21 Einſicht unb mit Blei aus ſoviel Einſicht alſ   180, 1 Ordnung unb mit Blei aus ſoviel Ordnung alſ   so barſtellen, mit Blei aus barſtellen, ſo   8 damit mit Blei über hierdurch   10 Kunſtgenoſſen nach ſeine   13 im Beſondern unb g¹ über im   19 anbrem mit Blei aR für Laien   20 nur nach es uns   einiger Bequemlichkeit aus einer gewiſſen Conſequenz   21 lieben g¹ über vorziehen   und, weil g¹ über wir wenn   22. 23 unſern allgemeinem g¹ aus allen unſern   23 bienen g¹ über brauchen 26 die g^1 über welche 27 Weltall g^1 über Himmel 181,2 genauere über nähere — Datum nach dem Tageb. IV, 239,1; Antwort auf den Brief des Adressaten vom 12. October (Eingeg. Br. 1811, 218, vgl. P. v. Ebart, Bernhard August v. Lindenau, Gotha 1896, S. 19) 179,11 Am 20. April 1811 (Tageb. IV, 200,6) 19 „Eine kleine Abhandlung" über den Cometen von 1811 180,7 v. Lindenau schrieb: „Wahrscheinlich würde ich im Eingang etwas anders gesprochen haben, wäre ich früher so glücklich gewesen, Ew. Excellenz schöne Ansicht über die Bewegungs Gesetze der Materie zu kennen. Doch dünkt mich dass die mathematische Behandlung von Ihrem Begriff nur in Worten nicht im Wesentlichen unterschieden ist."

6205. Vgl. zu 5941. Handschrift unbekannt. Gedruckt: Strehlke II, 35 182,10 voraussagt] voraussetzt Strehlke; hier verbessert nach dem Concept von Riemers Hand, Abg. Br. 1811/12, 78, woraus ferner zu bemerken: 181,7 Wohlgeborne 10 besondre 11 reichen Gehalt g auf g^1 aR bem [nach Gehalt] fehlt 12 der glücklichen Bearbeitung g auf g^2 aR 13 gewidmet 14 noch werther mit Blei (vgl. zu 113,16) aus besonders werth 31 höchstschätzbare g auf g^1 aR für vortreffliche 182,2 Herrn fehlt 2 bestens nach gleichfalls 15 ältern 16 neuern g aus neuern 21 sogar g über oft 22—24 g aR zu einer zu 183,2 Betrachte mit Blei aus Bedenken 188,1.2 abgelegenen mit Blei über fernen 4.5 Deutschland ergriffen g aus in Deutschland entsprungen 6 glaube aR für kann Ihrem nach mir von 7 Unternehmen Eckermann (vgl. zu 57,19.20) auf ausgewischter Bleistiftschrift über Vorhaben 10 gebeißen g aus gereichen eher mit Blei, von Eckermann mit Tinte überzogen, über mehr 14 Programms 18 wird über soll 22.24 fehlt — 181,6 Passow übersendet mit einem Begleitschreiben vom 20. Sept. (Eingeg. Br. 1811, 199) durch Johannes Schulze am 9. Oct. (Eingeg. Br. 1811, 213, nicht 9. August, wie Tageb. IV, 404 zu lesen) seine Übersetzung von Longus, Daphnis und Chloe, Leipzig 1811. Goethe hatte den Roman in der Übersetzung von Amyot bereits im Juli 1807 gelesen (vgl. Tageb. III, 244,12, Riemers Mittheilungen II, 642) und sich am 12. Sept. 1811 (Tageb. IV, 233,16) wieder mit ihm beschäftigt 17 Passow hatte zuerst die von P. L. Courier 1810 in einer Florentiner Handschrift entdeckte Stelle (vgl. Morgenblatt 1810, Nr. 224) in seine Übersetzung aufgenommen   182,1 Passow übersandte eine mit R. B. Jachmann (vgl. ADB. 13, 528) gemeinsam verfasste Schrift über die Neuorganisation des Unterrichtswesens und theilte Goethe seinen Plan eines „Archives deutscher Nationalbildung" mit, dessen erster Jahrgang in der That 1812 erschien; vgl. Passow an Jacobs, 20. Nov. 1811 (Strehlke II, 34) und Knebel an Henriette S. 452   77 Peter Simon Pallas, Naturforscher (1741—1811), vgl. ADB. 25, 81   188,3 Jenkau bei Danzig   4 Über Goethes Verhältniss zu Pestalozzi vgl. G.-Jb. VI, 99. XI, 106. Ungedruckte Briefe von Pestalozzi liegen im G.-Sch.-Archiv.

6206. Handschrift von Riemer im G.-Sch.-Archiv (alph.) als Geschenk des Herrn Dr. C. Schütze in Kösen   184,2 größer g aus Raummangel am Zeilenende   34 zu üdZ Dazu ein Concept von derselben Hand, Abg. Br. 1811/12, 77 (werthlose Copie im Kanzler Müller-Archiv Nr. 747), woraus zu bemerken: 183,25.26 der — Erwartungen] zuerst der beschwerlichsten Zulagen zum Leben, daraus g ernste ahnungsvolle Erwartung, endlich mit Bleistift (vgl. zu 113,18) die jetzige Fassung, wobei die Änderung von Erwartung in Erwartungen unterblieb   26 denenjenigen g aus diejenigen   die nach zu erwarten haben   184,1 verschwebt g üdZ; die Änderung in schweben scheint aus Versehen unterblieben zu sein   oft g über sie   3 gerissen werden g über gehn sehen   5 habe viel nach sehr   7 mich auch in   eigenes   9 Eigenschaften aus Leidenschaften Hörfehler   10 erinnerte   11 deren [nach Natur] g über und   18.19 zunächst — Beruhigung g aus die unmittelbarste Beruhigung, dieses g aus den unmittelbarsten Trostgrund   22 und Bildung alt   24 zu g üdZ   26 ergetzen g in ergötzen verwandelt, dann wieder hergestellt   185,2 ununterbrochnem   Gedruckt: A. Nicolovius, Denkschrift auf G. H. L. Nicolovius, Bonn 1841, S. 201 — 184,4 Louise Nicolovius, geb. Schlosser, Goethes Nichte, starb am 28. September 1811   11 Goethes Schwester Cornelia, Schlossers erste Frau.

6207. Vgl. zu 5409. Riemers Hand. Dazu ein Concept von derselben Hand, Abg. Br. 1811/12, 79[b], woraus zu bemerken: 165,10 beym Abschreiben aus der Abschrift   langen

üdZ   20 unsere   21 ersten Male   186, 2—7 Doch — worden
üR   2 bin ich überzeugt über erkenne ich wohl   3 noch üdZ.
   vortheilhaft über günstig   4 wenn über wäre   so lange an
über von   5 gelebt nach gekommen   6. 7 geleitet nach ein-
g(enommen?)   9 Meine aus Mein   Jugendgeschichte nach
Büchlein wird Ihnen   13 meiner] mein   sowohl Gedruckt:
Briefwechsel S. 116 — 185, 9 Vom 7. Sept. 1811 (Briefwechsel S. 112)   10 vgl. Tageb. IV, 234, 7   11 Den ersten
Band von Dichtung und Wahrheit   13 vgl. zu 151, 4
14 Abgedruckt im Briefwechsel S. 113   23 Goethe sagt dort
von den Franzosen, „qu'ils étoient plus judicieux que leurs
voisins" in Eröffnung neuer Bildungswege   186, 8 Reinhard schrieb die französische Relation ab, „um Goethe gegen
sein Misstrauen in seine Kenntnisse der französischen
Sprache zu waffnen".

   Zwischen 6207, 8 fällt folgender Brief an den Kanzler
v. Gutschmidt in Merseburg, den Goethe am 29. October (Tageb. IV, 240, 3) in Kirms' Rolle verfasste (Concept
von Riemers Hand in den Theateracten des G.-Sch.-
Archivs, Fascikel: „Halle I", Bl. 36):

Hochwohlgeborner
Insonders Hochgeehrtester Herr Canzler

Wenn den hochansehnlichen Merseburgischen Stifts-Behörden
die Herzogliche Weimarische Hof Theater Commission in dem
Lauf mehrerer Jahre gar manchen Dank schuldig geworden und
von denenselben auf mehrfache Weise Assistenz, Förderniß und
Begünstigung erfahren hat; so ist sie um so mehr gegenwärtig
in Verlegenheit, da bey dem Ablauf der Concessionsjahre die
Umstände sich dergestalt erweisen, daß der Bitte um Erneuerung
der bisher genossenen Vergünstigung die größten Bedenklichkeiten
im Wege stehen.

Es sind nämlich die letzten Sommer, besonders aber der des
laufenden Jahres, keineswegs für uns ersprießlich und vortheilhaft
gewesen, sodaß man diesmal mit einem ansehnlichen Verlust zurückgekehrt wäre, hätte man nicht, durch einen Aufenthalt in Halle, jenen
Lauchstädter Ausfall gedeckt und sich des gehabten Schadens einigermaßen erhohlt. Wir verkennen keineswegs die besondere Begünstigung, die uns sowohl bey dem Hausbau als auch sonst in

der bisherigen Commissionszeit geworden; ja haben uns der unternommenen Pflicht in den letzten Jahren mit vorauszusehendem Nachtheil unterzogen: allein gegenwärtig finden wir uns durch die Lage der Sache abgehalten, um Erneuerung der uns bisher gegönnten Concession abermals nachzusuchen, indem wir wegen des offenbar zu befürchtenden Verlustes verantwortlich seyn würden.

Unterzeichneter hat daher den Auftrag erhalten mit Ew. Hochwohlgebornen in dem alten schon oft erprobten Vertrauen über die Sache zu conferiren, und sich Dero erleuchtetes Sentiment zu erbitten. Ich kann nicht läugnen, daß man sich, bey den ansehnlichen Vortheilen, welche der Aufenthalt in Halle anbietet, mit der dortigen Bade-Direction in Unterhandlungen eingelassen und gesinnt ist, den Sommeraufenthalt hauptsächlich in Halle auszuschlagen, wobey man sich jedoch vorbehalten, zweymal die Woche von Halle aus in Lauchstädt zu spielen. Da man jedoch dem dortigen Interesse durch ein solches Anerbieten nicht ganz genug zu thun glaubt, so würde man nichts zu erinnern finden, wenn einer andern benachbarten Schauspielergesellschaft die Concession, in Lauchstädt zu spielen, ertheilt würde. Eine solche wird vielleicht eher ihre Rechnung daselbst finden, theils weil sie in der Gegend neu ist, theils weil ihre Versetzung von einem Orte zum andern nicht so kostspielig als die von unserm Theater seyn möchte. Man würde hiesiger Seits alsdann gegen ein billiges Pachtgeld das Schauspielhaus der neu eintretenden Gesellschaft während der Spielzeit überlassen und etwa abwarten, in wie fern nach Verlauf einiger Jahre irgend eine günstige Veränderung eintreten möchte.

Ew. Hochwohlgebornen bleiben versichert, daß ich für meine Person höchst ungern den gegenwärtigen Auftrag vollziehe; wie ich denn mit einer solchen Äußerung noch länger gezaudert hätte, wenn ich es nicht für unerläßliche Schuldigkeit hielte Denenselben zu gehöriger Zeit von der schwierigen Lage in der wir uns befinden auslangende Nachricht zu geben. Ich empfehle sowohl mich selbst als die Sache, da uns ein gewogenes und zutrauliches Verhältniß auch für die Zukunft höchst wünschenswerth bleibt, Ew. Hochwohlgebornen besonderm Wohlwollen, der ich die Ehre habe mich mit vorzüglicher Hochachtung zu unterzeichnen

Ew. Hochwohlgeb.

Weimar, d. 26. Octob. 1811.   pp.

F. R.

6208. Vgl. zu 6106. Riemers Hand. Dazu ein Concept von derselben Hand, Abg. Br. 1811/12. 80ᵇ, woraus zu bemerken: 166,13 weniger über mehr 24 Uben 187,3 Handschuh 8 besondre 14 sage über brauche 21 weiter 22 verschwinden 188,2 niemals Gedruckt: Frese, Goethe-Briefe aus F. Schlossers Nachlass S. 42 — 166,22 Im Tagebuch nicht erwähnt 24 Am 5. Sept. 1811, vgl. Tageb. IV, 231,19 und zu 6167; Schlosser schreibt am 31. Aug. 1811 („Acta Die väterliche Erbschaft betr. 1808", Bl. 103), er werde das Notizenbuch seines Vaters und den hölzernen Becher, beide zu gross um Herrn v. Uhden damit belästigen zu können, mit der ersten bequemen Gelegenheit nachschicken 187,2 Wohl ein Sohn von Johann Jost Textor. vgl. ADB. 37, 631 5 vgl. zu 74,6 8 vgl. zu 30,4. 185,11 14 vgl. zu 130,19 21 Christian Schlossers bedeutender Brief aus Castello bei Rom vom 2. September 1811 liegt ungedruckt im G.-Sch.-Archiv 188,1 vgl. zu 6206.

Zwei amtliche Erlasse der „Commissio" vom 28. Oct. 1811 an „die männlichen Mitglieder des Hoftheaters" (Schriften der G.-G. VI, 193) und an Demoiselle Häsler bleiben von der Briefausgabe ausgeschlossen.

Ein von Strehlke (I, 232. III, 149) unter'm 1. Nov. 1811 verzeichneter Brief an Georg Gottlieb Güldenapfel gehört in's Jahr 1821.

6209. Handschrift des eigentlichen Briefes, eigenhändig, 1884 im Besitz von J. A. Stargardt in Berlin (vgl. G.-Jb. VI, 383 und Katalog 31 von A. Spitta in Berlin, Nr. 147?), abgedruckt von G. Weinstein im G.-Jb. XI, 87; Concept der Beilage, ebenfalls eigenhändig, im G.-Sch.-Archiv (alph.) auf einem gebrochnen Folioblatt. Daraus zu bemerken: 189,14 wie nach besonders letzten Instructionen 16 findet sich über ist 16.17 im Falle aus in dem Fall 17 kein nach indem er auszubilden aus ausbildet und üdZ 18 dadurch von üdZ 19 von aR Fürsten vor auf mancherley Weise beurtheilt und aR 19.20 gekannt aus bekannt 23 höchster nach des 24.23 anheimgebend nach überlassend 190,3 daß nach die 4 zu der aR für die gnädigste] gn. üdZ 7 solchen nach so gewandt nach nü(tzlich?) 10 überlassend nach anheim gebend Auf der Rückseite g ver-

kehrt geschrieben die Worte Von Ilmenau angekomm(ne
Mineralien?). Die Bezeichnung des Umlauts fehlt häufig —
Am 24. Oct. schreibt Voigt an Goethe (Eingeg. Br. 1811,
226): „Sobald der Herzog zurückkommt, frage ich wegen
eines — mir nicht sogleich deutlichen Auftrags an, den ich
bey der Abreise erhielt, um mit E. E. wegen des Herrn
Sohnes Anstellung zu conferiren. Alsdenn werde ich mich
des gnädigsten Befehls entledigen"; am 26. Oct. kehrte der
Herzog zurück, am 29. fand Voigts Unterredung mit Goethe
statt (Tageb. IV, 239, 27. 240, 6)   188, 19 == Beilage   17
Goethe war vom 30. Oct. bis 7. Nov. in Jena (Tageb. IV,
240 f.)   21 vgl. 6396/7   190, 4 August v. Goethe hatte am
10. October 1810 den Character als Kammerassessor erhalten.
Die 190, 1 angesprochene Bitte wurde, da der Herzog sie „in
gnädigen Betracht zog", von Goethe „etwas umständlicher
motivirt" in einem an Carl August gerichtetem Schreiben
wiederholt, das als 6237* im Nachtrag steht.

6210. Handschrift, eigenhändig, im Besitz des Herrn
Geh. Justizrathe R. Lessing in Berlin, der sie im Nov. 1897
zur Collation einsandte   191, 7 Diesem] Tiefen Übel mit
Rasur aus Übeln   27 Wohlbefinden Schreibfehler   Dazu ein
Concept, ebenfalls eigenhändig, Abg. Br. 1811/12, 82 (werthlose Copie im Kanzler Müller-Archiv, Nr. 759), woraus zu
bemerken: 190, 11. 17 fehlt   17 aufgeführte] aufgestellten
21 der manigfaltigen schönen   22 im] zum   191, 4 bey sobiel
Spannungen bey f unvermeidlicher   5 oft über noch, dieses
nach gewöh(nlich)   6 Geschäft daraus sich   abzusondern aus
zu trennen   7 von—trennen aus gegen andre zu verhetzen   8 die
aus nun   Gottheiten aus Götter   10. 11 Misverständnisse] die
Misverhältnisse   17 so anhaltenden, so schönen aus anhaltendern
und schöneren   von derselben über davon   21 Ihnen fehlt
22 empfiell   23 Ihnen aR für Sie   26 der] den   Quellen (?)
192, 1 Ihrer aus Ihrem   1. 2 unvergleichlichen fehlt   4 bringensie
6 wiederhohlte (?)   9 Weimar fehlt; Datum aR   Gedruckt:
Katalog der (Berliner) Goethe-Ausstellung. 1861. Zweiter
Abdruck, S. 34, und darnach bei Strehlke II, 67 — 190, 11
vgl. zu 30, 5. 185, 11   191, 29 Goethe und Christiane
verkehrten in Carlsbad im Juni 1811 viel mit E. v. d.
Recke, vgl. Tageb. IV, 211, 24 — 215, 3, Charlotte v. Schiller

1, 395   192,3 Herzogin Dorothea von Kurland, vgl. zu 6114.

6211. Concept, eigenhändig. Abg. Br. 1811,12, 84   192,14 feinem am Zeilenende   16 hoffte aus hoffe   solle aus solle   19 weiße   198,11 uns üdZ   77 ja nach bef(chämt?)   23 aufzunehmen gedachten aus aufnehmen wollen   er verweile aus verweilen möge   194,1 meinen Scizzen aus Scizzen von mir   ausgeführt nach c(erfertigt?)   eine nach ich   3 vor-stellt   3 zu gebenden   11 In dem aus Dem Hohen Clary-schen! Clarys- am Zeilenende   13 mein nach mich   16 aR Die Bezeichnung des Umlauts fehlt häufig, wie im Concept von 6209. Eine Copie des Concepts im Kanzler Müller-Archiv Nr. 736, auf die Werners Druck (Goethe und Gräfin O'Donell S. 41) zurückgeht, ist durch zahlreiche Fehler entstellt. Geschrieben ist das Concept am 3. November; das hinzugesetzte Datum ist der Tag der Absendung, vgl. Tageb. IV, 241,6 (wo fälschlich Sperrdruck) und 8 — 192,18 vgl. zu 54,3   24 Der Fürst von Ligne (vgl. zu 54,10.11) war vom 12. bis 17. Oct. 1811 in Weimar, vgl. Tageb. IV, 237,31—238,17, Werner S. 30 und Briefe an Frau v. Stein* II, 654   11 vgl. Tageb. IV, 238,16   16 vgl. Tageb. IV, 241,76   17 Titines am 6. November bevorstehende Ver-mählung mit dem Grafen Moriz O'Donell, vgl. Werner S. 40. 46   76 Christian Gottlob Hammer, Kupferstecher in Dresden (1779—1864), vgl. Werner S. 207 und Schriften der G.-G. III, 8   11 Über das Clarysche Haus in Teplitz vgl. Werner S. 45.

6212. Vgl. zu 4102. Riemers Hand   195,17 hundert-[fältig] hundertfältig die bisherigen Drucke   22 hätte durch daruntergesetzte Puncte wiederhergestellt, darüber ausradir-tes wäre Gedruckt: Briefwechsel I, 464 — Antwort auf Zelters Brief vom 25. Oct. (Briefwechsel I, 460), vgl. 195,1   195,1 Zelter war beinahe drei Monate lang in den schlesi-schen Gebirgen, „um alle musikalische Schätze aus dem Staube zu graben"   1 vgl. 30,4. 185,11   14 Brizzi trat vom 11. Nov. bis 4. Dec. 1811 fünfmal in Weimar auf, vgl. Burkhardt, Repertoire, S. 81 und zu 6215a   21 Der Farbenlehre   190,1 Zelter schreibt (I, 402): „Auf meiner Reise habe ich nur einen Theil Ihrer Schriften bey mir gehabt und daraus die Geheimnisse in Musik gesetzt"; über die Composition vgl. Hempel⁹ II, 370.

6213. Vgl. zu 6150. Eigenhändig 196, 9 Überſicht 197, 9 Schluß Termin 12 Wahlverwandſchaften 13 Änderung 13 Übrigen 198, 8 Hier von Goethes eigner Hand die Schreibung Göthiſchen 199, 7 Langer 13 Übereinkunft 200, 24 Übrigen Dazu von 196, 3—197, 77 ein eigenhändiges Concept in dem Faſcikel des G.-Sch.-Archivs „Acta die Ausgabe meiner Werke bey Cotta betr." Bl. 62, wornn zu bemerken: 196, 4 und Verleger aR 10 wie — Acten befinbel, all 11 Die Buchſtaben A—F g⁴ aR erſten fehlt 13. 11 wird — Stelle aR für ſub 21. wird 17 zu rechnen aus gerechnet zu wiſſen 22 an adZ 24 ausgezogen fehlt 197, 2 er nachträglich eingeſügt bedingt — daher] behält ſich vor aus hält ſich aus 3 der Auslieferung der letzten zaubre 4—6 Von — Jena aR für Dieſe 4. 5 Verrückung des Termins des Verlagrechts 8 ſammle 9. 10 Der — 1814] Und der Termien Oſtern 1814 10 voller] ſeiner 14 willigte adZ 15 Welche Worte] welches 16 erleiben] erleibet aus erleiden kann 17 dieſes 13 Bandes 21 Beherzigung nach Einſicht Darauf folgt g die Notiz: Hierbey wurden die angezeigten Auszüge und Abſchriften mit geſendet. — Antwort auf Cottas Brief vom 2. Nov. 1811, in dem gleichen Faſcikel, Bl. 64; der Brief wurde am 17. Nov. geschrieben und am 19. abgeschickt, vgl. Tageb. IV, 242, 11 (wo fälschlich Sperrdruck) und 22 f. 198, 10 vgl. XIX, 16, 2. 4 14 vgl. XIX, 42 f. 17 Cottas Brief vom 5. [nicht 6.] Juli 1805 hat hier voraus, 1) daß; anch sonst weichen die Auszüge an einzelnen Stellen von den Originalen ab 199, 12 vgl. XIX, 42 ff. 200, 3 In dem gleichen Faſcikel, Bl. 7 22 vgl. XXI, 462 in den Lesarten zu 5830; da Goethe sich in unserm Briefe auf diese Stelle besieht, müssen sie einen Theil, vermuthlich den Schluss des wirklich abgesandten Briefes vom 1. Oct. 1809 bilden.

6214. Vgl. zu 541 und 6176. Riemers Hand, nicht wie in L. Geigers Abdruck im G.-Jb. IV, 210 behauptet wird, „ganz Autograph". Dass der Brief an Carl Bertuch, den Sohn, gerichtet ist, ergiebt sich aus seinem Vermerk auf der Rückseite: „H. Geh. Rath v. Goethe Jena d. 25. Novbr. 1811" — 201, 2. 3 Goethes Verzeichnis seiner „Autographa" („Mit

Bitte um gefällige Beiträge*) ist reproducirt von R. Brockhaus, Zum 28. August 1899, S. 13 7 Verzeichniss der Pflanzen im Park zu Belvedere.

*6215. Handschrift, eigenhändig, im Besitz S. Exc. des Herrn Staatsministers v. Schelling in Berlin. Der untere Rand des Blattes (202, 2), höchstens zwei Zeilen enthaltend, mit der Unterschrift ist weggeschnitten 202, 2 Den — Die Datierung ergiebt sich daraus, dass das Singspiel Ginevra nur 1811 und nur einmal an einem Mittwoch, dem 27. November, und die Oper Achille von Paer in der That am folgenden Sonnabend aufgeführt wurde (vgl. Burkhardt, Repertoire, S. 81); vgl. zu 6215ᵃ.

6216. Vgl. zu 2666. Eigenhändig. Darunter von Voigts Hand: „Zum Hochzeittage meines Sohnes. D. Post obitum desideratissimi filii inv." Das Billet ist aber nicht an den jüngeren C. G. v. Voigt gerichtet, dessen zweite Heirath mit Henriette Marie Herder, geb. Schmidt gemeint ist (vgl. O. Jahn, Goethes Briefe an C. G. v. Voigt S. 101), denn der ältere Voigt schreibt am 24. Nov. (Eingeg. Br. 1811, 249): „Heute feiere ich eine stille Hochzeit, so wie ich vor 42 Jahren selbst eine feierte."

6217. Die Originale der Briefe an Brizzi (vgl. auch 6090ᵃ. 6158ᵃ. 6215ᵃ) sind bisher nicht zum Vorschein gekommen. Concept von Riemers Hand im Grossh. Sächs. Geh. Haupt- und Staatsarchiv A 10355, Bl. 18 202, 10 *glinde* aus *gliesd* *Munie* aus *Munique* 10 *parvenue* aus *parvenu* 20 *qu'il* nach *qui* 21 *je* fehlt 203, 3 *feroit* 4 *si Il* nach *fi il* 10 *prouver* nach *assurer* 11 *avouerai* aus *avouerois* Gedruckt: G.-Jb. X, 113 — Zur Sache vgl. 6090ᵃ 202, 9 Brizzis Brief vom 23. Nov. 1811 war nicht aufzufinden 18 Dieser Brief, datirt Jena 26. Nov. 1811, steht als 6215ᵃ in den Nachträgen 203, 8 vgl. zu 6259ᵃ.

*6218. Vgl. zu 541 und 6176. Riemers Hand. Dass Nr. 6218,20 an Carl Bertuch gerichtet sind (vgl. L. Geiger im G.-Jb. IV, 216f.), bestätigt dessen Brief an Goethe vom 21. Dec. 1811 — Zur Sache vgl. 6214. 6219f.

*6219. Vgl. zu 541 und 6176. Riemers Hand — Zur Sache vgl. 6214 und 6218.

*6220. Vgl. zu 541 und 6176. Riemers Hand — Zur
Sache vgl 6214 und 6218f.

*6221. Handschrift von Riemer im Grossh. Sächs. Geh.
Haupt- und Staatsarchiv A 9605, Bl. 6   205, 16 lies Herren
17 g — Die übrigen auf diese Angelegenheit bezüglichen
Acten in dem gleichen Fascikel. Der Hofschauspieler Wilhelm Deny (vgl. Pasqué II, 286) hatte am 20. Nov. 1811
mit dem Theaterdiener Pollack einen scandaleusen Auftritt
auf der Bühne gehabt und war dafür am 5. Dec. mit Arrest
auf unbestimmte Zeit bestraft worden. Seiner Bittschrift
an den Herzog um Abkürzung der Strafe setzte die Commission am 6. Dec. ein Votum in demselben Sinne wie
Goethe entgegen und der Herzog entschied demgemäss.
Am 9. Dec. musste in Rücksicht auf die am 10. stattfindende
Hauptprobe der „Schwestern von Prag" Denys Entlassung
verfügt werden; Kirms fragte an, „ob man dieses von den
Herrn Obristen von Germar allein, oder nebenbey durch
den Secretarium, ihm [Deny] bekannt machen" solle, worauf
Goethe ondulirt (9. Dec. 1811) g votirt (Grossh. Sächs. Geh.
Haupt- und Staatsarchiv A 10349⁴, Bl. 1):

> Ich follte bepden erftered wäre hinreichend. Doch fragt es
> fich wie es in ähnlichen Fällen gehalten worden?   G.

Kirms bemerkt dazu aR: „Montag Abend den 9ten Dec. 1811
den Herrn Obrist von Germar, von Seiten der Commission,
per litteras benachrichtigt, dass besagter Arrest morgen
um 8 Uhr anzuheben sey."

6222. Concept von Riemers Hand, Abg. Br. 1811/12,
88   206, 14 g; ebenso der Vermerk aR: Durch einen Courier.
Auf einer nicht fehlerfreien Copie des Concepts im Kanzler
Müller-Archiv Nr. 731 beruht Burkhardts Abdruck in den
Grenzboten 1879 Nr. 41. Vgl. ferner M. Rieger, Briefbuch
zu F. M. Klinger, Darmstadt 1896, S. 145 — Antwort auf
Klingers Brief vom 18. Oct. 1811 (G.-Sch.-Archiv, gedruckt:
M. Rieger a. a. O. S. 140) mit dem 8., 9., 11. und 12. Bande
der Gesammtausgabe seiner Werke (Rieger II, 500. 612);
Goethe erwidert das Geschenk durch Dichtung und Wahr-
heit, dessen 3. Theil (Werke 28, 252—257) den Jugend-
freund vorführte   206, 1 Über die Localität vgl. Burk-

hardt a. a. O. S. 69; eine andere „Klingelthüre": Werke 26, 199 6 Über Klingers Siegel (die Initialen F. M. K.) vgl. G. v. Loepers Anmerkungen (Hempel 22, 405) 6 vgl. zu 201, 2. 3; Klinger übersendet am 3. und 13. December Autographa, vgl. Rieger a. a. O. S. 144 f. 26. 27 Zu „Anfang, Mittel, Ende" vgl. Pater Brey V. 334 (Werke XVI, 73) und Rameau's Neffe (XLV, 45, 7. 8).

6223. Handschrift von Riemer in Varnhagens Nachlass auf der königlichen Bibliothek in Berlin, im August 1897 zur Benutzung eingesandt 207, 1 Auszüge adZ 21 Sie mit Rasur aus sie; ebenso das Concept, das Riemer ins Reine schrieb 208, 71—77 g Dazu ein Concept von derselben Hand, Abg. Br. 1811/12, 90 (fehlerhafte Copie im G.-Sch.-Archiv, alph.), woraus zu bemerken: 207, 5. 6 Sie — Auszüge] Sie mir Auszüge gefällig umgeziffert aus Auszüge Sie mir gefällig 6 über mich über von mir meine aus meinen 9 bifferiren so daß gewisser dadurch ein Ganzes entsteht 10 auffassende aR nachhelfende nach sammelnde 15 Betrachten aus Betrachtung 17 ist es über scheint 17. 18 daß — wird aR neben daß zuletzt E. (mehr G. gleich zu werden scheint) sich mehr zu G. erhebt 19 welche diese letztere aus die diese 21 das Ihnen, der] Ihnen das, da Sie] fie adZ 208, 3—5 wo — Abgeschiedene auf angeklebtem Zettel neben über mitlebende und kürzlich verschiedene, auch 14 denken besonders über 15 eine fehlt 17 wohl adZ 22. 23 und — danken aR 24 Ihrem — bestens] Ihrer Neigung 26 fehlt. Dagegen hat Eckermann (vgl. zu 6174) aR das falsche Datum „d. 17. Decbr. 1811" beigeschrieben, verleitet durch die Stellung des Briefes im Conceptheft zwischen 6230 und 6228. Gedruckt: Literar. Zodiacus, Leipzig 1835, II, 260 — Antwort auf Varnhagens Brief aus Prag, 20. Sept. 1811, abgedruckt im Briefwechsel zwischen Varnhagen und Rahel, Leipzig 1874, II, 103; die mit diesem Brief übersandten Papiere mit den falschen Unterschriften G. und E. und den Ortsbezeichnungen Hamburg und Dresden rührten von Varnhagen und Rahel her und wurden im Morgenblatt 1812, Nr. 101—176 unter dem Titel: „Über Goethe. Bruchstücke aus Briefen hsg. von K. A. Varnhagen v. Ense" mit dem Motto „Lob und Tadel" gedruckt, vgl 6203 und G.-Jb. XIV, 127.

*6224. Concept von Riemers Hand, Abg. Br. 1811/12,
88 A   209, 8 der Hauptstadt üdZ   Provinz über Stadt
15 in nach den   22 Noch Darf ich über Laſſen Sie mich
210, 2 welchen) welche   10 Bequemlichkeit über Zufriedenheit
17 bedeutendern Schleſiern aus Breslauiſchen bedeutenden Männern
20 ſolcher über bedeutender — Der Adresat, Stadt- und
Universitätsbuchdrucker in Breslau, übersandte mit Brief
vom 17. Nov. (Eingeg. Br. 1811, 242) eine von ihm in Druck
gegebene „Polyglotte von Glückwünschen" bei der „hier-
selbst neu gestifteten Universität"   209, 1 Die „Vereini-
gung der beiden Universitäten zu Breslau" bezieht sich auf
die Verlegung der Hochschule von Frankfurt a/Oder   210, 8
vgl. Tageb. IV, 243, 13   15 vgl. zu 201, 2. 2.

6225. Handschrift unbekannt. Gedruckt: Liter. Nachlass der Frau Caroline von Wolzogen² I, 419. Dazu ein
Concept von Riemers Hand, Abg. Br. 1811.12, 86ᵇ, woraus
zu bemerken: 211, 1 fehlt   212, 7. 8 freundlichſt fehlt   13 aR
14 hoff' ich   16 Entwicklung   17 Fürſt   22 ein gnädiges nachträglich eingeschaltet   24—213, 2 fehlt.   Unter dem Brief
das Datum: Jena den 26. November 1811 — 211, 3 Caroline
v. Wolzogen reiste mit ihrem Sohn Adolph (vgl. 212, 16.
247, 7) im October 1811 nach Aschaffenburg, vgl. Charlotte
v. Schiller I, 602. 605. 611   2. 10 vgl. zu 30, 8. 185, 11   11 Die
Reinschrift des Briefes ist mit Rücksicht auf 211, 11 von
Jena datirt, obwohl Goethe schon seit dem 30. Nov. wieder
in Weimar war   15 Der Domcapitular Johann Friedrich
Hugo Freih. v. Dalberg (vgl. ADB. 4, 709) hatte Goethe am
5. Sept. (Eingeg. Br. 1811, 191) seine Schrift Über Meteor-
cultus der Alten, Heidelberg 1811, übersandt   212, 3 Hel-
mine v. Chézy, geschiedene v. Hastfer, geb. v. Klencke (vgl.
Goedeke² VI, 134) übersandte mit einem Begleitbrief aus
Aschaffenburg vom 10. Nov. 1811 eine kurze, nicht erhaltene
Legende und eine gedruckte Subscriptionsanzeige ihrer „Gedichte" (Heidelberg 1812); vgl. zu 221, 1. 2   13 In Windischmanns Briefen an Goethe nicht erwähnt   15 vgl. zu 211, 3
17 Über Goethes Beziehungen zu dem Fürstprimas Carl Theodor Anton Maria v. Dalberg vgl. Strehlke I, 136 und zu 6245.

6226. Handschrift von Riemer im Besitze von H. Brockhaus in Leipzig, vgl. zu 4697. Gedruckt: v. Biedermann,

Goethes Briefe an Eichstädt S. 176 — 213, 8 Die Recension von „Joh. v. Müller, der Historiker. Von A. H. L. Heeren" und „Joh. v. Müller, von K. L. v. Wollmann" steht in der Jenaischen ALZ. 1811, Nr. 283—285; der jenaische Historiker Luden ist vermuthlich der Verfasser, da die Unterschrift $\frac{K}{L}$ im Einklang steht mit seiner sonstigen Chiffre zl (v. Biedermann a. a. O. S. 313). Eichstädts Antwort liegt nicht im G.-Sch.-Archiv 17 vgl. zu 201, 2 3.

*6227. Handschrift von Riemer in den „Acta Commissionis die Jenaischen Wissensch. Anstalten betr. 1811—1812. Volumen speciale", Bl. 3 214, 17. 18 Mich — Goethe g — Ende December 1811 bemerkt Goethe eigenhändig zu den Acten (Bl. 1), dass im Sinne unsers Briefes „das Geschäft auf sich erliegen geblieben"; vgl. Tageb. IV, 244, 20 214, 3 Johann Heinrich Voigt (1751—1823), Professor der Mathematik und Physik in Jena, der Vater von Friedrich Siegmund, vgl. Strehlke II, 359.

6228. Die Originale von Goethes Briefen an Barthold Georg Niebuhr befinden sich seit October 1893 als Geschenk des Herrn Prof. Dr. K. Rathgen in Marburg im G.-Sch.-Archiv. Riemers Hand 216, 17 ähnlichen aus ähnliche Dazu ein Concept von derselben Hand, Abg. Br. 1811/12, 86. 88 Bb (werthlose Copie im G.-Sch.-Archiv, alph.), woraus zu bemerken: 214, 10 meiner] einer 215, 11 sehr fehlt 216, 3 es wirklich 4 auch aR für sondern 6 dieß gelänge, so möchte 12 bey über mit Schrill 18 unschätzbar g aus uns schätzbar, Hörfehler 23 jede fehlt 24 bestätigt 27 ähnliche 217, 2 mir adZ 3 4 die — Könige aR 5 belehrend und aufklärend geworden 14 mich nach nicht Hörfehler? 20—23 Mich — Goethe. fehlt. Gedruckt: Lebensnachrichten über B. G. Niebuhr, Hamburg 1839, III, 359 — Antwort auf Niebuhrs Brief vom 10. Nov. 1811, abgedruckt im G.-Jb. VIII, 88, mit welchem N. die Übersendung des ersten Theils seiner Römischen Geschichte durch die Hoffmannsche Buchhandlung ankündigte; über Goethes Brief spricht Niebuhr sehr beglückt am 28. Dec. 1811, vgl. Lebensnachrichten I, 509 215, 4 vgl. zu 6237b. Über Niebuhrs Vater Carsten vgl. Hempel 20, 327. 21, 286 27 „Niebuhrs Römische Geschichte" wird im Tagebuch am

2., 3., 5.—8. December genannt (IV, 244 f.) 217, 11 Das beiliegende Exemplar des Blattes „Autographa" (vgl. zu 201, 3. 3) ist *g* unterschrieben Weimar d. 16. Dec. 1811 Goethe. Von Carsten Niebuhr befindet sich in Goethes Autographensammlung „der Anfang eines ungedruckten Aufsatzes" („Bemerkungen über Habbessinien"), 12 Folioseiten, von B. G. Niebuhr am 4. Jan. 1812 mit anderen Handschriften übersandt (vgl. G.-Jb. VIII, 90).

*6229. Concept von Riemers Hand, Abg. Br. 1811,12,91 218,4.5 wie — Einzelne aus das [aus daß] Einzelne, wie Sie es 5. 6 kann — vorstellen aR für erleichtert mir die Darstellung 11 andere üdZ 23 übrigen aus übrigens 219, 1—13 auf eingeklebtem Zettel 3 bie nach und 7 mir aus mich 10 ich nach sich Hörfehler 15 *g* aR — Antwort auf den Brief der Adressatin aus Berlin vom 20. November (Eingeg. Br. 1811, 250), worin sie über die Aufführung des Tasso am 25. Nov. 1811 (vgl. Teichmanns Liter. Nachlass, Stuttgart 1863, S. 99) berichtete. Es spielte Bethmann den Tasso, Lemm den Antonio, Beschort den Prinzen, Wilhelmine Maass die Prinzessin und Frau Bethmann selbst die Leonore Sanvitale 218, 30 Carl Unzelmann, der Sohn von Friederike Unzelmann-Bethmann, hatte 1811 in Berlin gastirt, vgl. Teichmanns Liter. Nachlass S. 98 27 vgl. Schriften der G.-G. VI, 200. 205. 265 219, 7 Eine Nachricht von der Tassoaufführung steht in der Vossischen und Haude-Spenerschen Zeitung vom 28. Nov. 1811, erstere unter der Chiffre C (Mittheilung von M. Morris) 13 vgl. zu 201, 3. 3. Von Brandes und Ekhof enthält Goethes Autographensammlung nichts, dagegen einen Brief von Grossmann an seine Tochter, Frau Unzelmann-Bethmann, vom 18. Februar 1794.

*6230. Vgl. zu 6161. Riemers Hand 220, 14 kommt über ist 17 ben] b aus b(elegen?) 17 Sie aus fie Nach diesen Correcturen scheint der Brief gleich ins Reine dictirt zu sein — 219, 18. 30 vgl. zu 6203. Boisserées Briefe vom 17. Nov. und 3. Dec. fehlen im Druck (S. Boisserée II, 17) 220, 7 Boisserées zweiter Besuch in Weimar kam 1812 nicht zu Stande 27 vgl. zu 30, 6. 185, 11 221, 1. 3 Die „interessanten Frauen" sind Amalie von Helwig und „die Dame Chezy, Haatfer, Klencke" vgl. zu 212, 3 6 vgl. zu 201, 3. 3.

Das dem Briefe beiliegende Exemplar des Goethischen
Autographen-Verzeichnisses trägt die Unterschrift *Weimar
b. 17 Dez. 1811 Goethe.*

6281. Handschrift unbekannt. Gedruckt: Hinterlassene
Schriften von Philipp Otto Runge, Hamburg 1841, II, 435
221, 11 b. *W* *erhaltne* Unser Text folgt an diesen Stellen
dem Concept von Riemers Hand, Abg. Br. 1811/12. 89[b], aus
dem ferner zu bemerken ist: 221, 14 b. *17 Dez 1811 g aR*
21 *Abgeschriebne* 22 *Gang aus Gange* 24 *so schmerzlich es aus*
ob es gleich schmerzlich 25 *Herrn* fehlt 222, 1 mit *Liebe g* üdZ
13 *würdiger* nach *H[amburger]* 20. 21 fehlt — Antwort auf
den Brief des Adressaten vom 18. October (Eingeg. Br. 1811,
219, gedruckt: Runges hinterl. Schriften II, 433); Anfrage
v. Beselers vom 9. November, wann er Goethe das Packet
überreichen dürfe: Eingeg. Br. 1811, 235; vgl. auch Tageb.
IV, 247, 7 222, 8 Über P. O. Runges Briefe an Goethe und
die „Zugabe" zur Farbenlehre (Naturwiss. Schriften I, 361)
vgl. Schriften der G.-G. XIII, 377 14 vgl. zu 201, 2. 8 14 Goethes Autographensammlung enthält von F. v. Hagedorn und
Brockes nichts, von Telemann eine Composition (Du, dessen
Augen flossen) und von C. L. v. Hagedorn einen Brief an
Klotz vom 31. Jan. 1766.

6282. Vgl. zu 2066. Eigenhändig 223, 4—6 *Wie* —
versporn später zugesetzt, als Submissionsstrich und Unter-
schrift bereits geschrieben war. Gedruckt: O. Jahn, Goethes
Briefe an C. G. v. Voigt S. 300 — Zur Sache vgl. zu 6209
und 6237[a].

*6283. Concept von Riemers Hand, Abg. Br. 1811/12, 94
(werthlose Copie im G.-Sch. Archiv, alph.) 224, 1 gelingen
würde aus gelungen ist 17 ich noch, anstatt über die Wiederholung von noch vgl. zu 294, 21. 23 22 geordnet nach ge-
s[ondert?] — Antwort auf Trebras Brief vom 17. Dec.
(Eingeg. Br. 1811, 263), mit dem er ein Lineal, aus der
Zittauer Braunkohle geschnitten (vgl. 228, 20), übersandte
224, 1 vgl. zu 30, 3. 185, 11 10 vgl. G.-Jb. IX, 11—15 und
Briefe XXIV, 89, 12 24 vgl zu 201, 2. 3 und 315, 7.

*6284. Concept von Riemers Hand, Abg. Br. 1811/12, 95[b]
225, 18 mittheilen über überschreiben 19. 20 (*W. K. F.*) aR 226, 6
Datum *g* — Der Adressat, Verlagsbuchhändler in Leipzig

(vgl. G.-Jb. XV, 61), übersandte mit Begleitschreiben vom 7. Nov. (Eingeg. Br. 1811, 234) im Auftrage des Verfassers die in seinem Verlage erschienene Schrift von F. H. Jacobi „Von den Göttlichen Dingen und ihrer Offenbarung". Leipzig 1811 (vgl. 254,32. 302,28. 321,16. 327,14. XXIII, 6,1.70) und das Taschenbuch „Minerva" für 1812, mit der Bitte um einen Beitrag für den nächsten Jahrgang   225,16 Diese Sammlung kurzer Anzeigen der W. K. F. ist nicht erschienen, da Fleischer sie am 6. Jan. (Eingeg. Br. 1812, 2) aus Geschäftsgründen ablehnte.

6285. Handschrift nachträglich ins G.-Sch.-Archiv (alph.) gelangt, vgl. zu 6195   226,1—227,23 von Caroline Ulrichs Hand, 227,23—228,5 g   228,16 Das zweite und dritte bo. fehlt   18 Beſeler] Beßler, verbessert nach 221,19 und Tageb. IV, 247,6   21 Schoppenhauer   23 Elle fehlt 227,3 Tüll   10 an] lies von   18 Das zweite bo. fehlt   21 vorſtehendes   25.26 eingegangne   26 heißt — Gedruckt: H. Uhde, Louise Seidler S. 57 mit der falschen Jahreszahl 1810 und darnach auch in Bd. XXI, S. 451 mit Unrecht als Nr. 6089 aufgenommen. Das ergiebt sich aus Tageb. IV, 248,20. 255,1—4, aus Louise Seidlers Brief an Christiane v. Goethe vom 17. Jan. 1812 (G.-Sch.-Archiv, alph.) und aus Johanna Geislers Dankbrief an Goethe vom 7. Febr. (Eingeg. Br. 1812, 25; vgl. Tageb. IV, 410). Auf die 227,26.27 gestellten Fragen bildet die Adresse der Madam Geisler in Goethes Tagebuch (IV, 409) die Antwort. Der Brief Louisens, dem Goethe die Adresse entnahm, und der auch den Dank für den „Weihnachten" (228,1) — eine der von Goethe gekauften Garnierungen — enthalten haben wird, ist nicht erhalten. Ihr Brief vom 17. Januar an Christiane beantwortete die 227,21 gestellte Frage und erhielt eine Nachschrift, die der Freude Ausdruck gab, dass der Rest der Stickereien verloost werden solle; vgl. Tageb. IV, 257,3.4: „Verlosung [nicht „Vorlesung"] bey Mad. Schopenhauer". Zur Sache vgl. ferner H. Uhde a. a. O. S. 56—59.

6286. Vgl. zu 268. Riemers Hand. Gedruckt: Briefwechsel II, 49 — 228,6 vgl. Tageb. IV, 246,23. 247,11   9 vgl. Tageb. IV, 248,37   13 vgl. zu 38,9   15 Über die Theaterbearbeitung von Romeo und Julia vgl. 246,21. 260,2. 269,24.

286, 2. 287, 12. 292, 10. 300, 14. 320, 15. 325. 1. 328, 4, Tageb.
IV, 245—249 und Werke IX, 511. Die erste Aufführung
fand am 1. Febr. 1812 statt 19 vgl. zu 6239   229, 4 vgl.
zu 201, 2. 3   8 Knebel wollte eine Abschrift seiner Lukrez-
übersetzung gegen eine Gratification von 100 Ducaten oder
300 Thalern der Weimarer Bibliothek stiften 11 vgl. Knebel
an Goethe, 15. Dec. 1811 (Briefwechsel II, 49), Prinzeß Caroline an Charlotte v. Schiller 24. Dec. 1811 (Urlichs I, 613),
Schriften der G.-G. XIV, 324 16 vgl. 368, 23 23 vgl. zu
6228 24 vgl. Tageb. IV, 245, 2, von Goethe am 4. Dec. 1811
der Bibliothek entliehen.

*6247. Handschrift, von unbekannter Schreiberhand,
und Concept von Riemer, beide vom gleichen Tage, im
Grossh. Sächs. Geh. Haupt- und Staatsarchiv A 9930 (un-
fol.) Auf der ersten Seite des Concepts aR: Abgegangen den
2 Jänner 1812. F.[ranz] K.[irms] 230, 6 Herzogl.] Hochfürstliche
Conc. 12 Herzogl. fehlt Conc. 231, 10 jedachter Hd. 232, 4
Herzogl. fehlt Conc. 8—11 pp. Conc. — Das Urlaubsgesuch des Balletmeisters Johann Uhlich ist vom 21. Dec.
1811 datirt und von Goethe, nach Kirms und Kruse, mit
folgendem Votum, von Riemers Hand, versehen:

Das Uhlichische Gesuch hat allerdings zwey Seiten. Es ist
nicht räthlich ihm Urlaub zu geben, weil sich andere darauf berufen würden. Hingegen möchte es gar nicht übel seyn wenn
wir ihn loswürden. Für das was er kostet, leistet er zu wenig,
und die Ballette sind, besonders bey Hofe, dergestalt in Ungunst,
daß ich nicht rathen würde, jemals wieder damit hervorzutreten.
Hiernach beschiede man ihn vielleicht abschläglich, mit dem Hinzufügen, daß wenn er auswärts ein neues Engagement finden könne,
man ihn von Seiten Herzoglicher Commission an seinem Glücke
nicht zu hindern gedenke.

s. m.   G.

Die im Sinne der drei Vota gefasste „Resolutio Commissionis d. 27. Decbr. 1811" befindet sich bei den Acten;
ebenso ein Gesuch Uhlichs an den Herzog vom 28. Dec.
1811 um Bewilligung des ihm verweigerten vierwöchentlichen Urlaubs, den er behufs finanzieller Aufbesserung in
Cassel verbringen wolle. Der Herzog forderte einen gut-

sachtlichen Bericht von der Commission; dieser liegt vor in
unserm „Unterthänigsten Vortrag". Carl August's Entscheidung aR: Der Consequenz wegen ist Ullichen jetzt der
Urlaub zu versagen, indessen könnte ihm wohl nach Ostern
erlaubt werden etwas im Auslande zu verdienen. Carl August
H. u. S.

6268. Handschrift erst nachträglich aus dem Besitz
S. K. H. des Herzogs von Cumberland und zu Braunschweig-
Lüneburg publicirt durch H. Buck in der Festgabe zur
Enthüllung des Wiener Goethedenkmals, Wien 1900, S. 18.
Riemers Hand 234, 24—235, 8 g Darnach sind die Zusätze
„Concept" und das Datum „Weimar, 3. Januar 1812." zu
streichen und im Text Folgendes einzusetzen: 232, 14 Gnä-
bigste 15 Wagestück 16 Andern 23 zu denken zu urtheilen
geneigt ist; 233, 1 Absatz 234, 1 so viel 10 Absatz
11 Spielwerkschen 17 bitten? 23 nach empfehlend folgt g:
Ew. Hoheit unterthänigster J. W. [v.] Goethe. Weimar den
30ten December 1811. 24 gewiß] gnädigst 25 fertigeren
meinige 27 gleichfalls fehlt 235, 1 seine aufrichtigen
3 Kein Absatz geeignet. 4 Goethe. W. b. 1 Jan 1812
Das Original befindet sich also nicht, wie Diezel angiebt,
im Geh. Haus-Archiv in Weimar. Dazu ein Concept von
Riemers Hand, Abg. Br. 1811/12, 92, woraus zu bemerken:
232, 23 denken und — urtheilen mag] ausserdem aR mit Blei
(vgl. zu 113, 18) zu denken und — zu urtheilen geneigt ist mag
mit Blei über wollen 233, 2 indem nach daß ich 7 an
das Leben mit Blei aus des Lebens 13 erkenne aR mit Blei
für Ruhe nur mit Blei über mehr 234, 2 den aus denen
8 ihm über mir 15 haben mit Blei üdZ 27 bey über
mit mir 235, 4 aR: Abgesandt d. 3 Jan 1812. Auf einer
Copie des Concepts im Kanzler Müller-Archiv Nr. 775
beruht der erste Druck bei Strehlke I, 133 — Über Goethes
Beziehungen zur Adressatin vgl H. Buck a. a. O. S. 16 ff.
233, 2 Der Brief der Prinzessin (vgl. 234, 20) ist nicht erhalten 234, 14 vgl. zu 201, 2. 3 19 vgl. Vulpius in der
Deutschen Rundschau 63, 351.

6269. Handschrift, eigenhändig, im G.-Sch.-Archiv
(alph.) 235, 8 einn — 235, 6 Für den Tasso, vgl.
zu 6229.

6240. Die Handschrift war im Grossh. Sächs. Geh. Haupt- und Staatsarchiv zur Zeit nicht aufzufinden. Abgedruckt von Burkhardt in den Grenzboten 1874 Nr. 6   235, 18. 19 im Kunst] in Kunst.   239, 8 gnädigsten — 237, 8 Baron Etienne de Saint-Aignan, vgl. 271, 4. 8. 274, 10. 295, 21. 302, 2. 332, 20. 349, 23, ferner 0368. 6542 und XXIII, 513. Charlotte v. Schiller I, 623, Knebels Briefwechsel mit Henriette S. 553. 585. 588 L und Goethes Tageb. vom 7. Febr. 1812 bis 19. Oct. 1813.

Zwei Billets vom 6. Januar 1812 an Charlotte v. Stein (gedruckt: Briefe an Frau v. Stein * II, 484) und an August Eberhard Müller (gedruckt: General-Anzeiger für Thüringen, Franken und Voigtland 1872 Nr. 40) gehören in's Jahr 1813 und stehen als 6473. 6475 in Bd. XXIII, S. 230.

*6241. Nach einer von Albert Cohn in Berlin dem G.-Sch.-Archiv mitgetheilten Abschrift des eigenhändigen Originals; vgl. A. Cohns Catalog 209, Nr. 123, J. Baers Antiquar. Anzeiger 468, Nr. 4007   239, 8 Frauzen — 239, 12 Goethes Garten war von Carl August für Caroline v. Heygendorf gemiethet worden, vgl. O. Jahn, Goethes Briefe an C. G. v. Voigt S. 07 f.   14 Die Quittung der Frau v. Heygendorf über diesen Betrag (40 Thaler, 10 Groschen), g datirt: Weimar d. 8. Jan. 1812, liegt unter den „Rechnungen" von 1812.

6242. Vgl. zu 6110. Riemers Hand   241, 12 privat Sille   Dazu ein Concept von derselben Hand. Abg. Br. 1811/12, 97 (werthlose Copie im Kanzler Müller-Archiv 715), woraus zu bemerken: 239, 21. 23 Gegenwärtig über Nunmehr   240, 16 mich's   21 innere   241, 13 sich adZ   20 hier behandelte adZ   22 privat Sille   27 lauft   34 erinnert einen an   242, 2 gehn   6 Figuren- und- adZ   6 recht nach und   11 andere   20 verstorbene nach alt   26 8. Januar] 7. Januar   Gedruckt: Varnhagen v. Ense, Denkwürdigkeiten u. vermischte Schriften, 1838, IV, 229 = Vermischte Schriften*, 1849, I, 647 und Grenzboten 1846, Nr. 25 — 240, 3 vgl. zu 32, 23. Über die drei Briefe Saras vom 22. Aug., 3. Sept. und 20. Nov. 1811, in denen sie über die Krankheit ihrer Schwester berichtet, vgl. G.-Jb. XIV, 123   24 Ludwig Roberts Trauerspiel „Die Tochter Jephthas" (vgl. zu 32, 14) wurde am 21. Sept. und

26. Oct. 1811 gespielt, vgl. Burkhardt, Repertoire S. 131 241, 12 Anspielung auf Bodmers Patriarchade „Dina und Sichem", Troesberg 1753, vgl. Goedeke² IV, 9 und I. Mos. 39. 31   242, 18 vgl. zu 201, 7. 8 und 6342   27 Riemers Nachschrift gehört in die Lesarten.

6243. Die Originale der Briefe Goethes an den Kanzler v. Müller bilden, wie schon zu 5606 hätte angegeben werden sollen, die Fascikel 251 und 254 des im G.-Sch.-Archiv befindlichen Kanzler Müller-Archivs. Riemers Hand, Fascikel 254, S. 5   244. 3—5 g mit Ausnahme des Datums. Abgedruckt von H. Uhde in den Hamburg. Nachrichten 1877, Nr. 59 — 243, 15 Die Beilage war offenbar das Goethische Promemoria vom 5. Jan. (= 6240) nebst der Verfügung Carl Augusts vom 7. Januar 1812, vgl. Grenzboten 1874, Nr. 6, Strehlke II, 317   244, 1 Die Unterredung fand laut Tageb. IV, 252, 10 noch an demselben Tage statt.

*6244. Handschrift, eigenhändiges umrändertes Kärtchen, im Besitz des Herrn Director a. D. W. Bochner in Eisenach   244, 6 f[ür Ew.] abgerissen und ergänzt — Über den Adressaten und zur Sache vgl. 6180, Uwarow an Goethe 29. Oct./11. Nov. 1811 (G. Schmid, Goethe und Uwarow, S. 19) und Goethes Tageb. IV, 255, 19. 20.

6245. Handschrift von Riemer in Hirzels Sammlung; hier nach einer Collation des Herrn Dr. O. Günther   245, 2 geschrieben fehlt   1 Ihro] die 248, 2 vorgenommene Änderung in Seiner ist hier offenbar nur aus Versehen unterblieben   246, 1 [olle] sollte   247, 1—9 Herzlich — Goethe. g Dazu ein Concept von derselben Hand, Abg. Br. 1811/12, 103, dem zu 245, 2. 246, 1 gefolgt und woraus ferner zu bemerken ist: 244, 11 ihre g aus Ihre   245, 3 andre üdZ 4 ihr g über es   6 Seil über Der   20 unselige aus die unseligen   26 das Urtheil des Publicums   246, 15 so fehlt 16 unsere   21 Shakespearsche   26 Shakespear   247, 1—9 Herzlich — Goethe fehlt. Gedruckt: Caroline v. Wolzogen, Liter. Nachlass² I, 420. Die Handschrift der Beilage führt der nicht erreichbare Katalog Mecklenburg XV, S. 10, Nr. 157 auf; aus dem Concept von Riemers Hand, Abg. Br. 1811/12, 103, das dem des Briefes vorausgeht, ist zu bemerken:

247, 11 der Hand üdZ 20 hätte] vielleicht hätte, wie eine dem Abdruck Strehlkes II, 409 zu Grunde liegende Copie des Concepts (im Kanzler Müller-Archiv 789) liest; doch lässt Riemer den Umlaut selten unbezeichnet, vgl. zu 256, 9 23.24 daher mich ihm g aus ihm daher 24 als g über und diese g aR für Sie 25 sie g aus Sie 248, 2 Seiner über Jhro — Antwort auf den im G.-Sch.-Archiv unvollständig erhaltenen Brief der Adressatin vom 25. Dec. 1811 244, 13 = Beilage (247, 11—248, 4). Caroline schreibt: „Der Grossherzog [Fürstprimas v. Dalberg] sagte mir bei Gelegenheit der Handschriften [vgl. zu 212, 24], dass er ein wahres Verlangen hätte mit Ihnen wieder in nähere Berührung zu kommen, und sendete mir inliegende Zeilen. Wollen Sie mir wieder ein paar Zeilen für ihn senden so wird es mich erfreuen" 245, 2 vgl. zu 169, 1 6 Adalbert v. Herder ? 8 vgl. zu 6209. 6232. 6237° 14 Johannes Carl Hartwig Schulze (1786—1869), der spätere Leiter des preussischen Unterrichtswesens, seit 1808 Professor am Gymnasium in Weimar, wurde zu Anfang des Jahres 1812 von Dalberg als Director nach Hanau berufen, vgl. ADB. 33, 7; seine Schrift „Über den standhaften Prinzen des Don Pedro Calderon" erschien 1811 in Weimar, vgl. XXIII, 115, 7, Charlotte v. Schiller I, 607 246, 21 vgl. zu 228, 13 247, 1 vgl. Charlotte v. Schiller I, 620 17 vgl. zu 212, 21. 244, 13.

*6246. Concept von Riemers Hand, Abg. Dr. 1811·12, 100 248, 10 zur Pflicht mit Blei aus zum Gesetz, von Eckermann mit Tinte überzogen (vgl. zu 57, 19. 20), ebenso 248, 21 11 gelockt über gesetzt 21 bis üdZ — Die Adressatin, Portraitmalerin, übersandte aus Grevismühlen in Mecklenburg-Schwerin am 5. Dec. (Eingeg. Br. 1811, 260) zwei Ölgemälde, Mecklenburgische Bauern darstellend, um sie der Erbprinzessin Maria Paulowna vorzulegen.

*6247. Vgl. zu 2677. Riemers Hand 249, 10 Sie kosten aus Die Kosten 10. 11 holländische und 11 einge wohl nur Spuren des eiligen Dictats 11 Uhlemann — 249, 9 vgl. Tageb. IV, 254, 14—26 13 Gabriel Ulmann, Hofcommissar in Weimar, vgl. XVI, 268, 13 13 vgl. Tageb. IV, 255, 19 f., H. Uhde, Louise Seidler[2] S. 69 f.

6248. Vgl. zu 6243. Riemers Hand, Fascikel 254. S. 6. Abgedruckt von H. Uhde in den Hamburg. Nachrichten 1877, Nr. 59 — Zur Sache vgl. 6243 250, 3 Racines Phädra, von Schiller bearbeitet, wurde am 15. Febr. 1812 wieder gegeben, vgl. Burkhardt, Repertoire S. 142.

6248ᵃ = 6091.

6249. Vgl. zu 4318. Gedruckt: O. Jahn, Goethes Briefe an Leipziger Freunde S. 317, ² S. 376, v. Biedermann, Goethes Briefwechsel mit Fr. Rochlitz S. 130 251, 1 Jahre] Jahr O. Jahn 11 sie fehlt bei v. Biedermann und, nach seinen Anmerkungen S. 490 zu schließen, auch in der Hs. 253, 6 wichtigen] richtigen v. Biedermann 15 bauernbem v. Biedermann, vgl. aber 127, 15. XXIII, 367, 9 15—17 g Dazu ein Concept von Riemers Hand, Abg. Br. 1811/12, 104ᵇ, woraus zu bemerken: 250, 14 so nach in Ihrem Briefe mit Blei ausgeführt und von Eckermann mit Tinte überzogen (vgl. zu 57, 19. 20), wie alle Correcturen außer 252, 3. 15 16. 17 jener — erledigt [!] aus von jener Furcht befreit 251, 8 nur dem über Niemand 9 der aus Wer bey nach nicht 10 welchen über den 11 Wenn aus , wenn 12 leidenschaftlichen adZ 18 viele 252, 3 zuerst wieder einmal auf indirectem Wege, dann umgeziffert 15 seinem aus seiner 19. 20 wohl noch hinter Feld gestrichen und vor das eingesetzt 21 führen über machen 22 aber nach mir 253, 1 schlage aus schlägt, wie sie sagen 2 macht — daß aR für habe 4 endlich losgeworden über von Hals und Rücken 6 wichtige 15—17 Mich — Goethe fehlt 16. 17 30 Jan. 1812 g aR — Antwort auf des Adressaten Brief vom 20. Jan. 1812 (v. Biedermann a. a. O. S. 127) mit seiner Anzeige von Dichtung und Wahrheit, Theil I, im Manuscript, die in der Leipziger Literatur-Zeitung 1812, Nr. 42 abgedruckt wurde 251, 7 vgl. zu 6229 10 Am 15. Dec. 1811 hatte Goethe durch Reinhard „ein Fragment von Frau von Staels Werk über die deutsche Litteratur" erhalten (Tageb. IV, 246, 25) vgl. dazu 268, 16. XXIII, 221, 7 23 vgl. v. Biedermann a. a. O. S. 127.

6250. Handschrift von Riemer unbekannt, nicht in Hirzels Sammlung (wo nur eine moderne Abschrift), wie W. Arndt, Zu Goethes Geburtstag 1880 S. 10 (Grenzboten 1880, Nr. 35), angiebt 256, 9 Barmann Arndt 20—24 g

77 Riemer] Dr Der Druck der auf Jacobi bezüglichen Stelle bei Henke, J. F. Fries S. 521 beruht auf einer Abschrift, die Jacobi seinem Brief an Fries vom 23. Febr. 1812 beilegte. Dazu ein Concept von Riemers Hand, Abg. Br. 1811,12, 106b (werthlose Copie in G.-Sch.-Archiv, alph.). woraus zu bemerken: 253, 31 meinen über den 32 wenige aus wenig 254, 10 Fall z. B. Herr 77 Werk nach mir a(ber- sandtes?) vgl. zu 6234 31 lief und üdZ wohlbekannten, geist- reichen Freunde 255, 1 mir der über meiner 3 seiner Natur aus seinen Anfängen 8 daß es, wie in so vielem andern sich so andre sich fehlt 10 mir über ja 16 mionnettischen 19 Sollte sich aus Sollten Sie 21 Mionnettischer 22 einige üdZ 23 wären nach solcher Abgüsse über Münzen zu senden über in solchen Schwefeln zukommen zu lassen 25 würden aus wird 26 der aus die 256, 1. 2 und — Schönheit üdZ 4 Mionet'sche 11 Wohlgebornen 16 nicht üdZ 19 eine nach nicht 20—24 Mich — Goethe fehlt 21. 23 d. 1. Feb. 1812 g aR — Antwort auf des Adressaten Brief vom 15. Nov. (Eingeg. Br. 1811, 239) mit der Bitte um eine Inschrift für das Portal des botani- schen Gartens in München; vgl. auch C. O. v. Voigt an Goethe (Eingeg. Br. 1811, 7) 254, 10 Über Johann Melchior Edlen v. Birkenstock (1739—1809) vgl. Jung in der Fest- schrift des Freien D. Hochstifts, Frankfurt 1898, S. 5 17 Eine dieser deutschen Inschriften, g mit lateinischen Buch- staben auf ein umrändertes Octavblättchen geschrieben, im Besitz von Rudolf Brockhaus in Leipzig, lautet:

Günstig der Wissenschaft

gebot

Maximilian Joseph

König von Bayern

die in der Natur

zerstreuten Pflanzen

kunstgemaes

hier

zu vereinigen

MDCCCXI.

19 „Sey uns Kindern der Flora ein jeder freundlich willkommen Der mit heiligem Sinn heiligen Boden betritt" 22 vgl. zu 6234

255, 9 vgl. Tageb. IV, 244, 14, Naturw. Schriften XI, 160, 2,
Sulpiz Boisserée I, 251   14 Über die Münzpasten des französischen Numismatikers Théodore Edmond Mionnet (1770
—1842) vgl. Briefe XV, 229, 9. 13. XVI, 24, 4. 146, 16. 173, 4.
220, 1. XXIII, 277, 17, Werke 36, 39   17. 19 Über die Münze
von Rhodus vgl. Schuchardt, Goethes Kunstsammlungen
II, 240   256, 9 Carl Maria von Weber und Heinrich Joseph
Bärmann, vgl. Tageb. IV, 255 f. 410, Schriften der G.-G.
XIII, 372   14 vgl. zu 201, 7. 9.

6251. Vgl. zu 6106. Riemers Hand   257, 1. 2 Wohlgebornen nach mit dem Concept verbessert   12 Der Text von
Reinschrift und Concept ist fehlerhaft; ob nach Dieselben
(so ist zu lesen statt dieselben) ein Wort wie solche ausgelassen, oder statt sowie zu lesen ist sie wie, bleibe dahin-
gestellt   258, 3 meiner aus meines   12 so fehlt, mit dem
Concept ergänzt   21 den] der   22 *labellis* aus *libellis* Dazu
ein Concept von derselben Hand, Abg. Br. 1811/12, 101
(werthlose Copie im G.-Sch.-Archiv, alph.), woraus zu bemerken: 257, 3 Ihnen üdZ   5 *Frankfurtensia*   13 ich etwa
gegen   18 Verwandten, Freundes umgeziffert   23 guter
258, 7 eingefanden unter leben laffen   8 Schluß   14 warum
nach ja   15 bejahend üdZ   16 appétirt andere   19 *de —
existentia* aR   22 in über von   26 daß nach wir   259, 9
ein: 10 Frankfurter üdZ   12 sind im Jahre 1772   15—23
fehlt. Gedruckt: Frese, Goethe-Briefe aus F. Schlossers
Nachlass S. 43 —   257, 5 vgl. zu 6208   21 vgl zu 187, 21
22 Corneli = Cornelius, vgl. zu XXIII, 63, 3   258, 3 vgl. zu
256, 9. Dass nicht Carl Maria v. Weber, sondern der Berliner Capellmeister Bernhard Anselm Weber (1766—1821) den
Fridolin componirte, berichtigt Goethe selbst 259, 17   8 Madame Pollet, eine vorzügliche Harfenspielerin, empfiehlt
Goethe in Nr. 6265 an Zelter   9 Die Übersetzung des Jordanus Brunus las Goethe vom 18 bis 20. Jan. 1812 in Jena
(Tageb. IV, 254)   259, 10 vgl. Werke 38, 297   17 vgl
zu 258, 5.

Ein von Schöll und Fielitz in's Jahr 1812 gesetztes
Billet Goethes an Frau v. Stein gehört unter den 2. Februar
1802 und wird in einem späteren Nachtragsbande erscheinen, vgl. Goethes Briefe an Frau v. Stein [6] II, 361.

6252. Nach dem Original (g¹ beschriebenes Zettelchen, das Goethe der Darstellerin der Julia — in seiner Bearbeitung von Romeo und Julia — aus seiner Theaterloge schickte) gedruckt: G.-Jb. V, 10. Das Datum nach Burkhardt. Repertoire S. 143.

*6253. Concept von Riemers Hand, Abg. Br. 1811/12 108   260, 19 Eben nach Ew. Hochwohlgebornen sind gegenwärtig auf einer f(oviel versprechenden)   24 manches nach mir   minder über weniger   261, 1 mir üdZ   2 lies Dieselben   8 im Falle sind über Gelegenheit finden   11 seines Wohnortes mit Blei, von Eckermann mit Tinte überzogen (vgl. zu 57, 19. 20), über der an seinem (Wohl) Wohnorte gelebt   17 Mögen mit Blei, von Eckermann mit Tinte überzogen, über Möchten   18 eine nach auf   20 allgemeinerem üdZ   22 nehmen nach so   31 wünsche aus wünschte   27. 28 Ew. H. üdZ   28 Ihrer aR für Ew. H.   262, 2. 3 und — belohnt üdZ — 260, 6 vgl. zu 179, 17   14 vgl. zu 201, 2. 3   202, 1 Carl Dietrich v. Münchow (1778—1836), Professor der Astronomie und Director der Sternwarte in Jena. vgl. 370, 22. 371, 2.

*6254. Handschrift, eigenhändig, in den Theateracten des G.-Sch.-Archivs, Fascikel „Acta den zwischen der Hof-Theater-Directions-Commission und der Bade-Direction zu Halle geschlossenen Contract betr. 1811" Bl. 45   262, 11 Merf.   14 Einen aus einem — Zur Sache vgl. den folgenden Brief 262. 7 Der ersten Reinschrift von 6255   9 vgl. zu 263, 17.

*6255. Concept von August v. Goethes Hand in demselben Fascikel wie 6254r Bl. 47, signirt von Goethe, Kirms und Kruse   263, 11 auch g üdZ   18 gewesen g üdZ   unsere Ihre Kruse aus unser Vorschlag   13 spielen zu lassen Kruse aus zu spielen   13. 14 Rücksicht Kruse aR für Eingang   17 nach das aR von Kruses Hand hier in Abschrift beygefügt vgl. 262, 9   18 vom Kruse über unterm 264, 7. 8 von Weimar g üdZ   21 bebendl g über erwägt   265, 3 seyn nachträglich g eingeschaltet   7 gesetzt fehlt 11—13 würden — allenfalls vorerst abstehen, und es g aus sind — nicht abgeneigt — vorerst abzustehen, und würden es   17 Wir nach und   23 fleißigem   27 nicht abgeneigt g aR für erbötig   266, 4 beharren aus verharren   6 Sie wir pp] Das Weitere war offenbar dem Schreiben der Merseburgischen

Regierung (Bl. 43 des gleichen Fascikels) nachgebildet, in dessen Schluss „die Wir im Übrigen, Denenselben angenehm zu dienen bereit und geflissen beharren. Datum Merseburg, am 5. December 1811. Königl. Sächsis. zur Stift Merseburgischen Regierung verordnete Canzler und Räthe und Eur. Hochwohl- und Wohlgeb. ganz ergebenste. Freyherr von Gutschmid. Nathanael Ernst August Baumgarten-Crusius S." die Worte „im Übrigen" und „Datum" mit Blei gestrichen sind. Dazu stimmt auch ein unserm Concept vorgeheftetes Blatt (46) von Kruses Hand mit der Frage: „ergebenster, oder ergebenste? nachdem von Sr. Excellenz allein oder von allen unterschrieben wird", das sich auf das erste Mundum unsers Briefes bezog. Von derselben Hand Bl. 47 aR: appon. cop. des Roth[schen] Schreibers fol. [38] actor. com. (vgl. 262, 2); darunter: exped. auf die Sächsische Post d. 13 Febr. 1812. L. Sr. Doch ist das vermuthungsweise gesetzte Datum 12. Februar zu streichen, da sich aus der Antwort der Merseburgischen Regierung (Bl. 51 des gleichen Fascikels) nachträglich ergab, dass auch die Reinschrift unsers Briefe vom 26. Januar datirt ist.

6254. Vgl. zu 5409 und 6104. Riemers Hand 266.19 Rhoben. Der Maler und sein Vater schreiben sich Roßen (Preis-Acten von 1802 im G.-Sch.-Archiv) und so hat auch das Concept 268,12 öffentlichen Hs. und Conc. 271.1—3 g Dazu ein Concept von derselben Hand. Abg. Br. 1811/12, 99, woraus zu bemerken: 266,15 diesen aus dieses 17 vergl. adZ 18 meinem aus meinen 19 die — denn (mit der Correctur erwarten über hoffen] über da ich mich 267,7 ich fehlt 21 fehlen aus sehen 23 Eingriff 25 einem hölzernen] eine Art von hölzernem, vgl. „Redensarten, welche der Schriftsteller vermeidet, sie jedoch dem Leser beliebig einzuschalten überlässt" (Hempel 29, 253) 268,12 Theile 13 großen] dielen 11 drinn 269,4 drin 10 andere nach ins 17 ins 19. wo zuerst aus u. einsinden, dann umgeziffert 23 Haupt- über einzelnen 27 ob es gleich 270,4 wieder] noch Einmal 5 welches 7 den aus dem 13 folgt' gern 19 nach über wohl 2·älter 22 würden — machen aus würde es mir sehr angenehm seyn 24 so nach beynah 271, 1. 2 Unterhaltung über Beschäftigung 3 diene 7—21 fehlt 25 Datum, ohne W., g aR — 269,1 w und 269, 23 — 270, 11 zuerst gedruckt bei Riemer, Mittheilungen II, 686. Der ganze Brief: Briefwechsel zwischen Goethe und Reinhard S. 122. Antwort auf Reinhards Brief von 4.6. Dec. 1811 (Briefwechsel S. 117—122), dessen Empfang Goethe am 15. Dec. (Tageb. IV, 246, 27) notirt   266, 13 Über Johann Martin v. Rohden vgl. XVIII, 87. XIX, 85, 23, Tageb. IV, 255, 18. 23. 257, 16, Werke 48, 233, ADB. 29, 52 und Hempel 28, 766   267, 9 vgl. zu 169, 1   17 Reinhard hatte im Namen einiger Damen angefragt, „ob der gegitterte Verschlag an der Hausthür, woraus der kleine Goethe die Töpfchen und Töpfe zerschmiss [vgl. Werke 26, 13], in oder ausser dem Hause gewesen sey?"   268, 16 vgl. zu 251, 10   269, 1 Breguet, Essay sur la force animale et sur le principe de mouvement volontaire, Paris 1811, vgl. Tageb. IV, 246, 27. 28   34 vgl. zu 228, 15   270, 17 vgl. zu 201, 2. 3   271, 4 vgl. zu 237, 2.

Hier folge ein Brief, den Goethe, wie die an Schlosser vom 8. und 23. März (6272/73 und 6279/80), in der Rolle seines Sohnes verfasste (vgl. Tageb. IV, 257, 2 , wo fälschlich Sperrdruck). Concept von Riemers Hand in dem Fascikel des G.-Sch.-Archivs (Augusts Nachlass) „Acta privata das grossväterliche Vermögen in Frankfurt a. M. betr.", Bl. 1; am Schluss von Augusts Hand der Vermerk „abgegangen den 14. Febr. 1812". Frau v. Wolzogens Antwort vom 22. März 1812 in demselben Fascikel, Bl. 2.

An Caroline v. Wolzogen.

[Concept.]   [Weimar, 14. Februar 1812.]

Dieſer Brief, meine gnädige Frau, entſprungen aus dem Zutrauen, welches ich ſeit meiner frühſten Jugend zu Ew. Gnaden hege, enthält eine gehorſamſte Bitte um gütigen Rath in einer mir ſehr wichtigen Sache.

Ew. Gnaden wird nicht unbekannt ſeyn, daß das Vermögen meines Großvaters, nach dem Tode meiner Großmutter, in Frankfurt ſtehn geblieben iſt. Es war ſchon damals über unſere Erwartung geſchmolzen, und hat zeither noch immer mehr abgenommen, beſonders da ein Theil deſſelben in öſtreichiſchen Staatspapieren beſtand. Bedenken wir nun gegenwärtig, daß die Frankfurter Staatspapiere gleichfalls großen Verluſt erleiden; ſo müſſen wir

befürchten uns bald auf einen sehr geringen Vermögensstand zurückgeführt zu sehen.

Bey allem diesem haben wir nun noch, für den Rennwerth
des Vermögens, wie es in der Erbschaftsmasse verzeichnet war,
wegen allenfallsiger künftiger Abzugsgelder mit dem allersichersten
Capital Caution leisten müssen, dergestalt daß wir in einem
solchen möglichen Falle, noch immer mehr verkürzt würden.

Mein Vater, dessen Denkweise Sie kennen, läßt es ruhen,
und ich will ihn deßhalb nicht tadeln, um so weniger als er in
sich selbst Resourcen hat, die ihn allenfalls schadlos halten können.
Da ich mir aber ein Gleiches nicht anmaßen kann, so halte ich
für meine Schuldigkeit das Mögliche zu thun, daß dieses Vermögen, dessen Revenüen mein Vater mir gegenwärtig und künftig
gerne gönnt, zuletzt nicht ganz verschwinde.

Aus diesen Gründen wage ich, gnädige Frau, bey Ihnen an-
zutragen, ob Sie glauben, daß etwa von Ihro Hoheit dem Großherzog, aus aller Gnade für unser Haus, die Befreyung von der
Caution und folglich der Erlaß der Abzugsgelder zu hoffen seyn
dürfte, in Betracht daß mein Vater seiner Vaterstadt auf mancherley Weise Ehre gemacht und noch neuerlich in seiner Lebens-
beschreibung derselben ein bleibendes Denkmal gesetzt hat. Freylich
sind dieses nur Argumente nach außen; der Hauptgrund aber einer
solchen Vergünstigung würde immer in den wohlwollenden Gesinnungen Ihro Hoheit zu suchen seyn.

Ew. Gnaden haben das Glück in der Nähe dieses vortrefflichen Fürsten zu leben, und hätten wohl die besondere Freundschaft für mich, die Möglichkeit einer solchen Gewährung zu
erforschen und selbst durch einsichtsvolle Thätigkeit zu einer
günstigen Entschließung beyzutragen: Wie ich mir denn, wenn
Sie die Sache für möglich halten sollten, einige Winke erbitte,
was für Schritte von unserer Seite zu thun seyn möchten. Es
sollte mich höchlich erfreuen, wenn ich meinen Vater mit einem
glücklichen Erfolg dieses meines kühnen Unternehmens überraschen
könnte. Er würde die Wirkungen Ihrer thätigen Neigung gewiß
mit großem Danke empfinden, der meine aber würde unbegränzt
seyn, und mich an Ew. Gnaden und meinen Jugendfreund Adolph
immer fester anknüpfen. Der ich, gnädige Verzeihung erbittend,
die Ehre habe mit der größten Verehrung mich zu unterzeichnen.

*6257. Vgl. zu 4568. Riemers Hand   279,20. 274,1
Bogl so auch im Concept   274,5—7 *g* Dazu ein Concept
von derselben Hand, Abg. Br. 1811/12, 109 (werthlose Copie
im G.-Sch.-Archiv, alph.), woraus zu bemerken: 272,1
einer nach bey mir   6,7 aus — gegeben mit Blei, von Eckermann mit Tinte überzogen (vgl. zu 57,19.20), aus und Gelegenheit gegeben — zu bewundern   10 Ihnen aR   11 erzeugen
12 jungen braven   ben] biefem   273,11 fehr nach nunmehr
15 Archive   19.20 und mich zugleich   20 ehe   274,5—7 Datum *g* Mich — Goethe fehlt — Antwort auf den Adressaten
Brief vom 8. Oct. (Eingeg. Br. 1811, 215)   272,1 vgl. zu
266,12   10 vgl. zu 104,6.17   13 vgl. zu 228,20 und Tageb.
IV, 237,20.21 nebst Anmerkung   273,11 Blumenbach
übersandte am 8. Oct. ein Autogramm des Grafen v. Zinzen-
dorf, „das Concept einer Vorstellung an den König von
Polen v. J. 1727 die Ebersdorfer Bibel betreffend" in Beyträge zur Naturgeschichte, Theil II, 1811   24 vgl. zu 6237°.

6258. Concept von der Hand des Professor Lavés (vgl.
zu 6091), Abg. Br. 1811/12, 110, eine Übersetzung nach dem
deutschen Entwurf Goethen   274,15 s' aus aussi   16 aimable
nach excellent   275,19 des nach l'   n avec quelle über à la
21.22 affabilité nach à l'   22 il nach qu'il mit dans ses
adieu(x)   23 d'aller nach be venir   276,3 en nach Madame
3 avec — respect unter *Madame la Duchesse* in besonderer Zeile,
durch Verweisungszeichen *g*¹ an seine jetzige Stelle gebracht.
Eine Riemersche Abschrift des Concepts in Hirzels Sammlung
scheint Goethe als Vorlage für die Reinschrift benutzt zu haben.
Daher folgen wir ihr nicht bloss, wo sie Schreibfehler des
Concepts (*embassadeur, impossilité, regreter*) verbessert, sondern
auch, wo sie Kommata tilgt und kleine Anfangsbuchstaben
durch grosse ersetzt; *Vous, Votre, Vos*, bei denen Riemer
schwankt, schreiben wir durchweg gross. Eine Copie von
Schreiberhand im Kanzler Müller-Archiv (Nr. 744) beruht
nicht auf dem Concept, sondern auf Riemers Abschrift;
vermuthlich unmittelbar, denn dass sie aus der Reinschrift
geflossen sein sollte, wird auch durch die Unterschrift von
Schreiberhand: Goethe und das Datum Weimar 1812 nicht
wahrscheinlich. Auf sie geht Strehlkes Abdruck (Goethes
Briefe I, 468) zurück. Die deutsche Vorlage der franzö-

sischen Übersetzung, von Riemers Hand, Abg. Br. 1811/12,
111, lautet:

An der Herzogin
von Montebello
Erlaucht.

Als der vortheilhafteste Ruf dem Herrn Baron von St. Aignan
vorausging und ich mit Ungeduld erwartete, die persönliche Bekanntschaft dieses vortrefflichen Mannes zu machen, konnte ich
nicht hoffen, daß seine Ankunft mir noch eine so besonders großes
Vergnügen verschaffen würde: denn nicht leicht hat irgend ein
Abgesandter eine so angenehme Gabe überbracht als er, und wie
doppelt angenehm mußte mir die Gegenwart dieses vorzüglichen
Mannes werden, als er mir nach der ersten Begrüßung, das
gnädige Andenken von Euer Erlaucht überreichte.

Ich stelle dieses Meisterstück der neuern Kunst vor mich, um
mich dessen zum ersten und letzten mal zu bedienen, indem ich die
Züge des gegenwärtigen Briefes aus dem köstlichen Gefäß heraus-
schöpfe; nachher aber soll es unter allem was ich Köstliches und
Schätzbares besitze, dankbar aufbewahrt glänzen.

Wie sehr mich dieses Zeichen einer fortdauernden Huld gerührt, werden Ew. Erlaucht gewiß ermessen, wenn Sie sich überzeugt halten, daß ich der schönen Stunden immer eingedenk bin,
wo ich das Glück hatte Sie in meinem Hause freylich nicht nach
Würden, zu beherbergen; wenn Sie nicht zweifeln, daß ich den
Verlust Ihres großen Gemahls (Verzeihen Sie, daß ich Ihre Trauer
erneue), den frühzeitigen Verlust eines außerordentlichen Mannes
gleich als einer der Seinigen immerfort beweine. Seine großen
Verdienste habe ich nicht nur in der Ferne bewundert, sondern
auch seine Menschlichkeit in der Nähe lieben gelernt; ja ich werde
stets mit Freuden bekennen, daß er in gefährlicher Zeit mein Retter·
und in glücklichen Tagen mein Gönner gewesen. Wie gnädig

---

7 Auf hoffen folgt g (voraussetzen) baides über erwarten
noch außerdem   besonders g üdZ   9 als er g üdZ   12 von
üdZ   15 köstlichen mit Blei unterstrichen, darüber g (ge-
schmücken)   17 dankbar g über wohl   22 den frühzeitigen
23 gleich — beweine. üdZ   Seine über dessen   26 habe üdZ
27 auch seine über dessen   Menschlichkeit ich auch   28 stets g
über immerfort   28 Retter g über Beschützer

und freundlich er sich beim Abschiede gegen mich erzeigt, daran 20
kann ich nicht ohne Rührung denken: er lud mich so dringend und
herzlich nach Paris ein, wo ich das Glück haben sollte, Ew. Erlaucht und den theuren Ihrigen aufzuwarten; ja er schien es mir
zu befehlen, sodaß nur die Unmöglichkeit mich von meinem Wohnort zu entfernen, mich die Annahme so vieler Gunst verscherzen ließ. 25

Und indem ich um Verzeihung bitte, so weitläuftig geworden
zu seyn, schließe ich mit Bedauern, daß ich mir nicht erlauben
darf, meine Gesinnungen noch umständlicher an den Tag zu legen,
und mit der Versicherung u. s. w.

Zur Datirung des von Strehlke in den März 1812 gesetzten Briefes sei bemerkt, dass das französische und das
deutsche Concept zwischen denen von 6257 und 6266 eingeheftet sind, dass St. Aignan bereits am 8. Februar seinen
Besuch bei Goethe machte (vgl. Tageb. IV, 257, 2. 8) und dass
letzterer die Danksagung für das Geschenk der Herzogin
schwerlich lange hinausgeschoben hat — Die Adressatin,
Gemahlin des Marschalls Jean Lannes, welcher am 15. October 1806 bei Goethe einquartiert war (vgl. Tageb. III, 174, 5
und Keil, Goethe, Weimar und Jena im J. 1806, S. 47) und
während des Erfurter Fürstencongresses im September 1808
mehrfach mit Goethe in Berührung kam (vgl. Tageb. III,
389, 27. 391, 2. 25), übersandte ihm durch den französischen
Gesandten St. Aignan ein Tintenfass von Bronze (vgl. Charlotte v. Schiller 1, 623, Knebels Briefwechsel mit Henriette
S. 589), das sich noch jetzt im Goethehause befindet
274, 10 vgl. zu 237, 6   275, 17 Der Marschall Lannes, seit
1804 Herzog von Montebello, starb am 31. Mai 1809 an
seinen Wunden in Wien — Goethe bedauert am 12. Juli
1812 die Herzogin nicht in Carlsbad gesprochen zu haben,
vgl. XXIII, 41, 14.

*6259. Handschrift, von August v. Goethes Hand, in
demselben Fascikel wie 6227, Bl. 31   276, 19 Kenntniß g
am Seitenende eingewetzt   277, 8 Ottranz   18 loyale
23 doch g üdZ   278, 8 g — 277, 14—278, 8 gedruckt: Vogel,
Goethe in amtlichen Verhältnissen S. 286, wo auch, Voigts
auf den Rand des Briefes geschriebene Antwort — Zur
Sache vgl. 6227. 6262   276, 10 vgl. zu 126, 14 und 6052

11 vgl. zu XXI, 412, 13   17 vgl. Tageb. IV, 218, 9. 14. 15—17. 21
277, 1 vgl. Tageb. IV, 251—254; Thomas Johann Seebeck
(vgl. 6325) war von Reisen in Russland, Curland und Liv-
land zurückgekehrt und reiste nach Baireuth weiter, vgl.
Knebel an Henriette S. 585   3—6 vgl. Tageb. IV, 253, 7. 9.
10. 11. 17. 18. 23. 24   17. 18 vgl. zu 6227   24 vgl. Tageb.
IV, 258, 9 „Die 300 rthl. [von der Erbprinzessin Maria
Pawlowna] für die Instrum."

6260. Vgl. zu 6053. Nach Schade (Briefe des Gross-
herzogs Carl August und Goethes an Döbereiner S. 78) von
Riemers Hand; aber die von Schade beibehaltene Schreibung
Wohlgebohren weist auf August v. Goethe hin. Dazu ein
Concept von Augusts Hand in demselben Fascikel wie 6227,
Bl. 35, woraus zu bemerken: 278, 12 ich g über sich   20 Metalles
23 wünschte   24 Zwischenräume   279, 1. 2 Präparat-Sammlung
3 Das übrige aus Was das übrige betr[ifft]   4—5 Ew. —
Goethe.] pp.   5 Weimar den 18. — Zur Sache vgl. 6259.

6261. Handschrift von Schreiberhand in den Theateracten des G.-Sch.-Archivs (Directorial-Acten, Fasc. 18, Bl. 39)
von anderer Hand interpungirt   279, 8 Strohmeier so immer,
auch im Conc.   15. 16 dieselben Vergünstigungen   280, 4 bedeutendsten aus bedeutensten   16 10.wöchentliche] 10. auf leer-
gelassenem Raum, ebenso im Conc.   281, 4 Betrachtung ein
die [ein üdZ, Einschaltung des durch 280, 11 beeinflussten
Schreibers]   11 blasen   12 vollkommne   Dazu ein Concept von
August v. Goethes Hand, g^s durchcorrigirt, in den Acten
des G.-Sch.-Archivs Fascikel „Dienstsache. Theaterverhält-
nisse betreffend. Febr. 1812", Bl. 2, woraus zu bemerken:
279, 17 alle bedeutende Glieder g^s aus allen bedeutenden Gliedern   18 Abwesenheiten g^s über Vergünstigungen   22. 23 Bestimmung der Zeit g^s aus Zeit des Urlaubs   23 abhängen nach
b[estimmt werden?]   24 könne g^s aus könnte   280, 1 Epoche
g^s über Zeit   3. 4 demselben g^s aus denselbigen   4 bedeutensten
12. 13 Urlaub erhalten g^s aR hier eingesetzt und nach Bedingung gestrichen   13 die g^s aus diese   22 gesetzt vor uns
22 Schauspieler vor uns   281, 3 dass nämlich g^s über indem uns
4 uns eigens g^s über noch besonders   10 zu g^s üdZ   13 mehrgedachten g^s aus mehrgedachten   18 wie g^s aR neben sowohl
19. 20 sowohl — der g^s aR für die Ehre der   20 als g^s über

und 12 den g^8 aus dem 13 oberhalb g^8 aR 282, 1—4 aR
7 ihm] ihn 12 beseitiget 14 und g^8 üdZ 16 ja g^8 über und
19 gnädigste g^8 aus gnädigste 24 dem g^8 aus den 283, 3
von der Hand des Schreibers der Reinschrift — Gedruckt:
Schriften der G.-G. VI, 208, wo S. 205 ff. auch das Nähere zur
Sache; an den Rand der Eingabe schrieb Carl August:
„Ich stimme diesem Vorschlage gänzlich bey" 281, 7 Über
Franz Seconda vgl. Blümner, Geschichte des Theaters in
Leipzig, Leipzig 1818, S. 203.

6262. Vgl. zu 6053. Von der Handschrift gilt das zu
6260 Bemerkte 283, 7 einem] meinem Wir folgen hier
dem Concept von Riemers Hand, in demselben Fascikel wie
6227, Bl. 37, woraus ferner zu bemerken: 283, 7 worum
Ew. Wohlgebornen [so immer] über Sie 14 vollendet über
fertig 7 möchte] müßte 24 Instrumente Gedruckt: Schade,
Briefe an Döbereiner S. 79 — Zur Sache vgl. 6259 283, 8
= 6260.

*6263. Vgl. zu 6150. Riemers Hand 284, 17 Varn-
hagen so immer, auch im Concept 286, 20 Männern 27
Kielmayr Dazu ein Concept von derselben Hand, Abg. Br.
1811/12, 102, woraus zu bemerken: 284, 13 Blätter nach kleinen
seiner über der 19 dieselben] das kleine Heft 22 Publikation
üdZ 285, 1 aber nach auf (der andern Seite?) über nun
dagegen fehlt 6 bekennen aus bekennt 13 solche] sie 14
Blätter über Hefte 16 nur — Heft über kaum ein Datum
17 kaum über nicht, wie mich dünkt 18 aber üdZ 20 Buchstaben — machen aus Stellen einigen Zweifel übrig lassen
286, 3 Shakspeare üdZ Romeo aus Romeos 5 Mal 12 gerne
17 Datum Briefs 18 Handschriftl. Sammlung 19 von nach
die 21 z. E. 22 statt und ein Komma Kielmayr 287,
1—6 fehlt. Eine fehlerhafte Copie des Concepts im G.-Sch.-
Archiv („Cotta und Frommann 1816—1830"). Der Druck
von 286, 1—16 in den Schriften der G.-G. VI, 245 beruht
auf dem Concept und hat einige Fehler — 284, 10 vgl.
zu 6223 285, 18 Der Druck erfolgte auf Cottas Bitte vom
7. März doch im Morgenblatt 1812, Nr. 161—176, vgl. 6279
286, 3 vgl. zu 228, 16 18 vgl. zu 201, 2.3 22—30 In Goethes
Autographensammlung ist von den Genannten nur Carl
Friedrich Kielmeyer (vgl. ADB. 15, 721) mit einem Briefe an

Cotta vom 8. April 1812 vertreten, den Cotta vermuthlich am 17. April (Tageb. IV, 269, 16) persönlich überbrachte.

6264. Handschrift, eigenhändig, im Besitz von Herrn Prof. Dr. Albert Köster in Leipzig, der nachträglich eine Abschrift einsandte, nach der Folgendes im Text einzusetzen ist: 287, 12 Dande 12. 13 Wohlgeb. Sich 14 erwiebre 14. 16 rh. 16 ober, 17 Oberdirection 24 verwandten 25 Manuscr. Adresse: Des Herrn Hoflammerrath Kirms Wohlgeb. Gedruckt: Teichmanns Liter. Nachlass S. 239 als an Iffland und G.-Jb. V, 10 als an Kirms gerichtet, beidemal mit Abweichungen, die hier nicht verzeichnet werden — Antwort auf einen undatirten Brief von Kirms (vom 21. Februar, Eingeg. Br. 1812, 16), worin er sich erbietet „an Iffland deshalb zu schreiben, dass 12 Theater durch ihn dieses Stück zu kaufen veranlasst werden"; vgl. auch 6271.

6265. Vgl. zu 4102. Riemers Hand. Gedruckt: Briefwechsel II, 3 — 288, 9 vgl. zu 258, 6.

6266. Vgl. zu 4337. Handschrift unbekannt. Gedruckt: Freundschaftliche Briefe an Nic. Meyer S. 35 288, 16 voriges 22. 23 und 289, 11 erfreue 289, 22 erneure Wir folgen an diesen Stellen dem Concept von Riemers Hand, Abg. Br. 1811/12, 112, woraus ferner zu bemerken: 288, 13 Wohlgebornen 14 ich adZ 16 dem] von über unterm 17 leiber über freylich 19 die] welche 289, 1 Geringe 2 die über als (wir) sie 2. 3 Jahren nicht [aus Versehen nicht gestrichen] zu 10 unser aus unsrer wachten 12. 13 zugesendeten 22 bieß über gewesen auch nach Sie 23 setzn möchten] wären über hätten 290, 7 28.] 27. — Antwort auf des Adressaten Brief vom 10. Januar (Eingeg. Br. 1812, 8); der 288, 16 erwähnte frühere Brief vom 27. August: Eingeg. Br. 1811, 185 289, 19 Über den gothaischen General von Haake vgl. Knebels Briefwechsel mit Henriette S. 557 und zu 7034 20 Ein Hymnus an Flora, den Meyer für die zweite Auflage von Giehlen's (Pseudonym: Waller's) Stubengärtner schrieb 25 Meyer bat um Zusendung von Dichtung und Wahrheit, Th. I, durch den Prediger Schütz in Bückeburg, „da der Eingang in das französische Reich einige Schwierigkeiten hat"; vgl. 6267/68 290, 2 vgl. zu 6209 und 6237c.

*6267. Concept von Riemers Hand. Abg. Br. 1811/12, 112ᵇ — Adressat, ein Bruder des Hallenser Philologen Christian Gottfried Schütz und der Frau des Theologen Griesbach (vgl. XV, 243, ₃₀), war Prediger in Bückeburg, später in Frille, vgl. Neuer Nekrolog der Deutschen, 1843, 20, 195. Goethe hatte ihn 1801 in Pyrmont kennen gelernt, vgl. Tageb. III, 23, ₁₅. 25, ₁₃. 26, ₁₈. 48, ₂. Zur Sache vgl. zu 289, ₇₅.

6268. Vgl. zu 4837. Handschrift unbekannt. Gedruckt: Freundschaftliche Briefe an Nic. Meyer S. 18, undatirt, zwischen Briefen von 1804 und 1805; doch bildet das Billet offenbar die Beilage zum 1. Theil von Dichtung und Wahrheit, den Goethe an demselben Tage (vgl. zu 289, ₂₃ und 6267) an Schütz sandte — 290, ₃₀ vgl. zu 201, ₂. ₃   291, ₄ Gemeint ist der Astronom Johann Hieronymus Schröter, Oberamtmann in Lilienthal bei Bremen (vgl ADB. 32, 570); Goethes Autographensammlung besitzt von ihm einen Brief vom 5. Febr. 1812, von Goethe gleichfalls *g* „Schroeder" signirt.

*6269. Handschrift, eigenhändig, im Grossh. Sächs. Geh. Haupt- und Staats-Archiv A 9604ᵃ, Bl. 5 — 291, ₁₀ Ellenstein war betrunken in die Probe gekommen. Die übrigen Papiere über diese Angelegenheit in demselben Fascikel.

6270. Handschrift, eigenhändig und sehr flüchtig geschrieben, in Hirzels Sammlung Adresse: An Demoiselle Caroline Ulrich im Bischofschen Hause in Jena.   292, ₁ Übrigens ₃ militärisch Gedruckt: Riemer, Briefe von und an Goethe S. 192 — 291, ₁₄ vgl. Tageb. IV, 260, ₉. ₁₀. ₂₄. ₂₅   ₈₁ Der Mönch: „Scherzname, den Goethes Sohn August sich beigelegt hatte" (Riemer); vgl. „Hühnermönch" XXIV, 101, ₁₈ und dazu XX, 72, ₁₇.

6271. Handschrift, eigenhändig, im Februar 1895 von Gustav Adolf Müller in Strassburg zur Collation eingesandt. Gedruckt: G.-Jb. II, 265. Bei Strehlke III, 151 doppelt, als an Iffland und Kirms gerichtet, verzeichnet — Zur Sache vgl zu 6204.

6272. Vgl. zu 6051. Eigenhändig. Gedruckt: Briefe an Döbereiner S. 60 — 292, ₂₃ vgl. Tageb. IV, 201, ₁₈—₂₁.

Hier folge der oben zu 6256,57 erwähnte erste Brief an
Schlosser, und zwar nach dem Concept (von Augusts Hand
in demselben Fascikel, Bl. 8), nicht nach der Reinschrift
(zum Theil gedruckt bei Frese, Goethe-Briefe aus F. Schlossers
Nachlass S. 111), da nur ersteren den Antheil, den Goethe
selbst an dem Briefe hatte, rein darstellt.

An J. F. H. Schlosser.

[Concept.]

Schon lange hatte ich mir vorgenommen Ihnen einmal
wieder zu schreiben um mich in Ihr Andenken zurückzurufen. — pp.

Doch jetzt von etwas mir sehr wichtigen. Sie wissen werther
Freund wie unser großväterliches Vermögen in Frankfurth durch
mancherlei Zufälle viel geringer geworden war als wir anfänglich
glaubten. Diesen Rest des Vermögens wünschten wir nun freylich uns näher zu bringen, obgleich, durch Ihre gütige Vorsorge,
mancher Verlust von uns abgewendet, und uns mancher Gewinn
verschafft worden; Jedoch halten uns immer die starken Abzugsgelder ab das Vermögen quaest. aus dem Großherzogthum Frankfurth zu ziehen. Mein Vater kann sich nach seiner Denkweise
mit Geschäften dieser Art weniger abgeben, doch halte ich es für
meine Schuldigkeit uns das Vermögen so viel als möglich zu erhalten. Da nun Se. Hoheit der Herr Großherzog von jeher viel
Gnade und Freundschaft für meinen Vater gehegt, so wäre es
wohl am gerathensten, sich wegen des Abzugsgeldes Erlasses an
Se. Hoheit zu wenden, und sollte es vielleicht den günstigen Ausgang der Sache erleichtern wenn ich selbst nach Aschaffenburg und
Frankfurth käme, so würde dieses jetzt um so leichter geschehen
können, da viele Meßgelegenheiten aus unserer Gegend nach Frankfurth gehen. Auch wünschten wir noch zu wissen an wem man
sich in Frankfurth zu wenden hätte, damit von daher keine ungünstige Berichte in der Sache an Se. Hoheit gelangen welches jetzt
wohl weniger zu befürchten steht, da mein Vater in seiner Lebens-
beschreibung seiner Vaterstadt ein bleibendes Denkmal gesetzt, und
in diesem Fall wohl auf ein Vergeltungsrecht Anspruch machen
dürfte.

Über die Puncte erbitte ich mir Ihr Sentiment pp.

W. d. 8 März 1822.   A. W. v. Goethe.

6273. Vgl. zu 6053. Ernst Carl Christian Johns Hand
(vgl. XXIII, 437)   293, 20 Nastanne so auch das Concept
23 besprechen nach dem Concept verbessert   294, 12—14 g
Dazu ein Concept von derselben Hand im gleichen Fascikel
wie 6227, Bl. 54, woraus zu bemerken: 293, 14 andere   18
hintern   20. 21 Die — besorgl. aR   23 einige   294. 3 ich
fehlt   12—14 Mich — Goethe. fehlt — 293, 6 vgl. Tageb. IV,
262, 8. 9   12 Dieses Verzeichniss findet sich in dem gleichen
Fascikel wie das Concept, Bl. 55; vgl. auch 6274   22 Hof-
kupferschmied Christian Gottlob Pflug in Jena, vgl. 277, 8
und XIX, 473, 4. XXI, 78, 10. 80, 1.

*6274. Concept von C. Johns Hand in demselben Fas-
cikel wie 6227, Bl. 56, mit der Adresse: An Herrn Oberbergrath von Einsiedel; dort auch die übrigen auf den französischen Destillierapparat bezüglichen Acten, vgl Tageb. IV,
253, 21. 24. 254, 2. 3 — Der Adressat ist wohl der Bergrath
August v. Einsiedel, der „Afrikaner", auf welchen der Aufenthalt in Jena, die Beschäftigung mit Chemie und der Besitz von
Pariser Glaswaaren hinweisen (vgl Von und an Herder II,
352. 409, Keil, Goethe, Weimar und Jena 1806 S. 96. 105,
Heitmüller, Aus dem Goethehause S. 97, Crabb Robinson's
Aufzeichnungen, Weimar 1871, S. 313)   294, 13 Diese Tabelle (vgl zu 293, 12) scheint Einsiedel persönlich an Goethe
zurückgestellt zu haben, vgl. Tageb. IV, 262, 7   21. 22 Die
Wiederholung von auch (vgl zu 224, 17) ist vielleicht so
aufzufassen wie die des Personalpronomens bei Goethe und
Schiller (vgl Jungfrau v. Orleans, Vers 490 f., ed. Goedeke)
295, 18 vgl. Tageb. IV, 273, 26—28 „Um 11 Uhr zu Herrn von
Einsiedel. Schöne Gemme, Pompejus den Jüngeren vor-
stellend".

6275. Handschrift, eigenhändig, zur Zeit des Drucks
im Besitz des Herrn Alexander Posonyi in Wien und leider
unerreichbar. Der Anfang gedruckt im Katalog der Malt-
zahnschen Autographensammlung, Berlin Albert Cohn 1890,
Nr. 154 und in dem der Posonyi'schen, Bonn Fr. Cohen 1900,
Nr. 120; Friedrich v. Müller, der spätere Kanzler, als Adressat
ergiebt sich aus dessen „Erinnerungen aus den Kriegszeiten
von 1806—13" S. 271 und Goethes Tageb. IV, 262, 11; vgl
auch zu 6388.

6274. Vgl. zu 6136. Eigenhändig. Gedruckt: Briefe an Frau v. Stein⁹ II, 427 — 296, 7 Die Erbprinzessin Caroline Louise von Mecklenburg-Schwerin hatte bei'm Abschied an Frau v. Stein ihr Kanarienvögelchen geschenkt. Dies zertrat die Zofe; „Goethe war aber so artig, mir heimlich den leeren Vogelbauer holen zu lassen und setzte einen andern kleinen Dalai-Lama hinein" (Düntzer II, 563, Knebel an Henriette S. 5!'4). Die Antwort der Frau v. Stein von demselben Tage: Briefe⁹ II, 427.

*6277. Concept von Riemers Hand, Abg. Br. 1811/12, 115 — 296, 14 fich nach auch 297, 6 Absatz nachträglich durch eine Klammer angedeutet. Datum nach Analogie von 6278; doch scheinen die Riemerschen Concepte beider Briefe bereits vor dem 9. März entstanden zu sein, denn am 11. März begann C. John in Jena seine Thätigkeit als Schreiber (vgl. zu 6273). Abgesandt wurden beide Briefe am 18. März, vgl. Tageb IV, 262, 19 — Antwort auf einen Brief des Fürsten vom 27. Februar 1812, mit dem dieser, als ausserordentlicher Gesandter und bevollmächtigter Minister Österreichs am Dresdener Hofe, Goethe das Schreiben Metternichs übersandte, das seine Ernennung zum Mitglied der Akademie enthielt 296, 14 Am 16. September 1810, vgl. Tageb. IV, 154, 15.16.

6278. Handschrift unbekannt. Nach einer Abschrift in den Acten der Wiener Akademie der bildenden Künste abgedruckt von Carl v. Lützow in der Geschichte der K. K. Akademie der bildenden Künste, Wien 1877. S. 151. Der Abdruck in Aus Metternichs Nachgelassenen Papieren I, 240, vermuthlich nach dem Original, ist nicht so vollständig und weniger genau als bei Lützow; die Abweichungen sind hier nicht aufgeführt. Das Original wird wohl eigenhändig sein. also 297, 10 benden, 23 Dand haben u. s. w. 299, 6 das v. fehlt bei Lützow; doch vgl. zu 2778. 3642. Dazu ein Concept von Riemers Hand, Abg. Br. 1811/12, 113 (werthlose Copie im G.-Sch.-Archiv, alph), woraus zu bemerken: 297, 10 Hochgeborner Graf,] Hochgeborner, 14 einsichtig über gnädig 17—19 war — Lesen g über forderte die genugsame Kenntniß einer solchen Gunst auch mir in Betrachtung des Allgemeinen einen ehrerbietigen Dank ab 22 jener g über dieser 22 ben

g über meinen   gefühlteſten,] g¹ geſtrichen und durch ſchuldigſten
erſetzt; doch iſt die Correctur wieder ausgewiſcht   barzu-
bringen g nach zu ſagen   298, 1 beſonbern   4 anbern zu ſeyn
g aus ſeyn zu können   5 hieß Riemer mit Blei über das, von
Eckermann (vgl. zu 57, 19. 20) mit Tinte überzogen   ſicherer
6 gleichwirkenbre g üdZ   8 aufgemunlert Riemer mit Blei aus
aufgeregt, von Eckermann mit Tinte überzogen   13 erneutt
14 wollen g nach mögen   17.18 vereinigten bilbenben fehlt
18 lebhafteſten] gehorſamſten   19 gleich] ſchon   21—21 auf — mögen]
Zuerſt auf — Weiſe mich auszeichnen und baburch [alles] allem
was — Epoche ſtiften wollen; dann mich auszeichnen g¹ erſetzt
durch bey einer ſo glänzenden Gelegenheit auch an mich, ferner
ſtiften g¹ geſtrichen.   Auf der gegenüberſtehenden, damals
noch leeren Seite (Bl. 115) ſchlägt Riemer mit Blei vor: auf
— meiner gebacht unb allem — Epoche geſtiftet zu ſehen.   Endlich
g aus der urſprünglichen Faſſung die endgiltige, jedoch ohne
die Änderung von wollen in mögen   23 verehrliche g über geneigte
24 nicht weniger g über ſo wie ich   27 ſelbſtrigen   299, 4—6
fehlt — Antwort auf Metternichs Brief vom 19. Februar 1812.
vgl. 6277. 6444 und Tageb. IV, 260, 15. 16 nebſt Anmerkung.
   *6279.   Vgl. zu 6150.   Eigenhändig   299, 13 Varn-
hagenſche] Varh.   9 Überlegen   15 Überhaupt   20 erwartete
Vorſchläge] tele Vor fehlt beim Übergang von einer Seite zur
andern — Antwort auf Cottas Brief vom 7. März 1812 („Acta
Die Ausgabe meiner Wercke bey Cotta betr. 1805,14", Bl. 68)
299,4 Am 17. April, vgl. Tageb. IV, 269, 15   16 vgl. zu 285, 18
19 vgl. zu 6213. Cotta ſchreibt am 7. März: „Was ich in Ihrem
Schreiben aber am meiſten vermiſſte, war die Erklärung wegen
der Werke — wir geben den Nachdrukern gewonnen Spiel,
wenn mit einer wolfeilen Ausgabe länger gezaudert wird
— bereits meldet man mir von Berlin, daſs der Wiener
Nachdruk ſich dort einſchliche"   300, 16 vgl. zu 6264. 6271.
   Hier folge der oben zu 6256,57 erwähnte zweite Brief
an Schloſſer nach dem Concept (von C. Johns Hand in demſelben Faſcikel, Bl. 6).

An J. F. H. Schloſſer.

[Concept.]
   Wir ſind Ihnen, theuerſter Freund, zu ſo vielem Anderm,
obermals ben größten, verbindlichſten Dank ſchulbig, baß Sie bie

Angelegenheit, welche mich seither besonders beschäftigte, so schön und bestimmt auseinander setzen wollen. Sie zeigen mir aufs klarste und deutlichste, daß die Begünstigung, welche ich vielleicht etwas zu rasch gewünscht, nicht allein schwer zu erlangen, sondern, wenn man sie auch erlangt hätte, schwer zu benutzen seyn würde, und ich möchte daher nach einer so gründlichen Darlegung des ganzen Geschäfts mich leicht bewogen finden auf jenen Wunsch völlig Verzicht zu thun.

Da Sie aber schon vorläufig die Güte gehabt, mit des Herrn Grafen Benzel von Sternberg Excellenz, dem sich mein Vater mit mir gehorsamst und angelegentlichst empfiehlt, über die Sache zu sprechen, und keine entschiedne Abneigung bey demselben verspürt, so überlassen wir es Ihnen gänzlich, ob es räthlich scheine die Sache bey dem vortrefflichen Herrn nochmals zur Sprache zu bringen, wie wir denn sowohl demselben, als Ihnen die Frage ob ein weiterer Schritt zu thun, zur Entscheidung völlig anheim geben, und die schon gezeigten günstigen Gesinnungen dankbar verehren.

Es erfolge jedoch was da wolle, so muß es uns höchst interessant seyn, den Zustand, in dem sich unser Vermögen befindet, bey dieser Gelegenheit so genau entwickelt zu sehen, wobey wir uns doppelt und dreyfach Glück wünschen, diese, so sehr in Gefahr schwebenden Reste unserer Habe, Ihrer treuen freundschaftlichen Sorgfalt empfohlen zu wissen. Ich will mir mit der Hoffnung schmeicheln, daß das gute Glück mich auf irgend eine Weise bald nach dem lieben und schönen Frankfurth, und zwar in einer besseren Jahreszeit führen und mein Verlangen Sie wieder zu umarmen befriedigen werde.

Was die 75 Ducaten betrifft so haben Sie die Güte solche, nebst dem was für meinen Vater sonst noch in cassa ist, gleichfalls in vollwichtige, wo möglich kaiserliche Ducaten verwandelt, mit der fahrenden Post hierher zu schicken.

Auf das was Sie sonst noch meinem Vater nächstens zu senden versprechen, freut er sich zum voraus. Wir empfehlen uns allzusamt Ihnen und den lieben Ihrigen aufs bringendste und herzlichste, indem wir alles, was Sie für uns so freundschaftlich und treulich thun wollen, dankbarlichst anerkennen.

Weimar den 23. März 1812.

6280. Vgl. zu 268. C. Johns Hand 301, 23 *Defand*; vgl. Tageb. IV, 411 Gedruckt: Briefwechsel II, 52 302, 23 — 303, 10 schon von Riemer (Mittheilungen über Goethe II, 689) gedruckt, der 302, 23 mit ansprechender Änderung schreibt: ift das den — Antwort auf Knebels Brief vom 24. März (Briefwechsel II, 50) 301, 3 Riemer wurde Ostern 1812 als Professor am weimarischen Gymnasium angestellt, vgl. 312, 24. 320, 22. 326, 1. 337, 7. 379, 1 13 Marie de Vichy-Charmond, marquise du Deffand, Lettres à Horace Walpole et à Voltaire. Nouv. édit. T. I—IV, Paris 1812, vgl. Tageb. IV, 411 25. 29 Oeuvres de St. Simon, T. I, sind im Ausleih-buch der Weimarischen Bibliothek unter'm 20. Februar, Chateaubriand, Génie du Christianisme, T. I—V, unter'm 23. März verzeichnet, vgl. Tageb. IV, 258—265. 411. 414 302, 3 vgl. zu 237, 8. 295, 23 10 vgl. Tageb. IV, 262, 12. 22. 13. 263, 3 und 414 26 Schelling „Denkmal von göttlichen Dingen" München 1812, Gegenschrift gegen Jacobis „Von den göttlichen Dingen und ihrer Offenbarung", München 1811, vgl. Tageb. IV, 263, 6. 7 und hier zu 225, 12.

6281. Vgl. zu 6136. Umrändertes Kärtchen in Octav, eigenhändig. Von der Empfängerin datirt: 27 ten Merz 1812 303, 13 fich fehlt Gedruckt: Briefe an Frau v. Stein 3 II, 428 — 303, 13 vgl. zu 296, 7.

*6282. Concept von C. Johns Hand, Abg. Br. 1811/12, 116 304, 19 fondern nach zu betrachten und zu beurtheilen Bezug *g* aus Bezuge 12. 13 zu beurtheilen *g* über im Auge zu haben 21 füge über verflache(rr) — Antwort auf den Brief des Adressaten, des Kupferstechers Vincenz Reimund Grüner aus Wien, vom 16. Oct. (Eingeg. Br. 1811, 222), worin er die Übersendung eines Packetes, enthaltend eine fünf-actige Tragödie „Edmund und Eleonore", ein kleineres Trauer-spiel „Das Hübchen" und ein Lustspiel in Prosa „Das Bild", ankündigt.

*6283. Concept, oder genauer: zur Absendung be-stimmtes, aber cassirtes Diclat, von C. Johns Hand, Abg. Br. 1811/12, 124 305, 8 flächern über jüngeren 10. 11 haben, nur in dem Karlsbabergraniten [*g* aus granit] 11. 12 rothem — gebilbet *g* aus einem rothen Thongebilde 13 Toldatiges *g* aus artiges 20 von der *g* über zur 21 zur nach und fetzt nach auch — Dass der Brief an den Ilmenauer Bergrath Johann Carl Wilhelm Voigt (vgl. Strehlke II, 359) gerichtet ist, ergiebt sich aus 316, 20—23.

*6284. Handschrift jetzt unbekannt; hier nach einer Abschrift von Herrn Gotthilf Weisstein in Berlin — Vermuthlich an Riemer gerichtet, der Goethe Vormittags verfehlt hatte, als er über die Tags zuvor abgehaltene letzte Probe zu Calderons „Das Leben ein Traum" berichten wollte.

*6285. Concept von C. Johns Hand in den „Acta Commissionis die Jenaischen wissenschaftlichen Anstalten betr. von Weihnachten 1811 bis dahin 1812. Volumen generale", Bl. 13 306, 13 haben aus lomm (Hörfehler) 14.15 ein — gemacht aR 21 zu g üdZ 23 im — bin aR für lann 307, 1 Jena aR 3 drüben über in Jena 7 sie fehlt 19 der nach und äußere Absicht 20.21 und — liegt aR 21.22 Die Sternwarte aR für Das astronomische Geschäft 22 sie aus es 308, 17 vollkommenster aus vollkommener — Unserm Concept geht Blatt 11 des erwähnten Fascikels v. Müfflings Brief vom 28. März 1812 (das darin erwähnte Pro memoria ist nicht beigeheftet) und Bl. 12 der Vermerk g voraus: Auf Rücksprache mit des Herrn Geh. Rath von Voigt Exzell. wurde erwiedert wie nachsteht. G. Zur Sache vgl. auch 6317.

6286. Vgl. zu 6106. C. Johns Hand. 309, 19 Was] W aus w 23 Allein] A aus a Dies und Ähnliches deutet darauf hin, dass der Brief gleich in's Reine dictirt ist 310, 6 vollwichtige g eingefügt 21 g 22 schön] schon — 309, 1 vgl. zu 259, 10 14 vgl. zu 258, 8 310, 10 vgl. zu 335, 7

*6287. Vgl. zu 6371. Concept von C. Johns Hand, Abg. Br. 1811/12, 117 311, 2 glücklich — bin g aR für das Glück habe 4 Ihrer Freunde g aus Ihren Freunden 12 man einigen aus manchen für — Bemühung g über dafür 13 Doch g über Nur bey mir g üdZ 14 ,meine nach damit 16 Wenigem aus Wenigen 312, 1 und gegenwärtigen g üdZ 1.2 auch — Blätter g aus unter diesen Blättern mehrere 2 meinen g über den 17—18 ihr — worden g aus durch einen freundlichen Brief gleichfalls eine Lücke meiner Sammlung ausgefüllt 16 Ihr — Packet g aus Ihre geschehene [Hörfehler für gar schöne? vgl. 315, 6.7] Grabung 24 Gymnasium g aus Gymnasio 313, 4 besuchen kann g aus wird besuchen können — Der Name der

Adressatin nach der Karlsbader Curliste von 1811 (Nr. 449)
und eigenen Unterschriften in Briefen an Goethe und
Riemer (G.-Sch.-Archiv); Goethe selbst machte wohl den
österreichischen Branch mit, wenn er sie „Frau v. Flies"
nannte, vgl. auch zu 6152. Der in der Reinschrift offenbar
als Datum festgehaltene 31. März (vgl. zu 6288) beruht wohl
schon im Concept auf einer kleinen Zurückdatirung   311,
3 vgl. Tageb. IV, 214, 2. 8. 215, 3. 16   5 vgl. Tageb. IV, 263,
21. 22   312, 11 vgl. 6288   24 vgl. zu 301, 8   313, 6 vgl. 6371.

6288. Handschrift von C. John in Hirzels Sammlung
314, 13—15 mit Ausnahme des Datums g Eine „eigenhändige
wortgetreue Abschrift" von der Hand der Empfängerin,
nebst einem erläuternden, von ihr geschriebenen „Vorwort",
verzeichnet der Posonyi-Catalog 97 von Fr. Cohen, Bonn
1900, Nr. 166. Abgedruckt von M. Bernays, Im neuen Reich
1875, Nr. 15. Dazu ein früheres, nicht abgesandtes Dictat
der Reinschrift von derselben Hand, Abg. Br. 1811/12. 119,
woraus zu bemerken: 314, 20. 21 hohe — Verdienst g aus Achtung und Neigung für verdiente Personen   23—25 fehlt mit
Ausnahme des Datums. Ferner ein ausführlicheres Concept
von derselben Hand, Abg. Br. 1811.12, 118 mit der Überschrift: An Frau Caroline von Pichler (vgl. zu 6152), woraus
zu bemerken: 313, 18—22.23 darf — entgegenkommen] will nicht
säumen für Ihre — entgegen kommen (fehlt: zu danken)   24 wie
— übrigen] auch nur   314, 6 werde nur um   dieses g aber
jetziges   8.9 Eigenthümlichste g aus Eigenthümliche   13—22 ja
— Goethe.] aber es fällt mir immer schwerer über einzelne Arbeiten mich zu äusern, weil man [oft] eigentlich zu weit ausholen
muß, um mit Bedeutung zu loben, und mit Grund zu tadeln.
Ebenso wenig aber will ich verhehlen, daß die Werke, die Sie und
einige andere meiner Freundinnen hervorgebracht, mich schon längst
[f. l. g üdZ] veranlaßten [g aus veranlassen] über weibliche Autoren, ihr Talent, ihre Richtung, ihre Vorzüge, ihre Mängel und
ihren Einfluß nachzudenken, was ich Ihnen gern vertraulich überschicken würde, wenn es je zu Papier gekommen wäre. Ich bin
so eingebildet zu glauben, daß auf diese Weise talentvolle Frauenzimmer über sich selbst und über das Publicum aufzuklären für
sie von grosem Vortheile seyn und ihnen auf einmal über mehr
Hindernisse hinüber helfen würde, als durch einzelne Urtheile ge-

schwören kann, die doch meistens dem Maler nur nachhinken. Leben Sie recht wohl und bleiben meiner Theilnahme versichert. — Antwort auf der Adressatin Brief aus Wien vom 28. Nov. 1811, mit dem sie Autographen von Haydn, Nelson, P. Hell, Denis und Mastalier übersendet   314, 2 Zwei Briefe Mozarts aus Goethes Autographen-Sammlung: G.-Jb. XII, 100.

Ein ungedruckter Brief Goethes an Kirms vom 6. April 1812, der beginnt: E. W. wollen gefälligst, (nach Strehlke I, 336. III, 151 früher in W. v. Maltzahns Besitz) blieb unerreichbar.

*6289. Concept von C. Johns Hand zu 315, 1—316, 27: Abg. Br. 1811/12, 121ᵇ. 126ᵇ; zur „Beilage" (317, 1—21) in dem gleichen Fascikel wie 6227, Bl. 66   315, 3 Briefschulden —meine aR für auswärtigen   13. 16 meinen Freunden g aus meinem Freund   18 nach schüttelt, folgt Pro(fessor)   316, 12 geworden aus worden   317, 20 meßwegen aus beßwegen   21 aR: abgesendet den 6. April — Das Datum nach dem Tageb. IV, 266, 27 — 267, 2   315, 7 vgl. zu 6239   9 vgl. zu 201, 2. 3   21 vgl. zu 126, 18   316, 6 vgl. Tageb. IV, 415 zu 268, 6   10 Über Wilhelm August Lampadius (1772—1842), Chemiker und Metallurg, vgl. XIX. 189, 1. 16 und ADB. 17, 578   17 Albrecht Gotthelf Freih. v. Ende, Hofmarschall der Erb-prinzessin Maria Paulowna, vgl. XXI, 350, 19, hier 375, 7 und 6322. 6432   20 vgl. zu 6283.

6290. Vgl. zu 4318. Nach der Orthographie (Monath, Aufsicht) von C. Johns Hand   319, 1—4 g   Dazu ein Concept von derselben Hand, Abg. Br. 1811. 12, 120, woraus zu bemerken: 318, 20 litterarischen   21. 22 jetzt vor zu — Ge-brauch   23 ich g üdZ   höhern nach ohne Hoffnung und ohne Erfolg   24. 25 und — leider g aR für . Man   25 man jetzt g üdZ   319, 1. 2 fehlt   3. 4 W. — 1812] d. 7. Apr. 1812. g aR   Ge-druckt: v. Biedermann, Goethes Briefwechsel mit F. Roch-litz S. 137 — Antwort auf des Adressaten Brief vom 21. Febr. 1812 (v. Biedermann S. 139)   318, 4 vgl zu 252, 22; Roch-litz hatte nur den ersten Bogen seiner Bemerkungen über-sandt, ein „weitschichtiges Fragment" dagegen vernichtet   23 Rochlitz übersandte ein Verzeichniss von verkäuflichen Gemälden aus der Sammlung Gottfried Winklers in Leipzig.

6291. Vgl zu 3169. Handschrift (in Tegel?) unbekannt; hier nach einer Abschrift (G.-Sch.-Archiv, alph.), die Gabri-

ele v. Bülow am 17. Juni 1869 an Goethes Enkel sandte,
auf der auch Bratraneks Text (Neue Mittheilungen aus
J. W. v. Goethe's handschr. Nachlasse III, 239) mittelbar
beruht, denn das Zwischenglied, Abschriften nämlich, die
Abeken, der ursprünglich mit der Herausgabe betraute Be-
arbeiter des Briefwechsels, anfertigen liess und collationirte,
sind laut Acten des Archivs nach Beendigung des Drucks
am 2. März 1876 vernichtet worden   321, 3. 6 Eybenberg]
Eichenberg; ebenso das Concept   7—8 Mich — Goethe g Dazu
ein Concept von C. Johns Hand, Abg. Br. 1811/12, 120ᵇ, woraus zu bemerken: 319, 19 haben fehlt   320, 13 Um ein
g aus Ein   Calderonisches   20 sehr g aR für vollkommen
17. 28 dem — empfele g üdZ   321, 7—8 Mich — Goethe fehlt
9. 10 Weimar — 1812.] b. 7. Apr. 1812. g — Antwort auf Caro-
linens Brief aus Wien vom 22. Jan. 1812. abgedruckt im
G.-Jb. VIII, 78   319, 25 Caroline übersandte „Blätter, die
Humboldt von H. Gropius aus Trichery empfangen hat",
über einen antiquarischen Fund auf Ägina, der in Zante
versteigert werden sollte, mit Bitte „sie ins Deutsche übersetzt, in irgend eine recht gelesene gelehrte Zeitung ein-
rükken zu lassen". Eine Übersetzung erschien im Morgenblatt 1812, Nr. 19   13 vgl. zu 228, 13   19 „Das Leben ein
Traum", nach Calderon von Einsiedel und Riemer bearbeitet,
wurde zuerst am 30. März 1812 gespielt, vgl. Burkhardt,
Repertoire S. 83 und hier 325, 23. 328, 1. 345, 11   22 vgl. zu
301, 6   321, 5 vgl. zu 32, 21.

6292. Vgl. zu 268. C. Johns Hand. Gedruckt: Briefwechsel II, 54; 321, 16—323, 13 vorher ungenau bei Riemer,
Mittheilungen II, 689   321, 16 regem so auch das Concept
323. 14. 15 g   Dazu ein Concept von derselben Hand, Abg.
Br. 1811/12, 125, woraus zu bemerken: 322, 8 soll g über
muss   14 handeln über sind   323, 8 jetzt werde ich's mich
13 hervorgenöthiget   16 sein g über dieses   18 in g über an
19 sehr — ist üdZ   21 fehlt — Antwort auf einen fehlenden
Brief Knebels   321, 16 vgl. zu 225, 11   21 Breguet, Essay
sur la force animale et sur le principe de mouvement volontaire, Paris 1811, vgl. 269, 1. 13   322, 15 mysteria iniquitatis:
vgl. Batsch an Knebel, Winter 1801, bei Düntzer, Zur deutschen
Literatur und Geschichte II, 18, Goethes Tageb. III, 147, 8,

Riemer, Mittheilungen I, 254   323, 11 vgl zu 225, 11
14 vgl. zu 302, 24   24 Aus diesen nicht mehr vorhandenen
Beilagen erfuhr Knebel, dass der Herzog seinem Sohn Carl
ein Stipendium verliehen habe, vgl 339, 14 und Knebel an
seine Schwester Henriette, 9. April 1812, Briefwechsel S. 601.

*6292. Handschrift von C. John in demselben Fascikel
wie 6285, Bl. 24   324, 6 Zebbel ist beizubehalten vgl XXIII,
12, 4.11 — Die Veranlassung war eine im Sommer 1811 von
Stützerbach eingetroffene Sendung Präparatengläser für
das anatomische Kabinett. Ein Vermerk Voigts über Er-
ledigung der Angelegenheit aR; mehrere einschlägige Acten-
stücke in demselben Fascikel, dem Bl. 32—37 fehlen.

6294. Vgl. zu 4102. C. Johns Hand   326, 16 g
Dann ein Concept von derselben Hand in dem gleichen
Fascikel wie 6118, Bl. 10, woraus zu bemerken: 324, 17.
18 und — gesprochen adZ   325, 1 geistige g aR   10 gar zu gern
16 Inhalt   17 durch ein nach wieder   23 Ausführung   326,
5 Zu, er aus Gr   17 mich aus ich   18 fehlt   17. 18 Datum;
den 9. [Ap]ril 1812. Gedruckt: Briefwechsel II, 3 — 325, 1
vgl. zu XXIII, 245, 7. 19   5 vgl. zu 228, 13   12 vgl. zu 109, 1
23 vgl. zu 320, 19   326, 1 vgl zu 301, 5.

6295. Handschrift von C. John im Besitz der verw. Frau
Regierungsrath von Longard in Sigmaringen, durch Herrn
Professor Dr. M. Spahn in Bonn nachträglich zur Benutzung
eingesandt. Es ergiebt sich daraus, abgesehen von der
Bestätigung des Datums, dessen Richtigkeit H. Düntzer in
der Zeitschrift für deutsche Philologie 31, 553 bezweifelt,
Folgendes: 326, 20 journale   21 Museums   327, 10 Pfuhls
16 es nur für   328, 11 Gutes   13 auch fehlt   14 die
vereinigte R.R.   17 Excellenz   20 Hier folgt g: Lassen Sie
mich Ihrer Neigung empfohlen seyn! Goethe. Weimar d.
8. Apr. 1812. Dazu ein unserm Text' zu Grunde liegendes
Concept von derselben Hand, Abg. Br. 1811/12, 122 (werthlose Copie im Kanzler Müller-Archiv, Nr. 766), woraus zu
bemerken: 327, 4 Lassen nach Kann ich durch Darstellung
des Vergangenen irgend jemand freude machen, so soll es mir
sehr lieb und angenehm seyn. [g³ gestrichen]   10 Pfuhls
14 annehmen aus angenom(men)   lieben g über sonst so braven
18 für nach nur   20 —328, 7 Etwas — gefunden auf besonderem

Blatt (123) als Ersatz für den Absatz: Etwas über unser
Theater mitzutheilen würde sehr schwer fallen. Wir gehen auf
[g aus auch] unsere alte, einmal für recht anerkannte Weise
fort, und es gelingt uns so ziemlich; (aber Maximen,) wonach
man handelt, auszusprechen, ist immer gefährlich, und bringt
wenig Nutzen, weil sich die Menschen wohl in Absicht auf die
Wirkungen, nicht leicht hingegen über die Ursachen vereinigen.
327, 24 auf g aus auch, Hörfehler   25 empfängt g über aufnimmt
328, 8 Über g aus Etwas über   9 einiges g üdZ   13 sage g²
aus sagt   14 R.R. nach vereinigte, das aus Versehen nicht
gestrichen ist. Gedruckt: Schriften der G.-G. XIII, 197;
327, 20 — 328, 7 vorher in den Schriften der G.-G. VI, 255 —
326, 20 In einem Briefe vom 11. Dec. 1811, abgedruckt:
Schriften der G.-G. XIII, 193   25 im Tageb. nicht erwähnt
8 Über A. W. Schlegels Nibelungenstudien vgl. Schriften der
G.-G. XIII, 855   10 Adam Müllers „Agronomische Briefe"
erschienen im Deutschen Museum I, 54. 187; F. v. Pfuels
Aufsatz „Über das Studium der Kriegsgeschichte" ebda.
S. 221   15 vgl. zu 225, 11. F. Schlegels Anzeige im Deutschen Museum I, 79   16. 27 vgl. an 29, 10   328, 1 vgl. zu
320, 19   4 vgl. zu 228, 18   10 vgl. Schriften der G.-G. XIII,
361   15 vgl. zu 6278. 6444.

*6296. Concept von C. Johns Hand in demselben Fas-
cikel wie 6254, Bl. 53; signirt von Kirms und Kruse.   328,
24 Hochberg aus Tero   329, 14 verbriefliche Kirms über unangenehme   17 an Kirms üdZ   22 durch nach zugleich   und Kirms
üdZ   330, 28 billigmäßige] billig üdZ; billigmäßig ist Kanzlei-
ausdruck für billig, vgl. DWB. II, 29   331, 8. 9 der — als
Kirms aR   9 an aus auf   Rthlrn Kirms aus Rthlr   9—11 ingleichen — der Brand-Assecurations Casse Gelder [der Brand- aus
des Bey(trags)] Kirms aR   12. 13 alles—als Kirms aR   14
Lauchstädter Brunnen Kirms über Merseburger   14. 15 und — ist
Kirms aR   20 unsern aus unseren   22 bis nach uns   332, 1
offen lassen aR für eröffnen   ben aus dem   2 gewohntem aus
geschätzten   3—8 Inbezug—Commissio [Sig. aus Datu(m)] Kirms;
vgl. zu 266, 6. Die Reinschrift, die laut Vermerk von Kirms
(aR von Bl. 53) am 16. April expedirt wurde, trug wohl
dasselbe Datum wie das Concept; vgl. zu 2655 — Antwort
auf den Brief der Merseburgischen Regierung vom 28. März

1812 (Bl. 51 demselben Fascikels), der mit der gleichen
Formel schliesst wie der vom 5. Dec. 1811; vgl. zu 266 s.

*6297. Vgl. zu 2677. C. Johns Hand — 332, 10 vgl.
zu 249, 16. Tageb. IV, 268, 10.12 und H. Uhde, Louise Seidler *
S. 60   17 vgl. zu 301, 23.

6298. Handschrift von C. John in demselben Fascikel
wie 6285, Bl. 22. Gedruckt: Vogel, Goethe in amtlichen
Verhältnissen S. 287 — Das „exhibitum", eine Eingabe des
Rentcommissärs Kühn in Jena an die Oberaufsichtscom-
mission, sowie das Concept des darauf erfolgten Communicats, von Voigt geschrieben und von Goethe signirt, stehn
in demselben Fascikel auf Bl. 18—20; vgl. auch Tageb.
IV, 268, 27.

6299. Vgl. zu 4102. C. Johns Hand. Gedruckt: Briefwechsel II, 13 — 334, 5 vgl. zu 56, 10   8 vgl. zu 69, 16.

*6300. Concept von C. Johns Hand, Abg. Br. 1811/12,
127   335, 7 mit nach alfo   15—17 Sie—einladen g nachträglich eingefügt. Datum nach Tageb. IV, 269, 7—8 —
Antwort auf einen unbekannten Brief Schlossern, den Goethe
am 15. April 1812 erhielt (Tageb. IV, 268, 23)   335, 7 vgl.
zu 310, 10   11 vgl. zu 129, 5   14 vgl. zu 220, 7.

6301. Vgl. zu 6243. C. Johns Hand. Abgedruckt von
H. Uhde in den Hamburg. Nachrichten 1877, Nr. 59 —
335, 23 Theodor Körners „Toni", von Goethe am 14. April bei
Hofe vorgelesen, am 19. mit dem Kanzler v. Müller besprochen
und am 21. April von Jena aus nochmals an diesen gesandt,
vgl. Tageb. IV, 268, 15. 17. 269, 17. 23. 270, 18 und hier 340, 2.
341, 9. 345, 4. 346, 1. 354, 14. 357, 17. 375, 2.

*6302. Concept von C. Johns Hand, Abg. Br. 1811/12,
130   336, 12.23 fo—find g über deſſen Gefälligkeit fo groß
iſt als die Einſicht   24 nur g üdZ   337, 10 ſich nach die es
ihm giebt — 336, 17 Johann Gottfried Henniger, Hofkupfer-
schmied in Weimar, vgl. Tageb. IV, 269, 24   337, 6 = 6291
7 vgl. zu 301, 5.

*6303. Concept von C. Johns Hand, Abg. Br. 1811/12,
127ᵇ   337, 18.19 von Ihnen — überzeugen g aus Ihrem — ver-
ſichere, wobei das s von Unbewuſt stehen blieb   20 Sie g
üdZ   bes — verſichert g für mich bey Ihnen in Erinnerung
bringe   21 Gobẏ   21.22 ein Catalonier g üdZ   338, 2 der

g Über feiner   7 ganz g üdZ — 337, 21 Über Philipp Ganby vgl. G.-Jb. VI, 18   338, 14 Über Johann Daniel und Philipp Otto Runge vgl. zu 6231.

6304. Handschrift, eigenhändig, im October 1899 von dem Besitzer, Herrn C. Meinert in Dessau, zur Benutzung eingesandt. Gedruckt: Greizer Zeitung 1877, Nr. 59 und darnach bei Strehlke II, 111 als an den Herzog August von Gotha gerichtet. Dann ein Concept von C. Johns Hand, Abg. Br. 1811/12, 130b (mit der Adresse: An des Prinzen Friedrich von Sachsen Gotha Durchlaucht), woraus zu bemerken: 338, w. 21 fehlt   22 das — Schauspiel fehlt   24 nähere fehlt   25 Das Stück] Es   339, 1 die — Mutter] Ihre Bestimmung   2 eine zwar bedingte Versprechung   8 Ihro   11—12 Ew. — Goethe fehlt   17 20.] 19. — Ein Brief des Prinzen, auf den der unsrige die Antwort wäre, oder einer, in dem Prinz Friedrich für das übersandte unbekannte Stück Kotzebues dankte, war im G.-Sch.-Archiv nicht aufzufinden; die 338, 24 erwähnte Beilage fehlt gleichfalls.

*6305. Handschrift, eigenhändig, im October 1889 von dem Besitzer, Herrn C. Meinert in Dessau, zur Benutzung eingesandt; Knebel als Adressat ist durch seinen Sohn C. W. v. Knebel bezeugt. Das Jahr ergiebt sich aus 6307 — 339, 16 vgl. zu 323, 34   19 Von Knebels Lucrezübersetzung, vgl. zu 342, 14. 371, 13, Knebels Briefwechsel mit Henriette S. 602.

*6306. Handschrift von C. John in den Theateracten des G.-Sch.-Archivs, Convolut „Varia VIII", Bl. 36   340, 9.15 Heybloffen und Heybloff, dagegen 354, 12.19 Heibloff. Die Goethe vertraute Form des Namens (vgl. XVIII, 148. XXI, 73, 2) mit der officiellen: Heibelof oder Heibeloff (Weimarischer Hof- und Adress-Calender auf 1812, S. 54. 180) zu vertauschen, schien unnöthig   341, 13—15 g — 340, 9 vgl. zu 335, 22   15 vgl. 356, 2   341, 8 vgl. 356, 6   9 vgl. zu 335, 23.

6307. Handschrift unbekannt. Brief und Beilage II gedruckt: Vogel, Goethe in amtlichen Verhältnissen S. 286. 287. Beilage I hier nach einem eigenhändigen Concept oder genauer: einer cassirten Reinschrift, in der öfters der Umlaut fehlt und die Wortendungen vernachlässigt sind) aus Keils Sammlung, jetzt im G.-Sch.-Archiv, mit folgenden

Abweichungen: 342, 10 Das] Da   2 Wadern   Beilage II
von C. Johns Hand in demselben Fascikel wie 6285, Bl. 23
343, 19 bald aus vor   Strehlke (Goethes Briefe II, 127) in
seiner Angabe über unsern Brief wie über 5873 verwechselt
offenbar „II B 16“, d. h. im Besitz von Max Jähns, mit
„II B 17“, d. h. in Keils Sammlung — 841, 21 vgl. zu
323, 14   842, 14 vgl. an 399, 19   343, 11 vgl. Knebels Briefwechsel mit Henriette S. 602   12 vgl. X, 251, 1; am Rande
ein Vermerk Voigts vom 25. April 1812, welcher besagt, dass
der Zubringer mit erster Gelegenheitsfuhre nach Jena an
den Hofgärtner Wagner geliefert werden solle.

6306. Handschrift unbekannt. Gedruckt: Dörings
Sammlung, Leipzig 1837, S. 265, Berliner Sammlung III 1,
747, Theodor Körners Werke, hsg. v. A. Wolff, IV, 232.
Letzterem Abdruck, der Einzelnes auslässt, entnehmen wir
die Schlussformel und Unterschrift; im Übrigen folgen wir
dem Concept von C. Johns Hand, Abg. Br. 1812, 131
(werthlose Copie im Kanzler Müller-Archiv Nr. 733), woraus
zu bemerken: 345, 1. 2 verehrter — Ihnen g umgeziffert aus
mir von Ihnen, verehrter Freund,   2 zugekommen] zu g üdZ
3 zeugen aus zeigen   9 höchst g über sehr   16 zwey g über
beyden   17 in beyden g über zweymal   17. 18 zu — Zeil g
aus zugleich   19 besonders g üdZ   abgerundet g über abgeschlossen   346, 1 an g über vor   5 mit — Thor g aR
13 acht g über 8   17 nächstens g üdZ   347, 3 nur nach jetzt
5. 6 reimen — entspringt g aR für brabsichtigten Effect   7 des
— Mannes g über seinen   21 im Jambus g aR   23 ins nach
hat   348, 5 unter gestrichen, dann wiederhergestellt   der
g über unser   6 Gehalt und Form g aus gehaltne Formen
12 einem g aus einen   verliebt g aus verliert   11 in g über
an   21 — 22 den — zusammentröfen. aR über den 3 Mohren,
dem ursprünglichen Schluss des Briefes, der, weil die Seite
zu Ende war, aR steht   16. 17 Mit — Goethe. fehlt   17 23.
g aus 22.   Hat Goethe den Brief, der nach dem Tageb.
(IV, 270, 22) und den Postsendungen am 22. aufgegeben ist,
deshalb einen Tag vorausdatirt und als Tag seiner Abreise
den 27. angegeben, weil er die Antwort nicht mehr nach
Jena haben wollte (vgl. 351, 4. 353, 7. 355, 19)? Der Abdruck
des Concepts bei A. Mirus, Das Körner-Museum im Körner-

Hause zu Dresden, Weimar 1896, S. 11 ist ungenau — 345, 4
„Toni“ und „Die Sühne“, vgl. zu 335, 23   11 vgl. zu 320, 19
346, 6 vgl. zu 340, 6   23 vgl. XX, 261, 26   347, 9 vgl. zu
6352.

*6309. Vgl. zu 2677. C. Johns Hand — 849, 8 Über
Visconti, Iconographie ancienne, P. 1, Paris 1808, vgl.
Tageb. IV, 269, 8 nebst Anmerkung   11 Über die Zeichnungen des Landschaftsmalers Casper David Friedrich in
Dresden (1774 — 1780) vgl XX, 198, 16. XXI, 380, 20, hier
352, 16. 355, 8 und H. Uhde, Louise Seidler² S. 46. 81   350,
19 = 6311.

*6310. Vgl. zu 2929. C. Johns Hand   351, 19 Rejeba
Saame, dagegen 20 Stiefmütterchensaamen   352, 6 auf, bringe]
auf bringe   Fehlt unb aus Rücksicht auf den beschränkten
Raum am Ende des Blattes? — 351, 1 Über Charlotte
v. Schillers Besuch in Jena vgl Tageb. IV, 271, 12. 16 und
Knebels Briefwechsel mit Henriette S. 608   352, 1 vgl
Tageb. IV, 271, 16—20.

6311. Vgl. zu 6195. Nach der Handschrift von C. John
im G.-Sch.-Archiv ist Folgendes im Text zu berichtigen:
352, 13 Freundin   14 Empfang   16 Friedrichschen   23 Nägel-
gen aus Rückeigen   353, 1 nur über wohl   3 Sich darnach
5 g Gedruckt: H. Uhde, Louise Seidler² S. 81, vorher bei
Döring, Goethes Briefe S. 266 — 352, 14 vgl Uhde a. a. O.
S. 80   16 vgl. zu 6309   23 Nicht erhalten.

*6312. Vgl zu 2677. C. Johns Hand — 353, 13 Über
das Niello vgl 870, 12. XXIII, 161, 8, Tageb. IV, 839, 12,
Werke 44, 320. 413. 416   23 vgl. Werke 43, 381   4 vgl
870, 14.

*6313. Handschrift von C. John in den Theateracten
des G.-Sch.-Archivs, Convolut „Varia VIII“, Bl 40   354, 19
Heibloff [vgl zu 6306] über ihn   20 Costüm vgl zu 87, 13
355, 2 zwey] bwy; derselbe Fehler im Tageb. IV, 272, 13 —
354, 19 Zu Körners Toni, vgl zu 335, 23. 340, 1   355, 2
Kotzebues Lustspiel „Die beiden Klingsberge“ wurde am
26. Aug. 1812 in Halle neu einstudirt gegeben, vgl Burkhardt, Repertoire S. 120.

*6314. Vgl zu 2677. C. Johns Hand   Adresse g: Des
Herrn Hofrath Meyer Wohlgeb. Weimar. mit verflebten

Briefen 355, 12 wunderlichster 15 biefer g über Jhrer Die Stelle 355, 9—13 G — muß gedruckt bei Riemer, Mittheilungen II. 672 — 355, 8 vgl. zu 349, 11 17 vgl. zu 6311 19 Erst am 30. April, vgl. Tageb. IV, 275, 19.

*6315. Handschrift von C. John wie 6313, Bl. 42 356, 10 mehr über minder — 356, 3 vgl. 340, 18. Gedruckte Exemplare der „Erneuerten Anordnungen für das Weimarische Theater, nach deren Befolgung der Regisseur künftig genau sehen wird", „Signatum Weimar, den 23. April 1812" befinden sich im Großh. Sächs. Geh. Haupt- und Staatsarchiv A 9555 und in den Theateracten des G.-Sch.-Archivs, Convolut „Varia III", Bl. 42 13 vgl. zu 6296 357, 3 Eine andere Form von witschen, das Verbum wutschen, notirt sich Goethe im Tageb. V, 261, 19.

6316. Handschrift unbekannt. Gedruckt: Koffka, Theater-Locomotive 1845 Nr. 9 S. 34, ohne Angabe darüber, von wessen Hand der Brief geschrieben ist. Wiederholt: Berliner Sammlung von Goethes Briefen III, 751 — 357, 12 vgl. zu 335, 23 und 6313 21 Die Vertrauten oder Die Braut vom Rock des Königs, Lustspiel von Müllner, wurde in Weimar zuerst am 7. Oct. 1812 gespielt, vgl. Burkhardt, Repertoire S. 132.

*6317. Handschrift von C. John in „Acta observatorii No. I. Acten der Großherz. Sternwarte zu Jena, das Personal der Sternwarte und das Geschäft im Allgemeinen betr. Vol. 1. 1812 bis 1847", Bl. 4. Beilagen: Copie des Rescripts Carl Augusts vom 21. April 1812, wodurch v. Münchow als Astronom der Sternwarte bestellt wurde, der entsprechenden Verordnung an die Kammer und einer vom 1. März 1811 datirten, auf v. Münchows Anstellung als Prof. extraord. der Mathematik bezüglichen Verordnung — 358, 18 Der frühere Musicus Richter in Weimar wurde als Diener und Amanuensis an der Sternwarte angestellt (vgl. dasselbe Actenfascikel, Bl. 1 b).

6318. Vgl. zu 6249. C. Johns Hand 359, 7 biefes aus eines Dazu ein Concept von derselben Hand, Abg. Br. 1812, 144, woraus zu bemerken: 359, 8 Sie über ich 7 biefes] bes Abgedruckt von H. Uhde in den Hamburg. Nachrichten 1877, Nr. 59 — 359, 3 Nach Tageb. IV, 274, 18 eine „Trauer-

rede auf Reg. Rath Böttger", im Kanzler Müller-Archiv nicht
aufzufinden.
*6819. Concept von C. Johns Hand, Abg. Br. 1812. 136
359, 21.22 diese — Monumente g aus dieses unschätzbare Monument
22 solche g aus solches   aus über durch   360, 2 jene — die g
aus jenes Monument, das   12 rhetisch, als g aR   15 zum g
über im nach entzück(end)   18.19 fortsetzl g aR für versucht
21 Das Ausrufungszeichen g   361, 1 winden g über machen
sprede g über wage; darunter von Johns Hand drüde, wohl
ein Vorschlag, die Wiederholung von sprechen zu vermeiden
5 die Künstlerinn g über sie   6 höchsten g aR für ersten   7
schauen g über merken   11 werden kann mit Blei in wird geändert. Die gleiche Änderung in H[1] (vgl. unten) und im
Druck in den „Curiositäten"   wird g über äußert   13 seine
aus kein   Bewunderung nach Ersta(unen)   12.13 auszubrücken
angeregt g aR   14 über dies g aR   17 Dom über Der   19
nun g üdZ   20 einer g aus einem   23.24 bewundern nach so
höchlich; ein Strich aR von C. Johns Hand macht auf die
Wiederholung aufmerksam   362, 8 sich aus b[ie]   buchilches
aus buchilches   10.11 eine — Requisiten g aus einer Helferin zu
gehören, die ihr dergleichen Dinge   13 und lebensvoll g aus
voll   17 sehen wir über tritt sie, dahinter g üdZ sie   18 von
nach auf, so sehen   20 ersten] über en ist zur Verdeutlichung
noch einmal en geschrieben, H[1] hat missverständlich ersterm,
H[2] und der Druck in den „Curiositäten" erstern   363, 3 und
zusammenstürzen g nachträglich eingefügt   5 widerwärtigen
aus wiederwärtigen   7 die — gegenwärtiges g aus sie in ihrem
gegenwärtigen   8 belebend g über belehrend   9 wirken g über
erscheinen   12 componiren aus componirt   17 erhöhen aus erheben   21—22 wie — soll nachträglich zugefügt, von sich an
aR   23 zu g üdZ   24 aus dem Stegreif g aR   364, 1.2
bey — Anstrengungen g aR   7 unsrer Tage g aR   kann g über
wird   9 Harlekin aus Harle [Hörfehler, der auf französische
Aussprache deutet]   11 wird nach würde   13 meisten g über
weitesten [Hörfehler]   13 wäre g üdZ   16.17 antiken humoristischen g über heydnischen   17.18 zugeben — Zauberkraft g aR
19 und g aR   20.21 ein — wird g aus das Fratzenhafte hin-
einzustellen   365, 1 hinübergeführt nach und des Vergessens
2 wieder g über noch   drüben stehen g aR für da seyn   3 ihrer

Gestalt *g* über Sitzende   10 waren *g* über lassen [= Lasen]   Künstler *g* üdZ   11 auch *g* üdZ   12 hier *g* üdZ   13 findet hier schon
14 ihr über hier   18. 19 welche die ehmaligen *g* aus die, ehemalige   21 überall nach auf den übrig(en)   366, 7.8 des —
Zustandes *g* üdZ   12 den aus dem   18 pantomimisch genugsam
g umgeziffert aus genugsam pantomimisch   20 herauslese] her-
auslöse in H^1 H^2 und den „Curiositäten" — also vermuthlich
auch in der Reinschrift des Briefes — ist wohl eine will-
kürliche Änderung Johns   23 gelten *g* über passiren   denselben
g über es   26 könnte *g* aus kann   367, 1 dürfte *g* nach
kann   10 gesetzt werden *g* über fallen   20 Wortfragmente *g*
aus Fragmente   26 jener *g* über dieser   27 die *g* über jene
368, 1 hergenommen *g* aus genommen   6 bey — Betrachtung *g*
aR   7 wieder *g* aR   9 mich — lassen *g* aus kürzer zu seyn
10. Falle *g* aus Fall   14 Vermittelung aus Vermittelungen
18 Die nach Das   siegeln aus versiegeln   22—23 Bey — Hände
aR   24 Wie über Die und arbeiten aus gearbeitet [Hörfehler]
27 — 369, 1 Leben — wird. aR für Leben Sie recht wohl, sehen
Sie Vorstehendes als ein Zeugniß an, wie viel Sie durch Ihr
Programm den Kunstfreunden geleistet. In dem Concept ist
durch Bleistiftklammern abgegrenzt, was einer Abschrift in
Folio von C. Johns Hand im G.-Sch.-Archiv (H^1), mit der
Überschrift „Über das Cumanische, von Herrn Director
Sickler entdeckte Grab" (worin 359, 18 — 360, 8 und 368, 1
— 369, 9 fehlt) zu Grunde liegt. Eine zweite Handschrift
in Folio von derselben Hand im G.-Sch.-Archiv, „Der Tänze-
rinn Grab" betitelt (H^2), an deren Schluss die drei Kupfer-
tafeln aus Sicklers Programm eingeklebt sind, ist später
von Eckermann durchcorrigirt und dem Text des in den
Nachgelassenen Werken 44, 188 abgedruckten Aufsatzes
„Der Tänzerin Grab" zu Grunde gelegt. Sie ist in der
W. A. 48, 209 mit *H* bezeichnet (während H^1 dort fehlt)
und scheint von Goethe dictirt zu sein. Über den ersten
Druck des Aufsatzes in den „Curiositäten der physisch-
litterarisch-artistisch-historischen Vor- und Mitwelt zur
angenehmen Unterhaltung für gebildete Leser", Weimar 1812,
Bd. II, Stück III, S. 195 vgl. Bertuch an Böttiger, 11. Juni
1812 (G.-Jb. X, 155); da das II. Stück damals noch nicht einmal zusammengestellt war, so hatte Goethe noch nach seiner

Rückkehr von Carlsbad die Möglichkeit Änderungen vorzunehmen (vgl. XXIII, 66, 2). Die Abweichungen dieser
Handschriften und Drucke vom Concept werden hier nicht
verzeichnet (vgl. jetzt auch G.-Jb. XXII, 269) — Antwort auf Sicklers Brief vom 24. April 1812, mit dem er
Goethe sein Programm „Sacra Dionysiaca" übersandte;
von der Absicht den Gegenstand für die „Curiositäten"
(Band II, Stück I, S. 35: Beschreibung eines sehr merkwürdigen neuentdeckten griechischen Grabmals bey Cumä
mit 3 Basreliefs über die Bacchische Mysterien - Feier)
deutsch zu bearbeiten, ist in diesem Brief noch keine Rede.
Zur Sache vgl. 6361, Tageb. IV, 273, 13.16. 274, 9—11. 354,
24.25, G.-Jb. I, 335. II, 412 und jetzt Szantos Erläuterung
der Lemuren, Jahreshefte des österreichischen Archäolog.
Instituts in Wien, Bd. I, Heft 1, Wien 1898　363, 25 Dachte
Goethe hierbei an die Productionen der Frau Henriette
Hendel-Schütz (vgl. Werke 36, 58; Schriften der G.-G. XIV,
321)?　368, 13 vgl. Tageb. IV, 280, 4.6.10.17.18, Sicklers
Aufsatz in Vulpius' Curiositäten I 5, 434. II 2, 193 und ein
von Goethe 1812 angelegtes Fascikel über den „silbernen
Centaur", das im Tageb. IV, 427 beschrieben ist　23 vgl.
zu 229, 16.

　　6320. Vgl. zu 2677. C. Johns Hand　370, 4 biefe aus
biefes　13.14 scheint nachträglich hinzugefügt, als Goethe
schon unterzeichnet hatte. Mit Auslassungen gedruckt bei
Riemer, Briefe von und an Goethe S. 90. Von Strehlke I,
448. III, 151 mit 3625 als eine Nummer verzeichnet — 369,
14 vgl. 6319; die Beilage war nach Tageb. IV, 274, 11 ein
Auszug aus 6319, vgl. 369, 23　370, 13 vgl. zu 356, 13;
Meyers Brief mit dem Niello - Recept ist nicht vorhanden.

　　6321. Handschrift von C. John in demselben Fascikel wie 6285, Bl. 28　371, 7 Blättern　372, 1 Riefer fehlt,
der Raum dafür ist freigelassen; auch im Tageb. IV, 273, 20
ist Kiesers Name nachträglich eingesetzt. Unvollständig gedruckt: Vogel, Goethe in amtlichen Verhältnissen S. 289
— Antwort auf Voigts Brief vom 23. April 1812 (ungedr.).
370, 21 Eine Copie dieses Berichts in dem zu 6317 erwähnten
Fascikel, Bl. 6　371, 4 Der Separatfascikel ist das zu 6227
genannte Volumen speciale　12 vgl. zu 339, 19　27 vgl. zu

343, 19 ff.   372, 1 vgl zu 6381   9 Über den Orientalisten Georg Wilhelm Lorsbach (1752 — 1816) vgl. ADB. 19, 203.

*6322.   Concept von C. Johns Hand, Abg. Br. 1812, 134 (werthlose Copie im G.-Sch.-Archiv, alph.)   372, 21 zu — find *g* aus geben sollen   14 geschwinder *g* über leichter   373, 4 einsehen vor werden   11 namentlich Scherrer [so!] — Kastner *g* aR   18 zeigt *g* über eröffnet   23 meinen nach da ich nicht das Vergnügen hatte   18 erkenntlichsten *g* aR   welche *g* über die   27 gülig nach *g* aR stehenden mündlich abzustatten   fort nach Sie   28 und Nutzen *g* aR   374, 1 von *g* aR für in   4 einiges *g* über dieses alleinige   4 gnädigsten aus gnädigen   4 nach Gewogenheit folgt: Nachschrift.   Ew. Hochwohlgeb. erlauben meinem Sohne, dem ich den Auftrag gegeben in meiner Abwesenheit zu besorgen, was etwa bey dem Geschäft nöthig seyn könnte, Denenselben von Zeit zu zu Zeit aufzuwarten und sich eines gütigen Rathes zu erholen. — Über den Adressaten vgl. zu 316, 11 und 6432   372, 23 „Nachricht wie es mit denen, nach dem Separatfascikel der Commisionsacten von 1812 besorgten Bestellungen gegenwärtig stehe", von C. Johns Hand, *g* unterzeichnet: Jena b. 28. Apr. 1812 G., in dem zu 6227 erwähnten Volumen speciale, Bl. 80 — 82   373, 1 Über Döbereiner vgl zu 126, 18   12 Über Alexander Nicolaus Scherer (1771 — 1824) vgl. zu XII, 60, 4, über Johann Wilhelm Ritter (1776 — 1810) zu XIII, 218, 4. 4361 und Schriften der G.-G. XIII, 365, über Carl Wilhelm Gottlob Kastner (1783 — 1857) zu XX, 203, 4, ADB. 15, 439.

*6323.   Handschrift von C. John in einem Fascikel des G.-Sch.-Archivs, das von Augusts Hand die Aufschrift trägt: „Die von meinem Vater bei seiner Abreise nach Carlsbad erhaltenen Aufträge betr. 29. April 1812" auf der dritten Seite des Briefes steht, ebenfalls von C. Johns Hand, Folgendes:

Inhalt des Paquets.

1. Ein Paquet an Herrn Geh. R. v. Voigt.
2. Ein dergl. an Herrn Hofmarschall v. Ende, beyde in Folio.
3. Ein Paquet in Cuart an Herrn Hofrath Meyer.
4. Zwey Paquete in Octav an Geh. Reg. R v. Müller und Hofkammerrath Kirms.
5. Rolle an Frau v. Heygendorf.

6. Billet an Hofmechanicus Körner.
7. Ein Paar Kartoffeln, die ich an einzelne und marquirte
Plätze gelegt wünsche.
Jena den 29. April 1812.

Der „beyliegende Bogen" in Folio enthält auf dem ersten
Blatt von Augusts Hand, *g* unterschrieben Jena b. 29. Apr.
1812 Goethe, Anweisungen, nach denen August in des Vaters
Abwesenheit den Fortgang der Arbeiten „Die Museen betr."
überwachen sollte (Concept von derselben Hand in dem
zu 6227 erwähnten Fascikel, Bl. 83); sie bleiben ihres rein
amtlichen Charakters wegen von der Briefausgabe ausgeschlossen. Das zweite Blatt enthält die als „Beilage" abgedruckten Aufträge. 375, 1—18 von Augusta, 375, 19—376,
14 von C. Johns Hand   376, 7 Straßfurth   11 Sie] fie —
374, 13 Gabriel Ulmann, Hofcommissar in Weimar, vgl.
249, 13   17 vgl. die Beilage   20 Solche Notirungen weist
das Fascikel Bl. 1b und 2 aR auf   375, 3 vgl. zu 535, 73
6 vgl. 6922   12 vgl. 6321   17 Die Puncte 1—3 der „Beilage" sind also eher dictirt als die Bemerkungen „Die
Museen betr."   23 vgl. Naturwiss. Schriften IV, 226   25 vgl.
ebda. IV, 233   376, 3 vgl. 377, 17   14 vgl. zu 6274.

6324.   Handschrift von C. John in demselben Fascikel wie 6285, Bl. 31.   Gedruckt: Vogel, Goethe in amtlichen Verhältnissen S. 291, falsch datirt vom 30. April, an
dem Goethe früh um halb 6 Uhr abreiste (Tageb. IV, 275, 12)
— 376, 14 Das Verzeichniss, von Sturms Hand, befindet sich
in dem gleichen Fascikel, Bl. 32.

*6325.   Vgl. zu 2677.   C. Johns Hand.   Von Strehlke,
Goethes Briefe I, 448. III, 151 mit 6320 als eine Nummer
verzeichnet — 377, 7.8 vgl. zu XXIII, 128, 1.

*6326.   Die Originale von Goethes Briefen an Thomas
Johann Seebeck, unsers Wissens im Besitz des Generals
v. Seebeck in Hannover, blieben für die Ausgabe unerreichbar, da ihre Benutzung verweigert wurde.   Concept von
C. Johns Hand, Abg. Briefe 1812, 144b   377, 16 gewesen üdZ
17 hätten — können aus treffen könnten   21 H. Pfündel aR; Seebeck (Bratranek II, 322) schreibt Pfündel   378, 6 unherstellbaren über nicht wieder herzustellenden   10 Realons

376, 11 Didactischen aR   11. 12 bey — Hierseyn für damals
14 geleistet nach schon   16 in einigen aus allein in   22 das
nach zu der   23 mehr über nur   380, 7—8 In — Hälfe nachträglich zugesetzt, von diesen an aR   8 Form aus Vor
9 ihm gleich üdZ   9. 10 Kühn — Gefäßen aus er ist kühn genug,
die — Gefäßen zu machen   17 könne aus könnte   20 sie über
man   wollen aus wolle — Antwort auf Seebecks Brief vom
25. April 1812 (Bratranek, Goethe's Naturwiss. Correspondenz
II, 316)   377, 16 Die 375, 21 genannten, wie aus Seebecks
Brief an Goethe vom 23. Dec. 1812 (vgl. zu 6485) hervorgeht   378, 1 Mechaniker in Nürnberg, vgl. Bratranek II,
322   15 vgl. zu 30, 11   22 Über Goethes Beziehungen zu
Kegel vgl. G.-Jb. XVI, 72   25 vgl. zu 6237 e   379, 1 vgl.
zu 301, 5   9 vgl. zu 126, 16. 373, 7   380, 7 vgl. Tageb. IV,
415.

[Nachtrag.]

*6090ª. Vgl. zu 6217. Concept von Riemers Hand im
Grossh. Sächs. Geh. Haupt- und Staatsarchiv A 10355, Bl. 7
381, 1 werthester über lieber   382, 1 wie nach und   2 überhaupt nach sowohl   und über als — Antwort auf einen verlornen Brief Brizzis aus München, der am 28. Nov., 1. 15.
und 19. Dec. 1810 in Paers Oper „Achille" gastirt und am
19. Dec. Weimar verlassen hatte, vgl. 6032, XXI, 418, 11.
419, 13. 423, 17. 426, 11. 437, 14. 445, 7. 449, 1 und hier
13, 21. 29, 6. 118, 21. 151, 26. 195, 14, Tageb. IV, 387.

*6091ª. Vgl. zu 2677. Riemers Hand — Zur Sache
vgl. 6089.

*6106ª. Handschrift von Riemer in demselben Fascikel wie 6092, Bl. 8 — Der Anfang (383, 7—13) ist gedruckt
bei Vogel, Goethe in amtlichen Verhältnissen S. 159. der
Satz 384, 16. 17 ebda. S. 157 eingeschoben in 6092   383, 16
Über den Maler Ferdinand Jagemann (1780—1820) vgl. XIX,
91, 13. 148, 16. 181, 14, hier 5, 2. 11, 21 und Rollett, Goethe-
Bildnisse S. 109.

*6118ª. Handschrift von Riemer im Grossh. Sächs.
Geh. Haupt- und Staatsarchiv A 10052, Bl. 2   385, 1 Madam
23 konnte — Kirms antwortet zustimmend; Friedricke Justi

(so unterzeichnet sie sich) wird angestellt und debutirt am
22. April 1811 (Pasqué II, 296)   385, 19 vgl. Tageb. IV,
172, 7 nebst Anmerkung.

6120. Handschrift von Riemer im Grossh. Sächs.
Geh. Haupt- und Staatsarchiv A 10054, Bl. 13 — Unzelmann hatte am 8. Februar mündlich um Erneuerung seines
zu Ostern 1812 ablaufenden Contracts und um genauere
Fixirung seines Rollenfachs gebeten; am 27. Februar schickte
Kirms den Contractentwurf, auf den hier Bezug genommen
wird, an Goethe. § 2 enthält eine allerdings unklare Bezeichnung des Unzelmannschen Rollenfachs; § 4 (nicht 5),
wonach Unzelmann während sechsjährigen Neuengagements
zwei vierwöchentliche Reisen auslanden, wurde nach Goethes
Wunsch auf einem besonderen Blatt verfasst und das Ganze
auf den 27. Februar zurückdatirt.

6129. Vgl. zu 6184. Riemers Hand   388, 10—73 g
— Cottas Brief vom 22. Febr. in „Acta Die Ausgabe meiner
Werke bey Cotta betr. 1805—1814“, Bl. 51   388, 4 vgl.
zu 20, 24   6 vgl. zu 30, 6   10 vgl. zu 153, 2.

6139. Handschrift, eigenhändig, im Grossh. Sächs.
Geh. Haupt- und Staatsarchiv A 10053, Bl. 2. Unter einem
gleichfalls undatirten Brief von Kirms mit der Bitte, Mad.
Ackermann wegen ihrer Hilflosigkeit an Stelle der Mad.
Teller zu engagiren. Ein in dieser Angelegenheit an den
Herzog Carl August gerichteter „Unterthänigster Vortrag‘
vom 8. April 1811 (in demselben Fascikel) bleibt, obwohl
von Goethe eigenhändig concipirt, als Schreiben der Theater-
Commission von der Briefausgabe ausgeschlossen.

6140. Vgl. zu 6184. Riemers Hand   389, 11 hundert
andre ans andre hundert   15 ich ich   390, 8—14 g   11. 12
in bem — 389, 8 Cotta war am 2. Mai 1811 zu mündlicher
Besprechung in Weimar, vgl. Tageb. IV, 201, 23. 73   14 vgl.
Tageb. IV, 202, 15   20 „Herr von Oliva von Wien“, vgl.
115, 19, Tageb. IV, 202, 7. 21   390, 1 vgl. zu 153, 4   9 vgl.
zu 20, 24.

6140. Handschrift, eigenhändig, von Kräuter am
4. Oct. 1852 beglaubigt, am 23. Mai 1900 in Wiesbaden auf
Befehl Sr. Königlichen Hoheit des Grossherzogs Carl Alexander
von Sachsen durch Herrn Grafen v. Schließen copirt. Vor-

ber im Katalog 256 von H. Kerler in Ulm als Nr. 490 (und im Katalog 31 von A. Spitta in Berlin als Nr. 148?).

*6140ᵃ. Handschrift von Riemer in dem Convolut des G.-Sch.-Archivs „Hackerts Erben", Bl. 33. Zur Datirung vgl. Tageb. IV, 202, 12. 204, 9 — 391, 7 vgl. zu 20, 24 16 Johann Christoph Sachse, Bibliotheksdiener, vgl. XIX, 345, 22. XXI, 14, 10. 23, 11. 207, 11. 233, 30

*6158ᵃ. Vgl. zu 6217. Concept von Riemers Hand im Großh. Sächs. Geh. Haupt- und Staatsarchiv A 10355, Bl. 9, *g* und *g*¹ durchcorrigirt; die französische Orthographie ist normalisirt, vgl. zu 6368 391, 13 10ᵐᵉ *g*¹ (oder Riemer?) über *dix* 19 *bien g* über *voulu* *repondre g* üdZ 3ᵐᵉ Riemer mit Blei aus 3 28 Riemer mit Blei aus *n*' 30 *parvenue* nach *pas* 392, 1 *six semaines g* durch *un mois* und *quatre semaines* ersetzt, dann wieder hergestellt 3 *charmée* mit Blei aus *charmé* 7 *Pour ce qui est* Riemer mit Blei für *Pour ce qu'il est*, dieses von Riemer mit Blei für das ursprüngliche *Pour ce qu y est* 10 folgt *g*¹ gestrichen: *D'ailleurs je ne conseillerais pas d'envoyer Numa Pompilius, car je croirois, que la Répresentation de Ginevra et la répitition d'Achille nous occupera assez le tems que Vous voulez bien nous destiner.* 13 *envoyer g*¹ über *porter Parties* Riemer mit Blei aus *Parties* 14 *cette g*¹ aus *est* *que* nach *comme* *Mᵉʳ* Riemer mit Blei aB für *Mᵉʳ* 15 *est* nach *comme toute ma famille* [!] 19 *de — cœur g*¹ üdZ — Antwort auf Brizzis Brief vom 10. Mai (in demselben Fascikel, Bl. 8); Datum nach Tageb. IV, 314, 18 392, 7 Das italiänische Singspiel „Ginevra" von Mayer wurde in Weimar am 11., 16. und 27. Nov. 1811 mit Brizzi gespielt (Burkhardt, Repertoire S. 136) 13 Die Oper „Die Horatier und Curiatier" kam in Weimar nicht zur Aufführung.

*6215ᵃ. Vgl. zu 6217. Concept von Riemers Hand im Großh. Sächs. Geh. Haupt- und Staatsarchiv A 10 355, Bl. 17 — Zur Sache vgl. 6217.

6237ᵃ. Vgl. zu 6136. Eigenhändig 393, 16 Nach dem Gedankenstrich eine Lücke von 1 Centimeter, dann die Unterschrift; damit ist das Blatt voll, die Rückseite ist unbeschrieben. Gedruckt: Briefe an Frau v. Stein⁸ II, 421 — 393, 8 Emilie Gore plante für den September 1811 eine

definitive Übersiedlung nach Italien (Knebels Briefwechsel
mit Henriette S. 530. 533. 559) und wollte vorher die Gräber
der Ihrigen mit einem Denkmal schmücken; vgl. Tageb.
IV, 160, 16 und Knebel an Henriette S. 544. Das Denkmal,
an dem Goethe keinen Antheil zu haben scheint (vgl.
Schriften der G.·G. XIII, 100) befindet sich in der Jakobs-
kirche, vgl. Schöll, Weimars Denkwürdigkeiten S. 113. Das
Billet fällt vermuthlich vor den 27. April 1811, an dem
Goethe auf einige Tage nach Jena ging: denn unmittelbar vor der längeren Reise nach Karlsbad hätte er wohl
ein Abschiedswort hinzugefügt.

*6287b. Handschrift, eigenhändig, im G.·Sch.·Archiv
(alph.) unter „Niebuhr"; vorher in A. Cohns Auctionskatalog
vom 27/8. Febr. 1890, Nr. 157   Zur Sache vgl. 215, 3. 6. 217, 19.

*6287c. Concept, eigenhändig, auf 2 Foliobogen blau-
grauen Conceptpapiers in Augusts Nachlass im G.·Sch.-
Archiv („Acta privata Meine Anstellung betr. 1810—1826",
Bl. 1a)   395, 1 𝔇𝔬𝔟𝔢𝔯𝔯𝔦𝔫𝔯   13 𝔎𝔞𝔪𝔢𝔯   26 𝔴𝔢𝔯𝔟𝔢𝔫 aR   denn)
den   396, 14 𝔴𝔢𝔫𝔫 𝔢𝔯 𝔫𝔦𝔠𝔥𝔩 𝔦𝔫 𝔗𝔥ä𝔱𝔦𝔤𝔨𝔢𝔦𝔱 𝔤𝔢𝔰𝔢𝔱𝔷𝔱 𝔴ü𝔯𝔡𝔢 𝔊𝔢-
𝔩𝔢𝔤𝔢𝔫𝔥𝔢𝔦𝔱 𝔣ä𝔫𝔡𝔢 𝔴𝔢𝔫𝔫   16. 17 𝔢𝔦𝔩𝔦𝔤𝔢𝔯 — 𝔴ü𝔯𝔡𝔢. aR   21 𝔟𝔞𝔩-
𝔡𝔦𝔤𝔢𝔫 üdZ   22 𝔥𝔞𝔱 üdZ   23. 24 𝔴𝔦𝔢 — 𝔥𝔬𝔥𝔢𝔫 über 𝔴𝔢𝔩𝔠𝔥𝔢𝔫
𝔥𝔬𝔥𝔢𝔫   26 𝔳𝔬𝔫 über 𝔰𝔦𝔢 𝔞𝔲𝔣   27 𝔞𝔫𝔷𝔲𝔢𝔯𝔨𝔢𝔫𝔫𝔢𝔫 𝔲𝔫𝔡 𝔷𝔲 𝔳𝔢𝔯𝔢𝔥𝔯𝔢𝔫
aR für 𝔷𝔲 𝔰𝔠𝔥ä𝔱𝔷𝔢𝔫 — Zur Sache vgl. 6209   394, 4 August
v. Goethe wurde am 25. Dec. 1789 geboren, vgl. IX. 171, 2
10 Am 4. April 1808 ging er nach Heidelberg, vgl. G.·Jb.
X, 72   16 Am 27. Oct. 1809, vgl. Tagebuch IV, 78, 13
395, 4. 15 August wurde am 9. Mai in Capellendorf bei'm
Justizamt verpflichtet (vgl. dasselbe Fascikel, Bl. 3); am
5. fuhr Goethe selbst dorthin (Tageb. IV, 202, 21)   396, 6
vgl. Tageb. IV, 236, 2. 240, 18   21 August wurde durch
Decret vom 23. Dec. 1811 (in demselben Fascikel, Bl. 6). zum
wirklichen Assessor bei'm Cammer·Collegium ernannt, vgl.
6232 und Tageb. IV, 247, 26.

Ein Brief an Knebel aus dem December 1811, beginnend
𝔍𝔫𝔡𝔢𝔪 𝔦𝔠𝔥 𝔥𝔦𝔢𝔯 𝔪𝔢𝔦𝔫 𝔱𝔥𝔢𝔲𝔯𝔢𝔯 𝔉𝔯𝔢𝔲𝔫𝔡 (A. Cohns Katalog 217
Nr. 98, 219 Nr. 128) blieb unerreichbar. Ebenso ein Brief
an Riemer („etwa 1811"), den nach Diezels Verzeichniss
der Katalog von Puttick und Simpson in London (Januar
1877) S. 70 Nr. 770 und H. Uhdes Offener Brief an Herrn

O. A. Schulz (Börsenblatt für den deutschen Buchhandel 1877 Nr. 240, wiederholt in den Blättern für Autographen- und Portrait-Sammler 1877 Nr. 2) anführen.

6250. Concept von Riemers Hand im Grossh. Sächs. Geh. Haupt- und Staatsarchiv A 10355, Bl. 20   397, 4 ich und üdZ   Auf Meinigen folgt mit mir; mit ist aus Versehen nicht gestrichen.   Um das doppelte mit zu vermeiden, wurde das ursprüngliche sowie die Meinigen mit mir geändert in sowie ich und die Meinigen   11 Sie üdZ   gegeben haben über haben geben wollen   33 und nach Sie   für üdZ — Unter dem Brief von fremder Hand: 1811; das richtige Datum ergiebt sich aus der Mittheilung der Oper „Horatier und Curiatier" (vgl. zu 392, 13) einerseits, und dem Dank für einen Neujahrsgruss Brizzis (vgl. 397, 6) andrerseits. Über Brizzis zweites Gastspiel im November und December 1811 vgl. zu 118, 31.

6259. Concept von Riemers Hand im Grossh. Sächs. Geh. Haupt- und Staatsarchiv A 10351, Bl. 19   398, 14 ein zweites so gestrichen — Unvollständig; das „Vorstehende" (nicht identisch mit 6250*) fehlt, ebenso Brizzis Brief vom 5. Febr. 1812, vgl. Tageb. IV, 258, 19.

<hr>

Postsendungen.

1811.

Januar
4. v. Grotthus, Berlin ⎱ *)
   Brentano, Berlin ⎰
   Verlohren, Dresden.
8. Uhert, Gotha.
   Brizzi, München [6090a].
9.—21. — Berlin [6098].
21. Frommann, Jena.
23. Fürst Lichnowsky, Wien
   [6105].
   v. Reinhard, Cassel [6104].
24. Verlohren, Dresden.
   Möhring, Berlin.
25. Schlosser, Frankfurt
   [6106].
28. 1 Kst. nach Frankfurt
   [vgl. 26, 11].

Februar
4. Sartorius, Göttingen
   [6107].
7. Pechwell, Dresden [vgl.
   Tageb. IV, 155, 24].
   Blanchard, Leipzig.
   1 Br. und 3 rh. 5 gr. —
   [Gotthold] Arnstadt.

Februar
14. Heiligengötter. Carlsbad.
   Möhring, Berlin.
18. Vohs, Frankfurt.
   Verlohren, Dresden.
   v. Grotthus, Berlin [6110].
   v. Trebra (Freiberg) [6112].
21. Fürst Lichnowsky. Wien
   [6113].
25. 1 P. nach Frankfurt [6111
   und an Vogt].
28. Zelter, Berlin [6118].
   Verlobren, Dresden [darin
   auch 6119].

März
8. Vohs, Frankfurt.
   Schlosser, Frankfurt.
10. Brandis, Copenhagen
   [6122].
13. Büttner, Hof.
14. Zelter, Berlin [6123].
16. 1 P. nach Ludwigslust
   [6124].
   — Gotha [6121].
17. Frommann, Jena.

---

*) Briefe Riemern? vgl. G.-Jb. VI, 119 und hier 14, 9.

März
18. Friedländer, Berlin, 1 Kist. [6125].
22. Schlosser, Frankfurt.

April
1. Cotta, Tübingen [6129ª].
   Schlosser, Frankfurt [vgl. „Lesarten" zu 6129/30].
4. v. Grotthuss 1 Kist. [6139].
5. Vohs, Frankfurt. Schlosser, Frankfurt.
9. Voigt, Ilmenau.
11. Möhring, Berlin.
14. Erbstein, Dresden.
29. Schlosser, Frankfurt.

Mai
3. v. Beroldingen, Hildesheim [6140]. Brizzi, München.
5. Zelter, Berlin [6137]. Möhringen [?], Berlin.
8. Nauwerck, Ratzeburg [6144]. Leonhard, Hanau [6142]. v. Reinhard, Cassel [6141]. Erbstein, Dresden.
10. v. Trebra, Freiberg [6147]. Schlichtegroll, München [6145].
12. Körner, Dresden, 1 Kist.
23. Zwei Briefe nach Wien [6153.?].

Juni
5. — Weimar (Bertuch, mit Reinhards Brief an Boisserée; vgl. zu 101,a].

Juni
6. [8.] Zwei Briefe auf die Post [6154. 6155].
10. — Teplitz.
18. Zwei Briefe auf die Post [Vogel, Teplitz — Genast, Lauchstedt].
19. Ramann (Erfurt).
[23.—]27. 7 Stück Briefe auf die Post [6158ª. 6157—6160. 6163.?]. Ein Kistchen auf die Post [vgl. zu 123, zo].
29. — I. Juli. Chev. O'Hara (Dresden?) [6164].

Juli
12. — Frankfurt a,M. [6167].
17. [Verlohren] Dresden.

August
5. v. Knebel, Jena ₁ [Briefe Frommann, Jena / Riemers? Vgl Knebel an Goethe, 17. August 1811].
10. Boisserée, Cöln [6177].
12. Seidler, Dresden.
14. Prinzessin von Mecklenburg-Schwerin, Ludwigslust [6178]. Nauwerck, Ratzeburg [6179].
20. Woltmann, Berlin [6182]. Grimm, Cassel [6181].
22. Cotta, Stuttgart [6184].

September
11. Brück'l, Prag. Musill, Franzensbrunn.

September

Heiligengötter, Carlsbad.
Dominikus, Erfurt [6189].
von der Hagen, Berlin [6190].
Hasselberg, Berlin.
Rochlitz, Leipzig [6191].
13. Schweizer, Heidelberg.
29. Ramann, Erfurt.

October

1. Wolf, Berlin [6198].
14. Cotta, Stuttgart [6202].
21. Frommann, Leipzig.
1 P. nach Gotha.
[v. Lindenau] Seeberg [6204].
24. [Passow] Jenkau [6205].
[Nicolovius] Berlin [6206].
29. v. Trebra, Freiberg.
31. [v. Reinhard] Cassel [6207].
[Schlosser] Frankfurt [6209].

November

7. — Cöln.
14. 2 P. nach Berlin [6212.?].

November

[Cotta] Stuttgart [6213].
21. Färber, Jena.
27. Slobenski, Wien.
Schlosser, Frankfurt.

December

1. Frommann, Jena.
2. 1 # nach Gotha.
5. Voigt, Jena.
11. v. Wolzogen, Aschaffenburg [6225].
Varnhagen v. Ense, Prag [6223].
Barth, Breslau [6224].
12. Eichstädt, Jena [6226].
19. Bethmann, Berlin [6229].
Niebuhr, Berlin [6228].
Boisserée, Darmstadt [6230].
23. v. Hendrich, Jena.
29. Stimmel, Leipzig.
Fleischer, Leipzig [6234].
30. 1 P. mit 30 fl. nach Jena [6235].

1812.

Januar

6. Fürstin zu Solms, Regensburg [6238].
23. Stimmel, Leipzig.
v. Grotthus, Wien [6242].
26. v. Knebel, Jena.
Seidler, Jena.

Januar

28. v. Wolzogen, Aschaffenburg [6245].
de Yacovleff, Cassel [6248ᵃ = 6091].
31. Rochlitz, Leipzig [6249].
v. Lissewska, Grevismühlen [6246].

Februar

1. Schlichtegroll, München [6250].
   Stimmel, Leipzig.
   Schlosser, Frankfurt [6251].
14. v. Wolzogen, Aschaffenburg (vgl. „Lesarten" zu 6256/57].
19. Brizzi, München [6259a].
23. Cotta, Stuttgart [6263].
25. Gotthold, Arnstadt, Brief mit 3 Rthr. 4 gr. 11 ₰. [für Sämerei].
28. Meyer, Minden [6266].
   Werneburg, Hucheroda.

März

8. Schlosser, Frankfurt [vgl. „Lesarten" zu 6272/73].

März

12. Schlosser, Erfurt.
14. — Camburg.
16. John, Jena.
18. Cotta, Stuttgart [6279?].
23. Schlosser, Frankfurt [vgl. „Lesarten" zu 6279/80].
29. Kügelgen, Dresden.
   Grüner, Wien [6282].
30. 2 Briefe nach Jena [6283.?].

April

9. Zelter, Leipzig (?) [0293].
22. Briefe nach Dresden und Weimar [6306—6308?].
23. — Dresden [6311].
29. — Hildburghausen [6319].
   — Bayreuth [6326].

<hr>

Tagebuchnotizen.

1811.

Januar

2. Verlobren, Dresden.
   Mad. Kaaz, Dresden („mit Verzeichnisse der angekauften Zeichnungen, und Assignation").
5. Brizzi, München [6090a].
   Schlosser, Rom („durch den Architect Engelhardt").
10. C. G. v. Voigt, Weimar [6092].

Januar

   v. Einsiedel, Weimar („mit der Recension wegen Brizzi").
   Kirms, Weimar [6094].
   Christiane, Weimar [6093].
23. Graf Althann, Wien (Conc. 19. Jan.) [0105a].
   Fürst Lichnowsky, Wien [6105].
   v. Reinhard, Cassel (Conc. 14. Jan.) [6104].

Januar

24. Gräfin Caroline v. Egloffstein, Misburg [6102].
Verlohren, Dresden
(„wegen der Dose").
Fürst Lobkowitz, Wien
(„mit Partitur Achills").
Schlosser, Frankfurt [6106].

27. „Porträt an Dr. Schlosser",
Frankfurt [vgl. 26, 11].

Februar

4. Sartorius, Göttingen
[6107].

16. v. Hendrich, Jena.
Schlossvogt Färber, Jena
[betraf nach Eingeg. Br.
1811, 36 seine Befreiung
vom Schlossvogtdienste;
vgl. Tageb. IV, 188, 13].
Frau v. Grotthuss, Berlin
[6110].
v. Trebra, Freiberg [6112].
Schlosser, Frankfurt
[6111].
Vogt [vgl. zu 26, 9], Frankfurt („mit einem Exem-
plar der Farbenlehre").

18. Verlohren, Dresden („Mel-
dung dass die Dose an-
gekommen").

20. Fürst Lichnowsky, Wien
[6113].

27. Promemoria wegen
Hübsch [6116].
v. Ouwaroff, Petersburg
[6117].
Herzogin von Curland,
Paris [6114].

Februar

28. Zelter, Berlin (Conc.
24. Febr.) [6118].
v. Gentz, Wien [6119].
Verlohren, Dresden.

März

2. v. Knebel, Jena [vgl. 42, 2].

7. Brandis, Kopenhagen
[6122].

15. Erbprinzess von Mecklenburg, Ludwigslust
[6124].
Prinz Friedrich von Gotha
(Conc. 6. März) [6121].

18. Zelter, Berlin (Conc.
17. März) [6126].
Friedländer, Berlin (Conc.
17. März) [6125].

27. Bergrath (F. S.) Voigt,
Jena.
Rentamtsadministrator
Kühn, Jena.

30. Zelter, Berlin [6129].
Cotta, Stuttgart [6129a].

April

3. v. Knebel, Jena [6132].
v. Hendrich, Jena („Danck
wegen August. Schloss
Voigt Ferber").
Bergrath (F. S.) Voigt,
Jena („wegen Okens
Zudringlichkeit").
v. Voigt, Weimar („wegen
derselben Sache").

4. Frau v. Grotthuss, Berlin
[6133].

April

14. Erbstein, Dresden [vgl.
    Tageb. IV, 392].
17. Frau v. Grotthuss, Berlin
    [6134].
    v. Gerning. Frankfurt.
22. Rochlitz, Leipzig [6135].
25. Ulrich, Jena („wegen
    Scels"; nach Eingeg.Br.
    1811, 111 Empfehlung
    eines jungen Skell zu
    einer Stelle im Con-
    victorium, vgl. 4291).

Mai

3. v. Beroldingen, Hildes-
    heim (Conc. 1. Mai)
    [6140].
    v. Leonhardi, Frankfurt
    [6139].
    Brizzi, München.
    Zelter, Berlin [6137].
    Windischmann, Aschaf-
    fenburg [6138].
4. Frege, Leipzig („wegen
    einer Assignation von
    800 rthlr Sächs. an
    Hrn. Hofschauspieler
    Haide gestellt"),
    Cotta, Leipzig [6140a].
9. v. Reinhard, Cassel [6141].
    Direction der Badeanstalt,
    Halle [6143].
    Erbstein, Dresden („mit
    einer Anweisung an
    Hrn. v. Verlohren von
    33 rthlr. 6 gr."),
    Werlich, Rudolstadt
    [6146].

Mai

    Nauwerck, Ratzeburg
    [6144].
    Leonhard, Hanau [6142].
    v. Kügelgen, Dresden [vgl.
    „Lesarten" zu 6144].
    Cornelius, Frankfort
    [6143].
    Schlichtegroll, München
    [6145].
    v. Klinger, Petersburg
    („mit einem Exemplar
    von Hachert").
    Frau v. Trebra, Freiberg
    [6147].
12. Willemer, Frankfurt
    [6152].
23. v. Gentz, Wien [6153].

Juni

5. Gaulieri (Mailand. —
    Conc. 4. Juni) [6155].
    v. Reinhard (Cassel. —
    Conc. 4. Juni) [6154].
17. Geh. Secr. (C.G.C.) Vogel,
    Teplitz.
    Carl August, Teplitz.
    (C. W.) Stark, Teplitz.
    Genast, Lauchstädt.
22. Promemoria wegen des
    Wirths in Schlacken-
    walde und Vorschlag
    an den Kreishaupt-
    mann [6156].
25. Brizzi, München [6158a].
    Graf Moritz v. Dietrich-
    stein, Wien [6157].
    van Beethoven (Wien)
    [6158].

Juni

Unbekannter, Prag [6158].
Zeller, Berlin [6160].
Boisserée (Karlsbad) [6161].
Emma Körner (Karlsbad).
28. Carl August (Teplitz) [6162].
Geh. Secr. (C. G. C.) Vogel (Teplitz).
30. Chevalier O'Hara, Karlsbad [6164].

Juli

5. Carl August, Teplitz [6165].
Gräfin Henckel (Weimar) („mit O'Haras Billet und Schachtel“).
C. G. v. Voigt (Weimar) („mit Vorstehendem“).
11. Schlosser, Frankfurt [6167].
15. Ramann (Erfurt) („wegen eines halben Eimer Weins“).
16. Verlohren (Dresden) („wegen bisheriger und künftiger Besorgungen“).
17. Kirms.
Eichstädt (Jena) [6168].
22. Genast, Lauchstädt [6169].
Wolff (Lauchstädt) [6170].

August

4. (C. G.) Körner (Dresden) [6172].
Eichstädt, Jena [6173].

August

6. Frau v. Grotthuss, Teplitz [6175].
8. Boisserée, Köln [6177].
14. Erbprinzess von Mecklenburg [6178].
Nanwerck, Ratzeburg [6179].
17. v. Ouwaroff, St. Petersburg [6180].
19. Wilhelm Grimm, Cassel [6181].
Woltmann, Berlin [6182].
22. Cotta, Stuttgart [6184].
Hofgärtner Wagner, Jena („wegen Obst“).
Bibliothekdiener Färber, Jena („wegen Bücher“).
24. v. Knebel, Jena [6185].
v. Hendrich, (Jena) („wegen der Museen und Rechnung“).
26. (C. W.) v. Fritsch (Weimar) [6186].
v. Reinhard, Cassel [6188].

September

11. Brunneninspector Musill, Franzensbrunn.
J. G. Hasselberg, Berlin [vgl. Tageb. IV, 404].
Schauspieler Brück'l [so in der Handschrift des Tagebuchs und Eingeg. Br. 1811. 178], Prag [vgl. Tageb. IV, 404].
von der Hagen, Berlin [6190].

September

Dominikus, Erfurt [6189].
Rochlitz, Leipzig [6191].

14. v. Hendrich, Jena („mit
der Summe von 47 rth.
12 gr.").

21. Frege, Leipzig („Avisbrief
wegen der Assignation
von 400 Thalern an
Haide"; vgl. zu 6193).

October

1. Wolf, Berlin [6198].
Badedirection, Halle
[6199].

14. Cotta, Stuttgart [6202].

20. Behrendt, Berlin.
Anger und Comp., Leipzig.
8. Boisserée, Köln [6203].
v. Lindenau, Gotha [6204].

21. Passow, Jenkau bei Danzig [6205].
Nicolovius, Berlin [6206].

25. 1. Scheuffelhuth 2. ? [Ein-
ladnngen, vgl. Tageb.
IV, 239, 17].

26. v. Reinhard, Cassel [6207].

29. Kanzler von Merseburg
(Freiherr v. Gutschmidt)
[vgl. „Lesarten" zu
6207,8. Der Eintrag
steht nicht auf der
Seite der abgesandten
Briefe, bezieht sich also
auf ein Concept].

31. „Die H. Geh. Rath Wolf
zuständigen Bücher an
Dr. (Georg Heinrich)
Bernstein" [vgl. 6198].

November

10. Paket für Dem.lle de Ligne
(Conc. 3. Nov.) [6211].

11. Gräfin von der Recke
(Conc. 4. Nov.) [6210].
Zelter (Berlin) [6212].

17. Depesche an Cotta (Stuttgart).

19. Cotta, Stuttgart [6213].

27. Brizzi (Weimar) [6217].
Carl August (Weimar)
(„den Brief an Brizzi
eingeschlossen").

December

8. Klinger (Petersburg)
[6222].

10. Varnhagen von Ense,
Prag [6223].
Barth, Breslau [6224].
Frau v. Wolzogen, Aschaf-
fenburg [6225].

17. Niebuhr, Berlin [6228].
Madam Bethmann, Ber-
lin [6229].
S. Boisserée, Darmstadt
[6230].

28. Dem. Seidler, Jena [6235].
v. Knebel, Jena [6236].
v. Trebra, Freiberg
[6233].
Stimmel, Leipzig [nach
einer g¹ Aufzeichnung,
Eing. Br. 1811, 250, ent-
haltend: „Hackert
Lo(ose) Danck Catalog
Kupfer Stich(e) mit
Preisen"].
Fleischer, Leipzig [6234].

1812.

Januar

6. Promemoria wegen der
Theatercensur (Conc.
5. Jan.) [6240].
Fürstin Solms, Regens-
burg [6237].

10. Baronin v. Grotthus,
Wien (Conc. 7. Jan.)
[6242].

23. Stimmel, Leipzig („wegen
noch anzuschaffender
vier Lose der Hackert-
schen Lotterie"; vgl.
6247).
v. Verlohren (Dresden)
(„wegen mehrerer bis-
heriger Sendungen").
Madam Geisler (Dresden)
„mit Assignation von
119 Thlr. 12 gr. Säch-
sisch"; vgl an 6235).

28. Frau v. Wolzogen,
Aschaffenburg [6245].

30. Rochlitz (Leipzig) [6249].

Februar

1. Schlichtegroll, München
[6250].
Schlosser (Frankfurt)
(Conc. 31. Jan.) [6251].
Stimmel, Leipzig.

13. Frau v. Wolzogen
(Aschaffenburg) [Con-
cept, da der Eintrag
nicht auf der Seite
der abgesandten Briefe
steht; vgl „Lesarten"
zu 6255/6].

Februar

19. Brizzi, München [6259a].

20. v. Reinhard, Cassel
[6256].
Blumenbach, Göttingen
[6257].

21. Cotta, Stuttgart [6263].

23. Meyer, Französ. Minden
[6266].
Die Biographie für den-
selben an Schütz,
Bückeburg [6267. 6268].

29. Nach Jena [Eintrag auf
der Seite der abge-
sandten Briefe] [6270].

März

18. Fürst Esterhazy, Dresden
[6277].
Graf Metternich, Wien
[6278].
Verlohren, Dresden.
Cotta, Stuttgart [6279].

25. v. Voigt (Weimar)
(„wegen der Autogra-
pha aus dem fürstlichen
Archiv") [Voigt's be-
jahende Antwort: Ein-
geg. Br. 1812, 37; vgl.
zu 6457 und Burkhardt
in den Grenzboten 1875
Nr. 13].
v. Ende (Weimar) („wegen
dem durch das Feuer
zusammengerinterten
Schieferthon').

28. Vincenz Grüner, Wien
[6282].

März

29. v. Kügelgen, Dresden
("Bestellung der Öl-
farben und Zubehör")
[vgl. 6311].

April

1. Schlosser, Frankfurt
[6286].
6. Frau von Flies, Wien
[6287].
Frau v. Pichler, ebendahin
[6288].
7. v. Trebra, Freiberg [6289].
Rochlitz, Leipzig [6290].
Baronesse v. Humboldt,
Wien [6291].
v. Ouwarof, St. Peters-
burg ("1. Band der Bio-
graphie, an v. Lewan-
dowsky zur Bestellung
durch einen Courier").
8. v. Knebel, Jena [6292].
17. Zelter, Berlin [6299].
Schlosser, Frankfurt
[6300].
Rath Kruse (Weimar)
("Bergwerksdocument
von 600 rh. nebst
Cession").
19. v. Humboldt, Wien [6302].
Perthes, Hamburg [6303].
21. Kirms
Genast } (Weimar) [6306].
v. Voigt (Weimar) [6307].
22. (C. G.) Körner, Dresden
[6308].
23. Rath Kruse (Weimar)
("die Bergwerksobliga-

April

tion nebst Schreiben")
[Antwort auf Kruses
Brief vom 22., Eingeg.
Br. 1812, 65; vgl. 6310].
J. H. Meyer (Weimar)
[6309].
Christiane (Weimar)
[6310].
24. Delle Seidler, Dresden
[6311].
August v. Goethe (Wei-
mar) ("Pflanzen, ver-
schiedene Aufträge").
Christiane (Weimar).
Heideloff (Weimar) ("An-
mahnung wegen der
Decoration").
Genast (Weimar) ("die
zwey Klingsberge nebst
Austheilung, die Ver-
trauten, nebst Austhei-
lung und Bemerkungen;
verlangtes Gutachten
wegen Toni").
26. J. H. Meyer, Weimar
[6314].
Christiane, Weimar.
Kirms, Weimar [6315].
29. Sickler, Hildburghausen
[6319].
J. H. Meyer, Weimar
[6320].
v. Voigt (Weimar) [6321].
v. Ende (Weimar) (Conc.
23. Apr.) [6322].
Kirms (Weimar) ("er-
neuertes Theaterregle-
ment").

April

    v. Müller (Weimar) [6318].

    Frau v. Heygendorf (Weimar) („Costüm der Mestizen").

    Körner (Weimar) („Gläser an Döbereiner").

    August v. Goethe, Weimar [6323].

    Carl August, Weimar.

    v. Voigt, Weimar [6324].

April

    Frau v. Stein, Weimar.

    August v. Goethe, Weimar.

    J. H. Meyer, Weimar [6325].

    Seebeck, Baireuth [6326].

    v. Münchow, Jena („wegen der Gartenübergabe").

    Körner, Dresden („Rolle mit der Deideloffschen Theaterzeichnung").